KB048597

타 타
르

타 타 르 馬

韃靼の馬

말

— 쓰지하라 노보루

쓰지하라 노보루辻原 登

소설가.

가나가와 근대문학관관장 겸 이사장.

1945년 와카야마현 출생.

1985년 중편소설《犬かけて》로 작가 데뷔.

1990년《마을의 이름村の名前》(제103회 아쿠타가와상).

1999년《날아라 기린飛べ麒麟》(제50회 요미우리 문학상).

2000년《遊動亭円木》(제36회 다니자와 준이치로상).

2005년《마른 나뭇잎 속의 파란 불꽃枯葉の中の青い炎》
         (제31회 가와바타 야스나리 문학상).

2006년《꽃은 벚나무花はさくら木》(제33회 오사라 기지로상).

2010년《용서받지 못한 자許されざる者》(제51회 마이니치 예술상).

2011년《어둠 속闇の奥》(예술선장문부과학대신상).

2012년《타타르말韃靼の馬》(제15회 시바 료타로상).

2013년《겨울여행冬の旅》(제24회 이토 세이 문학상).

2013년《뜨거운 독서 차가운 독서熱い読書 冷たい読書》
         (제67회 마이니치 출판 문화상 서평상).

2015년《와이의 나무Yの木》

2016년《새장 속의 앵무새籠の鸚鵡》

2016년 일본예술원상·은사상恩賜賞 수상.

타타르말 · 등장인물

아비루 카슨도阿比留克人: 주인공. 김차동. 쓰시마 가신. 조선통신사의 경호대장보좌.

아비루 도네阿比留利根: 카슨도의 여동생. 시이나 히사오의 연인.

이순지: 오위부의 암행어사, 왜관요의 도공. 김차동(카슨도)의 장인.

혜　숙: 이순지의 외동딸. 김차동(카슨도)의 아내.

아메노모리 호슈雨森芳洲: 유학자. 쓰시마 외교담당 보좌관. 기노시타 준안의 제자.

　　　　　　　　카슨도의 후견인.

시노하라 사유리篠原小百合: 카슨도의 약혼녀.

아비루 야슨도阿比留泰人: 카슨도와 도네의 아버지. 기노시타 준안의 제자.

히라타 사네카타平田眞賢: 쓰시마번의 에도가로江戶家老.

아라이 하쿠세키新井白石: 막부의 소바요닌側用人. 쇼군 이에노부의 정치고문.

　　　　　　　　기노시타 준안의 제자.

기노시타 준안木下順庵: 유학자. 5대 쇼군 도쿠가와 쓰나요시의 정치고문.

　　　　　　　　모크몬木門학당에서 인재양성.

시이나 히사오椎名久雄: 카슨도의 친구.

소 요시자네宗義真: 쓰시마 제3대 번주. 덴류인天龍院.

소 요시미치宗義方: 쓰시마 제5대 번주.

소 요시노부宗義誠: 쓰시마 제6대 번주.

홍순명: 조선통신사 종사관.

윤시원: 한성의 미술상.

류성일: 비변사국의 감찰어사. 조선통신사 군관총사령.

강구영: 비변사국 차장. 이순지의 아내를 납치한 사람. 류성일의 상사.

용   한: 양주가면극 광대. 카슨도의 은인.

고태운: 양주가면극 광대. 용한이의 상대역.

조태억: 조선통신사 정사.

임수간: 조선통신사 부사.

최백형: 조선통신사 담당 의사.

왕   용: 조선통신사 요리사. 왕여관 주인.

이   현: 조선통신사 제술관.

박수실: 압물관(통신사수송담당).

쓰치야 마사나오土屋政直: 막부 로쥬幕府老中.

카라가네야 젠베에唐金屋善兵衛: 쓰시마 출신 어용상인. 오사카에 거주.

강진명: 마상재 기수.

차지량: 회령원정대의 만주어·몽고어 통역.

서   청: 류성일의 아들. 단총 명사수. 일본 이름은 야나가와 시게유키柳川調行.

차하르 칸: 만하기의 타타르인 마을의 두목.

오   리: 차하르 칸의 아들.

다   얀: 타타르인 일행의 부두목.

오야치: 말 사육사.

추천의 글

정구종(한일문화교류회의 위원장 · 동서대 석좌교수)

소설가 쓰지하라 노보루는 39세 때인 1985년 데뷔 첫 소설로 일본 최고의 문학상인 아쿠다가와상芥川賞을 수상한 것을 비롯하여, 가와바타 야스나리상川端康成賞, 시바 료타로상司馬遼太郎賞 등 10여 개의 문학상과 작가상을 휩쓰는 등 현대 일본 최고봉의 작가 중 한 사람이다.

그의 장편소설《타타르말韃靼の馬》은 에도시대의 한일 간 선린우호외교의 상징이었던 조선통신사를 테마로 일본과 조선 그리고 몽고를 무대로 하여 펼쳐지는 근래에 보기 드문 대하소설이다. 2009년 11월부터 약 2년에 걸쳐 일본 신문소설의 권위를 인정받는〈니혼게이자이日本経済〉신문에 연재되어 많은 독자들에게 호평을 받았고, 이 작품으로 2012년 제15회 시바 료타로상을 수상했다.

이 소설의 배경은 18세기초 일본의 도쿠가와 막부 제6대 쇼군將軍 이에노부德川家宣의 시대, 주인공은 조선어를 비롯하여 탁월한 중국어 능력과 검술을 갖춘 쓰시마 가신 아비루 카슨도阿比留克人이다. 조선과 일본의 교역을 유지하기 위해 필사적으로 에도막부와 조선 사이의 교린交隣외교에 힘쓴다.

타타르의 한혈마는 쓰시마의 경제적 운명을 걸고서 몽고의 대평원과 중국대륙 그리고 조선의 산하를 필사적으로 달려간다. 주인공 아비루의 고향인 쓰시마의 장래가 한혈마에 달려있는 가운데 아비루는 조선인 친구의 도움으로 말을 구해 몽고로부터 청진항을 거쳐 말들을 울릉도로 옮기는 데 성공한다. 긴 여정 끝에 말은 배에 실려 후쿠이번의 쓰루가항敦賀港에 무사히 도착, 도쿠가와 요시무네 쇼군에게 넘겨짐으로써 쓰시마를 파산의 위기로부터 구해내는 아비루의 대모험은 성공리에 끝난다.

작가는 《타타르말》 현장 취재를 위해 한국에 와서 과거 조선과 일본무역의 거점이었던 왜관倭館을 답사하였고, 대륙을 달려온 한혈마의 배멀미를 씻어주기 위해 들렀던 울릉도까지 방문하는 등 현장감각을 살리고자 치밀한 작가적 노력을 기울였다. 그는 소설 전체를 통하여 18세기 조선과 일본이 안정적 관계를 유지하던 시대를 재조명하고 있다. 소설에 등장하는 주인공의 스승인 아메노모리 호슈雨森芳洲는 도요토미 히데요시豊臣秀吉의 조선출병을 반대하면서 근린우호외교로 안정을 꾀해야 한다는 교린외교정책을 도쿠가와 막부정권에 권했던 실존인물이다. 작가는 이 소설을 통하여 아메노모리 호슈의 성신 · 교린외교의 의미와 한일우호친선의 역사가 가르쳐주는 상호이익의 중요성을 오늘에 새삼 되새기게 한다.

나는 《한일교류 2천년 ―새로운 미래를 향하여》를 집필하기 위해 그를 여러 차례 만나 인터뷰하면서 그의 문학세계에 빠져들었다. 그의 문학에는 시대를 초월한 역사의 흐름이 있고 국경을 넘은 우정과 인류애가 살아 숨쉰다.

에도를 향하여

행방을 감추다

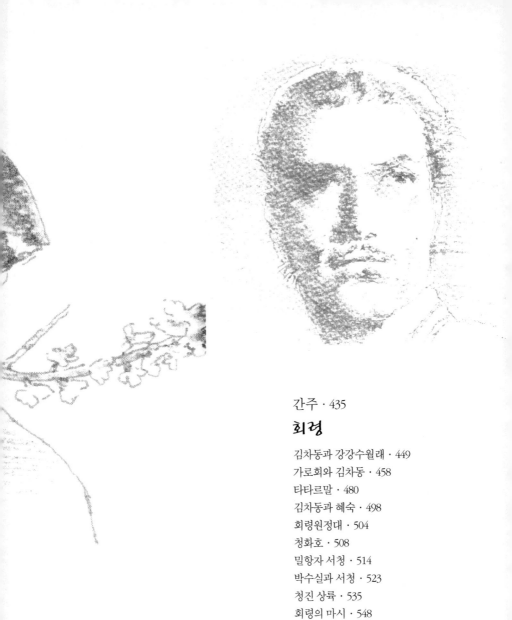

만하기

고향

내 이름은 도네, 아비루 도네阿比留利根예요.

쓰시마対馬*에서 태어나고 자랐어요. 아직 한 번도 쓰시마를 떠나본 적이 없어요.

対馬(대마)라고 쓰고 쓰시마(つしま)라고 읽는다. 혹은 쓰시마라고 발음하고 対馬라고 쓴다.

조금은 이해가 가지 않아요. 하지만 일본에서 신라로 건너갈 때 항구(기항지)였던 것에서 그런 지명이 됐다고 하면 납득이 가요.

또 고대 조선반도 남서부의 지명인 마한馬韓과 마주보는 위치에 있어서 対馬(쓰시마)라고 쓰는 거래요. 모두 오빠의 말을 그대로 옮긴 거예요.

쓰시마는 아름다운 섬이에요. 그렇기 때문에 쓰시마라는 지명의 진짜 유래는 아름다운 섬에 있지 않을까요? 보세요. 아소만浅茅湾으로 지는 저녁노을을. 5월의 와니우라鰐浦 곶을 새하얀 눈이 소복히 덮은 것처럼 보이는 이팝나무의 하얀 꽃송이들.

날씨가 좋은 날에는 사오자키棹岐 절벽 위에서 부산의 산봉우리들이

---

* 쓰시마 최서북단에 위치하며 부산에서 49.5km이다.

보여요. 때로는 부산 시내가 보이기도 하고 오빠가 있다는 왜관의 누각이 신기루처럼 붕 떠있어 보일 때도 있어요. 그렇지만 나는 한번도 가본 적은 없어요.

조선에 관해서는 들어서 잘 알고 있어요. 바다 건너 조선은 학문이 번성하고 나라도 부유하며 번영을 누리고 있대요. 게다가 조선 저 너머에는 광대한 초원과 사막이 끝없이 펼쳐져 있고, 하늘을 찌를 듯이 솟아있는 산들은 만년설을 이루며 겹쳐 있대요. 그리고 산맥 저쪽 끝에는 말을 타고 다니며 살고 있는 푸른 눈을 가진 사람들이 있다는 둥, 어릴 적에 그림지도를 보여주며 오빠가 알려주었어요.

오빠의 이름은 카슨도, 아비루 카슨도_{阿比留克人}예요.

아비루. 보기 드문 성_姓이죠? 설마 쓰시마에만 있는 성씨는 아니겠죠? 혹시 〈아비루 문자〉라는 것을 알고 계세요?

한자가 전해지기 전에 사용했던 고대문자 중의 하나로 히후미_{日文}라고 해요. 히후미요이므나야……로 시작하는 47음 문자예요. 지금도 사용하고 있는 〈이로하_{伊呂波}〉*도 47음 문자이죠.

멀고 먼 옛날, 한자가 처음 들어와서 우리의 선조가 기록하는 문자로 차용한 이후에 히후미는 점점 쓰이지 않게 되었고 그 후 전혀 사용하지 않게 되어 잊혀졌어요. 그러나 언제부터인가 이곳 쓰시마의 신기관이라는 곳에서 점_占치는 일을 하고 있던 아비루가 히후미를 지키며 소중하게 계승해온 공으로 〈아비루 문자〉라고 부르게 되었대요.

나와 오빠는 아비루 문자로 편지를 주고받고 있었어요. 어머니는 아비루 문자를 몰라요.

지금 이 섬에서 아비루 문자를 판독할 수 있는 사람은 오직 나 혼자뿐이에요.

오빠가 말하기를 바다 저편의 조선반도에도 언문(훈민정음)이라는 것이 있는데, 언문은 표음문자일 뿐만 아니라 문법도 많이 닮아서 아비루 문자의 전신은 아마도 그쪽이 아닐까 생각한대요.

아비루 문자, 이로하 문자, 언문은 모두 음_音만의 표기이지만, 한자는 하나의 문자가 그 단어의 음을 나타내는 동시에 의미도 표현해줘요. 예를 들면 森이라는 글자는 〈삼〉이라고 읽고, 나무 목_木이 세 개가

---

* 히라가나(平假名) 47자를 모두 사용했다는 특징이 있으며, 이로하순이라고 부르며 지금도 일상에 사용되고 있다.

있어 〈숲〉이라는 의미가 있어요.

전부 오빠가 알려주었어요. 나는 아버지의 얼굴을 몰라요.

아비루 가문은 쓰시마의 신기관에서 점치는 일을 했어요. 또한 아비루 문자의 전승에 종사하면서 할아버지 대부터 쓰시마번에서 유학儒學을 가르치는 관리로써 번주藩主를 섬겨왔어요.

아버지, 아비루 야슨도는 에도江戸*에 있는 쓰시마번 에도공관**에서 에도가로江戸家老***히라타 나오우에몬平田直右衛門님의 서기관으로 있으면서 두 사람 품삯인 금 20냥을 급료로 받고 있었대요.

아버지는 유시마湯島에 있는 쇼헤이쿄昌平校라는 학교에 다니고 있었지만, 존경할 만한 스승을 만날 수 없었대요. 그러던 중에 우연히 젊고 아주 똑똑한 청년과 아는 사이가 되었어요. 그 사람은 아라이 하쿠세키新井白石****예요. 아버지가 15세이고 하쿠세키는 21세가 되던 때였어요.

하쿠세키의 아버지는 그 당시 주군으로 섬기고 있던 쓰치야土屋 가문의 내분에 연루되어 녹봉을 몰수당하는 불행한 시기였대요. 하쿠세키 자신도 관직의 길을 접고 몹시 쪼들린 생활을 하고 있었지만 거리낌없이 당당했다고 해요.

우리 아버지, 아비루 야슨도는 15세의 애송이였지만 이미 조선말도 잘하고 한시문장 실력도 예사롭지 않은데다가 아비루 문자 계승자이므로 하쿠세키는 야슨도에게 많은 관심을 갖게 되었던 것 같아요.

---

*도쿄(東京), 도쿠가와 이에야스가 1603년 막부를 열면서 260여 년 동안 번영을 누렸다.

**산키코타이(參勤交代)제도로 지방의 다이묘와 가신들이 에도에 거주하는 공관.

***에도에 근무하던 다이묘의 중신.

****6대 쇼군 · 이에노부(家宣) 때의 실질적인 정치가(1657~1725).

'언젠가 나에게 아비루 문자를 가르쳐 줘야해.'

'좋아요. 가르쳐드릴게요.'

하쿠세키는 나중에 자서전《아궁이 밥折たく柴の記》에서 다음과 같이 기록했어요.

> 요즘 쓰시마의 유생, 아비루라는 사람을 알게 되었다. …… 올 가을, 조선에서 초빙사가 온다. 그 아비루가 말하기를 평소에 시詩 백수를 지어놓고, 삼학사三學士에게 평을 부탁하며 '서문을 써 주세요'라고 하면 될 거라고 한다. 9월 1일에 객관客館에 가서 제술관인 성완成琬과 서기관 이담령李聃齡 혹은 무관 홍세태洪世泰 같은 분들을 만나서 지어놓은 시를 보이고 그 밤에 시집의 서문을 선물 받아야겠다.

조선 초빙사란 조선의 선진문물을 전해주려고 1682년에 일본에 온 조선통신사예요. 그 때 아버지는 통신사 일행이 에도에 체류 중일 때 통역관으로 통신사 일행 분들과 친하게 지냈대요.

아버지가 하쿠세키의 시를 통신사 일행에게 소개해준 계기로, 둘이서 통신사 일행이 머무는 객관까지 방문하여 시짓기를 했대요. 게다가 조선에서 온 제술관* 성완이라는 분으로부터 서문序文의 글까지 받았다는 것은 한자를 알고 있는 사람에게 그 이상의 행운과 영예는 없는 거래요. 제술관이라는 직책은 조선에서도 문장이 뛰어난 최고의 문필가로 통신사 일행의 전례문典禮文 작성 등 외교문서에 관한 일을 도맡아 하는 사람이에요.

---

* 조선시대 승문원(承文院)의 한 벼슬. 파견 사신을 동행하는 수행원.

이 해에 기노시타 준안木下順庵* 선생이 쇼군에게 초대되어 에도에 오셨어요. 아버지는 즉시 기노시타 선생의 문하인 모크몬木門에 들어가기 위해 문을 두드렸대요. 그 당시 아버지는 쇼헤이쿄의 학교강의에 만족하지 못하여 명성 높은 기노시타 선생의 가르침을 받기 위해 몇 번씩이나 선생이 계시는 교토와 가나자와金沢로 유학遊學을 신청해두기까지 했었다니 얼마나 기뻤을까요.

어느 때인가 아버지는 기노시타 선생에게 조선통신사의 제술관 성완에게 시집의 서문을 받은 적이 있는 친구에 대해 말씀드렸대요.

'음…… 굉장한 일이군. 꼭 그 친구를 만나보고 싶구나.'

그러나 아버지에게 무엇보다도 큰 수확은 모크몬에서 아메노모리 호슈雨森芳洲** 선생님과의 만남이에요.

1685년의 일이었어요. 그 해에 하쿠세키도 모크몬에 들어갔대요. 하쿠세키는 29세, 아버지는 23세, 아메노모리는 18세, 모크몬에는 그밖에도 무로 규소室鳩巣, 기온 난카이祇園南海라는 기라성 같은 인물들도 함께 있었어요.

아버지의 결혼도 이 시기예요. 쓰시마번의 에도공관은 시타야下谷에 있어요. 기노시타 선생 댁은 구단시타九段下에 있어서 모크몬으로 가는 도중에 오래된 고서점에 자주 들르곤 했대요. 가끔 안쪽 계산대에 마음이 끌리는 아름다운 소녀가 앉아 있었는데, 어느 날 아버지는 고서

---

* 유학자(1621~1699). 5대 쇼군 도쿠가와 쓰나요시의 시강(侍講)을 역임. 에도의 사학 모크몬 짓테쓰(木門十哲)에서 우수한 인재를 배출했다.
** 일본을 대표하는 유학자(1668~1755). 쓰시마번의 외교관으로 조선과 일본 간 교섭의 창구 역할을 했다.

점 안 양쪽에 산처럼 쌓여 있는 책은 거들떠 보지도 않고 계산대까지 돌진해갔어요. 그날 과감하게 결혼신청을 했대요.

유리라는 소녀였어요. 그리하여 태어난 아들이 오빠 카슨도예요. 그러나 산후회복이 좋지 않아 오빠를 낳고 얼마 후에 어머니는 돌아가셨대요.

슬픔에 잠겨 세월을 보내고 있던 아버지를 아메노모리 호슈 선생님이 늘 곁에서 위로해주었다고 들었어요.

호슈 선생님은 이즈음 기노시타 선생과 아버지의 추천으로 쓰시마 번의 관리직으로 오게 되었어요. 호슈 선생님이 쓰시마와 깊은 인연이 있다는 얘기예요.

얼마 후에 아버지는 조선방 좌역朝鮮方佐役(조선외교담당 보좌관)에 임명되어 쓰시마로 돌아오게 되었어요. 오빠가 세 살 때의 일이에요.

앞에서 쓰시마는 아름다운 섬이라고 말씀드렸죠? 그건 진짜이지만, 토지는 결코 풍요롭지 않아요. 험준한 산이 많고 논은 아주 적어서 경지라고 해봤자 고작 나무가 자라는 척박한 땅과 밭 뿐이에요. 나무가 자라는 땅은 화전을 의미해요. 그 땅에는 보리, 메밀, 좁쌀, 콩 등을 심어요.

오빠에게 들은 이야기로는 이것들을 모아 세금으로 내고나면 겨우 1만 석 정도밖에 남지 않는대요. 그럼에도 불구하고 쓰시마는 재정상으로 풍부한 번藩이에요. 왜냐하면 은銀으로 조선에서 약용인삼과 비단원료인 청나라의 생사生絲를 수입하는 무역으로 번영을 이뤄왔기 때문이예요.

부산에 있는 왜관이라는 곳에서 이러한 무역에 관한 교섭과 거래가 이루어지고 있대요. 왜관부지는 10만 평이나 되는 넓은 곳인데 석벽으로 높게 둘러싸여 있어 마치 하나의 마을처럼 보인대요.

쓰시마는 무역뿐만 아니라 일본과 조선정부와의 외교교섭을 막부幕府로부터 일임받아 모두 처리하고 있어요. 이런 역할로 얻어지는 이윤과 권익을 곡물로 내는 세금으로 환산하면 무사에게 지급되던 지행知行* 약 20만 석에 달한다고 오빠가 말해주었어요. 20만 석이란 어마어마한 것이에요.

쓰시마의 조선과 외교 및 통상을 담당하며, 부산왜관에 지시하는 곳이 조선방朝鮮方이에요. 그곳의 장관은 가로이며, 좌역이라는 직책은 보좌관으로서 대단히 중요한 역할이에요.

후츄府中 근처에 있는 아비루의 집은 소박하지만 마당에 살구나무와 150년 이상된 커다란 담팔수나무가 있어요. 마침 아버지는 와니우라에 있는 오우라大浦 집안에서 새로 아내를 맞이했어요. 그리고 나서 태어난 아이가 바로 나예요.

아버지는 1692년 36세라는 젊은 나이에 불치의 병으로 쓰러져 돌아가셨어요. 같은 해 연말에 기노시타 준안 선생도 78세의 나이로 돌아가셨으니 우리 아버지의 생애는 선생의 절반도 채 안 되는 것이에요. 오빠가 막 9세가 되던 해였어요.

나는 아버지에 대한 기억은 전혀 없어요. 철이 들었을 때 언제나 나를 보살펴 준 사람은 오빠였어요. 내가 나이를 한 살씩 먹을 때마다 오빠도 한 살씩 나이를 먹어 도저히 오빠를 따라잡을 수는 없었어요.

---

* 봉건시대에 무사들에게 지급되었던 봉토나 봉록(俸祿).

그러기는 커녕 나이차가 자꾸 벌어져 어느덧 오빠는 내 마음속에서 아버지와 같은 보호자가 되어 있었어요.

아메노모리 호슈 선생님은 아버지가 쓰시마로 돌아온 해에 나가사키로 외국어연수를 위해 파견되어 있다가 연수를 무사히 마치고 쓰시마로 부임해 오셨어요. 외국어란 한문이 아니라 중국어 회화예요.

호슈 선생님은 아버지 후임으로 조선방 좌역에 취임했어요. 오빠는 호슈 선생님의 깊은 관심과 가르침으로 성장했고, 오로지 선생님의 기대에 부응하려고 노력했어요.

얼마나 즐거운 나날이었을까요?

오빠와 나는 오빠의 친구들과 함께 나무 위를 오르내리며 숨바꼭질을 하고 놀았어요. 말 그대로 나무 위에서 숨바꼭질을 하는 놀이예요.

가위 바위 보로 술래를 정하면 아이들은 일제히 나무에 올라가 숨어 있다가 술래가 나무에 올라와 잡으려고 하면 나무를 마구 흔들어대고 옆 나무로 도망치는 거예요.

잡히면 당연히 술래가 되고, 발이 땅에 닿거나 나무에서 떨어져도 술래가 되죠. 내가 잡히거나 나무에서 떨어지면 언제나 오빠가 술래가 되어주었어요.

마치 원숭이처럼. 우리들은 원숭이가 된 기분이었고, 아이들은 그런 놀이가 너무 재미있어 좋아 죽을 것 같은 건 어째서 일까요?

쓰시마는 숲의 나라예요. 쓰시마의 아이들은 북쪽의 와니우라에서 남쪽의 쓰쓰만豆酘灣까지 300리(117km)를 한 번도 땅에 발을 닿지 않고 나무에서 나무로 이동해 갈 수 있다는 것은 절대 거짓말이 아니에요. 정말로 우리 오빠가 그걸 성공했어요.

즐거운 추억거리가 너무 많아서 한도 끝도 없네요. 하나만 더 말씀 드리면 오빠와 아비루 문자로 시를 지어 서로 경쟁했던 것을 말씀드리죠. 그것은 한시도 일본시도 아닌 아비루 문자로 지은 서정시예요. 보세요. 오빠의 시를.

윤4월
수양버들은 한들한들
우물 밑에는 또렷하게
푸른 하늘조각이 떨어져 있어요.

누이여
올해도 뻐꾸기가 울고 있네요.
수줍은 너는 대답이 없고
박꽃 같은 미소만 지으며
우물가 두레박에 넘치도록 푸른 창공을 길어 올리고 있어요.

지름길은 보리밭 길을 가로지르고
정원 앞에 살구꽃도 피어있네요.
저기는 우리 집
깜박 졸면서 소가 구름을 반추하고 있어요.

여기 보세요
누이여 물독에도
푸른 하늘이 넘실거려요.

나는 오빠의 시를 다시 한 번 더 읽어보고 〈누이여〉라는 곳에서 나도 모르게 눈물이 주르륵 흘러 멈추질 않았어요. 얼굴을 들어 오빠를 올려다보니 키가 큰 오빠가 상냥하게 미소지으며,

'이 시는 아비루 문자로 썼으니깐 도네 이외에는 어느 누구도 해독할 수 없어. 아무에게도 알려주지 말자.'

나는 이 시를 몽땅 외워서 지금도 기억하고 있어요. 도저히 잊을 수가 없어요.

나의 시는 엉망이라서 생략할게요.

오빠와 함께했던 추억은 여기까지만 하고……

오빠는 대부분의 시간을 번교藩校*에서 보냈어요.

번교에서는 사서오경을 중심으로 시와 역사를 익히고 산술, 의료, 천문, 지리도 배워요. 무예도 게을리해서는 안돼요. 검술, 창술, 포술, 승마도 있어요. 오빠는 거의 모든 과목에서 뛰어난 성적을 받았어요.

호슈 선생님에게 가장 큰 즐거움은 오빠의 성장모습을 지켜보는 것이었어요. 오빠도 그 기대에 어긋나지 않게 노력하고 있다고 생각하지만, 때로는 선생님의 가르침과 훈계에서 벗어나려는 반항기도 있었어요.

오빠가 14세 때, 아마구사天草에서 왔다는 스님이 게이운지慶雲寺절 근처에서 살고 있었는데 가끔 뒷산에서 목검을 휘두르고 있는 모습을 목격할 수 있었어요. 소문에는 아마구사에서 사람을 죽이고 출가한 몸이 되었다고 하던데.

어느 날 오빠는 게이운지 안쪽 나무숲에서 활시위를 튕기는 것 같은 소리가 들려 발걸음을 멈추고 용기를 내어 스님에게 말을 걸었대요.

'목검 휘두르는 소리에서 저런 소리가 나다니!'

---

* 번(藩)이 무사의 자제를 교육하기 위해 설립한 학교.

그 후 오빠는 매일 게이운지에서 검술지도를 받게 되었어요.

번교에도 검도 도장이 있었지만 오빠에게 대적할 만한 사람이 없으니 저런 얼치기 검법이라도……

스님의 검도유파는 사쓰마번薩摩藩*에서 전해 내려오는 사쓰난시겐류薩南示現流. 기본자세는 〈잠자리 자세〉라고 한대요. 아이가 오른 손으로 봉을 치켜들고 잠자리를 내리치려는 자세.

'그거라면 나도 할 수 있을 것 같아.'

오빠는 쓴웃음을 지었어요.

앞에서도 말했듯이 우리 집 마당에는 커다란 담팔수나무 한 그루가 우뚝 서 있었어요. 오빠는 스님에게 갔다와서 언제나 나무를 향해 내려치기를 했어요. 그건 연습이라기보다도 고행이에요. 숨을 들이 마시고 한쪽 어깨에서 반대쪽 허리께로 비스듬히 내리치는 것인데. 이것을 아침에 1000번, 저녁에 1000번. 이름하여 〈나무때리기〉라고 해요.

담팔수나무 기둥을 한 곳만 계속 두들기면 나무가 열을 받아 연기가 피어올라요. 그 정도가 되면 나무는 빨갛게 달아올라 숯덩이처럼 되고, 마침내 목검의 끝도 휘어지고 꺾여 날아가 버려요. 깡마르고 새하얀 오빠의 몸 어디에서 저런 힘이 솟아났을까요?

스님은 어느 사이엔가 쓰시마에서 자취를 감추었어요.

'카슨도, 무사처럼 행동하지 마라.'

어느 날 나무때리기에 몰두하고 있던 오빠를 보고 호슈 선생님은 엄한 목소리로 말씀하셨어요.

---

*큐슈 남부지역을 지배한 도자마 다이묘(外樣大名, 에도시대에 세키가하라 전투 이후에 도쿠가와 가문을 섬긴 다이묘).

'네.'

오빠는 휘두르던 목검을 멈추고 머리를 숙였어요.

'도대체 너는 누구와 싸우고 있는 것이냐?'

오빠는 대답을 할 수 없었어요. 선생님의 뒷모습을 바라보면서 오빠는,

'저렇게 말씀하시지만 만약 선생님께서 위험에 빠지면 누가 지켜드리겠어?'

'오빠, 그런 위험한 일이 생길 것 같아?'

'조선에 대한 선생님의 외교방식이 흐리멍텅하다고 비판하는 무리들이 있어. 〈아메노모리를 죽여 버려라〉고 하는 사람이 있다는 걸 들었어.'

나는 그런 어려운 건 잘 모르지만 오빠가 말하기를, 쓰시마번의 존망이 걸려있는 문제가 벌어졌는데 그것을 둘러싸고 번 내에서 두 가지 의견으로 갈리어 큰 소동이 일어났대요.

은화銀貨를 둘러싼 소동이에요.

지금까지의 은화는 게이쵸긴慶長銀*이라는 것이에요. 그런데 순은純銀 함량이 80%이던 것을 64%까지 낮추었대요. 이것이 겐록크긴元禄銀**.

쓰시마번은 조선의 약용인삼과 생사生絲를 독점수입하며 그 대금지불에 은화를 사용하고 있어요. 조선정부는 그 은을 녹여 함유물을 분리하고 나서 100%의 순은을 청국에 팔고 있는 것 같은데, 무역의 댓

---

* 에도 시대 초기 1601년부터 주조한 은화의 일종.
** 1695년 막부의 재정난, 은의 시장수요 증대, 채굴량 감소에 대처하기 위해 종래의 게이쵸긴보다 질을 낮춰 주조한 화폐.

가로 겐로크긴을 받으면 순은의 양이 확 줄어들어서 큰 손해를 입게 된대요.

쓰시마가 조선과 거래를 계속하려면 겐로크긴으로 지불할 경우에는 게이쵸긴 100관貫 대신에 125관 정도가 있어야 해요. 조선측에서도 맹렬히 교섭을 진행하고 있으며, 막부*에게 이런 함유량이 낮은 은화주조는 중지해야 한다고 건의하기 위해선 어떻게 해야 하는지 등, 번 차원에서 기탄없는 논의가 이루어지고 있대요. 오빠가 말했듯이 죽여라 마라의 사태가 있었다는 건 들어서 잘 알고 있어요.

선생님은 그러한 태풍의 눈 한복판에 홀로 서 계셨던 거예요.

그러던 어느 날 후추 항구에서 은화를 실은 〈은선銀船〉이 잇달아 출발하는 것을 보고 어떻게든 해결됐구나! 생각했어요. 〈은선〉이란 쓰시마번에서 부산 왜관을 향해 은을 실어서 운반하는 전용선이예요.

마침 그때 번주님이 돌아가셨어요. 3대 번주 소 요시자네宗義眞, 덴류인天龍院님. 종가중흥의 시조로서 쓰시마를 부자나라로 만든 분으로, 번교의 정비에도 애를 많이 쓰셨어요. 쓰시마는 쌀을 수확할 땅이 모자라는 만큼 그 대신 인재가 목숨이고 재물이라고 하시면서 문무文武의 도를 교육의 지표로 삼고 심혈을 기울였어요. 때마다 교실로 나오셔서 직접 강의도 하시고.

── 쓰시마에게 조선과의 외교와 통상이 가장 중요하다는 것은 논할 여지가 없다. 외교란 대등한 입장에서 이뤄지는 것으로 상대를 향한 신의와 자신에 대한 믿음이 없으면 성립할 수 없다. 우리들은 두

---

* 12세기부터 19세기까지 쇼군(將軍)을 중심으로 한 일본의 무사정권.

나라 사이의 우의에 최선을 다하지만, 가령 통신사와의 관계에서 조선쪽에 잘못이 있는데도 불구하고 우리에게 불이익이 생기면, 바로 그 자리에서 상대를 해치워버릴 정도의 기개가 없으면 외교관이 될 수 없다. 치욕을 받으면서까지 그대로 내버려두는 건 쓰시마번의 무사로서 있을 수 없는 일이며, 고향의 품으로 돌아올 수 없다는 등, 강한 어조로 말씀하신다든가……

아주 맑은 가을날이었어요. 내가 두레박으로 물을 긷고 있는데 뒤에서 발소리가 나더니

'누이여, 올해도 뻐꾸기가 울고 있네요.'

맑고 아름다운 목소리에 놀라 뒤돌아보니 거기에 사유리 언니가!

'……수줍은 너는 대답이 없고 박꽃 같은 미소만 지으며 우물가 두레박에 넘치도록 푸른 창공을 길어 올리고 있어요.'

사유리 언니는 시를 읊으며 나에게 가까이 오고 있었어요.

두레박 속에 물을 반만 담은 채 멈춰버린 나. 왜일까요? 오빠의 시는 아비루 문자로 쓰여 있어서 시를 알고 있는 사람은 오빠와 나, 오직 둘 뿐인데.

사유리 언니는 후츄에서 10리 정도 떨어진 아스阿須라는 마을에서 의원을 하는 시노하라篠原 선생님의 따님으로 오빠와는 동갑. 내가 4살 때, 심한 고열과 발진이 3일이나 지속되어 사경을 헤매고 있던 적이 있었어요. 후츄의 한의사들은 고개만 갸우뚱거리고 있었을 때 오빠는 나를 업고 아스까지 달려갔어요.

'걱정 말고 2~3일 여기에서 누워 있으렴.'

큰 콧수염을 기른 시노하라 선생님이 처방해주신 약을 복용하고 부인과 따님의 간호 덕분에 나는 정말로 3일 만에 회복할 수 있었어요.

이것이 사유리 언니와의 첫 만남. 대단히 상냥하고 아름다운 언니예요.

……그렇지만 어째서 저 시를 사유리 언니가?

'도네, 멋진 시인 것 같아.'

'오빠에게?'

사유리 언니가 미소를 지으면서 고개를 끄덕였어요. 그 순간 나의 마음은 이루 표현할 수 없는 기쁨이 샘처럼 솟아올랐어요.

……이 언니도 오빠를 좋아하는 거야. 그리고 오빠도 언니를. 나는 펄쩍 뛰고 싶을 만큼 너무 기뻤어요. 남아있는 물을 서둘러 물통에 붓고 사유리 언니와 손을 잡고 가락을 붙여가며 노래했어요.

그러나 오빠의 신변에 큰 변화가 생겼어요. 왜관근무 명령이 떨어진 거에요.

요전에 오빠와 호슈 선생님 사이에 이런 이야기가 오고갔었거든요.

'카슨도야, 세계는 넓디넓다. 조선어를 할 줄 아는 것만으로는 부족하다. 조선어를 정확하게 할 줄 알아야 한다. 한어漢語(한문의 읽고 쓰기)도 정식으로 공부할 필요가 있단다. 에도의 쇼헤이쿄나 모크몬에서도 한문을 일본어로 대충 읽지만, 역시 한어를 한어(중국어)로 읽을 수 없다면 공자님의 가르침을 온전히 숙지했다고 할 수 없지. 어떠냐, 카슨도?'

'네. 저도 그렇게 생각은 합니다. 그렇지만……'

'말해 보거라.'

'조선어를 배우든 한어를 배우든 본토에 가지 않으면 더 이상 능숙하게 할 수 없다고 생각해요.'

'바로 그것이다. 나는 3년 전에 요시미치義方님께서 취임하실 때, 조선정부에게 이를 알리기 위해서 처음으로 조선으로 건너갔었지. 그런데 내가 놀란 것은 왜관에 있는 쓰시마인이 조선말은 할 수 있지만 한문과 언문의 읽고쓰기를 못하는 걸 알았단다. 막부에서 파견된 후츄에 있는 이테이안以酊庵*의 외교승外交僧들 조차도 그저 한문을 일본어로 읽을 줄만 알지 정식으로 쓸 줄 모르더구나. 이래서는 진정한 외교나 통상을 할 수 없다. 어디에선가 속임수를 쓰면 나중에 앞뒤가 맞지 않아 몹시 어려움을 겪게 될거야. 결국 상대에 대한 불신만을 초래하게 되는 거지. 나는 정확한 조선어와 청나라어를 배우기 위한 교과서가 필요하다고 생각해서 그것을 만들려고 한단다. 그리고 또 하나, 우리 쓰시마번은 조선과의 외교와 통상을 막부로부터 일임받아 도맡아 하고 있지. 이것이 우리들의 존립기반이다. 그런데 최근에 곰곰이 생각하고 있는 것은 그 중요한 입장에 있는데도, 조선이나 청나라에 대해서 체계적인 정확한 정보가 부족하다는거야. 우선 상대를 아는 것부터 시작하자. 어떠냐, 카슨도? 조선으로 가지 않으련?'

오빠의 답변은 아무 망설임도 없이 '가겠습니다' 이 한마디였어요. 이렇게 해서 오빠는 왜관으로 파견되었어요. 이때 오빠는 17살.

나와 어머니, 그리고 사유리 언니가 사스나佐須奈의 항구에서 오빠를 배웅한 것은 1706년 가을의 일이었어요.

---

* 쓰시마에 있던 절. 오산(五山)의 학승을 파견하여 조선과의 서신왕래와 사신접대 역할.

그 후 오빠는 오랫동안 쓰시마로 돌아오지 않았어요. 나와 사유리 언니는 친자매처럼 서로 의지하며 오빠가 돌아오기만을 기다렸어요. 사유리 언니와 오빠는 일본 문자로, 나와 오빠는 아비루 문자로 자주 편지를 주고받고 있어서 그다지 쓸쓸하지는 않았어요.

그 사이에 일어난 사건이라면, 5대 쇼군 쓰나요시가 승하한 후에 6대 쇼군으로 이에노부家宣가 승계하여 천하의 악법인 쇼루이아와레미 노레이生類憐みの令*가 폐지되고, 아코낭인赤穂浪人의 습격** 등으로 어수선했어요.

아버지, 아비루 야슨도가 나의 어머니를 후처로 맞이한 해는 호슈 선생님이 쓰시마번으로 부임하러 오신 해였고, 하쿠세키는 기노시타 준안 선생의 추천으로 고후甲府 번주 도쿠가와 쓰나토요德川綱豊를 섬기게 되었어요. 이 쓰나토요는 쓰나요시 쇼군이 승하하자 이에노부라는 이름으로 6대 쇼군에 승계되고 하쿠세키는 쇼군시강侍講***에서 소바요닌 側用人****으로 집정(정치고문)의 직책에 취임했어요. 호슈 선생님과 하쿠세키는 일찌기 나의 아버지와 함께 모크몬에서 동문수학한 학우들이에요. 이 두 사람이 머지않아 외교논쟁으로 치열하게 대립할 것이라고 도대체 누가 예상이나 했을까요.

그 사건이 일어난 것은 지금으로부터 정확하게 15년 전의 일이였

---

* 제5대 쇼군 도쿠가와 쓰나요시(德川綱吉)의 살생을 금지하는 법령.
** 1701년에 에도성 안에서 일어난 칼부림 사건. 하리마(播磨)의 아코번주가 막부로부터 할복을 명받은 것을 계기로 47명의 가신들이 주군을 위해 원수를 갚은 사건. 주신구라(忠臣蔵).
*** 군주에게 학문을 강의함.
**** 쇼군을 가까이에서 모시던 신하.

어요.

연호가 쇼토크正德(1711년)로 새롭게 바뀌고 난 화창한 어느 봄날에 홀연히 호슈 선생님께서 마당에 들어오셔서,

'도네야, 통신사가 온단다.'

이 말씀이 무엇을 의미하는지 상상이 가시는 분이라면 날아갈 것 같은 나의 기분을 짐작해보실 수 있을 거예요.

드디어 오빠가 돌아온대요!

이전부터 호슈 선생님은 오빠가 귀국할 날만 학수고대하며 기다리고 있는 나에게 '조금 있으면 올 거란다, 다음 번 통신사 때에는 반드시 왜관 수행자로 함께 올 거란다' 라고 하셨거든요.

나는 이 반가운 소식을 어머니께 전하고나서 나막신을 짚신으로 갈아 신고 아스를 향해 달려갔어요. 사유리 언니가 이 소식을 마음속으로 얼마나 기다리고 있을까요!

날이 채 어두워지기 전에 오빠로부터 편지가 도착했어요. 예상대로 기쁜 소식이에요. 정말로 오빠가 돌아온다! 카슨도가 돌아온다! 나와 사유리 언니는 손을 맞잡고 몇 번이나 펄쩍펄쩍 뛰었는지 몰라요.

그러나 며칠 후, 호슈 선생님이 서둘러 부산으로 떠나셨다는 소문을 들었을 때 내 가슴속에 묘한 불안이……

나는 필사적으로 번의 관리직에 있는 오빠 친구들에게 선생님께서 갑자기 부산에 가신 이유를 묻고 다녔어요. 여러분! 세상에나 이런 기가 찰 노릇이 있어요? 정말 이해가 안가는 일이 벌어졌어요. 머리를 열심히 굴려 이야기들을 조각조각 맞춰보면, 아무래도 막부 쪽에서 이번 통신사를 맞이하는 데 성가신 문제를 제기한 모양이에요. 어쩌

면 조선통신사 파견이 취소될지도 모른대요.

'아라이님에게도 곤란한 일이야.'

기마무사조에 근무하는 오빠의 소꿉친구인 시이나椎名 오빠가 혼잣
말로 중얼중얼.

'아라이新井님이라면, …… 하쿠세키님?'

시이나 오빠는 '응, ……아니', 애매한 답변만 해 줄뿐이에요.

……하쿠세키가 분명해. 지금은 쇼군의 소바요닌이 되신 분, 막부
의 지휘를 맡고 계시고 엄격한 〈무가제법도武家諸法度〉*를 반포하신지
얼마 안 된 하쿠세키가 쓰시마에 어떤 어려운 문제를? 불안한 마음으
로 보낸 길고 긴 한 달이었지만, 어느 날 호슈 선생님이 또 홀연히 마
당으로 들어오셔서,

'도네야, 드디어 통신사가 온다.'

마치 요전처럼. 그때는 꿈이었나? 아니 이번이 꿈일지도 모른다는
생각이 들 정도였어요.

'카슨도를 만나고 왔단다. 이제는 믿음직한 청년이 되었어. 일본측
의 통역도 겸해서 경비대장 보좌역으로 돌아올 거란다.'

막 피기 시작한 살구꽃을 올려다보면서,

'내가 처음 쓰시마에 왔을 때에도 이 마당에 꽃이 피어 있었지. 네
아버지는 하늘나라로 가서 만날 수는 없었지만……. 카슨도가 부산
왜관으로 가고 나서 꽃은 몇 번이나 피었을까?'

'다섯 번이예요.'

---

* 에도 막부가 다이묘와 막부 가신 등의 무사들을 통제하기 위해 제정한 법령.

나는 바로 대답할 수 있었어요. 나도 마음속으로 세어보고 있었거든요.

'카슨도는 살구꽃이 피어 있을 땐 올 수 없겠지만 이팝나무 꽃은 볼 수 있겠지.'

선생님은 혼잣말처럼 말씀하시고 가셨어요.

이팝나무의 꽃은 5월 초순. 그 때 오빠가 돌아온다!

우리들, 어머니와 사유리 언니와 나 이렇게 세 명은 오빠를 마중 나가기 위해 반 달 전부터 와니우라에 있는 어머니의 친정에 가서 지내고 있었어요.

지난번에 온 조선통신사는 쓰나요시의 쇼군 축하 때인 1682년이었으니깐 약 31년 전. 나뿐만 아니라 오빠와 사유리 언니조차 이 세상에 그림자조차 없었을 때였어요. 이번 통신사 일행은 500명이 넘는 인원으로 6척의 커다란 선박과 100척 이상의 짐을 나르는 배에 나눠 타고 온대요. 여기 쓰시마에서 마중 나가는 배가 50~60척. 이 많은 배가 와니우라에 입항해 들어오는 거니깐 하늘과 땅이 뒤바뀐 것 같은 엄청난 대소동이 섬 전체에서 일어날 것 같아요.

와니우라는 안쪽으로 깊게 들어온 만인데 예로부터 고기잡이 항, 밀물 때를 기다리는 항, 바람을 기다리는 항으로 번화한 항구예요. 두 군데의 곶에는 자생적으로 자라나는 이팝나무로 뒤덮여, 5월이 되면 나비와 같은 새하얀 4개의 꽃잎을 가진 꽃이 물푸레나무와 비슷한 향기를 내뿜으면서 나뭇가지 가득히 피어나요.

우리들은 매년 5월이 되면 60리(23.5km)나 떨어진 어머니의 친정으로 말을 타고 꽃구경을 가는데, 올해는 오빠의 마중과 겹쳐서 얼마나 기쁜지. 꽃은 또 얼마나 아름다운지. 와니우라 전체가 하얀 눈으로 화장한 듯 절경을 이루고, 하얀 꽃은 해면에 비추어 바다를 새하얗게 물들여 놓기 때문에 이팝나무를 가리켜 바다를 물들이는 나무라고도 해요.

조선과 청나라에는 많다고 들었는데, 일본 본토에서는 좀처럼 볼 수 없는 진귀한 꽃이에요.

우리들은 꽃그늘을 밟으며 매일같이 곶의 끝자락에 서서 바다를 바라보았어요.

동틀 녘, 화재감시대의 종이 울려 퍼질 때,

'보인다~~!'

화재감시대에서 쇼헤이 할아버지의 목소리.

우리들은 벌떡 일어나 몸치장을 하는 둥 마는 둥 서둘러 곶으로 달려 올라갔어요. 사람들이 물가로 속속히 모여 들었어요.

'어디야, 어디야?'

마침내 구름과 수평선의 경계에 무지개 색으로 채색된 배들이 꿈을 꾸고 있나 착각할 정도로 희미하게 보이기 시작했어요. 그러나 배들의 모습은 좀처럼 커지지 않았어요. 나와 사유리 언니는 손을 꼭 잡고 배들을 뚫어지게 바라보았어요. 우리 두 사람의 눈빛이 한줄기 그물이 되어 오빠가 탄 배를 쭉쭉 끌어당길 수 있을 것처럼.

그러나 기다리고 있을 때는 역시 배의 속도가 얼마나 느린지……

마침내 배는 우니시마海栗島 섬 옆까지 왔어요.

굉장히 크고 아름다운 배예요! 히, 후, 미, 요 ……, 7척, 8척.

우리는 곶에서 내려와 부두로 달려갔어요. 맨 앞의 배와 두 번째 배

만으로도 와니우라 항구는 가득 차버렸어요. 뱃머리에 금색으로 반짝반짝 빛나는 용의 장식. 뱃전에 나부끼는 색색의 깃발들. 배 지붕꼭대기 높이는 쇼헤이 할아버지가 서 있는 화재감시대 만큼 높았어요.

배에서 내려오는 오빠의 늠름한 모습이란! 아주 점잖고 멋져진 오빠를 나와 사유리 언니는 한눈에 알아볼 수 없었어요. 무리도 아니에요. 오빠는 키가 커졌을 뿐더러 새로운 무언가, 맞다! 이국적이면서도 요상한 광채를 발산하고 있어서 무심결에 말을 거는 것조차 주저하게 만들 정도였거든요.

'야~ 아, 도네야!'

오빠의 목소리를 듣자 오빠를 둘러싸고 있던 이국적인 광채가 마법에서 풀려난듯 예전처럼 다정한 오빠가 눈앞에 서 있었어요.

그러나 오빠와는 더 이상의 대화는 나눌 수 없었어요. 경비하는 사람들이 우리를 난폭하게 뒤로 밀쳐냈기 때문이예요.

만의 입구보다는 바깥 저 멀리 앞바다에 수백 척이나 되는 조선과 쓰시마의 배가 빽빽하게 들어 차 있었지만 통신사 일행 모두가 와니우라에 상륙하는 것은 아니래요. 입국을 위한 수속과 간단한 빙례聘禮 의식만 치루면 배는 다시 항구를 떠나 서해안을 따라 아소만으로 간대요. 오후나코시노세토大船越瀨戶*의 수로를 빠져나가 후츄府中(이즈하라)로 가는 거예요. 후츄는 사지키하라성桟原城이 있는 도시예요.

후츄 항구에서는 가로家老**들과 중역들이 모두 나와 대환영을 하고,

---

*쓰시마 섬 남북 중앙에 있는 좁은 바다길.
**다이묘의 가신단 중 최고의 지위.

번주님은 사지키하라성에서 일행을 기다렸다가 인사를 받는대요.

우리들은 손을 흔들어 배들을 배웅하자마자, 후츄로 되돌아가기 위해 반 달 전에 찾아둔 지름길로 서둘러 달려갔어요. 오빠를 만났다는 기쁨에 가슴 설레이며,

'건강해 보여서 마음이 놓여.'

'네. 정말 그래요. 그렇지만 알아보지 못할 정도로 오빠의 모습이 변해있네요.'

'그래. 5년만인걸.'

'사유리 언니, 기쁘죠?

사유리 언니의 뺨이 붉게 물들어 갔어요.

우리가 후츄에 도착했을 때, 해가 막 저물었어요.

다음날 아침 일찍부터 마을은 색다른 흥분에 들떠 있었어요. 항구와 거리는 사람들로 북적거려서 사지키바시栈橋다리에 접근하는 것조차도 쉽지 않았어요. 온 쓰시마 사람들이 모두 모여 있는 것 같이 보였어요. 아마도 3만 명 이상은 넘을 것 같아요.

배들이 들어오기 시작했어요. 사람들은 엄청나게 큰 배들과 그 휘황찬란함에 놀라서 그저 숨을 삼키고 있을 뿐이었어요.

갑자기 배에서 웅장한 음악소리가 울려 퍼졌어요. 갑판에 집결하여 나란히 서 있는 사람들. 나팔 부는 사람, 북치는 사람, 피리 부는 사람. 모두 50명은 족히 되어 보여요.

드디어 상륙시작 ―― 생전 처음 보는 화려한 복장에 멋진 콧수염의 아저씨들, 검은 옻나무에 나전을 입힌 멋진 가마를 타고 고쿠분지國分 寺절 중앙에 있는 웅장한 객관으로 간대요.

지위가 낮은 사람들은 항구 근처에 급하게 새로 지은 몇십동의 숙소로.

날렵하게 보이는 조선의 말들은 대열을 지어 일단 번주님 전용마구간에서 안정을 취하고 있대요. 이 말들은 쇼군께 드리는 조선국왕이 보낸 귀중한 선물.

사람 키 정도 되는 큰 새장에 새하얀 새가 들어 있고, 눈빛이 날카로운 사냥용 매도 몇십 마리나 있어요. 이 새들도 쇼군에게로.

쓰시마는 통신사 일행이 체류했던 20일 동안 섬 전체의 마쓰리(축제)를 모두 합쳐놓은 것만큼 흥분의 도가니였어요. 특히 3일째 되던 날의 행렬식은 항구에서 사지키하라성까지 대오를 지어 행진하는 것이었는데 숨이 멈춰버릴 정도로 어마어마했어요. 곡마 음악대의 연주 행진, 곡예, 무용 등의 시연이 5시간 가까이 지속 되었어요.

그러나 인간이란 20일간이나 계속되는 축제를 견뎌낼 재간이 없네요. 마을 여기저기에서 싸움이 일어나고 또 밤에는 늦게까지 술주정뱅이들이 돌아다니며 행패를 부리고……. 원래 쓰시마는 야간 외출이 자유로운 곳인데, 결국 야간통행 금지령이 내려졌어요.

……오빠는 도대체 무엇을 하고 있는 걸까요?

와니우라에서 짧은 인사만 나눈 채, 오빠는 지척에 있는데도 집에 돌아오지도 않고 아무 기별도 없어요.

불안이 자꾸만 더해져요. 오빠에게 무슨 일이라도……. 이따금 마당에 불쑥 나타나 기쁜 소식을 전해주던 호슈 선생님도 오지 않으시고.

일단 아스의 집으로 돌아간 사유리 언니는 내가 전해 줄 소식을 얼마나 기다리고 있을까요? 무작정 기마무사조에 근무하는 시이나 오빠를 찾아갔어요. 지난번에 시이나 오빠와 내가 길모퉁이에 서서 오손도손 대화를 나누는 것을 본 어떤 분이 우리 둘에 관하여 엉뚱한 소문을 퍼트려 곤란했던 적이 있어서 그 후로는 신중하게 처신하고 있었지만 지금 그런 것에 신경 쓸 겨를이 없어요.

시이나 오빠도 자세한 건 모르고 있었지만 단호하게 이렇게 말해 주었어요.

'절대로 카슨도가 봉변을 당하고 있는 것은 아니니 걱정하지 마.'

며칠 후 툇마루 쪽에서 나무 두드리는 소리가 어렴풋하게 들리는 것 같더니,

'도네야.'

이름을 부르는 소리.

뒤돌아보니 거기에 오빠가 서 있었어요. 얼마나 기쁜지!

나는 오빠의 품으로 달려갔어요. 그리고 큰소리로 어머니를 불렀어요.

부엌에 딸린 작은 출입구에서 나오는 어머니를 향해 오빠가 달려가서,

'어머니, 잘 다녀왔습니다.'

'어머, 우리 아들이 멋있어졌구나!'

어머니에 대한 오빠의 애정은 각별해요. 나는 너무나도 기쁜 나머지 눈물을 흘리고 말았어요. 친부모 친자식이 아니면서도 이렇듯 따뜻한 오빠의 마음은 나에게 더할 나위없는 기쁨이예요.

나는 오빠가 불러 세우는 것도 듣지 않고 큰 길을 달리기 시작했어

요. 목적지는 이 소식을 한없이 기다리고 있는 사유리 언니네 집으로.

……내가 아스에서 숨을 헐떡거리며 곧바로 돌아와보니, 30분 정도 지났는데도 그때까지 오빠는 마당에 서 있었어요. 어머니는 부엌에서 음식준비에 여념이 없는 모습이에요.

'오빠, 사유리 언니가 곧 올 거야.'

'그래? 고마워.'

오빠가 서 있는 곳은 말라버린 담팔수나무 옆이었어요. 오빠는 손으로 나무를 쓰다듬고 있었어요.

'도네가 편지에 쓴 것처럼 역시 말라죽었네.'

오빠의 검도연습용 나무때리기는 담팔수나무에게 꽤나 혹독한 시련이었어요. 오빠가 조선으로 떠난 다음 해에 잎사귀가 하나둘 말라버리더니 그 이듬해에는 아예 꽃이 피지도, 열매가 열리지도 않았어요. 드디어 3년째에는 은잿빛 색이던 나무껍질이 다갈색으로 변해버렸고, 그대로 말라죽었어요.

'아버지는 언제나 이 나무 아래에서 책을 읽고 계셨어. 아버지에게도 이 나무에게도 너무 몹쓸 짓을 했나봐.'

'오빠, 괜찮아. 아버지도 담팔수나무도 다 용서해줄 거야.'

오빠가 슬픈 표정으로 고개를 끄덕이던 것을 잊을 수가 없어요. 그러고 나서 5년 후 가을에 담팔수나무는 거센 폭풍이 내리치던 날 밤에 쓰러져 지금은 흔적도 없이 사라졌어요.

오빠가 집에서 쉴 수 있었던 날은 이 날과 다음 날 뿐이었어요. 그래도 이 이틀간 굉장히 중요하고도 잊을 수 없는 여러 일들이 있었어요.

……내가 아스에서 돌아오고 나서 바로 사유리 언니가 부모님과 함께 도착했어요. 이윽고 마당 저쪽에서 호슈 선생님의 밝은 목소리가 들려왔어요.

잠시 후에 오빠가 부엌으로 들어와서 선생님께서 어머니와 나를 부르신다고.

도코노마床の間*에는 에도에 있는 유명한 화가가 그렸다는 젊은 시절 아버지의 초상화가 걸려 있었어요. 오빠는 점점 아버지를 닮아가고 있었어요.

그 때, 문 쪽에서 손님 목소리가 들려왔어요.

'아메노모리 호슈 선생님 계십니까?'

'어서 오세요.'

카라가네야唐金屋께서 와 계셨어요.

카라가네야는 쓰시마에서 1, 2위를 다툴 정도의 상인으로 쓰시마번의 무역방과 거상 에치고야越後屋**에 신뢰가 높고 덕망도 있으신 분이에요.

카라가네야께서 오신 것은 특별한 이유가 있어서예요. 사실은 이 때 호슈 선생님의 주선으로 오빠와 사유리 언니의 혼례가 결정되었거든요. 중매인은 카라가네야님이었고, 호슈 선생님께서는 아버지 대신 오신 거였어요.

잠시 후에 어머니와 사유리 언니의 도움으로 맛있는 진지상이 준비

---

* 일본식 방의 객실 상좌(上座)에 바닥을 한층 높게 만든 곳.
** 1673년 현찰판매, 정찰판매 등 당시로서는 획기적인 상법으로 포목점을 운영한 미쓰코시(三越)의 전신.

되었어요.

쓰시마 요리에서 로크베에는 빼놓을 수 없는 향토음식이에요. 고구마 전분으로 만든 국수인데 오빠가 아주 좋아해요. 생선찌개, 방어와 오징어로 만든 요리, 조개와 버섯볶음 등등. 기마무사조에 근무하고 있는 시이나 오빠도 달려와 주었어요. 우리 오빠는 술을 잘 마시는 사람이 되어 있었어요.

그날 오빠는 일본과 조선 사이에 놓여 있는 문제와 그것을 해결하기 위한 교섭과정의 어려움을 우리가 이해하기 쉽게 이야기해 주었어요. 호슈 선생님도 맞장구를 치면서 가끔 거들어 주셨어요.

'대단하네요.'

사유리 언니와 나는 서로 얼굴을 마주보기만 할 뿐.

다음 날 오전에 아스에 심부름꾼을 보내 오빠와 사유리 언니의 사주단자를 교환했어요.

통신사 일행이 에도에서 임무를 다하고 본국으로 돌아갈 때, 본국까지 무사히 배웅하고 난 후에 오빠와 사유리 언니는 쓰시마에서 혼례를 올리기로 했어요. 오빠는 일단 쓰시마로 돌아오고, 그리고 나서 에도에 있는 쓰시마번 공관에서 무역방의 좌역직을 약속받았기 때문에 에도에서 행복한 신혼생활을 시작할 예정이었지만, 그것은 결국 이룰 수 없는 꿈이 되고 말았어요.

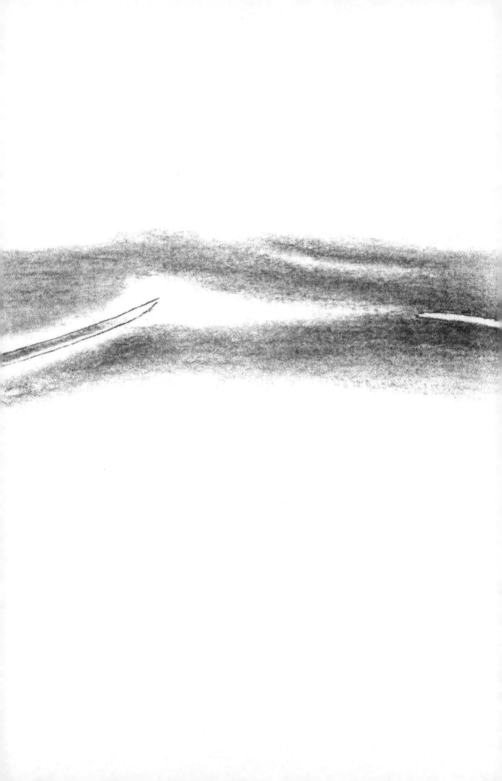

1장

사건

'갑자기 오셨군요. 뭔가 급한 일이라도……'

아비루 카슨도는 주제넘게 말을 많이 하면 안되겠다는 생각으로 대화를 멈췄다. 그의 목소리와 눈빛에는 아메노모리 호슈에 대한 그리움과 존경하는 마음, 그리고 다시 만날 수 있게 된 기쁨으로 넘쳐 있었다.

부산 왜관

아메노모리 호슈는 무거운 마음으로 어젯밤 늦게 부산 왜관*에 도착했다. 그가 갑자기 부산에 온 것은 왜관을 관리하는 관수館守 히라타 소자에몬平田所左衛門과 동향사東向寺**의 겐보玄肪 스님 이외에는 아무도 모른다.

---

* 조선시대 일본인이 조선에서 통상을 하던 무역처. 1678년 초량왜관이 신축되었으며, 1872년까지 양국의 외교 · 무역의 중심지였다.
** 임제종의 절로 서승왜(書僧倭)라고 불렀다. 왜관에서 죽은 사람의 법요식을 주관하고 조선과의 외교문서 작성에도 참여했다.

이번에 조선통신사 빙례를 둘러싸고 막부의 소바요닌側用人 아라이 하쿠세키와 치열하게 담판을 하며, 쓰시마번의 행로에 대한 의견대립 끝에 나온 특사명령이다.

소바요닌은 쓰시마번에 어려운 외교문제를 제시했다. 지금까지 조선에서 도쿠가와 쇼군에게 보내는 국서칭호 〈일본국대군전하日本國大君殿下〉이던 것을 〈일본국왕日本國王〉으로 변경하라는 것이다. 통신사 빙례 중 에도성 혼마루本丸에서 거행되는 국서를 교환하는 의례는 가장 중요한 행사다. 이미 정착돼 있던 칭호를 급히 바꾸라고 한다.

호슈는 아라이 하쿠세키에게 재고를 요구하는 서신을 보냈다.

──이번 〈호칭변경의 건〉은 우리에게 놀라움과 견딜 수 없는 아픔을 주었다. 운운……──

그러나 하쿠세키는 들어주지 않았다. 훗날 하쿠세키는 그의 자서전 《아궁이 밥》에서 이때의 호슈와의 논쟁에 대하여,

쓰시마의 일개 미숙한 유학자 주제에 무엇을 알겠는가……

라고 기록하고 있다. 호슈의 반론이 아마도 무척이나 불쾌했던 것 같다.

통신사에 관한 모든 교섭은 쓰시마번을 통해서 이루어진다. 문제는 통신사 일행이 한성을 출발했다는 전갈이 벌써 도착해 있다. 이것은 조선국왕의 국서는 이미 작성되어 정사正使가 휴대하고 있다는 의미이기도 하다.

국서를 고치는 방안에 대한 쓰시마번의 대응책은 몇 가지 제시되었고 그 논쟁은 뜨거웠다. 칼자루를 쥔 적이 한 두 번이 아니다. 지금에 와서 조선정부에게 호칭을 고쳐 달라는 요청은 의리상 말할 수 없다.

하지만 막부측 대변인은 아라이 하쿠세키여서 번복할 수도 없다. 쓰시마는 조선정부의 미움을 사서도 안된다. 물론 막부측의 심기를 건드려서도 안된다. 조선과의 외교와 통상이 아니면 살아갈 방도가 없는 쓰시마는 너무 힘이 미약하다.

차라리 이 난국에서 빠져나오는 길은 약 100년 전, 도요토미 히데요시豊臣秀吉*가 일으킨 임진왜란으로 인해 중단됐던 조선통신사를, 국서를 위조해가며 재개시킨 20대 당주當主(제1대 번주) 소 요시토시宗義智의 흉내라도 내면 어떨까? 통신사 일행이 쓰시마에 도착하면 쓰시마번주는 국서조사를 실시한다. 그 틈을 타 국서의 내용을 세밀하게 베끼고 칭호만 〈일본국왕〉으로 고친 별도의 문서로 만들어 국서교환의례 때 슬쩍 교체한다는 의견이다. 가로와 다른 중역들은 모두 찬성했지만 호슈는 강경하게 반대했다.

이 때 번주 소 요시미치宗義方는 쓰시마에 있었다. 번주는 통신사 내빙 때마다 반드시 쓰시마에서 통신사 일행을 맞이하여 에도까지 동행해야 한다. 요시미치는 말했다.

'국서위조는 두 번 다시 해서는 안됩니다. 수고스럽지만 아메노모리 호슈께서 조선에 한 번 가주시겠습니까?'

──이번 일을 실패하면 호슈는 할복할 작정이다.──

그러나 지금 이렇게 아비루 카슨도와 동행하며 성벽으로 둘러싸여 있는 넓은 왜관을 산책하는 도중에 자신도 모르게 새로운 기운이 몸 안 어디에선가 솟아오르는 것을 느꼈다. 잠시 안 본 사이에 카슨도는 늠름해져 있었고 듬직한 행동거지에는 쓰시마, 아니 일본과 같은 섬

---

* 일본을 통일하고 대륙진출의 야망을 위해 조선을 침략하여 임진왜란을 일으켰다.

나라에서는 지닐 수 없는 대륙적인 품격이 넘친다.

'카슨도, 너의 성장과 활약상은 히라타 관수에게 들어서 잘 알고 있단다. 대단히 기쁘구나!'

얼굴을 붉히고 있는 카슨도를 힐끗 보고서,

'어머니와 도네는 모두 건강하다. ……사유리도. 이제 곧 만날 수 있겠지. 그 전에 해결해야 할 일이 생겼구나.'

앞에서 공구상자를 멘 목수들 몇 명이 지나간다.

호슈와 카슨도에게 인사를 한다.

'선생님, 오랜만입니다요.'

무리 중에 우두머리로 보이는 노인이 멈춰 선다.

'오! 십장什長, 여전히 건강하십니까?'

'예예, 덕분에요, 언제 오셨습니까?'

'어젯밤입니다.'

토목건축조의 십장인 고마이駒井의 왜관살이는 벌써 30년 가까이 된다.

두모포豆毛浦*에 있었던 왜관은 부지가 좁은데다가 선착장의 수심도 얕고, 두 번의 화재로 건물이 소실된 적도 있어서, 조선정부로부터 지금의 초량지구에 10만 평 남짓의 토지를 제공받아 신왜관을 건설한 것이 38년 전인 1673년 10월의 일이다.

신왜관 건설 때 쓰시마번은 토목공사 담당자로 사지모크자에몬佐治杢左衛門을 임명하고 목수, 미장이, 인부 등 150명을 부산 초량으로 보냈

---

* 현 부산 동구청 주변. 1607~1678년 두모포 왜관이 있던 곳으로 면적은 1만 평. 초량 왜관(1678~1876년)은 신관으로 현재 부산 용두산 공원일대 약 10~11만 평이며 쓰시마인 약 500명이 거주했다. 2m 높이의 석벽 담장이 쳐져 있었다.

다. 조선측에서는 목수 1000명과 인부 500명을 지원해 주어 3년 동안 공사한 끝에 지금의 초량왜관을 완공했다.

당시에 왔던 쓰시마 목수로 지금까지 남아 있는 사람은 고마이 한 사람뿐이다.

목수들이 멀어지자 카슌도가 말했다.

'선생님, 잠시 요장窯場(가마터)에 올라가보지 않으시겠어요? 그 길은 한적하고 오붓하며 또 내려다보이는 경관도 아주 좋아요. 사실은 제가 요즘 도자기에 관심이 많아져서……, 마침 오늘 제 작품 5, 6점을 가마에서 꺼낼 참이거든요.

'그래? 그거 꼭 보고 싶구나.'

호슈는 건성으로 대답했다.

두 사람은 개천을 따라 오르막 길을 오르기 시작했다.

완만한 곡선을 그리고 있는 언덕길에는 나뭇잎 사이로 따사로운 햇살이 내리쬔다. 두 사람은 상쾌한 공기를 가슴 깊이 들이 마셨다. 청년에게는 여느 때와 변함없는 아침이지만, 호슈는 쓰시마와는 색다른 조선 특유의 건조하고도 살을 에는 차가운 기운이 오장육부에 스며 드는 것을 느낀다. 나란히 걸어가고 있는 이 청년……. 카슌도는 더 이상 쓰시마의 잣밤나무와 녹나무, 담팔수나무 등의 푸른 활엽수가 뿜어내는 은은하고 달콤한 녹색의 향기를 잊어버렸을지도 모르겠다.

카슌도의 목소리가 들린다.

'……이번 통신사 빙례에 대해 아라이 하쿠세키께서 무엇인가 변경하라는 제의가 있었다고 들었어요. 상세한 내용은 잘 몰라요.'

'그래, 내가 온 것도 바로 그 일 때문이구나. 솔직하게 다 얘기하마.

너의 협력도 필요하니……'

언덕을 오를수록 조망이 좋아져 왜관 안의 모습이 확연히 내려다보인다. 지붕에 일본기와를 얹은 질서정연한 거리, 선박들이 정박하는 항만시설을 둘러싼 백벽토장*, 동향사의 붉은 종루鍾樓 등을 확인할 수 있고, 그 위에는 아침 해를 강렬하게 반사시켜 눈부시게 빛나는 바다가 있다.

크고 작은 배가 방파제 석벽 너머 모습을 드러냈다. 후추, 은, 동, 옻 등을 싣고 쓰시마에서 오는 배들이다. 부두에는 쓰시마로 보낼 쌀, 인삼, 생사 등의 화물을 싣는 작업이 시작됐다. 수문 앞에는 아침시장이 섰다. 사람들이 모여 있는 무리 중에 조선여인의 물건 파는 소리가 울려 퍼진다. 그러나 많은 사람이 움직이기 시작한 왜관의 아침풍경에 여성의 모습은 어디에도 찾아 볼 수 없다. 무슨 까닭일까?

왜관에는 다다미가게, 두부가게, 곤약가게, 술집, 방물가게, 바느질집, 염색집, 의원 및 온갖 수선집이 지붕을 나란히 하고 있다. 버젓이 하나의 마을인데도 여성뿐만 아니라, 마당이나 길에서 천진난만하게 뛰어놀고 있는 아이들 모습도 찾아볼 수 없다.

왜관에 주재하는 관수 이하의 관리와 그 밑에서 일하는 사람들, 상점주인, 무역상인, 어부들은 모두 혼자 부임한 상태이다. 허가받은 감찰증표를 가지고 출입하는 조선상인도 모두 남자들뿐.

유교를 국교로 하는 조선정부는 특히 남녀관계에서는 엄격한 윤리를 강조했으며, 외국인 거류지인 왜관에 대해서도 엄격한 태도를 취했다. 왜관은 여성출입 금지구역이다.

---

* 회반죽의 하얀 토벽과 삼나무로 만든 검은 판자, 빨간 기와로 만든 가옥.

여성의 출입과 밀통이 발각되면 남녀 모두 죽을 죄, 중개한 자가 있다면 그것도 죽을 죄, 그 외에 죽을 죄로 여겨지는 위법행위에는 난출闌出, 잠상潛商, 노보세긴銀 등이 있다. 난출은 허가 없이 왜관 밖으로 나가는 것, 잠상이란 밀무역, 노보세긴은 밀무역자금을 주고받는 것이다.

왜관 전체는 해자와 석벽으로 둘러싸여 있다. 석벽의 높이는 2m, 석벽 바깥 동, 서, 남 3군데에 조선측 초소인 복병소伏兵所*가 있다.

동쪽에 정문으로 사용하는 수문, 북쪽에 연석문, 남쪽에 부정문이 있다. 연석문은 외교의례용으로, 수문은 일상용이다. 수문에는 두 개의 견고한 문이 있어 바깥쪽 빗장열쇠는 조선측이, 안 쪽은 일본측이 관리한다. 이렇듯 왜관은 격리되어 스산한 남자만의 마을이다.

호슈와 카슨도는 작은 목소리로 대화를 나누며 요장이 있는 언덕길을 올라간다.

문득 멈춰 서서 뒤돌아보니 발 아래에 펼쳐진 왜관 마을이 실제보다 훨씬 멀리 망원경을 거꾸로 보고 있는 것처럼 작게 보인다.

호슈가 시선을 멀리까지 보려고 최대한 가늘게 실눈을 뜬다.

'저런, 부정문에서 관이 나가고 있네. 히, 후, 미, 요 4개군. 게다가 목이 묶인 죄인도 있구나.'

'……어제 두 군데 감옥에서 4명이 처형됐어요. 처형된 사람들은 천민으로 은과 인삼을 밀무역한 매잡이와 어부들이에요. 묶인채 가고 있는 사람들은 술집과 연결된 여성 알선조직으로 일본측과 중개 역할을 한 사람들이에요. 조선측은 연류된 자국민의 남녀를 이미 처

---

* 복병산의 지명에서 유래. 장교 1명과 군졸 2명이 교대로 차출되어 근무한다.

형했어요. 그렇지만 일본인인 우리에게 이렇게까지 엄하게 할 필요가 있을까요. 이런 문제는 벌을 중하게 내린다고 없어지는 일이 아니잖아요.'

왜관에서 죽은 자와 죄인은 부정문을 통해 배에 태워 쓰시마로 보낸다.

'죄인이라도 죽으면 부처지.'

호슈가 배 갑판에 나란히 놓여있는 작은 점으로 보이는 관들을 향해 합장을 한다.

'음……지나칠 정도로 엄격하긴 하지. 조선측에 조약개정을 제안해보면 어떨까? 이번 통신사 문제가 해결되면 어디 한번 시도해 보자꾸나.'

'네, 꼭 좀.'

두 사람은 다시 언덕 위를 향하여 걷기 시작한다.

'……막부가 통신사를 맞이하는 데에 7개 항목의 개선책을 제시했단다. 그 중 6번째 항목은 접대행사 간소화 · 합리화와 경비절감을 도모하라는 것인데. 이전 쓰나요시 취임축하 때 통신사 접대에 들어간 경비는 막부에서만 100만 냥 이상이나 들었다고 하더구나. 막부의 일년간의 세입이 60만에서 70만 냥이니 얼마나 터무니없는 낭비란 말이냐! 우리 일본에 통신사의 내빙이 중요하다는 증거이기도 하겠지만, 에도로 가는 큰 길 연도에 있는 번들의 부담이나 국민의 노역과 마역 부담도 만만치 않아. 따라서 이번의 개선방안에는 대체로 찬성이지만 서두의 방안만큼은 도저히 승복하기 어렵구나……'

카슌도가 그것은? 의문의 표정을 짓는다.

'국왕호칭으로 회복이란다.'

'국왕호칭 회복?'

'조선국왕이 보내는 국서에 쇼군의 칭호를 지금까지 사용했던 〈대군〉에서 〈국왕〉으로 변경하라는 거야.'

'설마요! 현재 부산포에서는 통신사의 선단출범 준비가 이미 완료되어 선원과 어부들도 속속 항구로 집결하고 있어요. 정사, 부사, 종사관 등 삼사도 국서를 휴대하고 이미 한성을 출발했구요. 그런데 지금 와서 그런……'

'그래, 이런 상황에서……. 에도가로 히라타께서 속달로 보내준 막부의 통지를 접한 것은 20일 전인데. 나는 곧바로 이치에 맞지 않는 변경요청이며 외교상 얼마나 바람직하지 않은 처사인지에 대해 하쿠세키에게 서신을 보냈지. 그러자 즉시 변경의 이유를 적은 답장이 왔고 나도 다시 반론을 적어 보냈다. 그 결과 내가 지금 여기에 있는 거란다. 내가 논쟁에서 졌기 때문은 아니지만 저쪽은 막부의 집정執政이고 이쪽은 작은 번의 일개 유학자에 지나지 않으니 ……. 이것이 정치라는 거다. 그러나 말해두지만 이번의 〈국왕호칭〉 문제에 관하여 나의 주장이 옳은 것처럼 하쿠세키의 논거도 결코 틀리지는 않아. 그는 보기 드문 완고한 지략가……'

호슈의 목소리에는 독특한 생기와 은근한 멋이 풍겨서 무심코 넌지는 말인데도, 귀에 쏙쏙 들어온다.

'하쿠세키와 자네의 부친은 친구였네. 그의 시집에 조선통신사가 서문을 써 준 것도 자네 부친 덕택이고, 준안 선생의 문하로 안내한 것도 그렇고. 아비루 야슨도가 없었으면 지금의 아라이 하쿠세키는 없다고 할 수 있지. 그 일을 그가 잊고 있을 리가 없어.

하쿠세키의 주장을 생각하기 전에 먼저 알아두었으면 하는 것은,

임진왜란 이후 도쿠가와와 조선과의 사이에 강화협정으로 국서가 교환되었는데 일본측의 서명이 〈일본국 미나모토노 히데타다源秀忠〉라고 되어 있는 것을 조선측이 문제로 제기하자, 쓰시마번은 어쩔 수 없이 막부에게는 알리지 않고 무단으로 〈일본국〉 아래에 〈왕〉자를 더하여 국서위조와 개찬改竄을 반복했다. 그것을 〈야나가와 사건〉이라고 하지. 이 사건의 전말을 이야기하자면, 지금 동쪽에 떠있는 해가 서쪽 수평선으로 져버리고 말거야.'

'국서위조와 개찬인가요……. 그 결과는?'

'어떻게든 빠져나올 수 있었단다. 쓰시마는 현재도 변함없이 소씨 가문*이니까. 이 일이 있고나서 막부에서는 국서에서 쇼군의 칭호를 지금까지 사용하던 〈일본국왕〉이 아니라 〈일본국대군〉이라고 쓰기로 결정했고 그 이후 4번에 걸친 통신사는 모두 〈일본국대군〉을 사용해왔네.

하쿠세키는 이러한 경위를 무시하고 두 가지 이유로 호칭변경을 주장하고 있는데 첫 번째는 〈일본국왕〉이라는 호칭은 무로마치시대 이후에 사용되었던 적이 있고, 두 번째는 천황은 중국의 황제와 동등하므로 그 신하인 세이이타이쇼군征夷大將軍**을 황제보다 하위의 국왕으로 부르는 것은 명분론에 있어서도 타당하다고.

나는 그렇게는 생각하지 않는다. 왜냐하면 일본의 주권자는 황제이고 그 직위가 쇼군보다 위인 것은 분명한데 〈일본국왕〉이라고 칭하

---

* 쓰시마번주. 헤이안시대(平安時代)부터 큐슈 다자이후의 관료 일족으로 알려져 있다. 쓰시마로 건너가 사무라이로 성장하면서 스스로 도주(島主)라고 칭하고 성을 소씨로 바꾸었다.

** 정치와 군사권을 장악한 막부 최고 실력자.

면 당연히 일본의 왕을 의미한다. 일본 천황 아래에 에치젠왕越前王이라고 하는 것처럼 여러 지방에 왕이 있는 것은 좋지만, 〈일본국의 왕〉이라면 당연히 일본에서는 더할 수 없이 높은 존재다. 이것은 지금의 천황을 업신여기는 것이라고 할 수 있지.

외교는 쌍방에 합당한 근거가 있을 경우에 전례에서 배운다는 것이 현명한 방책이란다.'

'그러나 막부의 명령을 거스를 수 없다는 거죠!'

카슨도는 한숨을 내쉰다.

'이런, 뻐꾸기가 지저귀고 있네.'

호슈가 멈추어 서서 이리저리 올려다본다.

'어디에 있는 걸까?'

'저기, 저기예요. 느티나무가지 끝에.'

'오! 저기 있구나. 철새 오는 시기가 대단히 빠르군, 쓰시마는 아직 뻐꾸기가 보이지 않는데 말이다. 대체로 이팝나무 꽃이 떨어진 후에나 찾아오는데. 조선이 북쪽인데도 빠르구나.'

'저도 오늘 처음 들어요.'

그러나 카슨도는 다른 귀로 듣고 있었다.

누이여
올해도 뻐꾸기가 울고 있네요.

수줍은 너는 대답이 없고
박꽃 같은 미소만 지으며
우물가 두레박에 넘치도록
푸른 창공을 길어 올리고 있어요.

도네와 아비루 문자로 시짓기 할 때 카슨도가 읊은 시이지만 지금 그가 그리워하는 목소리는 도네가 아니다. 바다 멀리까지 이어진 와타즈미신사和多都美神社의 돌로 만든 도리이鳥居*는 썰물이 빠지면 바다 끝에 있는 제1도리이까지 걸어갈 수 있다. 카슨도가 왜관으로 부임하기 바로 직전에 생전 처음으로 시노하라 사유리와 둘이서 손을 잡고 제2도리이를 걸으면서 이 시를 함께 노래했었다. 도네에게는 미안하지만 누이여! 라고 부르면서 사유리와 함께.

　'……이크 벌써! 이러고 있을 때가 아니다. 정사 일행이 부산에 도착하기 전에 미리 만나 국서의 칭호를 바꿔달라고 사정해야 해. 지금 그들은 어디쯤 와 있을까?'

　'18일에 한성을 출발했으니 아마 충주 근처 정도가 아닐까요?'

　'상경로로 내려오고 있겠지? 그들을 하루속히 만나려면 어떻게 해야 할까? 우리들은 공식적인 수속 없이 왜관에서 한 발짝도 나갈 수 없단다. 수속은 며칠이 걸리려나?'

　그때 카슨도의 눈에서 날카로운 빛이 반짝인다.

　'선생님, 가마窯가 보여요.'

　호슈는 카슨도가 가리키는 쪽을 보았다. 일본에서는 볼 수 없는 멋진 계단 모양의 노보리가마가 약간 높은 언덕에 떡하니 자리 잡고 있었다.

　'언제 저런 멋진 것이! 요전에 왔을 때는 보잘 것 없고 조그만 가마였는데.'

　'우와! 저기를 보세요.'

---

* 신사입구에 세운 기둥 문.

카슨도는 자랑스럽게 말했다.

아비루 카슨도의 눈에서 날카로운 빛이 감돈다. 그의 머리에 무언가 번뜩 떠오른 생각이 있는 모양이다. 호슈는 그런 카슨도의 행동을 놓치지 않았지만 아무 말 없이 요장窯場을 향해 언덕길을 올라간다.

잠시 후, 요장에서는 의외의 사건이 기다리고 있었지만 호슈는 그전에 〈야나가와 사건〉에 대하여 상세한 설명을 한다.

야나가와 사건

14, 15세기에 동아시아 근해에는 왜구가 출몰하여 행패를 부리며 돌아다녔다. 조선은 근해뿐만 아니라 내륙 깊숙한 곳까지 습격과 노략질로 그 피해가 상당했다. 왜구문제로 골머리를 앓고 있던 조선정부는 왜구의 최대 소굴인 쓰시마로 출병해서 제거작전을 펼쳤지만 (1419년 기해동정)* 효과는 그다지 없었다.

무력으로는 한계가 있다고 생각한 조선정부는 당시 쓰시마의 지배권을 확립한 도주島主 소씨에게 왜구토벌을 요청하면서 그 대신 매년 상당량의 쌀과 콩을 원조하고 독점적인 교역권을 주었다. 이후 소씨는 막부정부를 대신하여 조선과 교섭하는 유일한 창구가 됐다.

그러나 도요토미 히데요시의 조선침략은 이런 관계를 일거에 날려버렸다. 쓰시마도 어쩔도리 없이 조선침략의 전진기지가 되었다.

히데요시의 야망은 명明 정복에 있었다. 조선침략은 그 발판이 됐다. 그는 대륙을 호령하는 꿈을 꾸었다. 명나라 정복이 성공하면 천황

---

* 1419년(세종1) 6월에 이종무(李從茂)가 삼군도체찰사(三軍都體察使)로 임명되어 왜구의 소굴인 쓰시마를 정벌한 일.

을 베이징北京으로 옮기고 교토는 황태자에게, 그리고 자신은 명나라 닝보寧波에 성을 짓고 천축天竺(인도)을 포함한 전세계를 군림하는 왕이 될 것이라고 주장했다. 과대망상일까? 그러나 알렉산더 대왕은 발칸반도 남부의 소국에서 시작했고 징기스 칸도 몽골의 소부족장의 아들이었다. 실제로 히데요시의 꿈을 계승한듯 중국 동북부의 수렵민인 여진족이 일어나 대명제국을 쓰러뜨렸다.

일본의 조선침략이 시작되자 명나라는 조선에 지원군을 보내 참전했고, 전쟁은 수렁으로 빠져 들어갔다.

쓰시마의 소 요시토시宗義智는 히데요시의 중신으로 크리스찬 다이묘大名*인 고니시 유키나가小西行長와 함께 화평공작을 폈다. 요시토시의 처인 마리아는 유키나가의 딸이다. 두 사람은 조선의 배후에 있는 명나라와 교섭을 개시했다.

노력이 결실을 맺어 1596년 명나라 사신이 일본에 왔다. 그들은 오사카성大阪城에서 히데요시를 배알했다. 소 요시토시와 고니시 유키나가는 강화를 위해 명나라 사신을 불렀지만 명의 목적은 일본책봉에 있었다.

명나라 사신은 책봉을 위한 서류와 〈일본국왕〉의 인감(금인金印)을 히데요시에게 하사하려고 했다.

명을 정복하려고 시작한 전쟁이었기 때문에 히데요시는 화를 내며 그들을 쫓아 보냈다.

이 때 명나라 사신은 책봉서류와 〈일본국왕〉의 인감을 오사카성에 남겨둔 채 귀국했다.

---

* 각 지역을 다스렸던 지방 유력자. 에도시대에는 연간 1만 석 이상의 쌀을 수확하는 영주로 전국 약 260~270가문이 있었다.

화평공작은 실패했지만, 1598년 전쟁 도중에 히데요시가 죽자 도쿠가와 이에야스德川家康와 마에다 도시이에前田利家는 그의 죽음을 비밀로 하고 조선에서 일본군의 철수작전을 개시했다. 병사들은 피폐하여 전쟁을 더 이상 지속할 수 없었다.

　전쟁이 끝나자 쓰시마도주 소 요시토시는 곧바로 조선과의 국교회복에 노력한다. 몇 번이나 사신을 보냈지만 모두 돌아오지 못했다. 국토와 국민을 유린당한 조선의 화는 너무나 컸다. 조선은 일본을 불구대천지원수로 간주했다.

　요시토시는 줄기차게 국교회복을 시도했다. 그는 전쟁 당시에 끌고 온 조선인 포로 송환에 열중했다. 이것이 조선측의 화를 삭히게 해주는 계기가 되어 마침내 조선이 교섭에 응하는 자세를 보이기 시작했다. 북쪽에서 갑자기 세력을 키운 여진이 위협으로 다가오고 있었기 때문이었다.

　세키가하라 전투関ヶ原の戦い*에서 승리한 도쿠가와 이에야스는 세이이타이쇼군직에 취임하고 국내 정치의 안정을 최우선과제로 삼았다. 조선과의 강화는 그 때문에도 필요했다.

　조선정부는 쓰시마에 강화의 조건을 보냈다.
　① 우선 전시에 한성부 내의 왕릉을 파헤친 범인을 송환할 것.
　② 이에야스 쪽에서 '일본국왕'으로서 조선국왕에게 국서를 보낼 것.

---

* 1600년 9월 15일, 도쿠가와 이에야스가 이끄는 동군 10만 명과 이시다 미쓰나리가 이끄는 서군 8만 명이 도요토미 정권의 주도권을 놓고 지금의 기후현에 위치한 세키가하라에서 싸운 전투. 이 전투에서 승리한 도쿠가와 이에야스는 이후 에도막부 설립의 토대를 마련했다. 이 전투를 '천하를 판가름하는 싸움'이라고 한다.

명의 책봉체제하에서는 동아시아의 외교관습상 먼저 국서를 제출하는 것은 상대국에 대한 예를 표명하는 것이 된다. 이에야스가 응하지 않을 이유가 없다.

번주 소 요시토시와 가로家老 야나가와 시게노부柳川調信는 필사적으로 방책을 세우고 큰 모험을 하기로 한다.

우선 쓰시마에 있는 사형수 2명을 왕릉을 파헤친 범인으로 꾸며 포박해서 압송했다.

그리고 다음으로 국서위조다. 내용은 우선 전쟁에 사죄를 표명하고 강화를 원한다는 것이다. 발송인인 도쿠가와 이에야스는 〈일본국왕〉이라고 새겨진 인감을 눌렀다.

이 도장이야말로 히데요시 때 명나라 사신이 두고 돌아간 인감이다. 이 도장이 왜, 어떠한 경로로 소씨의 손에 들어가게 됐는지는 알 수 없다.

왕릉을 파헤친 범인과 국서가 쓰시마 사신에 의해 조선정부에게 전달된 것은 1606년 11월.

국서는 수리되고 2명의 죄수는 필사적으로 무죄를 호소했지만 처형됐다.

다음해 조선정부는 일본에 사절단을 파견하기로 결정했다. 사절단이름은 〈회답겸쇄환사〉*. 이에야스가 보낸 국서에 대한 회답사, 그리고 전쟁 당시 포로로 연행되었던 조선인을 귀국시킬 목적으로 쇄환사를 겸했다.

1607년 4월이었다. 총 500여 명으로 구성된 대사절단이다.

---

* 1607년(선조 40) 임진왜란 이후 단절된 국교를 회복하고 포로송환 임무로 파견된 사신 일행.

조선정부는 일본에서 온 국서에 대한 답장으로 머리말에는,
'봉복(회답을 드립니다). 일본국왕전하.'
라고 적혀 있었다.

이것은 국서를 조선측에 먼저 보냈다는 의미. 국서위조가 발각되는 위험한 사태를 초래하게 될게 불보듯 뻔하다. 게다가 국서본문에도 불안한 곳이 몇 군데 더 있다. 어쩌면 좋은가……

어쩔 수 없이 이번에도 조선의 국서를 개찬하지 않으면 안되게 되었다. 〈조선국왕〉의 인감도 필요하다. 인감은 후츄에 있는 인감기술 자에게 의뢰했다.

개찬한 국서를 진짜와 슬쩍 바꾸어야 한다. 사신들이 쓰시마 체류 중에는 좀처럼 기회를 엿볼 수 없다.

사신들의 에도 도착은 윤 사월 스무나흘. 6월 6일이다. 쇼군 히데타다秀忠를 배알하는 당일 ——이에야스는 쇼군직을 아들 히데타다에게 양위하고 슨푸駿府에 은거하고 있었다.—— 사신들이 등성 도중에 야나가와 시게노부가 틈을 봐서 소매 안에 숨겨 놓은 위서를 몰래 바꾸기에 성공했다.

에도에서의 일정을 마친 사신들은 돌아오는 길에 슨푸성에서 오고쇼大御所(은퇴한 쇼군)로 있는 이에야스를 알현했다. 이 때 흥미진진한 사건이 있었다.

정사 여유길呂祐吉, 부사 경섬慶暹, 종사관 정호관丁好寬 등 삼사가 하단 바닥에 나란히 배석하고 삼사의 통역관으로 상상관上上官인 김검지, 박검지, 교검지 세 사람은 뒤쪽의 히로엔広縁(넓은 툇마루)에서 대기했다. 상단에 이에야스가 자리에 앉자 우선 삼사가 2번 반의 배례를 하고 계속해서 통역관도 배례했다. 그저 그것뿐이다. 문서를 올리는 일도 없고

차나 술도 없었다.

　그들이 나간 후에 이에야스가 좌우에 대기하고 있던 혼다 마사즈미本多正純를 비롯한 신하들에게,

　'끝에 앉아 있던 3번째 통역관 말이네. 어디서 본적이 없는가?'
라고 물었다.

　통신사 사신을 수행하던 소 요시토시가 대답한다.

　'3번째 사람은 교겐지라고 합니다.'

　'아니, 저 사람은 사하시 진고로佐橋甚五郎야. 틀림없네.'

　회답겸쇄환사의 통역관 중의 한 사람을 이에야스는 일본인 사하시 진고로라고 말하는 것이다.

　다음과 같은 이에야스의 말이 남아 있다.

　'만나보시고 나서 통역관 중에 한 사람은 아는 사람이 아닌가? 라고 로쥬에게 물으셨다. "모르는 사람입니다"라고 말씀드리니 "저 사람은 사하시 진고로다. 괘씸한 놈"이라고 하셨다.' ("續武家閑話")

　사하시 진고로는 지금으로부터 24년 전, 이에야스가 아직 하마마쓰 성浜松城에 머물면서 미카와국三河國의 태수로 있을 때, 이에야스의 장남인 노부야스信康 옆에서 고쇼야쿠小姓役라는 근위를 맡고 있었다. 그는 무예와 예도禮道에 모두 출중하고, 똑똑하며 영리하고 절개가 굳은 성품이었지만, 어느 때인가 이에야스의 노여움을 사서 도망친 후에 다시는 나타나지 않았다. 행방불명이 된지 24년 만에 조선통신사의 통역관으로 이에야스 앞에 나타난 것이다. 적어도 이에야스의 눈에는 그렇게 보였다.

　혼다 마사즈미 등 신하들은 '그런데 왜?' 라고 의아해하며 서로의 얼굴을 마주 보았다. 도저히 기억나지 않는다. 수행하던 소 요시토시는

서둘러 정사가 있는 곳으로 달려가 물어보았지만 어처구니 없는 억지라며 조선측은 부정한다. 교검지는 양반 출신으로 과거시험에 합격한 뛰어난 진사라는 답변이다. 소 요시토시가 돌아와 보고했지만 이에야스는 꿈쩍도 하지 않았다.

'내가 잘못 본 게 아니다. 괘씸한 놈, 조선인으로 잘도 둔갑해 있었군.'

다음 날 이에야스는 통신사 사절을 슨푸에서 물러가도록 명했다.

교검지라는 통역관이 사하시 진고로인지 아닌지는 알 수 없다. 이에야스가 말한 것처럼 이 사절단에 정말로 일본인 몇 명이 진짜 군관 통역관으로 참가하고 있는 것은 분명한 것 같다. 그들은 임진왜란 때 병사로 건너가 잔류한 귀화인이거나 또는 일본에서 망명한 자들이라고 하니 어쩌면 교검지가 사하시 진고로일지도 모른다.

사하시 진고로가 어떤 이유로 이에야스의 미움을 샀는지에 대해서는 여러 이야기가 있다.

'동료의 검을 빼앗은 게 들통이 나서 고후甲府로 도망가 다케다 가쓰요리武田勝頼에게 의탁했다'(寬政重修諸家譜)*라는 것이 그 하나다. 다케다는 이에야스의 원수.

회답겸쇄환사는 전쟁 당시의 남녀 1340명의 포로들을 데리고 귀국했지만, 가지고 온 일본의 답서에 〈일본국왕〉의 서명이 없었기 때문에 정사들이 처벌을 받았다는 이야기가 있다.

그러나 양국의 강화는 이루어졌다.

이에 동반해서 부산의 두모포에 정식으로 왜관이 설치되어 쓰시마

---

* 간세이 연간(1789~1801)에 에도 막부가 편성한 다이묘와 하타모토의 가보집이다.

번과 조선정부 사이에 기유조약*이 맺어졌다.

쓰시마 1대 번주 소 요시토시에게 중신인 야나가와 시게노부, 그리고 시게노부가 사망하자 그의 아들 도시나가智永가 협력하여 조선과 일본의 외교와 통상을 진행했다. 소 요시토시와 야나가와 도시나가가 앞서거니 뒤서거니 사망하자, 소 요시나리宗義成와 야나가와 시게오키柳川調興가 뒤를 잇는다. 시게오키는 에도공관에서 태어나고 성장하여 이에야스의 고쇼야쿠(근위)가 되었고, 이에야스 사후에 히데타다에 의해 쇼다이부諸大夫(5품계급의 직명 - 역주)라는 무사직에 임명되는 등 쇼군가의 신임이 두터웠다.

이 야나가와 시게오키를 중심으로 한 쓰시마번의 외교실무반이 국서위조와 개찬을 포함한 대조선 업무를 담당했지만 시간이 지나면서 야나가와 시게오키는 제멋대로 행동하게 되었다. ── 조선과의 관계는 소씨 가문이 아닌 우리들 야나가와가 도맡아 하고 있다. 그리고 막부 뿐만 아니라 조선측도 무슨 일이건 우리 야나가와에게 의지하고 있다.

시게오키는 결국 소씨를 향해 정면공격에 나섰다. 소 요시나리의 여동생인 아내와도 이혼하고 쓰시마번의 최고 기밀이던 국서위조와 개찬에 대한 비밀을 막부에 고발했다. 1633년의 일이다.

비밀상자의 뚜껑이 열리자 막부와 쓰시마번을 뒤흔드는 엄청난 사건이 되었다. 쇼군은 3대 이에미쓰家光이다. 쇼군의 명령으로 조사가 시작되자 쓰시마번은 조선과 일체의 왕래가 금지됐다. 조사관은 쓰시마에 가서 관계서류를 압수하고, 국왕인감을 위조했을 거라고 의심되

---

* 1609년(광해군1) 에도막부의 외교권을 행사한 쓰시마 도주와 맺은 강화조약.

는 후츄의 인감기술자 등도 심문했다.

1년 반에 걸친 조사 후 1635년 3월 11일, 에도성 혼마루의 대연회장에서 심리가 이루어졌다. 중앙에 쇼군 이에미쓰가 배석하고, 오와리尾張・미토水戸・기이紀伊의 도쿠가와 고산케德川御三家*, 로쥬와 와카도시요리若年寄(로쥬 다음의 중책) 등 막부 각료가 배석하고 있다. 정중앙에 피고소 요시나리가 앞에 앉고, 그 뒤에 원고인 야나가와 시게오키가 앉아 있다.

심문은 이에미쓰가 직접 진행했다.

얼추 예상으로는 이전에 이에야스로부터 히젠肥前(큐슈 북서부) 지역의 토지를 하사받았고 막부에서 신하대우를 받고 있으며, 로쥬 외에도 많은 사람들을 아군으로 둔 야나가와가 유리할 거라고 생각했다. 소씨가 패하면 번藩은 폐문당하고 요시나리는 죽을 죄를 면하기 어렵다.

그 날 심리가 끝나고 판결은 내려진거나 다름없다. 윗분의 결정만이 남았다. 결국 판결은 다음날 12일에 전달됐다.

'……쓰시마 태수, 이상의 조항을 윗분께서 빠짐없이 다 들으시고 이것으로 영지와 모든 권한과 의무를 이전과 같이 하라고 분부하시다. 또한 곧 실시될 통신사 사절단 내빙 의식을 맡아주기를 분부하시다.'

소 요시나리의 승리였다. 쓰시마의 영지와 조선외교는 지금 그대로 하고, 올해 아니면 내년에 조선통신사를 초대하라는 분부다.

야나가와 시게오키는 국서개찬의 주모자로 단죄되어 쓰가루津輕(아

---

* 도쿠가와 쇼군 가문 일족으로 쇼군직을 승계할 수 있는 오와리번, 기이번, 미토번을 가리키는 용어.

오모리현)로 유배됐다.

이에미쓰는 조선과의 외교를 전면적으로 쓰시마의 소씨에게 일임하기로 결심했다.

야나가와가 유리할 거라던 세간의 풍설이 어째서 뒤집혀졌을까?

조선과의 외교와 통상으로 쓰시마번 뿐만이 아니라, 막부 또한 큰이익을 챙겨 왔다. 이에미쓰는 국서위조와 개찬의 죄는 제쳐두고 지금의 조선과 일본 관계를 계속 유지시키는 것이 중요하다고 판단했다. 그 임무에는 역시 쓰시마의 태수가 제격이다.

이 판단에는 다테 마사무네伊達政宗*의 중재도 영향을 주었다. 그는 임진왜란이 끝나고 조선에서 철병할 때, 자기 번의 병사귀국에 전력을 쏟아 준 요시나리의 부친 요시토시에게 받은 은혜를 잊지 않고 있었다.

다음해 1636년 조선통신사가 왔다. 총인원 478명. 이 때 에도성 내에 신설된 마장에서 마상재馬上才** 공연이 실시됐다. 이때부터 마상재도 정식으로 〈조선통신사〉의 일원이 되었다. 동시에 도쿠가와 쇼군의 국제상의 칭호를 〈일본국대군〉이라고 정했다. 〈대군〉이란 도쿠가와가문이 겐지源氏 후예의 쇼군이라는 뜻이며, 〈대수원군大樹源君〉의 약칭이다. 이렇게 해서 대군외교체제가 굳혀지고 쓰시마의 소씨를 중심으로 조선외교는 안정되어가기 시작했다.

대륙에서는 여진족이 명明을 멸망시키고 막강한 청淸 제국을 세워

---

* 데와국(出羽国)과 무쓰국(陸奥国)의 센코크다이묘. 센다이번(仙台藩) 초대 번주.
** 숙련된 기마술과 예술성을 겸비한 사람.

빈번히 조선에 침략위협을 가하고 있었다. 이러한 위협때문에 조선은 일본과의 관계강화와 안정을 도모했다.

이런 사건들이 1630년대 중반에 일어난 일이다. 그 후 75년의 세월이 지나서 재차 〈국왕호칭〉 문제가 제기됐다. 더구나 이 번은 모처럼 정착된 칭호인 〈대군〉을 〈국왕〉으로 되돌리려고 한다.

카슨도의 예측대로 국서를 휴대하고 있는 정사 일행은 충주 근처까지 와있다. 국서의 호칭을 다시 쓰는 데에는 중앙정부의 양해가 반드시 필요하다.

카슨도의 강렬한 눈빛은 이 문제에 대한 묘안이 떠올라서일까?

호슈와 카슨도가 요장에 도착하자 도공과 허드렛일을 하는 사람들 7~8명이 옷자락을 걷어붙이고 분주히 돌아다니며 일을 하고 있었다. 아궁이 입구와 굴뚝에서 새어나오는 연기는 완전히 사라지고, 열이 식은 소토燒土에서 쩍쩍거리며 금이 가는 미세한 소리만 들린다.

'안녕하세요. 사기장님!'

카슨도가 키 큰 중년의 야윈 남자에게 한국어로 말을 걸었다.

요장에서 일하고 있는 남자는 모두 쓰시마나 큐슈에서 온 일본인이지만 책임자는 이순지이다. 드디어 도자기를 꺼내기 시작했다.

'카슨도 아저씨!'

어린 계집아이 목소리가 들려왔다.

'오오, 혜숙!'

카슨도는 숲속에서 뛰어 나오는 5, 6살 정도의 소녀를 안고 뺨을 비벼댄다.

'사기장의 딸이에요.'

호슈가 내리쬐는 햇살에 적갈색으로 빛나는 소녀의 머리카락을 가볍게 쓰다듬었다.

노보리가마 꼭대기에서 이순지가 장승처럼 우뚝 서서 외친다.

'혜숙아, 내려오너라. 카슨도 아저씨는 바쁘신 분이다.'

혜숙은 카슨도의 어깨에 딱 달라붙어 내려오려고 하지 않는다.

이 노보리가마는 이순지가 지휘하여 완성한 것으로 언덕 위에까지 모두 8개의 방이 있다. 두 달 걸려 흙을 빚고 물레질로 형체를 만들어 말려두었다가, 그림과 문양을 그려 넣고 유약을 발랐다. 크고 작은 밥그릇, 국그릇, 꽃병, 접시, 물병, 연적을 도공과 허드렛일을 하는 사람들이 총 출동해서 그저께 아침부터 저녁까지 8개의 방에 가득히 채워 넣었다.

그 다음에는 1번 방, 2번 방에 불을 지피고 4시간 정도 은은하게 달군 후, 일거에 본불을 지펴 어제 하루 종일 8개 방 전부를 구워냈다.

열은 윗방으로 갈 정도로 높아져 갔다. 아래쪽 방은 일상용 밥그릇, 찻잔, 접시 등의 도기가, 6번째 방, 7번째 방, 8번째 방은 항아리와 제기, 연적이 구워진다.

이순지는 북부 회령의 관요官窯에 있던 실력 있는 도공이었지만, 피치 못할 사연으로 남쪽으로 왔다고 했다.

카슨도가 이순지를 호슈에게 소개한다. 물론 조선어로.

'이쪽은 쓰시마번의 조선방 보좌역 아메노모리 호슈선생님이에요. 저의 스승이기도 하지요. 어젯밤에 오셨습니다.'

이순지는 굴뚝에서 뛰어 내려와 일본식으로 머리 숙여 인사했다.

'선생님 말씀 많이 들었습니다. 만나 뵙게 되어 영광입니다. 이순지라고 합니다.'

깊이 있고 조용한 목소리를 가진 이순지의 눈에도 날카로운 빛이 머물고 있었다. 호슈는 이순지의 눈빛에 강한 인상을 받았다. ……조금 전에 카슨도의 눈에서 빛나던 것과 같은 반짝거림이다. 이 반짝거림이 정사 일행과 만날 수 있는 방책과 어떤 관계가 있을까?

이순지는 큰 키를 구부려 8번째 방의 작은 출구에 팔을 집어넣었다.

카슨도는 안고 있던 혜숙을 내려놓고 숨을 크게 들이마시면서 이순지의 움직임을 좇는다.

'자, 잘 구워졌습니다. 카슨도의 항아리입니다.'

커다란 참외모양의 항아리를 꺼냈다. 이순지가 야릇한 미소를 지으며 카슨도에게 던져준다.

기뻐하며 구석구석, 꼼꼼히 살펴보고 있던 카슨도가 갑자기 실망스럽게 말한다.

'뭐야, 히비키잖아!'

히비키ひびき? 즉 금이 간 것이다. 위 둥근 부분에서 중간 정도까지 머리카락 한 올 정도의 가느다란 선이 내달리고 있다. 카슨도를 향한 이순지의 야릇한 미소는 이 금을 발견했기 때문이다.

'모양도 괜찮고 색도 잘 나왔는데 물레질이 좀 모자랐던 것 같습니다.'

비아냥인지 위로인지 구별이 안가는 말투로 이순지가 말한다.

다음에 꺼낸 것은 우산 모양의 호리병으로 완전히 두 조각이 나있었다.

'카슨도, 아직은 좀 더 연마해야겠어요.'

이순지가 다정한 눈길로 카슨도를 뒤돌아보았다.

'그렇지만…… 우와! 이건 굉장한 걸.'

청백색의 조그만 비둘기 모양의 연적이다.

'비둘기가 나를 살려주네, 이런 작은 것까지 실패한다면 너무 속상해요.'

카슨도의 손바닥에서 조그마한 비둘기 모양의 연적은 당장이라도 하늘을 날아오를 것 같았다.

'이거 꽤 귀엽군. 어디보자.'

호슈가 옆에서 지켜보다가 끼어들며 손을 내민다.

'상상했던 대로 멋진 걸. 손에 쏙 들어오는 느낌이 아주 좋군. 연적이라면 이 정도는 돼야지. 살아있는 것처럼 따뜻하구나.'

'선생님께 드릴게요.'

카슨도가 말한다.

'내가 가져도 괜찮겠어?…… 고맙네. 잘 받겠네. 이것으로 벼루에 물을 담아 사용하면 글씨가 저절로 명필이 되겠는걸.'

이순지가 카슨도에게 다가오며 금이 간 참외 모양의 항아리를 건네준다.

'자, 실패작은 본인이 깨는 게 원칙입니다.'

카슨도는 쓴웃음을 지으며 5, 6걸음 옆으로 비켜서서 항아리를 머리 위까지 들어올린다. 혜숙이가 따라 붙으려 하자,

'예쁜 혜숙아, 위험하니깐 잠깐 떨어져 있으렴.'

다정하게 혜숙을 살짝 뒤로 보냈다.

항아리는 2m 높이에서 크고 평평한 돌 위로 떨어졌다.

기분 좋은 소리와 함께 무수히 많은 파편으로 흩어졌다.

'사기장님, 이럴 때마다 나는 기가 죽어요.'

'아닙니다. 다음 가마불때기는 12일 후입니다. 그동안에 흙을 반죽

하는 방법부터 성형, 물레, 굽이 높은 도자기 작업 등등 다시 한 번 더 확실하게 가르쳐 드리죠.'

'고맙습니다. 그런데……, 다른 건?'

'고놈은 여기에……'

이순지는 저고리 깃 여밈 안쪽으로 오른 손을 넣었다.

'완성도가 높은 최상품입니다. 포장하겠습니다.'

'좋아, 고맙습니다. 꿀 포장으로 해주세요!'

조선에서 귀중하게 여기는 꿀은 항아리에 넣어 포장과 운송에 세심한 주의를 기울인다. 그래서 포장 중에 최고는 꿀포장이라고 한다.

이순지는 도공으로서의 자신이 해야 할 일을 척척 해치우면서 또, 인부들에게 지시도 하며 가슴께에 숨겨 온 종이를 꺼내더니 갑자기 휴지조각처럼 꾸깃꾸깃 동그랗게 구겼다.

종이는 닥나무로 만든 고품질 한지다.

이순지는 일단 구긴 종이를 반만 펼치더니 아메노모리에게 비둘기 모양의 연적을 받아 감싼다.

'자아, 이것을……'

이순지의 눈을 보고 그 의미를 알아차린 카슨도가 가볍게 고개를 끄덕였다.

'선생님, 서둘러야 할 것 같아요.'

카슨도는 호슈의 팔을 잡자마자 언덕길을 서둘러 내려갔다.

'카슨도 아저씨!'

카슨도를 부르는 혜숙이 목소리가 멀어진다. 호슈가 묻는다.

'도대체 어디로 급히 가는거냐?'

'우선 제 방으로.'

내려오는 길은 다른 길을 선택했다. 선적과 하역이 한창인 지금, 많은 사람들이 오가는 항구 길을 피해 인적이 없는 관수저택의 뒤쪽 길로 내려갔다.

카슨도는 동향사 옆에 있는 사이반裁判*안의 기숙사에 방 하나를 얻어 지내고 있다. 사이반은 조선과의 외교교섭을 담당한다. 10명이나 되는 사이반 안에서 최연소로 말석에 있지만, 조선어 뿐만 아니라 교섭수완 실력이 뛰어나다. 덤으로 한자의 읽고 쓰기와 중국어 회화 실력도 만만치 않아 중국어 담당 외교문서작성 전문가인 동향사 스님들도 그에게는 경의를 표했다.

사이반 기숙사는 두 동이 있다. 하나는 일본식이고 다른 하나는 조선식인데 카슨도가 머물고 있는 방은 조선식이다. 그는 입주할 때 망설임 없이 이쪽을 선택했다.

새의 날개처럼 휘어져 있는 용마루 기와 위에 참새가 옹기종기 모여 앉아 재잘거리며 놀고 있다. 호슈를 방으로 안내한다. 마침 머리위 천정 넘어 참새의 지저귀는 노래 소리가 들려온다.

'이 방은 내부도 완전한 조선풍 방이로구나!'

작은 방이지만 바닥은 따뜻한 온돌이고 벽에는 멋진 책꽂이와 책상이 놓여있다. 호슈는 책꽂이에 쌓여 있는 한문서적을 훑어보더니 칭찬하며 감탄했다.

'이 책은 장대張岱**의《석궤서石匱書》이구나!'

---

* 초량왜관에서 관수(官守) 다음의 중요한 직책.
** 명말청초 환관 출신(1597년~1667년). 청나라 군대가 남하하자 입산하여 저술로 일생을 보냈다. 저서에《낭환문집(琅環文集)》6권과《도암몽회(陶庵夢懷)》8권,《서호심몽(西湖尋夢)》5권,《석궤서(石匱書)》,《석궤서후집(石匱書後集)》등이 있다.

장대, 명말청초의 사람. 청조에서 쫓겨나 산으로 피신하여 명의 역사와 명조에 순직한 사람들의 전기를 정리한 《석궤서》 전 221권을 남겼다.

호슈가 맨 위에 있는 책 한 권을 손에 들고,

'나는 아직 읽지 않았는데…… 일본에는 아직 들어와 있지 않으니 말이다. ……그래? 이것이 소문으로만 듣던 그 《석궤서》이군! 모크몬에서 종종 회자된 책이었는데…… 특히 자네의 부친과 하쿠세키가 읽고 싶어 했었지.'

카슨도는 부끄러운 듯이 고개를 숙였다.

'저도 이제 막 읽기 시작했을 뿐이예요. ……자리에 앉으세요. 차를 준비할게요.'

'……그런데 저 조선인 도공은 일본어를 할 줄 아는구나. 그것도 아주 잘.'

카슨도의 얼굴표정이 움찔거렸다.

'어떻게 아셨어요? 일본어를 한마디도 입 밖으로 내지 않았는데요.'

'내가 일본어로 대화를 나누고 있을 때 눈의 움직임을 보면 알 수 있지. 그러나 일본어를 할 줄 아는 조선인을 왜관에 상주시키는 것은 금지되어 있을 텐데.'

카슨도가 고개를 떨구었다.

'괜찮다. 그 이유는 나중에 듣기로 하고 그것보다 나를 급히 이리로 데리고 온 연유는 무엇이냐?'

카슨도는 좀 전의 비둘기 연적을 책상 위에 놓고 포장을 풀었다.

'이것 좀 봐 주세요.'

'이것이 어떻다는거냐?'

'비둘기가 아니라 포장지 말이에요.'

카슌도가 구깃구깃 구겨진 종이를 쭉 펼쳤다. 붓으로 묘사된 선이 두껍게 혹은 가늘게 복잡한 곡선을 그리고 있다. 이 곡선들은 가는 곳마다 서로 교차하고 있었다.

'이것은 지도구나.'

호슈는 한참 가만히 들여다보고 깜짝 놀랐다.

'조선반도의 도로지도가 아니냐? 게다가 반도뿐만이 아니라 대륙까지도……. 어쩐지, 이순지가 일본인 도공 앞에서 아무렇게나 구긴 이유가 있었구나!'

카슌도는 고개를 끄덕이며 손가락으로 지도 위의 한 지점을 가리켰다.

'잘 아시겠지만 부산에서 한성까지의 상경로는 3개가 있어요. 이것이 좌로, 이것이 중로, 이것이 우로예요. 한성에서 남으로 출발하면 동쪽이 왼쪽이니깐 좌로가 되지요. 이전에 왜인의 상경로는 이 중로를 병행해서 지나갔어요. 무로마치시대*부터 일본의 사신, 즉 쓰시마 사람이 한성으로 향하던 상경로는 아마 이 근처일 거예요. 히데요시 군사는 이 상경로로 진격해서 한성을 공략하여 약탈하고 모조리 태워버렸어요. 물론 앞장서서 안내한 사람은 쓰시마 사람이었구요. 전쟁이 끝나고 나서 조선정부는 왜인 상경로를 폐쇄했어요. 지금은 완전히 없어져 도저히 사람이 다닐 수 있는 길이 아니예요.'

호슈는 끄덕였다. 그의 날카로운 눈빛은 카슌도에게 향했다.

'정사 일행은 어느 길로 오고 있는 걸까?'

---

* 1336년 아시카가 다카우지(足利尊氏)가 겐무정권을 무너뜨린 때부터 1573년 오다 노부나가(織田信長)에게 패망될 때까지 약 240년 간의 시대.

'이전의 통신사는 모두 이 길이에요.'

'좌로이군. 이번에도?'

카슨도는 이순지가 그어준 선 위를 검지로 따라간다.

'한성, 양평, 충주, 안동, 경주, 부산⋯⋯'

'너는 지금 통신사 일행이 충주 근처라고 예측하고 있는 거지?'

'네. 세갈래 상경로는 공공연한 비밀이지만 왜관에 있는 사람들에게는 그리 귀중한 정보는 아니예요. 그렇지만 여기 제일 가는 선을 봐주세요.'

'이게 길일까? 그런데 꽤 곧바르네. 베이징까지 연결되어 있군.'

'이것은 은銀길이에요.'

'은길?'

호슈는 믿을 수 없다는 표정을 지었다. 무리도 아니다. 〈은길〉은 조선정부의 최고 기밀, 비밀 중의 비밀로 여겨지고 있기 때문이다.

──당시에 세계 최대 제국이라는 명나라나 청나라도 모두 은 본위제로, 전 세계의 은을 블랙홀처럼 흡수하고 있었다. 은의 최대 공급국은 일본이다.

일본이 왜관을 통해서 조선에서 수입한 상품은 생사와 견직물이 80%이며, 그 대부분은 교토京都로 보낸다. 남은 20%는 조선인삼이 차지한다. 거래는 왜관에 있는 개시대청開市大廳*에서 이루어지고 결재는 정은丁銀**으로 지불한다.

품질 좋은 생사나 견직물은 아직 조선과 일본에서는 생산이 불가능

---

* 조선과 일본의 무역은 공무역(公貿易), 사무역(私貿易, 개시무역開市貿易), 밀무역(密貿易)으로 구분된다. 사무역, 개시무역이 이루어지던 건물이 개시대청이다.

** 순도가 70퍼센트로 품질이 낮은 은.

하여 모두 중국에서 수입한다. 일본 〈은〉은 교토의 산조가와라三条河原에 있는 쓰시마번의 공관에서 조달됐다. 공관은 다카세가와高瀬川강변에 위치하고 있다. 가득 채운 은화상자는 전용선착장을 출발하여 후시미伏見를 경유하여 요도가와淀川강을 따라 오사카로, 세토내해瀬戸内海*를 지나 쓰시마로. 그리고 짐 조사 후에 은선銀船에 실어서 왜관까지 운반된다.

조선정부는 일본에서 지불한 은을 베이징까지 옮겨 이것으로 생사와 견직물, 생약들을 구입한다. 생사와 견직물은 같은 길을 이용하여 반대로 교토까지 운반되며 대부분이 고급견직물을 생산하는 니시진西陣으로 간다. 교토와 베이징은 이렇게 〈은길〉로 연결되어 있다.

은은 안전을 위해 보다 빨리 운반해야 한다. 조선반도와 대륙의 산과 들에는 떼를 지어 다니면서 사람들을 해치는 비적들이 제멋대로 날뛰고 있다. 그 때문에 〈은길〉은 사람들 눈에 잘 띄지 않으면서도 노면은 고속주행이 가능하도록 석탄과 물을 섞어 잘 닦아 놓은 포장된 길이다.

부산과 한양 간은 보통의 상경로라면 17일이 걸리지만 〈은길〉 운송대는 5일이면 내달릴수 있다.

'이것이 진짜로 은길이 맞는 것이냐?'

호슈는 엉망진창으로 구겨져 아무리 펼치려고 해도 퍼지지 않는 지면 위를 뚫어지게 응시하고 있다.

'정말이라면 대단한 일이구나. 만약 이 일을 동래부東萊府가 알게 된다면……. 카슨도 너는 어떤 목적으로 이 지도를 입수한거냐? 그 댓가

---

* 일본 혼슈(本州) 서부와 큐슈(九州) · 시코쿠(四國)를 에워 싼 내해.

는? 그리고 저 이순지라는 도공은 도대체 어떤 인물이냐?'

호슈의 날카로운 질문을 피하려는 듯이 카슌도는 자리에서 일어나 등을 보이며 찻물을 준비하기 시작했다.

'나는 너의 미래를 위해 조선에 보냈건만 너는 나 몰래 은밀히 비밀활동을 하고 있었다니……'

한숨과 함께 호슈는 중얼거렸다.

뒤돌아 본 카슌도의 얼굴은 긴장해서인지 새파랗게 질려 있었다.

'큰 고리를 내어 미안하구나. 용서해라. ……이것은 좋은 찻잔이구나. 백자가 아니냐?'

'아니요, 그것은 고비키粉引라는 찻잔이에요. 유약을 바르기 전에 열에 강한 백토를 분장해서 도자기 전체가 하얗게 보이는 거예요. 사기장의 작품이죠.'

호슈는 끄덕였다. 차를 한입 후루룩 마시고,

'그러니깐 그 이순지 말인데……'

카슌도는 호슈의 눈을 바라보며 조급하게 먼저 말하기 시작했다.

'우리들은 조선정부로부터 이곳 초량 부지를 제공받고 시설건축비용과 인부도 조달받아 왜관을 경영하고 있어요. 왜관은 쓰시마번의 이익을 위해서 뿐만 아니라 막부, 더 나아가 일본이라는 국가가 대륙과 교류하고 세계와 어깨를 나란히 하는 데에 있어 정말로 중요한 역할을 하고 있는거죠. 나가사키長崎(큐슈 서북부)에 있는 데지마出島*는 서양과 교류하는 작은 창구에 지나지 않아요. 왜관의 중요도는 그보다 한층 더 중요하다고 할 수 있어요. 이 일은 제가 부산에 부임해 온 이

---

* 1634년 에도 막부의 쇄국정책의 일환으로 나가사키에 건설된 인공 섬. 네덜란드와 교류하던 장소.

후 곰곰이 생각해 온 거예요.'

그러나 우리 일본인은 여기, 이 왜관에서 한 발짝도 조선 땅 밖으로 발을 내딛을 수 없어요. 왜관을 관할하는 동래부와 공적인 업무로만 왕래할 정도예요. 가까운 산에 오르는 것도 허가를 받아야만 하고, 언제나 감시당하고 있어요.

한편 통신사는 십수 년에 한번이라도 400~500명 규모로 수개월 간에 걸쳐 일본의 대로를 왕복하면서 주요도시와 항구를 제약없이 견문하고 관찰할 수 있어요. 사절단에는 정치가, 문인, 군인, 기술자, 그리고 첩자도 섞여 있어요. 그들이 귀국 후에 조선 정부에 제출하는 보고서는 수천 장에 이르는 방대한 것이라고 들었어요. 그런데 우리쪽은 어떤가요? 우리들은 한성에 가볼 수도 없어요. 그들이 가끔 우리들을 〈우물 안 개구리〉라고 비웃는 것도 이유가 있어요. 우리들은 좀 더 상대를 알아야 해요. 조선이나 청나라도 우리들이 알고 있는 것보다 몇백배나 일본에 대하여 잘 알고 있을 테니깐……'

호슈가 기다림에 지쳐서 안절부절 못하고 말을 끊었다.

'이제 이 정도로 하자. 너의 말은 정말 일리가 있구나. 그러나 카슨도, 지금 너는 사이반의 규정을 넘어서고 있어. 도대체 너는 누구와 싸우고 있는 것이냐?'

카슨도는 깜짝 놀라며 얼굴을 들었다. 〈도대체 누구와 싸우고 있는 것이냐?〉 예전에 검도의 첫걸음으로 담팔수나무를 향해 나무때리기 연습을 하고 있을 때도 똑같은 질문을 들었다. 그리운 고향집 마당에 있는 담팔수나무…….

카슨도는 지나간 일들에 대한 회상을 털어내며 자세하게 그려진 조선반도 지도를 노려보았다. 종횡으로 달리는 가도를 따라 손가락이 미끄러진다.

'보세요. 선생님. 은길과 상경 좌로가 여기에서 교차하고 있어요.'

호슈가 유심히 들여다보면서,

'단양이구나.'

'조령의 북쪽이에요. 아무래도 단양에서 만나면 될 것 같아요. 정사 일행이 조령을 넘으면 한발 늦어요.'

조령은 험준한 산맥이 동서로 가로막고 있는, 조선 남부에서 가장 왕래가 힘든 곳이다. 낭떠러지를 깎아 만든 벼랑길이 구불텅구불텅. 수백 미터 아래는 세찬 격류가 흐른다. 커다란 바위 뒤에 산적들이 낫 처럼 생긴 큰 칼을 번쩍이고 있다. 조령을 넘은 후에는 뒤를 돌아보고 싶지도 않을 정도다.

만약 일행이 조령을 넘어버리면 정사는 국서칭호를 변경해야 하는 건 만으로, 한성에 사신을 보내는 것은 거의 불가능하다.

〈은길〉을 달려서 정사 일행이 조령을 넘기 바로 직전까지는 만나야 한다. 요장에 가던 길에 카슨도의 눈에서 날카로운 빛이 반짝였던 순 간은 이 방책이 떠오른 순간이었을 거라고 호슈는 생각했다.

'단양까지 얼마나 걸릴 것 같으냐?'

'늦어도 이틀이면.'

'위험한데……'

'각오한 일이에요.'

'은길에는 어떻게 들어가는지 알고 있느냐?'

'은길을 이용할 수 있는 문인文引(통행허가증)을 가지고 있어요. 이 허가 증은 특수한 임무를 띤 사람에게만 발행되는 거예요.'

'그것도 이순지가 준비한 것이더냐?'

카슌도가 머뭇거리며 고개를 끄덕였다.

'타고 갈 말은?'

'바로 준비할 수 있어요.'

'정사를 만난다 해도 문제는 어떤 방법으로 국왕호칭을 바꿔달라고 요청할 것인가. 나는 요시미치 번주님의 서명과 인감이 찍혀 있는 용지를 받아왔다만……'

'일행 중에는 동래부사 홍순명洪舜明이 종사관으로 참가하고 있어요.'

'그래? 홍순명이 참가하고 있어?'

호슈가 1703년에 2년 정도 왜관에 체류하고 있었을 때, 조선어 교과서의 필요성을 절실히 느끼고 무작정 교과서 편찬에 착수한 적이 있다. 그때 일본어와 조선어가 서로 닮은 구조를 가지고 있는 사실을 발견했다. 당시에 동래부에 있던 홍순명을 알게 되었다. 마침 그도 일본어 교과서를 계획하고 있었다. 이렇게 해서 두 사람의 교류가 시작됐다.

그 홍순명이 이번 통신사의 종사관으로 동행한다고 한다.

'이렇게 하자꾸나. 번주님의 서명과 도장이 찍힌 용지에 이번의 국왕호칭 회복에 대하여 조선측의 이해를 얻을 수 있도록 글을 적고 홍순명에게는 별지를 첨부하는 걸로 하자. 자네가 신뢰할 수 있는 사신이라는 보증으로 말일세. 그런데 왜 이순지라는 일개 도공이 쓰시마 측의 내정에 관여하고 있는 것인지. 도대체 모르겠군. 너와 이순지의 관계는……'

'그 일에 대해서는 조만간 말씀 올릴게요. 현재로서는 그는 신뢰할 수 있는 사람이라고만. 선생님이 생각하기는 의미와는 조금 다를지도 모르지만.'

'하여간 자네는 단양에서 정사 일행을 만나 곧바로 홍순명을 찾게. 물론 친분은 있겠지?'

'네. 그 분은 명석하시고 사려 깊은 분입니다. 저에 대한 인상도 나쁘지 않을 거예요. 왜관에 종종 방문한 적도 있으시고, 히라타 관수님과 함께 동래부에 갔을 때 몇 차례 대화도 나누었어요. 제가 호슈 선생님 제자라고 히라타 관수님이 소개해주셨거든요.'

'좋아, 그렇게 하자. 나는 당장 편지를 쓰겠네. 그런데 언제 출발할 예정이냐?'

'일몰과 함께요.'

'설마! 은길이라고 해서 밤에 가는 것이 불가능한 건 아니겠지?'

이 때 카슨도의 눈이 다시 반짝하고 날카로운 빛을 뿜었다. 목소리를 낮추어,

'선생님, 암행어사를 아시죠?'

'……국왕직속 특명사신.'

카슨도는 끄덕인다.

'암행이란 글자 그대로 어두운 길을 달리는 것으로, 은길은 암행어사가 이용하는 길이기도 해요.'

카슨도는 다시 한 번 지도를 가리키며,

'이것 보세요, 정말로 은길은 최단거리를 달리기 위해 곧장 뻗은 길이며 달빛만 있으면 암행어사처럼 달릴 수 있어요.'

호슈는 잠시 침묵한 후에,

'그러면 바로 편지를 써야겠다.'

카슨도가 책꽂이에서 연적을 집어 들어 붓통과 함께 책상에 내려 놓는다.

'그렇지! 선생님 이 연적을 사용하세요.'

'그거 좋겠군. 오! 이럴 수가. 아직도 여전히 따뜻하다니. 정말로 살 아있는 것 같구나. 이 멋진 것을 선물받아 너무 기쁘구나.'

카슨도가 비둘기 연적에 물을 가득히 채우면서,

'저 역시 영광이에요. ……그래, 비둘기! 시이나는 지금도 비둘기를 기르고 있나요?'

호슈는 붓통에서 몇 자루의 붓을 꺼내어 한 자루 한 자루 붓끝을 혀로 적셔 상태를 확인한다.

'아직 기르고 있단다. 마리 수도 늘어서 지금은 30마리 정도 기르고 있는 것 같더구나. 최근에는 심부름하는 비둘기에 빠져 있다더라.'

'심부름하는 비둘기요?'

'비둘기의 강한 귀속본능을 이용해서 통신에 이용한다고 하더라. 몇십 리 몇백 리 멀리 떨어진 곳에서도 틀림없이 자기 집으로 돌아온다고 하더군. 시이나는 근무를 게을리 하면서까지 비둘기를 훈련시키느라고 정신이 없단다. 비번일 때는 와니우라나 히타카쓰比田勝, 쓰쓰자키豆酘崎 등으로 후츄에서 가능한 한 먼 장소까지 나가서 비둘기를 방사한대. 주위 사람들은 모두 비둘기 통신사라고 놀리고 있다는구나. 그런데 작년에 번주님이 에도로 갈 때, 시이나도 함께 동행하면서 몰래 비둘기를 데리고 가서 에도 도착 후에 곧바로 방사했다더군.'

카슨도의 눈이 빛났다.

'쓰시마로 돌아왔나요?'

'돌아왔대. 세 마리 모두 다.'

'며칠 만에요?'

'비둘기를 오전 0시에 놓아주었는데 후츄에 도착한 것은 오후 10시……'

'며칠 째예요?'

'그날 오후 10시에.'

'설마!'

'도네가 시이나의 비둘기장 앞에서 기다리며 정확히 시간을 재었는데 다리에 〈도네에게〉라고 글자가 달려 있었다더군.'

'그러면 비둘기는 밤에도 날 수 있다는 거로군요'

이 때 카슨도는 시이나의 통신하는 비둘기를 머리속에 깊이 담아 두었다.

호슈는 편지 쓸 준비를 마쳤다. 카슨도는 출발준비로 분주하게 움직였다.

카슨도와 호슈가 각자 해야 할 일을 하고 있는 사이에 언덕 위 가마터에서는 이순지의 지휘로 도자기의 짐꾸리기 작업이 진행되어 항구의 수출창고에 반입됐다. 쓰시마로 보내려는 것이다.

쓰시마는 조선으로부터 매년 2만 석 전후의 쌀을 수입하고 있지만 그것들은 부산의 창고에서 일단 왜관으로 들어가, 일본식으로 다시 포장하여 왜관의 항구에서 후츄로 보낸다. 쌀가마니 사이에 도자기 상자를 끼워 두면 적하물 전체가 안정되고 도자기의 손상이 적어지므로 자연스럽게 쌀을 운반하는 배를 이용하게 되었다.

이순지와 혜숙

이순지와 아비루 카슨도와의 만남은 2년 전으로 거슬러 올라간다.

4월 어느 날, 카슨도는 수석 사이반으로 있는 에토衛藤와 함께 조약

갱신과 일부개정의 협의를 위해 동래부에 갔다. 쓰시마가 1년간 조선에 할당받은 배의 수는 조약에 의해서 결정되어 있지만 매년 그 수를 현실에 맞춰 조정한다. 매번 쓰시마는 늘려달라고 요청하고 조선측은 억제하는 입장이다.

이날 카슨도가 동래부 무역담당자와 협의해둬야 할 일이 남아 있어 에토보다 1시간 정도 늦게 혼자서 귀가를 서두르고 있었다. 형식적이지만 미행이 붙는다.

작은 개천을 따라 남쪽으로 내려갔다. 멀리서 작은 북소리가 들린다. 마침내 개천은 바다로 들어간다. 조수가 밀려드는 시간이라 조금씩 차오르는 물이 노을 빛을 받아 비단처럼 눈부시게 반짝거린다.

카슨도가 폐문시간에 쫓겨 서둘러 달리기 시작했을 때, 우측 소나무 숲에서 비명소리가 났다. 여자아이의 울음소리였다. 처음에는 부모에게 혼나고 있나 해서 그냥 지나치려고 했지만, 절규하는 울음소리에 풀숲을 헤치며 급히 달려갔다.

누추한 옷차림의 두 남자가 어린 여자아이를 안고 어디론가 데리고 가려고 한다.

유괴범이다. 카슨도가 따라붙었다. 우선 좌측남자의 목덜미를 잡아 뒤로 자빠뜨리고 명치를 가격했다. 남자는 신음소리를 내고 실신했다. 다음은 아이를 안고 있는 다른 남자를 덮쳤다. 남자는 아이를 풀더미에 내동댕이치고 단도를 번쩍 쳐들었다. 카슨도는 민첩하게 상대의 단도를 쳐내고, 손목을 등 뒤로 돌려 비틀었다.

'팔을 부러트릴테다.'

남자는 공포에 떨었다.

남자의 손목색이 변해갔다. 카슨도가 조금만 힘을 더 주었더라면 부러졌을 것이다. 카슨도는 기억해두라고 엄포를 놓았다. 유괴범은 소나무숲 속으로 걸음아 나 살려라 하며 도망쳤다.

카슨도는 아이를 안아 주고 상냥한 말로 마음을 다독이고 나서 집이 어디냐고 물었다. 아이가 손으로 가리킨 곳을 빠른 걸음으로 걸어가기 시작했다. 소나무 숲을 빠져나와 엉겅퀴 꽃이 피어있는 보라색 들판을 100m 정도 걸어가자 맞은편에서 큰소리로,

'혜숙아!'

아이를 부르며 달려오는 남자가 보였다.

혜숙이 아버지는 감사하다는 인사를 끊임없이 계속했다.

집이 가까운 곳에 있으니 꼭 들려주면 은혜를 갚겠다고 한다.

호의는 고맙습니다만…… 카슨도는 자기가 왜관에서 근무하는 일본인인 것을 밝히고 곧바로 돌아가지 않으면 야간통행금지에 걸린다고 사정을 말했다.

'당신의 조선어는 아주 훌륭합니다. 조선인이라고 해도 믿을 것 같습니다.'

'고맙습니다. 혜숙아! 아버지를 만나서 좋지!'

저녁 6시에 큰북이 울렸다. 북소리가 멈추는 순간에 카슨도는 수문을 통과했다. 뒤에서 둔탁한 음을 내면서 대문이 닫혔다.

그러고 나서 반 년 후, 도자기 빚기가 유일한 취미라고 공언하던 히라타 관수가 도공 한 사람을 왜관으로 초대했다. 요즘 공적인 용무로 동래부를 왕래할 때 부산포에 있는 가게에서 고려청자 풍이나 고려후기쯤 되는 백자 항아리와 접시가 종종 눈에 띄었다. 모두 새 작품들이다. 작가에 대해서 점주에게 물어보니 경상도의 어느 요窯에도 속하지 않는, 아무래도 북쪽에서 내려온 떠돌이 도공인 것 같다는

말을 들었다. 수개월 후 히라타 관수는 가게에서 도공과 만날 수 있었다.

히라타 관수는 도공에게 왜관의 요를 맡기기로 결정했다. 왜관요는 지금까지 일본인 도공에 의해 왜관에서 필요한 그릇을 만들어 왔다. 조선인 도공 채용은 선진기술과 고상한 정취를 도입하려는 것이다. 조선인 기술자를 왜관에 전속으로 고용한 적은 없다. 동래부에 문의해보니 특별히 문제될게 없다는 회답이 왔다.

도공에게는 공방 옆에 급히 만든 작고 아담한 주택이 준비됐다.

카슨도는 가마터에 솜씨 좋은 조선인 도공이 들어온 것을 익히 들어서 알고 있었다.

어느 날 한가로이 언덕길을 오르고 있을 때, 풀숲에서 갑자기 귀여운 목소리의 여자아이가 달려나왔다.

혜숙이와의 재회, 그리고 혜숙이 아버지인 이순지와의 우연한 만남이 이어졌다.

드디어 노보리가마를 만들기 시작했다.

카슨도는 흙을 개는 기쁨을 알았다. 이순지가 놀랄 만큼 지적인 사람인 것도 알았다. 조선의 역사와 풍속, 문학과 시 뿐만 아니라 한漢나라의 문명에도 상당한 지식을 지니고 있었다. 카슨도는 흙을 빚으면서 그와 나누는 이야기가 무엇보다도 즐거웠다. 한편 카슨도도 쓰시마와 일본에 관한 이야기를 들려주었다. 이순지 역시 흥미진진하게 들었다.

그러던 어느 날, 카슨도는 이순지가 일본어를 할 줄 아는 것은 아닌지 의심을 품었다.

5세가 된 혜숙이가 커다란 버드나무 가지에 길게 매달아 놓은 그네를 타면서 노래를 부르고 있었다.

'……사케사오 사케사오 오람바에톨리 사케사오.'

카슨도가 그건 어떤 뜻인지 물었더니,

'시라나이'

혜숙이는 대답했다. 카슨도는 귀를 의심했다. 시라나이! 시라나이知

らない? 일본말로 모른다?

'모른다고?'

그네를 힘차게 굴려 높이 오른 창공에서 혜숙이는 고개를 끄덕거

렸다.

카슨도는 문득 떠오른 것이 있었다.

──카슨도가 잡일을 하는 일본인들에게 지시를 한 후에 이순지에

게도 같은 내용을 조선말로 다시 전하는데, 이순지는 그 내용을 이

미 다 숙지하고 있는 느낌이 몇 번이나 반복됐다.

어느날 카슨도는 공방에서 물레를 돌리면서 갑자기 이순지 쪽을 돌

아보고,

'사기장님은 일본어를 잘하지요?'

이순지의 얼굴색이 변했다. 재빨리 고쳐 앉으며,

'카슨도, 당신은 나를 참할 작정이군요.'

'설마! 내가……, 어째서 입니까?'

이순지는 이상한 미소를 지으며 일본어로 말했다.

'혜숙이를 구해준 은혜는 평생 동안 잊을 수 없습니다. 영혼이 살아

있는 분입니다. 조선에서는 이 말은 가장 큰 칭찬입니다. ……그러나

일본어를 할 줄 알면서 그런 사실을 숨기고 어째서 여기에 있는지 짐

작이 가지 않습니까?'

카슨도는 칼자루에 손을 얹고 있었다.

'간자(첩자)……'

이순지는 회령사람이다.

함경도 회령은 조선 북부에 있는 장백산맥과 함경산맥이 모이는 두
만강 상류의 마을이다. 회령에서 동으로 20리 정도 가면 두만강 하구
에 이르고 건너편 연안의 산허三슘는 청나라의 영토다.

회령은 변방의 국경마을이다.

옛날부터 회령부가 설치되어 1638년(인조16)부터 대규모 국경무역
인 개시會寧開市*가 매년 12월부터 다음해 2월 사이에 열리고 있다. 마
침 이 시기는 엄동설한으로 두만강이 얼음으로 뒤덮인다. 개시에는
청나라에서 동북지방의 주방팔기駐方八旗**에 속하는 토관土官, 베이징
北京에서 파견된 벼슬아치, 한족 상인, 청나라 상인이 통역관을 데리
고 찾아온다.

개시는 공무역과 사무역으로 나뉘어 있지만 어느 것이나 조선의 교
역품은 소금, 쌀, 콩, 해산물, 쟁기와 괭이 같은 농기구이며 청나라에
서는 양가죽 옷과 무명이 운반되어왔다.

생필품시장이 폐장되면 말시장이 시작된다. 청나라말이 수천 마리
나 거래되었다. 대금은 조선의 소로, 그 교환 비율은 청나라말 한 마
리에 조선의 소 6~7마리.

조랑말은 조선의 토종 말이다. 몸집이 작고 사람이 탄 채로 과실나

---

* 조선 후기 청나라와 통상하던 무역시장.
** 청나라 지배계층인 만주족으로 편성된 사회 군사 조직. 시조인 누르하치가 설립한
   만주족의 전신인 여진족 전통의 사회조직인 기(旗)라고 부르는 군사집단.

무 아래를 지나갈 정도라고 하여 '과하마果下馬'라며 업신여겼다. 군마
軍馬로서 이용할 수 없기 때문에 북쪽 변경지역에 배치받은 군관과 기
마병은 자비를 들어 말시장에서 청나라말을 조달했다. 변경에 있는
군인뿐만 아니라 중앙정부에서도 구매하러 간다. 종종 조선통신사는
도쿠가와 쇼군에게 회령의 말시장에서 조달한 말을 진상하는데 그런
말들은 모두 고환을 없앴다.

회령은 또 회령요로도 알려져 있다.

중국의 균요均窯*와 닮아 불에 강한 벽돌과 내화연와耐火煉瓦와 같은
거친 황토로 빚고, 유약으로는 백두산의 규사를 혼합한 화산재를 사
용한다. 소박하며 따뜻한 느낌을 주는 도자기로 한성에서도 높이 평
가받고 있다. 어떤 전문가는 회령의 도자기를 〈염치없는 아름다움〉
이라고 평가했다.

이요李窯는 이순지의 할아버지 대에 시작하여 크고 작은 무수한 회
령요 중에서 단시간 내에 두각을 나타냈다. 아버지 대에서는 한때 잊
혀졌던 고려청자 상감기법을 부흥시켜 회령의 이요에 고려청자 상감
이 있다는 평까지 받게 되었다.

이순지는 부친에게서 그 기법을 엄격히 배워 부친의 사후에 이요를
계승했다. 마음씨 고운 아름다운 처자 김양지와 결혼하여 딸을 낳아
혜숙이라고 이름 지었다.

혜숙이가 태어난 그 해 연말에 개시의 위법행위 감시와 단속을 위
해 중앙정부에서 온 감시어사가 이순지의 아름다운 아내를 눈여겨보

---

* 허난성(河南省)에 밀집해 있는 전통 도자기생산지. 균요자기는 색상이 매우 아름다
우며 산화동을 첨가하여 아름다운 색채를 띠게 한 것으로 청색 또는 자색을 띤 유약
의 도자기를 말한다. 훗날 유리홍 도자기의 시초가 되었다.

왔다. 어사는 음모를 획책하여 이순지가 청나라의 벼슬아치와 짜고 모략을 꾸미고 있다는 누명을 씌워 감방에 집어 넣었다.

어사는 이순지의 처를 범하려고 여러 방법을 써봤지만, 양지는 격하게 저항했다. 개시가 끝나고 어사가 한양으로 돌아가던 날 부하를 시켜 양지를 납치해 마차에 태웠다.

며칠 후, 이순지가 석방되어 집으로 돌아오니 양지는 온데간데 없고 남겨진 어린 혜숙이가 슬피 울고 있었다. 처를 납치해간 자가 감시어사 강구영姜九英인 것을 알아냈다.

이순지는 곧바로 혜숙을 등에 업고 마구간에서 말을 꺼냈다.

한 달 만에 이순지는 한성에 도착했지만 어디가 어딘지 알 도리가 없었다. 아는 사람도 없다. 정처 없이 여기저기 묻고 또 물어, 간신이 강구영의 집을 찾아냈다. 높은 담으로 둘러싸인 2층 기와지붕의 넓은 저택 어딘가에 양지가 감금되어 있을 것이다. 이순지는 매일 문 앞으로 달려가 아내를 돌려달라고 호소하며 목청껏 아내 이름을 불렀다. 하인들에게 뭇매질를 당하고 강에 던져져서 하마터면 익사할 뻔한 적도 한두 번이 아니다.

어느 날 저녁, 보채는 어린 혜숙을 업고 한성의 번화가를 터벅터벅 걷고 있었다. 문득 낯익은 누군가와 우연히 마주한 것 같은 기분이 들어 돌아보니 잘 꾸며진 미술품 가게가 있었다. 손님은 보이지 않는데 그리운 감각만이 더해진다.

갑자기 상점 장식장에 진열되어 있는 항아리가 눈에 들어왔다. 빨려 들어갈 듯 가까이 다가서자 자신이 만든 항아리였다. 8개의 각을 가진 참외 모양의 동체에 나팔꽃 형태의 주둥이가 있고 항아리 엉덩이 부분에 국화와 모란이 한 송이씩 교대로 흑백 상감기법이 조각되어 있다.

무심코 이순지의 입에서 항아리를 부르는 소리가 흘러나왔다.

'양지!'

그렇다. 이순지가 양지를 처음 만난 그 때 쯤에 그가 정성을 다하여 만든 작품이었다.

팻말에는 작가명은 없고 단지 회령요라고만 적혀 있다. 믿을 수 없을 정도의 높은 가격이 매겨져 있었다.

어두컴컴한 가게 안에서는 가게주인 윤시원尹時元이 이순지의 모습을 잠자코 지켜보고 있었다. 아기를 업은 초라한 옷차림의 남자이지만 무언가 까닭이 있어 보였다.

어디에서 왔냐고 물었더니 회령에서 왔다고 이순지는 대답한다.

'……나는 회령 이요의 이순지입니다. 여기에 있는 청자상감 항아리는 내 작품입니다.'

윤시원에게는 초라한 이 남자가 10년에 한 번 나올까 말까할 정도의 걸작인 청자상감 항아리의 작가라고는 여겨지지 않았다. 그러나 일단 잊혀진 고려청자 상감기법에 대한 이순지의 설명을 듣던 중에 눈앞의 항아리와 이 남자가 하나로 연결되었다.

혜숙은 아버지 등에서 새근새근 잠들어 있다.

……그러나 도공 이순지가 어째서 여기에?

중앙의 벼슬아치들이 지방으로 부임하여 권력의 탈을 쓰고 남의 아내와 딸을 낚아챈다는 이야기는 흔한 이야기라고는 하지만 이순지의 경우는 왠지 모르게 동정이 갔다. 윤시원은 그의 고객이면서 친구인 이조판서 안홍철安洪哲에게 도움을 청했다. 안홍철이 신속히 강구영의 신변을 조사해보니 강구영과 회령출장에 동행한 부하 한 명이 입을 열었다.

양지는 회령에서 납치당하여 바로 마차에 태워졌고, 마차 안에서 손발이 자유롭게 되자마자 가지고 있던 은장도로 자신의 목을 찔러 자결했다는 것이다. 이순지는 안홍철에게 양지의 죽음을 전해 들었고 은장도도 돌려받았다.

이순지는 복수를 결심했다. 그렇지만 강구영은 곧 국경경비를 통괄하는 비변사* 차장으로 승진할 예정이다. 신변경호가 엄해져서 접근할 수 없었다.

이순지는 점토가 부드럽게 숙성되기를 기다리듯 초조한 마음을 가라앉히려고 노력했다. 강구영 암살계획을 치밀하게 짰다. 윤시원이 도기제작을 위한 가마터를 만들자고 제안했지만, 그는 단호히 거절하고 혜숙을 맡기고 안홍철의 추천으로 오위부五衛府 부속 특무공작학교에 들어갔다.

강구영이 있는 비변사국과 오위부는 같은 부지 안에 있었다. 두 사람은 간혹 스쳐 지나칠 때도 있었지만 강구영이 회령에서 이순지를 본 것은 단 한 번 뿐, 그것도 멀리서. 양지의 남편인 것은 전혀 모른다.

이순지는 특무공작원에게 필요한 모든 훈련을 받았다. 무술, 암행술, 암호문 해독, 중국어, 일본어, 몽고어, 만주어. 그중에서도 일본어는 제일 쉬워서 1년 만에 습득했다.

그는 모든 교과에서 상위의 성적을 받았고, 과거시험 무과에도 합격했다. 눈 깜짝할 사이에 2년 간의 훈련기간을 이수하고 정식으로

---

* 조선 중 · 후기 의정부를 대신하여 국정 전반을 총괄한 실질적인 최고 기관.

오위부에 채용되었다. 채용증서를 수여받던 그 날, 그는 비변사국으로 강구영 차장을 방문했다. 경계는 엄중했지만 오위부의 군복이 통행증을 대신해 주었다. 검문하는 일도 없이 차장실 문 앞에 섰다. 문을 가볍게 두드린다.

정면에 보이는 커다란 책상에 강구영이 앉아 있다. 이순지는 자기의 이름과 아내의 이름을 말하고 바로 은장도를 강구영의 이마에 내리꽂았다. 그리고 나서 바로 오위부 헌병대에 출두했다.

이순지는 1년의 금고형*을 받았다.

형기를 마치고 나온 이순지는 다시 회령으로 돌아가는 건 부질없는 일이라고 생각했다. 물레를 마주할 기력조차 없었다. 어린 혜숙과 함께 무위도식하는 나날을 보냈다. 혜숙은 점점 엄마를 닮아갔다.

때때로 특무공작학교에서의 혹독했던 훈련받던 기억이 떠오른다. 문득 일본어로 사물을 생각하기도 하고 혜숙에게 일본어로 말을 걸어보기도 한다. 엄했던 일본어 교관인 고현喬賢 스님의 조부는 망명해온 일본인으로 이름이 사하시 진고로라고 한 것 같다.

……나는 특수임무가 적성에 맞는 것이 아닐까? 이순지는 생각하기 시작했다. 특무공작학교에 들어간 것은 비참하게 죽은 아내 양지의 복수 때문이었다. 그러나 복수를 했다고 해서 양지가 살아 돌아오는 건 아니다. 맺힌 한은 사그라들지 않는다.

이순지가 오위부에 복직을 원했더니 들어주었다. 암행부에 배속되어 마침내 밀명이 내려졌다.

---

* 감금만 하고 노역(勞役)은 없는 형벌.

──부산 왜관에 잠입해서 일본 은銀의 동향을 캐라. ──

카슨도는 공방에서 칼자루에 손을 대었을 때 정말로 이순지를 참할 작정이었다. 무사는 위협하기 위해 칼자루에 손을 갖다 대지는 않는다. 이순지가 혹독한 훈련을 받은 암행어사라도 아마 사쓰난시겐류의 검도에는 대적할 수 없을 것이다.

그러나 칼을 뽑으려는 바로 그 순간,

'카슨도 무사처럼 행동하면 안된다.'

호슈의 목소리가 울려 퍼졌다. 마치 호슈가 그의 등 뒤에 서 있는 것처럼.

'아버지! 카슨도 아저씨!'

혜숙이가 즐거운 듯 웃음소리를 내며 들어왔다. 카슨도는 재빨리 검을 채우고 망상을 떨쳐버리려고 물레를 힘껏 돌리기 시작했다.

그날부터 카슨도는 요장에 가지 않았다. 사이반에서 근무하면서도 입을 꾹 다물고 있을 뿐이다. 동료들은 걱정했다. 술자리를 권유해도 거절하고 자기 방에서 두문불출하며 밤늦게까지 《석궤서》를 펴놓고 읽고 있다. 그러나 머리에 들어오지 않는다.

도대체 어쩌면 좋은가?

10일 쯤 지났다. 카슨도는 결심을 하고 언덕길을 올라간다. 으슥한 곳에서 혜숙이가 가만히 그를 보고 있다. 예전처럼 반가워하지 않는 것이 허전하다. 공방의 문을 열고 들어서자마자 물을 뿌리면서 커다란 흙덩어리를 개고 있는 이순지를 향하여 이렇게 말을 꺼냈다.

'이순지, 당신은 나에게서 무엇을 얻고 싶은 건가요?'

이순지는 카슨도가 정색하고 물어보는 질문에 침착하고 조용하게 대답했다.

'은입니다. 일본 은광산의 지도, 매장량 그리고 앞으로 막부의 은 정책은 어떻게 될 것인가.'

'알았어요. 그러면 나에게 은길의 정확한 지도를 제공해 주세요.'

'부산에서 한양 간이면 되겠지요?'

'아니요, 베이징까지.'

이순지는 팔짱을 끼고 생각에 잠겼다.

'조금 시간이 걸립니다만……'

'괜찮아요. 개인적으로 흥미가 있어 물어보는건데, 베이징의 저쪽 서역에는 페르가나 大宛*와 페르시아로 향하는 교역길이 있다던데?'

'길은 페르시아보다 더 멀리 그리스나 로마까지 통하고 있지요. 비단길이라고 부르고 있습니다.'

'비단길……'

──아메노모리 호슈는 카슨도가 이순지에게 제공받은 〈은길〉지도를 책상 위에 펼쳤을 때 너는 어떤 목적으로 이 지도를 입수했으며 그 댓가는 무엇이냐고 날카롭게 힐난했다.

그 댓가란 일본 〈은〉에 대한 정보였다. 이것은 막부의 최고기밀에 속한다. 막부의 재정과 경제정책은 은정책과 직결되어 있다고 해도 과언이 아니다.

그러나 지금 카슨도의 판단은 옳은 것이다. 일각이라도 빨리 정사 일행을 만나야 한다. 그러려면 〈은길〉을 이용하는 수밖에 없다.

카슨도의 방이다.

---

* 중앙아시아의 페르가나에 있던 오아시스 국가. 현재 우즈베키스탄 페르가나주(州)와 타지키스탄 레니나바드주가 해당. 한혈마(汗血馬)의 산지로 유명하다.

호슈가 두 통의 편지를 다 쓰고 나서 봉투에 넣고 있을 때, 카슌도가 방으로 돌아왔다. 이순지와 만나서 출발에 필요한 여러 가지 준비를 마치고 온 것이다.

'준비됐어요. 언제라도 출발할 수 있어요.'

'달의 상태는 어떠하더냐?'

'구름의 움직임이 느린 것이 달빛에 의존하여 달릴 수 있을 것 같아요.'

카슌도는 아직 왜관무사 복장 그대로다.

'그 차림새로 출발하는 거냐?'

'왜관 안을 암행어사 옷차림으로 돌아다닐 수는 없지요.'

'그렇군. 암행어사 복장은 어떤 것인지 모르지만 그것도 이순지가 마련해 주었겠군.'

카슌도는 고개를 끄덕이며 책상 위에 놓인 쓰시마에서 새로 온 편지를 보았다. 겉봉투를 보니 도네가 보낸 것이다.

'자, 정사와 홍순명 앞으로 보내는 편지다. 나는 배웅하지 않는 편이 낫겠지? 그럼 성공을 빌겠네.'

호슈는 카슌도의 어깨를 살짝 안아주고 잰걸음으로 방을 나갔다.

도네의 편지는 꽤 두껍다. 겉봉투 이외의 편지글은 모두 아비루 문자다.

잠시 그리운 표정으로 평온하게 편지를 읽고 있던 카슌도는 갑자기 긴장한 표정이 되더니 마침내 얼굴색이 변해갔다. 다 읽고 나서 수십 초간, 근심에 잠겨있는 모습으로 내내 서 있다가 느닷없이 한 바퀴 휙 돌았다. 그러자 본래의 침착함을 되찾았다.

편지를 책장 서랍에 넣어두었다. 이중으로 된 서랍에는 도네에게서 온 편지가 이미 10통 넘게 쌓여 있었다. 이 세상에서 아비루 문자를 읽을 수 있는 사람은 카슨도와 도네 남매뿐이므로 설령 편지를 도둑맞더라도 조선이나 일본, 양쪽 모두에게 비밀이 유출될 위험은 없다. 하지만 이해할 수 없는 암호 같은 기호들로 가득찬 글은 다른 의혹을 불러일으킬 수 있다.

카슨도는 자물쇠로 서랍을 잠궜다. 연적과 붓통을 정리하려고 보니 호슈 선생이 연적을 두고 간 것을 알았다. 빙그레 웃음이 나온다. 사명을 다하고 돌아오면 돌려드리자.

벼루와 붓을 깨끗이 씻고 비둘기모양의 연적과 함께 책장에 올려놓는다. 남겨둔 것은 없나 방 안을 둘러보며 크게 심호흡을 한다. 숨소리는 복도까지 새어나갔다.

평상시와 변함없는 걸음걸이와 표정으로 마주친 동료와 기술자들 ──오늘 아침에 우연히 만난 고마이 십장과 그 일꾼들── 과 인사를 나누면서 외출허가증을 보이고 수문을 나갔다.

해는 산등성이로 넘어갔다. 동쪽 하늘은 구름이 많다. 달은 아직 보이지 않는다. 카슨도는 동래부로 통하는 완만한 언덕길을 내려간다. 망루 위 복병소의 조선인 병사 두 명의 눈은 그의 뒷모습을 쫓고 있다.

길옆에 서 있는 두 아름 정도 되는 커다란 호두나무가 목표다. 카슨도가 나무 저쪽으로 돌아가는 순간 그의 모습은 복병소 파수병의 시계에서 완전히 사라졌다.

호두나무 뒤쪽은 큰 억새풀의 밀생지다. 억새 사이를 헤치고 들어가자 짐승들이 지나다니는 통로 같은 길이 나타났다. 마침 구름이 걷히고 달이 얼굴을 내밀었다. 곧장 약 300m 정도 더 가니, 이순지가 말한 대로 오두막이 있었다. 오두막 옆에 청나라말 두 마리가 한가로이 풀을 뜯고 있다.

한 필은 밤색 털을 가진 율모이고, 다른 한 필은 회색 털을 가진 위모다. 다가가도 놀라지 않고 계속 풀을 뜯고 있다. ……드디어 청나라 말을 타볼 수 있게 된 건가.

그가 청나라말을 접한 것은 이번이 두 번째다. 얼마 전에 동래부 마당에서 청나라말을 처음 보았다. 너무 멋져서 한참 뚫어지게 보고 있으려니 마구간지기가,

'어때? 굉장하지! 이 말은 한성에서 막 부임해오신 류성일柳成一 감찰어사님의 말이다. 일본에는 이런 멋진 말이 없을 걸.'

코에 세로로 하얀 줄이 나 있는 흑율모이다. 마구간 지기가 타 보아도 좋다고 권했다. 서슴없이 타보니 너무 높아 어지러울 지경이었고 주위의 건물이 아주 작게 보였다. 말은 지금이라도 당장 달릴 기세였다.

'달려보게 할 수 없어 미안하네만 어떤가? 몸체도 클 뿐만 아니라 서있는 모습도 멋지지 않은가? 게다가 조선말보다 3배나 빠른 속도로 달릴 수 있지. 너는 앞으로 평생 동안 이런 말을 타 볼 기회가 없을걸.'

은길

카슨도는 두 필의 말 머리를 사랑스럽게 쓰다듬어 주고 나서 오두막 안으로 들어가 양초에 불을 붙인다. 기둥에 승마용 안장이 하나 걸려있다.

대바구니에는 암행어사 의복 한 벌, 사람과 말이 먹을 식량이 담긴

꾸러미가 놓여 있다. 무릎아래를 묶는 검은색 행전에 가죽신발을 신고 재빨리 복면을 썼다. 복면 옆에 있는 작은 주머니에서 〈은길〉로 들어가는 비상용 출입구가 그려진 지도가 나왔다. 모두 이순지가 장만해준 것이다.

율모에 안장을 올리고 위모에게는 식량과 침구가 든 꾸러미를 나누어 실었다. 지체 없이 말을 천천히 끌어낸다. 〈은길〉로 들어서기 전에는 절대 말에 타지 말라고 이순지에게 주의를 받았다.

삼림 속을 헤치고 들어갔다. 우거진 나뭇잎 사이로 달빛이 스며들 듯 비추어주고 있다. 카슨도와 말은 서로 자신들의 그림자를 보고 달리면 길 잃을 염려는 없을 것 같다.

푯돌은 돌부처다. 두 개의 작은 돌부처를 찾아 더듬거리며 겨우 당도했다. 지시받은 대로 석불 아래를 좌우로 더듬어보니 철로 된 손잡이가 나타났다. 손잡이를 힘껏 몇 번이고 회전시켰더니 전방 숲 저쪽에서 삐걱거리는 소리와 함께 움직이는 것이 있었다. 가까이 가보니 높이 2m 40cm 정도의 석벽이 좌우로 갈라지더니 쭉 뻗은 길이 보였다.

구석구석까지 달빛이 훤히 비추고 있다. 길은 강물처럼 반짝반짝 빛나고 있다. 은길이다! 이곳 출입이 가능한 사람은 오직 이순지 뿐이다.

카슨도는 푯돌을 원래의 위치대로 되돌려놓고 말과 함께 〈은길〉로 들어섰다. 길 안쪽도 똑같은 철 손잡이가 있었다. 카슨도는 손잡이를 돌려서 석벽을 닫았다.

이제 이 길을 달릴 것이다. 카슨도의 가슴은 설레어 두근거리고 눈동자는 달빛을 받아 총명하게 반짝인다. 오른손으로 고삐 한 가닥을,

왼손으로는 뒤로 연결된 말고삐를 잡는다.

그러나 카슨도는 말에 박차拍車를 가하는 것을 순간 주저했다. ……
나는 지금 정말로 〈은길〉에 있는 것일까? 어쩌면 이 모든 것이 꿈은
아닐까, 라는 생각에 사로잡혔다.

그 때 율모가 머리를 높이 치켜들고 앞발을 크게 흔들며 출발을 재
촉했다.

얼마 동안은 경속보로, 왼쪽 앞다리와 오른쪽 뒷다리 또는 오른쪽
앞다리와 왼쪽 뒷다리를 동시에 땅에서 떼고 착지하면서 전진하며 말
이 피로하지 않고 장시간 달릴 수 있도록 했다. 단단한 노면을 내딛는
율동적인 말발굽 울림. 카슨도의 몸은 그 울림 속에 융화되어 드디어
말과 기수는 한 몸이 되었다. 달빛 아래 말갈기가 춤추듯이 뒤로 흐른
다. 10리마다 돌로 만든 이정표가 있다. 지명표기는 없다.

반드시 통신사 일행이 조령을 넘기 전에 만나야 한다. 그 장소가 단
양이라고 하면 현재 지점에서 약 700리(274.9km) 북쪽이 된다. 카슨
도는 좀 전에 호슈에게 단양까지는 이틀 걸리므로 20일에 도착할 수
있다고 대답했지만 과연 실제는 어떨까? 서둘러야 한다.

카슨도는 위모의 고삐를 쥔 왼손에 율모의 고삐도 함께 쥐었다. 자
유로워진 오른손으로 채찍을 고쳐 잡은 후 내리쳤다.

카슨도의 가슴에서 땀이 솟고 말 몸에서는 양기가 차오른다.

부산에서 60리 이정표를 지난 직후, 카슨도가 타고 있는 말발굽 소
리에 다른 울림이 더해지는 것을 알았다. 온 몸에 긴장이 흐른다.

드디어 100m 정도 앞에 사람과 말의 검은 그림자가 나타났다. 순식
간에 가까이 다가와 그 모습이 크고 뚜렷하다.

말 위의 남자 모습이 확실하게 보인다. 카슨도와 같은 복면을 한

암행어사의 옷차림이다. 〈은길〉은 좌측통행이다. 제발 그냥 스쳐 지나가라.

'우공!'

상대가 소리친다.

'이산!'

카슨도도 대꾸한다. 미리 약속되어 있는 암행어사의 인사법이다. 남자는 잠깐 뒤돌아보며,

'어이, 이순지로군!'

동쪽 하늘 끝에서 새벽빛이 장미색으로 퍼져나가기 시작하자 율모가 피곤해 보인다. 카슨도도 갈증과 동시에 배가 고팠다.

고삐를 조절하여 속보로, 평보로 바꾸면서 마실 물을 찾았다. 200리 이정표 옆에, 낭떠러지에서 솟아 나오는 물을 대나무 호스로 연결한 커다란 돌그릇이 있었다.

카슨도가 말에게 물을 먹이고 여물을 준 뒤에 자신도 갈증을 채우고 떡 두 개를 입에 넣었다.

태양이 떠올랐다. 위모로 바꾸어 탔다. 밤길을 달려 온 말은 햇빛 아래에서 승마해서는 안된다. 번교에서 배운 〈말에 관한 중요한 사항〉 중의 하나다.

말안장을 위모에게, 짐을 율모에게 옮겨 싣고 다시 출발한다.

지도상에서는 곧장 뻗어있는 길이지만 실제 직선으로 된 길은 존재하지 않는다. 〈은길〉도 똑같이 북으로 향할수록 이순지의 지도가 점점 이상해져 간다. 갑자기 각도가 확 꺾인다던지 50m 앞도 보이지 않는 곡선으로 된 곳도 있다. 언덕의 오름과 내리막도 끊임없이 계속된다. 분명히 이들의 우여곡절을 어림잡아 종이 위에 그려 넣으면 거의

직선이 될 것 같기도 하다.

갑자기 길이 급류 속으로 사라졌다. 카슨도는 망설이지 않고 길의 흐름을 탔다. 하마터면 깊은 물에 말과 함께 빨려 들어가 익사할 뻔했다.

류성일의 등장

길은 한적한 전원풍경 속을 달리고 있다. 워낭을 달고 있는 소가 여유로이 쟁기를 끌고 가나 싶더니 몇 백 마리나 되는 산양의 무리가 흙먼지를 일으키면서 은길을 횡단한다. 초라한 농가와 버려진 밭, 풍토병이 떠돌 것 같은 늪 근처를 달려 나왔다.

멀리서 다듬이질 소리가 울려 퍼지고 바로 근처 낭떠러지 위에서는 여자들이 내는 슬픈 '아이고~ ' 소리가 애처롭게 들려온다.

260리 이정표를 확인한 직후, 전방의 바위 그늘에서 갑자기 흑마가 뛰어나와 신음소리를 내면서 스쳐지나갔다. 말에 탄 남자는 각시탈을 닮은 하얀색 가면을 쓰고 있었다.

가면(탈)을 쓰는 쪽은 감찰어사와 밀정어사다. 암행어사는 삼베로 만든 검은 복면을 한다.

감찰어사는 감시어사와 같이 비변사국에서 지방부로 파견되어 관리들의 부정을 적발하는 것이 임무다. 밀정어사는 중앙정부와 지방부가 교환하는 비밀문서의 운송사무에 종사한다.

은의 운송대와는 별도로, 단독으로 〈은길〉을 최초로 달린 것은 밀정어사였는데 그들이 왜 가면을 썼는지 그 유래에 대해서는 여러 설이 있다. 하나는 밀정제도가 만들어졌을 때 처음으로 채용된 사람이 가면극을 하던 곡예사들이었다고 한다.

종교의식에서 생긴 가면극이 민중축제의 중심적 역할을 떠맡게 되고, 가면에 신이 머물러 있다는 신앙은 계속 살아있어 마침내 가면무용극을 연기하는 유랑예술집단이 생겨났다. 그들은 노래와 춤, 촌극으로 권력자를 조롱했다. 양반계층의 부정을 고발하기도 하고 줄타기 곡예를 보여주면서 민중을 즐겁게 해주었지만, 비판의 정도가 지나쳐서 일시적으로 정부로부터 공연금지 조치를 당한 적도 있다. 이때 정부가 실업대책의 일환으로 넘쳐나는 곡예사들을 밀정어사로 채용하게 되면서 가면을 쓴 밀정이 등장했다고 한다. 곡예사들은 대단히 힘이 세고 머리가 좋으며 유연하고 날렵한 신체를 갖고 있었다. 누구보다도 빨리 달릴 수도 있고 한 가닥 줄 위에 누울 수도 있다. 그러나 밀정어사가 되어도 곡예사들은 얼굴에서 가면을 벗는 부끄러움을 견딜 수가 없었다. 혹은 가면이 얼굴에 달라붙어서 도저히 벗겨낼 수조차 없게 되었다는 이야기도 있다. 그 후에 신설된 감찰어사도 가면을 쓰게 되었는데 이것은 다만 선배격인 밀정어사에게서 답습한 것일 뿐이다.

가면의 재료는 표주박이나 종이, 나무 등이지만 밀정과 감찰어사들은 표주박으로 만든 것을 좋아했다. 11종류나 되는 표정에서 어느 것을 선택할 것인가는 어사 본인의 자유의사에 맡겼다.

암행어사의 복면에는 흥미를 끌만한 유래가 아무 것도 없다. 방한과 은밀이라는 실용성 일변도의 발상에 기인하고는 있지만 밀정과 감찰은 비변사국이, 암행은 오위부의 관할이라 서로 경쟁의식이 작용하고 있는지도 모른다.

해가 서쪽으로 가라앉자 카슨도의 머리 위를 박쥐가 날아다니기 시작했다. 머리 위를 날아다니는 작은 벌레가 연기처럼 피어오르는 것 같다. 박쥐는 그 곤충들을 겨냥하고 날아다닌다. 저녁녘에 이 정도로 많은 벌레가 부유하고 있다는 것은 내일 비가 올 징조다. 여하튼 가능한 한 멀리까지 가야 한다. 카슨도는 말에 박차를 가하고 채찍을 휘둘렀다.

근처에 큰 폭포가 있는 것일까? 세차게 낙하하는 물소리가 상쾌하게 들려왔다. 맑은 물이 폭포가 되어 물안개가 피어오를 때 물은 형용할 수 없는 맑은 향기를 뿜어낸다.

카슨도는 쓰시마에 있는 몇 개의 폭포를 생각하며 향수에 젖어 복면을 벗었다. 쓰시마 사람들에 대한 그리움이 주체할 수 없을 정도로 북받쳐 올라온다. ……아아, 도네, 사유리, 시이나.

땅거미가 말 다리에서 배로 기어오르고 마침내 폭포소리는 멀어져 갔다.

그 때 멀리 후방에서 새로이 말발굽 소리가 울려온다.

말발굽 소리가 들려오는가 싶더니 금방 등 뒤로 다가온다. 심상치 않은 기분에 카슨도는 좌측 등자*에 연결된 검통을 잡아당겨 놓고 좌측 고삐를 가볍게 당긴다. 위모는 속도를 늦춰 좌측으로 오게 했다. 재빨리 뒤돌아보고 접근하는 상대를 확인해본다. 붉은 가면이 살짝 보였다. 추월할 것인가?

카슨도는 율모를 연결한 오른손의 고삐를 놓았다. 똑똑한 율모는 아무 일 없는 것처럼 따라온다.

이제 카슨도의 오른손은 자유롭다. 언제라도 검을 빼낼 수 있는 자세가 되었다.

---

* 말을 탈 때 딛고 올라가고, 달릴 때는 몸의 균형을 유지해주는 발걸이.

후방의 말은 이미 말과 말 사이의 거리가 10마신馬身(24m)*도 채 되지 않는 거리로 임박해온 것을 알 수 있다. 틀림없이 나를 추격하고 있다는 느낌이다. 감찰어사일까? 아니면 밀정어사일까? 살기가 감돈다. 카슨도는 칼자루에 오른손을 얹었다.

그 때 매우 사나운 말의 콧김이 카슨도의 우측 귀에 기분 나쁘게 느껴진다. 맹렬한 속도로 아슬아슬하게 지나쳐갔다. 흑율모다. 카슨도는 한숨을 돌리면서 다시 오른손으로 고삐를 쥐었다.

흑율모가 멀리 가버렸다고 생각했다. 그러나 붉은 가면을 쓴 남자는 50m 정도 전방에서 갑자기 좌측으로 말머리를 돌렸다. 말은 높게 앞발을 쳐들고 큰 소리로 울어댄다.

카슨도를 향해 되돌아온다. 멀리서 잘 들리지 않는 목소리로 묻는다.

'암행어사인가? 왜 복면을 벗고 있는 건가?'

카슨도는 말을 멈추고 상대가 접근할 때까지 침묵을 지켰다. 상대가 쓰고 있는 가면이 어쩐지 으스스한 분위기를 자아냈다.

'나는 암행어사다. 땀이 차서 조금 벗고 있었다.'

좀 전에 폭포수 냄새를 맡으려고 벗어놓고 다시 쓰지 않은 것이다.

'내가 묻겠다. 너는 감찰어사냐? 아니면 밀정어사냐? 어느 쪽이냐?'

'감찰이다. 귀공은 어디 소속 암행이냐? 그리고 어디로, 무슨 목적으로 가는 것이냐?'

'그건 말할 수 없다. 암행어사가 신원과 목적을 밝히지 않는 것은 잘 알고 있을터.'

'그럼 알려주지. 감찰어사의 질문에 대답해야 한다. 암행어사라면

---

* 말의 몸 길이로 1마신은 약 2.4m.

누구나 당연히 알고 있는 불문율이다.'

카슨도는 흑율모의 코에 흰 줄이 있는 것을 보고 그가 누구인지 알아차렸다. ……이전에 동래부에 갔을 때 마구간 지기가 권해서 타본 적이 있는 말이다. 그러면 이 남자는 류성일…….

'자, 대답해라. 이름은? 소속은? 목적은?'

'끈질긴 사람이군. 문인文引을 가지고 있다.'

감찰어사는 카슨도가 제시한 통행허가증을 흘끗 보고는 흥하고 콧방귀를 꿰었다.

'어서 묻는 말에나 대답해라!'

이순지가 되어 〈은길〉을 암행하고 있는 카슨도는 대답할 수 없었다. 이순지가 도공으로 왜관에 잠입해 있는 것은 동래부는 모르는 일. 만약 여기에서 이순지의 이름을 댄다면 감찰어사의 조사가 이순지에게 쏠리게 된다. 그러나 적당한 다른 이름을 대려고 해도 조선인이 아닌 카슨도는 떠오르는 이름이 없다.

시간은 시시각각 흘러간다.

'대답하지 않으면 귀공을 체포하는 수밖엔 없다.'

'혐의는 무엇인가?'

'최근에 밀수한 은과 인삼운송에 은길이 이용되고 있다는 밀고가 있었다. 그 무리들도 또한 통행허가증을 소지하고 있다. 그러나 은길은 정부의 엄중한 관리 하에 있고 통행허가증을 교부할 수 있는 것은 정부 부처마다의 핵심 부서뿐이다. 귀공의 옷과 뒤에 있는 짐을 수색해 봐야겠다.'

정사와 홍순명 앞으로 보낼 편지가 발견되면 만사 끝장이다.

해는 완전히 지고 바람이 불기 시작했다. 구름의 흐름도 느리고, 달은 숨었다가 나타난다.

'귀공은 잠상(밀무역)의 한패라고 의심된다. 동래부로 연행하겠다.'

감찰어사가 붉은 가면 속에서 화난 목소리로 말하더니 카슨도가 타고 있는 말을 힘껏 옆으로 밀었다. 말은 제자리걸음을 한다.

'무례하다!'

'반항할 생각이냐?'

'하는 수 없다. 암행어사로서 그냥 넘길 수 없는 중상모략. 이대로 끌려갈 수는 없다.'

'끌려갈 수 없다고?'

카슨도는 〈무사의 불명예〉라는 말이 목구멍까지 튀어나오는 것을 간신히 삼켰다.

이판사판이다. 카슨도는 이제는 힘으로 대적할 방법 밖에 없다고 생각하고 칼집에서 검을 뽑았다. 조선에 와서 처음으로 빼든 검이다. 감찰어사도 검을 들고 겨룰 자세를 취한다. 그의 표정은 볼 수는 없지만 카슨도는 붉은 가면이 비웃는 것처럼 보였다. 이놈 꽤 자신 있는 모양이구나.

카슨도는 살생만은 피하자고 스스로 다짐했다. 깊은 상처를 내는 것도 나중에 귀찮아진다. 물론 내가 죽게 되면 사명을 다할 수 없다. 어떻게든 이 상황을 벗어나야 한다.

복면과 가면이 말 위에서 서로 대항한다.

카슨도는 오른손으로 잠자리자세를 취한다. 상대는 왼쪽 손으로 칼끝을 상대방의 눈을 향해 수평으로 정안正眼 자세를 취하고 있다. 서로 고삐를 힘껏 잡아당겨 거리를 좁혀간다.

카슨도가 타격만 주기 위해 칼등으로 칠 자세를 취했다.

상대의 검이 어디에 있어도 자신의 검이 항상 정중앙을 겨누고 있다면 적의 검과 교차해도 힘으로 상대를 굴복시킬 수 있다. 나무때리기 자세는 그 힘을 배양하기 위한 것이었다.

잽싸게 말을 바싹 갖다 대고 서로의 칼끝이 맞닿는다.

상대하기 만만치 않다고 카슨도는 생각했다.

그 생각이 순간의 틈을 만들었다. 탈을 쓴 남자의 검이 믿을 수 없을 정도로 빨리 정면에서 찌르기로 들어왔다. 아슬아슬하게 몸을 돌려 어깨로 들어오는 칼끝을 피했다. 간발의 차로 몸을 비틀면서 상대의 검을 칼등에 얹어 원을 그리듯이 비틀어 올렸다. 그와 동시에 카슨도는 왼손에 쥐고 있던 고삐를 놓고 상반신을 공중에 뜨게 해서 오른손을 쭉 펴자 칼끝은 곧바로 붉은 가면을 찔렀다. 가면이 두 동강이 나서 떨어지자 하얗고 가름한 청년 얼굴이 나타났다.

카슨도는 복면 그대로다. 치열한 접전. 셀 수 없을 만큼 격렬한 검과 검의 교차. 서로 어깨를 들썩이며 숨을 몰아쉬고 있다. 일단 말을 끌고 8~9m의 거리를 확보하고 나서 다시 겨누었다.

'귀공은 일본검법을 구사하고 있군, 일본인인가?'

'그렇다면 어쩔 건가?'

말을 끝맺기도 전에 카슨도는 핫! 하고 기합을 넣었다. 있는 힘을 다하여 박차를 가했다. 상대의 박차도 거의 동시다.

1m 거리에서 서로 엇갈린다. 적의 검이 카슨도의 어깨를 찔렀다. 그러나 카슨도는 뒤돌아보면서 동시에 재빨리 검을 하단으로 내려 아래에서 반격하며 다리를 겨냥하여 수평으로 베었다. 상대는 피하려고 등자에서 발을 빼냈지만 카슨도는 등자의 가죽 끈을 절단해버렸다. 그 바람에 말이 크게 날뛰었다. 한쪽 편 등자를 잃어버린 상대는

반대 쪽으로 뒤집혀 머리가 땅바닥에 매달리는 꼴이 되었다.

카슨도는 40~50m간 지점에서 말머리를 돌려 다시 달려가 필사적으로 일어나려고 발버둥질치고 있는 적을 향해 소리를 질렀다.

'미안하다. 지금은 바빠서 이만 가야겠다. 나쁘게 생각하지 말아 줬으면 좋겠다.'

카슨도는 적이 타고 있는 흑율모의 엉덩이를 힘껏 때렸다. 말은 앞발을 치켜들고 소리 높여 울더니 주인을 매단 채로 노면을 피로 적시며 왔던 길 쪽을 향하여 달려갔다.

카슨도의 어깨에서 피가 흐르고 있다. 통증은 그렇다 치더라도 지혈하지 않으면 위험하다. 급하게 다시 위모에서 율모로 옮겨 탔다. 마상시합 직후의 말은 빨리 달리게 해서는 안된다. 이것도 번교의 〈말에 관한 중요한 사항〉의 하나다.

카슨도는 갑자기 전력으로 질주한다. 지체된 시간을 만회하기 위해서이다. 촌각이 급하다. 빨리 단양에 도착해야 한다.

진한 먹구름이 북쪽 하늘에서 밀려온다. 달은 구름에 가려 이제는 어디로 숨었는지 보이지 않는다. 지상에서 모든 빛은 사라져 버렸다. 빗방울을 머금은 바람이 세차게 때린다. 카슨도는 고삐를 늦추지 않았다. 양쪽 무릎을 조이며 박차를 가하고 채찍을 휘두루면서 달렸다.

온 세상이 어둠에 휩싸여 있는데도 〈은길〉은 눈앞에서 이조백자의 광채를 띠며 계속 풀어지는 끈처럼 연장된다. 어깨의 상처는 아파오지만 땀과 비에 젖은 속옷이 상처에 달라붙어 출혈을 최소한으로 막아주고 있었다.

그러나 마침내 고삐를 잡은 손도 등자에 얹어 놓은 발도 저려온다.

전신에서 힘이 빠져나갔다. 시간과 거리의 감각이 점점 희미해진다. 자신이 깨어있는지 졸고 있는지 구별이 안가는 상황에서 눈을 감고 있다. 카슨도는 이순지가 준 지도 속을 달리고 있는 착각에 빠져 있었다.

무언가에 놀라서 눈을 떴다. 역시 〈은길〉을 달리고 있다. 심장은 거칠게 고동치고 휘몰아치는 바람 소리도 하나가 된다.

갑자기 어깨에 강한 통증이 느껴진다. 카슨도는 말의 목에 엎어졌다. 나부끼는 말갈귀가 기분 좋게 뺨을 어루만져 주었다. 율모는 계속 전력질주했다. 어느새 카슨도가 아닌 율모가 진짜 주인공이 되어, 이순지와 함께 몇십 번 암행한 기억을 더듬어 한성 길을 향해 달리고 있다.

그러나 율모는 불사신이 아니다. 전력질주로 몇십 리를 달리는 것은 불가능하다. 때때로 천천히 경속보로, 그리고 평보로 속도를 늦추려고 한다. 금세 카슨도가 사정없이 채찍을 내리쳤다.

카슨도는 등 뒤에서 붉은 가면을 쓴 감찰어사가 다시 뒤쫓아 오는 환상에 사로잡혀 있었다. 흑율모의 말발굽 소리가 귀에 붙어 떨어지지 않는다.

뒤돌아보았다. 칠흑 같은 어둠이다. 놀라서 전방을 보았다. 〈은길〉이 어둠 속을 하얗게 관통하고 있다. 이상하다. 길이 앞에만 있다. 도대체 어째서일까?

어깨는 정말로 상처를 입은 것일까? 카슨도는 어깨를 만져본다. 손가락 끝에 피고름이 달라붙는 느낌이 있다. 그러나 이러한 일련의 결투가 꿈 속에서 일어난 일이 아니라고 단언할 확증은 어디에도 없다.

……편지와 지도! 자신의 사명은 통신사 일행에게 두 통의 편지를

전하고 국서에 국왕호칭 회복을 담는 것이었다.

카슨도는 품 속에 손을 집어넣었다. 있었다. 튼튼한 끈으로 묶어서 목에 매달고 있는 밀봉한 가죽주머니 속에 틀림없이 호슈가 써 준 두 통의 편지와 이순지가 그려준 〈은길〉 지도가 있다.

비바람이 파도처럼 몰아쳐온다. 지면은 현기증나게 흔들리고, 말은 농락당한 한 척의 조각배와 같다.

어느 정도 시간이 흘렀을까? 마침내 아침이 밝아온다. 서서히 비바람도 가라앉는다. 골짜기에서 안개가 언덕을 따라 피어올라 넓게 번지고 있다.

율모는 이제 도저히 달릴 수 없다. 카슨도의 몸은 핏기가 없어져간다. 등자를 흔들 기력도 없이 소진되었다. 안장 밑에 있는 율모는 순식간에 야위어 있다. 마치 조선의 조랑말처럼 폭삭 줄어든 느낌이다. 바꿔 타려해도 위모의 모습이 보이지 않는다.

안개 속에서 워낭소리가 들려온다. 해가 떠올라 앞에 보이는 들녘에는 몇십 마리의 소와 사람들이 돌아다니는 검은 윤곽이 보였지만, 안개와 빛이 일렁이며 어우러져 어느 것이 사람이고 소인지 구별할 수 없었다.

장막이 걷히듯이 안개가 개어간다.

카슨도는 한적한 전원 속을 말에 실려 멍한 상태로 흔들거리며 가고 있었다. 더없이 아름다운 풍경 속을 지나가고 있는, 행복한 감정이 끊임없이 솟구쳐온다. 그러나 대지의 풍경이 아니라 이제는 떠오르지 않는 누군가가 먼 곳에서 카슨도를 생각하고 연모해주고 있다는 달콤하고 그리운 의식 속의 정념이 투영된 것이었다.

이것은 위험한 징조다. 마침내 그는 의식을 잃었다.

양주가면극

'어머! 정신이 들어요?'

죽은 듯이 보였던 검은 복장을 한 젊은 남자 옆에서 쪼그리고 앉아 있던 한 여인이 말한다. 여인은 화려한 붉은 저고리에 하얀 바지를 입고 있었다. 하지만 옷깃과 소매끝동에 때가 찌들어 결코 청결하다고는 말할 수 없는 차림새다. 그러나 길게 찢어진 시원스런 눈을 가진 아름다운 여인이다. 광택이 흐르는 검은 머리가 어깨까지 늘려져 있다. 헛간 밖에는 꽹과리와 장구소리가 빠른 리듬을 타며 시끄럽게 울려 퍼지고, 흥겨운 추임새와 박수소리, 웃음소리가 뒤섞여 소란하다.

'쭉 들이키세요. 내 우유예요.'

여인은 흰 액체가 담겨있는 나무대접을 카슨도의 입으로 가져갔다. 카슨도는 아직 눈을 조금밖에 뜰 수 없다. 나무벽 틈새로 들어오는 햇살이 서슬 퍼런 칼날처럼 느껴진다. 카슨도는 우유냄새가 견딜 수 없어 얼굴을 돌렸다.

밖에서 큰 소리로 부른다.

'용한아, 뭐하고 있어. 네가 나올 차례야.'

'시끄러워!'

'왜? 무슨 일이 있어? 이건 상대가 없으면 못하는데……'

구경꾼들이 시끄럽게 떠들면서 웃음소리를 낸다.

'할멈, 이 남자 좀 부탁해요. 이런 멋진 사람은 죽으면 안돼요. 기운 차리면 많이 귀여워해줄 거예요.'

여인은 새집에서 날아오르는 제비처럼 날렵한 몸놀림으로 뛰어나갔다.

'오, 나왔다. 나왔어.'

'여러분 기다리세요!'

용한은 달콤한 목소리로 말했다.

'자, 시작해요. 전대미문, 전무후무, 양주가면극 18번. 줄 위에서 뜨거운 밤일을 하는 거예요. 그럼, 소리장단!'

다시 꽹과리와 장구, 소고, 피리에 손장단이 어우러지며 줄타기가 시작된다.

홍백색깔 의상에 붉은 탈을 쓴 남자가 3m 정도의 높이에 연결된 줄 위에서 부채를 흔들며 줄타기를 한다. 높이 날아올라 공중제비를 하고 살포시 내려앉는다. 줄 위에서 양반다리를 하고 앉자마자 부채를 크게 들어올린다.

우레와 같은 박수갈채가 쏟아진다.

'흥, 뭐야, 그 정도 가지고 뽐내기는……'

저고리 앞섶을 걷어 올리고 주위의 구경꾼들에게 벌거벗은 엉덩이와 배를 조금씩 보여주면서 허리를 요염하게 흔들며 등장하는 사람은 하얀 새색시탈을 쓴 용한이다.

용한이가 줄 아래에서 말을 건넨다.

'태운아. 너의 줄타기 솜씨는 내가 잘 알지. 그렇지만 나처럼 예쁜 여자를 즐겁게 해 줄 기술을 가지고 있어? 땅에 떨어지면 부끄러운데……'

구경꾼들의 웃음소리가 소용돌이친다.

'뭐라고! 여기에 올라오면 당장 본때를 보여주지.'

'올라가! 올라가! 용한아, 어서 줄을 타고 멋진 기예를 보여줘!'

구경꾼들은 신명을 돋군다.

하얀 새색시탈을 쓴 용한이가 교태를 부리며 요염하게 걷기 시작하자 여기저기에서 한숨이 새어나왔다. 그녀는 사다리 꼭대기까지 올라가 부채를 흔들면서 먼 곳을 바라본다. 악사가 음악을 뚝하니 멈추자 광장은 소리하나 없이 고요해졌다.

'자, 가요. 준비됐나요?'

줄 위를 올려다보면서 높은 곳을 향해 요염한 목소리를 던졌다.

'자, 어서 오너라. 내 자식들은 이제 딱딱하고 딱딱해져서 못이라도 박을 수 있을 것 같구나.'

악사가 다시 요란스럽게 음악을 연주하기 시작했다.

우측에는 붉은 탈을 쓴 태운이, 좌측에서는 새색시 탈을 쓴 용한이가 줄타기를 시작한다. 온갖 저속하고 추잡한 몸짓과 행위를 반복하면서 접근해간다.

용한이가 발가락에 줄을 끼우고 살짝 허리를 굽히는가 싶더니 핫! 하는 소리와 함께 뛰어올랐다. 1회 공중회전을 하고 이번에는 무릎으로 줄 위에 앉았다. 다시 또 한 번 뛰어오르더니 이번에는 가랑이를 크게 벌리고 그대로 줄에 떨어진다.

'아. 아파!'

용한이가 일부러 비명을 섞어가며 간드러지는 소리를 낸다.

한편, 헛간 안 짚더미 위에서 카슨도는 의식이 돌아와 눈을 떴다.

'자, 어서 드셔보슈. 마시지 않으면 기운을 차릴 수 없다우.'

노파가 나무대접을 가까이 가져간다. 카슨도는 방금 전 용한의 무릎과 달콤한 숨소리를 어렴풋이 생각해냈다.

일어서려고 하는데 갑자기 어깨에 심한 통증이 느껴져 신음소리를 내면서 짚더미 속으로 엎어졌다.

'무리하면 안된다우. 상처는 용한이가 소주로 정성껏 소독하고 삶

은 무명으로 동여맺으니 걱정 없을 거유. 자 어서 드셔봐요.'

카슨도는 더 이상 거절할 수 없었다.

'용한이의 우유?

'하하, 용한이가 우유가 나올 턱이 있나!'

의미 있는 듯이 미소를 지어 보였다.

'산양의 우유라우.'

카슨도는 숨을 꾹 참고 다 마셨다.

뺨은 형편없이 홀쭉하게 야위어 있었다. 그러나 따뜻한 우유가 천천히 위장으로 내려가 어느 순간 양분이 되어 온몸 곳곳에 스며들어 생기를 되찾았다. 카슨도는 모든 것을 생각해냈다.

재빨리 정신을 차리고 목에 단단히 걸어두었던 끈을 찾는다. 끈이 없다. 자리에서 일어서서,

'없다, 없어.'

카슨도는 어깨의 통증도 잊고 혼비백산했다.

'무엇을 그리 찾는거유? ……이거유?'

노파가 건네준 주머니를 정신없이 받아들고 안에 있는 물건을 확인해 보았다. 편지와 지도는 무사했다. 안도의 한 숨과 함께 가슴을 쓰려 내렸다.

'알려주세요. 여기가 어딥니까?'

'여기가……, 그것 참……. 여기가 어딘지……? 우리들은 돌아다니는 놀이패라서 마을이름 따위는 아무래도 좋거든, 사람과 물과 먹을거리가 있는 곳이라면 어디라도 간다우. 그야 산의 모양과 강의 흐름 같은 건 잘 기억하지만……, 구름 상태를 보고 내일의 날씨를 점치기도 하고, 두 갈래 길에서 어느 쪽으로 갈 것인가. 뭐 그런 판단 정도는

잘하지만 장소에 대해서 내가 아는 건 조령 기슭이라는 것 정도밖엔 모른다우.'

'조령!'

카슨도의 눈이 반짝였다. 노파에게 바싹 다가가,

'조령의 남쪽 기슭입니까? 아니면 북쪽?'

'젊은이는 어디서 왔수?'

'부산에서 왔습니다.'

'그려? 우리들은 이제 부산까지 갈 참인데, 부산에서 어떻게 오셨수?'

……〈은길〉을 통해서 왔다고 할 뻔 했다.

'여러분은 어디에서 오셨나요?'

'우리들은 양주부터지. 양주가면극 패거리라우.'

'양주라고 하면……. 조령의 북쪽이네요. 조령을 넘어 오셨나요?'

'무슨, 조령을 넘는 건 지금부터……'

노파가 말했다.

'산을 넘어가는 건 고생길이 뻔하지만 그 전에 단양에서 한 푼 벌 작정으로 여기서 잠깐 지내는 거라우. 어차피 일본으로 가는 임금님 사절단 일행이 머물고 있다고 하니 우리들의 기예도 보시고 노자돈도 두둑하게 내시라고……'

그렇다면 정신을 잃은 나를 태운 채, 율모가 조령을 넘어온 것이다. 카슨도는 짚더미 위에서 양팔을 들고 기뻐서 어쩔 줄 몰라 한다. 어깨 상처가 아직 아프다.

허리 근처를 손으로 더듬어본다.

'아직 뭔가 찾고 있수?'

'허리에 차고 있었던 것이……, 없어요.'

'칼인가 보네, 그런 건 몰라. 그렇지만 젊은이, 그런 물건도 가지고 있었수? 그러면 누군가 훔쳐갔구먼. 우리들이 저 낭떠러지 근처의 밤 숲을 지나지 않았다면 젊은이는 아마 죽었을 거유. 용한이는 마음씨 가 너무 고와서 탈이야. 극단 사람들은 길에 쓰러져 있는 사람은 거들 떠도 안보고 지나치는데……, 우리 용한이는 밤에 한숨도 못 잤다우. 나도 옆에서 같이 거들어주긴 했지만.'

'그러면 저는 하루종일 쭉……'

'하루종일? 당치도 않아. 젊은이를 발견한 건 그저께라우.'

'그저께!'

카슨도는 머리를 쥐어박았다.

'말들은?'

'가엾게도 말은 젊은이 옆에서 죽어 있었다우. 그런데 이상하게도 다른 말이 쭉 젊은이 옆에 있더니 우리 뒤를 따라 왔다우. 지금은 광 장 끝에 매어 놓았구려.'

카슨도가 튕겨나가 듯이 헛간에서 뛰어 나간다.

광장에서는 마침 줄타기도 점입가경이다. 붉은 탈을 쓴 태운이와 흰 탈을 쓴 용한이가 남녀의 저속하고 추잡한 몸짓과 행위를 반복하 면서 관객의 열렬한 갈채를 받고 있는 중이다.

카슨도가 광장을 횡단하려면 줄 바로 밑을 지나가야만 한다.

'야! 너 어떻게 된 거야!'

카슨도의 모습을 발견하고 용한이가 소리친다. 그녀는 줄 위에서 흔들흔들, 순간적으로 거꾸로 매달리는가 싶더니 사뿐히 지면에 착지 하고는 3회 재주넘기를 하며 카슨도 앞을 가로 막고 섰다.

'어디 가는 거야? 그런 몸을 해가지고……'

검은 복장을 한 흙투성이 남자는 구경꾼들의 눈을 끌었다.

'용한이는 바람둥이야. 새로운 상대를 끌어 들였네.'

구경꾼 중에 한 사람이 놀린다.

'검은 복장, 타라! 줄을 타라!'

사람들이 부추긴다. 카슨도를 놀이패 일원이라고 착각한 것이다.

태운이가 가볍게 줄에서 내려와 소고를 두들기며 춤을 추기 시작한다. 악사와 놀이패 단원들도 이마에 올려놓았던 탈을 쓰면서 대단원의 무대가 펼쳐진다. 들뜬 구경꾼들도 모두 합세한다. 카슨도와 용한이도 어지러운 난무의 소용돌이에 말려들어가 버린다.

용한이는 휘청거리는 카슨도를 양팔로 꼭 껴안은 채, 경쾌한 스탭을 밟으면서 춤을 춘다.

카슨도는 파도치는 군중 저쪽에 그리운 위모의 모습을 바라보고 있다. 용한이의 팔을 붙잡고 춤추는 무리에서 필사적으로 빠져나왔다.

'용한, 구해줘서 고마워. 이 은혜는 평생 동안 잊지 않을게. 미안하지만 내가 쓰러져 있었던 장소를 알려주지 않을래?'

'뭐라고! 죽을 뻔 했던 곳으로 가고 싶다니, 어쩔 작정이야?'

'부탁이야, 알려줘.'

용한이는 저 멀리 솟아있는 높은 산을 가리켰다.

'여기에서 얼마나 멀어?'

용한이의 나긋나긋한 손가락 끝을 보면서 카슨도가 말한다.

'글쎄……, 60리 정도 될까!'

카슨도는 버드나무에 묶여 있는 위모에게 달려가서 말을 타려고 했다. 그러나 등자에 발을 걸어보았지만 어깨통증 때문에 팔에 힘이 들어가지 않아 말에 오를 수 없었다.

'오라버니, 뭔가 귀중한 물건이라도 잃어버리고 왔어?'

뒤에서 용한이가 카슨도를 안으며 밀어 올려 준다. 놀랍게도 힘이 쎄다.

'가엾은 말. 나를 위해 열심히 달려와 주었어.'

'그 말은 죽어 있었어. 코피를 잔뜩 흘리고서.'

'그러니깐 장사라도 지내줘야지.'

'멋진 걸! 그런 따뜻한 마음씨라면!'

용한이는 나비처럼 사뿐히 카슨도 뒤에 올라탄다.

카슨도는 고삐를 잡은 오른손으로 가볍게 위모의 목덜미를 두드려 주었다.

'가자, 친구를 장사지내주러 가야지.'

카슨도는 낮은 목소리로 말을 걸었다.

'어이, 용한아, 도대체 어디에 가는 거냐?'

탈을 쓴 채 태운이가 소리치며 달려온다.

'바로 돌아올게!'

뒤돌아보며 대답하고서,

'저기 둑길로 곧장 가는 거야.'

달달한 입김이 카슨도의 뒷목덜미에서 느껴진다.

카슨도의 이러한 행동은 이해할 수 없다. 지금까지 그는 촌각을 다투며 정사 일행을 만나기 위해 필사적으로 〈은길〉을 암행해왔다. 그 목적은 조선국왕이 도쿠가와 쇼군에게 보내는 국서의 호칭을, 지금까지 사용해온 〈일본국대군〉에서 〈일본국왕〉으로 변경하는 특수임무다.

호칭 하나가 일국의 외교와 정치를 뒤흔드는 중대사가 될 때도 있다. 폭력에 의해 수립한 왕의 권위는 의례에 의해 유지된다. 의례의 핵심은 칭호다.

　그렇기 때문에 막부에서 하달된 명령을 완수하느냐 못하느냐는 쓰시마번, 아니 쓰시마 그 자체의 존망이 걸려 있다고 할 수 있다.

　그러나 카슨도는 임무에 목숨을 다하다 쓰러진 한 마리의 말, 율모가 있는 곳으로 가려는 것이다. 그 마음에 조금의 흔들림도 없었다.

　그가 사명을 잊어서도, 가볍게 보아서도 아니다. 그의 마음속에서 말 한 마리의 죽음과 번의 운명을 동급으로 여겼다고 말하고 싶지는 않다.

　말은 한 시간 정도 달려서 산길에 다다랐다. 야생의 밤숲이다.

　'저기, 저기야.'

　용한이가 가리킨 방향에 거무스름한 덩어리가 쓰러져 있는 것이 보였다. 율모다.

　내뿜은 피가 거품상태인 채로 응고되어 얼굴 한쪽 면을 덮고 있다. 카슨도는 무릎을 꿇고 한참동안 율모의 목덜미와 등을 쓰다듬어 주었다. 파리와 구더기, 등에가 윙윙거리며 무리지어 날고 있다. 짝꿍이던 위모도 머리를 쳐들고 소리 높여 울어댄다.

　'슬퍼하는 건 사람만이 아니야.'

　용한이가 소리 높여 울고 있는 위모에게 뺨을 가까이 갖다 댔다. 그리고 나서 약 15보 정도 앞으로 가서,

　'이것 봐, 아래는 절벽이야. 굉장히 위험한 상황이었어. 이 말은 떨어지기 일보직전에 멈춘 거야. 자칫하면 모두가 죽을 뻔했어. 게다가 사람이 많은 동네가 아니라서 다행이었어. 그렇지 않았으면 지금쯤

산적들에게 갈기갈기 찢겨져서 먹혀버렸을 거야. 남은 것은 갈기와 꼬리 그리고 발굽 뿐. 어! 울고 있는 거야?'

카슨도가 용한이에게서 얼굴을 돌렸다. 그 순간 율모의 유체 아래에서 칼등이 살짝 보이는 것을 발견했다.

검을 잃어버린다는 것은 무사로서 최고의 수치다. 그러나 율모를 죽게 한 죄책감과 비통함에 비하면 그에 비할 바가 아니다.

율모를 매장해주고 싶지만 시간도 도구도 없다. 카슨도가 합장을 하고 있자, 용한은 의아스런 표정을 지으며 카슨도의 얼굴을 들여다 보고 있었다.

돌아오는 길에 카슨도의 뒷목에 따뜻한 숨 바람을 내뿜으면서 용한이가 말했다.

'오라버니와 말, 어째서 저런 곳에 쓰러져 있었을까? 생각해봐! 저 곳은 말이 달릴 수 있는 길이 아니잖아. 그런데도 저 멋진 청나라말이 달리고 달리다가 죽어 버릴 정도로 먼 곳에서 온 거지? 마치 우리의 눈에는 보이지 않는 길이라도 있었던 것처럼……'

카슨도는 잠자코 마을 광장을 향해 말을 달렸다.

'오라버니, 뭔가 커다란 비밀이라도 가지고 있는 거 아니야? 나쁜 짓을 해서 도망다니고 있다든가……. 아니면 다른 사람을 쫓고 있지? 그런 것 같은 걸. 그런 차림을 하고 청나라말 두 마리까지 타고 있으니 보통의 조선인이라면 할 수 없는 일이야. 있잖아…… 생명의 은인에게 뭐라고 한마디라도 대답해줘야 하는 거 아니야?

용한이가 카슨도의 허리를 감싼 양팔에 힘을 주어 바짝 죄었다. 숨을 쉴 수 없을 정도로 죄었기 때문에 카슨도는 놀라서 뒤를 돌아보았다.

'털어봐봐요. 오라버니는 뭐하는 사람이야?'

카슨도는 입을 꼭 다문 채, 위모에게 채찍을 가했다.

'미워 죽겠어!'

용한이는 체념하고 큰 한숨을 내쉬었다.

'미안, 해줄 말이 아무 것도 없어. 하여튼 나는 단양으로 급히 가야해.'

'어! 우리들도 내일은 단양인데,'

카슨도는 다음날 놀이패와 함께 단양에 들어갔다. 수소문해보니 정사 일행이 아직 단양에 체류 중이며 출발은 이틀 후라고 한다. 용한이의 권유로 놀이패와 같은 숙소에 여장을 풀었다. 떠돌이 유랑단과 하층민 여행자가 머무는 싸구려 여인숙이라서 비좁고 불결하기 그지없다. 카슨도는 쓰러지기 일보직전이다. 그가 입고 있는 복장도 너덜너덜하다.

위모를 앞마당 개암나무에 묶고 재갈을 벗긴 후 여물과 물을 듬뿍 주었다. 청나라말이 신기한지 주변에 구경꾼들이 몰려들었다.

'어이, 어때!'

한 남자가 옆의 남자에게 말한다.

'이 말이라면 만리장성까지 단번에 갈 것 같지 않은가? 자네 어떻게 생각하나?'

'암만, 암만, 단번에 가다뿐이겠는가?'

'몽고까지는 어떠한가?'

'음, 몽고까지는 무리일 것 같네만.'

카슨도의 어깨 상처는 용한이의 기민한 처치 덕분에 겨우 화농만은 면한 것 같다. 그러나 아직 상처는 아물지 않아 출혈과 통증이 지속되고 있었다. 그러나 이러고 있을 수만도 없다. 그는 용한이를 따라 마을로 나가 헌옷가게에서 옷을 구했다. 쪽빛 저고리에 흰 바지로 전형적인 나그네 옷이다. 옷을 갈아입을 때 왼쪽 어깨를 옷소매에 끼워 넣으려고 하니 저절로 신음소리가 났다.

'목숨이 살아있다는 증거야. 당장 의원에게 치료받으러 가요.'

단양의 객관

카슨도는 용한이의 팔을 뿌리치고 정사 일행이 묵고 있는 객관으로 달려갔다. 커다란 대문으로 들어가 납작 돌이 깔린 길을 통과하니 중문이다. 토벽을 두른 안채 뜰을 가로질러 드디어 본관에 도착한다. 용케도 검문에 걸리지 않고 왔지만 현관 앞에 갈래창을 들고 있는 병사가 카슨도 앞을 막아섰다.

'무슨 일이냐!'

'부탁드립니다. 홍순명 종사관님을 만나고 싶다고 전해 주십시오,'

그러나 병사는 갈래창으로 위협하듯이 막아서면서,

'여기는 너 같은 놈이 올 곳이 아니다. 잡상인이 올 곳이 아니야. 당장 꺼져라.'

카슨도는 대검을 허리에 차고 있지 않았다. 천천히 품에서 종이와 휴대용 붓을 꺼내어 거침없이 자기의 이름과 아메노모리 호슈의 심부름으로 부산에서 급히 왔다는 내용을 적어 홍순명 종사관 나리에게 전해달라고 간청한다. 병사는 한자가 적힌 종이를 들고 안으로 곧장 달려 들어갔다.

잠시 후 병사가 나와 카슨도를 안내한다. 안내한 곳은 서재와 손님 접대를 겸한 사랑채다.

'홍순명 종사관 나리는 지금 윗분들과 회의 중입니다. 잠시 기다려

주십시오.'

병사는 좀 전의 일을 사과하고 물러갔다.

카슨도는 한자의 위력을 생생히 보았다. 조선정부는 유교에 입각하여 문관우위가 철저하다고 한다. 문관의 문文은 즉, 한자다. 한자를 읽고 쓰기가 가능한 사람은 소수의 선택된 사람들이다. 검과 창으로 무장한 병사라도 한자의 위력에는 대적할 수 없다.

객관은 웅장했다. 카슨도가 안내된 사랑채의 창문에서 일본의 가레산스이식枯山水*과 닮은 운치 있는 정원이 내다보인다. 카슨도는 붉은 나무원탁 위에 쌓아 놓은 서적에 눈이 간다. 무심결에 멈춰 선다. 독서대에 한 권의 책이 펼쳐 있었다. 아마도 독서 중에 회의에 소집된 듯하다. 덮는 것도 잊고 급한 걸음으로 떠난 듯하다. 펼쳐져 있는 지면 또한 사람을 기다리는 것 같다. 마침 옆을 지나가는 사람에게 한 번 봐 달라고 불러 세우는 것 같다.

카슨도도 유혹을 이기지 못하고 독서대로 이끌려 어느새 책을 들여다본다.

> '개원은 물에 의해 정원 전체가 잘 정비되어 있다. 게다가 물을 충분히 활용하고 있으면서도 교묘하게 배치되어 언뜻 보면, 물은 하나도 없는 것처럼 보인다. ……조부가 살아계실 때 정원은 아주 화려했다……'

이 문장은 장대가 틀림없다. 카슨도가 겨우 손에 넣어 하루에 몇 쪽씩 느릿느릿 소걸음처럼 읽어가는 명나라 역사서로 장대가 쓴 것이

---

*물을 사용하지 않고 지형으로써만 산수를 표현한 정원.

다. 명대말의 문인 정치가인 괴짜 장대는 《석궤서》 전 221권을 저술했다. 혹시 이 책이 명대 산문散文의 최고봉이라는, 구하려고 노력했지만 손에 넣을 수 없었던 유명한 그의 수필집인 《도암몽회陶庵夢懷》일 것 같은데 표지를 보면 알 수 있겠지만 손을 대는 건 실례다.

장대는 3만 권의 서책과 열손가락이 넘는 정원, 6개의 극단을 소유하고 있었다. 미녀와 미소년, 준마, 폭죽, 밀감, 차에 미쳐 있었다. 50세 때 명나라가 멸망하면서 많은 책은 물론 소흥紹興에 있는 호화로운 저택과 정원이 모두 불타버리고, 겨우 벼루 한 개를 가지고 가족과 함께 산으로 도망쳤다.

카슨도는 본인의 사명도, 어깨 통증도 잊고 장대의 문학세계로 빠져들었다.

'아비루 카슨도 도노殿.'

명료한 일본어로 부르는 소리가 났다. 카슨도는 흠짓 놀라 뒤돌아본다.

'홍순명 종사관 나리. 오래간만입니다. 제가 번의 명령에 따라 갑자기 오게 되었습니다. 그 내용은 여기에.'

두 통의 서신을 꺼낸다.

홍순명의 나이는 52세, 왜관을 통괄하는 동래부東萊府 대표를 지내다가 이번에는 통신사 종사관을 명받아 정사 조태억趙泰億, 부사 임수간任守幹과 한성에서 합류하여 부산을 향하고 있다.

'앉으시게.'

홍순명은 카슨도에게 의자를 권하고 나서, 먼저 아메노모리 호슈가 보낸 서신부터 읽는다.

편지의 중간부터 홍순명의 얼굴이 어두워지기 시작하더니 다 읽고 나서는 카슨도를 보는 시선에 짜증이 섞여 있었다. 정사 앞으로 보내는 봉투는 뜯지 않은 그대로 옻칠한 작은 편지함에 넣어둔다.

'또 어려운 문제를 가지고 오셨군.'

정중했지만 빈정거리는 말투가 섞여있다.

이번의 호칭변경 요청만이 아니다. 과거에도 〈은〉 함유율 인하문제 등 일본측 사정에 의해 제멋대로 몇 번이고 반복하여 이런 비슷한 요구를 해왔다. 조선의 외교정책은 중앙정부가 통괄하는데 일본측은 2개의 창구가 존재하기 때문에 번거롭기가 이루 말할 수 없다. 외교정책에서 겉으론 쓰시마번과 왜관이 대조선외교를 혼자 도맡은 것처럼 보이지만, 쓰시마번은 도쿠가와 막부 체제하에서 일개 작은 번에 지나지 않는다. 외교 감각이 미숙한 막부 중앙정부가 자주 교섭에 개입하여 일을 복잡하게 만든다.

〈은〉 함유율 문제도 쓰시마번의 조선방 좌역인 아메노모리와 매번 격렬하게 논쟁했던 장면이 홍순명의 기억에 새롭다. 그 때도 쌍방이 몇 번이고 자리를 박차고 교섭결렬 내지는 외교단절의 위기를 맞기도 했다. 그럴때마다 홍순명과 아메노모리가 직접 만나서 친구의 우정으로 담판지어 원만한 해결책을 마련할 수가 있었다.

──문제의 뿌리에는…… 홍순명은 생각한다. 일본의 대조선외교는 쓰시마번과 막부라는 이중구조로 되어 있다. 도대체 어느 쪽이 진짜 일본국왕인가. 이번처럼 너무나도 갑작스런 국왕호칭 회복요청도 역시 그런 문제에서 발생한 것은 아닌지. 일본에 가면 이 점에 대하여 아메노모리와 에도의 정권담당자들에게 의견을 차분히 들어보고 싶다. 쇼군 측근에는 아리아 하쿠세키라는 예사롭지 않은 인물이 있다는 소문이다. 또 이전의 통신사에게는 한 번도 허가된 적이 없었지만

가능하면 교토京都에서 천황을 배알할 수는 없는지……,

홍순명은 왜관에서 급히 달려온 사신을 바라본다. ……아메노모리 호슈가 이 아비루라는 청년을 신뢰하고, 일찌감치 그 능력을 높이 평가하고 있다는 것은 편지에서 명료하게 읽어낼 수 있었다. 그러나 잠깐만……, 이 무사는 어떻게 단양까지 온 걸까? 일본인은 상경로를 이용할 수 없을 텐데……, 좌우지간에 쓰시마번의 간청을 들어주어야 할지 어떨지 정사와 부사에게 상의해보는 것이 먼저다. 시간이 없다.

카슨도의 얼굴은 새파랗게 질려 이마에는 비지땀이 배어나오고 있었다.

홍순명이 말했다.

'잘 알겠네. 어려운 일이네만 노력해 보겠네. 내일 아침에 다시 오시게. 그때까지……, 그런데 어디에서 묵고 계신가?'

카슨도의 대답을 듣고,

'그건 안 될 말씀이네. 놀이패들이 묵고 있는 숙소라니, 당치도 않네. 천민이 머무는 초라한 숙사에 사신을 머물게 할 수는 없지. 자네는 버젓한 일본정부의 사신이니 곧 객관에 방을 준비하겠네. 어, 왜 그러나? 얼굴빛이 아주 안 좋네……'

그 때 말발굽 소리가 들려왔다. 대문에서 중문으로 가까워진다. 카슨도는 그 소리가 낯익다. ……그렇다! 저것은 감찰어사의 흑율모이다. 저놈 역시 뒤쫓아 왔구나! 상당히 끈질긴 녀석이군.

그렇게 중얼거리면서 카슨도는 의자에서 의식을 잃고 바닥에 쓰러졌다.

홍순명은 곧바로 수행 의원을 불러 카슨도를 치료하게 했다.

카슨도는 고열로 헛소리를 하고 있다. 일본어, 조선어, 중국어가 서로 혼합된 지리멸렬한 단어들의 나열이다. 또 셀 수 없을 정도의 수많은 꿈도 꾸었다. 꿈도 또한 헛소리 이상으로 조각조각 파편화되어 맥락도 없이 줄줄이 생겨났다가 흩어져 사라져간다. 카슨도의 머리속에는 무수한 꿈의 조각들이 마치 한 그루의 커다란 은행나무 잎처럼 무성하다. 바람도 없는데 노란 잎으로 변하여 나무 자신의 의지로 잎을 흩뿌린다. 꿈은 그런 식이었다.

마침 이 때, 임수간 부사의 비어 있는 방에 젊은 남자 한 사람이 손에 붉은 가면을 들고 초조한 모습으로 서성거리고 있었다. 마침내 멀리서 발걸음 소리가 가까워지고 있는 것을 알아차리고 남자는 멈춰선다. 의자 등받이에 가볍게 손을 대고 기다린다. 키가 크다.

부사의 모습을 보자마자 남자는 부동자세를 취하고 깊이 머리를 숙인다.

'늦어서 대단히 죄송합니다.'

'이틀이나 늦게 왔군. 이렇게 왔으니 됐네. 오늘 아침회의에서 자네가 오지 않은 것이 문제가 되긴 했네만……'

부사 임수간은 이 남자를 괜찮은 남자라고 생각했다. 그런데 이 남자의 얼굴 곳곳에 찰과상, 그리고 멍이 있는 것이다. 맞아, 여자야. 여자에게 할퀸 건가? 그래서 이틀씩이나 늦어진 게로군.

'이번 일본여행의 경비와 호위를 담당하는 군사의 지휘체계에 중대한 문제가 생겼다네. 그래서 갑작스럽게 관행을 깨고 전체의 지휘를 감찰어사에게 위임하기로 했네. 비변사국에 그 사항을 요청한 것이 불과 10일 전이었으니 자네들도 몹시 당황했겠군.'

'아닙니다. 저희들은 언제 어디든지 명령만 있으면 항상……. 그러나 이번에 늦게 도착한 것은 면목이 없습니다.'

지휘체계의 문제란 과거 통신사의 경비와 호위는 정사 군관, 부사 군관, 종사관 군관. 이렇게 셋으로 나뉘어 각각의 지휘관에 정사에는 정사의 연고자, 부사에는 부사의 연고자를 임명해왔다. 그러나 이전부터 그 폐해를 지적하는 의견이 있었다. 정사 군관은 정사에, 부사 군관은 부사에게 충성을 도모할 뿐 상호 연계나 협력이 전혀 이루어지지 않았다. 이번에도 충주까지 오는 도중 정사 군관과 종사관 군관이 사소한 일 때문에 대립하여 부상자까지 발생했다.

'단양에서 조직을 일신하여 명령지휘체계를 일원화하려는 것이네. 결국 감찰어사에게 위임하려는 것이지. 비변사국에서 추천하는 자가 자네, 음, …… 이름이……'

'류성일입니다.'

'어, 아직 서 있었군. 미안하네, 앉으시게.'

부사 임수간은 그렇게 권하고 방문 앞에서 대기하고 있던 하인에게 차를 내오도록 했다. 류성일은 손에 들고 있던 가면을 품 속에 넣고 의자에 앉는다.

'출발은 모레라고 들었습니다. 군관들과 미리 만나 둘 필요가 있으니 급히 그들과 ……'

'그렇게 서두를 것까지는 없네.'

부사의 말에 류성일은 의아스런 표정으로 의자에 막 앉자마자 바로 일어섰다.

'출발을 4일 늦추기로 했네. 일본에서 급히 사자가 왔다네. 조금 전에 긴급회의가 열려 출발을 연기하기로 결정했다네.'

'일본에서 사자가?'

류성일의 관자놀이가 미묘하게 떨린다.

'무엇보다 긴급을 요하는 안건이어서 밀정어사를 한양으로 보내고 온 참이네. 우리들은 그 답변을 기다려야만 하네. 밀정어사가 돌아오려면 빨라야 모레……. 그 안건이라고 하는 것이 또 성가신 것이어서 상감마마에게 올려서 품위를 받아야 할런지도 모른다네. 자칫하다가는 출발이 취소될 수도 있고……'

'말씀 도중에 죄송합니다만, 그 일본인 사자가 온 건 언제입니까?'

'어제 저녁이라네.'

'어제……'

류성일은 팔짱을 끼고 생각에 잠긴다.

'어떤 사람입니까?'

'음, 내가 만나보지 않아 잘 모르겠네만 종사관 말로는 왜관의 무사라고 하던 걸.'

'무사!'

'왜 그러나?'

'……그 사자는 지금 어디에 있습니까?'

'자네가 그 사자에게 그토록 흥미를 보이는 건……. 뭔가 짚이는 것이 있는 겐가?'

'아닙니다.'

류성일은 무뚝뚝하게 대답한다.

'그 사자는 지금쯤……'

'돌아갔다는 겁니까?'

류성일은 흥분을 억누르지 못한 채 황급히 물었다.

삼사 중에서 가장 대범한 인물이라고 알려진 임수간도 뭔가 있다는 것을 직감했다. 조금 애를 태우고 이 애송이에게 관련된 내용도 알아내야겠다. 요놈이 나를 우습게 보는 군. 그냥 넘어갈 수 없지.

임수간은 책상 위에 있는 서류들을 건성으로 넘기면서 딴 전을 피운다.

……이 사람이 속을 떠보고 있다는 생각에 류성일은 내심 혀를 차고 있다. 과거시험에 합격한 문관은 모두 저 모양이야. 음흉하게 뒤에서 남의 험담이나 하고 사람의 약점을 잡아 요리조리 돌려대려는 생각만 하고 있다.

문관에 대한 적개심이 류성일에게 무관으로서의 냉정함을 되찾게 해주었다.

'그러면 군관들을 만나고 오겠습니다.'

이렇게 말하고 군화의 뒤축으로 바닥을 세차게 굴렀다. 소리가 방 전체에 울려 퍼졌다. 이것은 문관을 대하는 위압의 하나다. 그러나 임수간은 꿈쩍도 하지 않는다.

'그런데 이야기를 맨 처음으로 돌리겠네만……'

임수간이 류성일에게 말을 건넨다.

'도착예정일을 이틀씩이나 늦어지게 된 것은 혹시 예기치 않은 무슨 일이 있었던 건 아닌가?'

'그렇습니다. 대규모의 잠상조직을 내탐하고 있다가 마침 그 현장을 적발하여 이렇게 됐습니다. 말씀드리자면 변명만 늘어놓은 격이 되니 이 정도만 말씀 올리겠습니다.'

류성일이 말하는 잠상과 밀수조직의 적발은 사실이었다. 지난밤 〈은길〉에서 류성일이 카슨도를 그 일당으로 의심하여 다그치려고 한 것도 이유가 있다. 사실 류성일은 단양을 향해 동래부를 출발하기 직전까지 이 사건에 매달렸다. 게다가 이것은 왜관의 일본인도 연루되어 있었고 매잡이와 어부들 4명이 옥에서 처형됐다. 아메노모리 호슈가 왜관에 도착한 다음 날 그와 카슨도가 이순지의 요장을 향해 언덕길을 올라가던 때 부정문에서 4개의 관이 나가는 것을 목격한 것이 바로 그것이다.

그러나 류성일이 이틀이나 단양에 늦게 도착한 것은 물론 그 때문은 아니다. 그는 예정대로 부산을 출발했지만 왜 늦어졌는지에 대해서는 목에 칼이 들어와도 말할 수 없다.

'그러면 부사나리, 군관들을 만나고 와도 되겠습니까?'

'좋네. ⋯⋯그런데 말이네.'

임수간은 앞장서다 뒤돌아보고 말했다.

'일본인 사자는 아직 이곳에 있다네.'

임수간은 류성일의 반응을 살펴보았으나 상대는 무뚝뚝하게 고개를 끄덕일 뿐, 지체하지 않고 방문으로 발을 옮겼다.

임수간은 이 감찰어사가 만만치 않다고 생각했다. 일본 여정에서 돌아올 때까지 1년 가까이 같이 지내야 하므로 친분을 맺어두는 것이 이득이라고 판단했다.

'젊은 남자인데 홍순명 종사관을 만나러 왔다네. 아무래도 어깨에 심한 상처를 입은 것 같던데. 지금은 종사관 방에서 치료를 받고 휴식을 취하고 있을 것이네.'

그놈이다! 류성일은 중얼거린다.

그 때였다. 홍순명의 사랑방에 있는 카슨도가 눈을 떴다. 수두룩한 꿈의 조각을 노란 은행나무 잎처럼 흩날리면서⋯⋯,

'이제야 정신이 드셨군요.'

카슨도가 놀라 주위를 돌아보니 메기처럼 가늘고 길게 수염을 늘어트린 작은 몸집의 남자가 침대 옆에 서 있다.

'당신은?'

'저는 홍순명 나리의 전담의원 최입니다. 최백형崔白淳이라고 합니다. 자, 상처가 어떤지 보여드리겠습니다.'

상처? 카슨도가 중얼거리며 서둘러 오른손을 왼쪽 어깨로 가져간다. 잊고 있었다. 통증은 거짓말처럼 사라졌다.

최의원은 정성들여 세심하게 진찰하면서,

'음, 상처는 완전히 아물고 지혈은 완벽합니다. 자 왼쪽 어깨를 움직여 보십시오.'

카슨도는 어깨를 살살 만지면서 위로 올려본다. 아직 통증은 남아 있지만, 이 정도라면 나무때리기 정도는 흉내낼 수 있을 것 같다.

'……여쭙겠습니다만, 제가 며칠이나 잠들어 있었던 건가요?'

'통증을 멈추는 약에는 마취작용이 있어서 꼬박 이틀간 혼수상태였습니다.'

……또 이틀 간! 헛되이 보내버렸다는 생각에 카슨도는 입술을 깨문다. 마을의 헛간에서 용한이의 간호를 받은 것도 이틀이었다. 이것으로 4일 동안이나 중대한 임무수행이 아깝게 지체됐다.

'운남백약雲南百藥의 효능이 의외로 쎈 걸.'

최의원은 혼잣말처럼 말했다.

'운남백약?'

최의원이 고개를 끄덕이며 목소리를 낮추어 카슨도에게 속삭인다.

'아직 시험단계에 있어서 대놓고 쓸 수는 없지만 중추부의국中樞府醫局

이 인공재배에 성공했습니다. 아시다시피 양질의 인삼은 북방의 산악지대에서만 자생하기 때문에 손에 넣기에도 힘들지만 그 값이 엄청 비쌉니다. 만약 인공재배가 가능하다면 얼마나 많은 국민들을 구해낼 수 있겠습니까. 고려인삼을 인공재배하는 겁니다. 이것은 우리들 조선인의 바램이었습니다. 저는 이번 통신사에 의원으로 동참할 수 있게 되어 일부를 손에 넣을 수 있었습니다. 인삼에 운남의 구릿대*와 백작 등을 조합하여 상처에 처방해 보았습니다. 보십시오. 이것입니다.'

최의원은 등바구니 속에서 약포 한 봉지를 꺼내어 그 포장을 풀어 보여주었다.

'운남백약이라고 이름짓고 이것을 상처에 발라 보았습니다.'

카슨도는 하얀 분말을 가만히 바라보면서 무표정하게,

'인삼의 인공재배라구요?'

그러자 최의원은 당황하며 입을 굳게 닫아버렸다.

그 때 홍순명이 들어왔다. 구리 냄비를 받쳐든 요리방의 남자가 뒤따라 들어온다.

'이렇게 앉아있는 걸 보니……'

'그렇습니다. 경과가 아주 좋습니다.'

최의원이 환자의 상태를 전한다. 카슨도는 머리를 깊숙이 숙였다.

'대단히 죄송합니다. ……그런데.'

서둘러 말을 이어가려는 카슨도를 손으로 저지하며 홍순명은,

'잠깐만, 그 건에 대해서는 조금 후에 말해주겠네. 그전에 기력보강이 먼저.'

---

* 여러해살이 풀. 어린잎은 식용, 뿌리는 '백지(白芷)'라 하여 한약재로 쓴다.

뒤에 있던 남자에게 눈짓을 보낸다.

'왕용王勇이라는 청나라 한족 요리사라네. 자, 근사한 요리를 대접하겠네. 오늘의 요리를…… 왕, 설명해주시게.'

동글동글한 통통한 배를 내밀고 있는 왕용이 원탁에 놓인 접시에, 구리냄비에 담긴 죽을 익숙한 솜씨로 담아내면서 청나라 사투리의 조선어로,

'이것, 베이징에서는 아주 귀하게 여기는 은빛 목이버섯이다해. 새끼 양의 뼈를 푹 고은 국물에 넣어 푹 삶은 것. 이것 마신다해. 아주 몸에 좋다해. 자양강장. 몸 안의 정기를 금방 회복시켜 준다해. 무엇보다 맛있다해.'

'자, 의자에 앉아서 쭉 들이킨다해. 내가 전하는 보고를 들으면서.'

홍순명의 언어사용에도 왕용의 언어습관이 전염된 듯 청나라 사투리가 섞여 있다.

카슨도는 얇은 무명 저고리를 어깨에 걸치고 앉아서 한모금 입에 넣는다. 단 맛이 입안 가득히 퍼진다. 이윽고 위장으로 천천히 내려간다. 홍순명이 이야기를 시작했다.

'자네가 지참한 두 통의 서신 내용을 조정사, 임부사를 중심으로 협의한 결과 심부름꾼을 한성에 보내기로 결정하고 급히 밀정어사를 은 길로 보냈다네.'

카슨도는 탕국을 입에 가져가려다가 공중에서 멈췄다.

'우리 삼사는 이번 일본정부의 요청을 받아들이기로 했다네. 다만 최종 판단은 어디까지나 중앙정부이니……, 지금 그 회답이 내일쯤 올 거라네.'

졸도한 카슨도가 최의원에게 치료를 받고 있을 때 정사의 사랑방에

서는 조태억, 임수간, 홍순명, 이방언 등 삼사와 제술관 이현이 머리를 맞대고 회의를 했다. 회의는 치열했다.

── 국왕호칭으로의 복귀요청은 통신사 사절이 한성을 출발한 후에 갑자기 통보된 것이다. 출발에 즈음하여 삼사 신하 이하 모두가 입궐하여 국왕을 배알하고, 국서를 받들고 절부월節斧鉞을 하사받았다. 그후 숭례문을 나와 관왕묘關王廟에 참배를 마쳤다. 이후에는 어떠한 변경도 일체 허용하지 않는다. 하물며 국서를 다시 쓴다는 것은 있을 수 없다. 이 요청은 조선을 가볍게 보고 업신여기는 처사다. 결코 받아들일 수 없는 일이다.──

모두가 거부하는 쪽으로 의견이 모아졌지만 통신사의 문서작성을 담당하는 제술관 이현이 다음과 같이 말했다.

──일본의 쇼군칭호를 〈대군〉에서 이전의 〈국왕〉으로 되돌리려는 것은 일리가 있을지도 모릅니다. 결코 우리 정부에게 손해를 초래하지는 않습니다. 문제는 이러한 요청이 때를 놓치고 갑작스레 생긴 일이라는 겁니다. 일본이 마음 내키는 대로 행동하는 건 지금이 처음이 아닙니다. 일일이 흠을 잡아봤자 도리어 우리가 가진 도량의 크기를 드러내는 것뿐입니다. 국왕호칭 회복은 우리나라를 가볍게 보고 업신여겨서가 아니라 일본의 국내사정에 기인한다고 생각합니다. 조선국왕에게 쇼군이 일본국대군보다 일본국왕이라고 불려지는 편이 여러 번審들에게 권위 있어 보여 도움이 될 것입니다. 만약 거부하면 그들은 낙담하여 문화의식이 낮은 나라이므로 이후에 또 어떤 나쁜 짓을 할지 모릅니다. 지금 호칭회복에 응하여 제왕의 길을 가는 우리 조선의 위대함을 동쪽 오랑캐인 그들에게 보여주는 좋은 기회가 아닐까 생각합니다.──

홍순명은 옛 친구인 아메노모리 호슈의 심적 고충을 알고 있던 터라 이현의 변론을 지지했다. 다른 삼사도 냉정하게 생각해 보니 거부할 경우에 앞으로 일어날지 모르는 분쟁과 번거로움에 마음이 무거워졌다. 유연한 대응이 상책이 아닐까…….

이현이 한성에 보낼 청원문의 초안을 작성했다. 4명이 돌아가면서 검토하여 약간의 수정을 거친 후 완성했다. 조태억 정사가 서명한 후에 밀정어사는 즉각 한성을 향하여 〈은길〉로 북상했다.

밀정어사가 출발하자, 바로 남쪽에서 감찰어사 류성일이 도착했다. 부사 임수간에게 접견하기를 원했다. 그의 도착이 이틀씩이나 지연된 일이 별반 문제가 되지 않았던 것은 이런 일이 있었기 때문이다.

류성일은 경비와 호위부대 편성을 끝내고 잠시 한숨을 돌린다. 가슴 속은 부글부글 끓어오르고 있었다. 권한을 감찰어사에게 빼앗겼다고 생각한 군관들은 노골적으로 비협조적인 태도를 취했다. 질문에 대답하지도 않고 지시를 해도 들은 척도 하지 않는다. 결국 류성일은 정사 군관 한 놈을 때려눕혔더니 상황이 조금 바뀌었다. 군관들이 공손한 예를 표하기 시작했다.

……내일도 반항하는 놈이 있으면 작살내버려야지.

군복을 벗으면서 류성일은 창가로 간다. 안뜰 건너방 창에 그림자가 보인다.

'쓰시마번 무사이군.'

류성일은 한동안 남자의 그림자에서 눈을 떼지 못한다. 군관들에게 받은 화풀이를 〈은길〉에서 대적한 일본무사에게 돌린다.

……그럭저럭 어깨 상처도 아문 것 같고 이대로 싱겁게 죽게 되면 시시하다. ……그건 그렇다손 치더라도 대단히 강한 놈이었다. 다시

한 번 맞싸울 기회가 있다면…….

저런! 류성일은 중얼거린다. 저 놈이 책을 읽고 있네. 놀라운 걸. 일본의 무사는 책을 읽을 줄 아는가!

……그러나 저놈이 어떻게 해서 암행어사가 될 수 있었을까? 자신의 힘만으로 될 리가 없다. 암행처 내부에 내통하는 자가 있을 것이 분명하다. 누굴까?

저놈은 왜관을 대표해서 밀사가 될 정도이니 아마도 이번 통신사와 함께 에도까지 동행할 것임에 틀림없다. 잠시 모르는 척하고 본색을 들어 낼 때를 잠자코 기다리는 것이 좋겠다.

생각이 여기에 미치자 류성일은 가슴속이 후련해졌다. 제멋대로인 군관들 통솔문제로 우울했던 기분은 서서히 맑아지기 시작하더니 이내 사그라 들었다.

감찰어사의 업무는 벼슬아치들의 부정을 적발하는 데에 있다. …… 암행처 내부에 일본의 출장기관인 왜관과 내통하고 있는 자가 있다. 그것을 파헤쳐야 한다. 오위부는 대혼란에 빠지겠지.

통신사 수행이 썩 마음에 내키지 않았던 류성일이었지만, 이번 임시 임무에 감찰어사로서의 보람을 예견하며 드디어 입가에 미소가 번졌다. 바로 그때 엉겁결에 얼굴을 찡그린다. 말에 탄채 거꾸로 매달려, 수십 리를 달려가면서 지면에 쓸려 생긴 얼굴의 상처가 아프다.

다시 안뜰 저편에 있는 창으로 시선을 돌린다. 여유롭게 책을 보고 있는 자에게 화가 치밀어 올랐다.

하인이 점심상을 차려왔다. 담장 밖에서는 나팔소리가 요란하게 울려 퍼지고 빠른 장단의 징과 장구소리가 들려온다.

'뭔가, 저 소란은?'

류성일이 하인에게 묻는다.

'광장에 양주가면극 패거리가 왔습니다.'

류성일은 여닫이 창문을 힘차게 닫았다.

카슨도는 읽고 있던 책에서 얼굴을 들어 떠들썩한 음악과 노랫소리에 귀를 기울이고 있었다.

용한이네 놀이패다!

왕용이 큰 쟁반을 들고 들어와 몇 가지의 요리를 원탁 위에 차린다.

'자, 꼭꼭 씹어 먹어해. 우리 나라, 음식의 나라다해. 조선, 예의의 나라. 손님은 일본, 어떤 나라?'

카슨도는 왕용의 질문은 흘러버리고 용한이네 놀이패의 노랫소리를 애써 들으려고 귀를 쫑긋 세웠다.

그날 저녁에 카슨도는 최의원에게 외출을 허락받고 변두리 여인숙을 방문했다. 거적이 깔려 있는 좁은 마루로 된 방에 놀이패 사람들이 떼지어 모여앉아 국밥을 먹고 있었다. 구석에서 태운이가 가슴을 풀어헤치고 막걸리를 벌컥벌컥 들이키며 큰소리로 악을 쓰고 있다. 용한이의 모습은 보이지 않는다. 카슨도가 태운이의 어깨에 손을 올리고 '용한이는?'이라고 묻자,

'시끄러워! 이 죽일 놈의 자식, 냉큼 꺼져버려!'

어느새 노파가 곁에 와서 카슨도의 팔을 끌어당기며,

'태운이 근처에 가까이 가면 안된다우.'

카슨도가 태운을 뒤돌아보면서 멀어진다.

'할머니, 용한이는 어떻게 된 거예요?'

'외출했다우, ⋯⋯젊은이. 완전히 건강해졌구려.'

카슨도는 종이에 싼 은화를 노파의 손에 살짝 쥐어주면서,

'얼마 안되는만 이것으로 소주나 막걸리라도…… 용한이는 언제 돌아올까요?'

노파가 종이에 싼 은화를 고마운 듯 받고는 카슨도의 안색을 올려다보면서,

'용한이도 젊은이를 만나고 싶어했다우. 그렇지만 오늘은 돌아오지 않는다우. 그렇지! 이것을 드려야지……'

노파는 말끔하게 접어놓은 검정 옷을 꺼내주었다.

'용한이가 깨끗이 빨아서 꿰매 놓았구려.'

등 뒤로 태운이의 목소리가 크게 들렸다.

'어이, 죽일 놈의 자식. 이쪽으로 와봐! 용한이가 어디에 갔는지 알려 줄 테니깐.'

뒤돌아 본 카슨도를 향해,

'용한이의 오늘 밤 상대는 군수 김나리와 지주 강나리다. 흥!'

'젊은이, 이제 가보슈. 기다려도 소용없다우. 태운이는 이제 너무 취했구려. 난폭해지면 손 쓸 수가 없다우.'

카슨도가 나가는 것을 망설이고 있자,

'놀이패가 팔고 있는 것은 기예뿐만이 아니라우. 덕분에 우리들도 생활이 넉넉해진다우.'

멍하니 서 있는 카슨도의 바로 뒤에 어느새 태운이가 서있다. 원을 그리듯이 흔들거리면서 카슨도의 뒷목 깃을 잡으려고 한다. 카슨도가 깜짝 놀라 태운이의 팔을 잡고 던져버렸다.

'이놈!'

소리만 지를 뿐 몸을 일으킬 수 없다.

'이 자식이, 도대체 뭐하는 놈이야? 어이, 어디서 굴러들어 온 개 뼈다귀야!'

태운이의 거친 말을 뒤로 하고 밖으로 뛰쳐나온 카슨도는 객관 쪽 등불을 향해 칠흑같이 깜깜해진 밤길을 쏜살같이 달렸다

객관으로 돌아온 카슨도는 이상하게도 안정을 찾을 수 없었다. 겨우 마음을 가라 앉히고 문지기에게 등불을 빌려 마구간을 돌아보기로 했다. 위모의 목을 부둥켜안고 잠시 살짝 눈을 감고 있었다.

길게 한 줄로 늘어선 마구간에는 정사 일행의 말과 에도성에서 쇼 군이 관람할 곡예마 등, 청나라말과 조선말이 30마리 정도 섞여 있다. 카슨도는 위모에게 말을 건넨다.

'어이, 한성에서 사자가 돌아오면 좋은 소식이든 아니든 곧바로 돌아가서 보고하지 않으면 안돼. 미안하지만 너에게 가엾게 죽은 율모의 몫까지 부탁해야겠어.'

그 때 옆 마구간에 있던 말 한 마리가 사납게 콧바람을 내고 있다. 카슨도가 등불을 비추어보자 저쪽에서 말이 머리를 쑥 내밀었다. 코에 하얀 줄이 길게 내달리고 있다. 잘못 봤을 리가 없다.

그렇지! 카슨도는 중얼거린다. ……그 말발굽 소리는 환청이 아니었구나! 그러나 류성일이 이 객관에 온 목적은 무엇일까?

카슨도는 그날 밤에 최의원에게서 감찰어사가 단양에 온 목적을 들었다. 그는 정사 일행과 합류하여 군관 총사령관으로서 일본에 간다고 한다.

카슨도는 이 일을 이리저리 계속 생각했다. ……감찰어사는 이제 일본인 사자가 이 객관에 체류하고 있다는 것과 그 목적을 알고 있을 것이다. 사자가 암행어사로 변장해서 〈은길〉을 달려온 것도?

큰일이다! 카슌도는 자기도 모르게 혀를 찼다.

'암행어사가 왜 복면을 벗고 있는 것이냐?'

류성일의 희미한 목소리가 다시 들려오는 것 같다.

······어째서 복면을 벗었던 것일까. 그렇다. 폭포 냄새를 맡으려고
했었지. 이순지에게 얼굴을 들 수 없는 실례를 범했다. 부산에서 온
일본인 사자가 어깨에 깊은 상처를 입었다는 것도 잘 알고 있겠지.

그놈 꽤 성가시군. 어떻게 일본인이 〈은길〉 통행허가증을 입수할
수 있었을까. 세세한 것까지 귀찮을 정도로 깊게 파고들기 시작하겠
지. 그가 일의 진상을 더듬어가는 것만은 어떻게든지 막아야 한다.

카슌도는 뒤척이며 뜬 눈으로 밤을 보냈다. 아슬아슬한 줄 위에 서
있는 것 같은 느낌이다. 아래는 매우 깊은 골짜기, 어느 때보다도 더
신중하게 행동해야 한다. 용한이의 말이 되살아난다. 한순간의 작은
틈이 목숨을 재촉한다고 했던가.

다음 날, 한양에서 밀정어사가 새로운 국서를 가지고 돌아왔다.

부사, 종사관, 상상관, 제술관이 지켜보는 가운데 새로운 국서는 정
사의 손에 의해 옛 국서와 교환되어 국서보관함에 넣어두었다.

정사 일행의 단양 출발은 내일 아침으로 정해지고 객관은 출발 준
비로 떠들썩해졌다.

하루 빨리 호슈에게 이 사실을 전하고 싶다. 카슌도는 기쁨을 억누
르고 일행보다 먼저, 몰래 단양을 빠져나갈 차비를 했다. 여물을 담고
나서 위모를 데리고 나오는데 등 뒤에서 날카로운 시선이 느껴졌다.
감찰어사 방 창문이 눈에 들어온다. 창문 근처에 누군가 서성거리는
낌새가 느껴진다.

카슨도는 뒷문 울타리에 말을 매어놓고 작별인사를 위해 홍순명의 사랑채를 방문했다. 4일 전에 정신을 잃고 쓰러져 치료와 극진한 간호를 받은 방이다.

'감사의 말씀을 어떻게 올려야할지 모르겠습니다. 신세 많았습니다. 그러면 부산에서 뵙겠습니다.'

'그런가? 우리들도 10일 후에 부산에 도착할 것이네.'

카슨도는 가볍게 인사를 하고 출입구를 향한다. 그 때 홍순명이 잠깐 불러 세우려다가 그만뒀다. 무언가 질문이 있는 것 같았다.

카슨도는 발걸음을 멈추고 뒤돌아보았다.

'아니……, 어서 가시게. 급히 가야하시니.'

홍순명이 말한다. 다시 가볍게 인사를 하고 카슨도는 방을 나와 복도를 걸어가면서 생각했다. 종사관은 틀림없이 내가 어느 길로 부산에 갈 것인가를 물어보고 싶었을 것이다.

종종걸음으로 뒷문을 향해 가고 있는데,

'거기, 사무라이!'

압물관押物官* 박수실이 온돌 굴뚝옆에 서서 카슨도를 부른다. 압물관은 통신사 운송담당 통역의 직명으로 15명의 통역원 중에도 최하급에 속한다.

'방금 전에 예쁜 아가씨가 찾아왔었습니다요. 분명히 양주가면극 놀이패의 광대였는데 당신에 대해 여러 가지를 물어 보길래, 일본 사무라이라고 알려줬더니 놀라서 그냥 돌아갔습니다요.'

박수실이 비웃듯이 미소짓자 그의 사팔뜨기 눈이 한층 더 일그러져

---

* 조선시대 중국 · 일본과의 사행왕래 시 수행한 각종 예물 호송관으로 역관이 담당.

이상스럽게 불쌍한 표정이 되었다.

카슨도는 아무 말 없이 위모를 문밖으로 끌어내어 가볍게 말에 올라 박차를 가했다.

평보로 마을을 벗어나오려다 헌옷가게 앞에 멈춰 섰다.

며칠 전에 용한이가 안내하여 나그네 옷으로 갈아입었던 헌옷가게다. 그 때 이후 헤어진 뒤로 만나지 못하다가 오늘 객관으로 용한이가 찾아왔다고 한다.

카슨도는 품에서 붓통이 달린 휴대용 문방구와 접어놓은 한지를 꺼냈다. 지금 여인숙을 가더라도 용한이를 만날 수 있을런지는 알 수 없다. 핑계 삼아 편지를 써두려고 생각한 것이다.

막 붓을 들려는 순간, 과연 용한이라는 이름을 한자로 어떻게 써야 하지? 龍韓(용한)일까……. 그러나 이 글자라면 전형적인 남자이름인데…….

말에 탄 채로 종이에 글을 적고 있는 남자 모습은 오가는 사람들에게는 그저 신기하게 보였다. 지나가던 사람들이 멈춰 서서 위모를 에워싼다. 카슨도는 주위를 둘러보고 놀라 말을 달려 사람들이 다니지 않는 사시나무 그늘까지 와서 다시 편지를 쓴다. 그렇지만 어쩌면 용한이가 낫 놓고 기역자도 모르는 사람일지도…….

여인숙에 도착했지만 죽은 듯이 조용하다. 마당을 청소하고 있는 남자에게 물으니 양주 놀이패들은 일찌감치 다른 마을로 떠나 한동안 오지 않을 거라고 한다.

용한이와는 두 번 다시 만날 수 없다. 마음 한 켠에 허전함이 밀려온다. 카슨도는 위모에게 박차를 가했다. 이순지가 준 지도는 볼 필요도 없다. 죽은 율모의 혼이 〈은길〉로 인도해줄 거라고 확신한다.

'어이, 아까 글 쓰던 남자 아녀?'

사람들이 손가락질을 한다.

마을광장을 가로질러 둑길을 달리고 다리를 건넜다. 갑자기 등 뒤에 용한이가 있는 느낌이 들었다. 목덜미에서 그녀의 달콤한 입김이 닿는 것 같아 뒤돌아본다. 물론 아무도 없다.

밤숲에 도착했다. 율모는 뼈와 꼬리와 갈퀴만 남아 있었다. 카슨도는 말에서 내려 다시 한 번 눈을 감고 그의 영혼을 달래주었다.

검은 복장으로 갈아입고 삼베로 된 검은 복면을 하니 진짜 오위부 암행어사가 된 것 같은 착각에 빠져 작은 전율을 느낀다. 오는 길에는 느끼지 못했던 감정이다.

날이 저물고 달이 떴다. 위모에게 잘 부탁한다는 말을 하고 달릴 준비를 한다. 고삐를 느슨하게 하고 모든 것을 너에게 맡기겠다는 뜻을 전했다. 위모는 밤숲을 지나 키가 큰 풀숲으로 뒤덮여 앞이 보이지 않는 샛길로 들어가 〈은길〉 문을 향했다.

카슨도는 정신없이 달렸다. 연이어 〈은길〉로 북상하는 가면을 쓴 밀정어사와 은 운송대가 스쳐지나간다. 그들과는 어떤 말이나 행동도 나누지 않았다. 때로는 복면을 한 암행어사가 접근해 올 때도 있다. 〈은길〉에서는 남하하는 쪽이 먼저 암호를 보내는 것이 관례다.

'우공!'

카슨도가 목소리를 높인다.

'이산! 이순지인가?'

드디어 조령의 산봉우리를 앞에 두고 있다. 하늘에는 스무날 남짓의 달이 떠있다.

그 때 쯤, 단양 객관대청에서는 김군수가 마련한 통신사의 송별연회가 한창 벌어지고 있었다. 단양 기생이 총출동하여 술을 따르며 흥겨운 한 때를 보내고 있다. 드디어 사절단에 속한 악사와 곡예사 그리고 무용수들이 넓은 뜰로 나와 신나게 노래도 부르고 춤도 추기 시작했다. 모두 남자들뿐이다.

조태억을 비롯한 삼사는 떠들썩한 분위기를 피해 몰래 양초를 밝히고 뒤뜰을 돌아 연못근처 정자에 모여 앉아 있다. 조태억이 뭔가 의논할 일이 있는 것 같았다.

난간에 양초를 세워 두고 긴 의자에 걸터앉아 각자 활처럼 휜 처마 끝 너머에 떠있는 달을 올려다 본다. 달을 노래한 시 한 소절로 경쟁하듯 음률을 넣어 소리 높여 읊는다. 적당한 취기로 혀의 움직임도 부드럽다.

조태억이 한시를 읊는다.

月出皎兮　佼人僚兮
舒窈糾兮　勞心悄兮

달이 떠서 환하거늘
아름다운 사람 예쁘기도 하도다
어이하면 그윽한 시름을 펼까
애타는 마음 속을 태우네

'《시경》이군요.'
홍순명이 말한다.
뒤늦게 합류한 제술관 이현이 말한다. '두보杜甫입니다' 라고 말하며,

中天月色好誰看
風塵荏苒音書絶

關塞蕭條行路難

중천의 달빛 누가 좋아서 볼까
부질없이 시간은 흐르고 소식도 끊어졌다
국경의 마을도 쓸쓸하니 고향의 길도 고행이네

떠있는 달도 올려다보고 싶지 않다. 이 괴로운 여행길의 목적지를 생각하면……, 이현은 두보의 시를 빌려 일본으로 가야만 하는 자신의 심경을 무심결에 토로했다.

이번 통신사에서 제술관으로 임명받은 일을 가능하면 거절하고 싶은 마음이었다.

……무엇을 잘못하여 나에게 이런 불운이 생긴 것일까? 이현은 자신의 불운을 한탄했다. 처음에 하명을 받고 모친이 연로한데다 아내가 병약하고 자식은 여섯, 집안이 빈궁하여 사퇴를 표명했지만, 받아들여지지 않았다. 이현의 관위는 낮지만 문장이 출중하여 정사 조태억이 강하게 천거했다.

'그나저나 궁궐에서 의외로 쉽게 국서 개서에 응해 주었습니다.'

부사 임수간의 탁한 목소리가 들린다. 시적인 정취에 빠져 있다가 현실로 돌아왔다.

'아무튼 앞만 보고 전진하시죠. 그만큼 귀국날도 빨라질 터이니. 부산은 생선이 맛있다고들 합니다. 일본은 경치가 아름답다고 하고. ……조나리, 그 시큰둥한 얼굴표정은 왜……, 무슨 일이 있었습니까?'

'……어제 한성에서 돌아온 심부름꾼이 다른 한 통의 서신도 가져왔습니다.'

'다른 한 통?'

일동이 앵무새처럼 따라 말하며 정사를 에워쌌다.

'충주에서의 소란으로 비변사국에서 감찰어사 류성일이 오지 않았습니까?'

'네, 그는 제법 괜찮은 사내입니다. 하루 반나절 만에 50명의 괴짜 군관들을 통솔하며 장악해버렸지요.'

임수간이 눈을 가늘게 뜨고 메기모양의 수염을 꼬았다. 조태억은 고개를 끄덕이면서,

'확실히 믿음직합니다. 그에게 앞으로의 경호 일체를 위임하게 될 것입니다만 아는 길도 물어 가라고 했으니……. 이조판서로 있는 친구 안홍철을 통해 류성일의 신원조사를 의뢰했더니 어제 그 보고서가 도착했습니다.'

조태억을 중심으로 머리를 맞대고 모여섰다.

'뭔가 문제가 있습니까?'

홍순명이 묻는다.

'……류성일이 무과시험에 응시할 때 제출한 이력서에 시조는 경상도 안동군 풍산현 풍산 류씨. 2대째 류일영柳—榮이 고려 공민왕 11년 (1362), 홍건적을 토벌한 공으로 2등 공신으로서 송안군에 봉해져 전답 5결, 노예 50명을 하사받았다. 이후 류일영의 자손은 가문이 융성하여 안동과 풍산현 곳곳에서 토호세력으로 성장했다.'

임수간이 메기수염을 크게 꼬면서,

'흠, 대단한 걸. 그런데 류성일은 몇 대째가 되는 겁니까?'

'9대째가 됩니다만……, 사실은 안동 풍산에 〈류〉라는 성씨는 존재하지 않습니다.'

어느새 조태억을 포함한 5명의 얼굴이 거의 하나의 동그라미가 되

어 바짝 좁혀졌다.

조태억의 침울한 목소리가 들린다.

'류성일은 무과시험을 2등으로 급제했고, 졸업할 때에도 차석이었다고 합니다. 아시다시피 과거시험의 무과는 병과(문과)와는 달라서 양반의 자제가 아니어도 노비가 아니면 응시할 수 있습니다만, 중요한 불문율이 하나 있습니다. 조상의 5대까지 신원조회를 합니다.'

'허허, 계조사칭系祖詐稱이라는 건가……, 중죄입니다.'

임수간이 개탄한다.

조선정부의 중추세력인 양반출신자에게 중요한 것은 〈불망기본不忘基本〉*의 조상숭배 의식이다. 그 근간이 되는 것이 성씨의 유래와 정확한 시조계조다.

'보고서에 의하면 그의 성씨는 조부 대까지만 있습니다. 효종 1년(1650)경에 홀연히 혼자 울릉도에 나타난 젊은 남자가 간신히 류씨 성을 사서 호적을 만들고 결혼하여 남자 아이가 태어났습니다. 그 사람이 류성일의 부친입니다.'

'도대체 섬에 나타난 그 남자는 어디서 온 개뼈다귀일까요? 어라 달이 연못의 수면에……'

이현이 난간에서 수면 쪽으로 몸을 눕히고 손을 쭉 뻗는다.

'제술관, 위험해요!'

홍순명이 소리치자 이현은 몸을 일으키면서,

'보십시오. 달을 잡았습니다.'

젖은 손을 높이 쳐든다.

---

* 조선은 유교적 이념으로 씨조를 모시는 조상숭배관념과 제사를 중시했다.

'이백李白도 이처럼 배에서 떨어져 익사했다고 합니다만, ……그러나 정사님, 류성일을 어떻게 하실 생각입니까? 어려운 문제군요. 과거시험 병과에 이런 응용문제가 나오면 저는 포기입니다.'

'지금 와서 새삼스럽게 어떤 방도도 없지 않습니까.'

홍순명이 매우 침착하게,

'저의 답은 이렇습니다. 봐도 못 본 척 이대로 전진만이 있습니다. 이 여행의 성공은 군관을 통솔할 류성일의 능력에 달려있다고 해도 과언이 아닙니다. 계조가 도대체 어떻다는 겁니까?'

그러나 조태억의 우려는 한 번에 가실 기미가 보이지 않았다. 그는 중얼거린다. ── 자네들은 그러한가? 나는 불길한 예감이 들어……, 이 여행 도중에 그에게 얽힌 뭔가 좋지 않은 사건이 일어날 것 같은 느낌이 들어서 견딜 수가 없다네…….

물론 조태억은 입 밖에 내지는 않았다. 그 대신에 송시宋詩 칠언율시의 두 행을 읊어 모임의 끝을 알렸다.

夜深江月弄淸輝
水上人歌月下歸

밤이 깊어지니 강의 달은 맑은 빛 희롱하고
사공은 노래하며 달빛 아래 돌아간다

'구양수歐陽脩*이군요.《晩泊岳陽(만박악양 ─밤에 악양에 머문다)》.'

연못 맞은편 깜깜한 곳에서 소리가 났다. 모두가 놀라서 어둠속을 뚫어지게 본다.

---

* 중국 송나라의 정치가 · 시인 · 문학자 · 역사학자(1007~1072년). 시문으로 이름을 날린 당송 팔대가의 한 사람.

'누굴까?'

조태억이 물었다.

건너편의 바위 그늘에서 촛불을 들고 이쪽으로 오고 있는 남자가 보인다.

'실례합니다. 저는 압물관 박수실입니다요.'

모두들 의아해 하는 표정으로 서로의 얼굴을 바라보았다.

'아직 인사드리지 못했습니다요. 처음 뵙겠습니다. 앞으로 잘 부탁드립니다요.'

그는 가슴 앞에 양손을 모으고 깊이 머리 숙여 인사했다.

'자, 밤이 깊었습니다. 내일 아침 일찍 출발하니. ……저쪽의 연회도 그럭저럭 끝나가는 것 같고.'

모두 정자에 더 머물고 싶은 듯 아쉬움을 뒤로 한 채로 움직이기 시작한다.

등 뒤에서 박수실이 구양수의 시를 이어서 읊는 소리가 연못 수면 위를 건너서 들려온다.

'꽤 좋은 목소리입니다.'

이현이 말했다.

'구양수를 알고 있다니 저 자리에만 두기 아까운 사람이군.'

조태억이 혼잣말을 한다.

관내로 돌아오자 인사를 나누고 각자의 방으로 들어갔다.

멀리 객관 밖에서 누군가가 가야금을 켜고 있다. 그것은 한 곳, 한 사람의 악사에 의해 연주되는 것이 아니라, 이 나라 곳곳에서 중천에 떠있는 달을 향하여 아름다운 가야금 선율을 들려주는 것 같다.

카슨도는 음악에 귀를 기울이면서 오로지 〈은길〉을 계속 달려갔다. 느닷없이 사이교법사西行法師의 노래가 입에서 흘러나온다.

　월출을 기다리는 사람들마다 기뻐하고 있다네.
　가을밤 달이 산마루에 올라왔다.

　지금이 가을은 아니지만……, 카슨도는 중얼거리면서 달을 올려다 보고 위모에게 박차를 가한다. 단양을 떠나 3일째 아침에 마치 꿈속을 달려 나온 것처럼 왜관으로 돌아왔다.

다시 왜관으로

　카슨도는 무사히 돌아와 복명復命을 마쳤다. 아메노모리 호슈의 기쁨은 이루 말을 할 수 없다. 이 기쁜 소식은 벌써 쓰시마를 향해 출항했다.
　카슨도는 노고를 위로하는 호슈의 말도 듣는 둥 마는 둥, 물에 젖은 솜처럼 무거워진 몸을 이끌고 방으로 돌아와 자리에 눕자마자 깊은 잠에 빠졌다.
　카슨도는 무엇인가에 쫓기는 꿈을 꾸었다. 상대는 묘연하게 좀처럼 정체를 드러내지 않는다. 마침내 커다란 붉은 가면(탈)이라는 것을 안다. 흠뻑 땀에 젖어 눈을 떴다.
　여기가 어딘가? 또 이틀을 아깝게 보낸 것은 아닐까?
　주위를 둘러본다. 5년간 친숙해진 사이반 건물에 있는 자신의 방이다. 기억이 서서히 돌아온다. ……단양의 거리, 용한, 붉은 가면, 율모의 죽음…….
　그렇다! 위모는? 검정 복장과 복면은?
　아랫목에 깔린 이브자리에서 벌떡 일어나 방안을 맴돈다. 자신이 입고 있었던 검정 복장과 복면을 어떻게 처리했는지 기억을 더듬어보려고 애쓴다.

말에서 내린 곳이 어디며 위모를 매어 둔 곳은 또 어딜까? 밤숲에서 〈은길〉로 들어갔을 때, 조령에서 본 하늘에 달이 밝게 떠있던 장면이 떠오른다. 히라타 관수와 호슈 선생에게 복명을 마친 것, 이것도 틀림이 없다. 그러나 온 방안을 쥐 잡듯 뒤져도 검정 복장과 복면은 어디에도 보이지 않는다.

문 너머에서 대기하고 있는 하인 사길을 부른다.

'일어나셨습니까? 드실 거라도 가져 올까요?'

'아직 괜찮아요. 그런데 내가 며칠 동안 잠을 자고 있었는지……'

'며칠이라니요? 아직 3시간 정도밖에 안됐습니다.'

카슨도는 휴! 하고 한숨을 돌리고 엷은 쓴웃음을 지었다.

'말을 보지 않았는가? 위모였는데……'

'위모입니까?……, 아니요.'

카슨도는 밖으로 나가 사이반 건물 둘레를 한 바퀴 돌아본다. 도중에 동료 몇 명과 동향사 스님들도 마주쳤다.

'어이, 카슨도. 도대체 어디에 꼭꼭 숨었다가 나타난 건가? 갑자기 종적을 감추고……, 쓰시마에서 긴급호출이라도 올까봐 얼마나 걱정을 많이 했다고.'

사이반 동료의 질문에 카슨도는 애매하게 답변할 수밖에 없었다. 동료는 의아하게 생각했지만, 그 이상 아무것도 묻지 않았다.

위모의 모습은 어디에도 없다. 어쩌면 좋은가. 복병소에서 보초를 서고 있는 조선병사에게 발견되면 정말 큰일이다. 어디 복병소 뿐이겠는가. 왜관 경비원에게 발각되어도 큰일이다. 이 청나라말은 누구

것이냐? 어째서 왜관 안에 있는가? 문초는 또 얼마나 끈질기게 이어질 것인가. 그리고 언젠가는 류성일이 찾아와서…….

카슨도는 맥없이 방으로 돌아왔다. 책꽂이에 얹어 놓은 연적에 눈이 간다. 10일 전에 가마에서 막 꺼내어 호슈 선생에게 드렸던 비둘기 모양의 연적이다. 그때 갑자기 머리에서 섬광이 번쩍인다. 이순지! 그렇게 중얼거리며 카슨도는 의자에 기대어 섰다. 몇 번이나 깊은 호흡으로 마음을 가라앉히고 나서 이중서랍에 넣어 둔 도네에게서 온 편지를 꺼내어 펼쳐본다. 단양으로 출발하기 직전에 도착한 편지, 어수선함 속에서 대충 읽고 넣어둔 것이다.

아비루 문자로 쓴 도네의 편지는 언제나 그립고 다정다감하다. 글씨체도 예뻤다. 그러나 후반 단락부터는 그런 감정은 파도에 쓸려간 듯 사라지고 긴장감이 감돌기 시작한다. 글자를 읽어내려 가는 카슨도의 눈에는 담팔수나무에 목검을 치는 순간처럼 다른 눈빛이 담겨 있다.

그것은 쓰시마번의 에도가로인 히라타 사네카타平田眞賢가 직접 내린 명령이다.

왜관 사이반 담당이라는 표면상의 역할과는 별개로, 극비리에 지시받는 첩보임무는 조선방 좌역 아메노모리 호슈는 전혀 모르는 일이다. 그 뿐만이 아니라 왜관 관수는 말할 것도 없고, 쓰시마 가로 아니, 쓰시마 번주 소 요시미치조차 모른다.

쓰시마번의 존립기반은 대조선외교와 통상이 가져오는 권익이고 그 출장기관인 왜관의 중요성은 말할 필요도 없다. 그러나 쓰시마번은 조선보다 신경을 더 쏟아야 할 곳이 도쿠가와 막부다. 그 막부와의 관계에서 왜관 역할을 다하는 것이 에도공관이고, 그 중심에 에도가로 히라타 사네카타가 있었다.

히라타는 젊은 시절에 카슨도의 아버지, 아비루 야슌도와 함께 산킨코타이參勤交代*로 에도공관에서 같이 근무했던 적이 있다. 히라타는 대대로 가로직을 수행하는 가문에서 태어나 장래에 중신의 길을 약속받은 풋내기 무사였다. 한편으로 야슌도의 아비루 가문은 신을 모시는 신직과 유관儒官으로서 번을 받들어 온 신분이다. 야슌도는 기노시타 준안의 사설교육기관인 모크몬을 다니며 입신출세의 길을 찾고 있었다. 두 사람은 완전히 기질이 다른 청년이었지만 서로가 자신보다 더 나은 사람으로 인정하며 경의를 표하고 있었다.

또 히라타는 주군에 대한 두터운 충성심과 공적으로 냉철한 정치가적 면모를 겸비하고 있다. 그는 번의 생명줄인 대조선외교를 쓰시마에 있는 조선방을 통해서 처리하는 답답함 때문에, 개인적으로 직접 왜관과 왕래할 필요를 통감하고 있었다.

그는 아비루 야슌도의 아들인 카슨도를 주목했다.

조선어, 한어(중국 한문의 읽고 쓰기), 당어(중국어 회화)에 능숙하고 게다가 검도실력도 뛰어나다. 조카 시이나가 말하기를 아비루만큼 신의가 두터운 인물도 번 내에서 찾기 어렵다는 것.

'게다가 그는 아비루 문자의 계승자이니까.'

시이나의 이 한마디로 히라타는 마음을 결정했다. 밀명이 내려진 것은 약 1년 반 전의 일이다.

조선 및 청나라의 도로망과 군비, 생사와 고려인삼이 거래되는 시장상황 등, 이 정보를 왜관과는 별개로 가능한 한 많이 입수하고 에도

─────────

* 에도 막부가 다이묘들을 교대로 일정기간 동안 에도에 머무르게 한 제도.

가로인 나에게 직접 보고하라.

카슨도가 보내는 보고서는 간결하고 정확해서 히라타를 만족시켰다. 〈은〉개주문제가 벌어졌을 때도 조선측이 교섭해 올 것을 감지하고 재빨리 보고한 것도 카슨도였다. 카슨도가 보내는 정보는 히라타가 정리하여 막부의 조선어용朝鮮御用인 로쥬 쓰치야 마사나오土屋政直에게 제공됐다. 이것은 막부와의 밀접하고도 견고한 관계구축과 유지에 큰 역할을 했다.

통신방법은 아비루 문자를 이용한다. 히라타가 보내는 지시는 히라타 전용파발이 도네에게 전해준다. 도네는 그것을 아비루 문자로 옮겨 개인용 문서로서 사유리의 편지와 함께 카슨도에게 보내는 정기선박에 맡긴다.

왜관에서는 통신문 검열이 엄격했다. 문서검사관으로 상시 5명이 배속되어 있다. 아무도 읽을 수 없는 아비루 문자만은 무사 통과다.

카슨도가 보내는 보고서 또한, 아비루 문자로 작성하여 도네에게 보내는 사문서 형식이다. 도네는 이 문서를 한자와 히라가나平仮名를 섞은 일본문장으로 바꾸어 히라타의 파발 편에 맡긴다. 세상에서 사용자가 단 두 사람뿐인 아비루 문자에 주목한 혜안에 히라타는 자부심을 가졌다. 그러나 히라타도 생각이 미치지 못한 사태가 기다리고 있었다. 다른 나라 언어를 모국어와 같이 사용할 줄 아는 사람은 결국 이중첩자가 될 가능성이 있다. 아니, 그렇게 되지 않을 수 없는 숙명인 것이다.

이순지도 같은 경우라고 할 수 있겠다.

카슨도와 이순지.

둘은 적끼리 맺은 동지이면서 무엇보다도 믿음직한 아군이기도

하다.

도네가 보내온 편지를 다시 서랍에 넣어두고 카슨도는 방을 나간다. 조급해지는 마음을 가다듬으며 가마로 가는 언덕을 천천히 올라간다.

통신사 정사 일행이 곧 도착할 거라는 속달이 벌써 왜관에 도착해 있다. 일본으로 인도할 도왜선導倭船 준비에 박차를 가했다. 통신사 일행을 쓰시마까지 앞장서서 안내하고 호위할 백여 척의 배도 준비됐다.

언덕길을 오르는 도중에 뒤를 돌아보자 청색, 황색, 홍색 깃발로 장식된 도왜선이 부산만 입구를 가득 메우고 있었다.

'카슨도 아저씨!'

나무 뒤에서 반갑게 뛰어나온 혜숙이를 안고 뺨을 비빈다.

물레장에 들어서자 이순지가 열심히 흙을 빚으면서,

'잘 다녀오셨습니까?'

'어떻게든 임무는 마쳤어요. 사기장님, 모두 당신 덕분이에요. 감사합니다.'

'큰 공을 세우셨습니다.'

변함없이 흙을 빚으면서 이순지가 응한다.

카슨도는 침울하게,

'그런데 율모가 죽었어요.'

이순지가 손을 멈추고 카슨도 쪽으로 돌아앉았다.

'좋은 놈이었는데……, 그러나 은길에서 쓰러진 건 죽을 때가 다된 건지도 모르죠.'

'네. ……그리고……'

카슨도는 고개를 떨구며 조심스럽게 말을 꺼냈다.

'위모를 잃어버렸어요. 정말로 면목이 없습니다. 게다가……'

게다가? 이순지가 비꼬듯이 앵무새처럼 따라했다.

'복면은 어디에……, 어쩌면……'

'어쩌면? 카슨도! 저 호두나무를 잊어버렸군요?'

'호두나무?'

'아무것도 기억이 안나요.'

── 이순지는 카슨도가 출발에서 귀환까지 7일에서 10일간으로 추정하고 호두나무 주변에서 대기하고 있었다.

── 위모가 〈은길〉 출구에서 비틀거리며 나왔다. 이순지는 달려가 말 위에서 의식이 몽롱한 채로 엎드려있는 카슨도를 등에 업고 오두막까지 옮겼다. 물을 먹이고 간단한 응급처치를 하자 의식이 돌아왔다. 그 뒤에 왜관 사이반 건물에 있는 그의 방까지 부축해주었다. 카슨도는 꼼짝없이 서 있는 자세로 있었지만 전혀 기억이 나지 않는다.

그 후 이순지는 다시 호두나무로 돌아와서 흔적이 남지 않도록 사후처리를 하고 요장으로 돌아왔다.

카슨도는 아직 〈은길〉을 계속 달리고 있는 자신과 왜관 안의 자기 방에 있는 자신이라는 이중의식 사이에서 혼란스러워 하고 있었다. 하지만 결코 사명을 잊지 않았다. 곧바로 복장을 가다듬고 아메노모리가 머물고 있는 숙사를 방문하여 정사 일행이 새로운 국서를 휴대하고 7일 후에 부산에 도착한다는 보고를 했다. 그 후에 다시 자기 방으로 돌아와 깊은 잠에 빠졌다.

카슨도는 고개를 숙이고 이마에 손을 얹으며,

'그게 생각이 잘 안 나요. 은길을 어떻게 나왔는지……'

'무리도 아닙니다. 하여간 이틀 반을 한숨도 못자고 달려왔으니 그럴 수밖에요.'

'위모는?'

'걱정하지 마세요. 지금 양생소에 있습니다.'

'만날 수 있나요?'

카슨도는 위모를 만나면 모두 기억해낼 수 있을 것 같다고 생각했다. 게다가 위모에게 고맙다고 이야기해주고 싶었다.

이순지는 옆으로 고개를 저었다.

'그런데 당신에게 부탁한 조사는 어떻게 됐나요? 그 후에 일본에서 회답이 있었습니까?'

카슨도는 머리를 흔들며,

'……그것은 아직. 독촉하겠습니다. 그리고 제가 해드려야 할 중요한 보고를 할 수 없는 상황에서 마음이 괴로운 것은……, 실은 새로운 지시가 왔어요.'

'무엇입니까?'

'조선에서 인삼을 평지에서 재배하는 실험이 있는가 없는가? 상세히 정보를 입수하라는 거예요.'

'당치도 않습니다.'

이순지가 작지만 몹시 화가 난 목소리로 자리에서 일어섰다. 무릎까지 도자기의 원료로 쓰이는 백색 점토가 여기저기 묻어 있다.

'카슨도, 그것은 조선이 일본에게 유망한 은광산을 하나 내놓으라는 것과 같은 겁니다. 제멋대로도 분수가 있습니다.'

카슨도가 혀를 깨물었다.

'……분명히 무리인 건 알아요. 그러나 이번에 단양에서 통신사 수행의원에게 들은 이야기로는 이미 개성에서 인공재배에 성공했다고 했어요. 실은 단양에 들어가기 직전에 부상을 당했는데 그 의원이 처방한 약 덕분에 살았거든요. 그 약은 운남백약이라고 한대요. 인공 재배한 인삼에 흰 구릿대, 백약을……'

이순지가 말을 가로챘다.

'그 의원은 아마도 자기 입을 가볍게 놀린 것을 후회하고 있을 겁니다. 왜냐하면 국가기밀에 속하는 사항이기 때문이죠. 당신은 벌써 그 소식을 보고한 겁니까?'

'아니요. 그런 짓은 할 수 없죠. 그 분은 저의 상처를 치료해준 은인인데……, 사기장님, 인삼 건에 대해서는 잠시 잊어주세요. 그 보다도 동래부 감찰어사인 류성일이라는 자를 알고 계신가요?'

이순지는 고개를 끄덕이며 씁쓸하게,

'비변사국 감찰어사, 류성일……. 만나 본 적은 없지만 그에 대한 정보는 가지고 있습니다. 적이라면 강한 상대죠. 그런데 왜?'

카슨도는 〈은길〉에서 일어난 일, 류성일이 이번 통신사의 군관총사령관을 맡아 단양에서 일행과 합류하게 된 것 등을 이야기했다. 류성일에게 어깨를 베었을 때의 상황에서부터 치유하기까지의 전말을 포함해서. 그러나 용한이가 간호해준 일에 대해서는 말하지 않았다.

이순지는 깊은 생각에 잠겨 물레 옆에 잠시 멈춰서 있다. 가볍게 발판을 찬다. 비어 있는 물레가 붕하고 팽이처럼 회전한다.

'류성일에게 얼굴을 보인 건 좋지 않습니다. 이제 돌이킬 수 없는 상황이지만, 그는 반드시 당신에게 은길을 알려 준 사람이 누구인지 밝혀낼겁니다.'

카슨도가 끄덕인다.

'당신은 류성일과 지금부터 1년 간, 같이 동행할 사람입니다. 아무 일도 일어나지 않으면 좋으련만……, 불길한 예감이 듭니다.'

하나의 임무가 끝나면, 거기에서 또 다른 새로운 난제가 반복되어 생긴다. 이중첩자에게는 마음 편안할 틈이 없다.

히라타 사네카타

에도가로 히라타 사네카타의 배후에는 막부라는 거대한 권력자가 있었다.

카슌도가 도네로부터 편지를 받은 반 달 전의 어느 날, 히라타는 막부의 로쥬인 쓰치야 마사나오土屋政直의 부름을 받았다.

일반적으로는 로쥬가 번의 가로와 직접 얼굴을 마주 할 일은 없다. 부름이 있어도 쓰치야의 경우라면, 쓰치야의 에도가로가 히라타를 응대한다. 그렇지만 이 날 히라타는 현관마루에서 곧바로 안방으로 안내되어 쓰치야 마사나오와 대면했다. 조심스럽게 인사를 드리고 나서 얼굴을 들어보니 눈앞에 쓰치야 이외에 또 다른 한 사람, 눈에 날카로운 빛을 머금은 몸집이 작은 인물이 있었다.

아라이 하쿠세키. 새 쇼군 이에노부의 시강이지만 실제로는 집정 (정치고문)으로서 활약하고 있다.

쓰치야는 하쿠세키에게 히라타를 소개한 후에 바로 본론으로 들어갔다. 주로 하쿠세키가 발언한다.

──이번 조선통신사 초빙에 쓰시마가 온힘을 쏟아주었다. 고맙다. 그러나 예사롭지 않은 문제가 있다. 오늘 그 문제로 이렇게 일부러 오시게 해서 죄송하다.

──우리나라가 지금까지 주조한 게이쵸긴은 120만 관貫(4500톤)이

지만 국내에서 화폐로서 유통되는 것은 그 10%도 안 된다. 90%가 국외로 유출되고 있다. 이것은 매우 위급한 사태라고 할 수 있다.

히라타는 조심스러워 숨을 멈추고 있으려니 뺨에 경련이 파르르 떨렸다.

쇼군시강은 히라타의 눈이 아니라 입언저리에 시선을 고정시키고 이야기 했다. 히라타는 발언을 봉쇄당하고 있는 것 같아 견딜 수가 없었다.

──통화通貨의 원료인 은이 이렇게 대량으로 유출되면 나라의 기반을 뒤흔들 수 있다. 더군다나 은 산출량은 감소일로를 걷고 있다.

하쿠세키는 가까운 장래에 은의 전면 수출금지를 계획하고 있었다.

'히라타 도노.'

그는 변함없이 상대의 입언저리를 바라보며,

'작년의 인삼 매입량은 얼마나 됩니까?'

평소 쾌활한 말투인 히라타는 입이 열리지 않는다. 몇 번이고 혀를 움직여 보고 난 후에 드디어,

'약 2200근(1380kg) 정도입니다.'

'내가 계산해보아도 그렇네.'

시강은 말했다.

'재작년도 거의 같습니다.'

히라타는 말을 이었다.

'생사는 어떤가?'

'4만 근이 조금 안 될 정도라고……'

히라타의 이마에 땀이 배어나오기 시작한다.

'치리멘(오글쪼글한 비단)과 실크비단은?

'죄송합니다. 거기까지는 파악하지 못했습니다.'

'치리멘 7000필, 실크비단 550필······'

'황송합니다.'

로쥬인 쓰치야 마사나오는 무릎을 꿇고 앉아 두 눈을 감은 채로 두 사람이 주고받는 이야기에 귀를 기울이고 있다.

'그러면 이 생사와 조선인삼의 매입은 무엇으로 대금지불을······'

'전부 은화로 조달하고 있습니다. 그 금액은 대략 2300관이 될 것이라고······'

'내 계산도 그 정도.'

'네. 비율은 생사가 80%, 나머지 20%를 인삼이 차지하고 있습니다. 그러나 생사는 니시진西陣에 없어서는 안 될 원료이며, 인삼은 그 이상으로 백성의 생명에 관계되는 생약이므로 매입하지 않을 수는 없습니다.'

'그것은 사람으로서 마땅히 해야 할 도리.'

'이전에 조선북부 개성 부근에서 대지진이 있었을 때, 인삼이 품귀현상이 일어나 가격이 급등하여 입수가 곤란하게 된 적이 있었습니다. 그 때 우리들 같은 에도의 인삼자人參座*가 습격당한 적도 있었습니다. 그 당시에 막부측에서는 저희 번에게 책임을 물어왔습니다만 사실은 어떠한 대책을 강구하면 좋을런지 전혀 몰랐습니다.'

이쯤해서 질문을 퍼붓는 대로 히라타가 답을 하는 상황이 중단되고 쌍방이 얼굴을 외면한 채로 잠시 침묵이 흘렀다.

갑자기 쇼군시강은 쓰시마번 에도가로 쪽으로 돌아보았다.

---

* 에도 막부가 약용인삼을 전매하기 위해 설치한 동업자 조합.

'히라타 도노, 은 유출을 막으려면 어떻게 하면 좋겠는가?'

'어떻게 하면 좋은가?'

로쥬가 처음으로 입을 열었다.

'생사와 인삼의 수입을 중단하는 방도도 있네.'

하쿠세키는 질문에 스스로 답했다.

'생사와 인삼을 말입니까?'

히라타는 어이가 없어 소리쳤다.

쓰치야도 팔짱을 풀고 쇼군시강을 본다.

하쿠세키의 부친은 쓰치야 마사나오의 본가인 쓰치야 도시나오±屋
利直를 받들고 있었기 때문에 하쿠세키는 쓰치야와 가신家臣 관계에 해
당한다. 그에게는 부친이 쓰치야 가문의 내분에 연좌되어 추방당하
고, 금고에 처해져 봉록도 몰수당해 가족이 뿔뿔이 흩어지고 유랑했
던 괴로운 경험이 있다.

그 아라이 하쿠세키가 이제는 집정이 되어 쓰치야 위에 섰다. 그가
차례로 끄집어내는 융통성이 없는 개혁안에는 쓰치야도 혀를 내두를
때가 많다. 이런 어이 없는 상황에 쓰치야는 하쿠세키를 길들이기 위
해 당근과 채찍을 적절히 나눠서 사용하지 않으면 안되겠다고 생각
하곤 한다.

'생사와 인삼이 들어오지 않으면 큰일이라네. 아라이 도노.'

쓰치야가 중얼거리듯이 말한다.

'물론, 생사와 인삼이 없으면 우리나라의 백성을 치료할 수 없을 텐
데……, 뭐 그 정도까지는 아니지만 생활에 미치는 영향은 헤아릴 수
없겠지요.'

시강은 혼잣말처럼 말하고 등을 쭉 편다.

'쓰치야 도노, 히라타 도노, 자, 들어보세요. 우리들의 방법이 잘못된 것은 아닐까요? 고급생사는 청나라가 아니면 안된다. 만병통치라고 생각하는 고려인삼은 조선이 아니면 재배할 수 없다는 그런 생각에 빠져 있지는 않나요? 이것들을 우리 본토에서 생산해보려고 생각해 본 적은 있습니까? 우리나라에도 양잠이 있습니다. 인삼을 재배하는 조선북부의 기후 풍토와 비슷한 동북쪽 무쓰국陸奧国이나 에조(홋카이도)도 있습니다.'

히라타는 쇼군시강이 무엇을 획책하고 있는지 알아차리고 골수까지 저려옴을 느꼈다.

……만약에, 생사와 인삼이 국산화되는 날이 온다면 그것들을 수입하여 얻는 이익으로 버티고 있는 쓰시마번 재정은 괴멸적인 타격을 입을 것이다. 쓰시마번은 없어진다!

히라타는 말했다.

'말씀 도중에 죄송합니다만, ……분명히 저희 번에도 양잠이 있습니다. 인삼을 재배할 토지도 있습니다. 그러나 가장 중요한 것이 빠져있습니다.'

하쿠세키는 히라타의 말에 명민한 판단이 깃들어 있다는 것을 재빨리 알아차렸다.

'빠져있는 것은?'

'인삼에 대해서 말씀드리자면 조선북방의 산악지대에 자생하는 것으로 인공재배는 불가능합니다. 원산지에서도 아직 없는 재배기술을 어떻게 개발할 수 있겠습니까?'

'나는 그렇게 생각하지 않네. 조선에서 인삼은 귀중한 약재이자 외화 획득에 중요한 상품이므로 반드시 안정된 공급방도를 강구할 것

이네. 평지재배 연구를 하지 않을 리가 없네.'

'잘 알겠습니다. 조사해보겠습니다. 다만, 이 조사에는 신중에 또 신중을 기해야 하고 상당한 시일을 요할 것이라고 생각합니다.'

히라타는 넙죽 엎드려 결연한 어조로 대답했다.

쇼군시강은 히라타의 눈을 온화한 표정으로 바라보았다.

시타야에 있는 에도공관으로 돌아오자 히라타는 곧바로 아비루 카슌도에게 새로운 지시를 내렸다.

……평지재배라고 간단히 말하지만 가능한 것이라면 조선에서는 오래 전에 했을 것이다. 히라타는 혼잣말을 한다. 하여튼 5년에서 10년 정도의 시간이 걸리더라도 조사할 수밖에는 없다. 하쿠세키가 언제까지 집정직에 머물러 있을 리도 없고……'

이런 일이 있고 나서 10일 후, 카슌도에게 아비루 문자로 된 편지가 당도했다. 그 후로 10일이 더 지나 카슌도는 복명을 마쳤다. 수일 후, 쓰시마에서 가로와 조선방을 겸하고 있는 스기무라 우네메杉村采女가 영빙참판사로서 왜관에 도착했다. 조선통신사 출발을 위한 모든 행사와 업무는 빨라지기 시작했다.

왜관항에는 도왜선이 더욱 늘어나 200척 남짓 모여있다. 옆 부산포 부두에는 정사 일행이 승선할 화려한 선박 6척이 나란히 대기하고 있었다. 선체 길이는 45m, 선폭 15m나 된다. 조선정부가 조선造船기술의 정수를 모아 국가의 위신을 걸고 건조한 것이다. 6척 주위에 수행원들이 탈 배 100척, 거기다가 말을 태울 마선馬船, 매를 실을 매선鷹船, 식료운송선 등이 북적거린다. 5척이나 되는 마선에는 쇼군에게 진상할 말과 마상재(곡마)용 말 10필, 2척의 매선에는 진상용인 매 30마리가 실려있다.

아메노모리 호슈는 영빙참판사에 의해 정식으로 진문역*에 임명됐다. 통신사 에도왕복의 전 일정을 같이 수행하며 도중에 발생하는 공식문서(한문) 작성을 도맡아 하는 일이다.

카슨도에게는 경비대장 보좌 발령이 났다. 주로 조선의 경비대와 소통하는 임무다. 조선어의 능력과 검도솜씨를 높이 산 발탁이다. 대장은 시이나의 상사인 기마무사조의 가네코 마스미金子眞澄이다.

'시이나에게서 받아왔네.'

가네코는 카슨도에게 한 통의 편지를 전해주었다.

'도네와의 교제 허락을 원합니다. 운운……'

격식을 차린 진심이 담긴 글이다. 자신도 모르게 카슨도의 얼굴에 미소가 번졌다.

정사 일행이 부산에 도착했다.

경비대장 가네코 마스미는 카슨도와 함께 군관 총사령관인 류성일의 숙사를 방문하여 쌍방 협력체제에 대한 몇 가지 합의를 했다. 그러나 가네코는 조선어를 할 줄 모르는데다가 사교성이 매우 부족한 사람이라 카슨도에게 모조리 다 맡겼다. 협상은 카슨도와 류성일이 직접 담판의 양상으로 진행되었다.

'만약 우리나라 사절 일원이 일본에서 위법적인 행위를 했어도 일본국의 법률에 의해 심판받지 않으며, 본국에 돌아가서 본국의 법대로 재판한다. 이 하나의 항목만은 꼭 확인해주길 바랍니다.'

류성일은 말했다.

'치외법권이라는 것이군요. 바로 대답을 드릴 수 없습니다. 적절한

---

* 외교 문서를 기안 작성하는 직무.

절차와 협의를 통하여 전례에 따라 처리하고 싶습니다.'

류성일은 카슨도의 눈을 지그시 바라본다. 카슨도는 무언가 상대에게 꼬투리 잡힐 말을 했나 싶어서 대화내용을 처음부터 끝까지 진지하게 되새겨 보았다.

차가운 공기가 감돈다. 외교교섭에서 종종 발생할 수 있는 분위기였지만 두 사람의 경우에는 조금 달랐다.

회담이 끝나고 류성일과 부관, 그리고 가네코와 카슨도가 마룻바닥을 긁는 웅장한 소리를 내면서 의자에서 일어섰다.

가네코와 류성일은 대표자로서 의례적이고 딱딱한 인사를 나눴지만 카슨도와 류성일은 시선을 피하며 출입문 쪽으로 향했다. 앞장서서 복도까지 배웅하러 나온 류성일과 스쳐 지날 때 카슨도가,

'그때는 실례가 많았습니다.'

작은 소리로 말을 걸었다. 류성일은 입꼬리가 살짝 굳어지더니,

'어깨의 상처는 괜찮습니까?'

카슨도는 고개를 끄덕이고 가볍게 좌측 어깨를 위아래로 흔들어 보였다. 두 사람은 헤어졌다. 이제부터 반 년 동안 싫든 좋든 얼굴을 마주보지 않으면 안된다. 카슨도는 도중에 가 볼 곳이 있어 가네코와 헤어져 혼자 시내로 나가는 길을 선택했다. 누군가 미행해 온다. 동래부에 의해 의례적으로 하는 감시인지 아니면 류성일의 지시인지 모르겠다.

카슨도는 부산상점가 변두리에 있는 골동품점에 들렀다. 예전에 히라타 관수가 상점 앞에 진열되어 있던 고려청자 접시에 끌렸던 곳이다. 점주가 도예 작가인 이순지를 소개했다. 그러나 골동품 점주는 오위부 암행처에 관련된 인물이다. 이순지를 왜관에 보내기 위한 공작

은 수년 전부터 진행되어온 것이다.

상점 안에는 조선의 도자기 뿐만 아니라, 베이징을 왕래하는 연상燕商이라는 조선 상인들이 가져오는 여러 가지 서역물건들이 진열되어 있었다. 카슨도는 이 날 사유리와 도네에게 줄 선물로 상아로 만든 빗을 샀다. 페르시아 제품으로 하나는 빨간 산호장식이, 다른 하나에는 하늘색 터키석이 박혀있다. 어머니에게는 거북이 등껍질로 만든 대모갑 머리핀을 선택했다.

점주가 이상한 물건 하나를 권했다. 은도금한 7장의 작은 목제원반으로 만든 세공품으로 파란색 벨벳주머니가 딸려 있다.

'역시 페르시아에서 온 것입니다만, 원래 더 먼 그리스에서 왔다고 합니다. 아스트롤라베astrolave*라고 하며 천문관측의로 사용한답니다. 싸게 드리겠습니다. 언젠가 꼭 도움이 될 날이 올 것입니다.'

점주가 귓전에 대고 속삭인다.

카슨도는 가족에게 줄 선물과 그 이상한 물건을 품에 넣고 급히 귀가했다.

부산 출항

동네마다 남녀노소 할 것 없이 벌떼처럼 줄지어 항구 쪽으로 달려간다. 멀리 큰 부두 쪽에서 현과 피리, 큰 북이 어우러지는 멋진 합주가 울려 퍼지고 여럿이 떠드는 소리에 노래 소리, 그리고 독특하고 컬컬한 목소리의 판소리가 퍼져간다.

영문도 모르는 채,

---

* 태양 혹은 특정 별의 고도를 측정하는 데 사용, 15~18세기에 널리 사용되었다.

'뭐꼬, 뭐꼬, 도대체 무슨 일이고?'

'니 모르고 있었나? 사절단 중에 자 보레이, 곡예랑 무용이랑 악대 패거리들이 많이 모여 있잖아. 승선하기 전에 부두에서 여행의 무사 기원을 빌면서 여러 사람 앞에서 봉납 대공연을 보여주는 거라칸다. 나라에서 내노라 카는 사람 중에 엄선한 예능인들 인기라. 평생 동안 단 한번 볼까 말까하는 구경거리 일끼라칸다.'

'그래? 빨리 가자 늦겠데이. 서두르자, 다른 사람이 좋은 장소를 다 차지해 버리겠데이!'

정박 중인 6척 선박을 배경으로, 옆으로 길게 뻗은 큰 부두에서는 판소리가 점입가경이다. 고수의 북소리는 점차로 높아지고 부채를 든 명창이 열창한다. 깊고 험한 골짜기에 들어가 폭포를 향해 소리쳐 피를 토해야 마침내 얻어질 수 있다는 컬컬한 목소리다. 듣는 자의 심장을 도려내 듯이 애절한 목소리, 애간장을 울리는 노래다.

이리 오너라 업고 놀자. 이리 오너라 업고 놀자. 사랑 사랑 사랑 내 사랑이야. 사랑이로구나, 내 사랑이야. 어허둥둥 내 사랑이로다. 아매도 내 사랑아. 니가 무엇을 먹으랴느냐? 니가 무엇을 먹으랴느냐?……

귀가를 서두르는 카슨도는 저 멀리에서 멀어져 가는 판소리를 들으면서 왜관 수문을 통과했다. 그 때 그의 귀는 분명히,

이리 오너라 업고 놀자. 사랑 사랑 사랑 내 사랑이야. 사랑이로구나, 내 사랑이야. 어허둥둥 내 사랑이로다……

이런 가사를 들었다. 그러나 그것은 부산포 쪽에서 들려오는 판소

리 창이 아니라 혜숙이의 귀여운 노래소리였다.

언덕 쪽을 올려다보니 그네에 혜숙이가 하얀 치마를 휘날리면서 작은 새처럼 높이 하늘을 날고 있다.

부산포항에서는 정사와 부사가 승선할 2척의 배에 활대와 활대 사이에 두꺼운 줄을 연결하고 있다. 정사의 선체는 파랑색, 부사는 황색으로 칠해져 있고 배의 선미에는 청색에 〈정〉, 황색에 〈부〉라는 글자 부분만 하얗게 염색되지 않은 깃발이 펄럭거린다.

부두 부근은 군중으로 인산인해다. 항구 안에 정박해 있는 200척 남짓한 수행선들도 구경하러 노를 저어 모여든다.

줄이 연결되자 일제히 함성이 터져 나왔다. 줄타기만큼 조선인의 마음을 사로잡는 것이 과연 또 있을까?

광대 줄타기는 곡예와 연극을 겸비한 큰 구경거리다. 연기자는 궁정에 소속된 광대뿐만 아니라 집시와 같은 유랑하는 놀이패가 있다. 그들은 공중에 높게 연결된 줄 위에서 음악에 맞추어 여러 가지 곡예와 촌극으로 구경꾼을 매료시켰다. 죽음을 두려워하지 않는 놀이꾼들이다.

풍작과 무병식재無病息災, 여행의 안전을 기원하는 의식에도 빠트릴 수 없다. 양반과 부자들은 저택에까지 그들을 불러 마당에서 살풀이를 하게 한다. 그리고 마지막에 광대는 일부러 줄에서 떨어지는 연기를 펼친다.

정사선, 부사선의 배 앞 갑판에 광대 두 사람이 춤을 춘다. 함성은 큰 박수로 바뀐다.

하얀 바지에 붉은 탈을 쓴 남자가 범주(돛기둥)에 척척 올라서서,

'자, 와라. 태운아. 나처럼 날렵하게 기어오를 수 있나 봐야지!'

하얀 탈에 빨간색 바지를 입은 광대는 나긋나긋하게 허리를 흔들며 양손으로 범주를 잡았지만, 뱀이 똬리를 틀고 있는 것처럼 그냥 휘감겨있을 뿐 전혀 위로 올라가려고 하지 않는다. 여자 목소리를 내며 억지를 부리는 대사만큼은 천하일품이다.

'뭐라는 거예요. 용한. 나는 이래 뵈도 줄에서 한 번도 떨어져 본적이 없어요. 당신은 어때요? 요전번에 단양 근처의 마을광장에서 한눈에 반한 예쁜 계집애에게 홀려서 떨어졌었잖아요. 이러쿵저러쿵 하지 말고 시작합시다.'

'시작합시다, 라고 말하면 뭘 해. 네가 활대까지 올라오지 않으면 대화가 안되잖아.'

'좋아요. 그럼 지금 갈게요.'

애교 섞인 말투로 눈 깜짝 할 사이에 범주 꼭대기까지 올라간다.

활대에 연결된 줄의 양 끝에 선 두 사람이 좍하고 부채를 펼치려는 순간.

'잠깐 기다려!'

회색 두루마기에 검은 갓을 쓴 애꾸눈의 남자가 정사선 뱃머리에 뛰어 올라타더니 고함친다.

'그전에 탈을 벗고 맨얼굴로 바다를 향해 삼배를 올리는 것이 관례가 아니던가. 자, 벗어라. 벗어라!'

활대 위에서 두 사람의 광대가 이마에 탈을 올리고 바다를 향해 삼배한다. 군중으로부터 일제히 한숨이 터져 나온다. 남자답게 빠릿빠릿하고 호쾌한 움직임을 보여줬던 광대의 붉은 탈 속에서 드러난 얼굴이 예상외의 얼굴이었기 때문이다.

'오! 물 찬 제비 같은 예쁜 남자!'

'아니! 저런 예쁜 얼굴의 남자는 본 적이 없데이. 계집이라캐도 하나도 이상하지 않군 그려.'

한편, 하얀 탈은 나긋나긋한 여자의 분위기와는 정반대로 지저분한 수염과 술주정꾼의 상징인 딸기코가 보여 모두를 놀라게 했다.

'준비됐겠지, 시작하자!'

애꾸눈의 남자가 오른손을 재빨리 올렸다.

용한과 태운, 두 사람이 양주놀이패와 헤어져 어째서 조선통신사 예능단에 있는 걸까? 그 이유는……'

놀이패와 함께 다른 순회지를 향하던 용한이는 태운이가 말리는 것도 듣지 않고 카슨도를 만나기 위해 단양으로 돌아갔다. 그러나 카슨도는 이미 떠났다. 그래서 김군수를 찾아갔다. 김군수는 수 일 전에 용한이와 함께 지냈던 밤을 잊을 수가 없었다. 통신사 예능단에 들어갈 수 있도록 손을 써달라고 간절히 애원했다.

'군수님이라면 간단한 일이잖아요.'

아양을 떨었다.

예능단은 종사관 관할이지만, 홍순명은 예능방면에는 아는 게 없어서 실제로 일을 전담하게 된 사람은 예능계의 뒷사정을 잘 아는 압물관 박수실이 맡게 됐다.

김군수는 용한이가 동쪽의 오랑캐 나라에 왜 가고 싶어 하는 건지 이해하지 못한 채, 그녀의 소원을 듣고 박수실에게 말을 넣었다.

통신사가 단양을 출발하는 아침에 김군수는 용한이를 박수실에게 대면시켰다. 보자마자 첫눈에 박수실은 말한다.

'뭐야, 너는 일본 사무라이를 찾아온 여자광대 아니냐? 안되겠다. 통신사 일행에 여자는 들어올 수 없다.'

'뭐라고 하는 거냐? 남장을 하면 문제 없잖은가?'

김군수는 오묘한 미소를 짓고 있었다.

'줄타기 없이는 조선예능이라고 할 수 없지. 따라서 이번 사절단에 줄타기가 없는 건 아무래도 뭔가 부족해. 그렇지 않은가? 용한이의 줄타기는 그 어느 누구도 따라올 자가 없다. 충청도, 경기도, 전라도에서 제일이라는 평판이니 일본 사람을 깜짝 놀라게 해줄 거네. 자, 이것도 받아 두시게나.'

김군수는 꽤 무게가 나가는 종이 꾸러미를 박수실의 옷소매에 집어넣었다. 용한이가 말한다.

'저는 광대예요. 어렸을 적부터 여자배우로 살아왔어요. 나리들을 기쁘게 해드릴 수 있는 기술은 누구보다 잘 알고 있어요.'

박수실에게 농염한 추파를 보낸다. 박수실은 눈이 뱅글뱅글, 소매 속의 묵직한 느낌을 확인해보니 은 50돈은 되겠다 싶어 고개를 끄덕였다. ……이 요염한 광대와 함께하는 여행은 그다지 나쁘지 않을 것 같다.

거기에 태운과 노파가 용한이를 따라왔다. 줄타기는 두 사람의 광대가 줄 위에서 서로 뒤엉켜서 해야 제 맛! 용한이에게 태운이가 없으면 어찌 조선의 곡예사라 할 수 있겠는가. 나도 데려가 달라고 한다. 태운이의 필사적인 설득이 먹혔다. 그러나 노파는 허락받지 못하고 용한이가 어젯밤에 군수의 이부자리 속에서 번 은화를 그대로 품에 넣고 터벅터벅 놀이패가 있는 곳으로 되돌아갔다.

압물관 박수실의 허락이 떨어지고 일본행이 결정되자, 양주가면극 놀이패에서 촌극 각본을 혼자서 도맡아 온 태운은 재빨리 신작을 만

들어 첫 출발을 멋지게 장식하려는 의욕이 넘쳤다.

지금 부산포항에서는 활대와 활대를 연결한 줄에서 용한과 태운이의 줄타기 가면극이 시작하려고 한다.

곰 같은 풍채의 땅딸막한 태운이가 맡은 역할은 소화라는 아름다운 기생역이고, 한편 자태가 곱고 아리따운 꽃 같은 얼굴을 가진 용한이는 우직한 무사 돈호. 우선 이 엉뚱한 배역이 웃음을 자아냈다.

소화와 돈호는 우연히 만나자마자 사랑에 빠졌다. 그러나 이 두 사람에게 어떠한 이유에서인지 소화는 남자이지만 어려서부터 여장을 하고 살았고, 돈호도 본래는 여자로 태어났지만 남장을 하고 자란 기구한 인생. 게다가 두 사람은 진짜의 성을 밝힌 순간 죽음을 당하는 운명인 전대미문의 설정이다.

무대는 해면에서 12m 위의 줄.

소화(태운)는 우아한 손놀림으로 이마를 부채로 가리면서 책상다리를 한다. 줄에 앉은 상태에서 뛰어올랐다가 내려오는 순간, 신체를 45도 비틀어 양 무릎으로 줄을 탄다. 우레와 같은 갈채를 받자 간드러진 여자 목소리로,

'돈호 도련님은 어찌하여 여장 남자인 가련한 나에게 홀딱 빠져있나요.'

그러자 돈호(용한)가 허공잡이와 공중돌기 연속기술을 보이고 우뚝 줄 위에 서서,

'소화는 어찌하여 남장 여자인 처량한 나에게 홀딱 반했는가. 가여운 소화여, 꿈속에서 사랑을 나누는 것이 차라리 낫건만, 도대체 어떻게 된 것이더냐! 뒤죽박죽 헝클어진 실타래를 어찌하면 좋을까. 나의 힘으로는 너무도 벅차구나……'

용한과 태운은 각자 좌우의 활대로 돌아와 잠깐 쉰다.

'어~ 이, 쓰시마가 보이는가?'

부두에 있던 사람들이 물었다.

용한이가 재빨리 범주 꼭대기까지 올라가 햇빛을 손으로 가리면서 말한다.

'보여요! 아주 또렷하게!'

용한이는 꼼짝하지 않고 서서 남쪽 바다를 보며 쓰시마의 그림자를 시야에 담고 있다.

카슨도여, 당신은 지금 어디에? 쓰시마, 아니면 아직 왜관에?

부산에서부터 쓰시마까지는 직선거리로 약 120리. 용한이는 쓰시마가 이 정도로 가까이 보일 거라고는 생각하지 못했다.

쓰시마를 응시하고 있던 사람은 용한이 한 사람만이 아니다. 귀국하기 전에 이순지와 몇가지 협의해두어야 할 일이 있었던 카슨도는 가마로 가는 언덕길에서 바다 쪽을 되돌아보고 있었다. 멀리 떠있는 섬 그림자가 시야에 들어와 무심결에 멈춰 선다. 쓰시마가 이 정도로 선명하게 보였던 적은 없었던 것 같다. ……그렇다. 지금 쯤 와니우라의 이팝나무 꽃도 만개했을 터인데, 라고 중얼거린다. 조금 있으면 사유리도 만날 수 있다.

정사 일행으로부터 출범일 통지를 기다리는 것만 남은 아메노모리 호슈와 일본측 관리들도 왜관의 관사 누각에 앉아서 술잔을 기울이며 쓰시마를 바라보고 있었다.

'이 정도로 선명하게 보이는 날은 일 년에 몇 번 있을까 말까 합니다. 스기무라 도노.'

히라타 관수가 말한다.

'그렇군요. 이렇게 보니 엎어지면 코 닿을 곳이라 해도 좋을 정도가 아닙니까. 그러나 바다를 사이에 두고 있다는 것은 대단한 일이군요. 이번의 교섭 건으로 절실히 알게 되었습니다.'

진문역이라는 임무를 맡은 호슈가 한숨 섞인 말로 이어받아,

'가깝다고 하면 가깝지만, 정작 건너는 단계에 이르면 쉽지는 않습니다. 게다가 에도까지는 5000리(1963km)나 됩니다. 정신이 아찔해지는 거리입니다. 무사히 여행을 마칠 수 있다면 좋으련만⋯⋯. 그러나저러나 부산포 부두는 대성황이군요. 축하하는 저 인파를 보십시오. 어! 범주에 사람이 있습니다. 줄 위를 걸어가기 시작했습니다. 허허, 위험한 걸⋯⋯'

아득히 멀리 쓰시마 섬을 멍하니 바라보고 있던 용한이가 범주 꼭대기에서 줄을 맨 활대까지 내려온다. '자~'라고 태운이의 목소리가 들렸다. 북과 징이 울려 퍼지고 2막이 시작된다. 용한과 태운은 부채를 머리 위로 크게 흔들면서 양끝에서 중앙을 향하여 서로 접근해 간다.

그 때, 척 척 척하며 힘찬 발소리가 울려 퍼진다. 음악이 딱하고 멈춘다.

'비켜라, 비켜!'

큰 소리가 났다. 군중이 쫙 하고 좌우로 나뉜다. 검정 복장의 군관 50~60명이 부두로 달려온다. 선두 지휘자는 류성일이다.

'누구 허락으로 선박의 범주에 줄을 연결했나!'

류성일의 날카로운 목소리가 울려 퍼졌다. 박수실이 슬금슬금 인파 속으로 도망친다.

'이봐, 광대! 신성한 선박의 범주가 너희들 광대 따위에게 더럽혀지
면 용왕님의 노여움을 사서 태풍을 부른다. 체포해라.'

류성일이 지휘봉을 휘둘렀다.

금세 용한이의 얼굴은 화가 나서 빨갛게 물들었다.

'뭐야, 너!'

류성일을 향하여 소리치자, 그 순간 균형을 잃고 120m 아래 바다
속으로 곤두박질친다. 관중은 숨을 삼킨다.

'용한아!'

용한이는 수영 할 줄 모른다.

그러나 그녀는 오른손 검지를 걸고리처럼 줄에 걸고 거꾸로 매달렸
다. 몇 초간 그대로 정지한 듯이 있더니 입술에 힘을 꽉 주고 옆 손가
락으로 줄을 잡으려고 한다.

'어이 광대, 그런 가는 손가락 한 개로 자기 몸을 지탱할 수 있다고
생각하는기가?'

'애시당초 무리인기라. ……그렇지만 저, 쭉 빠진 각선미 좀 보레이.
나긋나긋하게 흔들리는 가는 허리가 억수로 요염하데이. 도저히 견딜
수가 없구먼.'

'어! 어! 저것 봐라, 잡고 올라온데이. 고놈 굉장한 걸. 오른손으로
줄을 고쳐 잡고 올라가고 있다아이가. 우와, 이제는 양손으로 잡았
데이.'

용한은 매달려 있다가 어느새 다시 줄 위에 우뚝 서 있다. 우레와
같은 박수가 쏟아져 나왔다.

태운은 가슴을 쓸어내렸다. 류성일은 꽤 뛰어난 곡예사라고 생각하
면서도 즉시 내려오라고 재촉하며 양심의 가책도 없이 군관을 위로

올려 보냈다. 이런 과정을 숨어서 바라보고 있던 박수실은 용한이의 포로가 되었다.

그날 밤, 박수실은 용한이의 침실로 숨어들었다.

정사가 제술관 이현에게 출항 길일을 점쳐달라고 의뢰했다. 이현은 곧바로 《역경易經》을 가지고 방에 틀어박혀 이번 달 사월 초엿새로 택했다. 그날은 3일 후이다. 삼사는 출항일을 점친 대로 결정했다. 왜관에 사자를 보내어 그 내용을 전했다. 진문역 아메노모리 호슈가 이 정보를 전하기 위해 쓰시마로 배를 출항시켰다.

부산포 전체가 분주해졌다. 화톳불이 피워지고 마지막 짐싣기 작업이 밤샘작업으로 진행됐다. 수행원과 하급선원을 비롯한 승무원도 승선하기 시작했다.

일본측 도왜선 100척이 조선측 본대와 합류하기 위해 곶을 돌아 부산포로 이동해온다. 도왜선 선박에는 영빙참판사인 스기무라 우네메와 경비대장 가네코 마스미가 승선해 있었다.

홍순명 종사관이 진상품을 실은 배와 마선, 매선에 대하여 일본측에게 설명한다. 통역은 카슨도가 맡았다. 홍순명 종사관의 방문시간에 맞추어 카슨도 도왜선으로 옮겨 탔다. 협의가 끝나고 홍순명이 친근하게 카슨도에게 말을 걸었다.

'어깨 상처는 좀 어떠하신가?'

'네. 정말 감사했습니다.'

홍순명은 고개를 끄덕이면서 배 가장자리로 카슨도를 데리고 가더니,

'……그 때, 나는 상세하게 물어보지 않았지만 의원 말에 의하면 도

창, 그러니깐 칼에 베인 상처라고 하더군. 그것도 상당히 깊게. 무슨 일이 있었는가? 부산과 단양을 왕복한 경로에 대해서도 우리들 사이에서는 의문을 품고 있는 사람이 있다네.'

홍순명과 카슨도가 나누는 대화는 조선어이지만 내용이 내용인 만큼 자연스레 작은 소리가 되었다.

'아비루, 자네가 지금 가지고 있는 비밀이 중요한 정무라면 목숨을 걸고 지켜야만 하네. 만약 그렇지 않으면 내가 갖고 있는 의문을 풀어주어야 하네.'

카슨도는 단호한 눈빛을 띠며 대답했다.

'목숨 걸겠습니다.'

홍순명은 카슨도의 어깨에 가만히 손을 얹고,

'알겠네. 그럼, 이제부터 긴 여정, 잘 부탁하네.'

'네.'

카슨도는 힘차게 대답하고 깊숙이 머리를 숙였다. 홍순명이 당황하여 손을 움츠렸다.

'어, 실례. 상처 입었던 어깨이군.'

'괜찮습니다. 이제는 아무렇지도 않습니다.'

이 때 두 사람 바로 뒤, 짐 위에 압물관 박수실이 있었다.

카슨도와 홍순명이 멀리 사라지자, 박수실은 뛰어내려와, '요것! 재미있어졌군. ⋯⋯저 사무라이, 왜관에서 암행어사 차림으로 단양에 왔다. 어깨에 깊은 상처를 입고서⋯⋯. 도대체 누구에게 당했을까? 어떤 길로 왔을까? 자세히는 모르지만, 설마 소문으로만 들었던 〈은길〉을?⋯⋯ 용한은 저 사무라이에게 흠뻑 빠져서 놈을 쫓아 일본까지 가려고 한다. 그나저나 어젯밤은 용한에게 호되게 당했네. 아이구 아

파······'

박수실의 눈언저리에 커다란 멍 자국이 있었다.

오늘 아침, 부두에 나오자마자 동료들에게 비웃음의 대상이 되었다.

'어이, 고집불통! 식전부터 점박이가 됐군 그래. 어쩐 일인가?'

광대에게 얻어맞았다는 말은 입이 찢어져도 말할 수 없다. 어젯밤 모두 잠들어 고요한 무렵, 침실에 들어가는 것은 성공했지만 용한이의 주먹 한방에 뒤로 나가 떨어졌다. 잠시 기절해 있다가 정신을 차리고 나서도 한참동안 제대로 일어설 수 없을 정도였다. 저 남장여자에게 그런 힘이 있을 줄이야!

다음 날 새벽, 통신사 일행은 동래부 대례청에서 충성과 복종을 다짐하는 서약의식을 가졌다. 국왕 숙배肅拜와 망궐례望闕禮를 올리고 국서를 넣는 용정龍亭*과 절월節鉞**을 받들었다. 이것으로 모든 예식을 마치고 드디어 삼사의 승선이 개시되었다.

태양이 떠올랐다. 삼사가 승선한 3척의 대형 선박은 밧줄을 풀고 웅장한 북 소리, 나팔 소리와 함께 부두를 떠났다. 다른 수행선과 도왜선을 합쳐 수 백 척이나 되는 배가 뒤를 따른다. 바람은 잔잔하다.

삼사가 탄 선박 갑판에는 붉은 장막이 둘러쳐 있었다. 배 중앙부에는 정사가 기거하는 사랑방을 포함한 12개의 거실, 그 위에 지붕이 있는 전망대가 있다. 의자와 병풍을 마련해 두어 7~8명이 느긋하게 먼 경치를 바라보면서 시를 읊거나 술잔을 돌리는 것도 가능하다. 거실 아래에는 조리장, 창고, 갑판원과 하급선원들이 휴식을 취할 수 있는

---

* 임금의 조서(詔書)·옥책(玉册)을 옮길 때 사용하던 가마.
** 지방에 부임시 임금이 하사한 작은 절(節)과 도끼 같이 생긴 부월(斧鉞)을 의미한다.

침실이 있다. 배 중앙부분에 좌우로 뚫린 12개의 구멍에는 노가 달려 있다. 선두에는 커다란 용 장식물이 장식되어 있고, 배 전체가 중후하고 튼튼한 것이 마치 전함 수준이다.

만 입구를 나와서 20리 정도 노를 저어 먼 바다로 나왔지만 가장 중요한 바람이 한 점도 없어 돛을 올릴 수 없다.

정오가 되자, 서쪽 하늘에는 두툼한 먹구름이 끼더니 강한 남풍이 불고 파도도 격하게 일기 시작했다. 남풍은 역풍이다.

삼사는 협의하여 일단 가까운 절영도(부산 영도)라는 작은 섬에 배를 정박하여 기풍제祈風祭를 지내기로 했다. 제술관 이현이 조사한 바로는 과거의 통신사도 이 작은 섬에 상륙하여 해신을 모시고 북동풍을 기원한 기록이 있다는 것이다. 정사선에서는 파란 깃발과 봉화가 올라오고 배를 멈추라는 명령을 내렸다.

절영도에 상륙한 삼사, 제술관 이현, 그리고 기타 수행원들은 곧바로 섬 정상에 올라가 평평한 바위를 찾아 서쪽을 향하여 제사지낼 준비를 했다. 이현이 축사를 소리 높여 읽고 맹서를 낭독했다.

'6척에 승선한 여러분! 이번 역할은 하늘과 땅의 여러 신명으로부터 받은 사명입니다. 몸을 깨끗이 하고 마음을 맑게 하여 각자 임무에 최선을 다하시오. 반드시 순풍이 일어나 우리 선단을 날아갈 듯이 저쪽 땅에 옮겨주고 동시에 고국에 빨리 돌아오게 해줄 것이외다.'

그러나 남풍은 멈추지 않았고 마침내 해가 저물었다. 일행은 실망하여 초연히 배에 돌아왔다. 달이 중천에 떴다.

한밤중에 절영도 바위 그늘에서 몇십 마리인지 알 수 없는 바닷새들의 세찬 날개짓과 울음소리가 났다. 배 안에 있던 사람들은 밤중에 새들이 요란스럽게 울어대는 소리는 길조인지 흉조인지 이현에게 점쳐달라고 의뢰했다.

이현의 점은 길조로 나왔다.

드디어 한 시간 정도 지나자 남풍은 딱 멈추고 바다는 잔잔해졌다. 바다는 거울처럼 달을 투영했다. 다시 한 시간 정도 지나자 마침내 북동풍이 불기 시작하더니 서서히 강하게 불어온다. 달은 해면을 대낮처럼 밝게 비춰주고 있다.

정사 조태억이 묻는다.

'한 밤 중의 출항은 전례가 없을 지도 모르나 해신의 배려라고 생각하고 싶습니다. 어떻습니까?'

삼사들은 말없이 신비로운 지혜를 가득히 담고 있는 것처럼 보이는 초로의 제술관 이현의 눈에 쏠린다.

'정사님 말씀대로 출항하면 될 듯 합니다.'

이현은 서슴없이 답했다.

정사선에서 올라가는 봉화를 보고 환성이 터져 나왔다. 모든 배가 일제히 돛을 올렸다.

쓰시마 해협을 300척이나 되는 선단이 한 마리의 거대한 용을 연상케 하면서 남하를 시작했다.

북동에서 불어오는 바람은 그들을 순조롭게 일본으로 데려다 줄 것처럼 보였다.

영빙참판사의 뱃머리에 서서 쓰시마 쪽을 바라보던 카슨도는 순풍이지만 바람이 서서히 강해지는 느낌에 불안을 느끼고 있었다.

경비대장 가네코가 카슨도 옆으로 왔다.

'이 상태라면 오전에는 쓰시마에 도착하겠는 걸.'

'그러면 좋겠는데 바람이……. 이 무렵의 샛바람(동풍)은 태풍이 되

는 일이 가끔 있습니다.'

카슨도의 예감은 적중했다. 바람이 더욱더 강해지더니 앞 바다가 사나워지기 시작했다. 크고 빠른 풍랑이 갑판보다 높게 솟아오른다. 뱃사람들은 각자 배치된 자리로 가서 노를 잡았다.

갑판장이 달려와 카슨도와 가네코에게 배에서 떨어질 것 같다며 선실로 돌아가라고 소리친다. 두 사람은 계단을 향해 달려가는데 세찬 돌풍이 몰아쳐 뱃머리 쪽 돛이 부러져버렸다. 부러진 활대조각이 카슨도 발 주위까지 날아왔다.

배는 풍랑 위를 질주하고 있는 것 같다. 큰 파도에 이리저리 휩쓸리는 가녀린 나뭇잎처럼 처량하다. 돛이 내려지고 뱃사람들에게 일제히 노를 저으라는 명령이 떨어졌다.

배들은 선두, 뱃전, 선미가 서로 부딪치고 충돌한다. 호령, 질타, 비명이 뒤섞여 정신이 없다. 바람은 점점 더 강해지고 모든 파도가 거대한 산봉우리처럼 치솟았다. 배는 풍랑 사이에 있나 싶으면 갑자기 낭떠러지 절벽 끝으로 던져졌다.

좌측 뒤쪽 배에서 절규가 터져 나왔다.

뒤돌아 본 카슨도의 눈에 기울어진 배의 갑판에서 뚱뚱한 남자 한 사람이 미끄러져 바다에 떨어지는 광경이 시야에 들어왔다. 그 남자는 한 번 가라앉았다가 잠시 후 물에 떠오른다. 달이 밝아 해면은 잘 보였다. 남자는 헤엄치지 못한다.

'求命啊!(살려 줘!), 求求命啊~(사사 살려 줘!)'

외침소리로 홍순명의 전담요리사 왕용이라는 것을 알았다. 주위에는 5, 6척의 배가 있었지만, 어느 누구도 물에 빠진 사람을 구하려고 하지 않는다.

카슨도는 배 뒤쪽으로 달려가 옷을 벗어던지고 왕용이 있는 곳을 향해 뛰어들었다.

소년시절에 카슨도가 자신만만 했던 것은 나무타기만이 아니다. 쓰시마 북부의 와니우라에서 남쪽의 쓰쓰豆酘까지 이 나무에서 저 나무로 한 번도 땅에 떨어지지 않고 옮겨 다녔던 것처럼, 쓰시마 바다를 물고기처럼 헤엄쳐 돌아다녔다.

카슨도는 신중하게 허우적대는 왕용의 등 뒤로 돌아가서 겨드랑이에 손을 집어넣어 구조자세를 취했다.

'왕씨. 가만히 계세요! 허우적대면 안됩니다. 이제 안심해도 됩니다. 전신에 힘을 빼세요!'

그러나 왕용은 계속 허우적거린다. 카슨도는 발로 수영을 하면서 간신히 왕용을 뒤로 젖혀 위를 향하게 하는 데 성공했다. ……자 이제 제일 가까이 있는 배는 어느 것일까? 돌아보았지만 주위는 산처럼 솟아 올라있는 풍랑뿐, 풍랑 사이에서 배의 위치를 살피는 것조차 어려웠다.

카슨도는 소위 바다골짜기의 바닥으로 떨어졌다는 것을 깨달았다.

다시 왕용이 허우적거리기 시작한다. 그 때 카슨도는 파도의 꼭대기에서 두껍게 보이는 한 가닥 줄 같은 것을 발견했다.

'지푸라기라도 매달릴 수 밖에 없다.'

왼손으로 왕용이 입은 옷깃 목덜미를 붙잡고 오른손으로 젓기 시작했다.

카슨도의 왼쪽 어깨에 갑자기 날카로운 통증을 느꼈다. 엉겁결에 왕용을 붙잡은 손에 힘이 빠지면서 옷깃을 놓쳐버렸다. 눈 깜짝 할 사이에 왕용은 파도사면을 미끄러져 내려간다. 카슨도는 민첩하게 잠수하여 왕용을 앞질러가서 다시 한 번 그의 목덜미를 잡았다.

필사적으로 오른손을 뻗는다. 카슨도와 줄이 거대한 풍랑사면 중간 정도에서 서로 가까워졌고 마침내 줄 끝을 붙잡을 수 있었다. 두껍고 튼튼한 마麻로 엮은 줄이다. 어느 배와 연결된 것인지는 모르지만 구명줄인 것은 분명하다. 줄 끝에 커다란 원이 묶여 있었다.

카슨도는 원 안에 왕용의 몸을 넣고 줄을 당겨 신호를 보냈다. 호응하는 소리가 들린다.

'카슨도!'

줄을 꼭 쥐고 배 가장자리에서 외치는 용한이의 모습이 보였다. 태운이와 다른 예능인들도 함께 〈영차!〉 소리에 맞추어 줄을 끌어 당겨 주었다.

카슨도와 용한이는 이렇게 재회했다. 줄타기용 줄을 던진 것은 용한이고, 줄 끝을 어느새 묶어 둔 것도 그녀였다는 것을 알았다.

후츄항 도착

날이 점차 밝아 온다. 바람은 겨우 잔잔해지고 넘실거리는 파도도 진정되어 간다.

이윽고 해면은 안개가 자욱하게 끼기 시작했다.

안개 위에 붕 떠있는 범주와 활대 그리고 사람 머리 모습만 보이는 배는 마치 유령선과 같았다.

서서히 안개가 걷히며 아름다운 쓰시마 해안선이 나타났다.

해협을 건넌 용처럼 거대한 선단은 쓰시마에 접근한다. 우니시마海栗島섬 옆을 지난다. 뱃전에 모인 조선인들의 놀란 목소리가 여기저기에서 들려왔다.

'어이. 바다도 육지도 모두 새 하얗다. 일본은 이때도 눈이 오는 걸까?

'눈일리가 없잖은가. 그리고 바다에 눈이 쌓일리가 있나.'

'저 곳을 물들이고 있는 물결처럼 하얀 것은 무엇일까?'

그 때, 근처 도왜선의 뱃사람이,

'때마침 잘 오셨습니다. 저것은 와니우라의 명물 이팝나무입니다요. 지금이 딱 만개할 때입니다.'

이팝나무가 핀 곳의 한 귀퉁이에 도네와 사유리가 바다를 가득 메운 통신사 선단을 감탄의 눈빛으로 바라보고 있었다. ……오빠는, 카슨도는, 저 많은 배들 중에 어느 배에 타고 있을까?

도네와 사유리, 두 사람은 카슨도가 항해 도중에 풍랑을 만나 죽을 뻔한 것도 모른 채, 오래만에 무사히 귀국하는 기쁨을 손을 잡고 함께 나누고 있었다.

그리고 두 사람은 와니우라 항구에서 이국풍의 황홀하면서도 영적인 분위기를 발산하는 카슨도와 짧은 재회를 나눈 후, 급히 후츄로 되돌아갔다.

다음날 마침내 조선통신사 일행은 후츄항에 닻을 내렸다. 쓰시마번의 가로인 영빙참판사 스기무라 우네메와 진문역 아메노모리 호슈가 번주인 소 요시미치의 대리인 자격으로 선박을 방문하여 공식적인 환영사를 낭독하고 상륙을 청했다.

정사는 앉은 채로 팔을 들어 답례한 후에 삼사 이하 제술관, 상상관, 상판사, 서기 등 간부들은 관복으로 갈아입고 북과 뿔피리를 울리며 국왕의 국서를 실은 용정龍亭을 받들고 하선했다. 이어지는 행렬은 류성일이 지휘한다. 소꼬리와 꿩의 꽁지깃으로 장식한 큰 국왕기와 절부를 들고 허리에 검을 찬 검정 복장의 군관 40여 명.

그리고 3마리의 청나라말, 흰 매, 수행원들 ㅡ압물관, 역관, 의원, 화원, 마상재, 말사육사, 악사, 광대 등 약 200명이 하선하여 통신사 상륙용으로 신설된 부두광장에 도열하였다.

군관 20명은 진상용 고려인삼을 실은 화물선 경호를 위해 남았다. 가면극 광대인 용한이와 태운은 박수실이 하선허가를 내주지 않았다. 울분을 풀길이 없는 두 사람은 범주에 올라가 처음으로 보는 이국의 거리 모습을 관찰한다.

부두 광장 주위는 후츄와 인근에 사는 1만 명의 사람들로 가득 메워졌다. 전망대에 올라간 남자가 배 쪽을 가리키며 외쳤다.

'와! 범주 위에서 탈을 쓴 남자와 여자가 춤을 추고 있네.'

정사를 포함한 삼사에게는 옻칠한 검은 나전으로 장식한 가마가 준비되었다. 앞뒤 2명이 어깨에 메는 가마다. 제술관, 상상관, 상판사들은 두 사람씩 마차에 탄다. 말을 탄 기마무사조가 앞장서서 길을 안내한다. 일행은 군중의 함성 속에서 고쿠분지國分寺절 안에 있는 객사로 향해 갔다. 선도대先導隊의 지휘를 맡은 사람은 시이나 히사오.

그날 밤, 후츄 거리에 설치 된 1000여 개의 쇠 바구니에 화톳불이 지펴졌다. 밝게 빛나는 등불에 포위되어 땅과 하늘은 대낮처럼 밝았다. 이 빛은 멀리 부산에서도 볼 수 있었다.

왜관 요장. 밤하늘 이순지 숙소의 창밖에서 혜숙은 아래쪽에 빛나는 곳을 가리킨다. 지금까지 본 적이 없는 별을 보고 혜숙이는 뒤돌아보면서 아버지에게 많이 놀란듯 말을 전한다.

이순지는 네모난 사방등 아래에서 열심히 뭔가 들여다보고 있다가

자리에서 일어나 창가에 있는 혜숙이에게 다가간다. 어린 혜숙이의 어깨에 손을 얹고 아이가 손가락으로 가리키는 쪽을 바라보았다.

'별이 아니란다. 별은 저런 모양으로 보이지 않아. 하늘인지 바다인지 분간하기 어렵지만 바다라면 커다란 배가 불타고 있을 지도 모른단다.'

어린 혜숙은 카슨도가 있는 쓰시마 앞바다의 불빛이라는 것을 알리 없었다.

이순지는 다시 사방등 아래로 돌아갔다.

무엇인가 열심히 읽는다. 왜관을 떠나기 직전에 카슨도가 이순지에게 부탁했던 문서다. 카슨도 자신만이 알고 있었던 비밀무기인 아비루 문자와 언문의 대조표였다. 이것만 있으면 카슨도의 암호문을 해독할 수 있을 것이다.

쓰시마에서 하루 밤이 지났다. 통신사 객관을 스기무라 우네메와 아메노모리 호슈가 다시 방문하여 번주가 있는 이즈하라성嚴原城에 가기를 청한다. 카슨도가 통역사로 수행하고 있다. 아메노모리는 조선어에 능통하지만 공적인 관계에서는 통역사를 대동하는 것이 전례다.

정사 조태억은 앉은 채로 팔을 올려 이들을 맞이한다.

정오 직전에 어깨가마와 마차가 당도하고 삼사와 제술관 등이 어제와 같이 각각 나눠 타고 이즈하라성으로 향한다.

가마 안은 산뜻하게 꾸며져 있었다. 좌우에 작은 창이 있고 안쪽에서 장지문을 여닫을 수 있다. 바닥에는 푹신한 방석이 깔려 있고 책을 볼 수 있는 책상뿐 아니라 필기구도 있어 글도 쓸 수 있다.

객관에서 성까지는 10리 정도다. 중앙도로는 잘 정비되어 있었다. 노면은 단단하게 굳어 있고, 도로 양측에는 18m마다 화톳불이 한 줄로 늘어서 있다. 연도는 개미떼처럼 인파로 가득하다.

성 정문에 도착하자 모두 말에서 내려 돌계단을 올라가 굵은 자갈이 깔린 흰벽으로 둘러싸여 있는 넓은 정원으로 들어갔다. 한 가운데에 아름다운 잣나무가 심어져 있고 땅에는 긴 나무뿌리들이 사방으로 힘차게 뻗어 있다. 작은 문앞에 오자, 삼사도 어깨가마에서 내려 걸어서 문을 통과한다. 문 앞에는 커다란 성이 우뚝 솟아 있었다.

신발을 벗고 복도에 올라서니 새하얀 장지문이 좌우로 열렸다. 삼사와 제술관은 큰 다다미방에 발을 디뎠다. 이곳은 대기실이다. 벌써 스기무라 우네메와 아메노모리 호슈가 기다리고 있었다. 쌍방이 선 채로 양손을 가슴 앞에 모아 정중히 인사를 교환한다.

호슈 뒤에 있던 카슨도가 앞으로 나와서,

'이번 조선통신사 일행 여러분의 배알을 맞이하여 통역을 맡게 되었습니다.'

조선어로 말했을 때, 정사 뒤에 서 있던 제술관 이현이 화가 난 목소리로 말한다.

'지금 그 말, 그냥 넘어갈 수 없습니다. 배알이란 무슨 뜻입니까? 통사관. 당신은 지금 배알이란 의미를 알고서 말하는 것입니까?'

카슨도는 한 발짝 뒤로 물러나면서 고개를 끄덕였다.

'그러면 어디 설명해 보시지요.'

카슨도가 주저하고 있자, 이현은 기다리다 지친 듯이 말을 이었다.

'배알이란……, 신분이 낮은 자가 높은 사람을 만날 때 자기를 낮추는 말입니다.'

'네, 저도 그렇게 이해하고 있습니다만……, 뭔가?'

호슈가 보다 못해 참견한다.

'배알이라는 표현은 선례에 의한 것입니다. 통사관의 잘못이 아닙니다. 아무쪼록 원만한 진행에 협조 부탁드리겠습니다.'

그러자 정사 조태억도 이현을 달래듯이,

'분명히 제술관이 말한 그대로입니다. 우리들은 조선국왕으로부터 파견된 사신이므로 쓰시마의 태수에게 인사하는 것을 배알이라고 한다면……, 그러나 단어 하나하나마다 흠을 잡아서는 모처럼 만들어진 우호적인 분위기도 깨지기 십상입니다. 앞으로의 일도 있으니 이 건은 마음속에 담아두는 것이 좋을 것 같습니다.'

이현도 마지못해 끄덕여보였다.

……그러나 이현이 계속 말을 잇는다.

'선례흑수先例黒守*는 왕왕 사태를 그르치게 합니다. 선례보다 중요한 것은 명칭과 실질의 일치, 즉 명분입니다. 명분 없이 무슨 우호입니까! 젊은 통사관 나리, 이름이 어떻게 되시는가?'

'아비루 카슨도라고 합니다.'

홍순명 종사관이 대화에 끼어들었다.

'이 분입니다. 왕용의 목숨을 구해준 분이!'

'아비루 카슨도군요, 그 사건도 기억해 두겠습니다.'

스기무라가 일행을 안쪽 정좌소正座所로 안내한다.

정좌소는 번주의 집무실이기도 하다. 주변 벽은 한 칸마다 붉은 색, 황색, 검정색으로 옻칠을 하여 거울과 같이 반짝반짝 윤이 난다.

---

* 앞에 있었던 좋지 않은 것을 지킨다.

농지가 적은 섬의 태수 저택이 조선의 태수와는 비교도 안될 만큼 휘황찬란한 것에 삼사는 놀라며 자리에 앉는다.

'잠시 후, 성주님께서 오십니다.'

스기무라가 알린다.

'저쪽에서 문을 3회, 두드립니다. 소리에 맞춰 모두 자리에서 일어나 맞이해 주십시오.'

스기무라의 설명을 카슨도가 조선어로 통역한다. 마침내 멀리서 희미하게 사람이 접근해오는 것이 느껴진다.

'질문이 있습니다만……'

다시 제술관 이현이 낮은 목소리로 말을 한다.

'태수가 오실 때, 모두 일어나서 맞이하는 것은 선례에 의한 것입니까?'

호슈는 머리를 끄덕이면서 이현을 정면에서 뚫어지게 바라본다.

'말씀하신 그대로. 1607년의 회답겸쇄환사 이후, 우리들은 귀국의 사절단을 7차에 걸쳐 초빙했습니다만 모두 똑같은 방식으로 진행하고 있습니다. 이 일은 분명히 기록되어 있습니다.'

단호히 잘라 말했다.

쓰시마번 소씨 가문은 나중에 '기록광 다이묘'라고 부를 정도로 귀중한 기록들을 남겼다.

번 재정이 조선과의 외교와 통상에 의해 지탱되고 있던 소씨 가문에게 기록이야말로 재산이며 중요한 무기다. 특히 국서위조문제에서 야기된 야나가와 사건의 뼈아픈 경험은 정확한 기록을 남기는 것이 얼마나 중요한지 재확인 시켜주었다.

쓰시마번은 꼼꼼한 사무기록을 하나도 빠뜨리지 않고 보관했다. 왜관도 이와 같다. 수만 점에 달하는 광대한 기록은 나중에 '소케문서宗家文書'라고 부르는 귀중한 자료가 됐다.

아메노모리 호슈는 1711년의 조선통신사 내빙으로부터 40년 정도 지난, 말년에 저술한 회상록에 이렇게 기록하고 있다.

'기록만 정확하다면 몇 백 년이 됐건, 수명이 길어 오래 사는 사람을 옆에 두고 있는 것과 같다. 쓰시마의 지혜를 계승하지 못하는 것은 관료들이 기록을 공개하지 않고 빼돌려서 연구와 분석에 충분히 활용되지 못했기 때문이다.'

제술관 이현은 조선에서 으뜸가는 학식을 겸비한 인물로 왜국(일본)에 대해서 우월의식이 강한 인물이다. 그는 호슈를 뚫어지게 노려보면서 큰 소리로 말했다.

'정사나리 이하 삼사는 모두 기립할 수 없습니다!'

'무슨 말씀입니까?'

호슈가 격한 어조로 항의했다. 이현이 몸을 좌우로 흔들며 호슈에게 다가선다.

'당신은 태수가 보이면 기립해서 맞이하라고 합니다만, 그러면 그 후에 우리는 태수 앞에 나아가 머리를 조아려 겸손한 자세를 취하고, 태수는 앉은 채로 팔을 들어 우리 인사에 답하는 것이 되는 것 아닙니까?'

'당연, 선례대로.'

아메노모리는 대답한다.

스기무라는 제정신이 아니다. 맞은 편 복도에서는 번주 소 요시미치가 호위무사와 함께 오고 있다.

'그렇다면 선례가 잘못된 것입니다.'

이현은 날카롭게 지적한다.

'이 섬은 조선의 작은 지방에 지나지 않습니다. 소 태수는 조선국왕으로부터 인장을 받아 우리나라와 무역에 종사하고 연간 상당량의 쌀과 콩을 하사받고 있습니다. 이것은 조선의 신하라는 것입니다. 따라서 위계는 정3품. 우리 조태억 정사나리와 같은 급입니다. 우리 국법에서는 경관(중앙정부의 관리)이 나랏일을 하며 외지에 체재하는 자는 그 지위의 상하와 관계없이 신하로서 서로 앉아서 인사를 나눈다고 되어 있습니다.'

'터무니없는 말씀은 하지 마십시오. 우리 태수님은 하늘의 천황을 모시고 쇼군 도쿠가와님으로부터 이 쓰시마를 하사받은, 일본국 한 주州의 당당한 주인이십니다. 인장을 받아 쌀과 콩을 내려주시는 것은 이전에 우리가 왜구와 해적의 금압禁壓에 공이 있었기 때문이며 귀국에 속한 것은 결코 아닙니다.'

호슈가 격하게 반론했다.

조태억은 잠깐 이현을 저지하고 나서, 부사와 홍순명, 이현을 모이도록 하여 긴급 구수회의를 시작했다. ── 일본국법을 방패로 우리들에게 일본식 윤리에 맞추도록 강요하는 저 제술관(진문관)의 입을 우리는 막지 못한다. 우리가 귀국한 후에 진문관의 보고 여하에 따라 저들이 처벌을 받을 수도 있다.

번주의 발소리는 이제 바로 앞까지 가까이 와있다.

이윽고 문을 두드릴 것이다. 스기무라가 아메노모리 호슈에게 짧게 귓속말을 나누고 마음을 정했는지 출입문으로 급하게 걸음을 옮겼다.

삼사와 이현의 상담이 끝났다. 조태억이 스기무라에게 슬쩍 시선을

보내고 나서,

'그러면 이렇게 하십시다. 태수의 모습이 보이면 우리들이 기립합니다. 그러나 태수는 자리에 가지 않고 남쪽을 향해 우리들 앞으로 와서 서로 마주봅니다. 그리고 우리들이 먼저 읍양揖讓*하고, 거기에 응하여 태수가 한 번 인사하면 어떻습니까? 이러하면 국법에 비추어 대등한 인사법이 되겠습니다. 태수에게 예의도 지킬 수 있겠지요?'

호슈는 곤혹스러워하며 카슨도 쪽을 돌아보았다. 특별히 조언을 바라는 것은 아니지만 신뢰할 수 있는 부하의 얼굴에 시선을 던져본 것뿐이다.

카슨도는 미소를 보냈다. 그 눈빛은 무사태평하기 이를 데 없이 밝다. ……어, 카슨도는 마치 이 거래를 즐기고 있는 것이 아닌가? 그렇게 생각한 순간, 호슈는 어깨부터 힘이 쭉 빠져나갔다. 그때 스기무라가 돌아와 아메노모리에게 무슨 말인가 귓속말을 전했다.

곧바로 호슈는 사절 일행에게 정중한 말씨로 말했다.

'태수님은 오시지 않기로 했습니다. 오늘은 일단 돌아가시고 내일 사신을 보내어 배알 절차를 전해드리도록 하겠습니다.'

카슨도는 호슈가 전하는 말을 듣고 〈배알〉을 〈회견〉이라는 조선어로 바꾸어 통역했다. 호슈는 못들은 척 하며,

'이러한 일은 선례에 없는 일입니다만, 제술관(이현)께서 말씀하시는 대로 선례를 고집해서는 예정대로 진행시키기 어렵습니다. 아무쪼록……'

이현은 머리를 끄덕이면서 카슨도의 얼굴을 아래에서 위로 가만히

---

* 두 번 양손을 모아 깍지를 끼고 얼굴 앞으로 올리고 고개를 수그리는 인사.

뚫어지게 본다.

'……아메노모리 호슈는 좀 전에 배알이라는 단어를 사용했는데……, 이 젊은 통사관은 꽤 재치가 있군.'

정사 일행은 다시 가마에 올라타고 성을 나갔다.

정문 앞 광장은 어느새 수천 명의 인파로 둘러싸여 있다. 중앙에서는 마상재를 선보인다. 마산재 기수인 강진명이 두 마리의 준마를 나란히 몰면서 춤추는 듯한 발동작으로 뛰어서 말위를 왔다 갔다 하고, 양쪽 말 등에 양 발을 딛고 서 있더니, 말 배 옆에 숨었다가 다시 나타나 안장 위에 서 있다. 구경꾼들은 처음 보는 속도감에 놀라면서 사람과 말이 하나가 된 곡예에 도취되어 넋을 잃고 있다.

정사 일행이 탄 가마는 인파에 가로막혀 더 이상 앞으로 나아가기 힘들다. 하는 수 없이 모두 가마에서 내려 마상재를 구경하고 가기로 했다. 조선에서는 자주 보아 익숙하지만 자랑스러운 기분이 북받쳤다.

이현은 문득 정문 옆의 높은 망루를 올려다보았다. 광장 쪽으로 판자를 깔아 높게 만든 관람석에 멋진 옷을 차려 입은 남자가 서 있다. 머리에 에보시烏帽子*를 쓰고 연한 자색과 회색의 히타타레直垂라는 의복을 입고서 광장에서 펼쳐지고 있는 곡마를 넋을 잃고 보고 있다. ……저 사람이 소 요시미치 태수인가보다. 겉으로 들어나 보이는 인상은 괜찮은데 인품과 풍채는 과연 어떨런지?

호슈와 카슨도는 어깨를 나란히 하고 성 안에 있는 조선방 집무실로 걸어가고 있었다.

---

* 공가나 무사가 쓰던 모자.

'저 제술관은 하쿠세키와 닮아있구나.'

카슨도가 뭔가 묻고 싶은 표정을 짓자,

'고집스런 명분론자인 것 등등……'

이라고 쓴웃음을 지었다.

'너를 고생시킨 국왕호칭 회복문제 등 우리나라와 조선은 공자님의 가르침에 따라 국가를 다스리는 점에서는 양국이 서로 같지만 조선이 선배 격인데 말이다. 선배에 대해서 하쿠세키는 이에 질세라 맞장 뜨고 싶은 마음이 들겠지. 그 정신은 좋아, 그러나……, 카슨도 너도 대단해. 배알을 회견이라고 말을 바꾸다니.'

집무실에 들어서자, 호슈의 책상 위에 에도에서 파발편으로 배달된 소포가 놓여 있었다.

'이런, 호랑이도 제 말하면 온다더니, 하쿠세키가 보냈구나.'

개봉하자 소포 안에는 실로 꿰맨 서적 한 권이 나왔다. 《아라이 시초白石詩草》라는 표제가 있다. 동봉한 편지에는 이 시집을 이번 사절단 정사, 부사, 종사관, 제술관에게 보이고 특별히 제술관 이현에게 서문과 발문을 청해주기를 원한다고 적혀 있다.

호슈는 《시초詩草》를 들어 한 장 한 장 책장을 넘기면서 카슨도의 아버지인 아비루 야슨도에게 들었던 말을 기억해내고 있다.

── 이전의 통신사(1682년)가 에도체류 중, 통사관을 맡고 있었던 야슨도가 하쿠세키를 제술관 성완에게 소개하여 하루 동안 시와 시가를 지으며 풍류의 시간을 보냈다. 하쿠세키는 스스로 지은 시집에 성완의 서문을 받아서 기뻐했다는 일화다.

……30년이 지난 옛 일이다. 호슈는 당시에 오미近江에서 교토로 옮겨와 의술을 배우고 있었다. 15세였다.

아비루는 36세라는 이른 나이에 너무 빨리 죽음을 맞이했다. 아래 자리 책상에서 일에 몰두하며 뭔가를 쓰고 있는 카슨도의 옆얼굴을 돌아보면서 호슈는 감개무량하다.

다음 날, 조선통신사 정사 일행과 번주 소 요시미치의 회견이 실현 되었다. 전날에 조선측이 제안했던 방식으로, 태수가 입실할 때에 정사 일행은 기립하여 맞이하지만 소 요시미치는 자기자리에 가지 않고 남쪽을 향해 선다. 조선측이 앞으로 나아가 두 번 양손을 올려 인사하면 이에 응하여 소 요시미치가 한 번 양손을 올려 인사하는 방식이다.

태수 주최의 환영회가 열리고 연회는 시종 우호적인 분위기 속에서 별 탈 없이 끝났다.

'카슨도, 수고 많았구나. 어머니와 도네가 네가 오기를 학수고대하며 기다리고 있겠다.'

카슨도는 겨우 임무에서 해방되어 집으로 향한다. 리아스식 해안을 따라 만들어진 길이다. 후츄만 안과 밖은 통신사 일행이 타고 온 선박과 수행선, 화물선, 도왜선으로 가득 메워져 있다.

범주 꼭대기에서 가면을 쓰고 화려한 의상을 입은 용한이와 태운, 두 사람이 주위를 돌아보고 있는 모습이 작게 보인다. 저 두 사람, 범주 위에서 아예 살 작정인가? 카슨도는 중얼거린다.

재빨리 카슨도의 모습을 발견한 용한이가 소리를 지른다.

'카슨도! 어디 가는 거예요?'

'거기서 뭐 하고 있어?'

'박수실 놈이 배에서 내리지 못하게 했어요.'

'박수실? 압물관? 알았어. 내가 어떻게 해볼게.'

손을 흔들며 멀어진다.

재회

크낙새 울음소리가 들린다. 이제 곧 우리집이다. 지옥에서 고통 받는 중생들을 구원한다는 지장보살님을 세워놓은 동네입구 모퉁이에 들어선다. 담팔수나무가 보이기 시작한다. 도네가 편지에 썼던 대로 선 채로 말라죽은 가엾은 모습이다. 마당에 서 있는 도네 뒷모습이 보인다. 카슨도는 발소리를 숨기고 옛날 아비루 문자로 지은 시를 낮은 목소리로 흥얼거리며 집으로 들어간다.

> 윤4월
> 수양버들은 한들한들
> 우물 밑에는 또렷하게
> 푸른 하늘조각이 떨어져 있어요.
>
> 누이여……

카슨도의 암송은 여기에서 실패한다. 다음 연이 기억나지 않는다.

'도네야.'

도네는 뒤돌아보자마자 오빠의 품으로 달려갔다.

이윽고 아스에서 사유리와 부모님이 왔다. 카슨도는 어머니에게는 거북이 등껍질로 만든 머리핀을, 도네에게 페르시아 빨간 산호 머리장식을, 그리고 사유리에게 하늘색 터키석이 빛나는 머리장식을 선물했다.

제일 먼저 아메노모리 호슈가, 이어서 카라가네야가 도착했다. 호슈는 아버지 대신, 카라카네야는 중매인으로 하여 카슨도와 시노하라 사유리의 약혼이 결정되었다. 늦게 기마무사조의 시이나 히사오도 달려왔다.

'카슨도, 축하하네!'

시이나가 어깨를 툭 친다. 카슨도는 자신도 모르게 얼굴을 찌푸린다.

'왜 그래?'

'아니, 아무 것도 아니야, 편지 읽었어, 도네를 잘 부탁해.'

시이나는 얼굴을 붉힌 채, 고개를 끄덕였다.

떠들썩하고 허물없는 분위기로 연회가 계속된다. 마당에 들어오는 햇빛이 장지문 넘어 서쪽으로 기울어진다.

'시이나, 너도 통신사 일행과 동행하는 수행원이 됐다면서? 가네코 대장에게 들었어.'

'응, 그래. 우리 함께 가면서 그동안 못다한 얘기나 나누자.'

카슨도가 급히 시이나에게 얼굴을 가까이 하고 작은 목소리로,

'비둘기도 데리고 가는 거겠지?'

'가네코님의 허락이 떨어지면 그래야지.'

'아마 허락해주실 거야.'

마을 사람들도 카슨도의 무사귀국과 사유리와의 약혼결정을 듣고서 축하하러 달려와 주었다. 어머니의 동네 친구들은 툇마루에 앉아서 맛있는 음식을 함께 먹었다.

'오미네お峰가 만든 로크베에(고구마의 전분으로 만든 잔치국수)는 쓰시마에서 제일 맛있는 것 같아.'

오미네는 어머니 이름이다.

카슨도가 다시 시이나의 귓전에다가,

'비둘기를 가능한 한 많이 에도에 데리고 가라. 그러면 도네에게 편지를 많이 보낼 수 있잖아.'

'음, 3~4마리 물색해둬야지.'

카슨도는 더 많이 가져가라고 응수하며, 거실과 부엌을 오가며 부지런히 거들고 있는 사유리에게 시선을 보냈다. 방금 선물로 받은 페르시아산 머리장식을 꽂은 사유리가 미소를 보낸다.

'예쁘다. 사유리.'

시이나가 넋을 잃고 무의식중에 말을 한다.

'시이나, 나는 이번 임무가 끝나면 혼례를 올릴거야. 어때? 그 때 너희들도 상견례를 하는 건? 이쪽은 어머니 한 분인데 너의 부모님께서 반대하지는 않으실까?'

'설마, 그러시겠어? 우리 부모님이 얼마나 도네를 마음에 들어 하시는데.'

카슨도가 하얀 장지문 쪽을 들여다보자, 호슈와 카라가네야의 담소소리가 크게 들렸다.

'그렇습니까? 아메노모리 도노. 저는 내일 오사카로 떠납니다. 오사카에는 에도에서 히라타님이 통신사 봉행으로 오시기 때문에 저도 오사카 가게에 가서 미력하나마 통신사 일행을 맞이할 준비를 할 작정입니다. 그러면 이만 먼저 실례하겠습니다.'

카라가네야가 자리에서 일어선다.

카슨도는 카라가네야를 배웅하러 밖으로 나왔다. 두 사람은 마당한켠의 인적이 없는 우물가에서 작은 소리로 무언가 말을 주고받는다. 카라가네야가 끄덕이기도 하고 머리를 젓기도 한다. 이윽고 정중하게 인사를 나누고 카라가네야는 대나무를 엮어 만든 사립문을 나서 멀어져간다. 카슨도는 다시 시이나 옆 자리로 돌아왔다.

그날 밤, 카슨도는 오랜만에 고향집의 그리운 이브자리 향기를 맡았다. 귀향의 안도감과 가까운 시기에 결혼한다는 이루 말할 수 없는 기쁨으로 좀처럼 잠을 이룰 수 없었다.

멀리 떨어져 있는 도네의 방에서 도네와 사유리가 베개를 나란히 하고 잠자리에 들었다. 두 사람의 소곤거리는 소리와 웃음소리가 늦게까지 들려왔다.

다음 날 아침, 조금 늦잠을 잔 카슨도는 아침도 대충 먹고 고쿠분지 절에 있는 통신사 객관으로 홍순명을 찾아가 용한이와 태운이의 상륙을 부탁했다.

'저 두 사람은 나리의 요리사 왕씨를 구해준 사람들입니다. 두 사람이 없었으면 저도 바다의 물귀신이 될 뻔 했습니다.'

홍순명은 박수실을 불러 두 사람을 상륙시키도록 명령했다.

저녁에 귀가한 카슨도에게 도네가 말을 건넨다.

'오빠, 내일 사유리 언니와 통신사의 줄타기 곡예를 보러가도 괜찮아? 시이나님이 데려가 준댔어.'

'좋지……, 그런데 너는 시이나의 마음을 알고 있니?'

'알고 있어.'

도네가 대답한다.

'어젯밤, 오빠가 사유리 언니와 혼례를 올리는 날에 함께 상견례를 하자고 시이나님이……'

카슨도는 굼뱅이인 줄 알았던 시이나가 재빨리 일을 진척시키는 것을 보고 의외의 기분이 들었다. 그는 오늘밤에도 도네와의 상견례 건으로 부모님을 설득할 것이다.

얌전하게 고개를 숙이고 있던 도네에게 카슨도는 장난스런 표정을 지으며 질문했다.

'그런데 도네야 줄타기가 어떤 것인 줄 알고 있어?'

'나무건너기나 술래잡기 같은 것이 아닐까?'

카슨도는 큰 소리로 웃었다.

'비슷하지만 좀 달라. 가령…… 담팔수나무의 꼭대기에서 저 살구 나무의 꼭대기에 두꺼운 줄을 걸고 줄 위를 끝에서 끝까지 건넌다면 어때?'

'줄 한 가닥으로?'

'물론이지. 그것만이 아니야. 한 가닥 줄 위에서 뛰기도 하고 공중제 비도 하고, 연극도 해. 조선곡예의 정수이지.'

'떨어지면?'

'그들은 절대로 떨어지지 않아.'

그렇지만 카슨도는 용한이가 줄에서 두 번이나 떨어질 뻔 한 것을 본 적이 있다. 한 번은 단양 마을광장에서 일어났다. 또 한 번은 부산 포 앞바다의 활대에 걸린 줄에서. 이것은 왜관의 관사건물 최상층 누 각에 있었던 아메노모리 호슈의 목격담이다. ……3번째는. 카슨도는 걱정스러운 표정을 지었다. 불길하다.

줄타기 가면극은 쓰시마 사람들을 매료시켰다. 연기가 끝나고 우레 와 같은 박수 속에서 용한이가 탈을 벗어 보일 때, 그의 빼어난 미모에 많은 구경꾼들은 한 순간 숨이 막힌 듯 조용해졌다.

20일 동안 머문 뒤, 마침내 통신사 일행이 쓰시마를 출항할 날이 왔다.

이른 새벽, 호화롭게 꾸며진 쓰시마의 고자부네御座船*에 번주 소 요시미치가 정장을 하고 승선했다. 지금부터 에도까지, 그리고 에 도에서 쓰시마까지는 번주가 몸소 반 년 간의 전 여정을 동행하게 된다.

호슈와 카슨도도 부두에서 도네와 사유리의 배웅을 받으면서 각각 의 수행선에 승선한다. 시이나도 비둘기 다섯 마리를 넣은 새장을 안 고서.

---

*천황, 귀족, 쇼군, 다이묘 등의 귀인이 타기 위해 호화롭게 만든 배.

2장

에도를 향하여

쓰시마 출항

어렴풋이 날이 밝아 올 무렵, 번주가 탄 쓰시마의 고자부네御座船에서 북소리가 울리면, 모든 배에 돛이 올라간다. 정사 일행이 타고 있는 선박은 각각 12척의 예인선에 이끌려 출항한다.

후츄와 주변 일대는 쭉 늘어서서 배웅하는 수많은 도민들로 가득하다. 후츄의 해안선은 구경나온 인파로 마치 검은 띠를 두른 것처럼 보인다.

'잘 가! 잘 가! 무사히 다녀오세요!'

예능인이 탄 배의 범주 꼭대기에서 용한이와 태운이가 손을 흔든다.

바람은 북북서로 순풍이다. 오후 4시, 이키壹岐 섬이 보인다. 이키는 히젠肥前 히라도번平戶藩의 영지. 번주 마쓰라松浦의 영호선迎護船 100여 척이 통신사 선단에 합류한다. 각 배마다 깃발 한 개씩 나부끼고 있다. 깃발은 청, 황, 홍으로 나뉘어 삼사가 탄 선박에 세워진 깃발 색깔에 맞추어 수행한다. 즉, 정사 선박은 청기이므로 청색깃발을 꽂은 이키의 배가 따라 붙는다. 깃발로 통제가 잘 되어 복잡하게 서로 얽힐

일은 전혀 없다.

서남풍에 돛을 올린다. 쓰시마 배의 돛은 모두 흰색, 이키 배의 돛은 모두 청색이다. 수많은 깃발들이 몇십 리나 길게 이어져 다음 숙박지인 치쿠젠筑前(큐슈의 북서부)의 아이노시마藍島로 향한다. 약한 바람에 배의 속도는 지지부진하다.

해가 지고 바람도 잔잔하다. 모든 선박에서 '모두 제자리에! 저어라!' 밤하늘 달 속의 계수나무와 은하수를 올려다보면서 노를 저어간다.

한밤중에 저 멀리 밤하늘을 밝히는 거대한 불의 띠가 나타났다. 이윽고 북과 징치는 소리가 울려퍼지더니 점점 가까이 들려온다. 아이노시마에서 온 영호선이다. 배 한 척마다 4~5기의 화톳불이 세우고 있다. 200여 척, 등불은 1000기가 넘는다. 바다는 대낮처럼 환하다.

아이노시마는 후쿠오카福岡 쿠로다번黑田藩의 영지. 52만 석의 거대 영지를 자랑하는 명예를 건 대대적인 환영행사다. 1년 전부터 이 작은 섬에 3500명 이상의 인부를 투입하여 웅장한 영빈관을 건설했다. 통신사 일행이 머무르는 동안에 하루에 닭 300여 마리, 계란 2000개를 소비한다. 여기저기에서 시詩를 얻으려는 일본인이 끊임없이 몰려들어 삼사, 제술관, 서화관의 책상 위에는 그들이 가지고 온 원고가 산더미처럼 쌓여간다. 통신사 일행의 문관들은 하카타博多의 문인들과 시가나 문장을 지어 서로 주고받으며 담소를 나눴다.

아이노시마에서 머무는 여정은 10일. 11일째 이른 새벽에 순풍에 밧줄을 풀고 돛을 올린다.

다음날, 아카마가세키赤間關(현 시모노세키)에 도착했다. 쵸슈번長州藩에서 마중 나온 영호선이 바다 전체를 뒤덮었다. 모든 청, 황, 홍색의 풍향기를 고물(선미)에 내걸었다. 통신사 접대를 맡은 접대역은 쵸슈 번주모리 요시모토毛利吉元.

아라이 하쿠세키의 절약하고 간소화하라는 방침은 거의 무시됐다. 마중 나온 배는 관리들이 탄 배役人船, 관선關船(중형 군용선), 쾌속선小早船(소형 군용선), 통선通船(선박과 육지 중계선 - 역주), 사람과 짐을 옮길 때 다리 역할을 하는 교선橋船, 작은 배 등등 합계 650척이며, 총인원은 4566명에 이른다.

대접하기 위해 쵸슈번에서 제공하는 돼지 30두, 어선으로 운반되는 활어 600미, 대형 소라, 길이 30cm 정도 되는 이세새우伊勢海老 등등 셀수 없을 정도다. 모든 접대비용은 합계, 동銅 284관 746문 2분(약 4억 6천만 엔)이다.

이 중에 가축은 인적이 없는 골짜기에 특별히 설치된 처리장에서 통신사 수행원 중에 숙련된 백정 5명이 도축에 참가했다. 골짜기에서 들려오는 돼지의 단말마 비명소리에 고기를 먹지 않는 마을사람들까지 공포에 부들부들 떨 정도였다.

조선을 떠나온 후에 돼지고기를 처음으로 손쉽게 구하게 되어 신이난 사람은 역시 중국인 요리사 왕용이다. 왕용은 도미와 전복 같은 고급 식자재도 구해 오래간만에 마음껏 실력을 발휘했다. 익사할 뻔 했을 때의 공포도 잊고 시종 기뻐하며 어쩔줄 몰라하는 모습이다. 그는 목숨을 구해준 아비루와 줄타기 광대에게 언젠가 맛있는 요리로 은혜를 갚겠다고 생각하고 있다.

한편 돼지 30두가 도축된 마을 계곡은 한 동안 아무도 얼씬거리는 이가 없었는데, 십수 년 후에 마을 사람들이 작은 사당을 지어 돼지신을 모시고 제사지내게 되었다. 어느 날인가 태어날 때부터 눈이 보이지 않는 아이와 아이 어머니가 이 사당 앞을 지나갔다.

'돼지신이시여, 아무쪼록 우리 아들의 눈을 밝혀 주소서.'

이렇게 아이의 어머니가 소원을 빌자 서서히 눈이 보이게 되었다. 이 이야기는 소문이 나기 시작하더니 순식간에 돼지신은 눈병에 효험이 있는 신, 〈눈신〉이라고 부르게 되었다.

조선통신사 일행은 아카마가세키에 머무는 5일 동안, 돼지고기 요리를 실컷 맛보고 다음날 저녁 만조시간에 맞추어 노를 저어 밤바다를 간다. 배의 수는 이미 600척을 넘었다. 폭 300m, 길이 8~9km에 이르는 대 선단이 수천 개의 등불로 휘황찬란하게 바다를 비추면서 세토내해瀨戶內海*로 들어갔다. 마치 오케스트라 교향곡을 연주하는 장면 같다. 삐걱거리는 노 젓는 소리는 밤하늘에 떠있는 별들도 매료되어 귀를 기울이는 것 같다.

곧 날이 밝는다. 연분홍 장밋빛으로 물든 새벽에 무수히 많은 섬들이 소의 고삐처럼 선단을 에워싸고 있다. 배들이 앞으로 나아감에 따라 섬들은 저절로 풀어져 뒤로 간다.

카슨도는 뱃머리에 홀로 우두커니 서서 아름다운 세토내해에 떠오르는 찬란한 여명에 취해 있다. 태양이 바다에 완전히 떠오르자 뱃전에 걸터앉아 소맷자락에서 무엇인가 작은 물건을 꺼냈다. 부산에 있는 골동품점에서 우연히 구하게 된 요상한 나무재질의 도구, 〈아스트롤라베〉. 골동품점 주인이 이것은 서쪽의 페르시아보다 더 멀리에 있는 그리스라는 나라에서 가져온 〈천문관측의〉라고 했고, 또 시계로 사용할 수 있는 물건이라고 했다. 언젠가 요긴하게 쓰일 거라고 했는데, 아직은 그 사용방법을 모른다.

---

* 일본 혼슈(本州) 서부와 큐슈(九州) · 시코쿠(四國)에 에워싸인 내해로 수심은 20~70m, 섬의 수는 약 600개에 달한다.

그것은 얇은 원반 7장이 포개져 있고 사람 손가락 만한 바늘이 달려 있는 물건으로 손 안에 쏙 들어온다. 큰 원반 위에 조금 작은 원반 6장이 겹쳐 있고 중심을 나사로 고정시킨 장치인데, 나사를 축으로 회전시킬 수 있다.

카슨도는 원반을 돌려 보기도 하고 뒤집어 보기도 한다. 또 원반에 그려진 복잡하게 교차되어 있는 예쁜 곡선과 기호를 뚫어지게 들여다보고 있다. 원반 가장자리에 조각된 문자인지 문양인지는 어딘지 모르게 아비루 문자와 닮아 있었다.

'카슨도, 무얼 그리 열심히 보고 있냐?'

가까이 오고 있는 다른 배의 갑판에서 시이나가 말을 걸어온다.

카슨도는 손에 든 물건을 시이나에게 들어 보이며,

'책이 아니야. 조금 요상한 물건이야. 아스트롤라베라고 해.'

'도대체 어디에 쓰는 물건인데?'

'그걸 아직 모르겠어. 그런데 비둘기들은 잘 있냐?'

카슨도가 〈아스트롤라베〉를 소매 자락에 집어 넣으며 물었다.

'5호 상태가 안좋아. 가엾게도, 이젠 아무것도 안 먹어.'

시이나는 5마리 비둘기에게 각각 1호, 2호, 3호……라는 이름을 붙여주었다.

'그리고 이제, 4마리가 되었어.'

'어째서? 5마리였잖아.'

'도네에게 편지를 써 보냈거든.'

시이나가 멋쩍은 듯이 머리를 긁적인다.

'시이나, 안 돼! 여행은 이제 막 시작인데, 그렇게 빨리 보내고 나면 머지않아 비둘기가 모자라게 될 거야.'

카슨도는 나름대로 생각하고 있는 다른 꿍꿍이가 있기 때문에 갑자기 자신도 모르게 언성을 높혔다. 시이나는 도네가 에도가로 히라타와 카슨도 사이에서 통신중계역을 하고 있는 것은 모른다.

시이나가 탄 배가 금방 멀어져 갔다.

아키나다安藝灘라는 좁은 해협을 지나 히로시마만灣에 당도한 선단은 히로시마번이 보낸 도왜선渡倭船을 따라 몇 갈래로 나뉘어 서서히 세토내해로 진행해 들어갔다.

'이게 누구야! 그 사무라이 나리.'

뱃머리와 뱃머리가 스치듯 접근해오자 조선측 선박갑판에서 압물관 박수실이 말을 걸어왔다. 여유 있는 모습으로 범주에 기대어 곰방대를 빨고 있다. 박수실이 타고 있는 배는 쇼군 진상용 고려인삼 전용선이다. 물고 있는 곰방대와 담배는 이전 정박지인 아카마가세키에서 쵸슈번주가 통신사 일행에게 나누어준 선물 중 하나이다.

'일본 담배는 맛이 아주 좋습니다요. 그런데 말이죠. 일본인 여러분이 쓴 한시는 구제 불능인 걸……'

박수실이 쓰시마에서 용한이와 태운이를 상륙시키지 않았던 것은 좋다. 이렇게 거만하게 말하는 것도 좋다. 심사가 꼬이지만 카슨도는 시치미를 떼고,

'그야 그렇지요. 한시에 관해서는 조선은 우리들의 선배격. 아니, 선생님이시잖습니까?'

'……한시에 관해서는 나 뿐만이 아니라 제술관 이현 같은 사람은 더 심하게 말하고 있습니다요. 쓰시마, 아이노시마, 아카마가세키, 어디를 가나 글을 좋아하는 사람들이 우르르 몰려드니 어쩔도리 없이 시가나 문장을 주고받기도 하고 필담도 나누고, 또 가지고 온 작품에

첨삭도 해주고 있지만 쓸모 있는 건 하나도 없습니다요. 지혜가 너무 모자라요. 사람얼굴을 하고 있는 원숭이들이 아닌가 싶다니깐요. 제술관 이현 선생은 조선정부에서 으뜸가는 수재로 여하튼 과거시험에 1등으로 합격할 정도였지요. 그러나 이현 선생에게는 약점이 두 가지가 있습죠. 알려드릴깝쇼? 알고 있어도 손해 볼일은 없는데…….'

박수실이 배 가장자리에서 몸을 쑥 내밀고 카슨도에게 접근해온다.

'좀 더 가까이 오시지. 어지간하면 이쪽 배로 넘어오시지 않고서?'

'아니, 괜찮습니다.'

카슨도는 박수실이 하는 이야기에 마지못해서 귀를 기울여주고 있던 터이지만 제술관의 약점이라는 말에 흥미가 생겼다. 이현이 만만찮은 교섭상대인 것은 후츄성에서 배알문제로 티격태격한 일로 증명되었다. 알아두어도 해가 되지는 않겠지.

카슨도는 진지한 표정을 지어보이며 자신이 타고 있는 배 가장자리에 그대로 서 있다. 박수실이 몸을 더 빼고 얼굴을 들이민다. 두 사람 사이의 거리는 4~5m정도.

'그의 약점은……. 하나는 서자인 것, 이것은 불망기본不忘基本으로 종조계보宗祖系譜를 중시하는 우리나라 관료사회에서는 치명적입니다요. 가령 과거시험에서 수석으로 합격한다해도 판서(장관)나 참판(차관)은 될 수 없습지요. 고작해야 4등관, 종4품에서 멈춰버린다는 거죠. 그러니깐 번민이 오죽이나 많겠습니까.'

다른 하나는……. 박수실은 거드름을 피우며 한 쪽 눈앞에 손가락 하나를 세우고,

'심한 치질환자라는 것. 하여튼 간에 앉아있을 수 있는 시간은 고작 1시간 정도랄까요.'

……요놈이 어째서 이런 말까지 지껄여대고 있는 것일까? 라고 카슨도는 생각했다.

박수실은 신이 나서 더욱 우쭐거리며,

'그런데 에도에는 요시와라吉原(유곽)라는 곳이 있다던데. 듣기에는 기생 중에서도 예쁘다는 여인만 추려낸 기생 3000명. 음악, 춤, 술, 환락으로 밤낮없이 불야성을 이루며 흥청대고, 게다가 자기 마음대로 미녀를 골라잡아 돈이 거덜 날 때까지 신바람 나게 즐길 수 있는 곳. 호사한 술잔치라는 건 그와 같다던데. 어떤가요?'

'저는 아직 에도에 가 본적이 없습니다.'

카슨도는 매정하게 대답했다.

카슨도가 에도에 가본 적이 없다는 건 사실이 아니다. 그는 시타야下谷에 있는 에도공관에서 태어나 3살 때 아버지와 함께 쓰시마로 돌아왔다.

'……그렇지만, 당신도 대단합니다그려. 하여튼 용한이는 당신에게 홀딱 빠져있습니다요. 도대체 무슨 일이 있었습니까요? 통신사 일행에 끼워달라고 한 것도 모두 당신 때문이죠. 나는 단양 군수가 돈을 주며 부탁하길래 저 남장여자를 예능단에 넣어줬습니다요. 그 은혜를 잊지 말아야 할 터인데……'

아직까지 눈언저리에 새파랗게 남은 멍자국을 손끝으로 살짝 두드린다.

'사무라이, 주의하는 게 좋아요, 놈은 요염하지만 힘이 대단한 장사입니다요. 손가락 하나로 줄에 매달리는 것도 가능하니 말이죠…….'

남장여자……, 박수실이 하는 말에 순간 생각나는 게 있다. ……단양의 교외 마을에서 죽은 율모에게 달려가려고 할 때, 부상 입은 카슨도를 말에 올려준 적이 있다. 또 말 위에서 카슨도의 허리를 꼭 껴안은 양팔에 얼마나 힘이 들어갔었던지, 숨을 쉴 수 없을 정도로 옥죄어 왔었다. 그 힘……

카슨도가 지금이 적기라고 생각하고 배 가장자리에서 떨어지자,

'이야! 물 속에 붉은 칠을 한 커다란 문이 보입니다요! 저건 무엇입니까요?'

'이쓰쿠시마신사嚴島神社 오오도리이大鳥居입니다.'

카슨도는 지금까지 말하던 조선어를 일본어로 바꾸어 대답했다.

'오오도리이입니까? 오오, 아름다워라! 오오도리이도 좋지만 물 속에 있는 긴 회랑이 더 근사합니다요.'

카슨도는 아버지에게 안겨서 쓰시마로 가던 도중에 미야지마宮島에서 하룻밤 묵고 이쓰쿠시마신사로 참배하러 왔었다. 아직 어렸지만 그 때에 바다 속에 있는 오오도리이와 노能무대*. 무수히 많은 사당을 연결하고 있는 긴 회랑에 대한 아름다운 기억은 언제까지나 희미해지지 않는다.

20여 년 전, 아버지와 방문한 미야지마의 풍경을 지금 이렇게 보고 있는 것이다. 아버지와 회랑을 한 바퀴 돌아 오오도리이까지 걸었다. 그 때도 어김없이 썰물 때였을 것이다. 카슨도는 도리이 옆에 서 있는 아버지의 그림자 같은 환상을 보았다.

그 때, 박수실이 말하는 조선어가 들렸다.

'우리나라와는 상당히 다른 풍경입니다요. 멋지다! 아아. ……그런데 이 강은 무슨 강입니까요? 한강에 비교하면 뭐랄까 물살이 조금 다

---

* 일본적 성격이 뚜렷한 가면극으로 노무대(能舞臺)라는 특수 무대에서 상연되는 가면 악극.

른 것 같기도 하고……'

'강이 아니라 바다입니다.'

박수실은 카슨도의 설명 따위는 개의치 않고 계속 떠들어댄다.

'중국에는 우리 한강보다 더 큰 강이 있는 걸 아시는지요? 황허黃河, 준슈웨濬水, 찬강長江, 쳰탄강錢塘江, 주강珠江…… 이 강들을 글감으로 하여 지은 명시명문도 많지만……, 예를 들면《강상江上》. 알 리도 없겠지만, 강. 이것이 항저우만杭州灣으로 쏟아지는 쳰탄강이 되고, 강폭이 수백 리나 되어 건너편의 연안을 볼 수 없어 마치 바다를 연상케 합니다요. 세계 최대의 조수해일로 경관을 이루지요. 만조 때에는 달이 끌어당기는 힘으로 항저우 만의 해수가 역류하여 쳰탄강에 1000리나 2000리 상류까지 높이 6m나 되는 집채만 한 쓰나미가 밀려옵니다요. 바다 저쪽 편에서 수십 만 군사가 말발굽 소리를 높이며 공격해오는 것처럼. 그러면《강상》은요. 왕안석王安石*이 린촨臨川에 일시 귀향했다가 다시 상경할 때 쓴 글입니다요. 강상이란 〈황허강을 가는 배 위에서〉라고 번역하지요.

江北秋陰一半開
曉雲含雨却低回
青山……, 青山……, 青……

강 북쪽은 가을의 구름이 반쯤 걷혔는데
새벽 구름은 비를 머금고 낮게 드리워 떠도네
푸른 산, 푸른 산, 푸른……

---

* 송대의 개혁정치가.

박수실이 뽐내면서 큰 목소리로 읊어대던 싯구는 점점 소리가 쪼그라들더니 이내 잠잠해졌다. 갑자기 새파랗게 질려서 허둥댄다.

박수실이 이만큼 당황하는 데에는 이유가 있었다. 그는 과거시험에 여러 번 고배를 마신 낙방자다.

── 조선의 과거제도는 중국의 제도를 들여와 고려 때부터 시작하여 조선시대에 들어서 정비되었다. 우선 지방에서 3년에 한 번, 중국의 향시鄕試와 같이 초시初試가 이루어진다. 생원과(경학)*와 진사과(문학)**, 문과 등 세 가지로 나뉜다. 문과는 경학經學과 문학을 종합한 과이며 매우 수준이 높다.

초시 합격자는 다음해에 중앙에서 실시하는 중국 회시會試와 같은 복시覆試를 치른다. 생원과와 진사과는 여기까지이지만 문과에는 그 위에 국왕이 궁궐에서 직접 시문하는 전시殿試가 있다. 이번 통신사 삼사 신하인 조태억, 임수간, 홍순명, 이방언, 이현 등은 모두 이 전시의 상위합격자다.

박수실은 평안남도 안주의 양반 출신으로 관직을 지망해서 19세 때 진사과 초시에 합격하고 다음해에 복시를 응시하기 위해 친형제와 친족, 그리고 고향 사람들의 성대한 환송을 받으며 상경했다.

그러나 복시에 도전한 것은 5회, 15년 동안 허송세월을 보내고 초라한 모습으로 귀향했다. 3년 후에 다시 상경해서 이번은 과거 중에서는 가장 쉽다는 역과의 왜학에 응시하여 합격했다.

---

* 소과(小科) 가운데 '사서오경'을 시험보던 과목. 초시(初試)와 복시(覆試)가 있다.
** 과거시험(사마시司馬試) 가운데 5품 이하의 관리나 향교, 사부학당(四部學堂)의 학생이 응시하여 제술(製述)을 겨루던 시험. 초시와 복시가 있으며 합격자는 성균관 입학자격과 문과응시자격이 주어졌다.

시험과목에는 이로하본초伊路波本草, 소식서격消息書格, 《정훈왕래庭訓往
來》*, 《응영기応永記》** 등의 독해가 있었다.

박수실은 쇼군 진상용 고려인삼 전용선 갑판에서 왕안석의 시를 뽐
내면서 읊던 도중에 멈춰버렸다. 지난 날 과거시험의 괴로운 기억이
떠올라 몸서리칠 만큼 쓰라린 기분이다.

왕안석의 《강상》이야말로 박수실이 복시 5회째 마지막 문제로 나온
것이다. 여기까지 꽤 순조롭게 와서 서광이 보였다. 그러나 시험관이
《강상》이라고 문제를 냈다. 5초 이내에 시작하지 않으면 실격이다.

……江北秋陰一半開(강북추음일반개), 曉雲含雨却低回(효운함우
각저회)까지는 줄줄 읊었다. 그러나 제 3구절 째, 靑山(청산)……

그 뒤가 도저히 생각나지 않았다. 정말로 답답할 노릇이다.

그때부터 얼마의 세월이 지났을까 박수실은 결코 세어보려고 하지
않았다. 아아, 또 똑같은 전철을 밟을 것인가. 더군다나 하필이면 풋
내기 왜놈 앞에서! 박수실은 이를 뿌드득 간다. 청산……. 그때 카슨
도의 낮은 목소리가 들렸다.

'靑山繚繞疑無路(청산료요의무로) ── 푸르고 푸른 산들이 굽이굽
이 감돌아 길이 없다고 생각했더니.'

박수실은 귀를 의심했다.

카슨도가 구원의 손길을 보낸 것이 효과가 있어 이하의 싯구가 뇌
리를 스쳐 입에서 술술 붙어 나왔다.

'忽見千帆隱映來(홀견천범은영래) ── 갑자기 눈앞에 수많은 돛단

---

*서당용 초급 교과서의 하나. 남북조시대 말기부터 무로마치시대 전기에 만들어졌다.

**전쟁기록 1권. 작가와 출간 년대 미상. 1399년 겨울, 오우치 요시히로(大内義弘)가
사카이(堺)에서 무로마치 막부에 반항한 내용과 농민반란 등을 적은 글.

배가 강물에 은은하게 비치며 나타나네.'

박수실은 새삼스럽게 카슨도를 다시 본다. 놀라서 바라보는 시선은
카슨도를 향하고 있었지만, 그의 사팔뜨기 눈은 저 먼 하늘의 어느 한
곳을 노려보고 있는 것처럼 보인다.

도대체 뭐하는 녀석이야. 이 놈? 어디에서 정확한 발음을 습득한
걸까?

갑자기 오른쪽으로 노를 저었는지 카슨도가 탄 배가 박수실로부터
멀어져 간다. 상처 입은 새가 힘껏 날개짓을 하려는 것처럼 박수실이
뭔가 소리쳤지만 카슨도는 뒤돌아보지 않았다.

바람보다도 훨씬 빠른 조류의 도움을 받아 배는 가속도를 낸다. 다
음 기항지는 카마가리지마蒲刈島이다. 이번 접대역은 히로시마広島성주
아사노 아키淺野安藝. 통신사 일행의 식사접대 봉행, 술과 과자 봉행, 청
과물 봉행, 가축과 조류 봉행 등 총인원 759명이나 되는 관리를 작은
섬에 파견하여 손님맞이 준비에 여념이 없다. 물이 모자라게 되면 미
하라三原(히로시마 남부 도시)에서 수백 척이나 되는 배로 물을 실어 날랐다.
섬 주민들은 어쩔 수 없이 집을 비워주고 잠시 산 속에 들어가 임시로
만든 오두막집에서 지냈다.

선단이 접근해오는 것을 확인한 관리자는 서둘러 봉화를 올린다.
예정보다 반나절 늦게 도착했다.

삼사가 상륙하자 객관까지 가는 길에는 양탄자가 깔려있고 긴 복
도에는 고급스러워 보이는 보라색 장막이 둘러쳐 있다. 조선인이 좋
아하는 음식이 꿩고기라는 정보를 미리 알고 가축과 조류 봉행은 꿩
한 마리에 3냥이라는 파격적인 금액으로 꿩 조달에 동분서주했다.

그날의 일기를 자세히 적고 있는 제술관 이현은,

'모월모일, 꿩 300마리가 제공되었다. 감탄!'
이라고 기록했다.

카마가리지마에서 머무는 일정은 3일간으로, 4일째 되던 새벽에 순풍을 타고 출범했다. 다음 기항지는 후쿠야마福山의 도모노우라鞆の浦인데 130여 척이나 되는 배가 배웅하기 위해 따라나섰다. 선박 수는 이미 700척을 넘었다. 음악을 연주하고 오색찬란한 깃발과 풍향기가 바람에 나부끼며 항해하는 이 조선 선박을 보려고 세토내해에 떠있는 섬들과 혼슈本州, 시코쿠四國 쪽 연안에는 십수 만의 인파가 몰려나왔다. 작은 배를 타고 접근해 와서 관원선役人船에게 내쫓기는 사람, 바다에 빠져서 익사하는 사람도 있다.

후쿠야마 도모노우라

도모노우라는 세토내해 한복판에 위치해 있다. 그렇기 때문에 동쪽 오사카만 방향에서 밀려오는 밀물과 시모노세키 방향에서 밀려오는 물살이 서로 만난다. 썰물도 또 밀물과 같이 도모노우라에서 동서로 끌려간다. 만조와 간조의 수위차가 최대 4m 20cm정도 된다. 포구에서는 수로와 조목潮目*을 잘 보는 어부와 선원들이 대기하고 있다가 수로안내를 했다.

이번 접대역은 빈고국備後國의 태수 후쿠야마 성주 아베 마사쿠니阿部政邦. 막부로부터 명을 받고 1년 전부터 향응준비를 시작했다.

사전에 조선인들의 기호와 식재조사를 철저히 하여 백성에게,

---

* 한류와 난류 같은 성질이 다른 두 해류의 경계를 따라 해면에 생기는 띠 모양으로 잔물결이 이는 부분. 잔물결이 발달하면 조파(潮派)가 되고, 폭풍이 불 때에는 위험한 삼각파도를 발생시켜 종종 해난의 원인이 된다.

'온 마을에서 꿩과 닭을 뒤져서라도 찾아오라'는 포고령을 내렸다.
닭을 먹는다!

이 포고령 때문에 마을 촌장들은 다음과 같은 연명서를 써서 청원
서를 제출했다.

'말씀하시는 만큼의 꿩, 닭, 멧돼지, 사슴을 생포하는 일은 불가능합
니다. 아무쪼록 용서바랍니다.'

일행이 도모노우라에 도착하는 시각은 오후 10시. 마중하러 나온
100척의 배에 등화를 올려 항구를 밝혔고 마을에서는 500여 개의 거
대한 청사초롱으로 통신사 일행을 맞이했다.

하선 시간이 한밤중인 것을 배려하여 일행은 배 안에서 숙박하고,
다음날 아침에 상륙했다. 부두는 부교浮橋이다. 모든 길이란 길에는 거
적이 깔려 있다. 한 점의 티끌도 없다. 삼사 신하들은 바다로 돌출되
어 깎아지른 듯이 솟아 있는 낭떠러지 위에 세워진 후쿠젠지福禅寺절로
들어갔다.

공식적인 환영의식과 연회가 순조롭게 진행됐다. 잠시 망중한의 시
간을 보내고 있던 어느 날 오후. 후쿠젠지에 있는 삼사의 객관에서,
이번 통신사의 주도적인 역할을 담당하는 조일관계자가 모두 모였다.
삼사, 제술관 이현, 아메노모리 호슈, 그리고 쓰시마번의 또 다른 진문
역인 마쓰우라 가쇼松浦霞沼가 동석했다. 마쓰우라 역시 모크몬에서 수
학했고 아메노모리보다 조금 늦게 쓰시마번에 고용됐다.

손님을 맞이하는 전각은 바다에 접해 있는 후쿠젠지 경내의 앞쪽
끝에 있다. 거대한 암석 위에 높게 석벽을 쌓아서 조성된 대지에 일본
전통 지붕양식을 갖춘 건물이 우아한 자태를 뽐내고 있다. 훗날 1748
년 통신사가 방일했을 때, 이곳에 숙박한 정사 홍계희洪啓禧가 〈대조루

大潮樓)라고 이름 지었다.

지금 대조루에서 조선과 일본인 유학자 6명이 8개의 커다란 창을 모두 열어 놓고, 가랑비가 내리는 바다와 섬들을 바라보면서 환담을 나누고 있다. 술은 도모노우라 특산품인 보명주保命酒*이다. 달짝지근하면서 약초향이 난다.

'많이 기다리셨습니다. 섬의 명물인 보명주를 방금 전에 마을 사람이 가지고 왔길래 받아놓았습니다.'

아메노모리가 술 병에서 종이조각을 떼어내면서 앞에 보이는 섬들을 손가락으로 가리킨다.

'좌측부터 다카지마高島, 시라이시지마白石島, 기타기시마北木島, 도비시마飛島, 센스이지마仙醉島(선취도), 벤텐지마弁天島, 다지마田島, 요코지마橫島, 시로지마白島…… 끝이 없습니다. 남쪽으로 희미하게 보이는 섬이 시코쿠四國입니다.

'이 바다에는 섬이 얼마나 있습니까?'

홍순명이 질문한다.

'음……, 글쎄요. 얼마나 될까요. 정확한 것은 잘 모릅니다만, 크고 작은 섬을 모두 합치면 700개 정도 될 것 같습니다.'

'그 섬들은 모두 이름이 붙어있습니까?'

이렇게 질문한 사람은 이현이다.

'네, 모두 있습니다.'

이현이 설마 하는 표정이다.

'이곳 경관의 아름다움이란 어디에도 견줄 수 없이 아주 좋습니다.'

---

* 설탕, 감초, 육계, 홍화 따위를 베주머니에 넣고 5~6일 동안 우려낸 소주.

정사 조태억이 한숨 섞인 목소리로 말한다. 그는 약간 피곤한 기색이다. 한성을 출발하여 벌써 3개월이 지났다. 500명을 인솔하여 이국여행을 하는 것은 초로에 들어선 그에게는 큰 부담이다. 하지만 여정은 절반은 커녕 아직 편도의 반밖에 오지 못했다. 그는 매일 아침, 망궐례에 한성을 향하여 국왕의 건강과 무사복명을 다할 수 있도록 빌고 있다. 모든 일을 원만하게 마치고 귀국하는 것 이외에 무엇을 더바랄 것인가.

과거에 통신사로 정사나 부사를 지낸 사람은 귀국 후에 모두 판서나 영의정까지 올랐지만, 그런 지나친 욕심은 없다. 어딘가 한성 가까운 한적한 장소에……, 그렇지! 여기. 이 도모노우라와 같은 아름다운곳에 거주하며 서재에서 좀먹어가는 수많은 책 속에 파묻혀 여생을보내고 싶은 마음뿐이다.

그러나 조태억을 불안하게 만드는 것이 있다. 수재 이현과 군관 류성일이다.

……이현은 원칙주의자로 언제 어디서 어떤 말을 꺼낼지 도무지 상상이 가지 않는다. 오사카는 삼엄하다. 중앙정부 관리들이 나온다는말이 있다. 그리고 다음은 에도. 에도에는 막부의 집정 아라이 하쿠세키가 있다. 정치가이며 《하쿠세키 시초白石詩草》를 지은 시인이다. 아메노모리가 하는 말을 들어 보건데, 아마도 왕안석에 필적할 만한 인물일지도 모른다.

……수재는 단지 다루기 힘들 뿐이다. 하지만 이현의 경우는 서자출신이기도 하다. 서자에게는 관위官位가 엄격히 제한되어 있다. 때문에 본디 자존심이 남다르게 강한 성격으로, 그의 뒤틀린 심기는 오죽했겠는가. 당나라에도 비슷한 사람이 있었는데 울적한 나머지 그 몸

이 호랑이로 변해서 결국 사람을 잡아먹었다는 이야기가 있다. ……
쓸데없는 걱정으로 끝나면 좋으련만…….

　게다가 류성일 문제는 더욱 무겁게 마음을 짓누른다. 신분조사 결과 류성일의 계조사칭이 분명해졌다. 조사서에서는 1650년(효종1)에 류성일의 조부가 홀연히 울릉도에 나타났다는 것이다. 이에 대해 홍순명 이하 다른 사람들은 봤어도 못 본 척 이대로 전진만하자며 불문에 붙이자고 권했다. 조태억은 일단 받아들였지만 불길한 예감은 좀처럼 가라앉지 않았다. 쓰시마 체류 중에 이조판서 안홍철安洪哲에게 좀 더 상세한 조사를 의뢰하는 속달편지를 보냈다. 아직 회답은 없다.

　조태억은 잠시 깊은 생각에 잠겼다가 홍순명의 밝은 목소리에 이내 정신을 차렸다.

　'여러분에게 중요한 말씀을 전해 드려야 했는데 깜박 잊고 있었습니다. 실은 오늘 밤에 왕용이 자신의 요리 실력을 마음껏 발휘해보고 싶다고 합니다. 이처럼 고급스럽고 신선한 식재료에 혜택 받은 나라는 처음 본다면서 본고장의 맛, 원조 중화요리를 대접하겠다고 합니다. 그리고 왕용은 꼭 이루고 싶은 바람이 하나 있는데, 부산을 떠나 오던 중에 큰 풍랑을 만나 바다에 빠져 죽을 뻔 했잖습니까. 그를 구해준 아메노모리 도노의 젊은 부하인 경비대장 보좌 아비루 카슨도, 그리고 줄타기 광대 두 사람에게 감사의 답례로 진수성찬을 대접하고 싶다고 하는데 어떠하십니까? 장소는 저기 저 건너편에 보이는 섬……'

　홍순명이 가냘픈 손가락으로 바다에 떠 있는 멋진 섬을 가리켰다.

　'저건 선취도(센스이지마仙醉島)라는 섬입니다.'

　아메노모리가 말했다. 홍순명은 고개를 끄덕이며,

　'저 섬에는 아름다운 정취가 있고, 하얀 모래 해변이 있을 것 같다며

저 섬에서 대연회를 개최하고 싶다고 하여 제가 기쁘게 허락했습니다. 얼마나 고운 마음씀씀이입니까. 왕용은 산해진미라는 의미로 〈만한전석滿漢全席〉*이라고 이름 붙이고 한족요리의 정수를 한 곳에 모아 맛보게 해드리고 싶다고 합니다.'

더 이상 견딜 수 없게 된 이현이 '실례'라고 말하고는 아무렇게나 엎어진다. 잠시 다다미에 얼굴을 숙이고 치질의 고통에 끙끙…… 낮은 신음소리를 내더니,

'왕용의 마음씀씀이도 좋지만 우리들이 광대나부랭이들과 자리를 함께 한다는 것은 전대미문입니다. 그것은 피하는 것이 좋지않을까 사려…… 끙.'

홍순명이 언짢은 표정을 지으며,

'이현 나리, 그럼 우리들만으로 연회석을 꾸릴까 합니다만…….'

아메노모리가 끼어든다.

'이건 공식적인 연회도 아니고 장소도 해변이니까 귀천의 구별 없이 즐기시면 좋을 것 같습니다만.'

좌석은 잠시 침묵이 흘렀다.

'오, 비가 완전히 개인 모양입니다.'

조태억이 분위기 전환을 시도했다. 남쪽 하늘부터 구름이 걷히기 시작한다.

'엎어지면 코 닿을 곳에 보이는 저 섬에서 만한전석이 차려지고 운치와 미각을 돋우는 술도 여기 있습니다. 〈선취도〉라는 섬의 명칭도 기막히게 좋습니다. 그건 그렇다 치더라도 이 곳의 경치가 절경입니

---

* 청나라 궁정요리의 집대성이며 정교하기 이를 데 없는 엄청난 규모의 요리.

다그려. 어떻습니까? 지금부터 모두 시라도 읊으면서 창수해보면 어떠하십니까? 제가 맨 먼저 운을 띄우겠습니다. ……기다려주십시오. 지금부터 피로연을 시작합니다. 이것입니다.

縹渺鰲頭最上臺
八窓簾箔倚天開

아득히 높은 무대
여덟 개 창에 걸려 있는 금박의 발이 하늘을 가까이서 열어주네

……이야, 변변치 않습니다.'
'겸손의 말씀입니다. 처음의 운으로 이미, 지금 우리가 즐기고 있는 풍경을 정확히 읊고 계십니다. 다음의 운이 기다려집니다.
아메노모리의 찬사에는 아첨하는 느낌은 티끌만치도 없다. 조태억은 미소를 지으며 천천히 술잔을 비우고,
'아아, 《하쿠세키 시초》 근처에도 못갑니다.'
아메노모리와 마쓰우라는 귀를 의심하면서 얼굴을 마주보았다.
아메노모리는 아라이 하쿠세키의 의뢰를 받아, 그가 보내온 시집을 삼사와 제술관 각각에게 한 권씩 증정하여 읽어주기를 부탁하고 특별히 제술관에게는 서문과 발문을 청했다. 조선을 대표하는 문인들의 눈에 하쿠세키가 지은 시는 어떻게 비추어졌을까?
아라이 하쿠세키는 모크몬에서 기온 난카이祇園南海와 어깨를 나란히 하던 최우수 시인이다. 아메노모리도 그에게 몇 번이나 시의 첨삭을 부탁한 적이 있다. 1682년에 온 통신사의 제술관 성완이 그의 시를 칭찬하여 하쿠세키의 시집에 서문을 써 준 일을 아메노모리는 익히 들어서 잘 알고 있었지만, 그것은 30여 년 전의 오래된 일이다. 이번에

온 삼사와 제술관은 아라이 하쿠세키의 시를 어떻게 평가할 것인가. 쓰시마를 출발한 이후, 감상을 듣고 싶은 마음이 굴뚝같았지만 좀처럼 말을 꺼낼 수 없었다.

아메노모리는 무릎걸음으로 조태억 곁으로 다가가,

'지금 하신 말씀, 그냥 하시는 말씀은 아니신지요?'

'그냥 하는 말이라니요. 천만의 말씀!'

이렇게 말하고 조태억이 사신들을 둘러본다. 홍순명이 동의한다.

'말씀하신 그대로입니다. 참으로 훌륭합니다.'

조태억은 어느새《하쿠세키 시초》를 들고 있다.

'자, 왕용의 잔치까지는 아직 시간이 많이 남아있으니 오늘이야 말로 이 시집을 안주삼아 술잔을 기울이기로 합시다. 그러면 시가詩歌 하나를 보겠습니다. 오언 율시, 제목은《백목단白牡丹》.'

奇葩出洛陽
素艶皎如霜
羅幀春光淡
珠簾午影長

기묘한 이 꽃은 천하제일의 낙양에 피는 꽃
하얀 꽃잎이 반짝반짝, 마치 서리와 같구나
얇은 명주 너머로 은은한 봄빛을 받아
진주 같은 새하얀 꽃송이는 오후 햇살에 숨을 죽이네

梨花留月色
桂子借天香
十五盧家婦
馮欄愧靚粧

이화가 달빛을 머금고
계수나무 열매가 하늘의 향기를 더하는 것 같이
부잣집으로 시집간 15세 새색시의 아름다움도
이 목란 앞에서는 부끄럽구나

조태억이 시가 낭독을 마치자 일제히 박수가 터져 나왔다. 그들이 일본인이 쓴 시에 대해서 이런 반응을 보이는 건 처음이다.

갑자기 이현이 벌떡 일어났다.

'하평성下平聲 칠양七陽을 일단 갖추고 있지만, 모양새를 그대로 모방한 것 뿐입니다.'

'이야, 저는 그렇게 생각하지 않습니다.'

홍순명이 반론한다.

'제술관의 박식에는 혀를 내두를 수 밖에는 없지만, 여기에는 뭐랄까 독자의 감성이 녹아 있습니다. 예를 들면, 꽃의 묘사를 두순학杜荀鶴의 《춘궁원春宮怨》과 비교해보아도 손색이 없습니다.'

구순학은 당대 말, 안후이安徽 사람으로 칠언율시에 뛰어났다.

홍순명은 유명한 제3연을 읊어보였다.

風暖鳥声砕
日高花影重

따뜻한 봄바람을 타고 번잡한 새 소리가 들린다
높이 오른 태양에 비추어 꽃의 그림자가 겹친다

꽃은 연꽃이다.

그때, 아메노모리와 통신사 일행이 머물고 있던 전각과 그다지 멀지 않은 곳에서 찢어질 듯 날카로운 큰소리가 들렸다. 모두가 깜짝 놀라 서로의 얼굴을 쳐다보았다.

잠시 후, 돌계단을 뛰어 올라오는 소리가 들리더니 경내의 굵은 자갈 위를 달려오는 소리가 들린다. 복도마루가 심하게 삐걱거리더니, 곧바로 역관 김시남金始男이 헐레벌떡 뛰어 들어왔다. 입에 거품을 뿜을 만큼 허둥거리고 있다.

'정군관이 칼에 베어 중상을 입었습니다!'

좌석은 한순간 침묵으로 변했다.

'무슨 일이 있었는가? 침착하게 말해보게나'

부사 임수간이 낮은 목소리로 말했다.

그러나 김시남은 숨이 차서 조리 있게 이야기할 수 없었다. 간신히 알아낸 것은 군관사령 류성일이 부사군관 소속인 정군관을 칼로 베었다는 것이다. 정사 군관과 부사 군관에게는 각자 그들의 연고자가 자리를 차지하고 있었지만, 이번은 군관사령 류성일의 지휘 하에 있다. 류성일이 벤 사람은 상사인 임수간의 연고자다.

조태억의 얼굴이 금방 새파래졌다.

'김역관, 안내하라!'

임수간이 뛰어간다. 조태억과 홍순명, 아메노모리도 임수간의 뒤를 따른다.

── 사건은 몇 시간 전에 후쿠젠지에서 400~500m 떨어진 낭떠러지 아래, 농가의 앞마당에서 일어났다. 앞마당이라기보다 10평 정도의 채소밭에 참외와 호박, 가지가 탐스럽게 달려있고, 동쪽 끝에 있는 닭장에는 닭 10마리가 모이를 달라고 시끄럽게 울어대고 있었다.

도모노우라의 마을은 빽빽하게 붙어있는 집과 집 사이를 좁은 판자 길과 돌계단이 종횡으로 교차되어 있었다. 정군관은 동료와 역관 몇 명과 함께 어슬렁어슬렁 걷다가 어느 농가의 앞마당 근처까지 왔다.

'내가 태어나고 자란 한양 골목에서는 초가 오두막집을 따라 개천이 둘러있고 저녁시간에는 흙벽에 붙어있는 굴뚝에서 밥 짓는 연기가 피어오른다. 그러한 집들이 들어선 거리가 일본에도 있을까 생각하고 있었는데……. 등 짐에 섶나무가지를 높이 쌓아 올린 소가 왔다갔다 하는, 번화한 뒷골목을 발가벗은 아이들과 멍멍이가 뛰어다니는 그런 광경도 이곳에서는 아직 보지 못했어.'

정군관이 석연찮아 하면서 말한다.

'없을 리가 있겠어. 내가 며칠 전 밤에 멀리서 들려오는 개 짖는 소리를 들은 적이 있어. 그런데…… 한성이라면 소똥이나 개똥이 길 여기저기에 지저분하게 떨어져 있는 것이 당연한 일인데 이 나라에서는 어디를 가나 깨끗하네. 집안을 들여다보아도 다다미*라고 하는 것은 두께도 균일하고 한 치의 틈도 없이 빽빽하게 짜여 있잖아. 그리고 여닫이 장지문이 부드럽게 밀리고 덜컹거리지 않는 것도 신기해.'

백역관이 동조한다.

'그래, 조선과 닮아있는 것보다 닮지 않은 것이 눈에 더 많이 띄는 것 같아. ……어, 맛있어 보이는 참외가 있다!'

대나무 담으로 둘러쳐 있는 밭에는 노란 참외가 주렁주렁 열려 있었다.

'조선에서는 여름에 수확하는 과일인데, 여기는 따뜻한 곳이라 역

---

* 일본 전통식 바닥재.

시 빠르네.'

정군관은 대나무 담을 부수고 마당 안으로 들어갔다. 동행하던 5명도 뒤따라 들어간다.

정군관이 먹음직스런 참외를 따서 덥석 문다. 전원 모두 손을 뻗었다.

'바구니를 가지고 왔으면 좋았을 걸. 저쪽에 닭장도 있다.'

정군관이 닭장으로 달려갔다. 닭들이 요란하게 푸다닥거리며 날뛰고 흙먼지가 춤을 춘다.

헛간 쪽에서 허리가 굽은 노파가 나오더니 닭을 안고 있는 정군관을 보자,

'에그머니나, 도둑. 도둑이야, 닭도둑이다!'

소리쳤다.

어두운 토방에서 젊은 농부가 뛰어나와 정군관에게 맹렬하게 달려든다.

'뭣 하는 거냐. 남의 집에 함부로 들어와서, 이 도둑놈들!'

도둑으로 몰린 정군관은 농부를 한손으로 냅다 내던지고 안고 있던 닭을 장군관에게 넘긴다. 백역관이 닭장으로 간다. 다시 일어나 정군관을 쫓고 있는 농부를 이번에는 다른 군관이 때려눕혔다. 노파의 부르짖음은 울음소리로 변해갔다.

인근에 있던 사람들이 무슨 일인가 싶어 모여들었다.

'남의 밭 농작물을 망치는 놈이다. 닭 도둑이다! 잡아라.'

입에서 피를 흘리면서 쓰러진 채 외치는 농부의 처절한 호소에 3~4명의 젊은이가 도둑 군관들을 향해 달려갔다. 일본어와 조선어가 뒤섞여서 거친 욕설이 되어 날라다닌다.

소란은 근처 절에 머물고 있던 조선인들에게도 알려졌다. 모두들 호기심에 급히 달려 나갔다. 한참동안 상황을 지켜보고 전후사정을 알게 된 마상재 기수 강진명이 백역관이 있는 곳으로 걸어가더니,

'여기가 어디라고 생각하고 있는 겁니까?'

닭 두 마리를 팔에 꼭 껴안은 백역관이 혀를 차며,

'마상재 기수 주제에 함부로 지껄이지 마라. 나는 양반이다. 백성의 물건을 빼앗는 것이 뭐가 그리 나빠!'

'그러니깐, 여기가 어디라고 생각하냐고 묻는 것이 아닙니까? 여기는 조선이 아닙니다. 양반이 제아무리 위대하다고 한들 조선에서나 통할 일이지, 다른 나라에 와서까지 양반타령을 하십니까.'

강진명이 불끈 화를 내며 되받았다.

양반은 조선 지배계급 전체를 가리킨다. 왕이 배알을 받을 때에 왕의 동쪽 편에 문관이, 서쪽 편에 무관이 배열한데서 동반과 서반이라고 하며 이 두 개를 합쳐서 양반. 중앙 관료조직 전체를 나타내는 단어가 되었다. 조선의《경국대전》에 의하면 양반체제가 정비, 도입되어 제도로서 정착하여 조선사회를 지배했다. 시간이 지남에 따라 관직을 가진 당사자 뿐만 아니라 그 가족과 친척까지 포함하게 되었다. 백역관도 양반이 아니면 사람이 아닌 세상에서 나고 자랐다. 그러므로 백성이 만든 것은 양반이 어떻게 하든 상관없다고 생각하고 있었다.

여기저기에서 조선과 일본 쌍방의 욕지거리가 난무하더니 결국 패싸움으로 번졌다.

'너희들은 도대체 뭣하고 있는 것이냐!'

고막이 터질 것 같은 날카로운 소리가 울려 퍼졌다. 골목 돌계단에

수십 명을 이끌고 나타난 사람은 류성일이다.

그는 농가 앞마당에서 통신사 일행이 소란을 피우고 있다는 보고를 받고 급히 달려왔는데, 현장을 대충 보고도 무슨 일이 있었는지 단박에 알아차렸다.

'정군관! 장군관도 함께……. 군관 주제에, 이 얼마나 한심스러운 짓인가. 당장 그 닭을 놓아주거라. 그렇지 않으면…….'

'그러지 않으면 어쩔 건데?'

정군관은 류성일을 아직도 깔보고 있었다. 어쨌든 자신은 임수간 부사의 조카이자 군관이다. 류성일 같은 비변사국에서 온 자에게 지시만 당하고 있을 수 없다.

'한 번 더 말하겠다. 당장 그 닭을 놓아주거라.'

'놔주지 않으면 어쩔 건데? 총사령관.'

'죽여 버린다.'

'그래? 그럼 죽여 봐.'

정군관은 어깨를 젖히고 으쓱거리면서 큰소리 쳤지만 류성일의 눈을 보는 순간 등줄기가 오싹해졌다. 〈큰일이다!〉 생각했지만 이미 때는 늦었다.

류성일의 칼이 한번 번쩍인다. 다음 순간, 정군관 손에서 무언가가 천천히 둥근 호를 그리면서 호박 잎 속으로 떨어졌다.

정군관이 〈악!〉 하고 소리를 내지르고 웅크리며 주저앉는다. 정군관 팔에서 벗어난 두 마리 닭이 푸다닥거리며 요란스럽게 도망간다. 정군관 손은 피로 물들었고, 사람의 소리라고 할 수 없는 비명과 신음 소리를 내며 몸을 떤다.

사람들은 혀를 차며 얼어붙은 채 숨을 죽이고 그대로 서 있었다. 고통을 호소하는 정군관의 목소리만이 주위에 가득하다.

'황 군관, 의원을 불러오게.'

류성일은 부하에게 명령한다. 옛! 하고 황 군관이 달려간다.

류성일은 눈에 보이지도 않을 만큼 재빠른 솜씨로 정군관의 좌측 손등을 칼로 내리쳐 정군관의 엄지손가락을 잘라낸 것이었다.

'윤군관과 전군관! 너희들은 정군관 손가락을 찾아라. 저 부근 호박 잎 안이다. ……정, 죽지는 않는다. 손가락도 붙는다. 일어나라. 앞으로 와라. 너희들도 모두.'

새파랗게 질린 닭도둑 군관들은 입술을 파르르 떨면서 류성일 앞에 섰다.

'용서해주십시오.'

백역관이 갑자기 땅에 엎드려 머리를 조아린다.

류성일이 백역관의 가슴팍을 힘껏 발로 찼다. 백역관의 몸은 뒤로 나뒹굴어 벌렁 자빠졌다.

'여기에 있는 조선인은 모두 잘 들어두거라! 이후에도 다시 한 번 이 같은 일이 발생한다면 그 자리에서 참해 버리겠다. 알겠나!'

류성일은 천천히 주위를 둘러보고 출입문에서 겁에 질려 떨고 있는 농부에게 접근해갔다. 남자는 집안으로 도망가려고 한다.

'오마치나사이お待ちなさい(기다리십시오).'

류성일은 일본어로 말했다. 농부는 멈춰섰다. 조선인들은 일본어로 말을 거는 류성일에게 감탄의 시선을 보낸다. 어느 한 사람도 그가 일본어를 잘 할 것이라고 전혀 생각하지 못했다. 그러나 류성일의 일본어는 그 외마디 뿐이었다.

'어이, 거기 역관 없나? 통역하라.'

이렇게 말하며 뒤돌아보았기 때문이다.

군중 속에서 떠들고 있던 압물관 박수실이 앞으로 나섰다. 이 남자는 사건이 있는 곳이라면 어김없이 나타나 넉살 좋게 나서는 타입의 인간이다.

'죄송합니다. 부디 용서하십시오. 손해를 입힌 만큼 변상하고 싶은데 이 정도면 되겠습니까?'

류성일은 소매자락 안에 넣어둔 주머니를 꺼내 은화 몇 닢을 남자의 손바닥 위에 얹어 놓았다.

'이렇게나 많이!'

농부는 깜짝 놀랐다.

그 때, 역관 김시남에게 안내되어 부사 임수간이 도착했다. 처음부터 끝까지 지켜보고 있었던 조선인 한 사람이 임수간에게 사태의 전말을 보고한다.

곧바로 조태억과 홍순명, 아메노모리도 달려왔다.

'아닙니다. 이렇게 많은 돈은 받을 수 없습니다. 주신 돈은 반으로도 충분합니다.'

농부는 은화를 세어 절반을 류성일의 손에 돌려주었다. 류성일은 무언가 이상한 광경을 본 듯 놀라 상대의 얼굴을 찬찬히 바라보았다.

'뭐야, 준다는데 받아두면 좋으련만……'

조선인들 사이에서 한숨이 새어나온다.

류성일은 끄덕이면서 돌려받은 은화를 주머니에 넣어둔다.

'부탁이 있습니다. 잘 여문 참외 몇 개를 연회를 위해 가져가도 되겠습니까?'

'네, 좋습니다. 우리 참외는 달고 즙이 많아서 이 주변에서도 평판이

좋습니다. 얼마든지 드리겠습니다. 여행 도중에 무사를 기원하면서.'

류성일은 몸을 돌려 손이 피범벅이 된 정군관에게 슬쩍 시선을 보내고 군중 쪽을 향하여,

'의원은 왔나?'

'네. 여기 왔습니다.'

막 도착하여 거친 숨을 몰아쉬고 있던 의원 최백형崔白淳이 류성일 앞으로 나선다.

'오, 당신이 좋은 약을 갖고 계신다는 그……'

최의원은 등바구니 안에서 약봉지를 꺼냈다. 카슨도의 어깨 상처에 발라주었던 운남백약이다. 정군관의 상처에 하얀 분말을 바르고 나서 잘려나간 손가락을 받자마자 엄지죽지에 얹어놓고 실과 붕대로 고정시켰다.

류성일은 거기까지 지켜보고 농부가 바구니에 담아 준 참외를 받아 철수한다. 상관인 삼사(조태억, 임수간, 홍순명)에게 잠깐 목례를 하고, 곧바로 군중을 헤집고 사라진다.

조태억은 류성일의 뒷모습을 그저 망연히 지켜보았다. 불길한 예감과 두려움이 현실이 되었다고 누군가가 그의 귀에 속삭였다.

설사 타국에서 도둑질을 했다하여 그 자리에서 부하의 손가락을 잘라 내다니……. 조태억은 목격한 것은 아니지만, 압물관 박수실이 말하기를 류성일은 순간적인 기분으로 분노하여 벤 것이 아니라 정확하게 정군관의 좌측 엄지손가락을 겨누고 칼을 휘둘렀다는 것이다.

한편 홍순명 종사관은 정군관이 임수간 부사의 조카인 사실을 떠올리고, 상식을 벗어난 처사라고 생각하면서 류성일이 선택한 처벌 방법을 임수간이 어떻게 받아들일 것인가에 관심이 쏠렸다. 치료를 마

친 정군관이 동료들의 부축을 받으면서 숙사로 향한다. 때마침 삼사 앞을 지나가는데 임수간이 말을 건넨다.

'정군관, 너의 수치스러운 행위는 불문에 붙이겠다. 너는 이대로 본국으로 돌아가거라.'

정군관은 모기 만한 소리로 '네'라고 대답했다.

오늘은 카슨도의 출동이 늦어졌다. 통신사 일행의 도모노우라 출발을 이틀 후로 미루고 나서 후쿠야마번의 환송담당 봉행과 협의가 지체됐다. 통지를 받고 시이나와 병사를 인솔하여 달려오는 도중에, 좁은 돌계단 한복판에서 퇴각하고 되돌아가는 류성일 일행과 마주쳤다. 카슨도와 류성일은 서로 힐끗 보고 그대로 스쳐지나갔다.

'저 사람이 류성일인가?'

시이나가 귓속말로 속삭인다. 카슨도는 아무 말 없이 계단을 달려 내려온다.

만한전석

도모노우라 남쪽, 바다를 사이에 두고 500~600m 정도 떨어져 우뚝 솟아 있는 선취도는 엷은 녹색을 띤 작은 무인도다. 동백의 꽃가루를 운반하는 동박새 생식지로 알려져 있다. 깊게 파고든 해안선, 다노우라田/浦를 앞에 둔 하얀 모래해변에서는 동박새 수 십 마리가 한가로이 벌레를 쪼고 있고, 밀려오는 파도와 장난질하면서 원숭이와 너구리가 팔딱거리는 작은 물고기를 잡고 있다.

이 해변에서 왕용은 보조 요리사 5명과 뱃사람 10명의 도움으로 나흘 걸려 야외연회를 준비했다. 7~8명이 앉을 수 있는 커다란 원탁 4개, 그 주위에 높이 30cm 정도의 두꺼운 나무의자를 마련했다. 5

개의 커다란 철 냄비를 동시에 지필 수 있는 돌로 만든 아궁이도 완성되었다. 원탁은 마을에 사는 목수가, 아궁이는 석공이 만들어 주었다.

식재료 조달은 카슨도와 시이나가 후쿠야마번의 음식대접 봉행으로부터 왕용이 필요하다고 요구한 모든 것을 입수할 수 있었다.

'시이나상さん, 비둘기를 데리고 왔다고 들었다해.'

왕용의 의도를 간파한 시이나는 언짢아하면서,

'왕씨, 그것은 먹는 것이 아닙니다. 통신수단이에요.'

식재와 물을 운반하는 작은 배 몇 척이 차례로 도착한다.

아침 일찍, 5개의 아궁이에 불을 지폈다. 섬의 반대쪽, 다노우라田ノ浦 근처에서 몇 줄기의 연기가 올라가는 것을 보고 도모노우라에 사는 사람들은 도대체 무슨 일일까 궁금해하며 가던 길을 멈춰 섰다.

서쪽으로 해가 기울기 시작하자 작은 배를 나눠 타고 초대받은 손님들이 속속 섬으로 들어왔다. 조선측에서는 조태억 등 삼사 ―치질로 고생하는 이현은 결석―, 상상관, 서기. 상석역관, 군관사령과 부사령 십수 명, 일본측에서는 아메노모리, 마쓰우라 카쇼, 후쿠야마번의 음식담당 봉행, 활조活鳥와 활어活漁봉행, 가네코 대장, 카슨도, 시이나 등 십수 명, 모두 합쳐 약 30명 가까이 되는 손님들이 4개의 원탁에 둘러앉았다. 서쪽하늘에는 붉은 태양이, 동쪽 하늘에는 은색을 띤 둥근 달이 떠 있었다.

손님들은 세차게 피어오르는 아궁이 화염 속에서 냄비와 국자를 탕탕거리면서 신명나게 음식을 만들고 있는 왕용의 몸짓에 감탄하며, 도대체 어떤 음식이 나올 것인가, 기대에 차 가슴이 설레었다. 그러나 희희낙락거리며 열심히 음식을 만들고 있는 왕용이지만 끊임없이 선착장 쪽으로 시선을 던진다. 좌석에 앉아있는 카슨도 의자에서 자주 일어나 선착장 쪽을 주시한다. 주빈과 함께 대접 받기로 한 용한과 태운이가 보이지 않는다.

용한과 태운이는 압물관 박수실이 선취도로 가는 배에 타지 못하게 했다. 박수실 자신이 만한전석에 초대되지 않은 분풀이 때문이다.

태양이 인노시마因島 섬 뒤로 넘어가자 해변에 설치된 10기의 화톳불을 피우는 쇠 바구니에 일제히 불을 지폈다. 왕용이 설명한다.

'높으신 양반님들, 선취도에 오신 걸 환영한다해. 이름처럼 술에 취한 신선과 같은 섬, 외람되지만 나는 지금 이 섬의 왕이 된 것 같다해. 기분이 아주 좋다해.'

'그도 그렇다. 이름까지 왕이잖아.'

홍순명이 농으로 얼버무렸다.

'황송하다해. 그러면 오늘 밤 대접할 요리는 나, 왕용이 독창적으로 만든 음식이라는 것을 말씀드린다해. 이제부터 등장하는 32품 모두가 내가 연구한 것이다해. 만한전석이라고 명명한 것도 왕용이 붙인 것이다해. 기억해두시길 바란다해.'

'서두는 여기까지 해둡시다. 아직 식탁에는 한 접시도 나오지 않았습니다.'

홍순명은 괴로운 심정을 피력했다.

'죄송하다해. 채명단菜名単(메뉴판)은 내가 썼다해.'

채명단을 화톳불 불빛에 비추어 본 조태억이,

'와, 이건 의외다. 왕용은 명필이네.'

'나는 중국인이다해. 글씨는 한가닥 하는 편인지라, ……그러면!'

등 뒤의 아궁이쪽을 향해서 팔을 높이 흔들어 신호를 보낸다. 5명의 요리사들이 모락모락 피어오르는 김과 맛있는 냄새를 풍기는 큰 접시를 차례로 식탁에 차려놓는다.

술은 막걸리, 보명주, 청주를 병째로 준비했다.

전채요리는 암저설醃豬舌(소금에 절인 돼지 혀) ―아카마가세키에서 집돼지가 제공되었을 때, 왕용이 돼지의 혀를 입수하여 거기에 소금을 듬뿍 쳐두었다가 산초와 허브와 회향茴香과 같은 향신료에 잘게 썬 흰 파를 혼합하여 담아두었다―, 피단(오리알을 삭힌 음식), 유리폐(숫사슴의 폐를 유리처럼 만든 것)―입으로 핏물을 잘 빨아내고 냉수에 담가두었다가 또 빨아내고 예쁜 꽈리모양처럼 될 때까지 완전히 빨아내어 살구, 과즙, 생강즙, 식초, 꿀, 박하, 막걸리, 채종류를 혼합시켜 찌꺼기를 3번 거른 것을 폐에 채워서 찌고 차갑게 하여 썰어서 놓은 것―, 수정회(생선을 조려 굳혀서 만든 회무침)―돼지 껍데기에 기름기를 제거하고 깨끗이 씻는다……, 잉어 회무침 등등의 요리가 커다란 접시에 듬뿍 담겨 있다.

전채 다음은 연상소어자어사건筵上燒魚煮魚事件(각종 생선구이와 생선조림)―도미, 넙치, 날치, 가자미, 대하, 꽁치, 성대, 쏨뱅이……등에 향신료를 듬뿍 쳐서 통째로 조리한 구이와 조림 ―.

다음은 단어갱團魚羹(생선과 야채를 푹 익혀 만든 국), 계속해서 연상소육사건筵上燒肉事件(연회용 각종 불고기)―양의 장딴지, 사슴의 장딴지, 꿩의 다리죽지, 메추라기 통구이―.

입가심으로 구운 찹쌀떡과 나무열매를 넣은 춘권이 나온다. 계속해서 여진족(청)이 즐겨 먹는다는 유명한 요리 몇 종류가 등장하기 시작한다.

우선, 탑불자압자塔不剌鴨(오리 된장조림), 야치철손野雉撤孫(꿩 고기 다진 것), ……한도 끝도 없이 계속 나온다.

인사할 때 말한 그대로다. 왕용의 요리가 독창적이다. 하지만 그는 한족과 여진족의 전통요리를 연구해온 지식과 기술로 정성을 다하여 실력을 발휘하고 있다. 지금 차려진 선취도의 요리는 모두 남송시대 임홍林洪의《산가청공山家淸供》과 원나라의《거가필용사류전집居家必用事類全集》을 읽으면 그 발상의 원점을 확인할 수 있다.

초대받은 손님들은 연이어 나오는 왕용의 요리에 둘이 먹다가 한 사람이 죽어도 모를 만큼 눈과 코, 혀로 만한전석을 마음껏 즐기고 있다.

그러나 마냥 즐거울 수 없는 인물이 두 사람 있었다.

……왜 용한이와 태운이는 오지 않았을까? 원래 왕용이 만한전석을 마련한 이유 중에 하나가 용한이와 카슨도에게 은혜를 갚기 위함이었 잖은가.

카슨도와 왕용은 용한이가 마음에 걸려 계속 기다리고 있지만 모습 이 보이지 않는다. 〈잊지 않고 꼭 갈게〉라고 약속했건만…….

카슨도는 류성일의 존재도 신경 쓰인다. 류성일은 정사와 아메노모 리가 앉아 있는 식탁과는 멀리 떨어져 있어 대화도 시선도 마주칠 일 은 없다. 서로 모르는 얼굴로 지내면서도 항상 그 존재를 강하게 의식 하고 있다. ……요놈, 어디에서 결말을 볼 것인가? 이것이 항상 두 사 람의 뇌리를 스치는 문제다.

'광대들은 역시 사양했나. 오지 않는군요.'

아메노모리 호슈가 말했다. 그 때 등 뒤의 동백나무 숲에서 꽹가리, 징, 장구, 피리, 나팔소리의 활기찬 연주가 들린다. 횃불을 들고 10명 정도의 남자들이 뛰어나왔다. 모두 탈을 쓰고 있다. 연주자들도 등장 한다. 그들은 괴기하게 과장된 짙은 화장을 하고 있었다.

'광대다!'

조선인들은 저마다 소리 지르며 의자에서 일어났다.

추남, 추녀, 원숭이, 호랑이 모양의 탈을 쓴 광대들은 손에 들고 있던 횃불을 모래사장에 세워두고 악대의 연주에 맞춰 횃불 둘레를 돌며 춤을 추기 시작한다.

용한이와 태운이가 저 무리에 있을지도 모른다는 생각이 들어 카슨도는 눈여겨 보고 있다. 하지만 움직임이 큰데다가 횃불이 바람에 흔들려 좀처럼 정체를 파악하기 힘들다.

'지금 추고 있는 춤은 살풀이춤이라고 하는 액막이춤입니다.'

조태억이 아메노모리와 일본인들에게 설명한다.

'사람에게 붙은 나쁜 기운이나 악귀를 위로하고 진정시켜 나쁜 짓을 못하게 하는 것입니다.'

느린 리듬을 타는 일련의 우아한 동작이 끝나자 갑자기 곡이 바뀌며 터질 듯이 빠른 동작으로 옮겨간다. 몸 안에 가둬두고 있었던 악귀를 쫓아내려는 격정적인 몸짓이다.

이윽고 춤추는 원이 연회석 쪽으로 다가 온다. 손님들을 에워싸고 춤을 추면서 빙글빙글 돈다. 탈 아래에서 우물거리는 노래 소리가 새어나온다.

호화로운 왕용의 요리와 술, 어둠 속에서 너울너울 춤추는 불꽃과 가면무용이 혼연일체가 되어 사람들을 몽환적인 세계로 끌어들인다. 카슨도는 자신의 몸, 저 아래에서부터 치솟아 오르는 원시적인 희열에 빠져 시간 가는 줄 몰랐다.

갑자기 붉은 원숭이탈을 쓴 무용수가 카슨도의 주위를 끈다. 질질 끌리는 치마를 입고 손에 낀 하얗고 긴 천을 능숙하게 다루며 춤을 춘다. 팔에서 천을 연결하는 선의 움직임이 황홀할 정도로 아름답다.

하얀 천이 갑자기 크고 빠르게 물결치기 시작하더니 어느새 카슨도의 바로 등 뒤까지 와서 동작을 멈춘다.

'카슨도! 저예요.'

용한이 목소리다. 카슨도가 뒤돌아보자, 벌써 멀리 가버리고 없다.

이내 음악소리가 약해지며 모래에 세워 둔 횃불도 꺼져가려고 한다. 둥근 원이 풀어지더니 악대를 선두로 모두가 동백나무 어두운 숲속으로 사라져 보이지 않게 되었다. 음악이 멈추자 들리는 것은 오직 파도소리 뿐. 그러나 카슨도의 귀에는 아직 피리와 나팔소리, 그리고 용한이의 속삭임이 귓가에 맴돈다.

용한이와 광대들은 예고 없이 나타나서 왕용의 만한전석을 한바탕 떠들썩하니 즐겁게 흥을 돋구어주고 다시 홀연히 사라졌다.

이 시점에서 왕용의 요리는 28품을 세고 있었다.

만한전석. 남은 것은 후식 4품, 먼저 광한요廣寒糕(금목서 꽃을 전 과자). 모두들 왕용의 설명을 경청한다.

'광한은 달이 있는 궁궐 이름이다해, 그 궁궐에는 커다란 계수나무가 서 있다고 한다해. 광한, 달 안의 계수나무를 가리킨다해. 계수나무, 즉 목서木犀로. 목서의 꽃을 따서 그 꽃받침을 제거한 후 감초에 담가두어 표백한 후에 일단 말려서 쌀가루에 듬뿍 넣고 꿀을 첨가하여 반죽해 찐 것이다해.

우리 중국은 과거시험이 있는 해에 수험생들 모두 광한요를 만들어 먹고 선물로 주고받는다해. 과거에 합격하는 것을《절계折桂(계수나무를 꺾는다》또는《절월계折月桂(달의 계수나무를 꺽는다)》라고도 한다해. 좋은 전조를 뜻하는 찐 과자다해.'

'자, 먹어봅시다. 나는 지금까지도 과거시험 치르는 꿈을 꾼답니다.'

홍순명이 광한요를 입 안 가득히 넣으며 말했다.

'맨 마지막 구두시문에 두목杜牧의 시 뒷부분이 생각나지 않아서 머릿속이 새하얗게 되고 온 몸에서 땀이 폭포수처럼 흘러 죽을 뻔 했던 기억이 납니다.'

조태억과 임수간도 과거시험에 얽힌 악몽같은 경험을 쏟아냈다.

그러나 목서 꽃향기와 절묘한 쌀가루 반죽비율, 찌는 시간에 따라 혀에서 느껴지는 색다른 기쁨으로 음울한 과거시험의 악몽도 어디론가 사라졌다.

계속해서 소밀병酥蜜餠, 새우전병, 그리고 맨 마지막에 나온 것이 찐 참외.

왕용은 류성일이 농가에서 받아 온 참외를 한 입 먹어보더니 무릎을 쳤다. 이것은 좀처럼 찾아 볼 수 없는 기막힌 오이라고 판단하여 만한전석의 마지막 후식이 되었다.

오이 껍질을 벗기고 심을 도려내어, 매실 장아찌와 감초를 넣은 뜨거운 물에 살짝 데치고, 꿀을 묻힌 잣과 올리브를 채워 찜통에 넣고 3시간 동안 푹 쪄냈다.

왕용이 만든 전대미문의 만한전석은 도모노우라 농가의 오이, 그것도 닭도둑에 얽힌 참외로 막을 내렸다.

찐 참외 요리를 마지막으로 연회음식 〈만한전석〉이 끝이 났다. 4개의 연회석에서 큰 박수가 터져 나왔다. 마침 보름달은 중천에 떠 있었다.

1711년(숙종 37) 모월 중순의 밤. 선취도에서 개최된 요리사 왕용의 만한전석과 여흥으로 더해진 광대 가면무용은 참가자 전원의 뇌리에 평생 동안 잊을 수 없는 기억으로 각인됐다.

용한이와 카슨도

떠들썩하게 여흥을 즐기고 있는 선취도에서 수많은 통신사 선단 사이를 누비며 한 척의 작은 배가 접근해온다.

카슨도가 선미에서 열심히 노를 젓고, 왕용은 제등을 들고 뱃머리에 서 있다. 선미와 뱃머리 사이에는 왕용이 만든 요리가 산더미처럼 쌓여있다. 뱃머리를 바싹 대자마자 큰 소리로 왕용이 이름을 부른다.

'용한~'

배 안이 일순간 조용해졌다.

태운이 나타났다.

'왕씨 아닙니까. 무슨 일이십니까?'

왕용 뒤에서 카슨도가,

'태운! 멋진 춤이었어.'

'카슨도! 이렇게 늦게, 도대체 무슨 바람이 분거야?'

'왕 요리사가 만든 만한전석을 배달하러 왔지.'

태운이 서둘러 갑판에서 사라지는가 싶더니 곧바로 용한이가 뛰어나온다.

선박여행 중 광대들은 원칙적으로 육상 숙박이 허락되지 않고 상륙은 공연할 때만 허락된다. 그리고 공연이 끝나면 바로 배로 돌아와야 한다. 그 후는 압물관 박수실의 재량 하나뿐이다.

그날 밤, 용한이와 태운은 미리 현지의 뱃사람을 만나 손짓 발짓으로 교섭하여 작은 배를 빌리기로 하고, 박수실에게 선취도에 갈 수 있도록 허락해 달라고 청했으나 일언지하 거절당했다. 둘은 체념하지 않고 작은 배로 출발하려고 했지만 박수실은 뱃 사람들에게 지시하여 배에서 끌어내렸다. 용한이의 화는 가라앉지 않았다.

밤이 깊어지자, 동료들을 모아 탈을 쓰고 부두에 있는 박수실 숙사를 습격하여, 급소찌르기로 한방에 기절시킨 후 재갈을 물리고 꽁꽁 묶어 작은 배에 내던져 두었다. 선취도에서 노래하고 춤추며 연회를 마치고 다시 배로 돌아온 두 사람은 의식이 돌아온 박수실을 다시 한 번 더 가격하여 그의 방에 옮겨 놓았다.

다음 날, 박수실은 임수간에게 호소했지만 임수간은 꿈이라도 꾼 걸게야, 그저 웃을 뿐 들어주지 않았다.

광대들도 만한전석의 맛에 흠뻑 빠졌다. 한 접시 한 접시마다 고급스럽게 담아낸 맛있는 음식들은 이 세상 것이라고 생각할 수 없을 정도로 맛있었다. 광대들도 중화요리를 먹어본 것은 처음이다. 너무 맛있어서 혀가 이상하게 될 정도라고 광대 한 사람이 말하자 다른 광대가 둘이 먹다가 하나가 죽어도 모르겠다는 둥, 이런 음식을 먹으면 염세적으로 될 것 같다는 둥 저마다 한 마디씩 쏟아냈다.

20품으로 선취도보다 종류는 적었지만, 만한전석인 것은 여전했다.

그 중에 1품은 선취도에서는 제공되지 않았던 음식으로 광대들이 최고로 좋아한 요리였다. 왕용의 창작품이다. 그의 설명을 들어보자.

'돼지 넓적다리 고기와 지방이 고루 섞여 있는 부분을 얇게 저며서 감자녹말을 묻혀 기름에 튀긴다해. 따로 오이, 당근, 말린 표고버섯, 마늘, 파, 껍질 벗긴 여름밀감을 살짝 더운물에 데친 후, 철 냄비에서 참기름과 감식초에 소금을 첨가하여 열을 가한다해. 감자녹말로 약간 걸쭉하게 하여 적당한 상태를 보고서 미리 기름에 튀겨 놓은 돼지고

기를 섞어 볶아낸 다음, 맨 나중에 라오주老酒를 한 방울 떨어뜨리고, 네~ 완성이다해! 이름하여 탕수육.'

광대들의 박수갈채 속에서 용한이가 눈짓으로 카슨도를 유인하여 갑판으로 나왔다.

뱃머리에 걸터앉는다. 별은 떠 있지만 달은 어디에 있는지 알 수 없다. 눈앞의 바다를 선취도의 검은 그림자가 덮고 있다. 발아래 바다는 배의 불빛을 비추고 있다. 때때로 작은 물고기 그림자가 보인다.

용한이가 몸을 밀착시켜온다. 카슨도는 쓴웃음을 짓고 허리를 살짝 피한다.

'……고마워요, 카슨도. 기뻤어요. 그러나 이렇게 허물없이 지내면 안되는 거죠? 카슨도는 일본에서 지위가 높은 사무라이. 나는 조선에서는 사람도 아닌 광대……'

'말로 표현할 수 없을 만큼 이 순간이 너무 좋아요. 앞으로 이런 기회는 두 번 다시 오지 않을 거라는 기분이 들어요. ……달은 어디에 있나요?'

카슨도가 시선을 돌려 찾아보니 두 사람 바로 뒤, 산 끄트머리에 걸려 있다.

그러나 용한이는 달이 어디에 있든지 알 바 아니다. 카슨도에게 매우 급하게 알리고 싶은 것, 묻고 싶은 것이 있었다. 그 순간을 만들고 싶었다.

용한이는 통신사들 사이에 돌고 있는 소문을 우연히 들었기 때문이다. 소문이란, 류성일이 전례를 깨고 비변사국에서 군사령관으로 파견된 배경에는 사절단의 경호와는 다른, 별도의 목적이 있다. 통신사와 함께 동행하는 쓰시마번의 조선방 안에 수년 전부터 왜관을 본거지로 밀정활동을 하는 자가 있는 것 같다. 그 자는 막부 지령으로 활동하고 있다고 한다. 닭도둑 사건으로 류성일은 부하인 정군관의 손가락을 잘라내어 모두를 공포에 몰아넣었지만, 이는 즉흥적인 장난에 불과하다. 류성일은 밀정을 색출해야 하는 극비 임무를 띠고 있으며, 이미 누구인지 점찍어두고 있고 지금부터는 증거포착만 남아 있다고……

──모르긴 몰라도 일본은 다시 조선을 침략할 야망을 갖고 있다고 한다. 밀정은 그 때문에 일하고 있다. 미개인인 주제에……

일본은 원래 문자라는 것이 없었다. 백제왕이 이를 가엾게 여겨 왕인박사와 아직기를 보내 문자를 가르쳐주었다. 그 가르침으로 긴 세월 끝에 드디어 읽고 쓰기가 가능하게 되었다. 배은망덕한 놈은 도요토미 히데요시라고 생각하지만 지금 또 다시……통신사 사이에서 은밀하게 돌고 있는 이야기다.

작고 낮은 소리로 중얼거리듯이 말을 마치자 용한이는 잠시 카슨도의 옆얼굴을 바라보았다.

카슨도는 몇 개의 불빛이 뒤섞여 하나로 융화되는 바닷물을 지그시 바라볼 뿐이다.

……그런가, 통신사들이 그런 일을 화제로 삼고 있다니.

용한이의 떨리는 목소리가 그를 침묵 속으로 밀어 넣고 있었다.

'내가 알고 있는 바로는 일본인 중에 카슨도만큼 조선어에 뛰어난 사람은 없어요. 저 단양 교외의 밤나무 숲에서 쓰러졌던 것은 어쩌면……, 날카롭게 베인 어깨 상처……'

용한이는 카슨도의 왼쪽 어깨를 살짝 건드린다.

'이 상처는 잊을 수가 없어요.'

카슨도는 꼼짝도 하지 않는다. 화살과 같은 날카로운 시선은 멀리 어둠을 향해 쏘아보고 있었다.

'카슨도, 당신은 도대체 어떤 사람이예요?'

뒤돌아본 카슨도는 용한이가 깜박이는 긴 눈썹에 눈물이 밤이슬처럼 반짝이고 있는 것을 희미한 불빛 속에서 볼 수 있었다.

용한이는 배 가장자리에 떨어진 따개비 조각을 주워 멀리 던졌다. 따개비 조각이 그리는 포물선은 보였지만 떨어지는 소리는 주위의 소란에 뒤섞여 들리지 않는다.

'무슨 일을 꾸미고 있어요?'

용한이는 물었다.

'나는 어디에서 태어났는지도, 부모가 누구인지도 몰라요. 철이 들었을 때는 이미 양주가면극 놀이패에 있었고 줄타기를 연습하고 있었어요. 함께 자란 어릴 적 소꿉친구들이 몇 명 있었지만 대장이 어딘가에 팔아 버려서 어느 날 갑자기 없어졌어요. 풍문으로 들었는데 그 중에 한 명이 일본으로 건너갔다고 들었어요. 광대라는 말을 일본어로 쿠구쓰라고 한다네요.'

〈쿠구쓰〉란 〈傀儡子(꼭두각시)〉라고 표기하고 끈을 연결하여 조종하는 인형, 혹은 그것을 조종하는 예능인을 가리킨다.

카슨도는 오에노 마사후사大江匡房가 저술한 《쿠구쓰키傀儡子記》에 일본 꼭두각시는 조선의 유랑예인집단, 광대와 사당패가 원류라고 기록되어 있는 것을 기억해냈다.

용한이는 소꿉놀이 친구의 운명을 생각해서일까 촉촉한 눈으로 산 끄트머리에 떠 있는 달을 올려다보며 몸을 비튼 채로 더욱 강하게 카슨도에게 밀착시킨다.

……묘하게 되어버렸군, 카슨도가 생각한다. 용한이는 두 번이나 나의 생명을 구해주었다. 처음은 〈은길〉에서, 두 번째는 거친 바다에서. 그런데 세 번째는 과연?

'카슨도 결혼했어요?'

용한이가 장난스러운 눈짓으로 카슨도의 얼굴을 들여다본다.

'이 여행이 끝나면 결혼식을 올릴 작정이야.'

'어디에서? 쓰시마?'

'응. 그 후 다시 왜관으로 돌아갈지 어떨지는 아직 몰라.'

'여행이 끝난 뒤……. 그러나 나는 이번 여행은 끝나지 않을 것 같아요. 이유는 잘 모르겠지만.'

배 안에서 태운이가 두 사람을 부른다.

'돌아갑시다.'

'아, 나도 이제 돌아가지 않으면 안돼.'

카슨도도 일어섰다.

천하의 부엌 오사카

나니와에浪華江, 즉 요도가와淀川강 하구, 구죠九条의 항구에는 오사카 마치부교쇼大阪町奉行所에서 보내온 호화로운 12척의 고자부네御座船가 한곳에 모여 통신사 선단을 마중했다.

바다를 건너 온 조선 선박과 쓰시마번의 영호선, 지금까지 접대한 여러 다이묘의 수행선은 모두 홀수(배가 물 속에 잠기는 깊이)가 깊어, 강을 거슬러 올라가기에는 부적합하다. 여기부터는 강을 이용해야 하기 때문에 하천용 배인 평저선平底船으로 갈아탄다.

선박의 일제검사가 실시되었다. 하천용 평저선인 가와고자부네 12

척은 그 때문에 준비되었다. 공의선公儀船(막부 어용선) 4척과 오사카에 큰 창고蔵屋敷*를 소유한 다이묘들인 하치스카蜂須賀, 모리毛利, 아사노淺野, 호소카와細川 가문에서 보낸 8척은 제각각 번의 위신을 자랑하기 위해서 호화스럽게 건조한 것으로 배의 길이는 30m, 너비 6.6m의 대형선박들이다.

구죠 항구에는 이 멋지고 호화로운 선박의 일제검사를 보려고 수만 명이나 되는 군중이 밀려들었다. 100척이 넘는 유료 유람선이 통신사 선단 주위를 배회하고 있다.

선박 일제검사는 4일 간 지속됐다.

국서를 받들고 있는 제술관 이현이 막부의 가와고자부네에 승선하여 선두로 나선다. 정사, 부사, 종사관, 소 요시미치 등 여러 다이묘가 탄 선박, 매선, 마선, 인삼선 등이 계속 이어서 출발했다. 박수실과 왕용, 조리사들, 곡예사, 광대, 악대원, 일본측 수행원들은 모두 크고 작은 평저선으로 갈아탔다.

여기부터 육지로 가는 여정이다. 뱃 사람 100여 명은 부서진 배 수리를 위해 통신사 본대가 에도에서 돌아올 때까지 구죠항에 정박해두기로 했다.

악대원들은 각각의 악기에 장단맞춰 연주하고, 광대들은 강 양안에 모여든 구경꾼들을 즐겁게 해주기 위해 이물(배의 가장 앞부분)에 매달리거나 지붕에 올라가서 춤을 추고 노래를 부르면서 온갖 재롱들을 선보이며 애교를 떤다.

'어때? 용한아, 바다를 떠나 강으로 들어 오니간 기분이 새롭지?'

---

* 각 번의 번주가 오사카에 설치한 창고 딸린 저택으로 쌀과 생산물 등을 저장하였다.

지붕에 한가로이 엎드려 있던 태운이 말을 건넨다.

'이 신선한 공기 어때? 강둑 풀숲에서 불어오는 산들바람, 잔잔한 물 결을 일으키며 불어오는 이 포근한 바람은 어때? 바닷바람과는 사뭇 다르지!'

그러나 용한이는 건성으로 끄덕일 뿐, 경사진 지붕에서 균형을 잡 고 서서 앞서 가는 두 척의 배를 살피고 있다. 좌측 앞에 있는 배 갑판 에는 검정 군복을 입은 류성일이 부하들에게 무엇인가 지시를 하면서 선두와 선미 사이를 분주히 돌아다닌다.

류성일이 탄 배의 우측, 조금 뒤에 쓰시마번의 경호대 배가 뒤따른 다. 좌측 뱃전 갑판에서 카슨도와 시이나가 비둘기장을 사이에 두고 대화를 나누고 있다.

류성일이 호주머니에서 무엇인가 검고 긴 통 같은 것을 꺼내더니 오른쪽 눈에 대고 주위를 둘러본다. 순간적으로 반짝하고 빛이 난다.

'망원경이다.'

용한이는 중얼거린다. 먼 곳을 잘 보는 내 눈이 저런 것에 질쏘냐.

류성일은 망원경을 카슨도가 탄 배에 고정시킨 채 뭔가를 주시하고 있다. 용한이는 즉시 류성일이 보고 있는 것이 무엇인지 알았다. 비둘 기장이다.

……에도까지 비둘기를 데리고 가는 것은 왜일까. 매 먹이로 쓸 작 정인가? 어, 아직 류성일은 비둘기장에 망원경을 고정시키고 그대로 있네. 그리고 카슨도와 친구는 꽤 신중하게 얘기하고 있는 걸.

배는 본류를 벗어나 완만한 곡선을 따라 우측 지류로 들어간다. 오 가와大川강이다.

용한은 자신들이 이미 오사카 도시 한복판에 있다는 것을 알았다.

오사카라는 도시는 요도가와 강물을 정교하게 끌어들여 운하를 만들고, 그 운하는 사통팔달하다. 일단 배를 타면 이 거대한 도시 구석구석까지 막힘없이 순회할 수 있었다.

조선통신사 선단이 진행해가는 오가와강 양안과 다리 위에는 극장의 관람석과 같이 양탄자를 깔아 놓고 금색 병풍까지 세우고 의복을 정갈하게 차려 입은 남녀가 마치 연극 구경이라도 하듯이 앉아 있었다. 그들은 눈부시게 아름답고 성대한 이국의 수상행렬을 하나라도 놓칠세라 눈을 부릅뜨고 지켜보고 있었다.

'이야, 정말 큰 도시다! 기와지붕이 끊임없이 이어져 있는 이런 곳은 세상에 처음 본다!'

마상재 기수인 강진명이 태운이에게 말을 건넨다.

'그딴 것에 관심 갖지 말고 여자들을 봐봐. 어쩌면 저렇게 예쁠까. 오사카는 미인천국인가봐.'

태운은 신바람이 나서 좌우 강변을 두리번거리며 탄성을 지르고 있다.

'모두 호화찬란한 기모노를 입고 윤기가 흐르는 아름다운 검은 머리에 대모갑으로 만든 머리장식을 하고 있다! 저 가느다란 허리를 좀 봐, 이것 참 견뎌낼 재간이 없네. 이 나라가 정말로 예전에 우리나라를 침략했던 적이 있었을까 싶어.'

용한이는 태운이의 말을 듣고 강 양안을 둘러보았다. 용한이의 멀리 보는 시력은 태운의 두 배 정도 된다. 금세 태운 이상의 성과를 올린다.

'여자보다 남자 쪽이 더 잘 차려입고 요염하게 보여! 저기, 저 젊은 남자를 좀 봐!'

그때 박수실이 탄 배가 접근해 왔다. 배 중간 부분이 둥~ 하고 부딪친다.

'용한아, 나는 김군수의 부탁으로 너에게 남장을 하게 하여 사절단에 넣어줬는데 너는 내 은혜도 모르고! 그런데 너는 알고 있느냐? 이 나라는 남색이 만연한 나라라는 걸. 하여간 영주님부터 학자, 상인, 애송이 때때중까지 모두 그런 나쁜 풍습에 물들어 있단다. 이것을 슈도衆道라고 하지. 특히 교토, 오사카, 에도에서는 남색이 한창 유행이래. 가부키라는 여장남자가 하는 연극도 큰 인기라더라. 어때? 용한아, 내가 하나 팔아줄까? 너를 하룻밤 사고 싶어 하는 대신들도 많이 있는데 어떠냐?'

'흥, 주는 것 없이 참으로 미운 놈이군, 너는 상종 못할 비열한 놈이다!'

'음, 내가 좀 그렇기는 하지.'

용한이는 속시원하게 한 방 먹이고 지붕에서 뛰어내려와 선실 안으로 들어갔다.

오가와강은 서쪽 방향으로 돌아서 이윽고 도지마가와堂島川강과 도사보리가와土佐屈川강으로 나뉜다. 통신사 일행이 탄 배는 도사보리가와강으로 들어간다.

덴진바시天神橋다리 부근에 상륙했다. 삼사와 상상관, 그리고 수행한 다이묘들은 커다란 가마를 타고, 나머지 사람들은 말이나 도보로 객관까지 행진을 개시한다.

예능단은 성대하게 음악을 연주하고, 춤추고 노래하며, 마상재를 선보이며 질서정연한 모습으로 행진해가지만, ……모두들 아직 파도 위에 있는 감각이 그대로 남아서인지 발걸음이 불안하기 짝이 없다.

도사보리도리土佐屈通, 기타하마北浜, 사카이스지堺筋, 도슈마치道修町와 오사카의 번화가를 휘황찬란한 통신사 행렬이 지나간다.

오사카 마치부교쇼는 연도에서 구경할 때 지켜야 할 13조항의 관청공고를 돌렸다. 내용은 이러하다. 큰 소리를 내면 안 된다. 남녀가 나란히 구경하면 안된다. 통신사 일행에게 접근하면 안된다. 색종이를 요구하면 안된다.…… 그러나 고지식하게 따르는 오사카 사람은 없었다.

'어서 오세요!'

상점가의 젊은 여자가 말에 탄 어떤 사람에게 말을 걸자,

'오세와니 나리마스お世話になります(신세 많이 지겠습니다).'

일본어로 답례해오자 놀라며,

'오! 너무 기뻐요. 대답도 해주시고, 감사합니다. 그러시는 김에 성함이라도 알려주세요.'

'박입니다. 인기를 한 몸에 받고 있는 박수실이라고 합니다.'

박수실은 일본어로 대답해준다.

뒤 쪽에서는, 용한이와 태운이 같은 광대무리에 이끌려 함께 춤을 추는 구경꾼들도 있다.

배를 타고 강을 따라 축제 분위기를 내면서 화려하게 행진했을 때에는 강 양쪽에서 사람들이 눈으로 배웅했지만, 육로에서는 가까이 와서 말 엉덩이를 만지거나, 함께 나란히 걸으면서 손짓 발짓으로, 또 종이와 붓으로 대화를 나누는 무리들도 있다. 행렬 좌우는 구경꾼이 어느새 2배, 3배로 불어나 인산인해를 이루었다. 큰 상점의 2층 창에는 이 날을 위해서 매달아 놓은 쿠스다마(박 터트리기 모양의 축하장식물 - 역주)가 터져 잘게 썬 종이가 반짝이면서 흩날리고 있다.

저녁 시각에 일행은 미도스지御堂筋 대로로 나가서 니시혼간지 쓰무라西本願寺津村 별원, 통칭 기타미도北御堂로 들어갔다.

해자와 석담으로 둘러싸인 거대한 경내에 크고 작은 건물이 즐비하다. 불당 지붕의 용마루와 대들보는 모두 황금색으로 칠해져 있었다.

삼사, 제술관, 상상관부터 광대에 이르기까지, 게다가 쓰시마, 후쿠오카, 쵸슈, 히로시마, 후쿠야마, 히메지姬路에서 온 수행원을 합쳐 1300명 남짓, 이곳에서 다함께 여장을 풀었다. 한성을 출발하여 이미 3개월 반이 경과하고 있었다.

다음 날, 접견을 위해 쇼군대리로 오사카조다이大阪城代* 도키 이요국土岐 伊予國의 태수가 기타미도의 객관을 방문했다. 이 때 예기치 않은 문제가 발생했다.

아라이 하쿠세키의 조선통신사 응접의례인 〈조선통신사 진현의주朝鮮信史進見儀注〉,〈조선통신사 사향의주朝鮮信史賜饗儀注〉,〈조선통신사 사현의주朝鮮信史辭見儀注〉는 구체적으로 자세하게 서술되어 있다. 그 의도하는 바는 크게 두 가지로 요약할 수 있다. 하나는 의례의 간소화(접대비용경감 등), 다른 하나는 적례화敵禮化(대등한 예법)이다.

대등한 의례로 이전의 국왕호칭을 회복하려는 것. 〈조선국왕〉에 대응하여 대군이 아니라 〈일본국왕〉으로 하자는 것이다. 이해하기 쉽다. 혹은 지금까지 조선통신사 방일을 〈내조來朝〉라고 해온 것을 〈내빙內聘〉으로 고친 것, 〈내조〉는 복속국의 사절에 대해 사용하지만 〈내빙〉은 어진사람賢人을 초대하는 것을 의미한다. 보다 동등한 관계라는 표현이다.

---

* 오사카성주 대리로 감찰업무 담당.

아라이 하쿠세키는 또, 조선측에도 대등한 예를 요구했다. 그 일이 기타미도에서 일어난 불미스런 일의 원인이 되었다.

종래, 통신사는 오사카조다이를 기타미도의 정문에서, 그러니깐 돌계단 위에서 맞이했던 것을 통신사가 계단 아래까지 내려와서 마중하도록 사전에 요청했다.

그러나 쓰시마번, 특히 조선방 좌역이며 진문관을 역임하고 있는 아메노모리로서는 이전의 국왕호칭 회복문제로 조선측을 대단히 번거롭게 해드렸다는 미안한 마음과 쓰시마에서 번주와의 삼사 회견문제에서 옥신각신했던 기억이 생생해 통신사에게 미리 보내야 할 통지를 보내지 못했다. 그러는 동안에 결국 오늘을 맞이하게 됐다.

쇼군대리인 오사카조다이인 도키 이요국의 태수 뒤에는 히가시 마치부교東町奉行와 니시 마치부교西町奉行가 따른다. 그들은 당연히 조선측이 계단 아래까지 내려와 있을 거라고 생각하고 있었기 때문에 꼼짝하지 않고 서 있다.

조선측은 일본측이 올라오기를 계단 위에서 기다리며 움직이지 않는다. 계단 아래서 맞이하는 것은 자기를 낮추는 행위라고 생각하고 있다. 국왕사절이 오사카조다이 같은 사람에게 낮추는 태도는 국격에 맞지 않기 때문이다.

시간은 자꾸 흘러 사태가 심상치 않다. 몹시 당황하여 어쩔 줄 몰라 허둥대고 있는 사람은 쓰시마번 중역들이다. 에도에서 통신사 봉행으로 마중 와서 번주 소 요시미치와 오사카에서 합류했던 쓰시마번의 에도가로인 히라타 사네카타는 작은 목소리로 아메노모리를 힐책했다.

'대단히 죄송합니다. 제가 조태억 정사님에게 말씀드려 보겠습니다.'

아메노모리는 조태억에게 갔다.

'정사님. 계단 아래까지 내려가서 오사카조다이를 맞이해 주시면 감사하겠습니다. 제발……'

'……우리들이 이 계단 위에서 기다리는 것이 전례가 아닙니까? 갑자기 변경됐다고 하시면 무례하기가 이만저만이 아닙니다. 우리들은 결코 내려갈 수 없습니다!'

온화한 성품의 조태억이 전에 없이 딱딱한 어조와 태도로 대답했다. 뒤에 서 있던 이현이 지당한 말씀이라는 생각에 고개를 끄덕인다.

아메노모리 옆에는 쓰시마와 이즈하라성에서 있었던 배알 때와 같이 카슨도가 통역담당으로 대기하고 있었다. 카슨도는 아메노모리와 조태억이 주고받는 대화를 귀담아 듣지 않고 있는 것 같다. 아까부터 가만히 계단만 바라보고 있다.

아메노모리는 스스로 야무지게 처리하지 못한 것을 후회하면서 고민에 빠져있다.

어째서 사전에 미리 계단의례 변경 건을 조선측에 전달하고 양해를 구하지 않았던가. 진문역으로서 책임이 막중하다. 그러나 아메노모리의 심중은 매우 복잡하다. 아라이 하쿠세키가 하자는 개혁의 중심에 대등한 예법이라는 방침은 그렇다손 치더라도 아라이의 대조선관은 이렇듯 생각하지 못한 대립을 초래할 가능성을 항시 내포하고 있었다. 국왕호칭 문제에서 시작하여 이미 조선측은 일본측 대응에 불신과 불만이 쌓여있고 해소되지 않은 채로 마음 저변에서 언쟁이 계속되고 있는 것은 의심할 여지가 없다.

아메노모리는 조태억을 설득하는 것이 어려울지도 모른다. 그러나 이러한 상황이 되고나면 개혁은 개혁이고, 오사카조다이가 독자의 판단으로 계단을 올라와 줄 것이라는 낙천적인 생각을 품고 있었다.

조태억에게 단호히 거절당한 아메노모리는 급히 계단을 내려가 오사카조다이를 설득해보려고 한다. 그렇지만 도키는 완고했다. 듣던 대로 외곬수다.

에도가로 히라타 사네카타도 내려와서 거들었다.

'이러시면 안됩니다. 이대로는 100년간의 친구, 도쿠가와 이에야스 님께서 이루어 놓으신 양국의 화목이 깨질지도 모릅니다.'

도키는 아무 말 없이 히라타와 아메노모리를 노려보며 절대 움직이려고 하지 않았다.

'조선측이 영영 내려오지 않는다면……'

히가시 마치부교인 구와야마 가이국桑山 甲斐國의 태수가 끼어들었다.

'우리 손으로 끌어내리면 어떻습니까. 경비하는 군관들이 방해하면 포박해버립시다.'

히라타와 아메노모리는 더 이상 도망칠 곳이 없는 지경이 되었다.

그 때, 계단 위에 있던 카슨도가 달려 내려와 상사인 두 사람에게,

'계단 층수는 23개 있습니다.'

카슨도는 도키와 마치부교 두 사람에게도 들리도록 큰 소리로 말했다. 아메노모리는 의아스럽게 카슨도를 돌아본다.

'외람되지만, 통신사 여러분에게도 지금 위치에서 11계단 내려오게 하겠습니다. 동시에 상사 분들도 그대로 11계단 올라가주십시오. 그러면 11계단 째에서 쌍방이 만나게 됩니다.

'기발한 생각을 해냈구나! 그거라면 대등한 예법에 필적할 만하다.'

도키가 수긍했다.

아메노모리가 카슨도와 함께 달려 올라가 조태억에게도 똑같은 설

명을 한다. 조태억은 곧 임수간, 이방언, 홍순명에게 의견을 물어 동의를 구했다.

'우리는 반대합니다. 근본적인 대책이 아닌 임시방편으로 내민 절충안일 뿐입니다. 내려가지 말아야 한다는 것은 변함이 없습니다.

입에 거품을 뿜으며 이현이 반대한다. 홍순명이 부드럽게 타이르는 어조로,

'제술관, 잘 생각해 보시지요. 우리들도 국왕의 심부름으로 여기 온 것이라면 오사카조다이도 일본국왕의 심부름으로 왔습니다. 아마 직위도 동등할 것입니다. 대등한 예법으로 꼭 해야 한다면 우리들이 11계단 내려가고 일본측이 11계단 올라온다는 것이 이치에 적합한 것이 아닙니까? 게다가 조선측이 한 계단 위에 서게 되는 것입니다.'

'아니요, 틀린 생각입니다. 원래 우리 조선과 왜국과는 동등한 관계가 아닙니다. 세계는 화이질서에 의해 성립되어 있습니다. 만약 이 질서를 무시한다면 세계는 붕괴해버릴 것 입니다. 중화에 가장 가까이 있는 나라는 우리 조선. 가장 멀리 있는 나라는……, 질서는 불을 보듯 분명하고 뻔합니다.'

'조용하시게, 제술관.'

조태억이 질책 섞인 목소리로 한마디 했다.

아메노모리는 홍순명과 이현이 주고받는 이야기를 듣고 있다가 이현이 주장하는 화이질서와 일본에 대한 조선의 우월성은 이해할 수 있었지만, 지금의 문제를 외교에 대입시켜 말하는 것은 결코 쌍방에 득이 될 것이 아무것도 없다고 생각했다.

갑자기 이현이 얼굴을 찡그리며 그 자리에 풀썩 웅크리고 앉았다.

삼사는 서로 눈짓을 한 후 이현을 남겨두고 계단을 내려가기 시작했다. 아래에 있던 오사카조다이도 계단에 발을 걸친다.

쌍방은 거의 동시에 11계단 째에 도달하여 서로 마주보고 서 있다. 읍양揖讓, 즉 양손을 가슴 앞에 모으고 인사를 나눈다.

'통신사 일행이 무사히 오사카에 도착하신 것을 축하드립니다. 이번 여행은 먼 길······'

도키 이요국의 태수가 정중한 환영의 변을 늘어놓았다. 조태억은 정중하게 의례적인 인사로 응했다.

엇! 도키가 시선을 올려 층계 위에 웅크리고 있는 이현을 가리켰다.

'저 분은 어떻게 된 겁니까?'

도키가 물었다.

'죄송합니다. 우리 일행의 제술관 이현입니다. 지금 병을 얻어 계단을 내려오는 것이 곤란합니다.

'그렇습니까? 빨리 회복하셔야 할 텐데, 오사카에도 좋은 의원이 있습니다. 조속히 준비해 올리겠습니다. 그런데 어떤 질환을 앓고 계신가요?'

조태억은 조금 주저하며 우물쭈물하다가 당장이라도 터지려는 웃음을 억지로 참으며,

'치질······입니다.'

'네, 그렇군요. 그것은······, 생명에는 지장은 없습니다. 그저 조리를 잘.'

도키가 말했다.

이현의 치질 덕분에 담박에 조일 양국 간에 허물없는 분위기가 형성되었다.

그 날밤, 기타미도 대찬청(연회장)에서 오사카조다이가 주최하는 향연이 열렸다. 이 연회에는 오사카에 대형 창고를 가지고 있는 80개번의 다이묘 또는 그 대리인, 역시 모든 물자가 모인다는 오사카답게 고노이케鴻池와 가지마야加島屋라는 거상, 그리고 문인들도 많이 초대되어 이쪽저쪽에서 필담에 의한 교류의 장이 열렸다. 한자문명권에 속하는 행운을 서로 나누었다.

조다이가 이현에게 에비스도惠比寿堂라는 약품회사의 치질 특효약 〈후시기고不思議膏〉를 100봉 선사했다.

이현의 일기

이현의 일기에는 이렇게 기록되어 있다.

'밤, 대찬청에서 향연. 문인 여러 명과 필담을 나누다. 오사카에서 유행하는 꼭두각시 인형극 작가라든가 주로 신쥬극心中劇 이야기를 했다. 나는 줄거리 등을 질문. 내용과 의도는 분명하지 않음. 남녀가 사랑을 성취하기 위해 동반자살을 한다는 어떠한 사태를 이야기 하는 모양인데 매우 이해하기 힘듦. 제공된 요리, 기록할 만한 것은 아무것도 없음.

부기. 오사카조다이에게 선물로 받은 〈후시기고〉의 약효는 가히 놀랄 만함. 통증이 호전되었음. 너무나 상쾌하니 좋음.'

다음날 아침, 오사카에서 조선통신사 마중이라는 임무를 마친 쓰시마번 에도가로 히라타 사네카타는 서둘러 에도로 돌아갔다.

며칠 뒤, 카슨도의 방에 홍순명이 찾아왔다. 카슨도는 홍순명이 기어코 〈은길〉에 관한 사항을 캐물어 보려고 온 것인가 의심스런 생각이 들었다. 녹차를 대접하기 위해서 뜨거운 물을 부으려다가 바닥에 흘려버렸다.

'자네에게 이것을 선사하려고……'

홍순명이 보따리를 풀었다. 카슨도는 무엇일까 궁금해하며 숨을 죽이고 기다린다. 꺼낸 것은 한 권의 책이다. 표지를 보고 카슨도는 '휴우~' 하고 가슴을 쓸어내리는 동시에 춤이라도 출것 같이 기쁜 얼굴을 지어보였다.

명대 말, 문인 정치가인 장대의 《도암몽회》. 카슨도가 〈은길〉을 이용해 갔었던 단양에서 홍순명 종사관의 사랑방 책상 위에 펼쳐 있던 책이다. 이것을 발견하고 얼마나 가슴이 설레었던가.

홍순명은 미소를 띄우며,

'자네가 읽고 있었던 곳이 분명히 이쯤이었을 텐데……'

두껍게 철한 책의 중간 정도를 펼쳐서 몇 페이지를 넘기더니 손가락으로 가볍게 누르고 소리내어 읽는다.

'개원은 물에 의해 정원 전체가 잘 정비되어 있다. 게다가 물을 충분히 활용하고 있으면서도 교묘하게 잘 배치되어 언뜻 보면 물은 하나도 없는 것처럼 보인다. ……조부가 살아계실 때 정원은 아주 화려했다……'

유창한 중국어 발음이 낭랑하게 울려 퍼졌다.

'이 부분을 탐독하고 있었을 때의 자네 표정을 잊을 수가 없다네. 사팔뜨기 박수실이 자네가 한시문에 조예가 깊다고 얼마나 떠들어대던지. 하여튼 그는 우리 일행 중에 제일 이상한 자이니 자네도 조심하시게. 원래는 순수한 청년이었던 같은데 과거시험에 몇 번 떨어지더니 저 모양이 됐네 그려. 나도 과거시험 공부를 하고 있었을 때, 공부를 계속하고 있으면 머리가 돌아버리는 게 아닌가 생각한 적도 있

었네만.'

'설마요!'

'정말이라네. 그 증거로 이현을 보게나. 사서오경에 통달하면 할수록 현실이 보이지 않게 되어 눈앞의 사건을 관념적으로만 바라보게 된다네. 그것이 그가 살아있다는 증거일지도 모르지만. ……아, 이런 말을 하고 싶어서 온 게 아닌데. 실은 자네에게 오사카안내를 부탁했으면 하네.'

통신사 일행이 객관 밖으로 나갈 때에는 몇 명씩 조를 짜서 일본인 통역과 경비대장이 붙어야 한다. 홍순명은 다른 통신사에게 번거롭게 같이 가자고 말하고 싶지도 않고, 꼭 혼자서 오사카를 걷겠다는 계획을 세웠다. 그 이유는,

──구죠 항구에서 이 객관까지는 수상과 육지를 행진해 왔다. 가마 안에서 봤을 뿐, 주마간산走馬看山 격이다. 그래도 오사카가 얼마나 번영했는지는 어느 정도 알 수 있었다. 체류기간이 길어질수록 오사카가 천하의 부엌, 일본의 부와 지혜가 모이는 곳이라고 하는 연유를 눈으로 확인해보고 싶다는 생각이 날이 갈수록 점점 더해진다.

──과연, 일본은 중화의 나라에서 바다를 사이에 두고 멀리 떨어져 있기 때문에 문자 전래는 늦어졌는지 모르지만, 지금까지의 여행에서 눈으로 보고 피부로 느낀 것은 우선 기후가 상당히 좋다, 녹음이 많다, 풍경이 아름답다, 산물이 풍부하다, 무엇보다 토지도 집도 사람들도 청결하다는 것이다. 그러나 이런 것은 표층적인 것으로 어쩐지 이 나라에는 중국과 우리 조선과는 근본적으로 다른 무언가가 있다는 느낌이 든다. 그것은 무엇일까? 호기심이 생겼다.

앞에서 나는 일본은 문자를 늦게 가졌다고 서술했지만, 구죠 입구

에서 하천용 가와고자부네로 바꾸어 타고 요도가와강을 거슬러 올라오면서 이 나라에서는 읽고 쓰기가 안 되면 선장이 될 수 없다는 말을 듣고 대단히 놀랐다.

그 선장이 말하길 이 배에 탄 뱃사람들이나 강둑 저편 밭에서 풀을 뜯고 있는 농민들도 모두 읽고 쓰기와 주판 정도는 할 수 있다는 것이다. 그러면 도대체 어디서 글을 배우는 것이냐고 물었더니 마을 여기저기에 있는 데라코야寺子屋(서당)라는 곳에서 배운다고 했다. 더 배우고 싶은 사람은 쥬크塾(사설학교)가 준비되어 있다고 한다. 비용은 얼마정도 드는가? 물으니 모두 공짜라고 한다. 대단하다. 놀랄 만한 일이다.

실은 어제 심심함을 달래기 위해 혼자 객관을 빠져나가 재미있는 경험을 했다. 몇 군데 다른 상점에서 구매를 했는데 가게 종업원은 어떤 흥정도 하지 않았으며, 거스름돈은 정확히 돌려주었다. 그 뒤 운하 선착장으로 가서 배를 타보았다. 배삯이 5냥인데 6냥을 지불하고 배에서 내려 그대로 가려고 하는데 뒤쪽에서 〈오캬쿠상 お客さん(손님)〉이라고 부르길래, 무슨 일인가 싶어 뒤돌아보니 〈오쓰리 おつり(거스름돈)〉, 〈오쓰리〉 소리치며 뒤쫓아 왔다.

이러한 성실하고 정직함과 요란함 속에서도 조화가 있는 화려한 오사카의 번영된 모습은 도대체 어디에서 어떻게 연결되어 있는 것인지 확인하고 싶었다.

이렇게 하여 카슨도는 홍순명에게 오사카 안내를 부탁받았지만, 정작 카슨도 역시 오사카는 전혀 모른다. 아무튼 20여 년 전에 아버지와 함께 쓰시마로 가던 도중, 저녁에 도착해서 하룻밤 자고 아침 일찍 출발했던 기억이 오사카 경험의 전부다. 희미하게 기억하고 있는 것은 숙소창문에서 바라 본 큰 다리와 성벽뿐이다. 여종업원이 그 다리는 덴만바시天滿橋라고 알려주었다. ……지금 오사카성에는 천수각이 없다. 도요토미 히데요시가 건설했다던 천수각은 어마어마하게 높은 검정 옻칠의 천수각으로 하늘 높이 솟아 있었다고 한다.

홍순명의 말을 듣던 중, 카슨도도 〈오사카〉라는 도시에 대해 흥미가 생겼다.

오사카는 매년 전국에서 200만 석의 쌀이 거래되고 있다. 쌀 뿐만이 아니라 밀, 술, 약재료, 약품, 목면, 종이, 설탕, 채종, 담배, 도료, 옷, 염색원단 등 취급하는 양은 전국 제일이며, 금, 은, 동, 철 등의 광산물 가공과 조선 공업도 발전했다.

쌀은 현물뿐만 아니라 내년의 쌀거래 ―이것을 선물거래라고 한다 ― 까지 이루어지고 있다. 데라코야와 쥬크의 수는 에도보다 많고 학문수준도 에도를 훨씬 능가한다는 평판이다.

이러한 것을 익히 들어 알고 있는 카슨도는 안내를 부탁하고 싶은 쪽은 오히려 자신이라고 생각했다.

카슨도는 잠시 생각한 후 좋은 묘안이 떠올랐다.

'잘 알겠습니다. 제가 안내해드리기에는 많이 부족합니다만, 마침 부탁드릴만한 분이 계세요. 카라가네야라는 분입니다. 쓰시마에서 1, 2를 다투는 상인으로 교토와 에도, 오사카에 지점을 가지고 있고, 때마침 지금은 오사카 업소에 와계세요. 바로 안내하겠습니다. 함께 가시지요.'

쓰시마에서 시노하라 사유리와 상견례를 하던 날, 오사카로 먼저 출발하겠다고 했던 카라가네야를 집 마당까지 배웅하며 대화나눈 것을 확인하려는 목적도 있다. 이순지에게 제공해야만 하는 일본 〈은〉

에 관한 정보 수집을 위해 카라가네야의 협력을 얻기 위해서다. 카라 가네야는 카슨도가 에도가로 히라타의 지령을 받고 움직이고 있다는 것은 알고 있다. 그러나 이순지의 존재를 히라타와 그는 모른다.

홍순명, 카슨도, 카라가네야

카슨도와 홍순명은 기타미도 객관을 나왔다. 정문을 빠져나와 23계 단을 나란히 내려간다. 어느 쪽에서든 11번째인 계단에서 잠깐 멈췄 다. 두 사람은 도착한 날에 벌어진 사건을 떠올리며 서로가 얼굴을 마 주보고 미소를 지었다.

히라노마치平野町에서 〈카라가네야〉라고 하면 모르는 사람이 없을 정도로 큰 상점 중의 하나다. 두 사람은 미도스지 도로를 가로질러 비 고마치備後町를 동쪽으로 걷다가 4번째 대로를 좌측으로 돌아 도부이 케스지丼池筋 도로 북쪽을 향한다.

걸으면서 카슨도는 자신의 결혼에 대하여 말하려고 했다. ……이번 여행이 끝나면 결혼식을 올릴 예정이며, 카라가네야가 그 중매인입니 다…… 그 순간, 도모노우라에 정박해 있던 배 위에서 용한이가 한 말 이 뇌리를 스쳐갔다.

……나는 이번 여행은 끝나지 않을 것 같아요. 왜인지는 모르겠지 만…….

카슨도는 입을 다물고 아무 말 없이 계속 걸었다. 카라가네야의 간 판이 보였다.

카라가네야는 동업조합 회의소에 가서 부재중이다. 종업원 한 사람 이 그곳은 아주 가깝다고 하면서 부르러 갔다.

카슨도가 초면인 두 사람을 소개한다.

'아, 네. 네. 종사관님께서 일부러 찾아주시고 대단히 송구합니다. 귀국 덕분에 저희들은 인삼과 생사를 비롯하여 좋은 상품을 많이 얻고 있습니다. 정말로 잘 오셨습니다.'

카라가네야는 넓은 고객상담실에 있던 두 사람을 안채의 거실로 안내했다. 그리고 나서 잠시만 기다려 달라고 양해를 구하고 종업원에게 무엇인가 업무지시를 위해 급하게 자리를 비웠다. 카슨도는 그의 뒤를 쫓아가서 연결 복도에 선 채로 일본 〈은〉에 대한 정보 수집을 의뢰한다.

'지난 5년간 월별 은 산출량, 은 시세의 변동, 이와미石見 은광산의 매장량, 광산을 가진 번들의 개발상황 등이에요. 그것도 가능한 한 구체적인 수치가 필요해요.'

카슨도는 통신사 일행이 에도에서 오사카로 되돌아올 때까지 보고서 완성을 부탁했다.

'아비루님, 도대체 어디에 사용하실 겁니까? 은에 관한 정보에 대해서는 막부에서 엄한 통제가 있습니다. 물론 의뢰하신 것을 할 수 없다는 건 아닙니다만……'

'아무것도 묻지 말아주세요. 이 의뢰는 어디까지나 저 혼자만이 알고 있어야 해요. 아메노모리 선생님은 아무 관련도 없어요.'

카슨도의 눈에는 진지함으로 가득 차 있다. 그 시선을 정면에서 본 카라가네야는 말을 멈추고 잠시 침묵하고 있다가,

'이번에 의뢰하신 내용은 쓰시마번의 이익을 위해서 심모원려深謀遠慮*에서 나온 것이라고 생각하겠습니다. 더 이상 아무것도 묻지 않

---

* 깊이 생각하고 멀리 내다보고 철저히 도모함.

겠습니다.'

'면목이 없습니다.'

카슨도는 머리를 조아린다. 계속해서 홍순명이 의뢰한 천하의 부엌, 오사카에만 있는 멋진 장소를 안내해줄 수 있는지 물었다.

카라가네야는 잠시 생각한 후,

'그렇다면 역시 도지마堂島가 좋겠습니다. 도지마 쌀거래소……'

'거기에 가면 선물거래 현황을 볼 수 있을까요?'

카라가네야는 고개를 끄덕이며, 목소리를 낮추고 말했다.

'어제 약품상이 많이 모여 있는 도쇼마치道修町에서 들은 이야기입니다만, 약재 도매상을 하는 모즈야鵙屋에 상당량의 고려인삼이 들어왔다고 합니다. 그것도 보통거래에서는 찾아볼 수 없는 고급품으로, 가져온 자는 아무래도 통신사 일행의 수행원인 것 같다는……'

카라가네야는 고객 상담실로 걸어가면서 한층 더 목소리를 낮추었다.

'인삼을 가져 온 남자의 일본어가 서툴렀다고 하니 아마도 조선인이나 중국인임에 틀림없습니다. 눈은 사팔뜨기이고 등은 구부정하다고 합니다. 최고급 인삼이 60뿌리 단위로 들어오는 건 드문 일이므로 모즈야에서는 부르는 값에 즉각 매입했다고 합니다. 그러나 약재료 일제조사에서 발각되면 문책을 받게 되므로, 곧바로 가가 마에다加賀前田님 저택으로 보냈다고 합니다. 마에다님이라면 막부에서도 보고도 못 본 척 해줄 테니깐.'

서툰 일본어에 사팔뜨기이고 등이 구부정하다면 생각할 필요도 없다.

'아마도 그건 쇼군 진상용 인삼선에서 유출된 거라고 생각해요.'

카슨도는 거기까지만 말하고 입을 다물었다. 홍순명에게도 이 건은 말하지 않을 작정이다. 이것은 어디까지나 통신사 일행 내부의 문제이다. 언젠가는 발각될 것이지만, 그 때 류성일은 박수실에게 어떠한 처단을 내릴 것인가.

'그러면 저는 외출할 준비를 하고 오겠습니다. 홍순명 종사관에게로 가 계십시오.'

카슨도는 급히 안채로 돌아왔다.

'아무래도 카라가네님은 큰 사업을 하고 계셔서 대단히 바쁘신 모양이신데⋯⋯. 이렇게 바쁜 시간에 제멋대로 부탁드리는 건 아닌지 마음이 불편하네. ⋯⋯그건 그렇고 이 떡은 정말 맛이 좋군!'

카슨도가 자리를 비우고 있는 사이에 식모가 말차와 유명한 도라야^{虎屋} 만두를 내왔다. 카슨도도 먹어보았다.

'맛있다는 말을 〈홋펫타가 오치루_{ほっぺたがおちる}〉라고 하는데, 정말 그 표현에 딱 들어맞는 것 같아요.'

〈홋펫타가 오치루〉를 한국어로 직역해 보였다.

'뺨이 떨어져 나간다는 뜻이에요.'

'과연 그렇군. 정말로 맛있다는 표현이야.'

도라야 만두가게는 고라이바시_{高麗橋} 3가에 있다. 교토의 〈시오세_{鹽瀬}〉에서 제조법을 배운 후지와라 이오리_{藤原伊織}가 오사카에 가게를 개업한 것은 1702년. 그는 최상품의 소맥분에 팥은 센슈히네노_{泉州日根野}에서 팥알이 굵은 〈다이나곤_{大納言}〉으로, 설탕은 상등품 백설탕, 물은 센단노키바시_{栴檀木橋} 북쪽에서 샘솟는 물, 아궁이 장작은 참나무만 땐다.

도라야 만두는 오래 보관할 수 있다. 겉면이 굳어졌어도 찌기만 하면 갓 만든 것처럼 풍미가 그대로 살아난다. 그리고 오사카는 물론 먼 지방에서 온 사람도 반드시 들러서 선물로 사가지고 간다고 한다.

카라가네야가 되돌아와서,

'많이 기다리셨습니다. 실례가 많았습니다. 그러면 도지마 쌀거래 소로 안내하겠습니다. 거래는 오전 8시에서 오후 2시까지입니다. 오전은 정미正米, 즉 〈현물 쌀거래〉 위주이고 오후에는 〈장부 쌀거래〉 입회가 시작……, 지금은 정오가 지났으니 〈장부 쌀거래〉 구경에 좋을 시간입니다.

세 사람은 상점 안을 빠른 걸음으로 빠져나온다.

'안녕히 다녀오세요!'

지배인을 비롯하여 종업원 수십 명이 앞치마를 두르고 일제히 그들을 배웅했다.

오사카 도시 중심부는 동서를 히가시 요코보리가와東横屈川강과 니시 요코보리가와西横屈川강으로, 남북을 오가와大川강(도사보리가와土佐屈川와 도지마가와堂島川)과 도톤보리가와道頓堀川강으로 둘러싸여 있다. 거의 3Km 사방 직사각형 안에 들어가는 지역이다. 인구는 주변부를 합쳐 약 40만 명. 에도와 거의 비슷하지만 무사 수는 극히 적으며 대부분 상인들이다. 에도의 인구구성이 남자가 많은 것에 비해 오사카는 남녀비율이 거의 같다.

도시는 종횡으로 달리는 6~7m 폭으로 된 도로가 바둑판 모양으로 구획되어 있다. 운하가 사방팔방으로 뻗어 있어 작은 다리가 많다.

동서의 길을 〈마치町〉, 남북의 길을 〈스지筋〉라고 한다. 혼마치本町, 아즈치마치安土町, 비고마치備後町, 아와지마치淡路町, 히라노마치平

野町, 도쇼마치道修町, 후시미마치伏見町 그리고 고료스지御霊筋, 미도스지御堂筋, 신사이바시스지心斎橋筋, 도부이케스지丼池筋, 사카이스지堺筋처럼.

맑은 날은 대체로 세토나이의 좁은 해협에서 불어 온 서풍이 바다에서 육지로 올라와 동쪽 우에마치다이치上町台地를 넘어온다. 〈삶은 바람을 타고〉라고 하듯이 오사카 사람은 동서의 축을 중요하게 생각했다. 게다가 우에마치 다이치에는 오사카성이 있고, 성을 향하는 동서의 길인 〈마치〉가 자연스럽게 주요 간선이 되고, 남북의 〈스지〉는 지선이 된다. 〈마치〉의 상점은 모두 큰 건물이고 격식 있는 큰 상점이 많다. 〈스지〉의 집들은 작고 어수선하다.

카슨도 일행은 도부이케스지를 걸어 북쪽으로 올라간다.

'가능하면 신사이바시스지 길을 걸어보고 싶어요.'

카슨도가 카라가네야에게 부탁한다.

'책방이 많이 모여 있다고 들었거든요.'

'그러면 저도 꼭!'

홍순명이 눈을 반짝인다.

'신사이바시스지는 바로 옆입니다.'

카라가네야는 손가락으로 방향을 가리키면서 좌측으로 꺾어 몇 십 미터 더 가더니 우측으로 방향을 돌렸다. 그러자 카슨도의 눈에 들어온 것은 크고 작은 책방이다. 책방들이 빽빽하게 서로 추녀를 맞닿아 이어져 있고 책을 찾아 구경나온 남녀노소가 길을 가득 메우고 있는 광경이 보인다.

사람들의 열기와 책 냄새가 진동하여 숨쉬기 곤란할 지경이다.

너무 놀라워하며 홍순명이 멈춰 선다.

한문으로 적힌 서적이나 조선의 작품을 추려서 편집한 서적도 갖추고 있었다. 새 책방과 고서점 모두 합쳐 100채 가까이 될 것 같다. 한양이나 베이징에 있는 서점가도 이 정도는 아니다.

'《도암몽회》는 설마 없겠지요?'

카슨도는 어느 서점 앞, 책장 앞에 서서 진지한 눈으로 싸게 내놓은 책들을 물색하기 시작한다.

'으응! 저 사람들은?'

홍순명이 손가락으로 가리킨다.

차양이 길게 쳐진 서점 앞에 30명 정도 되는 사람들이 웅성거리며 모여 있다. 처마기둥에 한 장의 커다란 벽보가 붙어있다.

'이하라 사이카쿠井原西鶴《일본영대장日本永代蔵》중판 완성!'

카라가네야가 알았다는 듯이 고개를 크게 끄덕이더니,

'지금은 돌아가셨지만 오사카를 대표하는 우키요조시浮世草子* 작가입니다. 《호색일대남好色一代男》이나 《호색오인녀好色五人女》라는 서민들의 향락생활과 이성에 대한 애욕을 소재로 쓴 책으로도 인기를 얻고 있습니다. 한편으로는 오사카의 도시풍습이나 상인과 서민이 살아가는 모습을 그린 이야기도 상당히 재미있습니다. 이 《일본영대장》 이외에도 《세간뇌산용世間胸算用》, 《서학직유西鶴織留》라는 것도 있습니다.'

카슨도가 알고 있는 것은 이하라 사이카쿠라는 이름뿐이다.

'카라가네야께서는 읽어보셨어요?'

'네. 실은 《일본영대장》에 제가 등장합니다.'

---

* 에도시대 전기~중기 소설의 일종. 1682년의 이하라 사이카쿠의 《호색일대남》 이후, 1752경까지 약 80년간, 현실주의적이고 오락적인 서민문학을 가리킨다.

'정말입니까?'

카라가네야는 경쾌한 웃음소리를 내며,

'카라가네야라는 오사카 사람의 대활약상을 그린 이야기입니다만, 해운과 쌀의 다테리 아키나이たてり商로 큰 부자가 되는 이야기입니다. 등장인물은 매우 운이 좋은 사람으로 지혜와 재치를 가지고 부호가 되는 과정을 묘사하고 있는데, 닮고 싶은 인물로서 상점의 상호를 무단으로 도용한 것입니다.

카슨도가 통역하자, 홍순명도 경쾌하게 웃었다.

'……다테리 아키나이란 무엇인가요?'

카슨도가 물었다.

'〈장부상 쌀거래〉를 그렇게 말합니다. 자세한 설명은 나중에……'

홍순명이 끼어든다.

'그 이야기를 한 번 읽어보고 싶군요. 아비루, 자네가 조선어로 번역해보면……. 일본사회의 구조와 일본인의 생활상을 잘 알 수 있을 것 같군. 그렇겠지요? 카라가네야님.'

'네. 그렇습니다. 이제 서둘러야겠습니다. 선물입회 시간이 임박해옵니다.'

세 명은 빠른 걸음으로 신사이바시를 벗어나 기타하마와 오가와마치로 나갔다.

카라가네야는 멈추지 않고 오사카 안내를 계속했다.

'이 근처는 거상들의 상점이 많습니다. 우측이 고노이케鴻池*, 좌측

---

* 16세기말 일본의 재벌. 셋츠국(현 효고현) 고노이케무라 마을에서 청주 양조업을 시작으로 하여 그 후 오사카로 진출한 환전상으로 일본 최대의 재벌로 발전했다.

안쪽에 가지마야加島屋*와 마스야升屋의 큰 기와집이 보입니다. 거상뿐
만 아니라 쥬크라는 사설학교도 도쇼마치에 많이 있습니다. 데라코야
(서당)는 어디가나 있고.'

'데라코야나 쥬크에서는 수업료가 필요하지 않다고 들었습니다만
어떤가요?'

홍순명이 묻자,

'모두 무료는 아닙니다만, 이런 공공의 일에 물심양면으로 원조하는
독지가들이 후원하고 경영하는 곳이 많습니다.

도지마 쌀거래소

도사보리가와강을 요도야바시淀屋橋다리로 건너서 나카노지마中ノ島
로. 강을 따라 웅장한 다이묘의 창고蔵屋敷가 나란히 늘어서 있다. 다이
묘들은 모두 훌륭한 배가 드나드는 선착장과 백벽토장으로 된 흰색
벽으로 된 창고를 가지고 있다.

도지마가와강을 건넜다.

'도착했습니다. 여기가 도지마 쌀거래소堂島米會所입니다.'

카라가네야가 카슨도와 홍순명을 뒤돌아보았다.

커다란 솟을대문 정면에 2층 건물이 보인다. 연극 극장처럼 딱따기
치는 소리가 요란하다. 문 앞 휴게실에서 대기하고 있던 남자들이 우
리들을 어깨로 견제하면서 밀려들어갔다. 아마 300명은 족히 될 것
같다.

'모두 쌀중개상들입니다.'

---

* 오사카 도지마 앞에서 쌀도매상을 시작으로, 환전상도 겸업한 대환전상.

카라가네야가 말한다.

정면 입구에 있는 검사대에서 중개상들이 영업허가증을 보이고 들어간다. 젊은 남자 한 명이 허가증을 잊어버렸는지 어떻게든 눈감아달라고 부탁했지만 난폭하게 쫓겨났다. 카라가네야는 출입이 자유로운 기도면허木戶御免이다.

건물 안은 천장이 높고 넓은 토방인데 앞쪽에 나무를 짜서 한층 높게 만든 단이 있다. 이것을 다카바高場라고 한다. 다카바의 용도는 원래 극장에서 관중석 1층 뒤쪽에 높게 만든 장소로 관계자가 객장 내를 감시하기 위한 것이다.

지금 다카바에는 하오리하카마羽織袴(일본예복)를 입은 남자 5명이 앉아 있다. 이들은 쌀거래소 책임자이다. 그 뒤에는 커다란 검정 옻칠을 한 나무칠판 두 개가 세워져 있다.

다카바를 극장무대로 본다면 관객석에 해당하는 부분이 입회장으로, 좌우의 벽 옆을 격자 울타리로 둘러놓아 마치 관객석처럼 만들어놓았다. 중개상들은 모두 서 있는 그대로 입회에 참가한다. 그들은 입회개시를 기다리면서 정보교환에 여념이 없다.

카라가네야는 입구 가까이에서 지나가는 이가하까마*를 입은 남자를 불러 세우고 무언가 귓속말을 했다. 그러자 그는 카슨도와 홍순명을 다카바 옆으로 안내했다. 그곳은 다카바보다는 낮지만 장내보다는 1.5m 이상 높게 설치된 관람석으로 장내를 전망할 수 있다. 마치부교나 다이묘와 그 대리인 등이 참관할 때에는 여기로 안내된다. 이 정도로 손을 쓸 수 있는 것을 보면 오사카에서 카라가네야의 지위와 신뢰

---

* 활동하기 편하게 무릎아래를 가늘게 만든 옷.

가 어느 정도인지 미루어 짐작이 간다.

딱따기 소리가 빠른 박자로 울려 퍼졌다. 오후에 실시하는 후장後場 개시다. 좌우 중개석에서 중개상들이 잇따라 중앙입회장으로 나온다.

다카바에 있었던 책임자 한 사람이 일어서서 노能* 연극의 배우처럼 사뿐히 미끄러지듯 칠판 쪽으로 향한다. 입회장 안이 쥐 죽은 듯이 조용해졌다. 심판이 우측 칠판에,

'7월 1일 후장, 첫 거래 구매 65돈쭝**.'

이라고 적는다. 장내에서 일제히 함성이 터져 나오고 숫자를 읽는 소리가 뒤섞였다. 손가락 사이에 끼고 있었던 새하얀 쌀보관 증서가 나비처럼 춤을 춘다.

홍순명이 의아스러운 듯이 물어보았다.

'쌀은 도대체 어디에 있는 겁니까?'

'여기에 쌀은 한 톨도 없습니다.'

카라가네야가 미소를 띠우며 대답한다.

당시, 전국의 연공미생산량은 2천 7백만 석(405만 톤)이었다. 그 중에 약 5백만 석(75만 톤)이 시장에 나왔다. 번의 영주들은 재정을 지탱하기 위해 환금성이 좋은 쌀을 배에 실어 오사카로 들여와 매각한다. 이것을 오사카로 들어오는 쌀이라는 뜻으로 〈노보리 고메登米〉라고 한다. 그 양은 연간 2백만 석(30만 톤)에 달했다.

여러 번들은 자기 영내의 쌀 판매기관으로 각자 오사카 운하연변에 창고를 설치했다.

---

* 일본의 대표적인 가면극. 일반적인 민속가면극과는 다른 모습을 보인다.

** 무게의 단위. 에도시대에 은화의 단위로 사용. 현재 5엔(円)짜리 동전 1개의 무게이다. 1匁 = 3.75g, 10匁 = 1냥(両), 1,000匁 = 1관(貫)이다.

이들 창고에 채워 둔 쌀을 시장에서 판매하기 위한 거래소가 쌀거래소다. 이 곳에서 결정되는 쌀가격이 전국기준이 된다. 처음에는 기타하마北浜에 있었지만, 1697년에 지금 장소인 도지마 후나다이쿠마치堂島船大工町로 옮겼다.

도지마 쌀거래소는 막부에서 인정한 것은 아니지만, 400~500명에 이르는 쌀중개상에 의해 운영되고 있었다. 그들 대부분은 도지마 15번지에 거주하면서 〈노보리 고메〉의 입찰 및 매매, 그리고 창고출고에서부터 운송업무를 제휴했다. 이것을 총칭하여 〈도지마 하마카타堂島浜方〉라고 한다.

그들은 자체 선거로 쌀거래소의 책임자 5명을 선출하고, 심판은 엄격한 규칙에 의해 쌀거래소를 경영하는 일과 함께 도지마 하마카타 전원을 지휘하고 단속했다. 도지마 15번지는 쌀 중개상들에 의해 자연발생적으로 형성되었지만 차츰 정비되어 지금과 같은 자치의식이 높은 마을이 되었다.

오후 입회가 시작되어 1시간이 경과했다. 쌀거래소 책임자에 의해 최초로 다카바 우측 칠판에 기록된 〈7월 1일 후장, 첫 거래 구매 65돈쭝〉, 좌측 칠판에서는 〈판매 70돈쭝〉이라는 숫자가 계속 바뀌어 간다. 그 때마다 한숨인지 탄성인지 알 수 없는 함성이 터져 나왔다. 중개상들이 휘갈겨 쓴 종이조각과 쌀보관증서를 높이 들고서 구매자와 판매자 사이를 돌아다닌다. 때때로 성난 소리도 뒤섞였다.

'도대체 지금, 무슨 일이 일어나고 있는 겁니까?'

홍순명이 카라가네야에게 물었다.

'조금 전에《일본영대장》책에 나온 다테리 아키나이입니다. 다테리たてり라는 말은 현물을 취급하지 않은 채, 소위 미곡의 환율변동에 따

른 차익획득을 목적으로 한 거래입니다. 지금 하고 있는 것이 바로 선물거래입니다. 1개월 후, 2개월 후, 3개월 후에 입하하는 쌀을 팔기도 하고 사기도 하는 것입니다. 장부상 쌀거래(선물거래)를 의미합니다.'

'3개월 앞의 쌀가격은 예측할 수 있는 게 아니지 않습니까? 왜 이런 기묘한 판매계약을 맺는 것입니까?'

홍순명이 미심쩍어서 미간을 모았다. 잠시 그와 카라가네야의 문답이 계속된다.

'시장이란, 쌀을 필요로 하고 있는 사람에게 어떻게 적정한 가격으로 필요한 양을 공급하는가, 그 때문에 기능하는 것이 아닙니까?'

홍순명은 물었다.

'말씀하신 그대로 입니다. 그러나 상품경제는 그것 뿐만이 아닙니다. 또 다른 측면도 있습니다. 예를 들면 이곳에서 장사에 참가하고 있는 중개상 중에는 현물 쌀거래를 하지 않는 자도 있지만, 그것은 전혀 이상하지 않습니다.'

카라가네야가 대답했다.

'그것은 도대체 무슨 말입니까?'

'조금 전에 질문하신대로 전국 제일의 쌀시장인 이 도지마 쌀거래소에는 현물 쌀은 한 톨도 없습니다. 실제로 여기에서의 쌀이란 단순한 암호나 기호에 지나지 않습니다.'

카라가네야의 목소리가 중개상석과 입회장에서 일어나는 고함소리에 묻혀서 들리지 않을 때도 가끔 있었다.

'……여기에서 쌀이라고 하는 문자와 현실에 존재하는 쌀을 따로 떼어내어 암호와 기호만으로 거래를 하는 것입니다. 다시 말씀드리자면 가공의 쌀을 사고파는 것입니다. 장부상만으로 장사를 해서 돈을 벌

기도 하고 손해를 보기도 하는 세계입니다. 그렇기 때문에 장부상 쌀 거래라고 하는 것입니다.'

카라가네야의 말은 카슨도의 통역으로 홍순명에게 전해졌다. 그러나 홍순명이 이해하기 어려운 세계다. 카슨도의 통역실력이 서툴러서일까, 아니다. 그의 조선어 능력을 의심할 여지는 없다.

카슨도는 중얼거린다. ……가공의 쌀을 사고판다? 마치 뜬구름 잡는 이야기가 아닌가.

홍순명 그 자신도 미지의 세계를 앞에 두고 있었다.

'조금 더 구체적으로 설명해주십시오. 카라가네야님.'

카라가네야는 팔짱을 끼고 잠시 생각하다가 곧바로 얼굴을 들어 다카바 쪽을 가리켰다.

'좌우의 칠판을 보십시오. ……어이, 효도상兵藤さん.'

지나가던 하오리하카마를 입고 있는 노인을 불러 세웠다.

'미안하지만 시간 괜찮으시면 잠시 이쪽으로.'

'안녕하십니까? 카라가네야님. 손님을 안내하고 계시군요. 혹시 이쪽 분은 조선통신사 일행?'

'그렇습니다. 홍순명 종사관입니다. 지금, 다테리 아키나이에 대한 설명을 해드리고 있습니다만, 저는 잘 설명해드릴 수가 없습니다. 효도상, 알기 쉽게 보다 구체적으로 설명을 부탁드려도 되겠습니까?'

머리는 홀딱 벗겨져 대머리인데 조금 남아 있는 머리카락으로 간신히 작은 촌마게(일본식 상투)를 머리 뒤로 올리고 있는 이 노인이 도지마 총책임자이며 최고심판, 가이쇼모리會所守 효도 쥬자쿠兵藤十作이다.

효도가 카라가네야에게 부탁을 받아 미끄러지는 걸음걸이로 관람석으로 들어왔다. 카슨도는 다카바에 있는 심판들의 행동거지를 이

리저리 짐작해보니 심판들은 노能 연극할 때 쓰는 가면을 쓰지 않았을
뿐, 모두가 노의 연극배우처럼 보였다. 그러고 보니 효도의 말하는 습
관은 노의 가락과 닮아 있다.

'좌측 칠판을 보십시요. 예를 들면 홍순명 종사관께서……'

몸집이 작고 약하디 약해보이는 노인이지만 목소리는 낭랑하다.

'종사관께서 오전의 정미선물의 전장 마감으로, 오늘은 7월 1일이므
로 4개월 후인 11월 1일에 팔기 위한 쌀 1석 분(144kg)의 쌀보관증서
를 65돈쭝으로 샀다고 합시다. 이것이 그것입니다.'

효도는 마치 마술사와 같이 난데없이 고급스런 빳빳한 종이조각을
꺼냈다.

'올해는 장마철에도 비가 오지 않아 가을걷이가 나빠질 것이라고
예상되어 선물시세도 작년의 같은 시기보다 5~6돈쭝 높아졌습니다.
……그러면, 아까 후장 입회가 시작되어 지금이 그 절정의 순간입니
다만, 우리들은 이것을 다테리 아키나이라고 합니다. 이것은 오전에
하는 정미거래와 달라서 현물의 쌀을 주고받는 것은 일체 하지 않습
니다. 움직이는 것은 돈 뿐입니다. 위를 봐 주십시오. 우측 칠판에는
좀 전의 후장에서 65돈쭝이 나왔지요.'

효도는 또 어디에선가 한 번 접은 사방 12cm의 종이조각을 꺼냈다.

'이것이 다테리 아키나이의 보관증서입니다.'

홍순명과 카슨도는 보관증서를 가만히 들여다보았다. 그러나 읽을
수 있는 것은 날자와 좌측 아래에 있는 커다란 붉은 도장 정도이고,
초서체로 적힌 문자는 판독할 수 없다.

'이것은 임시로 쌀 1석을 현재의 시세, 즉 7월 1일 후장에서 결정된
미곡가인 65돈쭝에 팔고 그와 동시에 11월 1일 시세로 다시 사들입니

다. 그러한 일들을 약속한 계약서의 보관증서입니다.'

카슨도는 이런 종잡을 수 없는 말들을 효도의 입에서 흘러나오는 노가락과 같은 말버릇 그대로 조선어로 홍순명에게 전한다.

홍순명이 휴우하고 작은 한숨을 내뱉었다.

효도는 계속 설명했다.

'그러면, 그 11월 1일이 되었다고 생각합시다. 그런데 흉작일 거라는 예측이 빗나가 뜻하지도 않게 풍작이 되었습니다. 시세는 60돈쭝으로 하락해 있습니다. 그러면 이쪽의 보관증서입니다만……'
이라며 효도는 오른손에 들었던 종이조각을 치켜 올렸다. 오전에 실제로 거래되는 쌀보관증서다.

효도의 설명은 계속 이어진다.

'정미선물 쪽은 11월 1일에 팔 쌀 1석을, 이미 7월 1일에 65돈쭝에 사두었으니깐……, 종사관님 어떻게 될 거라고 생각하십니까?'

'손해를 봅니다. 65돈쭝의 쌀을 60돈쭝에 팔아야 하니깐 5돈쭝 손해입니다.'

홍순명은 마치 정말로 자신이 손해를 본 것처럼 풀이 죽어있다. 효도는 고개를 끄덕이고 미소를 지었다.

'실망하기에는 아직 이릅니다.'

좌측에 쥐고 있던 종이조각을 위로 쳐든다.

'다테리 아키나이의 쌀 보관증서입니다. 어떤 계약이었는지 기억하고 계시나요?'

말이 막혀 우물거리는 홍순명 대신 카슨도가 대답한다.

'7월 1일에, 쌀 1석을 당일의 시세로 판 것입니다. 그리고 나서 11월 1일의 시세로 다시 산 것이죠.'

'바로 그것입니다. 65돈쭝에 팔고 60돈쭝으로 다시 산다. 차액 5돈 쭝 이익이 됩니다.'

그렇군! 이라고 홍순명이 손뼉을 친다.

'오전에 5돈쭝 손해를 보고 오후에 5돈쭝을 번다. 차액은 0입니다.'

'그러면 역으로 만약 11월 1일의 시세가 예정보다 올랐을 경우는?'

이번은 카슨도가 눈을 반짝반짝거리면서,

'예를 들면 80돈쭝으로 올라갔다고 하면, 실제로 거래되는 현물거 래는 7월 1일에 65돈쭝으로 수매한 쌀을 11월 1일에 80돈쭝으로 판 매할 수 있습니다. 15돈쭝 이익이지요. 그러나 다테리 아키나이의 쪽 은……, 65돈쭝으로 판매한 쌀을 80돈쭝으로 구매해두지 않으면 안 됩니다. 15돈쭝 손해이지만 현물거래에서는 15돈쭝의 이익을 보고 있으니 차액은 0입니다.'

'명답입니다! 이렇게 해서 현물거래와 다테리 아키나이를 짝을 지어 편성하는 것으로 한쪽편의 손해를 다른 한쪽 편의 거래로 메꾸어 안전 을 도모하는 것입니다. 그러나 그 중에는 다테리 아키나이만을 하는 중개상도 있습니다. 아무튼 2돈쭝 5분(7.5g)의 보증금을 적립하는 것 만으로 쌀 100석 분의 다테리 아키나이가 가능한 구조이므로 배짱만 으로 대량의 흥정이 가능하고 막대한 이익을 얻을 수 있습니다.'

지금 카슨도가 경험하고 있는 것은 소란스러움과 암호가 넘치는, 인간의 경영 중에서도 최고의 금전욕과 경쟁심이 빚어낸 살벌한 광경 인데도 불구하고, 효도와 다카바의 총책임 심판들의 거동을 보고 있 으면 마치 노能의 우아하면서도 아름다운 세계에 빠져 들어가는 느낌 이 드는 것이 이상했다. 이것은 도대체 무엇인가?

효도 쥬자쿠의 노가락과 같은 설명이 계속된다.

'공매도 공매수의 장부상 쌀거래와 그것을 생업으로 하는 중개상은 노름꾼 같은 놈이라거나 인륜에 어긋난 짓이라고 비난하는 무리들도 많습니다만, 나는 장부 쌀거래 필요론자입니다. 장부상 쌀거래는 정미거래에서 파생되어 이것을 보완하는 구조입니다. 투기가 없으면 현물의 가격변동에서 타격을 받는 것을 피할 수 없습니다. 또 실수요 거래만으로는 할 수 없는 거래 총액이 큰 장사를 성립시켜 경제활동을 활성화시킨다는 이점도 있습니다.'

귀를 기울이고 있는 홍순명의 얼굴에 이해하기 힘든 표정이 읽혀진다. 카라가네야가 끼어든다.

'실은 효도상은 일찍이 다테리 아키나이의 신이라고 불렸던 중개상이었습니다.'

'그런 말씀은 부끄럽습니다.'

효도는 있을까 말까한 머리카락으로 만든 촌마게를 손가락으로 쓰다듬는다. 작은 몸집이 더욱 쪼그라든다. 카라가네야는 계속 이야기했다.

'벌써 15~16년 전의 일입니다. 재산을 몰수당하고 거주지에서 추방당하기 전이었던 요도야淀屋에서 최대 중개인을 지낸 경력이 있습니다. 그 때 7월 1일 시점에서, 8월 1일에서 10월 31일까지의 매일의 쌀 시세를 모두 예측하여 모두 적중하셨지요? 제가 아직 기타마에부네北前船에서 심부름이나 하던 시절이었는데, 그 일은 온 오사카를 뒤집어 놓을 만한 소동이었습니다.'

홍순명이 잘못 들었나 싶어서 카슨도에게 확인한다.

'8월 1일에서 10월 말까지의 매일의 쌀거래를 예측하고 맞추었다고 하셨나요? 그런 기묘한 일이! 그런 파천황 같은 일이 어떻게 가능합니까?'

효도는 부끄럼쟁이다. 자꾸 촌마게를 만지작거리면서 뭔가 멋적은 듯이 고개를 숙이고 가능하면 즉각 이 장소를 도망치고 싶은 모습이다. 카라가네야가 재촉한다.

'좋은 기회입니다. 나도 한번, 여쭤보고 싶었던 터입니다. 효도상, 아무쪼록 가르쳐주십시오. 그 비밀을.'

카라가네야, 홍순명, 카슨도 세 사람은 노인에게 바짝 다가서서 마치 애원이라도 하듯이 바라본다. 효도는 생각을 굳히고 하오리 허리띠를 가다듬으며,

'……비법 따위는 없습니다. 산술입니다. 우선 과거 10년간, 8월부터 10월까지의 전국의 쌀 생산량과 주요 번마다의 생산량, 시장에 나오는 쌀과 오사카로 들어오는 쌀취급량, 매일의 오전 최종시세, 오후 최종시세 등, 그리고 역시 매일의 기후기록 등을 기본으로 통계를 냅니다.'

효도가 차례차례로 나열한 것은 통계에서 확률을 끄집어내어 예측한다는 고전적인 확률론의 세계다.

효도 쥬자쿠는 기이紀伊 고가와지粉河寺절로 유명한 고가와粉河 출신으로 유소년 시절부터 기억력이 좋았다. 그가 다닌 데라코야 학교 선생님이 수학의 대가인 세키 다카카즈関孝和다. 그는 어린 효도를 〈대수代數*의 세계〉까지 이끌어 주었다. 요도야에 고용살이로 들어가서도 수학공부를 게을리 하지 않고 미지수를 소거하는 〈방정식〉 등도 깨닫게 되었다. 머지 않아 효도 쥬자쿠의 이름은 오사카와 에도의 수학자 사이에서도 크게 알려지게 된다. 그러나 이 일은 호사스런 생활과 호화로운 저택이 도가 지나쳐서 막부의 미움을 받아 재산을 몰수

---

* 개개의 숫자 대신에 숫자를 대표하는 일반적인 문자를 사용하여 수의 관계, 성질, 계산 법칙 따위를 연구하는 학문.

당하고 거주지에서 추방당한 그의 주인 요도야 다쓰고로淀屋辰五郎나 현재의 도지마 15번지의 쌀중개상들도 전혀 모르는 일이다.

수학지식이 없는 홍순명이지만 이렇게 중얼거렸다. ……너무 놀랍다! 이 작은 풍채와 몇 가닥 없는 머리카락으로 촌마게를 만들어 올린, 이 사람의 머리속에는 어울리지 않게 놀라운 파천황적인 세계가 펼쳐져 있는 것이 아닌가! 과거 10년간의 8월에서 10월까지의 시세변동과 매일의 기후기록을 기본으로 통계를 내고 지금부터 일어날 일을 예측한다……, 그런 이야기는 청나라에서도 조선에서도 들어본 적이 없다. 좋다. 이 남자에게 어떤 일이 가능한지 시험해보자.

'효도상에게 여쭐 게 있습니다. 인삼에 대해서인데 괜찮겠습니까?'

고개를 끄덕인다.

'5년 전에 우리나라가 일본에 판매한 인삼의 양과 은으로 받은 대금은 얼마정도 되나요?'

'상품 인삼 1315근, 중품 인삼 18근, 하품 인삼 612근, 합계 1945근(1167Kg), 금액은 은 1615관 500돈쭘이 됩니다.'

홍순명, 카슨도, 카라가네야는 모두 눈이 휘둥그레졌다.

게다가 효도는 작년 인삼 수입총량과 대금도 말했다. 홍순명과 카라가네야는 최근의 일이라서 대강의 수치만 알고 있을 뿐이다. 효도의 정확한 기억을 증명할 수 있었다.

홍순명은 거듭 질문했다.

'우리들은 배로 요도가와강을 지나 교토로 향합니다. 교토에서 에도까지 약 1250리(491km)라고 들었습니다만, 에도에 도착하는 것은 며칠 후가 될까요?'

효도는 눈 한번 깜박이더니 대답했다.

'네. 가령 1일에 82리(32Km)의 속도로 간다고 합시다. 오전 8시에 출발해서 4시간 걷고 정오부터 2시간 휴식하고, 또 4시간 걸어서 오후 6시에 숙소에 들어가는 일정으로 순조롭게 간다면 교토를 출발하여 16일째 오전 10시 이전에 시나가와 역참品川宿에 도착할 겁니다. 만약 기후가 순조롭지 못하면 하루의 절반, 즉 41리밖에 갈 수 없으니 이런 날이 5일 발생하면 시나가와 숙소에 도착하는 날은……'

여기에는 홍순명이 지금까지 알고 있었던 세계와는 상상할 수 없는 또 다른 세계가 있다. 가공의 거래가 거액의 돈을 움직이게 되면……. 홍순명은 말로 표현할 수 없는 불안을 느꼈다. 이 나라가 두 번 다시 생각조차 할 수 없는 수단으로 우리나라를 유린할 때가 올지도 모른다.

'안녕하세요. 혹시, 조선통신사 일행분이 아니신가요?'

젊은 여자의 목소리에 홍순명은 겨우 현실로 돌아왔다.

'고노이케님의 따님!'

카라가네야가 머리를 조아린다.

후리소데(젊은 여성용 예복)를 입은 아리따운 아가씨가 시중드는 중년여성과 함께 관람석에 들어왔다.

'실례합니다. 우리도 입회하고 싶어서 왔어요. 이분은……, 조선에서 오신 분인가요. 어머나, 크고 멋진 모자를 쓰고 계시네요. 색종이 없으세요? 한시를 써 달라고 할까보다. ……백발삼천장白髮三千丈*…이라든가'

---

* 당대 이태백(李太白)의 오언절구 '추포가(秋浦歌)'에서 근심이 이어져 끊임이 없음을 비유한 말. 白髮三千丈(흰 머리 삼천 길이구나)/ 緣愁似箇長(근심에서 비롯된 것이리라)/不知明鏡裏(맑은 거울 속 모습을 알아보지 못하겠으니)/ 何處得秋霜(저 머리 위 서리는 어디서 얻은 것인가)

'아가씨, 무리한 말씀은 삼가 해주세요. 금방 준비되는 게 아닙니다.'

'안되겠어요. 집에 가서 가져올까 봐요.'

쌀거래소의 후장도 마칠 때가 가까웠다. 이가하카마를 입은 남자가 다카바의 처마에 화약심지를 매달았다. 입회장과 중개석에 있는 눈들이 일제히 한 치 정도 밖에 안 되는 짧은 화약심지에 집중되었다.

카라가네야가 막장 종료를 알릴 때가 되었다는 것을 알고 말을 한다.

'지금 화약심지에 불이 붙게 됩니다. 불이 다 타면 거래종료입니다. 이때의 가격은 조금 전에 효도상이 말한 막장시세라고 해서 오늘의 종가終價이며, 내일의 시가始價가 되는 것입니다. 한편 기타하마의 금거래소는 입회의 종료를 딱따기로 쳐서 알립니다. 그래도 끝나지 않을 때는 물을 뿌려서 억지로 끝나게 합니다. 자, 불도 다 꺼진 것 같습니다. 슬슬 돌아가실까요?'

'효도상, 대단히 고맙습니다.'

'벌써 가세요?' 아가씨의 목소리를 뒤로하고 밖으로 나오자, 뜨거운 여름햇살이 기다리고 있었다.

덴만궁天滿宮에 들러 참배를 하고 덴만바시天滿橋다리 위에서 오가와 강을 오고가는 수많은 배들을 바라본다.

오사카는 들어오는 배 1000척, 나가는 배 1000척, 일본의 모든 배가 들어오고 나간다. 기타마에부네北前船*, 타루카이센樽廻船과 히가키카이센菱垣廻船** 등의 외항선의 모항母港이고, 교토와 오사카를 연결한 요도

---

* 에도시대부터 메이지 시대(1603~1912)에 걸쳐 서일본 지역을 중심으로 상품교역에 활약한 선박, 오사카와 홋카이도를 왕복하면서 막대한 재화와 문화를 가져왔다.
** 교토 부근의 물자를 오사카에서 에도로 운송하는 술만 싣는 화물선과 그 밖의 화물을 싣는 화물선.

가와강에는 통행증을 가지고 운행하는 가쇼부네過書船, 후시미부네伏見船, 요도부네淀船라는 손님과 화물을 운송하는 배 등 수천 척이 왕래한다.

'지금, 교토 남부 후시미伏見에서 배가 막 도착했습니다.'

카라가네야가 덴만바시다리 남쪽 기슭을 가리킨다.

멋지게 차려입은 남녀가 요란스럽게 배에서 내린다.

'교토에서 오사카를 구경하러 몰려온 사람들입니다. 한껏 멋을 부린 남자들 15~16명이 방금 배에서 선착장 계단으로 뛰어내렸습니다. 저 무리들은 틀림없이 시마바라島原에서 오는 길인 것 같습니다.'

'시마바라?'

카슨도가 다리 난간에다 양쪽 팔꿈치를 괴고 차례로 도착하는 배에서 내리거나 혹은 또 교토를 향해 출발하는 사람들의 떠들썩한 모습을 지켜보면서 되물었다.

'일본에서 제일가는 유곽입니다. 오사카에는 신마치新町, 에도에는 요시와라吉原가 있습니다만, 뭐니뭐니해도 교토의 시마바라가 최고죠. 오사카 상인은 오사카에서 벌어서 시마바라에서 호화롭게 노는 것이 꿈입니다.'

'오사카에서 먼 가요?'

'요도부네淀船 배를 타고 강을 거슬러 올라가는 것은 하루, 내려오는 것은 반나절. 이틀이면 충분히 즐길 수 있습니다.'

이러한 대화를 덴만바시다리 위에서 나누고 난 뒤, 오사카성까지 정처 없이 걸었다. 홍순명은 큰 돌들로 쌓아올린 오사카성의 석담과 니노마루二の丸, 니시노 마루西の丸를 복잡한 마음으로 올려다보았다. 미운 도요토미 히데요시는 이미 죽었고, 천수각은 불타서 내려앉아

버렸으니 그나마 위안일까? 그러나 이 오사카 번영의 기반을 구축한 인물 역시도 도요토미 히데요시다. 홍순명의 심중은 보다 더 복잡해졌다.

해가 기울어 저녁식사 때가 되었다. 카라가네야가 안내도 해주었고, 식사대접도 한다고 했지만 홍순명의 간청으로 심부름을 보내어 효도를 불러냈다.

카슨도는 효도가 요도바시다리 위를 새처럼 가볍게 펄쩍펄쩍 뛰면서 달려오는 모습을 보고 있자니 미끌어지며 걷는 걸음걸이는 역시 쌀거래소 안에서만 의례적으로 하는 행위였다는 것을 알았다.

4명은 카라가네야의 단골가게인 〈히고바시타이치ひご橋たいち〉에서 싱싱고래냄비 요리를 가운데에 두고 삥 둘러앉았다. 홍순명과 카슨도는 고래고기가 처음이다. 홍순명이 벌벌 떨면서 젓가락을 가져가더니 한 입 먹어보고서,

'홋펫타가 오치루(뺨이 떨어져 나간다)입니다' 라고 일본어로 말을 해서 한바탕 웃었다. 근엄한 인물로 보였던 효도가 술을 떡이 되게 마시더니 이내 옷자락을 걷어 올려 허리띠에 끼운 채, 수건을 머리에 둘러 입에 물고, 미꾸라지를 소쿠리로 건져 올리는 춤을 추는 흐트러진 모습을 보고 있자니 회식은 저절로 흥이 넘쳐났다.

카라가네야가 도라야 만두를 선물로 주었다. 카슨도는 그들의 상인다운 배려와 용이주도함에 감탄했다.

'부탁드린 건은 부디 잘 부탁드립니다.'

카슨도는 부탁의 말을 남기고 이별했다.

유쾌한 시간을 보냈음에도 불구하고 기타미도로 가는 귀갓길은 그다지 유쾌하지 않았다. 홍순명이 갑자기 침묵했다.

카슨도가 헤아리기 어려운 홍순명의 마음속에는 아래와 같은 생각이 지나가고 있었다.

……오늘, 쌀거래소에서 체험한 일. 효도 쥬자쿠에게 이끌려 항간에서 본 기묘한 세계에 대해서는 결코 입 밖으로 내지 말자.

……바다를 사이에 두고 있지만 청나라와 조선 사람들은 도저히 생각할 수 없는 사태가 일어날 수 있다. 나는 인정하고 싶지 않지만 터무니없는 세계를 보고 말았다.

우리 조선은 유교의 가르침을 나라의 버팀목으로 삼고 있지만, 그것과는 전혀 이질적인 세상이 이 나라에서 생겨나 생활 속에 깊이 파고들어있다. 숫자에 근본을 두고 암호를 만들어 거액의 금전을 움직이게 하는 방법을 발명하고, 그것을 실천한 사람이 상품경제의 중심에 있다. 이 일은 우리나라와 대륙의 미래에 어두운 영향을 줄 것이라는 느낌이 들어서 도저히 견딜 수가 없다.

누명을 쓰다

시이나가 비둘기 3호를 쓰시마를 향해 날려 보낸 시각은 정오가 지나서였다.

그가 작은 주석으로 된 관속에 편지를 말아넣고 비둘기 다리에 감아서 방사하는 것을 처음부터 끝까지 망원경으로 보고 있는 자가 있었다.

물론 류성일이 비둘기의 귀소본능에 대해서 알 리는 없지만, 시이나가 아무래도 비둘기를 통신수단으로 사용하고 있다는 것은 짐작할 수 있었다. 류성일은 비둘기가 시이나 손을 벗어나 바람의 흐름을 타고 날아 올라 이윽고 작은 점이 되어 서쪽 하늘로 사라져 갈 때까지

가만히 망원경으로 쫓고 있다. '그 목적지는 쓰시마가 되겠군' 이라고
류성일은 중얼거렸다.

밤이 되자, 쓰시마번 수행원 숙사복도에서 요란한 발자국소리가 울
려 퍼졌다.
'카슨도, 카슨도는 어디에 계십니까?'
태운이 목소리가 가까이 들려온다. 여기다! 카슨도는 일어나 문을
열었다.
'무슨 일이야?'
시이나가 손촛대를 들고 나와서 문을 비춘다.
'용한이가 군관 놈들에게 맞아 죽게 생겼어!'
카슨도는 벌써 복도를 나와서 달려가고 있었다.
'카슨도, 검을 가지고 가야지.'
시이나가 소리 지른다.
'태운, 어디야? 안내해. 가면서 말해봐.'
'조선인 숙사 3호동 앞뜰이야.'
카슨도는 맨발로 뛰어나와 굵은 자갈길을 절뚝거리며 달렸다. 태운
이가 숨을 헐떡거리면서 사건의 줄거리를 이야기한다.

—— 출발에 앞서 오늘 오전에 조선국왕이 쇼군에게 보내는 진상품
일제조사가 있었다. 진상품들은 기타미도에 있는 거대한 창고에 보관
되어 있다. 조선말, 매, 생사, 고려청자와 이조백자 등, 일제검사는 순
조롭게 진행되어 마지막 인삼조사에서 진상용 인삼이 입고수량과 맞
지 않다는 것이 밝혀졌다.

국왕 숙종이 6대 쇼군 이에노부에게 보내는 고려인삼은 가장 좋은 최상품으로 준비한 것이다. 1000뿌리를 100뿌리 단위로 묶어 오동나무 상자에 넣어 10상자를 준비했는데, 몇 상자에서 몇 뿌리씩 모자란다.

진상품 분실은 중죄다. 곧바로 군관에 의해 극비리에 수사가 시작됐다. 간부를 제외하고 조선인 수행원의 소지품 조사가 실시됐다.

그러자 용한이의 봇짐에서 인삼조각이 나왔다. 조사에 따르면 진상용 인삼의 일부라는 것을 알아냈다. 용한이는 결백을 호소했지만 강제로 연행되어 채찍질을 당하고 있다. 군관사령 류성일은 용한이를 죽일 것이다.

조선인 숙사동 앞뜰에는 손에 촛대를 치켜든 남자들이 빙둘러 있었다. 가죽채찍의 윙윙거리는 소리와 몸에 닿는 소리, 용한이의 신음소리가 연이어 이어진다.

카슨도는 많은 사람들로 가득 찬 군중들을 좌우로 밀어 헤치며 앞으로 나섰다.

'누구? 누구!'

하는 소리가 여기저기에서 들려온다.

용한이가 돌바닥 위에 웅크리고 앉아 있다. 등살이 찢어져 피부는 청자색으로 변해 있었다. 류성일은 장승처럼 우뚝 버티고 서 있고, 군관 6명이 차례로 채찍을 내리치는 것을 보고 있다.

'잠깐만 기다려!'

카슨도가 크게 소리쳤다.

'아비루 카슨도인가. 일본인은 끼어 들 일이 아니다.'

류성일이 비웃듯이 말했다. 카슨도는 숨을 가다듬고,

'여기는 일본이다. 당신들이 제멋대로 사람을 심판하고 벌을 주는 행위는 용납할 수 없다. 나는 쓰시마번 경비대 소속으로 이대로 간과할 수는 없다. ……들으니 진상용 인삼이 분실되었다고 하던데……'

'아비루. 이전에도 말했지만, 우리들은 조선국을 대표하는 사절단이다. 객관 내에서는 귀국의 법률은 적용되지 않는다. 참견하지 말고 꺼져라.'

'치외법권인가. 그것도 안다. 그러나 인삼분실건이라면 짚이는 곳이 있다.'

용한이가 놀라서 얼굴을 든다. 카슨도는 채찍을 쳐들고 있던 6명의 군관 뒤에 박수실이 서 있는 모습을 발견하고 뜰 전체가 울려 퍼지도록 큰소리로 계속해서 말했다.

'며칠 전, 오사카의 유명한 약재 도매상에 고려인삼 60뿌리를 가지고 온 자가 있었다고 한다. 일본에서는 전혀 구할 수 없는 고급품이라고 했다.'

유창한 조선어다. 용한이를 둘러싼 남자들은 이어지는 카슨도의 다음 말을 조용히 기다리고 있었다.

숙사동 복도를 건너서 조태억, 임수간, 홍순명 삼사가 급한 걸음으로 다가온다.

'계속 말해라.'

류성일은 카슨도에게 재촉했다.

'……그 약재 도매상은 도쇼마치道修町의 모즈야鴨屋라고 한다. 웅대했던 주인은 남자의 인상착의를 정확히 기억하고 있다. 조선통신사 수행원 차림을 한 중년 남자였다고 했다.'

'아비루, 자네는 그것을 누구에게 들었나?'

'카라가네야라고 하는 쓰시마번의 어용상인이다.'

그러자 한쪽에서 홍순명이 거들었다.

'카라가네야는 신뢰할 수 있는 인물이다. 군관사령.'

류성일은 종사관을 보고 공손히 목례를 하고 카슨도를 향하여,

'그러면 인상착의에 대하여 말해보아라.'

'모즈야를 오게 해서 대면해도 좋다. 그러나 그보다도 우선, 이 광대에게 의복을 주고 치료를 받게 하는 것이 급선무가 아니냐!'

군관들은 류성일의 지시로 채찍을 거두었다. 태운이가 다가와 용한이에게 옷을 걸쳐준다.

'최의원은 있는가! 광대를 방으로 옮기도록 해라!'

홍순명이 큰소리로 말했다.

태운, 요리사 왕용, 마상재 기수 강진명은 용한이를 격려하면서 안아 올렸다. 카슨도가 용한이의 어깨에 살짝 손을 얹고,

'범인은 내가 알고 있어. 걱정하지 마.'

'고마워요, 카슨도.'

얼굴을 들고 희미한 목소리로 대답하더니 이내 기절했다.

'괜찮습니다. 생명에는 지장이 없습니다.'

최백형이 달려와서 말한다.

'이 정도가 될 때까지 잘도 참아냈군.'

류성일은 어처구니 없이 도둑으로 내몰린 용한이의 상태에는 꿈쩍하지도 않고 카슨도를 향하여,

'자네가 들었다던 그 남자의 인상착의를 좀 더 자세히.'

카슨도는 대답하지 않은 채, 군관들 그림자 속에서 박수실의 모습을 찾았지만 보이지 않는다. 그러나 여기 어딘가에 숨어서 전전긍긍

하면서 꼼짝도 못하고 서 있을 것이다.

……박수실 이놈, 용한이에게 당한 것이 분해서 죄를 덮어씌우려고 했던 것이렸다. 그 뿐만 아니라 훔친 인삼을 팔아서 큰 돈을 주머니에 챙겨 넣고 있다. 엄한 체벌은 당연하고 가능하면 내가 직접 쇠몽둥이로 쳐 죽일 테다.

류성일의 목소리가 울려 퍼진다.

'듣거라, 진상품을 훔쳤다면 조선국왕의 명예를 더럽힌 것이 된다. 어떠한 벌을 받을 것인지는 너희들이 잘 알고 있을 것이다. 닭도둑에서 봤던 처벌 정도로는 어림도 없다.'

누군가가 엄지손가락이 잘려나간 정군관을 떠올리면서 부들부들 떨고 있었다. 어깨를 움츠리며 이 정도는 양팔이 잘려나가겠다고 말하는 소리들이 여기저기에서 새어 나왔다.

'황, 전, 손, 윤!'

류성일이 부하이름을 큰 소리로 부른다.

'범인을 잡을 때까지 금족령을 내린다. 내일 아침에 조선인 전원을 여기로 모이게 하라. ……아비루.'

카슨도를 돌아보면서 다그치듯이,

'내일 아침, 모즈야를 여기로 데려왔으면 좋겠다. 대면조사를 하겠다.'

류성일의 지독하고도 박정하기가 이를 데 없는 판결방법을 알고 있던 카슨도는 당장 박수실을 범인으로 지목해도 분이 풀리지 않을 만큼 화가 나있다.

그러나 아직 용한이가 결백을 인정받았다고는 말하기 어렵다. 카라가네야에게 말해서 모즈야를 데려 올 수밖에 없다…… 까지 생각했을 때, 카슨도는 중요한 것을 깨달았다.

모즈야는 결코 증언하지 않을 것이다! 왜냐하면 모즈야는 쇼군 진상용 인삼을 불법적인 수단으로 입수하고 그것도 비싼 가격으로 마에다에게 팔아 넘겼기 때문에, 이 일이 밖으로 드러나게 되면 끝장이다.

만약 모즈야가 오기를 거부하여 카슨도가 데려오지 못한다고 해도 류성일은 스스로 오사카 마치부교쇼로 가서 모즈야의 소환을 요구할 것이다. 막다른 골목이다.

그러나 다른 입장이지만 카슨도와 같은 생각을 하며 막다른 골목에 서 있는 인물이 한 사람 더 있었다. 바로 조태억 정사다.

조태억은 통신사 일행을 책임지고 있는 몸으로 부끄러운 사건은 일으키고 싶지 않다. 지난번 사건과 같이 통신사 한 명을 본국으로 송환시키는 사태는 어떻게든 피하고 싶다. 진상용 인삼분실 건은 시말서로 끝낼 것이다. 예비로 가져온 인삼도 있다. 에도로 가는 중간지점에서 내부범인을 색출, 검거하여 벌을 주는 방식은 온당치도 않으며 한없이 귀찮은 일이다. 지금은 엄중한 관리로 재발을 방지하고 아무 탈없이 귀국해서 다시 수사하여 벌주는 것으로 이 사건을 마무리 짓고 싶다.

조태억 등 삼사는 류성일과 같은 쪽에 모여 있었지만, 류성일과 6~7m 떨어져 있어 사건처리에 대하여 삼사끼리 소곤소곤 서로 상의했다. 논의를 주도한 것은 조태억으로 그의 생각은 정사로서 타당한 것이므로 임수간 부사와 홍순명 종사관은 동의했다.

조태억은 류성일을 가까이 불러 밤도 깊었으니 이렇게 늦게 조선인이 모여서 옥신각신하고 있는 것은 일본측의 의심을 사게 된다. 그렇게 되면 경비대와 마치부교가 출동하는 소동이 일어나기 십상이라고 말했다.

'좋습니다. 그러면 우선 해산하겠습니다.'

류성일은 수행원들을 향하여

'방으로 돌아가라! 다만 한 발자국도 경내를 나가는 일은 금한다. 어기는 자는……, 그 자리에서 참해버리겠다.'

용한이는 최백형의 방에서 정성어린 치료와 간호를 받았다. 카슨도는 태운이에게 은화를 조금 건네주며 내일 아침에 용한이의 상태를 전해달라고 부탁하고 숙사로 돌아왔다. 카슨도의 방문 앞에 시이나가 서 있었다.

'뭐야, 아직 있었어?'

'카슨도, 무사가 허리에 검도 차지 않고 그대로 달려 나가는 것은 어찌된 일이야?

시이나는 이렇게 말하고 카슨도에게 검을 건네준다.

'고마워. 왜관에서 지낼 때의 습관으로 자주 잊어버리곤 해.'

'용한이라는 자는 후츄에서 줄타기를 보여준 예능인이지? 예쁜 남자다. 카슨도 뭔가 마음을 터놓고 이야기할 수 없는 복잡하고 미묘한 인연이 있는 것 같은데……, 자세한 건 묻지 않겠네만.'

……인연은 있지, 무엇보다 목숨을 구해준 은인이니깐…… 이렇게 중얼거리면서 모즈야 문제를 어떻게 해결해야 할지 곰곰이 궁리했다.

류성일의 출신

한편, 조태억은 사건의 뒷수습을 위해 류성일을 자기 방으로 불렀다. 부사와 종사관이 동석했다. 대개 이러한 자리에는 서기 역할을 해

줄 사람이 필요하지만, 조태억은 제술관 이현을 일부러 제외시켰다. 원리원칙만을 내세우고 사건해결을 위해서는 전혀 도움이 되지 않는 이현을 부르지 않는 편이 차라리 낫다고 생각했다.

10평의 방에는 네 귀퉁이에 촛대가 두 개씩, 중앙탁자에 커다란 사방등이 있어 천장까지 밝게 비추고 있다. 방 안에는 향을 피워 은은하고 우아한 향기가 떠다닌다.

류성일은 군복을 입은 채로, 단정히 입구 쪽 장지문 근처에 대기하고 있다.

'군관사령, 조금 앞으로 앉으시게.'

조태억이 말을 건넨다.

'아닙니다. 저는 여기서……'

류성일은 움직이지 않는다.

'군관사령, 이번 도난사건은 일어나서는 안되는 일이네. 하지만 아시다시피 우리들은 아직 일정의 절반도 가지도 못했네. 일행 중에는 병자와 부상자도 많이 발생했고, 모두 피로한 기색이 농후하네. 이러한 때에 범인을 체포하여 엄벌로 다스리는 것은 일행의 사기를 떨어뜨리는 일이 될 것 같네만……'

조태억은 도모노우라에서 류성일이 보여준, 지나치리만큼 가혹한 조치를 떠올리면서 부드러운 어조로 말을 이어갔다.

'지금은 아무쪼록 사명을 완수하고 무사복명을 고하는 것이 그야말로 중요하네. 일단 범인 색출을 멈추고 이 건을 잠시 불문에 붙여두는 것은 어떻게 생각하시는지……'

류성일은 어깨를 으쓱대며 거만하게 다음과 같은 말을 내뱉는다.

'그 무슨 말씀을! 사명의 수행이 중요합니다. 이번 일을 애매모호하

게 처리해서는 안됩니다.'

'사령, 잠시 들어주시게. 우리들은 곧 교토로 출발하네. 아시는 바와 같이 교토까지는 요도가와라는 큰 강을 100리 가까이 거슬러 올라가야 하네. 그것도 하천용 배를 타고 가야 하므로 걱정거리가 이만저만이 아니네. 내일부터 모든 인원이 그 일에만 매달려야 한다는 것도 알고 계시겠지. 나는 하찮은 일에 매여 있으면 큰일을 볼 수 없게 된다고 생각하네.'

'하찮은 일이라니요. 지금 국왕의 진상품 도난사건이 하찮다고 하시는 겁니까! 당신들 문관나리들은 이 무슨 소심한 겁쟁이들입니까! 그러시다면 저 혼자 하겠습니다. 무슨 수를 써서라도 범인을 색출해서 처벌하겠습니다.'

류성일은 흥분하여 자리에서 일어선다.

'기다리시게. 군관사령! 그 고집은 자네의 혈통에서 온 것인가?'

조태억은 엄한 목소리로 호통을 쳤다.

조태억은 천천히 탁상 위에 있던 편지 한 통을 손에 들더니,

'이것은 자네의 신원보고서라네. 어제 한양에서 막 도착했네. 여기에는 자네의 계조사칭뿐만 아니라 진짜 혈통에 대하여 기록되어 있어.'

류성일은 앞쪽으로 조금 구부정하게 선 채 꿈쩍도 하지 않는다.

조선통신사 일행이 단양체류 중에 〈일본국대군〉을 〈일본국왕〉으로 고쳐서 새로운 국서가 한양에서 돌아왔을 때, 사자는 또 다른 한 통의 편지를 휴대하고 있었다. 그것은 친구인 이조판서 안홍철을 통해 의뢰했던 류성일의 신원조사보고서다. 거기에는 류성일에게 계조사칭 의혹이 있다고 기록되어 있다. 〈불망기본不忘其本〉은 조선에서는 중죄에 해당한다. 그 때, 홍순명 종사관은 보고도 못 본 체하자고 진

언했지만, 조태억은 이 일이 이번 여행에 좋지 못한 영향을 줄지도 모른다고 생각하여 불안한 마음을 억누르지 못하고, 안홍철에게 한층 더 자세한 조사를 의뢰했었다. 그리고 어제 도착한 두 번째 편지에서 류성일의 본성이 판명되었다.

류성일에 관한 조사에 착수한 부서는 왜관 도자기 요에서 도공으로 가장한 이순지가 속한 오위부 암행부이고, 암행부는 류성일이 소속된 비변사국과는 라이벌 관계에 있다. 비변사국은 동반(문반)이고, 오위부는 서반(무반)에 속한다. 함께 치안과 특무와 비밀공작을 주된 임무로 하고 〈은길〉을 공유한다. 이순지는 비변사국 차장 강구영을 암살하여 아내의 원수를 갚았지만, 이 강구영이야말로 류성일의 직속상관이었다.

류성일에 관한 첫 번째 보고에서는 1650년경(효종1년), 홀연히 울릉도에 나타난 젊은 남자가 그 지역에서 돈을 주고 〈류〉라는 성씨를 사서 호적을 만들고 결혼을 하여 남자아기가 태어났다. 그 아이가 류성일의 부친이라고 여겨진다.

오위부 암행부는 다시 안홍철에게 요청을 받아서 더욱 상세하게 류성일에 대한 조사를 위해 울릉도로 담당자를 파견했다.

울릉도는 동경 130° 54′, 북위 37° 29′에 위치한다. 조선반도 중부의 동해안에서 최단거리로 약 200Km의 해상에 떠있는 화산섬으로, 깎아지른 듯이 솟아 있는 바위 낭떠러지여서 배를 접안하기 힘들다.

해발고도 약 1000m. 바위로 이루어진 봉우리 세 개가 우뚝 솟아 있고, 평지라고 할 만한 곳은 없다. 동물도 살지 않는다. 주민은 50~60명, 오징어 어업과 약초재배, 자생하는 침향나무를 벌채하여 가끔 육지로 팔러나간다.

조사담당자는 섬에서 오랫동안 살아 온 노인을 만나 약 60년 전에 섬으로 표류해 들어온 젊은 남자 이야기를 물어 보았다.

일본인이다. 이름은 야나가와 시게나가柳川調永라고 한다.

결국 류성일의 정체가 분명해졌다.

야나가와 시게나가는 지금부터 76년 전, 1635년 〈국서개찬 사건〉으로 재산을 몰수당하고 쓰가루로 유배 간 쓰시마번 에도가로인 야나가와 시게오키의 외아들이다. 시게오키는 막부의 허락을 받아 에도로 돌아가기만을 꿈꾸다가 죄인의 몸으로 늙어 죽었다. 그의 외아들인 시게나가가 앞날이 보이지 않는 미래를 벗어나기 위해 일본탈출을 감행했다고 해도 이상한 일이 아니다.

……류성일은 천천히 삼사 쪽을 향해 돌아섰다. 입가에 뻔뻔스런 미소를 짓고 있었다.

'분명히 저에게는 일본인의 피가 흐르고 있습니다. 그러나 저는 조선국왕과 국가에 충성을 서약한 무관입니다. 이 서약에는 한 점의 의혹도 없습니다. 계조사칭에 대해서는 드릴 말씀이 없습니다. 그럼 실례하겠습니다!'

잽싸게 뒤돌아 나가버렸다. 멀어져가는 느낌이 전해오지 않는다. 복도를 걸어가는 발걸음 소리가 전혀 들리지 않는다.

'그가 직책을 사임할지도 모르겠는걸요.'

홍순명이 한마디 한다.

'그건 곤란합니다.'

즉각 반응한 사람은 류성일의 존재를 미덥지 않아하던 조태억이다.

임수간이 일어나서 류성일을 쫓아간다.

계단을 내려가는 류성일을 강한 어조로 불러 세웠다.

'사령, 내일 아침에 금족령을 해제하고 전원 출발준비 명령을 내려주었으면 하네.'

'부사님, 저는 이제 임무를 그만둔 사람입니다.'

'나는 자네의 상사네. 내가 임무를 그만 둔 사람에게 출발지시를 명령하겠는가?'

임수간은 류성일을 자기 방으로 불러들였다.

그는 류성일을 만류하면서 물어보고 싶은 게 있었다.

임수간이 몸소 차를 준비하여 류성일에게 대접한다.

'일본 녹차는 맛있군. 다도문화도 왕성한 것 같고. 대륙에서는 펄펄 끓인 물을 붓는데 이 나라에서는 미지근한 물로 달인다고 들었네만, 역시 시험해보니 과연 맛이 좋아. ……이전부터 자네에게 묻고 싶었던 것이 있었네. 단양에서 자네가 예정보다 늦게 도착했을 때, 얼굴에 몇 군데 쏠린 상처와 푸른 멍이 있었네. 나는 여자가 할퀴었다고 생각했었는데, 자네가 도착하기 전날 일본인 사신이 와 있었지. 아비루 카슨도. 그에 대한 이야기를 하자 자네 표정이 금세 변했었네. 자네는 늦게 도착한 이유를 잠상조직을 적발하느라 늦어졌다고 변명했지만, 나는 다른 사정이 있다고 짐작하고 있었네. 검 솜씨가 대단한 자네는 얼굴에 상처를 입었고 다른 한쪽의 일본인은 어깨에 깊은 부상을 입고 있었네.'

류성일은 녹차에 손도 대지 않은 채, 침묵을 지킨다.

'자네와 그는 어디에선가 마주친 게 아닌가?'

류성일은 머리를 미세하게 끄덕인다. 가까이 있는 사방등 불빛이 카슨도가 휘두른 칼끝이 남긴 상처를 드러내고 있다.

'그 자는 은길을 달려왔습니다. 그것도 암행어사 복장을 하고 말입니다. 저는 조령 남쪽의 은길에서 그와 만났습니다. 수상하여 검문했습니다. 왜냐하면 암행어사라면 결코 벗으면 안 되는 복면을 벗고 있었습니다. 소속과 이름을 물었습니다만 대답하지 않았습니다. 그래서……. 강한 놈입니다.'

'설마……, 일본인이 어떻게 은길로?'

'암행내부에 그에게 은길에 들어가는 방법을 알려주면서 통행허가증인 문인을 건네주고, 청나라말까지 조달해준 사람이 있습니다. 저는 어떻게 해서라도 이번 여행 도중에 저 경비대장 보좌를 추적하여 암행내부에 있는 배반자를 찾아내려고……'

임수간이 몸을 앞으로 쑥 내밀고,

'뭔가 알아냈는가?'

류성일은 입을 다문 채 머리를 흔든다.

'아직 아무것도. 놈은 반드시 움직일 겁니다. 가령……'

'가령?'

'비둘기입니다.'

'비둘기?'

류성일이 품 속에서 망원경을 꺼냈다. 요즘에는 항상 망원경을 휴대하고 있다.

'비둘기와 망원경……. 마치 수수께끼 같군.'

'부사님, 쓰시마번 경비대 한 사람이 비둘기를 기르고 있는 것을 알고 계십니까?'

'아니, 모르네.'

'저는 이 망원경으로 그 남자가 비둘기 다리에 무엇인가 감아서 날려 보내는 것을 보았습니다.'

'그렇다면 글을 전하는 비둘기일세.'

'글을 전하는 비둘기?'

임수간은 류성일에게 비둘기의 귀소본능을 이용한 통신수단에 대하여 설명한다. ――기원은 알 수 없지만 이미 당나라의 문헌에도 나온다. 현종황제 치하, 재상 장구령張九齡이 몇백 마리의 비둘기를 사육하고 있어 모두들 그를 비둘기 재상이라고 불렀다. 산둥山東에서 반란이 일어났을 때, 적의 정보를 탐색하기 위해 파견가는 부하들에게 비둘기를 가지고 가게 했지. 비둘기는 몇 회에 걸쳐서 시안長安에 있는 장구령 저택에 내려와 귀중한 정보를 가져다 준 덕택에 역적을 토벌할 수 있었네. 부하들은 발각되어 모두 죽었지만…….

류성일의 눈에서 날카롭게 빛이 반짝였다.

'부사님, 계조사칭에 관해서는 귀국하면 재판을 받도록 하겠습니다. 조 정사 이하 삼사 분들이 복명을 다할 때까지 미력하나마 소임을 다하겠습니다. 그리고 반드시……'

여기까지 말하더니 갑자기 말을 멈추고, 녹차는 입에 대지도 않고 물러났다.

임수간은 사방등에 기름을 보충해 넣고 불빛 주위를 잠시 서성이다가 갑자기 등불을 들고 방을 나왔다.

모두가 잠든 객관 복도를 미끄러지듯이 걷는다.

'홍순명 나리, 주무십니까?'

'들어오세요.'

안에서 소리가 났다.

임수간은 인사조차 생략하고 류성일과의 담판 이야기를 홍순명에게 전했다.

홍순명의 표정이 점점 어두워진다. ……그런가? 역시 아비루 카슨 도는 첩자인가. 게다가 우리 정부 안에 내통자가 있다. ……그리고 아 비루가 암행어사가 되어 〈은길〉을 달렸다면……, 이 계획의 중심에 아메노모리가 있다는 것이 된다.

아메노모리를 추궁해야 할 것인가. 홍순명은 잠들 수 없었다.

다음날 이른 아침, 오사카조다이가 보낸 사자가 왔다. 글피에 출발 하라는 통지이다. 순식간에 떠날 준비가 시작되었다. 넓은 기타미도 는 함성으로 휩싸였다. 오사카조다이가 보낸 감독관과 인부들은 총 인원 1200명에 이르렀다. 여기에 뱃사람을 제외한 통신사 일행 400여 명, 쓰시마, 후쿠오카, 쵸슈, 히로시마, 오카야마, 히메이지, 아마가사 키尼崎, 기시와다번岸和田藩 수행자 모두 합쳐 2500여 명이 움직이는 모 습은 마치 전쟁터로 나가는 것과 흡사하다.

홍순명의 고민은 이런 어수선하고 분주함 속에서 잊혀졌다.

한편 군관지휘를 집행하는 류성일의 머리속에는 일본측과 내통하 는 암행부 사람을 알아낼 생각으로 가득 차 있었다. 어느새 인삼도둑 사건은 한쪽 구석으로 밀려나 버렸다.

류성일 본인을 둘러싼 비밀 ——계조사칭과 일본인의 피가 흐르고 있는 태생—— 이 삼사 앞에서 백일하에 밝혀졌다. 정사 방을 건방지 게 뛰쳐나와 소리도 없이 복도를 걸으면서 류성일은 중얼거리고 있 었다. ……이제는 깨끗이 물러서는 것 밖에는 없다. 예전에 조부가 표류하여 도착했던 섬. 울릉도로 도망가서 약초나 캐고, 침향나무를 채벌하면서 살아갈까. 한양에는 아내와 어린 아들이 있는데…….

그러한 일을 막연히 생각하고 계단을 내려가려고 했을 때, 임수간 이 불러 세워 생각지도 않게 위로해주었다. 이는 지금까지 적의와 경시의 대상이었던 문관에 대해 류성일이 가진 인식을 새롭게 전환하는 계기가 됐다. 임수간을 신뢰할 수 있는 인물로 본 그는, 처음으로 비변사국 감찰어사로서 임수간과 대면하고 오직 혼자서 극비리에 진행하고자 했던 첩자 비밀조사에 대하여 털어놓았다.

속마음을 털어놓고 나니 류성일에게 임수간과의 연대감이 생겨났다. 예전에 그를 이끌어 주었던 강구영의 죽음 이후, 기억에서 지워졌던 상사에 대한 공손한 마음이 생겼다. 류성일은 배신자를 고발하고 처벌해야겠다는 사명감으로 한층 더 마음이 고조되었다.

이러한 위기가 눈앞에 닥쳐와 있는 것을 카슨도는 알 리가 없다. 그는 다음날 조선측으로부터 모즈야 소환을 재촉하는 연락이 없는 것이 이상하다고 생각하면서도 동시에 안도했다. 아침부터 출발준비 지휘를 맡고 있는 류성일과 군관들의 활기차고 민첩한 움직임을 보고 있자니 어젯밤 용한이를 저 정도로 처참하게 만들어 놓은 인삼도둑사건은 한바탕 악몽이었다는 생각이 든다.

태운이가 와서 용한이의 상태를 전해주었기 때문에 겨우 어젯밤 사건이 현실이라는 것을 확인할 수 있었다.

용한이는 이미 자리에서 일어나 아침식사를 다른 사람의 두 배나 먹었다고 한다. 의원 최백형도 용한이의 튼튼한 신체구조가 예사롭지 않다고 놀라고 있다.

박수실의 모습이 자꾸 카슨도의 시야에 어른거린다. 언제나 등 뒤 어딘가에서 카슨도를 향하고 있는 느낌이 든다. 저놈을 어떤 방법으로 따끔하게 혼내줄 것인가를 생각해 보았지만 지금은 별다른 좋은 방법이 떠오르지 않는다.

박수실 쪽은 이렇게 생각하고 있다. ……저 사무라이는 왜 나를 감싸는 것일까. 나도 뭔가 저 놈의 약점을 잡으면 좋을텐데……

진상품, 자재, 식료, 의상, 마상재의 말 등을 기타하마 선착장에 정박시켜 둔 하천용 배 200척에 싣는 작업이 꼬박 이틀 밤샘작업으로 마무리되었다.

9월 모일 이른 새벽, 오사카를 출발했다.

안내선 두 척이 선도하여 간다고 해도, 요도淀에서 후시미항伏見港 도착이 깊은 밤이라고 예상되므로 화톳불이 장착된 배 2척이 따라간다. 이어서 준설선 5척이 강바닥에 쌓인 모래나 암석을 파내면서 전진한다. 그 뒤로 또다시 화톳불이 장착된 배 5척과 화톳불을 위한 땔감을 실은 배 4척.

드디어 본대가 나타난다. 선두는 쓰시마 번주가 탄 배, 이어서 금선金船이라는 눈부시게 아름다운 도쿠가와 쇼군의 고자부네御座船, 깃발선 5척, 삼사의 배, 기타 일행이 탄 배. 쓰시마, 쵸슈, 히로시마 등 8군데의 가와고자부네, 기타 수행선 등은 모두 합쳐 500척 남짓, 4800명이 요도가와강에 떠있다.

배에는 키잡이가 있을 뿐 노를 젓는 선원은 없다. 한 척마다 70명씩 강 양쪽의 선박예인용 길에 서서, 줄을 이용해 상류를 향하여 배를 끌어당긴다. 청색 옷을 입은 인부는 선박예인이 생업이다. 제각각 아무거나 입고 줄을 잡은 사람들은 인근 마을에 사는 주민들이다. 동원된 인부는 부역으로 나온 사람들까지 4만 명에 이른다.

양쪽 강둑에는 수십만 명의 구경꾼들로 가득 차 있다. 조선 배는 모두 북을 울리며 연주하고, 배 가장자리에서 화려한 의상을 입은 광대가 노래하며 춤을 춘다.

갑자기 구경꾼들이 일제히 함성소리를 지른다.

선박예인 줄 위에 탈을 쓴 용한이가 줄을 타고 왔다 갔다하기 시작했다.

'용한아. 이 줄은 줄타기 줄과는 다르잖아, 그만 둬!'

태운이가 소리쳤지만 꿈쩍도 하지 않는다.

카슨도는 멀리 떨어진 배에서 용한이의 이런 모습을 보고 그 회복 속도에 안심한다. ……그러나 정말로 고집불통인 녀석이다!

다음 순간, 그의 눈에 용한이의 모습이 보이지 않는다. 조금 후에 와~ 하고 한바탕 큰 웃음으로 소용돌이가 일어났다.

용한이의 가벼운 몸풀기 동작을 보고 그 요염한 자태에 홀딱 빠진 인부 몇 명이 무심결에 줄을 놓아 버린 것이다. 가장 중요한 줄이 갑자기 느슨해지는 바람에 숙달된 광대라도 어쩔 도리가 없다.

〈용한이가 물에 빠졌다!〉. 강 깊이는 겨우 1m 내외에 지나지 않았으므로 무딘 사람이라도 걱정할 필요가 없다. 용한이는 일부러 익사한 척 하면서 구경꾼들을 즐겁게 해주었지만 장난이 지나쳐 목숨 다음으로 중요한 탈이 벗겨져 떠내려갔다.

각시탈이 환하게 웃으면서 두둥실거리며 멀어져간다.

그러자 뜻밖에 뱃전에서 팔을 뻗어 탈을 주워 올린 남자가 있었다. 카슨도다. 그는 용한이를 향하여 손을 흔들어 보이고 탈을 써보였다.

통신사 일행이 뱃노래를 부르는 사이에 강가에 세워 놓은 화톳불과 화톳불이 장착된 배, 양쪽 등불에 유도되어 요도에 도착한 것은 한밤중이 훨씬 지나서였다.

이현의 일기

'오사카에서부터 물길로 100리(39Km). 심야, 요도淀에 도착. 배 안에서 숙박, 새벽녘에 상륙. 흰 벽으로 된 성곽은 떠오르는 아침 해를 받아 옅은 장미색으로 눈부시게 반짝인다.

요도성이다. 성 밖에 커다란 물레방아가 2개 있고, 성안 해자는 강물을 끌어들여 흐르게 한다. 해자 옆 돌담은 정교하고 치밀하다. 돌담 위의 낮은 울타리에는 대포를 쭉 세워놓아 해자 위에 돌출되어 있다. 우리들을 요격하려는 것일까? 이 성은 얄미운 히데요시가 애첩을 위해 축성한 것이다. 아름다움을 그저 우리 민족이 가진 한의 대상으로 보는 것, 이 세상은 불합리하다. 절치부심切齒腐心.

드디어 교토. 이제부터 에도까지 육로로 간다. 얼마나 먼 길인가! 우리 걸음은 너무도 느리다. 그러나 볼만한 것은 많다. 특히 여자에게 주목한다. 나는 일본어를 모른다. 그러나 길가의 찻집에서 말을 거는 여인들의 옥구슬 굴러가는 목소리, 윤기 있는 아름다운 검은 머리, 하얀 피부, 빛나는 눈동자, 모두 그림 속에 있는 사람을 보는 것 같다. 남자들은 귀천현우貴賤賢愚를 막론하고 시문을 중시하여 동경하고 사모한다. 여자들은 모두 화장을 하고 유혹을 한다. 본국에서 이런 경험은 한 번도 없다. 이것이 미개한 오랑캐의 풍습이라는 것인가.

왜인의 집에는 반듯이 욕실이 있고, 남녀가 함께 벌게 벗고 입욕한다. 백주대낮에도 서로 뒤엉켜 있다. 밤에는 온갖 음탕한 짓거리를 다한다. 귀천을 불문하고 모두 외설적인 그림이나 책, 성욕이 생기게 하는 약을 품에 지닌다. 또 혼인은 같은 성씨를 가리지 않고 부모형제자매 간에도 간음한다. 미개하기가 그지없는 요상한 풍습이라고 생각했더니, 아뿔사! 남색의 풍습, 여자와의 그것보다 곱절 많다고 들었다.

왜인 남자는 14, 15세가 되면 용모가 수려한 자는 모두가 머리를 양쪽 귀에 틀어 올려 동여매고, 화장을 하고 호화찬란한 옷을 걸친다. 다이묘, 거상, 부농은 재물을 옷깃에 쑤셔 넣고 주색에 빠져서 지칠 줄 모른다.

남녀 간의 육체적 욕정의 환희, 이는 음양의 법칙. 양과 양이 서로 교합하여 기쁨을 얻는 것은 부조리의 극치. 중화에서 멀어질수록 타락, 퇴폐가 심한 것은 화이질서의 말석에 있는 나라이기 때문일까.

나는 이런 풍속에 대하여 아메노모리에게 질문했다. 그는 태평하게 웃으면서 말한다. ──나는 아직 그 환희를 경험해보지 못했다. 언제라도 좋은 기회가 생기면 한번 맛보고 싶다. 아이고 맙소사!

드디어 왜왕의 거처 교토. 가는 곳마다 높은 건물, 전각이 눈부시게 아름다운 건물들이 줄지어 있다. 교토쇼시다이京都所司代*의 마중을 받고, 시모교下京에 있는 객관으로 들어간다. 혼코쿠지本國寺절. 웅장함은 오사카의 기타미도에 견줄만하다.

왜왕(천황)이 거주하는 궁성은 숙소의 서쪽에 있다고 들었다. 정사가 배알을 청했지만 교토쇼시다이는 일언지하 거절했다. 조선국왕 사신은 도쿠가와가 쇼군이 된 이후로 7번이나 왔어도 한 번도 왜왕과의 회견은 허락되지 않았으며 궁성을 보는 것도, 행렬이 궁성 옆을 지나는 것도 허락할 수 없다는 것은 도대체 무슨 연유일까?

지금의 왜왕, 114대 나카미카도中御門帝는 이전 왕인 히가시야마東山

---

* 교토의 경비, 황궁, 공가에 관한 정무를 관장, 교토 주변 8개 지방의 소송 처리. 서쪽 지방의 다이묘를 감시하는 업무를 수행했다.

의 5왕자이고 이름은 야스히토慶仁. 성씨는 없다. 작년에 왕위를 계승한 올해 11세. 왜왕은 예부터 이름은 있고 성이 없는 것은 석가나 예수와 같다고 하는데 이해 불가능.

왜왕. 궁전에서 밖으로 나오는 일은 교토소시다이로부터 엄격하게 제한되고, 궁전 안에서 목각인형처럼 지낸다. 막부가 천황가에게 주는 조달금액은 1년에 3만 석에 지나지 않는다. 쓰시마번의 15만 석과 비교하면 그 곤궁함을 추측할 수 있다. 그런데도 쇼군습직 승인은 왜왕의 전권사항이다. 이것도 이해불가. 어째서 막부는 천황가의 존속을 인정하는가?

재차 아메노모리에게 질문해보니 —— 우리나라의 기본은 와카和歌에 있다. 예부터 와카를 짓고 연구하는 일이야 말로 천황의 본분이다. 그 와카란 57577 음의 정형시이다. 이어 그는 《고금화가집古今和歌集》, 《신고금화가집新古今和歌集》 두 개의 칙선勅選 가집의 서문을 예시했다.

—— 야마토 노래(이것을 한시와 구별하기 위함)인 와카는 옛날 천지가 개벽하기 시작했을 뿐 인간의 생활이 아직 정해지지 않았을 때, 갈대가 자라는 들판 중앙에 있는 나라(일본)의 노래로서 스사노오노미코토素戔嗚尊의 아내인 이나다히메稲田姫가 살았던 이즈모出雲의 소가 마을에서 전해진 것이다. 이렇게 생긴 이래로 와카의 전통은 끊어지지 않고, 개인적으로는 연애에 몰두하거나 자신의 마음을 표현하는 수단으로 삼고, 사회적으로는 세상을 다스리거나 인민의 마음을 부드럽게 하는 방법이다.

아메노모리 호슈가 무슨 말을 하는 건지…… 도대체!

9월 모일, 교토를 출발한다. 수일 전 교토소시다이京都所司代로부터 사자가 와서 이유를 알리지 않고 당초 정해진 오전 8시 출발을 오전 10시로 변경을 요청해왔다.

사자가 돌아간 이후, 쓰시마의 태수가 말하기를 왜왕 야스히토가 통신사 행렬 구경을 몹시 소망한다고 했다. 교토쇼시다이는 왜왕이 오전 10시에 몰래 궁궐을 빠져나와 멀리서라도 일행을 볼 수 있도록 계획을 세웠다. 그러나 장소는 정하지 않았다.

당일 일행 본대는 혼코쿠지를 출발하여 5리쯤 갔다. 강이 있었다. 그 다리 옆에서 군중 속에 보라색 복면의 색다른 모습을 하고 있는 어린 아이를 볼 수 있었다. 나중에 생각해보니 그가 왜왕이었을까?

오후 6시, 오쓰大津에 도착했다. 숙박한다. 아침, 창가의 발 너머에 가을비가 내린다. 발을 들어 올리면 확 트인 전망, 광대한 호수가 보인다. 비와코琵琶湖 호수다. 나는 동정호洞庭湖*는 모른다. 지금까지 악양루岳陽樓**에 올라가 보지도 않았지만 두보도 이러하랴, 맹호연孟浩然도 이러하랴, 《등악양루登岳陽樓(악양루에 올라)》 및 《임동정상장승상臨洞庭上張丞相(동정호에 이르러 장승상께 올리다 - 역주)》을 읊조리지도 않고.

동쪽 호안을 말을 타고 5리를 달려 모리야마守山에 도착했다. 오찬 후, 호수를 따라 아름다운 소나무 가로수 길로 들어선다. 이 길은 조선인가도朝鮮人街路라고 한다. 도쿠가와 이에야스가 세키가하라 전투関が原の戦い에서 승리한 후 의기양양하게 교토로 상경할 때 지나갔다는

---

* 후난성(湖南省) 북부에 있는 중국에서 가장 큰 민물 호수. 양쯔강(揚子江)의 수량을 조절하며 예로부터 많은 시인들이 읊은 명승지이다.
** 후난성에 있는 성루.

의미 있는 길이다. 아무나 함부로 통행할 수 없다. 심지어 여러 번의 번주들, 외국사절도 마찬가지다. 조선통신사에게만 이 길을 허락한다. 참으로 당연하다.

오후, 오미하치만近江八幡에 도착했다. 휴식 후, 바로 출발하여 아즈치安土를 지나 저녁에 히코네彦根에 도착했다. 언덕 위에 견고한 성이 우뚝 서 있다. 통신사 숙사는 성 근처에 있는 수안지宗安寺절.

저녁식사로 진귀한 음식을 먹었다. 붕어로 담근 식해. 삼사와 상상관, 상판사들은 모두 한 입씩 입에 넣는 순간 얼굴을 찌푸리고 외면했다. 모두들 서둘러 소매부리에서 종이를 꺼내어 토해냈다. 나에게는 너무나도 맛 좋은 요리. 나는 다른 사람이 남긴 것도 모조리 실컷 먹었다. 미개한 오랑캐라고 업신여기면 안되는 법, 이와 같이 썩어빠진 것 중에 진주가 숨어 있다니!

소문에 의하면 압물관 박수실이 남색을 좋아한다는 것. 용한이 같은 천한 광대를 혼자 연모하지만 용한이가 거들떠보지도 않자 그 분풀이로 진상용 인삼도둑의 죄를 덮어씌웠다고. 오호라!

연회가 끝나고 히코네의 여러 문인과 담소를 나누며 창수唱酬(시문을 지어 서로 나누다)하다. 나는 너무 지치고 피곤하다. 엉덩이 병으로 고통스러워 시가詩歌와의 여행을 더 이상 즐길 수가 없다. 도저히 견디지 못할 지경에 이르렀다. 오사카에서 선물받은 에비스도의 〈후시기고〉를 발라 일시적으로 가라앉았던 고질병이 오늘 심하게 도졌다. 열도 나고, 통증도 심하다. 약이란 상용하면 효능이 줄어든다더니.

설상가상으로 지금까지 만족할 만한 좋은 시가를 읊지 못한 것, 미개한 오랑캐의 기대에 부응하지 못한 것이 후회스럽다. 한꺼번에 만회하리라. 오늘 저녁에도 제술관으로서 시문 창수에 더 이상 참여하지 못한 것은 유감이다.

요즘 깊게 생각에 잠길 때가 많다. 애초 나는 늙은 노모와 빈궁한 처자식이 있고, 재주가 없다고 겁내어 임무를 해낼 수 없을 거라는 생각에 이번 임명을 한사코 거절했다. 국왕의 하명에 어쩔 도리 없이 통신사 일행에 참가하게 되었지만 출발 이래 부끄럽게도 한 번도 여행을 즐겁다고 생각해 본 적이 없다.

그러나 지금 제술관으로서 이 여행을 무사히 수행할 수 있게 되면, 서자인 나도 승진길이 열리게 될지도 모른다는 생각이 든다. 모든 것은 조태억 정사의 마음속에 있는 것. 그가 나를 어떻게 생각하느냐에 주의를 기울여 이후에는 그가 나에 관해 좋은 마음이 생기도록 해야 할 것. 거역하지 않고, 아첨해야 한다. 이것을 변절이라고 웃으려면 웃어라.

─나, 이것으로 일기를 쓰기를 마친다.

아메노모리의 곤욕

이현이 자리를 비운 사이에 오래간만에 아메노모리의 모습이 보였다. 도모노우라 후쿠젠지 이후 처음이다.

조태억, 홍순명, 상상관들, 상판사들이 있다. 임수간 부사는 류성일과 무슨 회의가 있는지 식사를 마치자마자 재빨리 자리를 떠났다.

일본측 참석자는 아메노모리, 또 다른 진문역인 마쓰우라 가쇼, 히코네彦根 료탄지龍潭寺절의 승려 고우에光惠, 기타오 하루토모北尾春倫라는 젊은이, 그 외 늙은무사와 나가하마長浜에서 미곡상을 하는 6명. 기타오는 오가키번大垣藩의 의원인 기타오 슌포北尾春圃의 외아들로 교토에서 의학을 공부하고 있지만 한시문을 잘한다. 통신사 일행이 히코네에서 1박할 것이라는 정보를 알고 일시 귀성하여 함께 자리했다.

시문창수詩文唱酬를 마치고 조선측이 일본인들을 배웅하기 위해 일어섰을 때, 홍순명이 아메노모리에게 살짝 다가와 귓속말로 자기 방에 오도록 속삭였다.

방에 들어오자 홍순명은 절박한 목소리로 수일 전에 임수간에게 전해들은 사건을 보고한다. 힐문하는 말투다.

── 지난 4월 중순, 아비루 카슨도는 아메노모리의 밀서를 가지고 단양에 왔다. 그 때, 그는 어깨에 심한 부상을 입었다. 나중에 안 일은 그가 조선정부 내에도 오위부 암행부와 비변사국 사람들에게만 허용된 〈은길〉을 이용했다. 우선 이것이 문제다. 그는 도대체 어떻게, 왜 〈은길〉을 달려 올 수 있었을까? 더군다나 완전한 암행어사 복장으로 변장하고 있었다. 그에게 〈은길〉 통행허가증과 복장, 말을 제공한 조선 사람이 있을 것이다. ……그러나 나는 문관이므로 이 일을 보고도 못 본 척 할 작정이었다. 하여튼 아비루가 〈은길〉을 통행하지 않았으면 국서 변경은 맞출 수 없었기 때문에 하마터면 부산에서 통신사 파견 그 자체가 중지되었을지도 모른다.

그러나 이 사태는 그냥 지나칠 수 없는 상황이 됐다. 아비루는 〈은길〉에서 비변사국 감찰어사와 만났고 서로 맞서 싸우다가 어깨에 심한 부상을 입었다.

상대는 군관사령 류성일.

'뭐라구요!'

'류성일은 그 때의 상대자가 아비루라는 것을 이미 알고 있고 아비루 또한 알고 있습니다. 류성일의 목적은 아비루와 내통하고 있는 조

선인을 알아내어 처벌하는 것입니다. 그 자는 틀림없이 암행부의 사람이겠지요.'

잠깐 침묵이 흐른다.

'아메노모리 도노는 이 일을 모르고 계셨습니까?'

아메노모리는 촛불 불빛 쪽으로 얼굴을 돌려 홍순명을 바라보았다.

'아비루에게 보고를 받아서 은길을 통해서 단양까지 간 것은 알고 있습니다. 그러나 그가 지금까지 떠맡아온 일련의 공작활동에 대해서는 모릅니다. 내통자가 누구인지도 들은 바가 없습니다. 그러나 그 자가 아비루에게 그만큼의 편리를 제공했다면, 아비루 역시도 그에 상응하는 무엇인가를 제공했을 겁니다.'

참기 힘든 고통의 침묵이 흐른다.

'두 사람은 서로 기밀사항을 교환하고 있다!'

홍순명이 감정을 억지로 참으며 말했다.

아메노모리는 4월에 국왕호칭 회복문제를 해결하기 위해 조선으로 갔을 때, 그리고 왜관에서 카슨도와 주거니 받거니 했던 이야기들을 분명하게 기억하고 있었다.

카슨도가 이순지에게서 입수한 〈은길〉지도를 펼쳐보였을 때이다. 아메노모리는 그에게 말했다.

'나는 너를 위해 조선으로 보냈건만, 너는 나 몰래 은밀히 무엇인지 모를 비밀활동을 하고 있었다니……'

뒤돌아 본 카슨도의 얼굴은 창백했다. 카슨도는 왜관에 부임해서 5년 동안 사이반으로 조선정부와의 외교교섭에 종사하면서 얻어낸 결론을 아메노모리에게 토로했었다.

──국가와 국가의 우호는 대등한 관계에 의거한다. 대등한 관계를

맺고자 한다면 쌍방이 상대국을 자세히 알 필요가 있다. 그래서 쌍방이 가진 상대국에 대한 지식, 정보는 정확해야 할 것과 그 양은 균형 있게 취하지 않으면 안 된다. 그러나 인간도 국가도 이따금 자기를 감추고 상대측을 필요이상으로 알고 싶어 한다.……등등.

그때, 아메노모리는 카슨도의 이야기를 중간에서 자르고,

'……그것은 사이반의 규정을 벗어나고 있다. 도대체, 너는 누구와 싸우고 있는 것이냐?'

라고 물었다.

카슨도의 활동사령탑은 누구일까? 왜관관수 히라타 소자에몬……, 아니다. 그는 임기를 무사히 마치고 쓰시마로 돌아가기만을 염원하고 있다. 좀 더 윗분……, 에도가로 히라타 사네카타……, 아니 좀 더 윗분일까…… 라고 중얼거린다. 아메노모리는 소름이 돋았다. 막부로쥬이며 조선정부 담당인 쓰치야 마사나오, 쇼군 이에노부 공의 신뢰가 깊다. 지금은 내정과 외교를 함께 좌지우지하는 인물…….

류성일은 움직이고 있다. 카슨도와 이순지에게 위험이 서서히 다가오고 있다.

아메노모리는 팔짱을 끼고 시선을 무릎으로 떨어뜨렸다. 자신의 머리가 그의 무릎에 그림자를 만들고 있었다. ……아버지 야슨도라면 아들을 어떻게 이끌었을까?

홍순명이 침묵을 깨뜨린다.

'이 일을 이대로 방치한다면 지금 이후부터 쌍방에 중대한 사태가 발생할 수 있습니다. 그러나 류성일이 움직이고 있는 것을 막을 수는 없습니다. 대의명분이 그에게 있기 때문입니다.'

사태를 우려하는 홍순명의 말에 아메노모리는 고개를 끄덕인다.

'쓰시마번 에도가로에게 중지를 청원하겠습니다.'

다음 날 아침, 아메노모리는 진문역 일로 여러 가지 업무가 겹쳐 매우 바빴다. 정오에 겨우 일단락 짓고 경비대 숙사로 카슨도를 찾아갔지만 카슨도는 없었다.

진상할 말과 매, 인삼 등의 진상품 운송대는 교토에서 본대보다 이틀 먼저 에도를 향해서 출발했다. 어젯밤 늦게 진상대가 경비대 증원을 요청해왔다. 대열에 혼란이 생겼기 때문이라는 이유다. 아무래도 나고야名古屋 바로 직전, 이비가와揖斐川강, 나가라가와長良川강, 기소가와木曾川강, 이를 테면 기소산센木曾三川 근처에서 사고가 있었던 모양인데 자세한 내용은 모른다. 진상품에 문제가 생기면 큰일이다. 즉시 카슨도가 경비대 대원 20명을 인솔하여 해가 뜨기 전에 나고야를 향하여 출발했다고 한다.

이로써 본대의 에도 도착까지 아메노모리와 카슨도는 얼굴을 마주칠 일이 없어졌다.

아메노모리는 에도에 도착하면 국서 봉정과 쇼군 알현 등 중요한 예식을 마치는 대로 쓰시마번 에도공관에 가서 히라타 사네카타와 직접 만나 일련의 공작은 이미 조선측에서도 알고 있으며 그 일은 위험하므로 중지해야 한다고 진언하기로 마음먹었다.

삼사와 쓰시마의 태수 등 통신사 본대는 다음날 아침, 히코네를 출발했다. 조선인가도는 도리이모토鳥居本에서 나카센도中山道가도와 합류하면서 끝이 난다. 마이바라米原에서 북쪽을 향하여 홋코쿠北國가도가 분기해서 연장되어 있다. 통신사 일행은 나카센도 가도를 이용하여 오가키에서 묵고, 이비, 나가라, 기소 등 강 3개를 건넌다. 다리는 배 300척 남짓을 옆으로 연결하여 세워놓은 배다리다. 진상대는 하루 전에 무사통과했다.

나고야에서 숙박하고, 도카이도東海道 가도를 1일 행보로 110리 (43.2km)를 간다.

오카자키岡崎에서는 전례로 정착되어 있었던, 쇼군이 보내는 위문사신의 마중을 없앤 안이한 의례변경에 대해서 조선측이 엄중하게 항의를 했다. 아라이 하쿠세키가 계획한 초빙개혁에 의한 의례와 대우 간소화의 결과였지만, 이 항의 때문에 통신사 일행의 출발일이 하루 더 늦어지게 되었다.

덴류가와天竜川강도 배다리다. 오이가와大井川강 바로 앞에서 일행은 동쪽 하늘에 높이 솟아 있는 눈 덮인 후지산 모습을 보았다.

오이가와강은 아무리 깊은 곳이라도 수심이 허리까지 차지만, 강 유속이 빠르기 때문에 배다리를 설치하지 못하고, 인부 1000명을 동원하여 일행은 말과 가마에 탄 채로 강을 건넜다.

후지가와富士川강은 배다리로 건넜다.

10월 14일, 미시마三島에 도착. 맑은 날에는 지금까지 쭉 좌측 전방에서 옆쪽으로 전개되었던 후지산 전경의 파노라마가 뒤쪽으로 펼쳐져서 뒤돌아보지 않으면 포착할 수 없게 되었다.

'뒤돌아보는 후지산도 멋져!'

용한이가 태운이에게 말했다.

하코네箱根를 넘은 후, 15일째 밤. 오다와라小田原에 도착한다. 다음 날 아침, 해뜨기 전에 출발하여 사카와가와酒匂川강을 배다리로 건넌다. 오이소大磯에서 점심식사를 했다. 사가미가와相模川강도 역시 배다리로 건넜다. 지금까지 기소산센, 야하기가와矢作川강, 덴류가와강, 아베가와安倍川강, 후지가와富士川강, 사카와가와강, 사가미가와강의 배다리는 모두 이번 조선통신사의 통행용으로 특별히 설치한 것이다.

후지자와藤沢에서 숙박하고 17일째 날, 가와사키川崎 역참에 도착했다. 역 앞에는 막부를 대표해서 아라이 하쿠세키가 일행을 마중나왔다. 이 일은 삼사 신하 뿐 만 아니라 쓰시마번주와 아메노모리 호슈를 놀라게 했다.

하쿠세키와 아메노모리는 서신은 주고받았지만 모크몬에서 헤어진 이후 거의 20년 만의 재회이다. 각자 파란의 시기를 보내고 지금 서로 어색한 인사를 나누고 있다.

저녁부터 날씨가 좋지 않더니 다음 날인 18일째 날은 폭우였다. 다마가와多摩川강에는 다리가 없었고, 막부가 준비한 대형 바지선으로 나누어 탔다. 선두로 가는 첫 배에 하쿠세키, 삼사, 제술관, 아메노모리, 마쓰우라 등이 동승했다. 이 때, 조태억이 아메노모리를 통해서《시초詩草》를 받은 감사함을 하쿠세키에게 전하면서 작품을 찬사했다. 임수간과 홍순명도 찬사를 보낸다. 가와사키 역참에서 만난 이후, 쭉 근엄하고 조금 건방진 태도를 보였던 하쿠세키의 입이 하마터면 찢어질 뻔 했지만 억지로 입을 다문다.

강 수면은 억수같이 쏟아지는 비를 맞아, 볶는 콩처럼 빗방울이 튀어 오른다.

홍순명이 한 장의 종이조각을 꺼내 본다. 무엇입니까? 아메노모리가 들여다보았을 때 뱃머리가 부두 말뚝에 쾅하는 소리와 함께 배는 연안에 도착했다.

비를 뚫고 어스름한 무렵에 시나가와品川에 도착했다. 에도다. 시간을 알리는 종이 울린다.

'오후 4시다.'

누군가의 목소리가 선명하게 울려 퍼진다. 그러자 홍순명이 재차 종이조각을 꺼내어,

'교토를 출발해서……, 18일째 오후 4시. 저 오사카에서, 가이쇼모리(도지마 쌀거래소 심판) 효도 쥬자쿠의 예측이 딱 들어맞는 것이 아닌가!'

'앗!'

무심결에 큰소리를 냈다.

행방을 감추다

아라이 하쿠세키

에도 거리는 29년 만에 맞이하는 조선통신사로 열광했다. 808개의
마을로 구성된 대도시 에도의 인구는 약 50만이다. 이들 대부분이 소
용돌이치듯이 모여들어, 매일 통신사 일행이 머물고 있는 아사쿠사浅
草의 히가시 혼간지東本願寺절을 에워쌌다.

11월 1일은 〈진현의례進見儀禮〉, 요컨대 국서전명식國書傳命式*과 쇼군
알현일이다. 삼사는 금관과 관복을 차려입고 의례용 홀笏**을 손에 들
고서 조선에서 운송해온 특별 전용가마를 이용한다. 국서가 들어있는
용정龍亭은 정사가 받들고 있다.

그밖에 다른 여러 상관과 군사 간부들은 금색 안장의 말을 탔다. 군
관은 칼을 차고 있다. 깃발을 세운 악대가 선두에 서서 에도성을 향하
여 아사쿠사를 출발했다.

---

* 조선국왕의 국서를 에도막부의 쇼군에게 전달하는 의례.
** 관복 착용시 손에 드는 수판(手板).

연도에는 구경꾼들로 시끌벅적하다. 큰 상점이 늘어서 있는 니혼바시도리日本橋通의 큰 길가에서는 시로키야白木屋나, 에치고야越後屋 같은 포목점들이 신발을 벗고 올라갈 수 있도록 관람석을 설치해 놓았다. 오늘은 쇼군 알현일이라서 특별히 단골손님을 초대해 요리와 술을 대접하고 있다.

오테몬大手門 앞에서 말을 탄 사람들은 모두 내리고, 군관은 차고 있던 칼을 푼다. 나카노미카도中御門 문밖에서는 사신들도 가마에서 내려 도보로 몇 개의 문을 더 통과해 혼마루의 현관에 도착했다. 예전에 혼마루에는 동銅으로 만든 5층짜리 기와지붕으로 된 천수각이 눈부시게 반짝이며 솟아 있었지만, 메이레키 대화재明曆の大火(1657년) 때 소실되어 지금까지 재건하지 않았다.

현관에서 쓰시마의 태수가 마중 나와 통신사 일행을 오히로마大広間(큰 객실)로 안내한다. 삼사와 일행은 절을 사배 한 후에 준비된 탁상에 용정에서 꺼낸 국서를 남쪽을 향하여 안치했다.

카슨도가 복면을 하고 〈은길〉을 달려서 간신히 국왕호칭 회복을 달성했던 조선국왕의 국서가 마침내 일본국왕, 6대 쇼군 이에노부에게 전달됐다. 이를 위해 지불한 희생은 매우 컸다. ── 카슨도의 어깨에 깊은 상처를 남기고 그 멋진 율모의 죽음은 역사에 남을 일은 아니지만……

뜰 한쪽에는 진상품으로 올릴 말과 매, 그리고 인삼을 넣어 둔 오동나무 상자 등이 쌓여간다. 그 옆에는 류성일 이하 20명의 조선인 군관이 의장대로서 도열하고 있었다.

류성일은 멀리서 오히로마로 걸어가는 의식을 미동도 없이 바라보고 있었다.

아주 멀리 안쪽 구석진 곳에서 에보시와 파랑색 예복이 살짝 보였다. 저 사람이 쇼군이겠지. ……조부 시게나가가 말씀하시길 국서개찬 사건심리는 이 오히로마에서 실시됐다. 증조부 시게오키는 아마 저 넓은 툇마루에 앉아서 주군 소 요시나리와 대결했겠지. 쇼군 이에미쓰의 심판결과는 소씨는 무죄, 증조부는 쓰가루 유배였다. 쓰시마와 쓰시마번의 생존을 걸고 어쩔 수 없이 이루어진 국서개찬에 관한 책임을 한 몸에 지고서, 먼 북쪽지방으로 유배 간 증조부의 원통함은 오죽했을까……. 깊은 상념에 빠진 류성일은 〈진현의례〉의 진행을 지켜보고 있었다.

에도성에서 통신사 초빙의례는 세 가지 의례로 진행된다. 즉, 〈진현의례〉, 연이어 〈사연의례賜宴儀禮〉, 〈사현의례辭見儀禮〉이다.

일행이 도착한 다음날, 조일쌍방협의에서 이번 사절단의 에도 체류는 12일간으로 결정됐다. 이전과 비교하면 상당히 단축됐다. 이것도 아라이 하쿠세키의 간소화와 검약을 내세운 초빙개혁에 따른 강력한 조치 중의 하나다.

체류기간이 짧아짐에 따라 조선측도 접대하는 일본도 매우 바빠지게 되었다.

아메노모리는 카슌도가 은밀히 진행하고 있는 일련의 활동을 돌이킬 수 없는 일이 되기 전에 어떻게해서든지 중단시켜야 한다고 생각했다. 쓰시마번 에도가로 히라타 사네카타에게 진언을 시도해 봤지만 진문역 업무에 쫓겨서 좀처럼 실행에 옮기기 어렵다. 또 카슌도의 모습은 아예 볼 수조차 없었다. 설상가상으로 히라타 역시 매우 바빠 매일 에도성에 틀어박혀 로쥬나 조선정부 담당인 쓰치야 마사나오를 비롯한 막부 각료들과의 회의에 쫓겨 시타야에 있는 에도공관으로 돌아가지도 못했었다.

11월 3일 〈사연의례〉가 거행될 때 문제가 발생했다. 이전에는 〈진현의례〉 후, 바로 그 자리에서 쇼군 주최로 연회가 이어지고 이때 산케쇼반三家相伴이라는 연회 자리에서 주빈을 대접하는 역할을 맡은 미토水戶, 오와리尾張, 기이紀伊의 고산케御三家가 배석했다. 그러나 이번에는 〈사연의례〉의 날이 변경되었을 뿐만 아니라 연회장이 내전內殿으로 변경되어 고산케가 출석하지 않고 이이케井伊家*와 로쥬가 연회를 맡는 것으로 변경됐다.

에도로 오는 도중에도 수차례 전례와 다른 대우를 받는 것에 불만을 품고 있던 조선측은 도저히 더 이상 납득할 수 없어 조태억 정사가 강하게 항의했다.

아라이 하쿠세키는 이전부터 해오던 산케쇼반을 없앤 이유를 첫째, 조선통신사 사연에서는 처음부터 산케쇼반이 없었던 것. 둘째, 조선국에도 일본사절에게 연회를 제공할 때 이러한 의례는 하지 않는 것을 들어 통신사를 설득하는 데 애를 썼다.

또 이렇게 설명했다. ──조일외교는 평화·간소·대등에 기본을 두어야만 한다. 이번 개혁은 그 기본에 따른 것으로 최대한 우대하고 편안함을 드리는 데 의미를 두었기 때문에 양보할 수 없다. 만약에 승복하지 않을 시에는 사연의례를 중지하겠다고 한다. 이치에 딱 맞는다. 요점이 무엇인지 알 수 있는 내용이다. 그렇지만 하쿠세키의 아우라에 눌려 결국 조선측이 양보할 수밖에 없었으며 이렇게 해서 연회는 시작됐다.

---

* 히코네번주로서 오미노쿠니(近江国)의 다이묘이고, 후다이 다이묘 중에 선두가문이다.

연회가 중반 쯤 진행되었을 때, 일본측이 놀랄 만한 것을 준비하고 있었다.

어느 사이에 앞 쪽 중앙에 사방 7.2m 무대가 만들어지고 각각 5명의 음악가와 무용수가 등장해 관현악에 맞추어 무용을 선보이기 시작했다.

하쿠세키는 조태억 옆자리로 옮겨 앉아 필담으로 음악과 무용에 대하여 설명한다. 삼사 신하들은 무대에서 눈을 떼지 못하고 하쿠세키가 화선지에 쓰고 있는 글자를 쫓는다. 재빠른 붓놀림, 게다가 달필이다. 조태억 등 삼사는 융숭한 환대에 감사와 감탄의 마음이 북받쳐 올라 눈물을 머금었다.

눈 앞에서 펼쳐지는 공연은 이미 조선은 악보를 잃어버려 악극과 연주를 선보일 수 없게 된 고마가쿠*(고려악高麗樂)이었다. 산케쇼반 폐지로 앙금이 남은 통신사 일행의 맺힌 감정도 점차 풀렸다.

하쿠세키가 작년에 교토에 상경했을 때, 아악의 종가인 고마케狛家를 방문하여 고마가쿠에 대한 이야기를 전해 듣고 이것을 조선사절단에게 선보여 긴 여행의 무료함을 달래줘야겠다고 생각했다. 악사와 무용수에게 고마가쿠를 복원하도록 지시하고 이날을 위해 준비하게 했다.

다음날 4일에는 에도성 북쪽에 있는 다야스몬田安門 안의 마장馬場에서 쇼군을 위한 곡마상람曲馬上覽이 실시됐다. 마상재 기수들은 6마리의 청나라말을 능숙하게 다루며 곡예 ── 말 위에 서서 달리기, 말 위에 거꾸로 서기, 거꾸로 타기, 말 옆구리에 몸 숨기기, 쌍마 위

---

* 일본 나라시대(奈良時代) 고마가쿠(高麗樂)라고 불린 고려악은 고구려의 음악이다. 백제악은 구다라가쿠(百濟樂), 신라악은 시라기가쿠(新羅樂)라고 불린다.

에 서서 달리기——를 차례로 선보여 쇼군을 기쁘게 했다.

아사쿠사지浅草寺절의 중앙도로 뒤쪽 산속에서는 용한이와 태운이가 주도하는 광대들의 무용과 줄타기 가면극 공연이 펼쳐져 구경꾼들로부터 갈채를 받고 있었다.

질풍노도와 같은 나날들 속에서 막부 내에서 가장 바쁠 것 같은 아라이 하쿠세키도 진현의례가 실시되기 며칠 전인 10월 28일 밤, 모크몬 출신 유학자 7명과 함께 몰래 삼사 신하가 머물고 있는 객관을 방문하여 시문을 창화唱和*했다.

유학자는 기노시타 기쿠단木下菊潭, 후카미 겐타이深見玄岱, 미야케 간란三宅觀瀾, 무로 규소室鳩巢, 하토리 간사이服部寬斎, 도이 신카와土肥新川, 기온 난카이祇園南海 등이다.

우선 일본측에서 율시(8행시) 또는 절시(4행시)를 선사한다.

이에 통신사측에서는 일본측 시의 운각韻脚(글귀 끝에 다는 운자)에 차운次韻(남이 사용한 운자를 같은 순서로 써서 지음)해서 대답한다. 서로 답하는 방식으로 계속 이어간다. 창화는 흥에 겨워 밤늦게까지 계속됐다.

쇼군이 조선 곡마를 상람한 날은 11월 4일, 다음 날인 5일에는 에도에 첫눈이 내렸다. 이 눈을 시제詩題로 삼아 그날 밤에 하쿠세키와 모크몬 유학자 7명이 또다시 히가시 혼간지에 있는 객관을 방문하여 지칠 줄 모르고 창화를 했다. 그리고 창화 사이에 열심히 필담도 나누었다.

이 때 하쿠세키와 조태억이 나눈 대화는 해외정보와 중화문명에 대해서, 또 조일외교의 기본 방침과 개선점 등 여러 분야에 걸쳐서 이루

---

*한 사람이 선창하고 여러 사람이 그에 따라 운에 맞추어 화답.

어졌다.

조선 제일의 지식인이라고 자부하는 조태억도 해외에 관한 지식에서는 하쿠세키를 당해낼 재간이 없었다.

그는 이미 당시에 최신판 요한 브라운의 세계지도(네덜란드판)를 보면서 유럽지리와 서양 정치사정에도 통달해 있었다. 마테오 리치 Matteo Ricci*가 중국어로 쓴 《천주실의》도 읽은 적이 있다. 특히 2년 전에 천주교 포교를 위해 큐슈 서남해안에 잠입했다가 체포된 〈카톨릭 선교사건 조사〉를 담당했을 때에 이탈리아인 선교사 시도치 Giovanni Battista Sidotti**와의 대화는 하쿠세키에게 세계를 보는 눈을 열게 해 주었다.

하쿠세키는 다음 날 아침, 요한 브라운의 축소판 지도를 조태억에게 보냈다.

두 번째 만남이라 그날 밤에 나눈 창화는 보다 격이 없이 부드러운 분위기에서 진행됐다. 그런데 아뿔사! 이현이 화답하는 응창應唱에서 일순간 분위기가 어색해지더니 잔잔한 파문이 일었다.

후지산을 자랑하며 노래하는 시에 이현이 차음했을 때의 일이다.

休誇千丈白
爭似四時靑
눈 쌓인 후지산의 아름다움을 찬미한다
늘 푸른 조선반도의 산들에 비하랴

---

* 이탈리아 카톨릭교회 사제(1552~1610). 중국에 유럽의 최신 기술을 전했고, 유럽에 중국문화를 소개하는 등 동서문화의 가교역할을 했다.
** 이탈리아 카톨릭교회 사제(1668~1714). 1708년, 천주교 포교를 위해 큐슈 서남해안에 잠입했다가 체포되어 사망할 때까지 유폐되었다. 아라이 하쿠세키는 시도치의 대화를 기본으로 《서양기문(西洋紀聞)》등을 저술했다.

〈천장백千丈白〉은 후지산을, 〈사시백四時靑〉은 백두산을 중심으로 한 조선의 산들을 가리키고 있다. 후지富士, 후지라고 함부로 말하지 마라, 백두산에 비할 바가 못 된다고 찬물을 끼얹은 것이다.

조태억이 옆에 앉아 있는 이현을 힐끗 노려본다. 좌중은 무거운 침묵이 흐르고, 앉아 있기에 거북한 이현은 자세를 고쳐 앉지만 엉덩이 통증이 더욱 심해질 뿐이다.

'분명히 그럴지도 모르지요. 후지를 자랑하지 않고 후지를 감추며, 후지를 노래하는 마음이 중요합니다.'

하쿠세키가 분위기를 수습하여 좌중은 다시 활기를 되찾았다.

'눈은 이제 그쳤을까?'

무로 규소가 일어나 창가 가까이 다가가 장지문을 조금 열어 보았다.

'이거 좀처럼 그칠 것 같지 않습니다. 상당히 많이 쌓여 있습니다.'

행등 불빛이 미묘하게 흔들거린다. 무로 규소가 장지문을 닫는다. 슬슬 휴식을……, 아라이 하쿠세키가 일어서자 조태억이 손을 들어 저지하며,

'부탁드리고 싶은 말씀이 있습니다만……'

하쿠세키가 머리를 끄덕이며 자리에 앉는다.

'우리나라에는 한나라와 당나라에서 배운 휘법諱法(시호법)*을 사용하고 있습니다. 만약 이를 어기면 엄한 죄가 가해집니다.

휘諱라는 것은 죽은 자에게 생전의 이름, 즉 실명을 말한다. 조선에는 신분이 높은 인물이 죽으면 생전에 사용하던 이름을 꺼리고 시호諡號를 붙이는 관습이 있으며 이것은 법에 의해 제도화되어 있다.

---

* 죽은 사람을 공경해서 생전의 이름을 부르지 않고, 공덕을 칭송하여 붙인 이름.

국서에서 휘의 문제는 조선사절에게는 최대의 관심사였다. 이전에 가져간 국서에서 미비한 점이 있었을 때에 통신사 신하들이 처벌된 예도 있다. 문장 중에 조선역대 왕의 휘가 한 자라도 잘못 섞여 들어가면 돌이킬 수 없다. 귀국 후에 어떤 문책을 받게 될지 알 수 없다.

이번 조선국왕이 쇼군에게 보내는 국서에서 일본국왕 호칭변경에 관해서는 조선측이 양보해서 받아주기로 했다. 문제는 통신사가 가지고 돌아갈 일본국왕이 조선국왕에게 보내는 복서復書(국서회답)다. 만약 복서에 미비한 점이 있다면 큰일이다. 예를 들어, 국휘國諱의 법을 어긴 글자가 섞여 있다면……, 귀국을 눈앞에 둔 조태억의 불안한 마음은 이만 저만이 아니다.

'복서 초고를 미리 보여주실 수 있는지요?'

하쿠세키는 고개를 흔들었다.

'저는 사명辭命에 관계되는 일은 하지 않는 몸입니다.'

그는 인정머리 없이 거절했다. 사명, 즉 국서에 사용하는 언어를 가리키지만, 하쿠세키는 복서에 자신은 관여하지 않는다고 한다. 그러나 조태억은 그의 말을 순수하게 받아들이지 않았다. 아메노모리 등이 반대하는데도 불구하고 국왕호칭 변경 건을 감행한 아라이 하쿠세키가 복서 내용에 관여하지 않을 리가 없다.

하쿠세키의 냉정한 표정을 보며 조태억은 주눅이 들었다. 그리고 스스로 이렇게 말했다. ……화이질서에서 휘법이 얼마나 중요한 위치를 차지하고 있는가, 뛰어난 유학자로서 쇼군을 보좌하고 있는 아라이 하쿠세키가 모르고 있을 리가 없다. 여기서 무리하게 밀어붙이는 것보다 유학자인 그를 믿어보자.

삼사의 배웅을 받으며 하쿠세키와 7명은 작별을 고했다. 밖은 눈이 쌓여 온 세상이 새하얗다. 통신사 체류 중이라 새벽까지 환히 불을 피워놓은 석등롱石燈籠이 참배길을 밝게 비추고 있다. 눈발은 약해지고 구름 사이로 초승달이 얼굴을 내민다.

정문 옆 대기소에 있던 수행부사관 2명이 아라이 하쿠세키를 따른다. 아라이 하쿠세키의 집은 기시바시몬雉子橋門 밖에 있어 제법 거리가 있다. 수행원이 제등을 들고 걷고 있는 하쿠세키 앞뒤에서 길을 밝힌다.

'왠지 연극의 세계에 들어온 것 같군.'

하쿠세키의 혼잣말이다.

구라마에藏前 길을 우측으로 꺾으면 도리고에鳥越神社신사다. 신사 앞 도리이鳥居 근처에서 그림자가 보인다. 말싸움을 하고 있는 것처럼 낮은 목소리가 들려왔다.

수행원 두 명은 방어 자세를 취하고 신중하게 발걸음을 옮겼다. 가까이 접근해보니 에도시내 치안을 담당하는 마치부교쇼町奉行所 소속의 최하급무사 도신同心과 한 단계 낮은 하급 메아카시目明L가 검문으로 두 사람을 붙잡아 심문하고 있었다. 마을 경비를 위해 설치된 마치키도町木戸의 문이 모두 닫혀 있고, 눈 오는 한밤중에 서성거리고 있으니 수상히 여기는 건 당연하다. 심문에 답하는 모습을 보니 이들은 통신사 일행일지도 모른다는 생각이 들었다.

실례합니다. 지나가는 사람입니다만, 보아 하니 조선에서 오신 빈객인 것 같습니다. 어쩐 일이십니까?'

도신은 하쿠세키의 옷차림을 보고 높으신 분이라는 생각이 들어 정중한 말씨로 답했다.

'이 두 분께서 조선통신사 일행이라고 합니다만, 왜 이 시간에 숙사에서 멀리 떨어진 이런 장소에 있는 건지 물어도 이유를 말하지 않습니다. ……저, 실례합니다만 누구신지요?'

'먼저 그쪽부터 이름을 대는 것이 좋을 것 같네만,'

수행원 중 한 사람이 주의를 주었다.

그러자 도신은 침을 한번 꿀꺽 삼키고 말을 더듬거리면서,

'실례합니다. ……저는 남부 마치부교쇼의 눈당번 순찰 도신 미타니 가즈마三谷—馬라고 합니다.

'이쪽은 쇼군님 시강이신 아라이 킨미新井君美님이시다.'

라고 하자, 미타니는 한걸음 뒤로 물러나 허리를 깊이 굽히고 머리를 조아렸다. 물론 그는 지독한 악법인 〈쇼루이아와레미노레이生類憐れみの令〉를 중지시키고 〈무가제법도武家諸法度〉*를 발포하는 등 새로운 시책 중심에 쇼군 이에노부의 측근인 아라이 킨미(하쿠세키)라는 분이 있다는 것을 잘 알고 있었다.

'어쩐 일이신지요?'

하쿠세키가 조선인 두 명에게 물었다.

노인은 아니지만 심하게 등이 굽은 왜소한 남자는 온 몸을 부들부들 떨고 있다. 한편 키가 크고 마른 젊은 남자는 아까부터 계속 불손한 태도를 취한 채 대답을 하지 않는다.

하쿠세키가 굽이 높은 나막신을 신고 눈을 밟으며 이들에게 한걸음 한걸음 가까이 간다.

'나는 지금 당신들의 정사와 만나고 오는 길인데, 정사도 당신들이

---

* 에도 막부가 무가(武家), 즉 다이묘 등의 무사들을 통제하기 위하여 제정한 법령.

외출하고 있는 것을 알고 계십니까?'

그러자 갑자기 젊은 남자는 정중하게 쩌렁쩌렁한 소리로 대답했다.

'이유는 말씀드릴 수 없습니다. 그러나 귀국에 폐 끼치는 짓은 하지 않았으니 이대로 돌려보내주십시오.'

등이 굽은 남자가 서투른 일본어로 통역한다.

하쿠세키는 젊은 남자가 누구인지 이미 생각났다.

'당신은 분명히……. 진현의례 날, 안뜰에서 의장병을 지휘하고 있었던……'

거기까지 말하더니 미타니에게,

'보내주시게나. 이 분들은 틀림없이 조선사절단 군관이네.'

미타니가 고개를 숙여 대답한다.

'분부대로 하겠습니다. ……당신들은 빨리 돌아가십시오. 아라이 님, 그럼 저는 여기에서.'

목례를 하고 메아카시를 재촉하여 오가치마치御徒町 쪽으로 멀어져 간다.

젊은 남자가 하쿠세키에게 가볍게 머리를 숙이면서,

'감사합니다. 히가시 혼간지는 어느 길로 가야 합니까?'

'이 길 좌측으로 돌아가시오. 우리들이 방금 오던 길이니 아마 발자국이 남아 있을 겁니다. 발자국을 따라서 북쪽으로 곧장 5리 정도 더 가면 됩니다.'

조선인을 보내고 나서,

'또 눈이 내리기 시작하는군. 자, 우리도 서두르자.'

말하고 하쿠세키는 걷기 시작한다.

수행원 한 사람이 제등으로 발밑을 밝히면서,

'아라이 도노, 방금 전의 도신은 눈당번 순찰이라고 했습니다만, 분명히 부교쇼에는 화재예방을 위한 바람당번 순찰 도신은 있습니다만 눈당번 순찰 도신은 없는 것으로……'

'마치부교쇼에 눈당번 순찰 같은 건 없네. 저 사람들은 아마 비밀 순찰 도신일게야. 누구냐는 질문을 받고 즉흥적으로 대답한 것이지. 놀라운 적재적소의 임기응변이라고 할 수 있네. 비밀 도신은 스스로 자기를 노출하지는 않는 법.'

'그러면 조금 전의 조선인은?'

'키가 크고 우람한 남자는 통신사 일행의 군관사령……, 이름은 모르네.'

그러나 저 두 사람은…… 하쿠세키는 중얼거린다. 왜 이 시간에, 이 눈 속을 배회하고 있었을까? 대답할 수 없는 이유는 또 무엇인가?

눈은 모든 사물의 소리를 묻어버린다. 하쿠세키와 2명의 수행원은 고요한 정적에 무엇인가 가슴이 단단히 조여오는 것을 느끼며 쫓기는 마음으로 에도성 방향으로 발을 재촉했다.

류성일과 박수실은 반대 방향인 히가시 혼간지절을 향하고 있다.

'빨리 걸어라!'

류성일이 박수실을 돌아보고 감정을 억제하며 한마디 던진다. 박수실은 류성일의 칼에 죽을 각오를 하고 있었다. 두 다리로 서서 걷는 것조차 힘겨울 정도로 의기소침하다. 부교쇼를 나와 이대로 도망이라도 칠까 하는 찰나에 야밤 순찰관리에게 검문당하게 된 것이다. 그러나 이렇게 류성일의 뒷모습을 보면서 따라가고 있자니 이 남자에게서 도망치는 것은 도저히 불가능하다고 박수실은 생각했다. 박수실은 검술을 배운 적도 없지만, 류성일 모습에서는 어디를 보아도 빈틈이 없어 보인다. 도망칠 수 있다 해도 도대체 이 나라에서 어떻게 살아갈 것인가……, 안 된다. 도저히 안돼.

── 이날 저녁에 히가시 혼간지 객관에 중부 마치부교쇼의 하급무사 요리키与力* 시오이 슈지鹽井修次라는 남자가 찾아왔다. 조선통신사측 경비와 내부규율을 담당하는 책임자를 만나고 싶다고 한다. 때마침 응대한 사람은 군관통역을 맡고 있는 신申이다. 그는 류성일에게 재빨리 보고했다.

시오이는 서론을 생략하고 곧바로 용건에 들어갔다.

'우리 중부 마치부교쇼는 지금 즉시 박수실이라는 조선인의 신변을 넘겨받고자 합니다. 그 자의 신원을 파악하는 데 애를 먹었습니다만, 겨우 이곳의 일원이라는 것을……'

'도대체 박수실을 무슨 연유로 그쪽에서?'

'이유는 동행하고 나서 나중에……'

'조선 정부를 대표하는 외교 사절단 일원이므로 경우에 따라서는 외교문제로 발전할 수도 있습니다.'

'그 점은 잘 알고 있습니다. 저희도 윗분과 상의한 끝에 찾아 뵌 것입니다. 누군가 책임지고 계신 분에게 출두를 부탁드립니다.'

'잘 알겠습니다. 곧 준비하겠습니다.'

이 때, 군관통역 신은 당연히 류성일과 동행하려 했지만, 쓸데없는 짓이라며 나서지 않아 결국 혼자 중부 마치부교쇼로 출두했다.

당시 에도에는 북부, 남부, 중부 마치부교쇼가 월번으로 에도의

---

* 경찰 · 사무를 수행한 하급 관리를 감독하는 직책.

경찰업무를 담당했다. 11월은 중부가 월번이었다. 중부 마치부교쇼는 에도성 정문 바로 앞의 가지바시鍛冶橋와 고후쿠바시吳服橋 중간에 있고, 부교奉行는 도토미국遠江國의 태수 니와 나가모리丹羽長守였다.

박수실에 관한 수사는 다음과 같이 밝혀졌다.

박수실은 몰래 에도성 북동쪽에 있는 번화가를 찾아 미쓰이 에치고야三井越後屋라는 포목점이 있는 스루가마치駿河町로 갔다. 이 곳에서 환전상을 하고 있는 나하야那波屋를 찾아가 은 1000돈쭝을 금으로 바꾸려고 했다. 처음에는 상점 지배인이 응대하려고 했지만 금액이 너무 크고 손님의 말에 기묘한 사투리가 섞여 있어 상점주인인 구로자에몬九郎左衛門을 불렀다. 구로자에몬이 넌지시 이것저것 물어보니, 이 사람은 일본인이 아니라 조선인. 게다가 지금 체류 중인 통신사 일행이 아닐까 의심하면서도 나중에 비난을 받을망정 일단 싼 값으로 환전해주고, 급히 지배인을 부교쇼에 보내어 이러한 상황을 보고했다. 그런 연유로 하급무사가 달려온 것이다.

은의 출처를 물어봐도 박수실은 눈치를 보면서 서툰 일본어로 얼버무리면서 조선인이 은 1000돈쭝을 소지하고 있는 것이 어찌 수상한 일이냐고 되묻는다. ……분명히 이 은화는 일본 게이쵸긴이다. 조선인이 소지하고 있다고 해서 수상하다고 할 수는 없다. 쇼군에게 드리는 진상품 일체를 관리하는 압물관인 나를 만약에 체포한다면 커다란 외교문제로 발전할 수도 있고 더 나아가서는 이전의 도요토미 히데요시 때처럼 국교단절이라는 큰 일을 초래할지도 모른다는 둥…….

박수실은 장황한 설명을 늘어놓지만, 서툰 일본어인데다가 합당한 설명도 못하여 횡설수설하는 것으로 밖에 들리지 않았다.

박수실이 오사카에서 진상품인 인삼에 손을 댄 것은 이전에 통신사 일행으로 다녀 온 사람들에게 들은 것으로, 에도에서 유명한 유곽인 요시와라吉原에 놀러가 마음껏 허영을 부려보고 싶어서다. 버드나무가 무성한 입구에 들어가면 주야장청 불야성을 이루며 환락에 빠져 있는 곳, 유녀 수가 3000명에서 4000명이나 되는 천국이랄까 극락세계. 온갖 환락을 다 경험하고 난 후에도 다행히 살아서 다시 이 세상으로 돌아올 수 있다는 곳이다.

용한이에게 죄를 뒤집어 씌우고 품에 넣은 은 1000돈쭝은 이중바닥으로 된 그의 봇짐에 숨긴 채 도카이도東海道 가도를 여행하며 에도에 도착했다. 하지만 그는 일본의 화폐제도에 대해서는 잘 알지 못했다.

막부는 〈오사카는 은화거래〉, 〈에도는 금화거래〉라는 금은복합본위제를 시행하고 있었다. 그리고 전국에서 유통되고 있던 동전을 포함해서 삼화제도三貨制度를 채택하고 있다.

박수실이 목숨 걸고 챙긴 은화지만 에도에서는 사용할 수 없다는 걸 알고 나하야라는 환전상을 찾은 것이 그가 체포된 경위다.

류성일은 오사카에서 진상용 인삼이 없어진 것이 밝혀졌을 때 무슨 수를 써서라도 범인을 색출하여 처벌할 것을 선언했었다. 그러나 무사히 사명을 마치는 데만 골몰한 조태억의 약한 모습 때문에 수사를 중단했다. 아비루 카슨도는 틀림없이 진범을 알고 있다. 하지만 모즈야를 데리고 와서 대면시키는 일을 망설였다. 그야 그렇겠지, 증언대에 서면 모즈야 자신도 장물취득 혐의로 체포될지 모르기 때문이다. 아비루는 용한이의 누명을 벗겨줄 목적으로 모즈야를 거론했지만 모즈야를 데리고 올 수는 없었을 것이다. 역으로 류성일이 끝끝내 모즈야와의 대면을 계속 요구했더라면 곤란한 입장이 되었을 것이 뻔하다.

류성일은 에도에서 마침내 인삼을 훔친 범인을 체포했다. 예상하지 않았던 것도 아니다. 오래 전부터 박수실을 지목하고 눈여겨보고 있었다. 또 일부 사람들도 그렇게 속삭이고 있었다. 범행이 생각지도 않은 방향에서 입증됐다.

류성일이 중부 마치부교쇼에서 안내받은 곳은 현관 옆 정원이 보이는 방으로, 구석진 곳에 박수실이 몸을 움츠리고 앉아 있다.

각이 진 탁자를 사이에 두고 하급무사 요리키인 시오이와 마주보고 앉은 류성일은 시오이가 질문하기도 전에 먼저 입을 연다. 박수실이 소지하고 있었던 〈은〉은 통신사 군관부 금고에 있던 것으로, 류성일 본인이 에도에서 쓸 비용의 일부를 반출하여 박수실에게 환전을 지시한 것이라고 설명했다.

고개를 떨군 채 듣고 있던 박수실이 갑자기 얼굴을 들며 어떨떨한 표정으로 류성일을 바라 보았다. 박수실은 자신의 귀를 의심했다. 류성일이 유창한 일본어를 구사하고 있었다. 지금까지 한 번도…… 아니, 도모노우라의 닭도둑 사건 때에 농부에게 단 한마디 말한 적이 있었지만……. 통신사 일행 중에서 일본어를 제일 잘하는 사람은 상판사인 전두문숲斗文이다. 그 사람도 류성일만큼 유창하지는 않다. 일본인이 말하는 것과 별 차이가 없는 것이 아닌가. 도대체 이 남자는 어떤 사람이란 말인가.

요리키인 시오이도 놀라움을 숨기지 않았다. 조선인 중에도 일본인과 다를 바 없을 정도로 일본어를 잘 하는 사람이 있다는 것에 감탄했다.

박수실은 가만히 류성일의 얼굴을 주시했다. 박정하기가 이만저만이 아닌 류성일의 삐뚤어진 입언저리와 눈빛에서 그의 의도를 간파할 수 있었다. 류성일은 박수실의 신병을 가능한 한 신속하게 인수하여 자신의 손으로 처단할 작정인 것 같다. 채찍을 맞고 있던 용한이를 떠올렸다. 용한이는 누명을 벗고 그것으로 끝났지만, 본인 경우에는 곤장은 물론 틀림없이 양팔이 잘려나갈 것이다. 그렇다면 차라리 목을 치라고 하는 편이 나을 지경이다.

시오이는 류성일이 하는 말을 믿었다. 아니 믿는 척하며 안쪽에서 듣고 있던 니와 나가모리와 상의한 후에 박수실을 석방했다.

부교쇼에서 박수실 신병을 인도받아 숙사로 돌아오는 눈 내리는 귀갓길에 류성일은 생각지도 않은 인물과 우연히 마주쳤다. 숙사에 도착하자마자 자기 방에 박수실을 밀어넣었다. 관내는 소리하나 없는 밤의 정막이 흐르고 있었다. 이미 박수실은 각오하고 있었다. 조국에 남아있는 처와 자식들의 얼굴이 눈에 선하다. 아내가 비참하게 죽은 남편 꼴을 안보게 하는 것이 내가 할 수 있는 최선책이다. 그러나 오사카에서 수중에 넣은 은을 류성일이 아내에게 전해줄까? 하는 염치없는 생각도 해본다.

미세한 틈으로 들어오는 작은 바람에 행등 불빛은 쉴 새 없이 흔들거리고 있다. 검을 손에 쥐고 있는 무서운 류성일의 커다란 그림자가 천장까지 뻗어 있다.

'거기에 똑바로 섯!'

류성일의 목소리가 울려 퍼진다. 박수실은 눈을 감고 죽음을 앞두고 한시 한 구절이라도 읊어보려고 했지만 뭐하나 제대로 떠오르는

게 없다. 소년시절부터 과거시험을 목표로 꼼짝 않고 방에 틀어박혀 갈고 닦아온 몇 천, 몇 만의 한시 중에서 어쩌면 한 개의 운韻도 전혀 기억나지 않을수가! 바보! 구양수도, 이백도, 도연명도, 결국 나에게 는 쓸모없는 물거품이었단 말인가……

박수실은 왠지 모르게 자신이 지금 막 태어난 갓난아기 같다는 생각이 들었다. 그 때 텅 빈 머리 속에서 울려 퍼지기 시작한 노래 가락이 있었다.

……달은 맑고 또렷한데 바람은 몹시도 차구나. 아침과 저녁이 서로 마주본다. 날갯짓하는 외기러기 한 마리. 내가 하는 말이 외기러기에 닿지 않을까? 여행길에 사랑하는 내 님을 만날 수 있다면 전해다오. 죽을 때까지 헤어지지 않겠다고……

어릴적 마을에 온 판소리꾼의 노래다. 귓가에 물소리와 새소리, 바람소리가 가늘고 길게 하늘하늘……

아아, 사팔뜨기 눈에서 닭 똥 같은 눈물을 흘리며 박수실은 바닥에 엎드렸다.

쿵하고 무거운 물건이 머리 맡에 떨어지는 소리가 났다. 깜짝 놀라 얼굴을 들었다. 은 1000돈쭝을 바꾼 금이 들어있는 주머니다.

'삼악도三惡道* 다리를 건너는 운임이다. 넣어두어라. ……박수실, 죽기는 싫은가?'

'네' 라고 말하고 다시 바닥에 조아린다.

'얼굴을 들라. 좀 더 가까이 와라.'

박수실이 기어서 다가간다.

---

* 악인이 죽어서 가는 세 곳의 괴로운 세계. 지옥의 세계(지옥), 아귀의 세계(아귀), 동물의 세계(축생).

'……너는 아비루의 주위를 배회하고 있던데 왜 그러는지 나는 잘 알고 있다. 그 자는 인삼도둑이 누구인지 알고 있다. 눈치 챈 너는 들통날까봐 두려워서 온종일 그 놈을 지켜보고 있는 거지? 그러나 걱정하지 마라, 아비루는 결코 발설하지 않는다. 지금부터 내가 하는 말을 잘 들어두어라. 알겠나?'

류성일은 엄한 목소리로 계속 말했다.

'귀국하면 너는 엄벌을 받을 것이다. 양팔을 잘라내던가 코를……'

박수실은 숨이 끊어질 때 내뱉는 짧은 비명소리를 냈다.

'그러나 내가 어떻게든 도와줄 것이야.'

박수실은 두려운 표정으로 얼굴을 든다.

'그 대신에 지금부터는 이제까지 해 왔던 것보다도 더욱 철저히 아비루에게서 눈을 떼지 말거라, 알겠나? 매일 그의 행동을 하나하나 보고해야 한다.'

박수실의 사팔뜨기 눈이 갑자기 빛이 나더니 예전의 민첩한 움직임으로 되돌아왔다.

'저 온순해 보이는 사무라이, 뭔가 나쁜 짓을 할 것 같지는 않지만 죽어도 눈을 떼지 않겠습니다요.'

박수실에게 딱 들어맞는 역할이 주어졌다. 게다가 이것으로 기사회생도 가능하다고 하니 일석이조다. 박수실은 무심결에 중얼거렸다. 덤으로 1000돈쭝의 〈은〉은 온전히 나의 것, 화와 복은 마치 꼬아 놓은 새끼줄과 같이 번갈아 온다더니……

'아비루의 동료인 시이나라는 군관이 있는 걸 알지? 그도 똑같이 감시해라. 그리고 비둘기도.'

'비둘기? ……비둘기 말입니까?'

'그렇다, 비둘기. 시이나는 비둘기를 기르고 있다.'

'네, 그건 알고 있습니다요……'

박수실은 이마를 바닥에 대고 공손한 예를 표했다.

용한이와 가부키

다음날은 활짝 개었다. 어제 내린 눈으로 주변 풍경은 눈부시게 아름답다. 눈처럼 희고 고운 여성의 살갗이 눈이 시리도록 스며든다는 둥, 말 같지도 않은 말을 내뱉으면서 남자들이 오간다.

에도거리에는 조선통신사만 있는 것이 아니다. 정부허락을 받은 에도 가부키자歌舞伎座(가부키극장) 4곳인 나카무라자中村座, 이치무라자市村座, 야마무라자山村座, 모리타자森田座에서 출연자 전원이 첫 선을 보이는 가오미세顔見世*가 개최되어 무가武家나 서민을 불문하고 남녀노소 모두가 들떠 있었다.

에도 가부키는 겐로크기元禄期(1688~1704)에 초대 이치가야 단쥬로市川團十郎가 출연해서 영웅과 신선의 초인적 활약을 공연하는 〈아라고토荒事 (용맹스러운 인물을 주인공으로 한 연극 - 역주)〉가 인기몰이로 대단한 흥행을 일으켰다. 같은 시기에 교토와 오사카에서는 초대 사카다 도쥬로坂田藤十郎가 당대의 세태, 인정, 풍속을 배경으로 남녀의 사랑을 그린 〈와고토和事〉의 극을 공연하여 일세를 풍미했다.

1704년 초대 단쥬로가 인기 절정인 45세 때, 배우 이쿠지마 한로크生島半六에게 살해되었다. 후계자는 장남인 구죠九藏로 17살. 에도

---

* 가부키 흥행에서 가장 중요한 연중행사, 가부키자에서 1년에 1회, 배우교체 후 신규 멤버로 구성하여 선뵈는 첫 흥행이다.

전체가 초대 배우의 갑작스런 죽음을 슬퍼하고 있었지만, 2대 단쥬로가 아버지의 〈아라고토〉를 계승하여 부친을 능가하는 인기배우가 되었다.

에도 가부키의 한 해의 시작은 11월(음력)이다. 올해 11월은 가부키자의 가오미세와 조선통신사 내방이 겹친 것이다.

11월은 그 해의 회고와 새해를 향한 기대가 겹치는 달, 때 맞춰 나카무라자, 이치무라자, 야마무라자, 모리타자의 4군데 가부키자歌舞伎座에서 각각 신년도 출연자들로 구성된 배우를 소개하는 가오미세를 선보인다. 가부키 세계에서는 한 발 빠른 새해인사다.

가오미세에는 반드시 눈이 내린다. 무대에서는 큰북을 둥, 둥, 둥 가볍게 천천히 두드린다. 이어서 눈을 가장하여 잘게 자른 종이를 눈보라처럼 흩날린다. 눈이 내린다는 상상에 관객은 기뻐한다. 진짜 눈은 소리 없이 내려 소복소복 쌓이지만 무대에서는 둥둥둥 북소리와 함께 관객의 가슴속에 살포시 내려앉는다.

조선통신사의 에도방문에 맞춰 첫 선을 보이고, 4일째 되던 날에는 바로 전날부터 진짜 눈이 쌓여 극장 밖은 온통 은세계로 바뀌었다. 가오미세 분위기는 더욱 고조되었다.

카슨도는 에도에서 쓰시마의 에도가로인 히라타 마사카타에게 새로운 밀명을 받기로 되어 있었으나 아직 호출이 없다. 카슨도 역시 날마다 경비와 통역업무, 게다가 끊임없이 발생하는 일본인과 조선인 사이에서 일어나는 갈등 처리에 여념이 없었다. 시이나에게 가오미세가 있다는 이야기를 듣자, 용한이나 다른 예술인들에게도 보여주고 싶다는 생각이 들었다. 오야마女形라는 여장한 남자배우를 보면 용한이도 놀라겠지! 즉시 시이나와 상담했다. 시이나는 4년 정도 에도에서 근무하면서 가부키에 푹 빠져 살았다고 한다. 이번 통신사 수행이 가부키 구경에 좋은 기회라고 계획하고 있었기에 시이나에게 그런 상담은 누워서 떡먹기다. 시이나의 추천작은 뭐니뭐니해도 야마무라자의 가오미세 교겐狂言, 2대째 단쥬로에 의한 에도 가부키의 인기작품 〈스케로크助六(요시와라의 멋진 사나이 - 역주)〉이다. 그러나 폭발적인 인기로 좀처럼 객석을 구할 수 없다. 시이나는 옛 벗들을 수소문하여 가까스로 1층 무대정면 관객석에 4명의 자리를 확보할 수 있었다.

한편, 카슨도는 반나절의 휴가를 받기 위해 관련 부처에 요청했지만 쉽지 않다. 이렇게 바쁜 와중에? 모두들 떨떠름한 표정이다.

카슨도는 이런 논리로 설득하였다. ──조선 예능인들에게 일본 가부키를 보여주는 것은 한시의 창수에 의한 교류만큼은 아니어도 조일 교류의 저변을 넓히는 데 중요하다. 앞으로 그들에게 일본 예능을 깔보지 않게 할 좋은 기회가 될 것이라고.

카슨도의 설득은 효과가 있었다. 문제는 조선측이다. 예능단 관할 책임자는 악단사령이지만 어느 사이에 압물관 박수실이 단체를 좌지우지하게 되었다.

박수실이 용한에게 얼토당토않은 시선을 보내면서,

'도대체 누가 너희들을 그 가부키인지 뭔지에 데리고 간다는 거냐?'

카슨도와 시이나가 안내할 거라는 말을 듣자, 박수실은 잠시 생각하는 척 하다가 갑자기 간살스러운 목소리로 말한다.

'저 두 사람이라면 안심이다. 있는 대로 멋을 내고 다녀오너라. 너희들은 우리 조선을 대표하는 광대니간, 저놈들의 졸렬한 예능을 실컷 웃어주고 오너라.'

카슨도와 시이나, 그리고 용한과 태운이가 하늘이 맑게 갠 설경 속을 힘차게 출발한 것은 오전 11시 경이었다.

짙은 연지색 치마를 입는 용한이의 자태는 흰 눈과 멋진 대비를 이루어 오고 가는 사람들의 시선을 한 몸에 받았다.

구라마에藏前, 야나기바시柳橋를 남쪽으로 내려가 아사쿠사바시浅草橋다리를 건너면 료고쿠바시兩國橋다리의 서쪽 끝이다. 이곳은 에도에서 제일가는 번화가다. 사람들로 북적거리는 거리를 보고 놀란 용한이와 태운은 그만 침착성을 잃어버렸다. 그들은 밀치락달치락하는 군중의 기세에 눌려 눈을 휘둥그레 뜬 채로 서 있기만 했다.

작은 극장과 일상에서 볼 수 없는 성인 남녀의 야릇한 행위를 보여주는 극장, 야구라櫓라는 망루, 찻집, 양궁장楊弓場, 이발소 등의 상점들이 다리 서쪽 기슭에 수백 채가 운집해 있어 미궁의 세계를 만들어내고 있다. 시선을 건너편으로 옮기면 무지개처럼 스미다가와隅田川강에 걸쳐 있는 료고쿠바시다리가 있다.

료고쿠바시다리는 스미다가와강에 있는 두 번째 큰다리로 1660년에 완성됐다. 길이 약 714m, 폭 약 7.3m의 나무로 만든 다리다. 다리 아래는 수많은 야가타부네屋形船(지붕 있는 큰 유람선)와 야네부네屋根船(지붕 있는 작은 배), 쵸키부네猪牙船(지붕 없는 나룻배 - 역주), 목재와 도자기나 숯을 나르는 운송선이 무수히 왕래하고 있었다.

'서두르자. 그러지 않으면 〈스케로크〉 시간에 맞춰 갈 수 없을 지도 몰라.'

시이나가 모두에게 재촉했다.

가부키극장 공연은 일출에 시작하여 일몰에 마친다. 야간 공연은 금지되어 있었다. 겨울이 되면 일조시간 때문에 당연히 연극은 짧아진다. 그러나 에도 사람들에게 겨울이야말로 연극을 사랑하고 즐길 수 있는 계절이다.

야마무라자는 고비키쵸木挽町 5번지이기 때문에 아직 5리(2km) 정도
더 가야 한다.

고비키쵸에는 야마무라자와 모리타자가 있었다.

이날도 날이 밝기 전부터 망루에 있는 북을 두드리기 시작했다. 북
소리는 눈 속에서 여느 때보다 크고 웅장하게 울려 퍼졌다. 여명의 빛
은 쌓인 눈을 엷은 주홍색으로 물들이는가 싶더니 이윽고 야마무라자
의 정면 좌우에 있는 두 개의 작은 출입구가 열린다.

'어서 오십시오!'

문지기의 활기찬 목소리가 울려 퍼진다. 관객은 아직 셀 수 있을 정
도다.

모든 가부키자는 출입구가 작다. 일명 쥐구멍 출입구鼠木戸라고 하
여 겨우 두 명 정도가 몸을 수그리고 들어 갈 만큼 아주 조그맣다.
이 문은 극장이라는 다른 세계로 사람을 유혹하여 끌어 들이는 역할
을 한다. 입장료는 7명이 앉는 좌석으로 극장안 양쪽 좌우에 1단 높
게 만든 1등급 관람석은 35돈쭝이고 1층 무대정면 관객석이 25돈쭝
이다.

극장 밖, 망루 바로 아래 정면에 〈가오미세 교겐 2대째 이치가야 단
쥬로〉라는 교겐 전체의 표제를 적은 간판이 걸려 있다. 1층 지붕과 2
층의 차양 사이에는 굵은 글씨로 적은 소제목 간판과 간판그림이 보
인다. 최고의 기술을 자랑하는 도리이파鳥居派가 그린 간판이 줄지어
걸려 있다. 야마무라자는 4개의 가부키자 중에 현재 가장 인기있는
극장이다. 그러나 3년 후, 이 가오미세에서 에지마 이쿠시마 사건繪島
生島事件(에도성의 시녀와 배우와의 스캔들 - 역주)에 연루되어 막부로부터 폐쇄

처분을 받고 소멸하는 운명을 맞이하게 된다.

아직 어슴푸레한 빛밖에 들어오지 않는 무대에서는 말단 배우들이 공연하는 〈서막〉이 시작된다. 스모相撲로 말하자면 〈시작〉. 아직 관객은 드문드문 하나둘씩 있지만, 망루에서 북이 울리고 나서 해질녘까지 하루 종일 앉아서 즐기는 것이 스모 구경의 묘미라고 한다면 가부키 구경 역시 똑같은 즐거움이 있다.

무대는 〈서막〉에서 개막극으로 이어진다. 첫 번째 연극서막이 진행됐다. 시대극인 〈소가노타이멘曾我対面〉, 소가 형제의 원수를 갚는 이야기다. 태양은 이미 후카가와深川강 옆에 있는 화재감시용 망루의 절반 정도 높이까지 떠올랐다.

어느새 장내는 1층 무대정면 관객석부터 아래층과 위층 1등급 관람석에도 만원이다.

서막이 끝나고 다시 개막을 알리는 딱따기 소리가 들리자, 창문의 커튼이 일제히 내려지고 둥둥둥 북소리가 나더니 어두워진 무대에 눈이 흩날리기 시작한다.

많은 사람들이 순식간에 소용돌이에 휩싸인다. 단쥬로, 여자 역을 맡은 남자 배우 중에 으뜸배우. 다테오야마立女形인 나카무라 시치산로中村七三郎 이외에 주요배우 여러 명이 쏟아지는 눈 속에서 아무 말 없이 손으로 더듬거리며 이쪽으로 오기도 하고 저쪽으로 가기도 하는 등 기묘한 동작을 계속하고 있다.

〈가오미세 침묵〉. 오늘은 모든 연기자를 선보이는 날이다. 출연자나 극장 대표자가 무대에 올라와 관객에게 인사하고 연극 줄거리를 설명하는 연출이다.

재빨리 창문을 가린 커튼이 올라가고 무대에서는 검정 커튼이 떨어진다. 샤미센三味線 반주에 따라 서정적인 성악곡 나가우타長唄가 박자를 맞추며 일제히 울려 퍼지자 무용수가 관객석을 가로질러 만든 하나미치花道*로 차례차례 몰려나왔다.

그 때 용한이와 다른 세 사람은 안내자의 도움으로 하나미치 바로 뒤쪽에 있는 무대정면 객석을 찾아왔지만, 뻔뻔스럽게 남의 자리를 차지하며 술을 마시고 있는 무리들이 먼저 와서 앉아 있다. 이 건달들은 용한이의 미모와 치마저고리를 정갈하게 차려입은 모습을 잠시 훑어보더니.

'이 분은 조선에서 오신 손님이시군요. 이런 무례를, 세상 물정에 어두워서 그만 실례를 했습니다.'

이렇게 말하면서 자리를 양보해주었다.

'이 자리가 자네들 자리인가?'

카슨도가 기분 나쁜 어조로 말하자.

'허허, 상당히 무서운 사무라이일세.'

카슨도의 매서운 눈빛에 주눅이 들면서도 계속 용한이에게 추파를 던지며 끌려 나갔다.

'어이, 조선 미인이 연극구경을 왔네 그려.'

'아니, 조선통신사에 여자는 없을 건데……'

'꼭 그렇다고 누가 그러던가? 저 뒷목덜미에 난 머리카락 생김새가 아주 매력적이야. 오글오글 거리는구면.'

관객끼리 서로 팔꿈치를 찔러가며 이야기한다. 위층에 1등급 관람석 한 곳을 점령한 화려한 의상을 입은 소년소녀들이 상체를 앞으로

---

* 관람석을 가로질러 만든 배우들의 통로.

쑥 내밀고 용한이에게 손을 흔들자, 용한이도 이에 호응한다.

'용한이가 여장남자라는 걸 안다면 놀라겠지?'

시이나가 카슨도에게 중얼거린다. 무대에서는 젊은 여장배우 몇 명이 차례로 의상을 바꿔 입고 미친 듯이 춤을 추면서 지나간다.

용한이의 눈은 자신의 미모에 넋을 잃고 보는 관객 따위는 아랑곳하지 않고 오직 무대에만 몰두하며 시선을 고정시켰다.

'저 사람을 뭐라고 하지요?'

'오야마女形.'

'오야마라고……?'

감개무량한 모습으로 중얼거린다.

막이 끝나고 다음막이 시작되기 전까지, 막간에 시이나가 하나미치와 세리迫*, 막의 종류와 그 사용법, 검은 옷을 입은 사람들의 역할 등등을 카슨도의 통역으로 설명한다. 곧 시작할 〈스케로크〉의 줄거리도 대강 이야기 해주었다.

──장면은 요시와라의 유곽 미우라야三浦屋 앞, 요시와라 제일의 유녀 아게마키揚券와 하나카와도 스케로크花川戶助六는 서로 사모하는 사이. 임자 있는 사람을 짝사랑하고 있는 멋진 수염을 가진 이큐意休라는 노인. 스케로크는 협객으로 변장하여 소가 고로토키무네曾我五郎時致가 되어 아버지의 원수를 갚기 위해 명검名劍인 도모키리마루友切丸를 찾아나선다. 각양각색의 다양한 남자가 모이는 요시와라에서 건달로 변장하여 일부러 거친 몸싸움을 거는 이유는 상대가 칼을 뽑도록 만들기

---

* 무대의 일부를 도려내어 오르내리게 하는 장치.

위함이다. 명검 도모키리마루를 가지고 있는 남자는 다름 아닌 멋진 수염을 기르고 있는 이큐였는데…….

'어때, 카슨도, 눈치챘어? 공연 목록표를 봐봐, 북을 두드리면서 시작하는 〈서막〉은 제쳐두고, 저것 봐. 세 번째에 〈소가노타이멘〉이 와 있지? 여기에서 소가 고로와 형인 쥬로가 아버지 원수인 구도 스케쓰네工藤祐経를 상대로, 후지산이 보이는 스소노裾野에서 군사훈련의 일환으로 실시된 사냥대회에 참가해 서로 대결하는 것을 연기하는 거야.'

'그런데 도모키리마루는 그곳에서 찾았어?'

'이 연극은 요술을 부려 적을 물리치는 거야. 한 사람이 다수의 적을 순식간에 물리치는 변화무쌍하고 자유로운 영혼을 가진 가부키 이야기지. 다시 행방이 묘연해지더니 어느새 에도로 무대가 바뀌어 요시와라에 와 있잖아.'

그 때 딱따기 소리가 울리고 막이 열렸다.

하나미치 통로로 눈부시도록 화려한 의상을 입은 유녀들이 차례로 등장하여 미우라야의 큰 격자문 앞에 나란히 선다. 정면에는 요시와라 마을처럼 벚나무 가로수가 세워져 있고, 하나미치로 들어가는 출입구에 드리워진 막은 정문을 상징한다. 관람석에도 유곽의 방 이름을 알리는 색색의 노렌暖簾(막)*이 곳곳에 내려져 있다. 노렌은 글자를 제외한 부분만 염색되어 있었다. 노렌과 함께 대나무를 가늘게 깎아 엮어 만든 발도 드리워져 있다. 관객을 포함하여 극장 전부를 요시와

---

* 상점 입구에 내걸어 놓은 상호를 새겨 놓은 천.

라로 만들어 놓았다.

나카무라 시치산로가 분장한 유녀 아게마키가 하나미치에서 몹시 취한 모습으로 등장한다. 용한이는 하나미치를 뒤돌아보면서 아름다운 아게마키의 모습에 홀딱반해 넋을 잃고 한숨을 몰아쉰다.

그 때, 뒤쪽 입석자리에 있는 관객 중에 얼핏 박수실의 모습을 발견한 느낌이 들었다.

눈을 부릅뜨고 다시 한 번 뒤돌아 보니 이미 사라지고 없다. ……나는 눈이 좋아서 아무리 먼 곳에 있는 사물일지라도 아주 잘 볼 수 있다. 분명히 박수실이었어. 저놈이 어째서?

용한이는 다시 무대에 완전히 몰입되어 카슨도에게 박수실이 객석에 있다는 말을 하지 못했다.

하나미치에 드리워진 막에서 쇳소리가 울리더니 스케로크가 등장한다. 관람석에서는 박수갈채와 함께 〈나리타야成田屋!〉라는 활기찬 함성이 울려 퍼진다.

보랏빛 스케로크의 싸움머리띠*, 오글오글한 검은 비단옷, 빨간 속옷, 노란 버선, 떨어지는 꽃잎을 피하기 위해 우산을 든 당당한 자태…….

박수실은 카슨도를 미행하여 야마무라자까지 왔다. 그러나 지금은 류성일 명령 따위는 제쳐두고 무대에서 펼쳐지는 요시와라의 풍속과 광경에 빠져 꼼짝 못하고 넋을 잃고 서 있다.

……그런가, 이것이 요시와라인가, 박수실은 마치 진짜 요시와라에 와 있는 착각에 빠져 있다. 환전소에서 체포될 때만해도 결코 이룰 수

---

* 얼굴 오른쪽에 매듭이 있는 머리띠는 넘치는 힘과 건강, 싸움에 강한 남자다움의 상징.

없던 꿈이었다. 극장에서나마 이렇게 아쉬운 대로 정신없이 경험한 것으로도 만족스럽다.

그 즈음, 아메노모리 호슈는 히가시 혼간지 경내에 있는 일본인 경비대의 가설숙사에 와있다. 아메노모리도 드디어 진문역이라는 중책에서 간신히 해방되어 오후 시간에 휴가를 얻을 수 있었다. 이때를 놓치지 않고 카슨도를 만나러 온 것이다. 호슈는 카슨도에게 지금까지의 활동경과를 상세히 듣고 상황을 파악한 후에 류성일이 움직이고 있다는 것과 카슨도와 이순지에게 위험이 닥쳐오고 있다는 것을 알리고, 이번에야말로 비밀 활동을 관두게 할 작정이었다.

카슨도의 배후지휘관이라고 할 수 있는 에도가로 히라타 사네카타는 오늘 저녁에 에도성에서 쓰시마번 에도공관으로 10일만에 돌아간다고 하니 카슨도와 담판을 짓고, 내일 아침에 히라타에게 비밀활동 중지를 요청할 생각이다. 이 일은 조일 쌍방에게도 해악이라는 점을 충언할 참이다.

그런데 하필 이 중요한 날 조선인 예능인을 데리고 가부키 구경을 갔다니. 이 무슨 우연이란 말인가!

아메노모리는 자신과 점점 멀어져 이제는 손이 닿지 않는 곳으로 가버린 카슨도의 행동에 초조함이 밀려왔다.

3시간 정도 기다렸을까, 간에이지寬永寺에서 울려오는 시계 소리가 오후 6시를 알리고 있다. 아메노모리는 기다림에 지쳐 자리에서 일어났다.

카슨도가 히가시 혼간지로 돌아온 것은 아메노모리와 거의 같은 시각이었다. 간발의 차이로 엇갈려 만나지 못하게 되었다. 그리고 카슨도에게는 히라타의 호출이 기다리고 있었다.

카슨도는 눈이 녹아 질퍽거리는 길을 따라 시타야에 있는 에도공관을 향해 서둘러 출발했다.

통신사 체류 중에 쓰시마번 에도공관은 문에 달아 놓은 등불을 새벽까지 끄지 않았다. 카슨도는 자신이 내는 자갈 차는 소리를 들으며 현관으로 들어갔다. 현관입구에서 손님용 마루방 난간에 양손을 얹고 서서 응답을 기다렸다. 식모가 더운 물이 들어있는 대야와 수건을 내왔다. 집무실에 들어가자 히라타는 서류를 보고 있다가 천천히 얼굴을 들어 카슨도를 맞이한다.

'많이 늦었구나.'

가부키 구경을 다녀왔다고 말 할 수 없었다. 그저 무릎을 꿇고 머리를 조아리는 수밖에는.

히라타는 느긋하고 품위 있게 등 뒤를 향하여,

'아비루가 도착했습니다.'

미닫이문이 열리며 안쪽 방에서 초로의 남자가 천천히 앞으로 걸어 나왔다.

'아라이님이시다.'

히라타가 소개한다.

'아비루 카슨도입니다.'

히라타 옆으로 2m 정도 떨어져 앉은 아라이 하쿠세키는 잠시 카슨도의 얼굴을 뚫어지게 쳐다보더니 미소를 지어 보이며 말했다.

'아버지와 그다지 닮지 않았구나.'

모두가 그렇게 말해주면 카슨도는 너무 좋았다. 아버지를 존경하고 아버지만큼 닮아 가고 싶었기 때문이다. 아라이의 말은 아직 멀었다는 것을 암시하고 있다. 아라이가 사교성이 많은 사람이라면 이렇게 말했을 것이다. 아주 많이 닮았구나! 라고.

아라이 하쿠세키가 카슨도의 아버지인 아비루 야슨도와 에도에서 알게 된 것은 벌써 26년 전의 일이다.

카슨도는 이곳에서 쇼군시강을 만나게 되리라고는 꿈에도 생각하지 못했다.

아라이 하쿠세키는 히라타에게 대조선 비밀활동에 종사하고 있는 사람이 옛날 학우인 아비루 야슨도의 외아들이라는 말을 듣고 꼭 만나고 싶어 했다. 물론 그것 뿐만은 아니지만⋯⋯, 중요한 밀명을 직접 지시하는 편이 낫다고 판단했기 때문이다. 히라타에게도 아직 그 내용을 말하지 않았다.

'인삼의 인공재배에 관한 내용이네만⋯⋯. 그 후에 뭔가 새롭게 알게 된 정보가 있는가?'

히라타가 카슨도에게 재촉한다.

'네, 평지 재배의 유무를 조속히 밝혀내려고 애쓰고 있습니다만 이렇다 할 만한 정확한 정보는 아직 얻지 못했습니다.'

그러나 단양에서 카슨도는 어깨 부상을 치료받았을 때 홍순명의 수행의원인 최백형에게 개성에서 인삼재배가 성공했다는 이야기를 들었다. 이순지의 말이 떠오른다. ⋯⋯그 의원은 분명히 입을 제멋대로 놀린 것을 후회하고 있을 거라고. 왜냐하면 인삼재배는 국가기밀에 속하는 사항이기 때문이다.

첩자의 직분은 보다 정밀한 고급 정보를 획득하려는 데 있다. 이를 위해서는 모든 방책과 수단을 동원하고, 설사 그릇된 방법을 쓰는 것도 마다하지 않으며 배신도 주저하지 않는다.

카슨도가 최백형에게 얻은 정보를 보고하지 않는 이유는 평지 재배를 직접 확인하지 못했기 때문이다.

갑자기 아라이 하쿠세키가 말했다.

'인삼의 인공재배에 관한 정보수집활동은 필요 없게 되었네.'

'아라이 도노, 좀 더 상세하게 설명해주십시오.'

히라타가 당혹스런 표정으로 말했다. 아라이 하쿠세키는 히라타 쪽으로 얼굴을 돌리며,

'이전에 쓰치야 도노의 저택에서 나눈 이야기와 중복되네만, 지금까지 주조한 게이쵸긴은 120만 관목貫目(4500톤)이지만 국내에서 화폐로 유통되는 것은 10%도 미치지 못한다네. 결과적으로 90%가 국외로 유출되고 있는 실정이지. 게다가 은 산출량은 감소일로에 놓여 있기 때문에, 나는 앞으로 은의 유출을 전면금지해야 한다고 생각하네. 왜냐하면 금과 은이야말로 만국공통의 보물이네. 이것이 없으면 국가의 초석를 세울 수 없기 때문이지. 그러나 우리나라 은의 대부분은 쓰시마를 통하여 조선으로 유출되고 있네. 그 중에 80%를 생사와 견직물의 수입대금으로, 20%는 인삼을 구입하는 데 쓰고 있다네. 아비루, 알고 있겠지만 재차 물어보겠네. 생사와 견직물은 주로 어느 나라에서 생산하는 것인가?'

카슨도가 대답한다.

'모두 청나라입니다.'

'그렇다면 결국, 조선정부는 단지 청나라에서 생사를 구입하여 일본으로 수출하는 것이 되겠지? 그러면 조선은 청에서 생사구입 대금으로 무엇을 사용하고 있는 것인가?'

'네. 게이쵸긴입니다.'

'그렇다면 결국, 우리나라 은의 대부분은 청나라로 흘러들어가고 있다는 것인데……, 나는 인삼의 인공재배는 무리가 있다고 생각하네. 원래 조선의 산속에서만 자생하던 것을 평지에서, 그것도 토양이나 기상조건이 크게 다른 일본에서 재배하기에는 시간과 경비가 너무 많이 들 것 같네. 그러나 생사는 어떠한가? 일본에서도 오래전부터 양잠을 해왔지. 누에와 뽕나무도 청나라의 그것과 별반 다르지 않을 것이야. 문제는 기술이라네. 옛날에 도자기 경우와도 같다고 할 수 있네. 흙과 불, 요(가마)도 있지. 문제는 기술이라네. 히데요시는 많은 조선인 도공을 일본으로 데리고 왔지. 지금은 이마리伊萬里를 비롯하여 본고장을 능가할 만큼 성장하지 않았는가. ……만약에 중국의 양잠과 방적기술을 도입할 수만 있다면 엄청난 이익을 얻게 된다네.'

히라타의 뺨이 파르르 떨리며 입모양이 이글어진다. ……생사까지 국산화한다면 대조선 무역만이 살길인 쓰시마번의 재정은 어떻게 되는 것인가?

아라이는 히라타의 생각을 꿰뚫어보고 있는 것처럼,

'쓰시마는 여태껏 해오던 것처럼 인삼과 생사를 계속 수입하면서 양잠과 방직기술을 도입하는 데 전력을 쏟도록 하시게. 그러면 언젠가는 생사의 섬, 쓰시마가 될 것이고 그렇게 되면 안정과 풍요는 실현될 것이네. 쓰시마 재정을 무역에만 의지하는 것은 위험하네. 지난번 국서개찬 사건을 떠올리려고 하는 것은 아니네만, 소 요시나리 번주는 문책받지 않았지만 소씨 가문의 중신 중에 야나가와 시게오키는 쓰가루로 유배되었지. 애석하게도 유능한 인재를 잃은 것뿐만 아니라 야나가와 가신 중에 두 사람은 사형을 면치 못했다네. 모두 재정을 외교와 무역에 의존해서 벌어진 일이라고 생각하네. 막부에서 차용한 융통금도, 실은 통신사 초빙용이지만 5만 냥이나 되지않은 가. 쓰시마에 가장 중요한 것은 섬 안에서 새로운 산업을 일으키는 것이 아니겠나? 실현가능하다면 국내 생사시장을 한 손에 움켜쥐는 것이 되네.'

카슨도는 조금 전까지의 주눅든 기분이 사라지고, 어느새 그 빈자리에 쇼군시강이 가진 혜안에 감탄하고 있었다.

'청나라의 주요 생사 산지를 알고 계시는가?'

화살처럼 질문이 날아든다.

아라이의 질문에 카슨도는 대답한다.

'네. 누에고치와 견사의 생산과 방직은 광범위하게 이루어지고 있습니다만, 역시 전통적으로 난징南京, 쑤저우蘇州, 항저우杭州가 상품上品입니다. 각각을 난징패, 쑤저우패, 항저우패라고 부르고 가격도 고가여서 교토의 니시진西陣에는 이 세 곳의 생사패가 납품되고 있습니다. 이 생사는 일단 양저우楊洲의 항구로 모이게 하여 대운하로 베이징까지 운반한 후에 육로를 이용하여 한성과 부산으로……'

아라이 하쿠세키는 한쪽 무릎을 앞으로 내밀어 좀 더 가까이 다가 앉으며,

'난징, 쑤저우, 항저우에서 실력 있는 직공을 5~6명 정도 데리고 올 수 있겠는가? 아니면 우리가 5~6명을 파견할 수 없을까?'

아라이의 제안을 듣고 카슨도의 뇌리에 떠오른 것은 〈역자행歷咨行〉과 〈동지사冬至使〉라는 조선정부의 사절단이다.

조선은 중국의 전통적인 책봉체제 하에 있어 1년에 2회, 정기적으로 조공 사절단을 베이징으로 보내고 있다.

〈역자행〉은 중국달력을 받기 위해 파견되는 사절로 8월에 한성을 출발하여 12월에 귀국한다. 〈동지사〉는 12월에 출발하여 새해인사와 다양한 책봉 의식을 수행하고 이듬해 4월에 귀국한다. 이들은 무역사절도 겸하고 있다. 이 때 대량으로 일본의 게이쵸긴은 베이징으로 운반된다. 한성에서 베이징으로 향할 때에는 〈은길〉을, 베이징에서 한성으로 복귀할 때에는 〈비단길〉을 이용한다.

그러나 이 길은 한성에서 끝나는 것이 아니다. 인삼과 생사의 결재 수단인 게이쵸긴은 대략 교토의 산죠三条에 있는 다카세가와高瀬川강변의 쓰시마공관에서 조달하여 다카세부네高瀬舟라는 하천용 배에 실어 다카세가와高瀬江강, 우지가와宇治江강, 요도가와강, 세토내해를 지나 일단 쓰시마로 옮겨 수하물 조사를 마치고 나서 〈은선〉을 이용하여 왜관으로 운반하는 것이다.

왜관에서 게이쵸긴으로 조달된 생사와 견직물은 동일한 길로 역행하여 교토의 니시진으로 운반된다. 말하자면 교토와 베이징은 〈은길〉과 〈비단길〉로 연결되어 있었다.

아라이 하쿠세키가 낮은 목소리로 말한다.

'설마 자네, 조선정부에 이 일을 공공연하게 까놓고 협력을 요청하지는 않겠지?'

카슨도는 하쿠세키의 말에 맞장구를 치면서 속으로 〈동지사〉 일원이 되어 베이징까지 가서 대운하로 난징이나 쑤저우에 잠입한다는 계획을 생각해냈다. 물론 이순지의 협력없이는 불가능하다.

'무언가 묘안이 있는가?'

하쿠세키가 온화한 어조로 묻는다.

'통상적으로 외국인이 조선에서 중국으로 들어가는 것은 불가능합

니다만…… 1년에 2회, 조공 사절단이 한성에서 베이징으로 파견됩니다.'

카슨도의 말에 하쿠세키가 흥분하며 무릎을 앞으로 내밀며 바짝 다가앉는다. 하쿠세키의 이러한 반응에 카슨도는 〈역자행〉과 〈동지사〉에 대해서도 간략히 설명한다. 다 듣고 난 하쿠세키는,

'과연, 묘안이기는 하네만 매우 위험한 일임에는 틀림이 없어. 그러면 현지에 잠입한 뒤 어떻게 할 작정인가?'

카슨도는 재빨리 실제 상황일 경우, 그 성공 가능성을 궁리하고 있었다.

난징, 쑤저우, 항저우에 잠입하여 양잠과 방직 전문가가 있는 마을을 발견한다. 그리고 아라이 하쿠세키가 말하듯이 일본인을 직접 파견해서 기술을 습득하게 한다. 하지만 실현 가능성은 거의 희박하다. 청나라 정부와 지방의 관리가 훈련생을 인정하지 않을 것이기 때문이다. 중국인 행세를 하게 해서 잠입시켜도 곧바로 발각되어 죽음을 면치 못할 것이다.

현실성이 높은 쪽은 우수한 양잠 기술자와 솜씨 좋은 베짜는 여인들을 모집해서 일본으로 데려 오는 방법이다. 옛날부터 밀항을 해서라도 일본으로 건너오려는 중국인은 많다. 닝보寧波 근처에 있는 어부와 결탁하여 동지나해를 배로 건너서……

여기까지 여러 차례 자문자답을 하고 있을 때.

'현지에 잠입한 후, 어떻게 할 것이냐고 묻고 있네만……'

아라이가 초조한 목소리로 질문을 반복한다. 카슨도는 마치 꿈에서 깨어난 기분이다.

'어떤가?'

그러나 카슨도는 질문에 바로 대답을 할 수 없었다. 질문에 정확한 답을 해야 하지만 뭐랄까 몽상 속에서 빠져 나올 수 없다. 구체성도 없고 파천황적인 계획처럼 생각되기 때문이다.

'잠시 유예를 부탁드립니다.'

'그건 그렇지. 그렇게 간단히 답을 찾을 수 있는 문제는 아니지. 그러나 통신사 출발일까지는 초안을 듣고 싶네. 오늘 밤은 동지사를 이용한다는 것까지 알고 있겠네. 히라타 도노……'

드디어 에도가로 히라타 쪽을 보았다.

'……히라타 도노, 생사가 국산화될 때까지 투자는 막부가 부담하겠네. 이 계획은 어디까지나 극비리에 진행되어야만 하네. 막부나 번내에서도 반대하는 자가 분명히 있을 것이네. 괜찮겠지?'

'물론입니다.'

하쿠세키가 일어섰다.

'히라타 도노는 훌륭한 부하를 두셨군.'

아라이 하쿠세키가 떠나고 카슨도도 귀갓길에 올랐다. 돌아오는 길 내내 궁리한다. ……〈동지사〉에 합류하기 위한 공작은 이순지에게 부탁해야 가능하다. 그러나 이순지가 요구하고 있는 일본 〈은〉에 대한 최신 정보제공을 미루면서 자꾸 귀찮은 부탁만 하는 것은 너무나도 이기적이다. 특히 반 년 전에 카슨도가 단양에 갈 수 있었던 것은 이순지 스스로도 위태로운 사태를 초래할 정도의 위험한 일이었다.

통신사는 머지않아 귀국길에 오른다. 카라가네야는 이미 〈은〉정보수집을 끝냈을까? 카슨도는 숙사로 돌아오자마자 즉각 오사카에 있는 카라가네야 앞으로 편지를 쓰기 시작했다.

'이전에 부탁한 정보를 오사카에 도착하는 대로 받을 수 있도록 부탁드립니다.'

서신은 다음날 아침 파발편으로 보냈다.

그의 계획은 이렇다. —— 이순지 앞으로 〈동지사〉와 〈은〉에 관한 정보를 아비루 문자로 적어서 오사카에서 쓰시마로 통신 비둘기를 날려 보낸다.

'시이나, 드디어 통신 비둘기가 나설 차례야.'

'알았네, 통신 비둘기의 활약을 보여 주겠어. 어지간히 중요한 안건인가봐? 어디서 날려 보낼 건데? 에도?'

'아니, 오사카에 도착하면 바로.'

'알았어. 너는 똑같은 글을 두 통 만들어야 해.'

'도중에 독수리나 매에게 습격을 받거나 사고를 당할 경우를 생각해서, 두 마리를 동시에 날려 보내겠네.'

'고마워. 도네에게 보내는 글도 써봐.'

'아니, 이번에는 그만 둘래.'

쓰시마 출발 전에, 카슨도는 도네와 다음과 같은 약속을 했다. 이순지 앞으로 보내는 아비루문자 서신은 일단 도네가 받아서 새로운 봉투로 바꾸어 왜관 사이반보倭館裁判補 아비루 카슨도라고 쓰고 쓰시마와 왜관을 연결하는 행낭선(우편물을 보내는 배 - 역주)에 싣는다. 카슨도의 하인에게는 부재중에 카슨도 앞으로 온 편지 중에 보내는 사람이 도네라고 적힌 편지는 긴급 도자기 주문서이므로 곧바로 요장에 있는 이순지에게 전달하도록 지시해두었다.

또 카슨도는 왜관을 출발하기 직전에 이순지에게 중요한 것을 전해두었다. 아비루 문자와 언문 대조표이다. 일본에 있는 카슨도가 이순지에게 연락할 때, 아비루 문자로 보낼 것이니 그 대조표를 기초로 하면 어느 정도는 해독할 수 있을 것이라고.

복서 봉정식

카슨도와 만나지 못하고 히토쓰바시一ﾂ橋다리 근처에 있는 진문역 숙사로 돌아온 아메노모리는 전날의 우울한 기분이 다음날까지도 이어졌다. 에도공관으로 히라타를 방문하기 위해 숙사를 나서는 순간, 번주로부터 긴급히 소집한다는 연락이 왔다.

아메노모리가 황급히 달려가자, 막부로부터 〈사현의례〉 즉, 국서회답(쇼군의 복서復書)과 송별연회를 내일 히가시 혼간지절의 안쪽에 있는 서원에서 거행한다는 것과 통신사 본대 출발이 글피로 결정됐다는 통보가 왔다고 한다. 히가시 혼간지에서는 기쁨의 함성이 우렁차게 울려 퍼졌다. 상황이 이렇게 되자, 히라타에게 카슨도의 〈대조선 비밀활동〉 중지를 요청하는 건은 거센 파도와 같은 귀국준비의 소용돌이 속으로 사라져버리고 말았다.

히가시 혼간지의 본당 안쪽 서원에서 사현의례가 실시됐다.

로쥬이면서 조선어용을 겸한 쓰치야 마사나오 외 막부 각료 3명, 쓰시마의 태수 소 요시미치 등은 각각 상록수(녹색), 연두, 울금색(짙은 노랑), 연지색의 히타타레直垂(무사예복)를 입고 서 있다. 조선의 상위관복으로 격식을 차린 조태억 등 삼사, 제술관 이현, 상상관이 반대편에 마주 서 있다. 서로 진심을 담아 치하하며 교환하던 중에 쇼군으로부터 조선국왕, 삼사들에게 보내는 예단목록이 조선측에 전달된다. 에도체류 중에 모든 예식의 마지막을 장식하는 것은 일본국왕(쇼군)이 조선국왕에게 보내는 〈복서(답서)봉정식〉이다.

복서는 쓰시마의 소태수가 조태억 정사에게 전달했다. 조태억은 어쩌면 있을지도 모르는 답서변경 요청을 위해서 일단 대기실로 가서 확인 절차를 거쳐야 한다고 요청했다. 쓰치야는 이를 허락했다.

잠시 자리를 비우고 대기실로 가자마자 통신사 일행은 금방 술렁거리기 시작했다.

별안간 미닫이문이 열리더니 마르고 큰 키의 조태억이 등을 구부린 채, 왼손바닥 위에 곱게 접은 복서를 받들고 뛰어나왔다. 뒤에 홍순명과 임수간, 이현이 바싹 달라붙어 몰려 나왔다.

'역시 우려했던 일이 일어났습니다. 이 복서 안에 〈懌(기뻐할 역)〉의 글자가 있습니다!'

복서를 얹고 있는 왼손바닥 위를 오른손으로 가리킨다. 손가락과 입술이 파르르 떨고 있다.

조태억이 큰 목소리로 호소한다.

'〈懌〉은 우리의 조선 중흥의 시조, 조선국왕 중종의 시호입니다. 이것은 국왕의 권위에 큰 죄를 범한 것입니다. 나라의 치욕입니다. 부디 다시 고쳐주시기 바랍니다.'

휘법에 대해서 잘 알지 못하는 쓰치야와 그 외 또다른 로쥬는 그까짓 글자 하나 가지고 호들갑스럽다며 하찮게 여기며 달래보려고 했지만 삼사의 흥분은 점점 더 고조될 뿐이다. 소 요시미치 뒤에 서 있던 진문역 아메노모리 호슈가 사태의 심각성을 쓰시마의 태수를 통하여 쓰치야에게 전했다.

'그들은 결코 호들갑을 떨고 있는 것이 아닙니다. 답서 문안에 이전 조선국왕의 시호가 섞여있기 때문에 그대로 귀국하면 삼사 모두 생사가 걸린 처벌을 받을 겁니다.'

쓰치야는 놀라며 즉시 사자를 에도성으로 보내 그 내용을 아라이에게 전했다.

아라이 하쿠세키로부터 곧바로, 다음과 같은 회답이 왔다.

'분명히 이번 복서에 조선국왕 중종의 휘인 〈懌〉의 글자가 있지만, 이것은 이번의 통신사 내빙을 우리나라 모두가 기쁘게 맞이했다는 의미를 담아서 적은 것이다. 그 글자를 가지고 시호를 어겼다고 하며 개서를 요구한다면 우리 쪽도 다음의 일을 문제시하고 싶다. 이번의 조선측의 국서를 보면 3대 쇼군 이에미쓰님의 〈光〉의 글자를 어기고 있다. 우리들이 문제 삼지 않은 것은 우호를 우선했기 때문이다. 따라서 복서를 변경할 필요는 없다.'

이 회답에 삼사는 분노 섞인 목소리를 토해냈다. 조태억의 얼굴이 새빨개져서,

'수일 전에 이런 일이 생길까 두려워, 사전에 답서를 보여줄 것을 부탁드렸을 때, 아라이님께서는 사령(문서)에 관계되는 일은 하지 않는다고 하시며 거절하셨습니다. 명백한 거짓말입니다!'

쓰치야 마사나오는 이제야 삼사가 처한 곤란한 입장을 이해했다. 다시 사자를 보냈다.

《예기禮記》*에 휘는 5대까지이고, 중종은 7대 전의 국왕이므로 휘를 어겼다고는 할 수 없으나 이에미쓰님은 현재 쇼군의 조부다. 휘를 어겼다고 한다면 조선측이 먼저 국서를 수정해주면 일본 복서도 고쳐주겠다. 그 교환의 장을 쓰시마로 한다.'

그러나 삼사는 복서를 고치지 않은 채, 귀국길에 오를 수는 없다. 조

---

* 유교 경전 중 오경(五經)의 하나다. 주나라 말기에서 진한시대까지의 예(禮)에 관한 학설을 정리한 것으로, '주례(周禮)', '의례(儀禮)'와 함께 '삼례(三禮)'라고 한다.

선국왕이 보내는 글은 귀국 후, 정부에 보고하여 다시 써서 보내기로 한다. 이 방법 밖에는 없다. 제술관 이현이 이것이 관철될 때까지 출발하지 않겠다고 분노를 담아 항의서를 제출했다. 항의서는 세 번째 사자를 보내어 에도성에 전달했다.

회답은 오직 한 줄. 〈좀 전 그대로〉. 쓰시마에서 개서를 교환한다는 것이다.

쓰치야는 타협을 싫어하는 아라이 하쿠세키가 취한 대응방법에 짜증이 가중되었다. 삼사의 고충과 현장에 함께 있는 쓰치야와 쓰시마의 태수를 조금도 배려하지 않는 아라이의 태도를 이해할 수 없다. 아라이의 부친은 쓰치야의 본가인 쓰치아 도시나오土屋利直를 섬기고 있었다. 하쿠세키가 내리는 명령은 쇼군의 동의를 얻은 것이겠지만 부하에 해당하는 사람의 아들에게 거역할 수 없는 처지와 분함이 치밀어 올라온다. 무심결에 '아라이 자식을 죽여버리고 말테야'라는 위험한 발언이 쓰치야 입에서 튀어나왔다.

역시 이에 질세라 조선측이 말한다.

'……하는 수 없습니다. 우리들은 내일 아침에 귀국길에 올라야 합니다. 급히 우리 정부에 서신을 보내 휘에 쓴 〈光〉을 고친 국서를 쓰시마까지 보내도록 하겠습니다. 당신들도 고친 복서를 쓰시마로 보내주십시오.'

이리하여 삼사는 돌려받은 국서만 가지고, 일본국왕에게서 받아야 하는 복서를 지참하지 않은 전례 없는 상황 속에 귀국길에 오르게 되었다.

아라이 하쿠세키가 타협을 거부한 이유는 국서교환이 가장 중요한 외교절차이기 때문이다. 근저에는 철저히 양국은 대등하다는 생각이 있었다. 처음의 국왕호칭 회복문제나 마지막의 휘를 어기는 문제 역시 모두 여기서 비롯된 것이다. 진정 아라이 다운 대처방법이었지만, 공감하는 사람은 별로 없었다. 아메노모리 호슈 역시도, 쓰시마 입장에서 국왕호칭이나 휘를 어기는 문제를 잘 이해하고 있었기 때문에 아라이의 원리원칙과 엄격주의가 역겨울 수밖에 없었다.

조선통신사의 귀국길은 에도로 오던 길과 다르다. 하루라도 빨리 귀심사전歸心似箭(집으로 돌아가고 싶은 생각이 간절하다 - 역주)하여, 직선거리인 도카이도東海道*가도를 달렸다.

의외였던 것은 통신사가 오사카에 도착하기 전에 일본측 국서가 오사카 부교奉行를 경유하여 기타미도 객관에 도착해 있었다.

국서교환은 다음해 2월 2일, 쓰시마의 이즈하라성에서 실행되었다. 조선측은 〈光〉을 〈克〉으로 일본측은 〈懌〉을 〈戢〉으로 고쳤다. ('戢'은 보관하다, 편안하게 하다, 戢兵 —군사를 거두다, 戢翼— 새가 날개를 오므리고 쉰다.)

카슨도는 하쿠세키에게 생사의 국산화 계획에 관한 초안을 통신사 일행과 함께 에도를 출발하기 직전, 에도가로인 히라타 사네카타에게 전달했다. 곧바로 쇼군시강인 아라이 하쿠세키에게 전달되었다. 하쿠세키는 면밀히 검토했으나 결국 계획은 실행되지 못했다. 왜냐하면 오사카에서 카슨도의 신변에 심각한 사태가 벌어졌기 때문이다.

---

* 에도에서 교토까지 해안선을 따라 나 있는 간선도로.

조선통신사의 그 후

오사카에서 카슨도에게 무슨 일이 일어났는지 말하기 전에, 이번 조선통신사의 그 후 이야기를 간단히 서술해두고 싶다.

통신사 일행이 한성에 도착한 것은 3월 9일이다. 약 1년간의 긴 여행을 마친 후 복명을 했지만 삼사를 기다린 것은 엄한 처단이었다.

삼사, 제술관, 상상관은 곧바로 체포되어 감옥에 갇혔다. 〈국욕國辱의 죄〉를 물었다.

일본측이 잘못 쓴 휘를 지적한 것은 당연히 해야 할 임무에 불과하다. 그것보다 일본이 저지른 무례를 묻지 않고 복서를 지참하지 않은 채 에도를 떠난 일과 자국정부에 개서를 요구한 것 등 왕명과 국체를 소홀히 한 행위다. 이것은 중죄에 해당한다고.

엄한 심문이 실시됐다. 조태억 외 삼사는 일본측에 강하게 항의하며 결코 왕명과 국체를 그르친 것은 아니라고 변명했지만 받아들여지지 않았다.

단 한사람, 제술관 이현은 일본측의 무례한 행동에 죽을 각오로 싸워야 한다고 진언했지만 정사가 들어주지 않았다고 말했다. 정사는 아라이 하쿠세키라는 쇼군시강과 친하게 어울리며 최후에는 노련한 정치가에게 농락당했다는 죄를 물어 탄핵당했다.

의금부는 심리를 마치고 국왕의 재가를 청했다. 숙종은 여러 대신에게 자문한 후에 삼사에게 〈삭탈관작削奪官爵〉*과 〈문외출송門外黜送〉**을 명했다. 그들은 한양에서 추방당했다.

---

* 죄를 지은 사람의 벼슬과 품계를 뗌.
** 한양 밖으로 추방하던 형벌.

이현에게는 〈삭탈관작, 가재몰수家財沒收, 문외출송〉으로 삼사와 상상관보다 중한 벌이 내려졌다. 그의 정사 탄핵이 여러 대신들 사이에 나쁘게 작용했다는 소문이 돌았다.

이현은 초라한 신세로 하늘을 원망하고 사람을 원망하다가 결국 가족과도 이별하고, 악화일로로 치닫는 치질을 고스란히 지닌 채, 고향인 영광으로 낙향했다. 그러나 그는 품고 있는 한을 멈추고, 조선의 문인들이 천민예능으로 무시해온 판소리 연구를 시작하여 명창 교본제작에 착수했다. 《춘향전》,《심청전》등 6편을 처음으로 문자로 기록했다. 그의 저서 《바람소리 판소리 연구》의 창두에 이현은 〈판소리는 조선 민족의 한恨 표출의 총체현상이다〉라고 기록했다.

한편, 카라가네야는 매우 정보가치가 높은 은에 관한 자료를 준비해서 카슨도를 기다리고 있었다.

카슨도는 급히 아비루문으로 번역하여 얇고 작은 종이에 좁쌀 만한 작은 문자로 옮겨 적었다.

또한 〈동지사에 관한 건〉과 〈카라가네야의 은 정보〉를 2부 작성하여 시이나에게 건넸다. 아비루 문자로 썩어 있으므로 만일의 사고가 일어나더라도 막부의 비밀조직이나 혹은 조선측 손에 넘어가도 해독할 수 있는 사람은 없다. 이 세상에 단지 두 명, 카슨도와 도네밖에는 없기 때문에 최악의 사태는 피할 수 있다.

시이나는 카슨도에게서 통신문을 받자마자 최대한 작게 말아서 주석으로 만든 작은 대롱에 넣어 2호와 5호 비둘기 다리에 단단히 묶어두었다. 내일 아침에 날려 보낼 예정이다.

통신문을 도둑맞다

넓은 기타미도 객관은 1000명이 넘는 인원의 접대 준비로 분주하다. 취사 연기와 음식냄새가 진동하는 저녁에 시이나가 새파랗게 질려서 카슨도 방으로 달려왔다.

'비둘기장을 통째로 도둑맞았어! 가네코 대장의 호출로 잠시 안뜰에 새장을 둔 채로 다녀 왔더니, 마치 마법에 걸린 것처럼 형체도 없이 사라져버렸어.'

시이나는 분해서 이를 갈았다.

'이전부터 2호와 5호에 군침을 흘리던 무리를 몇 명 본 적이 있어. 일본인은 비둘기를 먹지 않지만 조선인은 대단히 좋아한다고 들었거든. 누가 훔쳐갔는지는 모르지만 주위 사람에게 물어보니 1시간 전에 낯선 사팔뜨기 승려가 큰 빗자루로 안뜰을 청소했다고 했어. 그 승려라면 내가 비둘기장을 떠나기 직전까지 본 것 같아. 그렇지만 절에 빗자루를 든 승려가 있다는 건 당연한 일이잖아.'

'박이다, 그 놈은 압물관 박수실이야.'

카슨도는 말했다. ……인삼을 도둑질하더니 이번에는 비둘기도 도둑질 하는군.

'잡아먹으려고 훔친 걸까?'

시이나의 질문에 카슨도는 아무 말 없이 시선을 하늘로 향할 뿐이다.

'그렇다면 좋으련만……, 아마 아닐 것 같아. 박수실이 노리고 있는 것은 비둘기가 아니라……. 가자, 하여튼 박수실을 잡아야지.'

두 사람은 뛰어나와 안뜰을 가로질러간다.

그러나 조선인 숙사에 박수실의 모습은 보이지 않았다.

용한이와 태운이가 달려와서 마상재 기수 두 사람이 비둘기를 불에 구워 먹고 있다고 알려준다.

용한이는 아마도 시이나가 정성들여 보살피고 있던 비둘기가 틀림없을 것이라고 한다.

'마상재 기수 엄씨와 오씨에게 어떻게 비둘기를 손에 넣었는지 물어봤더니 누군가 창문으로 던져줬다는 거예요. 그런데 이상한 것은 ……'

카슨도가 뒤에 이어질 말을 눈으로 재촉한다.

'두 마리 모두 다리가 잘려나가 있더래요. 새는 다리 껍질과 발이 맛있다고 하면서 아쉬워했어요.'

'카슨도……'

시이나는 울먹이는 목소리다.

'박수실 이놈이 통신문을 훔쳐 갔구나. 그런데 박수실이 왜?'

시이나의 질문에 카슨도는 대답하지 않고 용한이와 태운이에게,

'박수실은 지금 어디에 있을까?'

'에잇, 그놈이 비둘기에 눈독을 들이고 있었군. 다리를 자르다니! 잡아서 몽둥이 찜질이라도 해줘야 속이 후련하겠어.'

태운이는 급히 일어서더니 달려 나갔다.

'카슨도, 며칠 전에 가부키자에 갔었잖아요. 그 때 뒷 쪽 입석자리에서 있는 박수실을 봤어. 나는 그때 여장한 남자 연기자에게 완전히 홀딱 빠져서 그만……'

카슨도는 지금까지 박수실이 자신의 주변을 배회하고 있던 이유가 인삼도둑이 밝혀질까봐 두려워서 전전긍긍하고 있다고 생각했는데 착오였음을 알았다. 박수실은 누군가의 지시를 받고 전혀 다른 목적

으로 카슨도를 감시하고 있었던 것이다.

누구일까? 비변사국 감찰어사 류성일. 그 자 외에는 생각할 수가 없다. 그는 과연 카슨도의 활동을 어디까지 파악하고 있는 것인가. 어쨌든 류성일은 시이나의 통신 비둘기까지도 주목하고 있었다. 박수실에게 카슨도 뿐만 아니라 시이나가 애지중지하던 비둘기도 감시하라고 명령했고 시이나가 통신문을 매달고 있는 것을 보고 곧바로 빼앗아 갔다.

지금쯤 통신문은 류성일 수중에 들어갔을 것이다. 이제 와서 아무리 발버둥 쳐봐도 소용없다. 카슨도는 오히려 화가 나 날뛰는 시이나와 용한이를 달랬다.

'비둘기 두 마리는 정말 가엾지만 성불하게 될 거야. 지금은 정신차리고 아무 일도 없었던 것처럼 행동하자. 우리들이 당황하면 할수록 상대의 의도대로 되는 거야. 무엇보다 비둘기 다리, 즉 통신문은 그 자 손에 들어 가 있으니까. 그러나 괜찮아, 시이나. 통신문은 누구도 읽을 수 없는 암호문이거든.'

'아비루 문자로 썼니?'

카슨도는 끄덕인다.

'하여간 나는 박수실이란 놈을 도저히 용서할 수 없어요.'

용한이가 말한다.

'너희들은 박수실을 찾아줘. 박수실은 인삼도둑으로 용한이에게 누명을 씌운 장본인이잖아. 따끔한 맛을 보여 줄 필요가 있어. 나는 다른 볼 일이 있어서 여기서 헤어질게.'

통신 비둘기 대신 다른 수단으로 이순지에게 연락을 보내야 한다. 카슨도는 방으로 돌아와 카라가네야가 준 〈은〉정보를 다시 한 번 아비루 문자로 번역하고 자료를 불태웠다. 〈동지사〉 수행 건도 다시 한 번 아비루 문자로 바꿔 쓰고 나서, 내일 아침 쓰시마번 교토공관과 후 츄를 연결하는 전용 파발편으로 보내기로 했다. 그러나 도네가 받기 까지는 아무리 빨라도 7일은 걸릴 예정이므로 이순지의 공작은 많이 늦어질 것이다. 동지사 출발까지는 맞출 수 없을 지도 모른다. 카슨도 는 입술을 깨물었다.

그 때, 생각지도 못한 사유리에 대한 그리움이 가슴에서 일렁거리 며 사무치게 밀려왔다. 애절한 마음을 편지에 담았다.

시이나와 용한이는 넓은 기타미도를 이 잡듯이 샅샅이 뒤져 보았으 나 도저히 박수실을 찾을 수 없었다.

아비루 문자를 해독하다

박수실은 류성일의 방구석에 숨어 있었다.

아비루 카슨도는 비둘기 도둑으로 박수실을 찾을 것이다. 박수실 이 비둘기 다리를 잘라 마상재 기수들 방에 던져준 것은 무모한 도 발 행위였다. 땅 속에 묻었더라면 좋았으련만……

류성일은 짜증을 감출 수 없었다. 왜냐하면 겨우 아비루의 꼬리를 잡았다고 생각했는데 손에 들어온 것은 알아볼 수 없는 암호문이었기 때문이다.

가늘고 긴 종이에 빽빽하게 적힌 것은 글자 같기도 하고 암호같기 도하다. 도대체 뭐라고 적혀있는 것인지, 누구에게 보낸 것인지?

류성일은 촛불 아래에서 벌써 3시간 가까이 꼼짝도 하지 않고 가늘 고 길게 생긴 작은 종이조각을 뚫어져라 노려보고 있다.

문틈으로 들어오는 실바람에 불빛이 일렁거린다.

앗, 류성일이 뭔가를 찾아냈다. 흔들거리는 불빛 아래에서 4~5개의 문자인지 기호가 나비와 같이 움직이는 느낌이 들었다.

언문과 비슷하네, 류성일은 중얼거렸다.

류성일은 어릴 때부터 중국어의 읽고 쓰기를 배워서 중국어도 가능하다. 또한 조부인 시게나가에게 일본어를 배웠다. 일본어 한자읽기에는 음과 훈이 있는 것, 한자에서 만들어진 히라가나平仮名와 가타가나片仮名라는 표음문자를 한자와 조합하여 사용하는 것을 알고 있었다.

커서는 일본인 피가 흐르고 있는 것을 숨기고 무과시험에 응시하여 합격했다. 그리고 비변사국 부속학원에 들어가 졸업 후 감찰어사부에 배속됐다. 당시 직속상사가 강구영이다. 강구영은 거칠고 난폭한 사람으로 존경할 만한 상사는 아니었지만, 이상하게도 마음이 잘 맞았다. 그러나 그는 오위부 암행남자에게 살해됐다. 뭐라더라, 아내의 원수를 갚기 위해서라나. 강구영이기에 일어날 만한 사건이었다.

류성일은 눈을 가늘게 뜨고 좀 전에 움직이는 것처럼 느꼈던 작은 수수께끼 같은 문양 하나하나를 큰 종이에 확대하여 베껴 그려놓았다. 그 옆에 모양이 비슷한 언문 글자를 얹어보려고 한다. 그러나 좀처럼 잘 맞지 않는다. 착각이었나? ……아니, 착각은 아니야…….

'군관사령, 뭘 하고 계십니까?'

박수실이 물어보아도 모르는 체 한다.

'분명히 맞아 떨어진다. 언문과 대응하고 있다!'

류성일이 일어서서 박수실을 오라고 손짓한다.

'쓰시마번 경비대장 보좌 아비루에게 이것을 보이고 즉각 내 방으로 오라고 해라.'

류성일이 넘겨준 것은 두 번 접은 가늘고 긴 종이다. 박수실이 궁금한 표정으로 열어보려고 한다.

'너는 보지 않아도 된다. 너는 무엇이든지 보고 싶어 하고 듣고 싶어 하는 성격이구나.'

'네, 그것이 저의 장점. ……그런데 이 문양은 무엇입니까요?'

종이조각을 들여다보면서 사팔뜨기 눈이 더욱 요상한 초점으로 일그러진다.

'박수실, 어서 가라. 그리고 네가 안내해 오너라. 그러나 죽을 수도 있다. 어찌되었든 너는 귀중한 비둘기를 훔친 도둑이고, 저 놈은 대단한 검법의 소유자다.'

박수실은 어깨를 움츠리고 방을 나가 복도를 사뿐사뿐 소리 없이 걷다가, 평평한 돌이 깔린 안뜰을 날아가듯 달려 일본측 경비대장의 숙사 입구에 도착했다. 카슨도의 방이 어디에 있는지 박수실은 잘 알고 있다. 문틈으로 한 줄기 불빛이 새어나온다.

박수실은 불빛에 입술을 바싹 대고 작은 소리로 불렀다.

카슨도는 사유리에게 보낼 편지를 막 끝낸 참이다. 문득 조선어로 자기 이름을 부르는 느낌이 들어 출입문 쪽을 본다. 잘못 들었을까. 움직이지 않고 다시 기다려본다. 역시 누군가 카슨도를 부르고 있다.

일어서자마자 물어보지도 않고 갑자기 문을 열었다. 박수실이라는 것을 알고는 재빨리 오른손으로 왼팔을 비틀어 곧장 방 안으로 끌어당기고 왼손으로 문을 닫았다.

'이것을!'

박수실이 통증을 참으면서 카슨도에게 종이를 내민다.

'군관사령이 이것을 보이고, 또……'

카슨도는 종이를 펼쳐, 행등에 비추어 보았다. 눈을 의심한다. 얼어붙은 듯이 한참을 그냥 서 있다.

박수실이 내민 종이에는 류성일이 베껴 쓴 아비루 문자에 대응하는 언문글자와 한자가 기록되어 있다. 예를 들면 〈은〉, 그리고 〈히, 후, 미, 요〉라는 숫자의 나열.

류성일이 아비루 문자를 해독했다는 것을 의미하는 것인가? ……아니, 설마! 카슨도는 중얼거린다. 류성일이 아비루 문자를 알 리 없다. 해독 가능한 사람은 도네와 나, 오직 둘 뿐이다.

카슨도의 목소리가 미묘하게 떨린다.

'류성일은 나에게 이것을 보여주라고만 했나?'

'아니오, 보이고 즉각 오시랍니다요. 제가 안내하겠습니다.'

박수실이 카슨도의 동요를 모른 척하고 안정을 되찾아간다. ……재미있는 구경거리가 생겼다. 종이조각 하나가 저렇게 얼굴색을 변하게 하다니……이렇게 중얼거리면서 류성일에게 지시받은 것은 아니지만 일부러 얼굴 한쪽을 찡그리며 순간적으로 당돌하게 카슨도에게 말한다.

'아, 맞다. 그 종이는 돌려주세요.'

종이에 적힌 문양이 궁금했다. 언제나 점잖은 척, 도도한 척 하는 카슨도의 안색을 일시에 바꿀 정도의 힘이 있다. 무작정 받아 두자는 생각이다. 돌려받은 종이조각은 품 속에 잘 넣어두었다.

괜찮으시다면 가실까요? 박수실이 말한다.

카슨도는 허리에 칼을 차며, 남겨둔 것은 없는지 방 안을 돌아보았다. 책상 위에는 내일 아침에 파발편으로 보낼 예정인 편지 두 통이 놓여 있다. 하나는 도네에게 보내는 것 ― 사실은 이순지에게 보내는 것이지만—, 그리고 다른 하나는 사랑하는 시노하라 사유리에게.

카슨도는 편지를 두고 가기로 한다. 서로 칼싸움이 나면 품 안에 있는 편지가 방해가 될지 모른다. 게다가 우선 류성일 수중에 있는 통신문을 돌려받아야 한다.

'그럼, 안내하시오.'

어둡고 꼬불꼬불하게 구부러진 회랑과 몇 개의 안뜰을 박수실이 든 가녀린 촛불에 의지하여 가는 동안에 카슨도가 느꼈던 마음의 동요도 서서히 가라앉았다.

앞서 걷는 박수실은 혹시나 자기를 죽이지나 않을까하여 무서워 벌벌 떨고 있었다. ……모든 것은 이 놈 때문에 시작된 일이라고 카슨도는 중얼거린다. 그러나 지금 이 자를 처단해봤자 아무 쓸모가 없다. 류성일과는 언젠가 맞이할 운명이었다.

'압물관……'

순간 박수실은 혀를 삼킬 것 같은 소리를 내며 멀리 줄행랑을 쳤다.

'걱정하지 말아라. 내가 무서운가? 죽이지는 않는다. 그 보다 에도에서 본 가부키는 즐겁게 보았는가?'

일순간 박수실은 어안이 벙벙하여 멍하니 있더니 안심한 표정으로 뒤돌아 보았다. 뭔가 말하려는 순간 두 사람은 이미 군관숙사 앞에 서 있었다.

류성일과 카슨도

커다란 촛대가 류성일 앞에 놓인 원탁을 밝게 비추고 있다. 카슨도가 들어가자 류성일은 일어나 그에게 앉아야 할 위치를 손으로 가리켰다. 둥근 화문석이 깔려 있다.

선 채로, '용건은 무엇입니까?'

카슨도는 조선어로 말했다.

'앉으시지요. 여기는 싸움할 장소가 아니라 대화의 장소인 것은 아실테니.'

카슨도가 놀라는 눈으로 류성일을 본다. 류성일이 일본어로 말을 꺼냈다.

'어떠하신가, 일본인인 자네는 조선어로, 조선인인 나는 일본어로 대화를 나누는 건?'

카슨도는 허리에서 칼을 풀고 책상다리를 하고 앉았다. 칼은 좌측 옆에 두었다. 류성일과 원탁을 사이에 두고 정면이 아닌 약간 사선으로 마주보고 앉았다. 문득 시선을 류성일의 등 뒤로 돌리자 도코노마에 작은 행등 하나가 놓여 있고, 좌측의 장지문이 있는 쇼인다나書院棚*를 비추고 있었다. 쇼인다나에는 검정 옻칠을 한 망원경과 붉은 탈이 걸려 있다.

류성일이 카슨도의 시선을 빼앗았다.

'그 일이 있고 나서 꽤 시간이 경과했군.'

'그렇군. 그 때, 군관의 탈이 정확하게 두 동강이 났었는데……'

말하면서 카슨도는 류성일의 칼이 어디에 있는지 찾으려고 미묘하게 시선을 움직였다.

'제법이었어, 그 때는.'

류성일은 이마의 상처자국을 손으로 만진다.

'탈은 얼마든지 있네. 망원경은 일본제이고. ……그럼, 본론으로 들

---

* 도코노마 옆 툇마루 쪽으로 창호지를 붙인 창.

어가겠다. 앗! 박수실, 아직 있었는가? 꽤나 눈치 없는 놈이군. 나가라. 냉큼 꺼져!'

박수실의 발소리가 복도에서 멀어져간다.

류성일이 원탁 서랍에서 비둘기에 매달아 놓았던 통신문과 확대하여 베껴 쓴 종이를 꺼냈다. 카슨도의 표정이 일순간 변했다.

류성일이 카슨도를 떠보려는 시선으로,

'해독했다. 설마! 라고 생각하겠지. 자네의 얼굴에 그렇게 씌어있네. 이 기호를 뭐라고 하는지는 모르지만 옛날에 배워 둔 언문이 아주 유용했다.'

'바보스럽기는. 언문과는 전혀 관계 없다. 군관께서 확대해서 쓴 기호는 히토쓰바타고(이팝나무)라고 읽는다.'

카슨도는 일부러 쓴웃음이랄까 조소랄까 이상한 미소를 지어보였다. 그러나 살얼음을 밟고 있는 심정이다.

류성일이 해독했다는 것은 사실이 아닐 것이다. 그렇지만 언문을 염두해 두고 아비루 문자를 만들었다면 모양이 닮아있는 것과 어순이 같다는 것이기 때문에 극히 일부는 유추가능하다. 그 중에서도 류성일은 고유명사라고 생각되는 문자와 숫자에 주목했다. 첫 번째 편지에는 몇 개의 품사 중에서 하나를 〈이와미〉라고 읽는다. 게다가 숫자 같은 것의 나열이다. 두 번째에서는 〈한성〉, 〈베이징〉의 음을 알 수 있다. 다시 숫자의 나열.

'이 암호문은 은 산출량과 생사, 견직물 수입량을 표로 나타낸 것이 아닌가……. 시치미를 떼도 소용없다.'

날카롭게 류성일이 말한다.

'이 아래쪽은 일본의 〈은〉 정보지? 누구에게 이것을 전하려고 하냐면 ……그래 그 놈, 너를 암행어사로 변장시켜 〈은길〉을 달리게 해줬던 그 조선인, 물론 암행내부의 인간이다.'

류성일의 말은 어느 사이에 조선어로 되돌아가 있었다.

'이 통신문은 보내는 곳과 받는 사람은 없지만 어디엔가 그 놈의 이름이 있을 것이다.'

이렇게 말하면서 큰 쪽의 종이를 원탁 위에 펼쳤다.

류성일이 쫓고 있는 것은 카슨도의 대조선 공작의 내용보다도 협력자 이름이다.

'이것은 동지사라는 의미지?'

카슨도는 섬뜩해진다. 통신문에는 분명히 받는 사람의 이름이 생략되어 있지만 지금 류성일이 동지사라고 해독한 아래쪽에 아비루 문자로 이순지의 이름이 나온다.

류성일의 앙상한 손가락이 아비루 문자 위를 미끌어져 간다. 더듬거리며 혼자서 중얼거린다. 이윽고 중얼거림도 멈춘다. 입술이 미묘하게 떨릴 뿐이다. 잠시 숨이 멈출 것 같은 침묵이 흐른다. 류성일의 손가락이 이순지로 표기한 글자 위에까지 왔을 때,

'이 순 지.'

귀에 들린 류성일의 목소리가 제발 환청이기를 얼마나 원했는지……

'이 순 지, 조선인의 이름이군. 이순지……. 잠깐만, 어디에선가 들어 본 것 같은데. 한자로 어떻게 쓰지……'

카슨도는 눈을 감았다. 천천히 왼손을 칼집 쪽으로 뻗쳤다. 어깨는 조금도 움직이지 않았다.

'이순지. ……혹시 강구영을 죽인 남자 아닌가? 분명히 오위부 암행

부의 사람이라고 들었는데. 그 놈이 왜 너와……'

류성일의 머리에는 강구영 암살자와 왜관 도공 이순지는 연결되어 있지 않다. 그는 동래부에 부임한지 얼마 되지 않았고, 감찰어사의 주요임무는 동래부를 중심으로 조선정부의 관리감독과 부정행위 적발에 있다. 왜관은 관할이 아니기 때문이다.

'강구영을 죽인 이순지가 지금 암행부의 어디에 있고 어떤 임무를 맡고 있는지는 본국에 문의하면 당장 알 수 있는 일이다. 드디어 처벌받을 때가 됐구나. 아비루……. 그리고 이순지라는 자도.'

류성일의 손가락은 통신문의 이순지를 누르고 있다. 이미 체포라도 한 것처럼.

카슨도의 왼손은 이미 칼집을 쥐고 있다. ……그러나 류성일의 검은 어디에 있을까? 카슨도는 시선을 원탁 테두리에서 벗어나지 못한 채, 검을 도대체 어디에 두었을까? 아무리 둘러보아도 없다. 원탁 아래인가……

류성일의 목소리가 울린다.

'그러나 나는 성급하게 일을 추진하지 않는다. 아비루, 구해줄 수 있는 방법이 있다. 이것은 이순지와 자네의 정보교환이란 걸 잘 안다. 이순지는 일본 〈은〉 정보를 필요로 한다. 그야 그렇지, 조선은 일본의 은을 청나라에 팔아 국가의 재정기반을 세우고 있으니까. 그러나 자네가 얻고자 하는 정보는 무엇이냐? 동지사라고 적혀 있지만 베이징에 가려는 것이냐? 목표로 하는 것은? 그 의도와 목표는 무엇이냐? 이 공작은 쓰시마번의 지령에 의한 것인가? 그렇지 않으면 막부인가? 실토하면 이순지의 목숨만은 살려주겠다.'

……류성일, 이놈은 진짜 지독한 놈이다. 카슨도는 중얼거린다. 이

통신문을 증거로 이순지는 처형된다. 지금 류성일이 하는 말을 진실로 받아들여 청나라에 잠입하려는 목적을 밝혀도 이순지는 구할 수 없다.

적의 기밀정보를 가지고 있는 자는 때때로 첩자다. 아군도 같다고 할 수 있다. 적과 자기편은 이렇게 접근하며 상호간에 어느 쪽 나라에 충성을 맹세했는지, 애매하고 기묘한 교환관계가 성립한다. 카슨도와 이순지의 경우가 바로 그것이다. 만약 이 관계가 밝혀지면 이순지는 이중첩자라는 오명을 쓰게 된다. 매국노와 멸시, 죄명은 국가반역죄. 이 판결이 내려지면 본인은 물론 처자도 사형. 친족에게도 중죄가 내려진다.

당연히 카슨도도 국외추방, 왜관추방이다. 하지만 그것으로 멈추지 않는다. 조선정부는 왜관 폐쇄를 명할 것이다. 이는 어렵게 성사된 조선과 일본의 국교단절을 의미한다. 막부는 그 책임을 쓰시마에 묻고 번은 존속할 수 없게 된다. 카슨도는 사형. 그리고 이중첩자라는 오명은 카슨도도 마찬가지다. 어머니. 도네. ……사유리는? 약혼을 한 경우는 어떻게 되는 걸까?

……그렇다, 사유리에게 보내는 편지는 없애버려야지.

카슨도는 절망적인 생각에 빠져 있으면서도 마음과 몸은 싸움을 준비하기 시작했다. 그러나 시선은 무어라 종잡을 수 없어 불안한 척 하고 있다.

'내 질문에 답을 들어보자.'

류성일은 거만하게, 그러나 전신에는 조금의 틈도 없다. 〈은길〉에서 우연히 만나 대결하기 시작하여 마침내 결전의 순간을 맞이했다. 만약 이 남자가 예전에 쓰시마번의 중신, 야나가와 시게오키를 중조부로 두었다는 것을 안다면 카슨도는 무엇을 생각했을까?

약 120년 전, 임진왜란 때 단절되었던 조일관계를 개선하고 국서를 개찬하면서까지 통신사 내빙을 실현시킨 조력자가 시게오키이며, 카슨도는 지금 그 인물의 증손자와 이렇게 통신사 객관에서 마주하고 있다.

류성일은 이 싸움에서 자신이 이겼다는 생각에 냉정하고도 의기양양한 목소리로 말한다.

'알았다. 그 남자의 이름은 이렇게 쓴다……'

붓을 쥐자 〈李順之〉라고 크게 썼다.

'동래부 비밀명부에서 이 이름이 있었던 것을 방금 기억해냈다.'

촛불에 비춰진 카슨도의 얼굴이 괴로움으로 일그러진다.

칼을 빼든 쪽은 거의 쌍방 동시였다. 류성일의 검은 카슨도가 추측한대로 원탁 아래가 아니라 원탁 판 아랫면에 재빨리 한 손으로 빼 들수 있도록 칼집을 고정시켜 놓았다.

원탁에서 벗어나 3m 거리를 두고 마주섰다. 류성일은 정안자세, 카슨도는 잠자리자세. 여느 때와 마찬가지로 어린 아이가 〈내가 때릴거야〉하고 오른손으로 봉을 번쩍 치켜 올린 모습에 왼손을 곁들인 정말로 허술해 보이는 자세다.

〈묘한 자세로군〉 류성일은 한 순간 생각했다. 단칼로 끝낼 작정인가?

카슨도에게 사쓰난시겐류를 지도해준 스님은 〈제1격의 검을 의심없이, 제2격의 검은 패배〉라고 지도했다. 이것은 첫 칼에 모든 것을걸고 적에게 돌격하는 검술로 두 번째 검은 존재하지 않는다는 것을의미하며, 사쓰난시겐류에서 칼을 뺀다는 것은 단칼에 일격필살의 각

오로 죽음을 다한다는 정신이다. 잠자리자세를 취하고 한 번에 그대로 내리치는 것이다.

사쓰난시겐류와의 싸움에서는 첫 번째 제1격을 성실하게 익혀야 한다는 것이 철칙이다. 그리고 제1격은 어떻게든 피해야 한다.

우연히도 류성일이 취한 검의 비법도 단칼로 끝낼 심산이다.

류성일은 조부인 시게나가에게 처음 검술을 배웠다. 오노파 잇토류小野派一刀流. 창시자는 이토 잇토사이 가게히사伊藤一刀斎景久이지만, 생전에 유랑하는 나날을 보냈다. 그의 비법도 〈단 칼에 베어 쓰러뜨리기〉라고 한다. 하단에서 자세를 잡고 상대 검의 움직임을 꿰뚫어보고 있다가 상대가 내리치는 제1격을 피한 후 하단에서 상단으로 올려 한 번에 직선으로 내리치기다.

잇토사이의 독특한 검술을 수제자인 오노 지로우에몬 타다아키小野次郎右衛忠明에게 전수하고 어디론가 사라져 다시는 모습을 나타내지 않았다. 잇토류는 오노에 의해 발전하여 마침내 2대 쇼군 히데타다秀忠의 검술 사범역에 오른다. 야규신카게류柳生新陰流*와 나란히 쇼군가에 대대로 내려오는 검술 비법이 되었다.

5대 오노 타다카즈小野忠一에 이르러 쓰가루번에도 검술의 계통이 전해졌다.

류성일의 증조부인 야나가와 시게오키가 쓰가루로 유배된 전말은 모두 설명했다. 유배라고는 하지만 쓰가루 번주인 쓰가루 노부요시津輕信義에게 의탁된 시게오키는 히로사키성弘前城 중심지에 넓은 저택을

---

* 센코쿠(戰国)시대에 이세노카미(伊勢守) 가미이즈미 노부쓰나(上泉信綱)가 창시한 일본검술을 대표하는 유파. 3대째부터 도쿠가와 쇼군 가문의 검술지도 역할을 맡아 세상에 알려지게 되었다.

소유하고 빈객대우를 받았다. 외아들 시게나가는 번의 검술도장에 다니며 잇토류 기술을 전수받았다.

오노파小野派의 무술비법은 적의 정면을 향하여 상단에서 베어버리는 것으로, 칼끼리 마주친 순간에 칼끝의 두께를 이용해서 순간적으로 적의 궤도를 미묘하게 뒤로 젖히게 한 후 그대로 내리치는 것이라고 한다.

카슨도와 류성일은 둘 다 단 칼에 끝낼 작정으로 서로를 노려보고 있다.

박수실은 몰래 돌아와 문짝에 난 옹이구멍으로 마른 침을 삼키며 지켜보고 있었다.

카슨도와 류성일은 모두 승부를 위한 제1격을, 움직이는 순간은 동시가 될 것이다. 두 사람은 숨을 고르며 호흡을 가다듬었다.

'어느 쪽이 죽어도 아까워.'

옹이구멍으로 들여다보며 박수실은 중얼거린다.

'무승부가 되면 더욱 아까워, 앗……'

드디어 검을 휘둘렀다. 칼끝과 칼끝이 서로 부딪쳐 〈칭〉하는 풍경風鈴 같은 청량한 소리가 났다. 두 사람이 내딛은 힘에 마루바닥은 삐져나올 것 같이 휘었다.

혼신의 힘을 모아 검을 내려쳤다. 두 사람의 뾰족한 칼끝은 바닥을 향해 있다. 꼼짝하지 않고 서로 노려보고만 있다.

갑자기 류성일 얼굴에서 묘한 미소가 번졌다. 그것을 본 카슨도는 예전에 경험해본 적이 없는 그리움에 휩싸인다.

실수 없이 정중앙을 가른 쪽은 카슨도의 검이다.

쌍방의 검이 정면을 향해 강렬하게 내리치며 칼 끝끼리 풍경 같은 청아한 소리를 냈다. 서로 맞부딪히는 순간 카슨도의 칼날에 미묘한, 뭐라고 말로 표현할 수 없는 힘이 가해졌다. 그 힘으로 류성일의 칼은 3cm 정도 중심을 비켜 내리쳐졌다. 단칼에 끝나는 결투는 3mm라도 중심을 벗어나면 검은 무력하다.

류성일의 얼굴에서 가슴 그리고 배로, 정중앙으로 칼이 그어져 상체는 양쪽으로 갈라졌다. 그러나 류성일은 쓰러지지 않고 서 있다.

카슨도와 류성일의 솜씨는 문자 그대로 막상막하다. 왜 카슨도의 완승으로 끝난 것일까?

칼끝이 맞부딪쳤을 때, 카슨도가 미묘하게 움직이면서 내리친 검은 나무때리기에서 익혔던 것이다. 나무때리기는 공격력과 담력을 키울 수 있다. 아침에 1000번, 저녁에 1000번, 녹나무로 만든 목검으로 담팔수나무를 계속 내리친다. 두 나무 모두 쓰시마에 많이 자생한다.

그러나 울릉도는 삼림도 없지만 동물도 없다. 생명체는 괭이갈매기와 몇 안 되는 주민, 암벽에 기생하며 자라는 높이 1~2m의 상록관목인 눈주목 나무뿐이다. 류성일이 나무때리기를 연습할 수 있는 기회는 전혀 없었다.

쓰시마와 울릉도. 두 호적수의 결투를 좌우한 것은 각자가 성장해 온 섬의 자연환경이었다.

류성일은 맥없이 쓰러져 엎어졌다.

카슨도는 칼집에 칼을 넣고 한쪽 무릎을 꿇고 류성일 손목의 맥을 짚어 숨이 끊어졌는지 확인한다. 두 손 모아 합장했다. 류성일의 몸에서 흘러나오는 피가 마루바닥을 물들여간다.

급히 원탁 위에 올려있는 통신문일지 모르는 종이류 일체를 정리하여 품에 넣고, 그밖에 다른 것을 남겨둔 것은 없는지 방 안을 다시 한 번 살펴보았다.

문득 쇼인다나에 있는 빨간색 탈에 시선이 멈췄다. 카슨도는 그 쪽으로 가서 탈을 손에 넣었다.

……처음으로 사람을 죽였다. 이겼다는 기쁨은 티끌만치도 없다. 칼에 베인 것이 아닌데도 몸 어딘가에 화끈거리는 통증이 남아 있다. 마지막에 류성일이 지어보인 얼굴표정에서 묘한 미소를 떠올린다. 그 순간 떠오른 그리움은 도대체 무엇이었을까? 지금은 슬픈 감정으로 변해있다. 적의 목숨을 애도하는 것은 분명히 아니지만…….

카슨도는 이러한 느낌을 떨쳐내려고 온 몸을 흔들어본다. 그리고 손에 들고 있던 붉은 탈을 얼굴에 대어보았다.

문고리를 잡아당긴 순간 박수실과 머리가 부딪혔다.

박수실은 뒷걸음질쳤다. 카슨도가 류성일의 탈을 쓰고 있는 것을 보고 경악했다.

옹이구멍으로 들여다 본 결투는 처음부터 본 것이 아니기 때문에 박수실은 문 앞에 있는 남자가 류성일이라고 착각했는지도 모른다. 그만큼 두 남자의 체형은 비슷했다.

카슨도와 박수실은 아무 말 없이 꼼짝하지 않고 서로를 바라본다.

'……가부키는 잘 보았습니다요. 나카무라 시치산로는 정말 아름다웠습니다요.'

박수실은 일부러 고조된 목소리로 벌벌 떨면서 말했다. 좀 전에 안내해올 때 카슨도의 질문에 대답했다.

카슨도는 끄덕이더니 빠른 걸음으로 멀어져 간다.

안뜰을 가로질러 일단 방으로 돌아와서 급히 실내를 정리하고 책상 위에 둔 새로 쓴 통신문과 사유리에게 보낼 편지를 집어 들었다.

카라가네야의 비책

기타미도 문은 모두 닫혀 있다. 높은 토담을 타고 넘었다. 카슨도는 모두가 잠든 오사카 시내를 정신없이 달렸다.

히라노마치平野町에 있는 고료신사御靈社의 거무스름한 삼림 전체가 하나의 거대한 나무가 되어 바람에 흔들리며 웅~ 웅~ 소리를 낸다. 카슨도는 탈을 쓰고 있는 것을 깜박 잊고 있었다.

카라가네야댁 뒷문을 두들긴다. 발소리가 가까워지더니,

'밖에 누구십니까?'

'저는 아비루, 쓰시마번의 무사 아비루 카슨도라고 합니다. 이런 깊은 밤에 대단히 실례가 많습니다. 화급한 용무로 주인님을 뵙고자 합니다.'

빗장 여는 소리가 나더니 문이 천천히 반 정도 열렸다. 손에 촛불을 들고 있던 하인이 비명을 지른다.

카슨도는 당황하여 탈을 벗는다. 하인은 깜짝 놀라서 문지방에 털썩 주저앉아버렸다.

'놀라게 해드려 죄송합니다.'

집사가 나왔다.

'무슨 일입니까?'

'아무쪼록 주인님께 찾아뵙기를 원한다고 전해주십시오. 아비루 카슨도가 왔다고.'

집사가 안으로 들어간다.

2시간이 지난 후에 카슨도는 거실에서 카라가네야와 마주보고 앉아 있다. 예전에 홍순명과 도지마 쌀거래소를 방문할 때, 도라야 만두를 대접받던 방이다. 카슨도는 그 때의 일들이 마냥 그립다. ……마치 꿈만 같다.

차를 내오자, 카라가네야는 주위를 물렸다.

'……무슨 일이 있었습니까?'

── 카슨도는 수년간 왜관에서 수행한 대조선 비밀활동에 대하여 남김없이 털어놓았다. 그리고 조선측의 대일본 공작원 이순지에 대해서도.

'이번에 에도공관에서 히라타 도노로부터 새로운 밀명을 받았어요. 그 때 누가 동석했다고 생각하세요?'

'아라이 도노이지요.'

카라가네야가 아무렇지도 않게 태연히 그 이름을 입에 담았다.

'그보다도 오늘 밤, 무슨 일이 있었는지 말씀해 주십시오.'

카슨도는 류성일과의 결투 전말을, 〈은길〉에서 우연히 만난 것에서부터 모든 것을 순서대로 말했다. 류성일에게 통신 비둘기에 매달아 놓은 통신문을 빼앗겨서 이순지 이름이 노출되어 버린 것까지.

'이순지라는 이름을 알고 있는 것은 류성일 뿐입니까?'

카라가네야는 물었다. 카슨도는 고개를 끄덕이면서 류성일에게 되찾아 온 통신문을 카라가네야 앞에 꺼내놓는다.

'쓰시마번 경비대장 보좌에 의해 조선통신사 군관사령이 살해당했으므로 조선측은 이를 용납하지 않겠지요. 자칫하면 또 다시 국교단절이 될 것입니다. 저는 자수하겠습니다. 이 일을 카라가네야님에게 부탁드리러 왔습니다.'

눈을 감고 팔짱을 낀 채 듣고 있던 카라가네야가 천천히 입을 열었다.

'덴류인天龍院님이 하신 말씀을 기억하고 계십니까?'

덴류인 즉, 3대 쓰시마번주 소 요시자네宗義真, 소케宗家 중흥의 시조이며 쓰시마의 황금시대를 만든 인물이다.

'……통신사와의 관계에서 만약 조선측에 잘못이 있는데도 우리에게 불이익이 생기면 바로 상대를 해치워 버릴 정도의 기개가 있지 않으면 외교관이 될 수 없다. 치욕을 받으면서 그대로 내버려두는 건 쓰시마번 무사로서 있을 수 없는 일이며 고향의 품으로 돌아올 수 없다고 말씀하셨습니다.'

'그 말씀은 잘 알고 있어요. 번교의 선생님께서 반복하여 말씀해주셨습니다.'

카라가네야는 계속해서,

'덴류인님의 말씀은 번의 법도와도 같은 것. ……그러면 이 법도를 지키기 위해 당신은 부산 출발부터, 여행 도중에 조선인 군관사령은 일본측 경비대장 보좌인 당신을 자주 모욕을 주고, 동시에 쓰시마 및 일본을 업신여기는 언동을 취했습니다. 당신은 통신사의 무사복명을 위해 대응하기 곤란한 것도 참고, 참기 어려운 것도 견디어 왔지만 결국 오늘 밤에 이르러서는 더 이상 참을 수 없는 지경에 이르러 이러한 사태가 발생했으며……'

카슨도는 카라가네야의 말을 간파하고 반발하고 싶은 기분을 억누르면서 끝까지 경청한다.

'……아비루, 지금 말씀드린 내용을 구체적인 구상서口上書*로 작성

---

* 외교문서의 하나. 외교 현안을 말로 직접 하지 않고 문서로 제시한다.

하세요. 오사카 마치부교쇼 앞으로 보내는 것이 좋겠지요. 군관사령을 살해한 것은 번의 법도에 따른 것입니다. 재판과 처벌은 어디까지나 일본에 있기때문에, 쓰시마번의 법도를 따른 당신의 행위는 정당성을 인정받을 겁니다.'

'당치도 않아요!'

카슨도는 순간 날카로워졌다.

'류성일은 한 번도 저와 쓰시마, 또 일본을 업신여긴 적은 없습니다. 죽은 자를 더 이상 거짓으로 더럽힐 수는 없어요. 그럴 거라면 여기서 할복하겠습니다.'

카라가네야는 냉정하다. 그는 쓴 미소를 지으며,

'아비루, 제가 말한 구상서 내용은 당신이 류성일을 살해한 진짜 동기를 감추기 위한 것입니다. 다만, 조선측에는 통용되지 않기 때문에 번의 법도의 옳고 그름을 넘은 정치적인 판단은 막부가 내릴 것입니다. 따라서 전략적으로 허위로 구상서를 작성해둘 필요가 있습니다. ……하지만 당신이 취한 행동은 칭찬할 만합니다. 이순지라는 남자를 구했을 뿐더러 우리들의 대조선 비밀활동을 지켜낸 것이므로……'

'우리들? 카라가네야님, 지금, 우리들이라고 말씀하셨나요?'

……그렇다. 방금 전에 에도공관에서 히라타 도노를 만났을 때, 카라가네야는 거기에서 쇼군시강이 동석해 있었던 것을 순간적으로 알아맞혔다. 이 일은 히라타 도노와 나 이외에는 알 수가 없는 것인데……. 그런가! 카라가네야와 히라타 도노, 그리고 아라이 도노가 이 비밀활동의 추진자인 것이다.

그 때, 카라가네야는 생각지도 않은 말을 입에 담았다.

'도망가세요. 제가 완벽하게 안내해드리겠습니다.'

'도망을?'

카라가네야는 느긋하고 서두르지 않는 태도로 고개를 끄덕인다.

'나는 도망칠 수 없습니다. 그럴 마음은 털끝 만큼도 없습니다.'

'아니요, 도망가야 합니다. 도망가지 않으면 안됩니다. 그 이유는 지금부터 설명해드리겠습니다.'

카슨도는 카라가네야의 의외의 방책에 귀를 기울였다.

'이후 막부에게 최상의 방법은 당신이 구상서를 쓰고 스스로의 정당성을 주장하고 자결하는 것, 혹은 구상서를 들고 자수하는 것입니다. 그리고 참수당하는 것이겠지요. 문자대로 〈죽은 자는 말이 없다〉입니다. 상대는 이미 죽어버렸고. 그러나 당신이 죽어서 이익을 얻는 쪽은 막부 뿐이며 쓰시마번도, 가족 분들도 사유리도 모두 불행하게 되겠지요.

내가 너무 비약하는지도 모르지만 만약 당신이 재빨리 도망쳐서 행방을 감추게 되면 사태는 어떻게 될까요? 막부는 어쨌든지 당신을 체포해서 처형시키고 싶어 하겠지요. 쓰시마번은 번의 명령에 따라 류성일을 참했기 때문에 본심은 구해주고 싶을 것입니다. 여기에서 양쪽 모두가 추격자를 풀어도 그 의도는 변함이 없습니다.

당신이 어디엔가 은밀히 숨어 있으면, 하수인을 거론하지 않으면 체면이 서지 않은 막부는 어떻게 해서라도 대처해야만 하는 막다른 골목에 봉착하게 됩니다. 또 통신사 일행도 당신의 처벌을 확인하지 않으면 출발하지 않을 것입니다. 출발이 언제가 될지 알 수 없습니다. 그러지 않아도 출발일이 3일 정도 예정보다 늦어지고 있습니다.

제가 당신을 지켜드리겠습니다. 추격을 계속하고 있는 사이에 막부도, 통신사 일행도 조급해져 사태를 타개할 궁여지책을 짜낼 것입

니다. 카슨도님은 기다리는 것이 최상의 방책이 아닐까 생각합니다.'

'기다리는 건가요?'

카슨도의 목소리에 힘이 빠져 있다.

'그냥 가만히 있으라는 의미가 아닙니다.'

카슨도는 길을 잃고 헤매는 사람처럼 묻는다.

'대체 어디로 도망을?'

'물론 국내는 안됩니다. 수사의 손길은 전국 방방곡곡, 갈 수 있는 모든 곳에 골고루 미치겠지요. 쓰시마도 숨을 곳은 없습니다.'

카슨도는 또 한 번 카라가네야의 말에 놀라지 않을 수 없었다.

'도망처는 조선입니다.'

'농담 그만 하시지요. 혹시 저를 골탕 먹이려는 건 아니신지……'

'농담이 아닙니다. 조선으로 도망가야 합니다. 가장 안전하고 확실한 방법으로 해야 합니다. 당신의 조선어는 완벽하므로 조선에서 잠시, 가령 조선인 김 아무개로 살아주십시오. 이순지의 힘을 빌려야겠지요. 머지 않아 세상의 관심이 식어갈 무렵에 귀국이 가능하도록 조처하겠습니다.'

'카라가네야님, 당신의 정체는……'

'아비루, 잠상이라는 것을 잘 알고 계시지요?'

조선과 일본과의 무역에는 3가지 루트가 있었다. 번이 운영하는 공무역과 〈60인조〉라는 감찰조직이 있는 상인집단에 의한 사무역, 그리고 잠상(밀무역)이다. 카라가네야는 〈60인조〉의 중심적 인물이지만 또 다른 얼굴을 가지고 있었다. 직접 가담하고 있는 것은 아니지만 왜관을 통하지 않은 밀무역 상인단에도 강력한 힘을 발휘하고 있었다. 주요 잠상 루트의 하나가 오사카, 교토, 비와코 호수, 쓰루가敦賀에서 오키隱岐 섬을 중계점으로 하여 조선의 포항으로 연결된 길이다. 교토에서 조달된 〈은〉은 한성으로 들어간다. 〈은〉 뿐만이 아니라 동銅이나 서회해운선西回海運船이 싣고 오는 여러 가지 산물도 포함한다. 회항할 때에는 생사가 실려 있다.

쓰루가, 오키 섬, 포항은 북위 26°로 일직선상에 위치하고 있다. 예부터 동해는 이 선을 통해서 가장 빠르고 안전하게 오갈 수 있었다.

'아비루, 며칠 후에 대량의 화물이 오사카에서 출항할 예정입니다. 부피가 큰 짐 속에 숨어서 출발하면 됩니다. 말하자면 당신 자신이 밀수 은이 되는 거지요.'

행등의 불빛 그늘 아래에서 카라가네야는 진심을 담은 눈빛을 보냈다.

'……이것들은 어떻게 하면 좋을까요?'

카슨도는 통신문을 가리킨다.

'태워버립시다.'

카슨도는 이제 하나 남은 사유리에게 쓴 편지를 오른손에 쥐고 있었다. 처치 곤란한 듯이 왼손으로, 또 오른손으로 번갈아 왔다 갔다 한다.

편지를 쓸 때와 지금 이 순간은 천지가 개벽할 만한 사건의 순간이다. 사유리를 향하는 그리움은 변함 없지만 이제는 같은 언어로 표현할 수도 없다. 다시 쓸 필요는 없겠지…….

'사유리에게 보낼 편지군요. 내가 맡아두었다가 꼭 전해드리겠습니다.'

순식간에 카라가네야 손으로 편지가 옮겨가 있다.

'하여간 나중 일은 제게 맡기고 지금은 푹 주무세요. 잠을 자두는 것이 지금은 상책입니다. 구상서 작성은 잊지 말고 꼭……. 붓과 벼루를 준비해 두겠습니다. 제가 아메노모리님에게 전해드리겠습니다.'

카라가네야는 카슨도를 별채로 안내하고 몸종에게 더운물이 담긴 세숫대야와 잠옷 등을 챙겨 보냈다. 카슨도는 몸을 씻은 후 잠옷으로 갈아입고 나서 책상에 앉았다. 카라가네야가 말한 내용을 기초로 덴류인님의 법도에 따라 류성일을 죽였다는 취지의 거짓 구상서를 작성했다.

잠시 후 카라가네야 저택 다른 출입구로 3번 지배인이 몰래 나가 서쪽으로 향했다. 그는 남북으로 뻗은 대로를 다섯 블록을 달려 아와지 쵸淡路町 2번지에 있는 가메야龜屋에 들어갔다. 파발업을 하는 카메야는 철야영업으로 밤새도록 등불이 켜 있다. 3번 지배인은 창구에 한 통의 봉서를 꺼내어 〈3일편〉으로 부탁했다.

오사카─에도 간의 파발은 통상 4일에서 12일이 걸리지만, 특별 속달편을 이용하면 철야로 계속 달려서 3일 만에 도착할 수 있다.

봉서에 적힌 받는 사람 이름은 쓰시마번 에도가로 히라타 사네카타이다. 카라가네야는 서장에 아비루 카슨도의 사건 개요와 아비루는 이미 행방을 감췄다는 것과 막부와 번의 수사가 미치지 못하는 이국으로 향하고 있다는 내용이다. ──어떻게든 해결을 도모하기 바란다는 것과 이는 우리쪽 계획의 하나라는 점, 이 일에 대해서 부디 부탁드리며 ○○○님과 상담하시어 아무쪼록…… 등등. ○○○님은 아라이 하쿠세키를 가리킨다. 이것이 카라가네야가 카슨도에게 말한 〈사태를 타개할 궁여지책 중 하나〉였다.

박수실을 찾아라

카슨도는 잠이 오지 않았다. 고료신사의 숲속에서 올빼미가 울고 있다.

……누군가의 목소리와 닮아있구나! 라고 생각했다.

누구의 목소리일까?

'……가부키는 잘 보았습니다요. 나카무라 시치산로, 정말 아름다웠습니다요.'

박! 박수실의 목소리다!

카슨도는 이불을 걷어차고 벌떡 일어났다.

박수실은 카슨도와 류성일이 주고받은 상황을, 처음부터 끝까지 훔쳐보고 있었다. 이순지라는 이름도 정확하게 귀에 담고 있을 것이다. ……게다가 류성일이 쓴 종이조각을 가지고 있다.

앗! 빠뜨렸군. 머리를 부딪혔을 때, 죽여 버렸어야 했다.

……아아, 다시 한 사람을 더 죽여야 하다니!

카슨도는 붉은 탈을 쓰고 몰래 카라가네야 저택 뒷문을 빠져나왔다. 초승달이 서쪽으로 기울고 있다. 새벽 5시쯤 되었을까? 조금 전에 달렸던 길을 그대로 거꾸로 더듬어 찾아간다. 올빼미 울음소리는 멈춰 있었다.

그러나 고료신사 서쪽으로 향하고 있는 사람은 카슨도 혼자가 아니다. 40m 정도 뒤에 등이 굽은 한 남자가 그를 뒤따라 간다.

박수실은 류성일의 방문 앞에서 카슨도와 머리를 부딪친 이후, 그를 미행하여 카라가네야 집까지 왔다. ……엄청난 규모의 점포다. 카슨도는 틀림없이 같은 출입구로 나올 것이라고 생각하고 박수실은 숨어서 기다렸다. 그러나 좀처럼 나타나지 않는다. 체념하고 돌아가려는 순간 뒷문이 살짝 열리더니 카슨도가 나왔다.

……또 류성일의 탈을 쓰고 있다. 아예 벗겨지지 않게 된 걸까?

박수실은 아직도 류성일 명령에 따라 카슨도에게서 눈을 떼지 못하는 것일까?

류성일이 내린 명령은 박수실 마음속에서 아직까지 살아있다. 하지만 지금 박수실은 충격적인 사건의 결말을 마지막까지 지켜보지 않으면 직성이 풀리지 않는 그의 호기심과 함께 이 사건에서 무엇인가 커다란 이익을 얻을 수도 있지 않을까 하는 계산이 작용했기 때문이다.

……어! 이 길은 아까 온 길 그대로인데, 박수실은 생각했다.

곧 새벽이다. 희미하게 기타미도의 돌계단과 정문이 그리고 그 맞은편에 본당의 거대한 기와지붕이 보인다.

카슨도가 객관으로 돌아가는 것은 두말할 필요도 없이 박수실 본인을 죽이기 위해서다.

……내가 분명히 이 두 눈과 귀로 일어난 일의 전말을 다 보았다. 더구나 어떤 원인인지도 다 알고 있다. 이 여행 중에 두 사람의 대립, 그리고 마침내 서로 죽여야 하는 이유도 알고 있다. 한 남자를 둘러싼 싸움이다. 그 남자의 이름은 이순지. 이 귀로 확실히 들었다. 그리고 나는 저 기묘한 기호와 숫자를 쓴 종이조각을 가지고 있다. 순간적인 기지로 저 사무라이의 손에서 돌려받았다.

……저 놈은 나를 잊고 있었다. 무리도 아니다. 저 놈 눈엔 언제나 자기 근처에서 얼씬거리고 있는 내가 익숙해진 것이다. 그리하여 나의 그림자는 신경도 쓰지 않게 되었다. 저 놈은 류성일만 염두해두고 나의 존재는 전혀 신경도 쓰지 않았다. 그 아수라장 속에서 나와 머리까지 부딪혔는데 그는 나를 놓쳐버렸다.

이제야 제정신이 든 것이다. 내가 이 귀로 듣고 기억하고 있는 이순지라는 이름과 종이조각이 저 놈의 계획을 아주 망가뜨리게 될 것임을. 그래서 황급히 뛰쳐나온 것이다.

'카슨도의 뒷모습을 바라보면서 박수실은 빙그레 웃는다. ……이렇게 저 놈의 뒤에 있는 한, 나는 안전하다.

한편, 박수실이 등 뒤에서 호언장담하고 있는 것을 전혀 알 리 없는 카슨도는 오직 앞만 바라보며 미도스지의 큰 길을 횡단하여 기타미도 북측으로 이어지는 작은 길에서 토담 벽을 타고 넘어 경내로 잠입했다. 그는 조선인 수행원 숙사동으로 향했다.

여기저기에서 아침잠이 없는 무리들이 아침식사를 준비하는 소리가 들린다. 주변은 아직 어둠에 잠겨 있다.

카슨도는 빨리 박수실을 찾아내야 한다는 조급한 마음으로 몹시 초조하다. 군관숙사 앞길을 달려간다. 박수실의 숙사는 3동이다.

한바탕 불어오는 찬바람이 카슨도의 온몸을 휘감고 지나갔다.

어떻게든지 박수실을 찾아내 죽여야 한다. 그렇지 않으면 류성일을 살해한 것이 도루묵이 된다. 참기 힘든 일이다. 무엇을 위하여 사람을 죽였단 말인가!

카슨도는 박수실 숙사로 잠입한다. 이미 많은 수행원이 일어나서 활동을 시작하고 있었지만 탈을 쓰고 있는 카슨도를 수상히 여기는 기색은 없다. 이곳은 압물관과 의원, 사자관寫字官*들 그리고 마상재 기수와 예능인도 있다. 그중에는 하루 종일 탈을 쓰고 지내는 자도 있어 전혀 이상하게 여기는 사람은 없었다. 감찰어사가 〈은길〉을 달릴 때

---

* 승문원과 규장각에서 문서를 정서(正書)하는 일을 맡아보던 벼슬.

쓰는 붉은 가면도 근본 뿌리를 따지고 보자면 안동가면극에서 유래하여 결코 이상한 것은 아니다.

류성일의 가면을 쓴 카슨도는 분명치 않은 목소리로 박수실의 소재를 묻고 다녔다. 모두 모른다고 고개를 젓는다. 어제 정오, 일본인 승려 차림을 하고 나간 후 숙사에 돌아오지 않았다고 한다.

……그런가, 그는 아직 류성일의 방에 있을지도 모른다.

카슨도가 군관숙사에 들어가려고 현관 앞까지 왔을 때, 안에서 큰 소리가 새어나왔다. 세차게 문을 여닫는 소리, 복도를 달려가는 소리가 난다.

'사령이 살해되었다! 일어나라, 모두 일어나라!'

카슨도는 뛰어나온 장일청 군관과 머리를 부딪쳤다. 닭도둑 사건으로 류성일에게 엄한 질책을 받은 자다.

잠시 서로 노려본다.

'어이, 너. 그 가면?……풍채로 보아 일본인이구나, 무슨 용무냐?'

'화급한 용무가 있어 압물관 박수실을 찾고 있습니다. 이쪽으로 숨어들었다고 해서.'

카슨도는 탈을 쓴 채로 냉정하게 말했다.

'박수실이 어떻다는 거냐? 그런 자는 여기에는 없다. 지금 그런데 신경 쓸 경황이 아니다. 비켜라.'

장일청이 큰소리로 귀찮은 듯이 내뱉었다.

군관 4~5명이 안에서 달려 나왔다. 손에 들고 있던 초를 카슨도에게 가까이 들이댄다.

'앗, 그 가면은?'

고함친다.

'어이, 장일청. 사령 방에는 언제나 붉은 가면이 장식되어 있었지? 가면이 없다. 이 놈이 쓰고 있는 것은 사령 가면이 아니냐!'

'그러면 네 놈이 사령을 죽인 놈? 보자, 이 놈의 옷차림. 일본인이 틀림없다. 체포하라.'

카슨도는 뒤를 돌아 안뜰 자갈길을 달렸다. 군관들이 맨발로 달려온다.

군관들과 결투하는 일은 어떻게든 피해야 한다. 박수실만 죽이면 그 자리에서 할복할 각오다.

카슨도가 박수실을 죽이고 자결하면 구상서만 남는다. 그 결과, 류성일과 카슨도는 원한의 끝에서 결투에 이르게 되었고, 류성일이 먼저 죽고 이 사건에 연좌되어 마침내 박수실까지, 그리고 최후에는 카슨도가 할복한다는 대강의 줄거리가 완성된다. 이렇게 끝내야 막부와 쓰시마번, 그리고 조선측도 모두 사건이 마무리 되었다고 생각할 것이다. 어느 쪽에게도 누를 끼치지 않는다.

조선인들은 소동이 일어난 것을 알아차리고 저마다 등불을 들고 각자 숙사 처마 아래로 모여들었다. 무슨 일이 일어났는지 알 길은 없지만, 탈을 쓴 남자를 군관들이 잡으러 다니는 것을 재미있게 바라보고 있다.

카슨도는 경내에 있는 몇 개의 작은 건물 사이를 요리조리 피해다니며, 군관들 시야에서 벗어나려고 애를 쓴다. 동시에 박수실을 발견하기 전까지는 조선인 숙사동에서 멀리가지 않으려는 생각뿐이다.

그러나 카슨도는 겉돌 수밖에 없다. 왜냐하면 박수실은 항상 붙어 다니고 있기 때문이다.

군관들의 총출동으로 수사망은 더욱 좁혀져 왔다. 안뜰 구석진 곳에 작은 산봉우리 모양의 정원을 발견했다. 카슨도는 정원을 에워싼 산울타리 속으로 숨는다. 카슨도를 좇고 있는 군관 3명은 산울타리 반대쪽에 있다. 그들과의 거리는 5m 정도 밖에는 안 된다. 카슨도는 칼 손잡이에 손을 얹었다.

다른 방향에서 부르는 소리에 군관 3명이 일단 멀어져 간다.

박수실은 도대체 어디 있는 것인가? 카슨도가 탈을 벗고 산울타리 틈새로, 조선인 숙사에서 등불을 든채 구경하고 있는 조선인들을 충혈된 눈으로 응시한다.

박수실을 놓쳐버린다면……, 카슨도에게 초조감이 엄습해왔다. 뛰어나가서 박수실, 나와라! 하고 불러볼까? 그러면 누군가가 박수실이 있는 장소를 알려줄지도 모른다.

그렇다. 어차피 죽을 거라면 용기를 내어 움직여 보는 것이 좋을지도. ……좋다. 가자.

그 때, 등 뒤에서 인기척이 나 뒤돌아보려고 하자 귓속말로,

'카슨도 안돼요. 움직이면.'

귓볼에 뜨거운 숨결이 닿는다.

'드디어 류성일을 죽였군요.'

용한은 카슨도의 허리를 꼭 껴안고 양팔에 힘을 주었다. 숨을 쉴 수 없을 만큼 조여 왔다. 카슨도는 예전에 단양 근교에서 율모를 추모하기 위해 위모를 타고 달릴 때의 일을 기억해냈다. 그 때도 용한이의 완력에 놀랐지만, 지금도 뒤로 돌아서려고 해도 기운을 쓸 수가 없다.

'도망쳐요, 카슨도!'

용한이의 목소리는 아주 가녀린 속삭임인데도 불구하고, 카슨도의

머리 속에서는 경내의 큰 건물이 울려 퍼질 정도로 크게 메아리쳤다.

'저들은 류성일을 죽인 원수를 잡기 위해서가 아니라 지금까지 쌓이고 쌓인 일본인에 대한 불만과 증오를 폭발시키고 있는 거예요. 잡히면 해명할 기회도 주지 않은 채 난도질 당할 거예요. 이제 곧 날이 밝아요. 지금 도망쳐야 해요.'

'나는 도망칠 수 없어.'

'여기에서 죽을 작정이예요? 저 쪽은 수가 많아요. 도저히 당해낼 수 없어요.'

'박수실은 어디에 있을까? 박수실을 죽이지 않으면 여기서 나갈 수 없어.'

'박수실을! ……알았어요. 그놈에게 약점을 잡혔군요. 박수실은 내가 꼭 처리해줄께요. 약속해요. 괴롭힘을 당한 건 내 쪽이니깐. 그러니 어서 도망쳐요.'

주변은 새벽을 알리는 회색 연무가 감돌기 시작했다. 아침이 밝아오자 사람들은 등불을 껐다. 용한은 가만히 카슨도의 얼굴을 들여다본다.

'기다리고 있는 분이 계시잖아요?'

카슨도는 고개를 옆으로 흔든다.

'거짓말. 이 여행을 마치면 혼례를 올릴 거라고 했잖아요.'

카슨도는 겨우 말을 꺼낸다.

'그때, 너는 이번 여행은 끝나지 않을 것 같다고 말했지? ……나도 지금은 그런 기분이 들어. 앗, 너 떨고 있니?'

'추워요. 그 윗옷을 빌려줄 수 있어요?'

카슨도는 곧바로 하오리를 벗어 용한이의 어깨에 덮어주었다.

'고마워요. 다시는 만날 수 없을지도 몰라요.'

용한이가 카슨도의 목덜미에 손을 뻗어왔다. 손가락이 옷깃을 헤치며 어깨 상처의 솟아오른 굳은살을 어루만진다.

'고마워요. 카슨도, 즐거웠어요. 가부키도 보여주시고.'

다시 군관들의 발소리가 가까이 들려왔다. 아직 해는 뜨지 않았지만 어둠은 가셨다.

'어이, 모두들 안뜰의 작은 정원을 샅샅이 뒤져라.'

장일청의 목소리가 울려 퍼진다. 용한이가 명령조로 카슨도의 귀에 대고 속삭인다.

'준비됐지요? 나는 왼쪽으로 뛰어나갈께요. 조금 있다가 카슨도는 오른쪽으로.'

아직 카슨도는 용한이의 의도를 알지 못했다. 용한이는 어느새 붉은 탈을 쓰고 하오리 소매에 팔을 끼워 넣고 끈을 단단히 동여맸다. 그때서야 카슨도는 그녀의 계획을 알아차리고 용한이의 어깨를 붙잡으려고 했다.

그러나 용한이는 기묘한 소리를 내면서 산울타리 속에서 뛰어나가 왼쪽으로 달렸다.

저기 있다! 일제히 소리를 질렀다.

'체포하라! 저항하면 죽여 버려라.'

창을 들고 있던 장일청이 명령을 내렸다.

용한이는 이리와 같은 울음소리를 내면서 안뜰을 돌아다녔다. 23개의 돌계단을 뛰어내려가고 복도를 달리는가 싶더니 높은 마루 밑을 빠져나가 반대 쪽으로 내달리며 쫓는 자를 희롱한다.

다른 군관들도 합류하여 장일청이 내리는 지시를 받는다. 군관들은 몇 갈래로 나뉘어 용한이를 포위해갔다.

이미 하오리 소매는 양쪽 모두 떨어지고 없다. 다시 정원 쪽으로 도망가려는 순간 3명의 군관에게 포위되었다.

'죽여라.'

그 중의 한 명이 한 발짝 크게 내딛고, 공중 위로 번쩍 치켜든 시퍼런 칼날을 머리 위에서 원호를 그렸다. 용한이는 그 원호와의 거리를 정확히 계산했다는 판단으로 좌측으로 뛰었다. 그러나 이곳은 땅 위. 줄타기 할 때의 줄 위에서와 같은 반동을 이용할 수 없었다.

순간, 오른쪽 팔이 베인 것 같은 통증을 느꼈다. 어깨에서 핏줄기가 뿜어 나왔다.

'카슨도, 카슨도!'

큰소리로 불러본다. 어디에서도 대답은 없다.

카슨도가 없는 것을 확인하자 용한이는 가슴을 쓸어내리고 안심한 듯이 미소를 지으며 다시 산울타리에서 뛰어나온다. 대기하고 있었던 것처럼 장일청의 창이 마구 쑤셔댄다. 용한이는 반사적으로 창끝을 피했지만, 그때 오른발 아래에서 큰 돌이 회전했다. 중심을 잃은 용한이는 앞으로 비틀거린다. 바람을 가르고 좌측에서 검이 날라 오더니 용한이의 허리를 찔렀다. 군관 중에 가장 솜씨가 좋다는 자가 찌른 칼이다.

용한이는 자신이 줄 위에서 공중제비를 하고 있는 착각에 빠졌다. 머릿속에서 매우 요란한 음악이 진동했다. 허리에서 심한 통증이 느껴진다. 눈을 떴지만 아무것도 보이지 않는다.

도망치려고 했지만 하반신이 거꾸러져 땅에 박혔다. 양쪽 무릎이 힘없이 접혔다. 앞이 보이지는 않지만 양손을 앞쪽으로 뻗어 보았다. 머리 위에서 용한이의 얼굴을 향하여 검이 내리쳐졌다. 붉은 탈이 두 쪽으로 갈라지고 이마에서 선혈이 샘솟는다.

용한은 자갈 속으로 엎어졌다.

'해냈다!'

'숨통을 끊어라!'

'범인을 잡았다!'

저마다 기뻐하면서 군관 몇 명이 발로 용한이를 뒤집는다. 칼에 베어 찢어진 얼굴은 피범벅이 되어 형채를 알아 볼 수가 없다.

멀리서 구경하고 있던 조선인 중에서 광대 한 명이 소리치면서 달려온다. 태운이다.

그는 현장에서 조금 떨어진 예능인 숙사 앞에서 탈을 쓴 남자를 군관들이 쫓고 있는 모습을 별 생각 없이 구경하고 있었다. 옆에 있던 용한이가 없어진 것도 몰랐다.

탈을 쓴 남자는 금방 사라져 보이지 않더니 잠시 후에 봉긋이 솟아 있는 정원의 산울타리에서 갑자기 뛰어나와 군관들의 칼부림을 피하면서 도망다닌다.

그러나 태운은 금방 이상한 생각이 들었다. 탈 쓴 남자가 차고 있던 검이 보이지 않은 것을 알았다. 언제 검이 없어진 걸까? 게다가 조금 전과 상황이 다르다. 마치 군관들을 놀리는 것 같은 경쾌한 움직임도 걱정스러웠다.

용한이가 없다. 태운이는 소리쳤다.

아무쪼록 제발 무사하길…… 용한.

카슨도는 마음으로 소리치며 길을 재촉했다.

카라가네야에게 박수실의 일을 털어놓을 수밖에는 없다. 그는 어떤 판단을 내릴 것인가? 당연히 카슨도를 위한 도망계획은 백지화될 것이다. 그 계획은 비밀을 쥔 자가 류성일 혼자인 것을 전제로 생각해낸 방책이었기 때문이다.

카슨도가 취해야 할 길은? 자결일까? 그러나 박수실이 살아있는 한 이순지와 쓰시마의 위기는 계속된다. 박수실은 얻어 낸 정보를 언제 어떻게 악용할까?

천근같은 몸을 이끌고 카슨도는 카라가네야 저택 뒷문으로 들어선다. 몸보다도 마음이 더 무겁다.

이미 상점은 영업을 개시하고 있었다. 입구에서 망연자실 서 있는 카슨도에게 지배인이 달려와 곧바로 안쪽 거실로 오라는 말을 전한다. 마치 카슨도가 아무도 모르게 살짝 빠져나간 것을 알고 있는 것 같은 말투다.

안쪽 거실에서는 코안경을 얹은 카라가네야가 책상 위에 펼쳐진 두꺼운 책장을 앞에 두고 주판을 튕기고 있었다. 카슨도를 쳐다보면서,

'푹 쉬셨습니까?'

'네. ……아니요, 사실은 그……'

거기까지 말하고, 카슨도는 망설인다.

……이제 와서 털어놓은들 무슨 소용이 있을까? 왜 박수실을 처리하지 않은 채 돌아왔을까? 박수실을 죽일 때까지 찾아다녔어야 했는데……, 후회가 밀려왔다.

후회의 연속이다. 마침내 마음을 결심하고 입을 연다.

'……통신 비둘기에 매단 통신문을 류성일 명령으로 훔친 자가 압

물관 박수실이라는 자인데, 사실은 그가 저와 류성일이 주고받은 모든 내용을 처음부터 끝까지 모두 훔쳐보고 있었어요. 지난 밤 이순지라는 이름을 알고 있는 사람은 류성일 뿐이라고 말씀드렸지만, 사실은 그렇지 않아요. 죄송합니다. 거짓말을 하려고 했던 것은 아니예요……'

카라가네야는 별로 놀라는 기색도 없이 끄덕였다.

'자려고 하는데 박수실이 생각나서……'

'그 자를 죽이러 다시 기타미도로 되돌아갔던거군요.'

'네, 게다가 되찾아 올 것도 있어요. 류성일이 저를 부르려고 미끼로 쓴 종이예요. 그 종이조각에는 통신문을 베껴 쓴 아비루 문자가 적혀 있어요. 그것을 박수실이 가지고 있어요. 놈은 반드시 종이조각을 이용하려고 할 거예요.'

'그 종이조각이 이것입니까?'

의심할 여지없이 류성일이 카슨도를 불러내기 위해 쓴 종이였다.

'도대체, 이것이 어떻게 여기에?'

'박수실이 왔었습니다. 그는 어제 밤에 본 것과 들은 것을 얘기하고 갔는데 카슨도 당신이 말한 내용과 대충 같은 내용이었습니다. 게다가 중요한 부분도 빗나가지 않았구요. 상당히 머리가 좋은 양반이었습니다. 벽창호는 아니었지요. 이전에 진상용 인삼을 모즈야에 팔러 온 남자지요? 사팔뜨기 눈을 하고 있어서 첫 눈에 알아보았습니다.'

'그래요! ……박수실의 목적은?'

'물론, 돈입니다. 이순지의 이름을 잊는 것과 이 종이조각을 합쳐 은 20관을 요구하더군요.

——카슨도의 뒤를 밟고 있는 사이에 생각지도 않은 계획이 머릿속

에 떠오른 박수실은 카라가네야에게 돈을 요구하면 줄지도 모른다는 생각이 들었다.

카슨도는 쫓고 있는 박수실이 항상 자기 전방에 있을 거라고 생각하고, 뒤쪽은 전혀 생각하지도 못했다. 때문에 박수실은 잠시 그의 시야에서 벗어나도 신변안전을 위협받는 일은 없다. 지금이 적기다. 박수실은 빙그르르 뒤로 돌아 카라가네야 저택으로 부리나케 달려 와서 주인과의 면담을 청했다.

조선통신사 압물관 박수실이 정사의 심부름으로 찾아왔다고 전해 주십시오.

──카라가네야는 박수실과의 담판 상황을 설명한다.

'…… 분명히 은 20관은 지나치게 많은 고액입니다. 그러나 박수실이 자진해서 찾아 온 것은 뜻밖의 행운입니다. 아비루님은 비밀을 지키기 위해 박수실을 죽이려고 기타미도로 가셨지만, 저는 역으로 이 남자는 이용가치가 있을 지도 모른다고 생각하고 살려두는 편이 도움이 될 것이라고 판단했습니다.

우선 나는 종이조각을 은 10관에 매입하기로 했습니다. 이를테면 선금이죠. 이순지 이름은 박수실 머릿속에 있는 것이라 매입할 수는 없습니다. 나는 조선에 있는 가로회 哥老会라는 밀무역조직과 깊은 유대관계를 가지고 있습니다. 만약 이순지 신변에 이변이 생길 경우는 가로회가 가만두지 않을 거라고 위협하며 입을 다물 것을 약속받았습니다. 그리고 잔금인 은 10관을 지불하는 조건은 이렇습니다. 그에게 내가 원하는 조건을 성공하면 지불한다. 그리고 1~2관이라도 더 붙여도 좋다고 거래를 했습니다. 그는 기뻐서 나의 조건을 받아들였습니다. 그야 그렇지요. 은 20관이라면 금으로 약 340냥, 조선

의 마을 하나를 살 수 있을 정도의 큰 금액이기 때문입니다.'

카슨도가 묻는다.

'박수실에게 어떤 일을 시킨다는 건가요?'

'아직 정하지는 않았습니다. 그러나 대충 윤곽은 잡혀 있습니다.'

'……〈사태를 타개할 궁여지책〉과 관련이 있나요?'

카라가네야는 고개를 끄덕인다.

'〈행방을 감춘다〉는 방책은 예정대로 진행합니다.'

── 쓰시마번 경비대가 사건통보를 접한 것은 오전 8시였다. 곧바로 가네코 대장 이하, 시이나 등 10명의 경비대 병사가 군관숙사에 모여 통신사 군관들과 공동수사를 실시했다

'아비루는 어떻게 된 건가? 왜 아직 오지 않나?'

가네코는 애타는 목소리로 몇 번씩이나 카슨도를 찾았다. 사건이 생기면 먼저 대원을 이끌고 현장으로 달려와야 하는 것이 카슨도의 임무다. 도모노우라에서의 닭도둑 사건에서는 정말로 그랬다.

이런 중요한 때에 어디에 간 것인가?

류성일은 단 칼로 머리부터 일직선으로 베어졌다. 거의 즉사에 가까운 상태다. 사쓰난시겐류……, 시이나가 중얼거린다.

그는 7, 8년전에 번교에서 단 한번, 카슨도와 목검겨루기를 한 적이 있었다. 그 때 카슨도가 휘두른 목검의 놀라운 움직임을 기억하면서 시이나의 얼굴은 새파래졌다. ── 통신 비둘기의 통신문이 류성일 손에 들어간 것까지는 알고 있지만 그 후에 뭔가 엄청난 일이 생겼다. 그러나 아직 누구도 카슨도가 유력한 용의자라고 눈치채지 못했다.

시체는 하나가 아니었다. 가까운 산에 다른 시체가 하나 더 있다. 처음에 조선측은 이 사람이 류성일을 살해한 범인으로 체포과정에서 과

격하게 저항하며 도망쳤기 때문에 하는 수 없이 죽였다고 설명했다.

범인은 죽어 있다. 도대체 누구인가? 이마에서부터 깊이 베어있고 얼굴은 알아볼 수 없을 정도로 상처투성이다.

얼마 지나지 않아 오사카 마치부교쇼에서 요리키와 직속 도신 3명이 달려온다. 요리키는 조선측의 설명을 그대로 받아들여 범인은 이미 살해된 것으로 인정하고 전의詮議(사전심리)는 어떠한 이유로 이런 흉사가 일어난 것인가, 그 동기는 무엇인가라는 것으로 좁혀졌다. 무엇보다도 우선 시체가 된 범인 신분을 밝혀야 한다. 쌍방의 통역으로 진행하는 수사는 좀처럼 진척되지 않는다.

시이나만이 혼자, 수사진에서 빠져나와 옆에 있는 석등에 기대어 서 있다. ……범인은 카슨도다. 여기에 누워 있는 시체가 카슨도 일리가 없다.

곧바로 군관사령 대행임무를 맡게 된 장일청 앞에 군관 한 사람이 나서서,

'어떤 광대 한 사람이 드릴 말씀이 있다고 난리입니다.'

'뭐야, 광대라고!'

장일청이 혀를 찬다.

'나중에.'

그러나 이미 태운은 군관들을 밀어제치고 장일청 앞에 무릎을 꿇고 있었다.

'들어주십시오. 저기에 누워있는 시체는 저의 짝꿍 용한이가 틀림없습니다. 엄청나게 예쁜 얼굴이 앗……, 아이고!'

주먹으로 땅을 치면서 통곡한다.

'뭐라고! 그 여장 남자인 용한이라고?'

'그 증거는 등에 있는 상처입니다. 용한이는 어렸을 때 팔려가 등에 卍자의 인두 자국이 있습니다.'

——이렇게 해서 군관들이 범인이라고 지목한 자는 줄타기 광대 용한으로 판명됐다. 태운이는 용한이에게 매달려서 오열한다. 군관사령 대행인 장일청은 우울한 목소리로 다음과 같이 일본측 관리인에게 요청했다.

——류성일의 방에 있던 가면을 쓰고 나타난 자는 틀림없이 일본인이었다. 우리들은 일본측에 신속한 범인 색출을 강력하게 요청하며 그를 체포하고 처형할 것을 요구할 것이다.

……그러나 그 자가 왜 용한이로 바뀌었을까? 장일청은 자문한다. 우리들은 안뜰에서 한 번 그자의 모습을 놓쳤지만, 잠시 후에 갑자기 작은 산의 산울타리 안에서 뛰어나왔다. 그렇다. 산울타리 안에서 두 사람이 바뀌었을까? 그렇지만 왜 용한이가 일본인으로 변장하고서?

장일청은 갑자기 어떤 남자가 현관 앞에서 이렇게 물어보던 것이 생각났다.

'화급한 용무가 있어 압물관 박수실을 찾고 있습니다. 이쪽으로 숨어들었다고 해서.'

그렇지만 장일청은 침묵하며 박수실을 군관 사무실로 출두하라는 명령을 내렸다. ……아무래도 열쇠를 쥐고 있는 것은 박수실인 것 같다.

장일청은 박수실이 출두하기를 초조하게 기다렸다. 그러나 박수실은 좀처럼 오지 않았다.

장일청은 군관을 풀어 박수실을 찾았지만, 그의 모습을 본 사람은 한 명도 없다.

정오가 지나서야 박수실이 뻔뻔스럽게 나타났다.

장일청은 엄히 심문을 시작한다.

'왜 곧바로 출두하지 않았는가?'

'압물관은 사람들이 상상할 수 없을 만큼 잡일이 많습니다요. 일본 측 접대 봉행의 수하들과 일용품 조달에 관한 협의도 해야 하고, 마을로 물건들을 사러 다녀오기도 합니다요. 그런데 축하드립니다요. 사령으로 승진하셨다고 들었습니다요.'

'아직, 정식이 아니다. 지금은 대행이다.'

'승진축하 술은 어디서 누가 조달한다고 생각하십니까요? 바로 저입니다요. 저는 기타하마에 있는 술 도매상까지 발을 움직여서……'

'좋다, 바쁜 것은 알겠다. 우리들이 류사령의 살해용의자라고 지목한 남자가 사령방에서 훔친 붉은 가면을 쓰고 사령 숙사 현관에서 나와 머리를 부딪쳤다. 그 때, 그 자는 박수실을 찾고 있다고 대답했다. 자네는 그 자에 대해 짐작 가는 것이 있지 않은가?'

박수실은 무엇인가에 위협을 받고 있는 것처럼 주위를 돌아보았다.

'무엇을 두려워하고 있나?'

박수실은 갑자기 장일청에게 가까이 가더니 귓속말로,

'저는 이번 사건을 처음부터 끝까지 보고 있었습니다요. 사령방에서 류성일과 경비대장 보좌인 그 일본인이 서로 칼을 겨루고 있는 것을, 문 옆에 있는 옹이구멍을 통해 이 눈으로.'

'……잠깐만, 넌 왜 거기에 있었나?'

박수실은 순간 멈칫하다 태평하게 대답한다.

'신출기몰은 나의 장점. 사실은 류사령과 그 쓰시마 남자인 아비루 카슨도는 단양사건 이후, 원수지간이었습니다요. 류사령이 그 놈을 업신여겨 바보 취급하는 언동을 일삼았습니다요. 그 놈의 마음 속에 울분이 쌓여 있었습니다요.

어젯밤 군관사령이 아비루를 불러오도록 시켜서 제가 그 놈을 안내했습니다요. 방 안으로 들어가자마자 험악한 분위기가 되어 바로 일촉즉발. 군관사령이 저보고 물러나라고 했지만 걱정이 되어 옹이구멍으로 상황을 들여다보았습니다요. 엄청나게 처참한 칼부림이었습니다요. 이건 큰일이다 싶어서 신고하려고 문에서 떨어지려는 순간, 문을 열고 나오는 그 놈과 머리가 부딪혔습니다요. 살려두면 곤란하다고 여긴 그 놈이 저를 죽이려고 쫓아왔습니다요. 저는 도망치는 발이 아주 빠릅니다요. 그 놈은 건물을 빙빙 돌다가 다시 군관숙사로 돌아와서 이번에는 사령 대행님과 머리를 부딪쳤다는……'

'그래!'

장일청이 소리를 질렀다.

'그래서 그 놈이 너를 찾아다녔다는 것이었군! 그러면 그 놈과 광대가 바뀐 것은?'

'이것은 한 번 들으면 잊지 않는 저만이 알고 있는 사실인데 결코 표면화되지 않도록 당부드립니다요. 저 남장여자는 경비대장 보좌의 성노리개였습니다요.'

박수실은 장일청의 놀라는 얼굴을 보고, 몰래 싱글벙글거렸다.

'사랑하는 사람 대신에……, 아름다운 이야기가 아닙니까요?'

'아비루는 어떻게 됐나?'

'벌써 오사카에는 없을 것 같습니다요.'

박수실은 목격한 두 사람의 결투장면을 상세히 말했지만, 두 사람이 왜 대결하게 되었는지의 경위에 대해서 즉, 이순지 문제에 관해서도, 또 부르러 갈 때 가지고 간 종이조각에 대해서도 말하지 않았다. 카라가네야와 했던 약속을 지키기 위해서라기보다 그 침묵의 댓가가 남은 잔금에 붙은 전제조건이었기 때문이다.

카라가네야가 말한 밀무역 조직인 가로회가 죽을 때까지 박수실의 입을 봉해 줄 것이다.

박수실은 스스로의 언동에 관해서 장일청뿐만 아니라, 상사인 정사, 부사, 종사관인 삼사, 나아가 정부까지도 아무런 죄의식이 없었다. 삼사에게 가장 중요한 것은 진실보다도 대의명분 뿐이라고 박수실은 생각하고 있었기 때문이다. 박수실이 생각하는 진실이란 비밀과 같은 뜻으로 사람이 숨기고 싶어 하는 일이다. 그 비밀에 살며시 다가가 내용을 알아내는 것이야말로 그에게는 기쁨이며, 동시에 이익도 생긴다고 확신하고 있다. 과거시험 실패자가 가진 삐뚤어진 심성일거라고 치부할 수는 없다.

박수실의 진술로 범인은 아비루 카슨도라고 특정했다. 장일청은 급히 삼사에게 보고하고 협의를 거친 뒤에 오사카조다이와 오사카 마치부교쇼 앞으로 조서를 작성했다. 조서는 쓰시마번을 통해서 조다이와 부교에게 전달하게 된다. 쓰시마번은 번역작업에 하루는 소요될 것이다. 조선측은 류성일 살해범을 아비루 카슨도라고 단정짓고 조속히 아비루의 신변 인도를 요구하고 있었다. 그때까지 우리 조선은 귀국을 위한 상선上船을 연기했다.

같은 시각, 일본측도 분주하게 움직이고 있었다. 아메노모리 호슈에게 카라가네야의 심부름꾼이 찾아왔다. 아메노모리는 전후 사정을 듣고 카슨도가 남긴 서신을 전해 받았다.

이 서신을……

'아비루의 책상에 있었던 것입니다. 마치부교쇼에 제출하는 것이 좋을 것 같습니다. 물론 아비루 본인이 직접 작성한 것입니다.'

겉장은 〈아메노모리 호슈 선생님〉이라고 적혀 있었다.

'아무쪼록 개봉은 귀관 후에.'

귀관 즉시 아메노모리가 서신을 개봉하자 안에는 두 통의 편지가 있었다. 한 통은 아메노모리 본인 앞으로 보내 온 것이다. 까닭이 있어 조선통신사 군관사령 류성일과 맞서게 되어 살해한 내용을 보고하고 있다. 글의 내용은 냉정하다. 그러나 냉정한 문장을 작성하기 위해 카슨도가 얼마나 감정을 억제해야만 했을까를 헤아려보니 아메노모리의 마음은 울컥하며 아려온다.

다른 한 통의 겉봉에는 쓰시마의 태수 〈소 요시미치님〉이라고 적혀 있다. 이것이 카라가네야의 지시대로 쓴 카슨도의 구상서다 ──류성일 살해에 이르는 사건의 전말이 순서대로 서술되어 있지만 기본적인 내용은 류성일이 일본 및 일본인을 동이東夷(동쪽의 오랑캐)라고 업신여기고 쓰시마를 야만스럽고 가난한 섬이라며 사사건건 심하게 멸시하여 분노를 참을 수 없었다고 썼다. 그러나 문장에서는 그러한 흥분과 노여움을 조금도 느낄 수 없었다.

……그리고 〈어제 저녁〉이라고 적혀 있다. 어제 저녁에 류성일이 쓰시마번이 고용한 인부에게 터무니 없는 의심을 하여 심하게 구타하는 것이 직접적인 동기가 되었다. 덴류인님의 명에 반한다는 것이다. 덴류인님의 명은 번법, 즉 번의 법에 따라서 류성일을 참수했으며 스스로의 행위를 정당화하는 내용을 담았다.

조선인 관리인이 일본인 인부를 도둑으로 몰아 구타한 적은 있다.

하지만 그것은 〈어제 저녁〉의 일이 아니며 류성일은 관여하지도 않았다. 구상서는 모두 거짓이고 진실을 감추기 위한 방편이며, 이순지와 쓰시마를 지키기 위한 위증인 것이 명백했다.

삼사로부터 류성일 살해에 관한 서신이 번역문을 첨부하여 쓰시마번의 손으로 오사카조다이와 오사카 마치부교쇼에 제출됐다. 거의 동시에 역시 쓰시마번으로부터 카슨도의 구상서가 제출됐다. 오사카와 근처 일대에 아비루 카슨도를 체포하게 위해 임시관문이 설치되었다. 오사카조다이는 곧바로 에도의 막부에게 파발마를 보냈다. 또 다시 통신사 출발은 정식으로 연기됐다.

다음날 이른 아침, 기타하마 하치켄야하마八軒家浜에서 여느 때와 달리 대형화물이 20척의 산짓코쿠부네三十石船*에 실려 후시미로 향했다. 요도가와강을 거슬러 후시미에서 일단 육지로 옮긴 후 오쓰大津까지 육송, 오쓰에서 다시 배에 실어 비와코 호수의 북쪽으로 항행하여 쓰루가敦賀로 향한다.

아비루 카슨도를 체포하기 위해 오사카 마치부교쇼가 설치한 임시관문은 시내 근교에서 야마시로山城, 야마토大和, 단바丹波, 이즈미和泉. 기나이畿內, 하리마播磨로 확대되어 역참의 숙소나 절을 조사하는 것도 개시되었다.

류성일의 유체는 염습하여 녹나무관에 넣어 정식으로 매장절차가 진행됐다. 반대로 무연고 묘지의 구석진 곳에 아무렇게나 매장하려던 용한이의 시체도 염습을 해주도록 태운이가 간청했다. 하지만 염습은 양반만 허용되는 것이라며 거절당했다. 그러나 시이나의 주선

---

* 후시미와 오사카 사이를 왕래하는 여객전용선. 쌀을 30석 적재가능하다 하여 30석 배라고 부른다. 전장 약 17m, 폭 약 2.5m, 승객정원 28~30명.

으로 쓰시마번의 비용으로 정성스런 장례를 치러주었다.

두 사람은 통신사 일행 전원과 쓰시마번의 관리인이 지켜보는 가운데 기타미도를 나와서 네야가와寢屋川강 하구에 있는 절에 안치한 후, 다음날 새벽에 강변에서 초빈*을 지냈다.

용한이가 살해된 건에 관해서 삼사는 군관 문책도 하지 않고, 일본인 경비대 무사로 변장한 건에 관해서도 불문에 부치기로 했다.

용한이의 진심을 알고 있던 태운이의 탄식은 깊었다. 태운이는 용한이가 매장된 이후로 일체 입을 열지 않고 홀로 조용히 판소리를 중얼거릴 뿐 다시는 줄을 타지 않았다.

두 사람이 매장되던 날 오후, 에도 막부로부터 로쥬메쓰케老中目付**다치바나 고지로橘幸次郎가 도착했다. 다치바나 고지로는 쓰시마 번주 소 요시미치를 오사카성으로 불러 번에서 내려오는 법에 〈덴류인의 말씀〉이 존재하는지 그 유무를 추궁했다.

'있습니다. 다만, 그것은 불문율로 전해지고 있습니다. 아비루 카슨도가 행한 소임은 번의 법에 비추어 무죄라고 사료되옵니다.'

'과연 그렇군요. 그러나 외교상, 용인할 수 없습니다. 이번 사건의 수사결론을 전합니다. 아비루 카슨도를 조선통신사 살해 용의자로 신속히 체포해서 사형하는 것이 타당합니다.'

소 요시미치는 잠자코 물러났다.

한편, 조선측은 박수실의 증언을 전면적으로 채용해서 이 사건을 류성일과 쓰시마 번사藩士의 개인적 원한에 의한 결투라고 보고 일본

---

* 장사를 지내기 전에 시체를 방 안에 둘 수 없는 경우에, 관을 바깥에 놓고 이엉 같은 것으로 덮어서 눈·비를 가리는 것.
** 로쥬의 눈과 귀가 되어 다이묘를 감시 감독하는 역할을 한다.

측에 신속히 범인을 체포하여 처형장에 세울 것을 요구했다. 이 사건이 매듭지어지면 귀국길에 오른다는 조건으로 조태억과 임수간, 홍순명 삼사는 의견일치를 보았다. 그러나 이에 강경하게 이의를 주창한 사람은 제술관 이현이다.

— 류성일이 군관 사령으로서 파견된 배경에는 사절단 경호와는 별개의 다른 의도를 숨기고 있었던 것은 아닌지? 통신사와 여행을 함께 한 쓰시마번 조선방 안에서 수년 전부터 왜관을 근거지로 비밀활동을 하고 있는 자가 있는 것 같다. 그 자를 감시하고 증거를 잡아 적발하는 것이 류성일의 본래의 임무다. 만약 이 소문이 정말이라면······'

이현은 치질의 통증을 견디기 힘들어 얼굴을 심하게 찡그리면서 돗자리 위에 털썩 엎어졌다.

조태억 정사가 괴롭고 힘든 표정으로,

'제술관, 우리들은 이미 충분한 회의를 거쳐 조금 전에 결론을 내렸으니, 재론은 삼가합시다.'

'무슨 말씀을 하십니까! 여러분들도 이 소문을 들어서 잘 알고 계시지 않습니까? 일본측에 비열한 비밀활동을 하는자가 누구인지 밝혀내려던 류성일이 아비루 카슨도에게 살해되었다면 그 비밀의 정체는 불을 보듯 명확합니다. 따라서 이 사건은 사적인 원한에 의한 결투가 아닙니다. 우리들은 일본 정부에 단호히 항의해서 목숨을 걸고 진상규명에 나서야 합니다.'

귀국 후의 승진을 바라며 조태억에게 잘 보이고자 결심하고 에도에서는 시호문제가 있었을 때도 점잖게 행동했던 이현이지만 다시 도진 치질 통증과 함께 특유의 엄격주의가 되살아 났다.

홍순명이 반론한다.

'제술관 이현께서 생각하시는 추리가 맞는다 하여도 그것은 우리들 힘으로는 어떻게 할 수 있는 것이 아닙니다. 문제가 더 복잡하게 되어 수습이 안 될 우려가 있습니다. 그 첫 번째로 아비루가 은밀하게 활동했다는 증거는 어디에도 없지 않습니까?'

이현은 잠자코 있다. 조태억은 4일 전, 류성일의 죽음에 관한 정보를 듣고 예전에 그에 대해 품었던 불길한 예감이 적중했다고 생각했다. 근신해야 할 입장인 것을 알면서도 묘한 만족감이 생겼다. 지금, 그 일을 떠올리면서 동시에 뭐라고 할까 원리원칙을 따지며 일을 복잡하게 만들고 있는 이현을 향한 역겨움을 억누를 수 없었다.

'류성일의 죽음을 안타까워할 필요는 없습니다. 그의 조부는 일본인임에도 그것을 숨기고 있었습니다. 귀국하면 계조사칭죄로 체포될 예정이었지요. 역시 우리나라는 혈통이 좋지 않으면 제대로 된 인생을 살아낼 수가 없을 지도……'

조태억이 하는 말은 이현의 투쟁심을 가라앉혔다. 그 자신도 서자라는 열등감이 전신에 파고 들어 마음의 통증과 치질의 통증을 구별할 수 없게 되었다.

오사카 마치부교쇼

오사카 부교는 2명이 월번제로 근무한다. 히가시마치와 니시마치로 나뉘어 있다. 양쪽 부교쇼는 오사카성 밖의 덴만바시 남쪽 끝의 동쪽 방향에 있다. 히가시 마치부교는 가이국甲斐國의 태수 구와야마 잇케이桑山一慶, 니시 마치부교는 아와국安房國의 태수 호죠 우지히데北条氏英. 지난 8월 통신사 일행이 에도로 가는 길에 오사카 체류 중이었을 때의 당번 부교는 히가시 마치부교의 구와야마 가이국의 태수였는데, 돌아오는 길에도 또 똑같은 히가시 마치부교가 당번이었다.

사건발생 후 8일이 지났다. 지금까지 범인을 체포했다는 연락은 없다. 통신사 일행의 삼사 신하는 초조함과 짜증이 더해진다.

저녁 시각, 에도에서 호송되어 온 범인이 히가시 마치부교쇼에 도착하여 부교쇼 내의 임시 감옥에 수감되었다.

다음 날 오전, 히가시 마치부교인 구와야마가 쓰시마의 태수 소 요시미치에게 범인 체포를 알렸다. 기타미도 안의 쓰시마번 숙사는 떠들썩해졌다.

'카슨도가 잡혔다!'

통신사 삼사에게는 소 요시미치가 직접 보고했다. 그 자리에 아메노모리가 동행했다. 삼사는 먼저 부교와 오사카조다이 앞으로 제출되어 있는 조서의 내용을 미리 확인할 수 있도록 요구했다. 범인의 신변 양도이다.

소 요시미치는 신변을 양도할 수 없다고 단호하게 대답했다. 일본 국내에서 일어난 일이므로 어디까지나 국내법으로 재판해야 한다고.

삼사는 어쩔 수 없이 받아들일 수 밖에 없었다. 재판의 방청과 처형 입회를 요구했다. 소 요시미치는 쓰시마번은 사건의 한쪽 당사자이므로 경솔하게 대답할 수 없다고 설명하고 부교에게 가능한 한 전달하겠다는 약속을 하고 물러났다.

소 요시미치에게 보고를 받은 마치부교는 로쥬메쓰케인 다치바나 고지로에게 의견을 묻는다. 다치바나는 그 자리에서 재판의 방청도 처형입회도 허락할 수 없다고 잘라 말한다. 이 거부 회신은 곧바로 진문역 아메노모리에 의해 삼사에게 전해졌다. 삼사와 상상관들은 노골적으로 분노를 표하며 조선과 쓰시마는, 예를 들면 동래부와 왜관 사이에서는 쌍방의 관리인이 입회하여 처형을 지켜보게 되어 있다고 반론한다.

조일 간의 의견이 합의를 보지 못하는 사이에 오사카 마치부교쇼에는 조선통신사 군관살해 사건심리가 전의소에서 진행되고 있었다. 피고는 임시감옥에 수감된 채로 백주대낮에는 끌고 나올 수 없다. 전의에 참가한 사람은 메스케인 다치바나 고지로, 오사카조다이인 도키 이요국土岐 伊子國의 태수, 히가시 마치부교 구와야마 가이국의 태수, 비번이지만 중요한 심의 때에는 출석하기로 되어 있는 니시 마치부교인 호죠 우지히데 아와국의 태수, 요리키인 히라가 쓰구타카平賀 大孝 등 5명.

다치바나는 말한다.

'이번 사건에 대해 에도에 계신 쇼군께서 들으시고, 신중하게 결정을 내려 조일우호 관계에 누가 되지 않도록 해결할 것, 모두 시강지시를 따르라고 하셨습니다.'

'시강은 아라이 하쿠세키 도노이지요?'

도키가 시강이 누구인지 확인해본다. 다치바나가 끄덕인다.

전의소에서 아비루 카슨도에 대한 판결을 내렸다. 피고인 심리는 일체 이루어지지 않았다.

──죽을 죄, 처형 방법은 참수. 12월 21일이다. 사건발생 후 10일이 경과했다. 23일에 부교쇼 내의 교도소에서 집행된다. 에도 막부와 조선측에도 바로 전달되었다.

'선생님, 면회도 허락되지 않습니까?'

시이나가 통한의 눈물을 흘리며 아메노모리에게 애원했다.

'어째서 선생님은 그렇게 냉정하게 계실 수 있습니까? 카슨도는 사적인 원한으로 맞선 것이 아닙니다. 오직 번을 위해 일한 것입니다. 제가 멍청하게 비둘기를 잃어버리지만 않았어도……'

'침착해라. 이제 운명으로 받아들이지 않으면 안된다. 카슨도도 차분하게 죽음을 맞이할 것이다. 조만간 우리들도 막부로부터 추궁이 있을 것이다.'

'적어도 처형장 입회라도……, 카슨도가 이 세상을 하직하는 마지막 순간이라도 이 눈으로 봐두지 않으면…… 아아, 도네와 사유리에게 뭐라고 전해야 좋을지……'

판결을 듣던 조선측은 쓰시마번을 통해서는 도무지 해결 기미가 보이지 않자, 삼사와 상상관이 직접 마치부교쇼에 가서 부교에게 면회를 신청했다. 이례적인 행동이다. 제술관 이현은 지병이 악화됐다는 이유로 동행을 거절했다.

부교쇼에서 구와야마 가이국의 태수가 삼사를 맞이한다.

입회를 인정하지 않는 일본측에 대하여 조선측은 이렇게 말했다.
── 처형현장에 입회하지 못하면 본국으로 보내는 보고서를 쓸 수가 없다. 만약 입회하지 않은 채로 귀국한다면 반드시 무거운 문책을 받게 될 것이며, 예의에 어긋나는 일본측 대응을 국왕께서 불쾌하게 여길 것이 틀림없다.

그러나 구와야마는 옆으로 고개를 흔들 뿐이다. 우리나라에서는 자국인 처형에 외국인을 입회시키는 전례가 없다. 게다가 에도 막부로부터 일부러 메츠케가 출장까지 온 마당에 처형에 관해서 의심을 품을 여지는 없다.

여기에 삼사는 지금까지 품고 있었던 도저히 이해가 가지 않는 중대한 의혹을 제기했다. 일본측이 범인을 놓쳐버리고 다른 사람을 바꾸어 처형하려는 것이 아니냐?

마치부교는 새파란 핏대를 세우며 얼굴이 굳어졌다.

'무엇을 근거로 그런 말씀을 …… 류성일 살인범으로 체포된 자가 아비루 카슨도가 아니면 처형을 연기하겠습니다. 이후, 아비루의 행방을 다시 수색하지 않으면 안되겠지만, 그러면 되겠습니까?'

조선통역관이 통역을 마치기 전에 삼사는 구와야마의 기세에 눌려 주장을 철회했다. 구와야마는 일단 자리를 벗어나 안으로 사라졌다. 거기에는 메츠케가 있었고 구와야마는 다치바나와 작은 소리로 한참 속삭인 후, 다시 객관으로 돌아와 삼사를 향하여,

'이렇게 합시다. 여러분들도 귀국을 더 이상 지체할 수는 없습니다. 입회에 관해 다시 말씀드리겠습니다. 단 한명만, 듣자하니 이 사건에는 목격한 증인이 있습니다. 아비루 카슨도를 군관 사령방에 불러들이는 역할을 했고, 류성일 살해사건 전모를 자기 눈으로 보았으며, 범행 직후에 방에서 나오는 범인과 머리가 부딪쳤다고 합니다. 아비루 이름을 거론하여 범인으로 특정할 수 있었던 것도 이 남자 덕분입니다. 그 분은……'

'박수실입니다. 압물관 박수실.'

조태억이 재빨리 대답했다.

'박수실, 그 자야 말로 증인으로서 처형입회에 어울리는 사람이라고 생각합니다만.'

삼사는 회답을 보류하고 자리에서 일어났다. 그들에게는 예상외의 전개다. 기타미도까지 길을 걸어오면서 누구 한 사람 입을 열려고 하

지 않았다. 객관에 돌아와 정사 방에 모여 머리를 맞대고 구수회의를 했다. 이 만큼 중요한 사건의 입회증인을 압물관 따위에게 맡겨도 본국 정부는 과연 용인해줄 것인가?

거기에 홀쩍 이현이 들어와서 돗자리에 엎어지더니 삼사들이 나누는 협의내용에 귀를 기울였다.

홍순명이 말한다.

'제술관, 당신 생각은 어떠합니까?'

모두가, 이현은 또 다시 원리원칙을 내세워 일본측 반응을 힐책하며 삼사를 향하여 왜 그러한 불합리한 제안을 받아들였는지 입에 거품을 뿜을 거라고 예상했다.

'받아들이면 어떻습니까. 외국인 처형 입회라는 전례는 없다지 않습니까? 그러나 특례로서 유일한 목격자인 박수실에 한하여 인정한다는 일본측 제안은 실로 의미가 있습니다. 아비루의 얼굴과 사람됨을 누구보다도 잘 알고 있는 것은 박수실이지 않습니까?'

예상 밖의 의견에 삼사는 서로 놀란 시선을 나누었다.

이현의 의견을 받아들여 곧바로 상상관인 김차남을 보내어 부교쇼에 승낙의 뜻을 전했다.

'사팔뜨기가 입회라니.'

이현이 자리에서 일어나면서 중얼거린다.

아비루 카슨도의 처형은 예정대로 집행됐다. 입회석에 앉은 박수실은 20m 정도 떨어진 곳으로 끌려 나온 범인을 보고 한눈에 아비루가 아니라는 것을 알았다. ……그렇군, 이 얕은 꾀는 카라가네야의 사주! 나, 박수실의 행위 결과에 따라 잔금을 주겠다던 장치가 바로 이것인가?

객관으로 돌아오자 박수실은 기다리고 있던 삼사에게 범인 아비루 카슨도의 처형을 틀림없이 자기의 눈으로 확인했으며, 쓰시마번의 무사답게 훌륭한 최후였다고 엄숙하게 보고했다.

아메노모리 호슈도 입회를 허락받았다.

통신사가 배에 오르는 것은 12월 28일로 결정됐다.

동행하는 쓰시마번 무사들이 받은 충격은 컸다. 어쨌든 번을 짊어지고 나갈 차세대 젊은 사무라이가 조선인과의 결투에서 살인죄로 참수형에 처해졌기 때문이다.

이번 사건에는 무엇인가 숨겨진 사정과 이유가 있다. 조선과의 관계에서 번과 막부 체제를 흔들어댈 만큼의 무언가……, 카슨도는 그 무언가 때문에 순직한 것이라는 이야기가 무사들 사이에 퍼지고 있었다.

카슨도 대신 경비대장 보좌에 임명된 시이나는 담담히 업무를 처리하고 있었다.

쓰시마번에서는 신속하게 처분을 내렸다.

소문으로 전해진 사건 내용을 정식으로 쓰시마에서 받아들여 번청에서 아비루가 없는 가옥을 〈가내몰수〉하라는 명령이 내려지고, 카슨도의 어머니와 도네는 그동안 살아온 후츄의 정든 집을 떠나 와니우라에 있는 어머니의 친정으로 가게 되었다.

쓰시마 후츄의 이즈하라성의 정월은 예년 같으면 소나무 장식을 한다거나 오색찬란한 깃발을 장식한다며 떠들썩했을 것이다. 그러나 1712년 새해가 밝았는데도 성의 대문은 굳게 닫힌 그대로였다.

1월 말, 조선통신사는 조용히 후츄에 도착했다. 이즈하라성의 대연회장에서 조선측은 휘인 〈光〉을 〈克〉으로, 일본측은 〈懌〉을 〈戜〉

으로 고친 국서교환이 이루어졌다. 통신사 일행은 곧바로 귀국길에
올랐다.

통신사가 한성으로 돌아가서 복명했다는 통지를 받자, 막부는 이번
사건 관계자와 쓰시마번에 대한 처분을 발표했다. 그것은 귀국 후에
조선통신사 삼사들이 받은 처벌에 대응할 만한, 예상을 넘은 모진 처
벌이었다.

간주

도네예요.

이야기를 맨 처음 이 글을 시작한 시점으로 돌려볼게요.

지금은 1719년, 오빠가 처형된 지 8년이란 세월이 흘렀어요.

오빠가 오사카에서 참수형을 당했다는 슬픈 소식을 전해 들었을 때, 나는 도저히 믿을 수 없었어요. 쓰시마번 타다多田 가로님으로부터 공식적으로 통지를 받고서도 여전히 그 생각은 변함이 없었어요. 적어도 아메노모리 선생님이나 시이나님께서 직접 전해주실 때까지는……. 나는 일일여삼추의 마음으로 기다리고 있었는데, 아무런 기별이 없었어요. 그러나 〈재산몰수〉라는 선고가 내려지고 나와 어머니가 후츄를 떠나야만 했을 때, 오빠의 죽음이 무서운 현실로 다가왔어요. 정든 집과 이별해야 했던 전날, 나와 사유리 언니는 밤새도록 껴안고 울었어요.

　윤4월 수양버들은 한들한들 우물 밑에는 또렷하게 푸른 하늘조각이
　떨어져 있어요. 누이여 올해도 뻐꾸기가 울고 있네요.

오빠의 시를 떠올리면서……

오빠와 사유리 언니는 파혼됐지만 죄인과 약혼을 했다는 이유로 시노하라 가족에게 〈금족령〉이 선고된 것은 조금 후의 일이었어요.

그때 집안에는 사유리 언니의 어머님이 중병으로 누워계셨어요.

통신사 일행이 귀국하기 위해 와니우라항^{鰐浦港}에서 출항할 때, 나는 몰래 집을 빠져나가 곶으로 올라갔어요. ……약 1년 전 이팝나무 꽃이 한창 피었을 때, 사유리 언니와 둘이서 손을 맞잡고 오빠가 탄 배가 접근해 오는 것을 바라보던 때가 엊그제 일만 같아요. 경비대장 보좌로 시이나님도 부산까지 동행했지만, 와니우라에서는 만날 수도 말을 나눌 수도 없었어요. 그것은 막부가 쓰시마번에 정식으로 〈금족령〉이라는 처분을 내렸기 때문이에요. 오빠가 소속된 경비대 전원에게는 임무종료 후에 200일 간의 〈가택연금〉 조치가 내려졌어요. 경비대 대원은 가족이나 외간 여자와 함부로 말을 나누는 것조차도 자숙해야 했어요. 〈가택연금〉 중에는 문을 걸어 잠그고 외출도 허락되지 않았어요.

통신사 일행이 무사히 귀국했다는 통지를 받은 며칠 후, 막부로부터 처벌이 발표됐어요. 에도가로 히라타와 쓰시마번 가로 타다는 1년 간 직무정지와 칩거, 조선방 좌역 아메노모리 호슈 선생과 그 외 사이반 관리, 통신사 담당, 역관(통역) 및 지방관리 등 모두 505명에게 50일에서 100일 간의 〈가택연금〉이 내려졌어요.

쓰시마 섬은 아주 조용해졌어요.

번주님에게는 막부로부터 직접적인 문책은 없었지만, 온 집안에 이처럼 많은 처벌이 내려 쑥대밭이 된 것은 먼 옛날 야나가와 사건 이후 처음 있는 일이었어요. 누구보다도 번주님께서 큰 충격을 받았다는 건 의심할 여지가 없어요.

오빠의 제사는 지낼 수 없었어요. 그 당시 쓰시마번은 매우 침울한 시기였어요. 쓰시마번의 방방곡곡은 너도 나도 숨을 죽이고 있었어요.

마치 오빠의 죽음을 애도하며 추모기간을 보내고 있는 것 같았어요. 저 시끄러운 크낙새조차 울음을 딱 멈출 정도였어요. 나는 그 해의 우라본盂蘭盆(추석)에, 7월 30일 다마무카에魂迎(영혼을 집에 맞아들이는 행사 - 역주)부터 8월 16일 다마오쿠리魂送(혼령을 돌려보내는 행사 - 역주) 때까지, 처마 밑에 장식하는 추석용 사각등롱을 몰래 매달아 놓고 혼자서 첫 우라본에 정성을 다하여 오빠의 극락왕생을 빌었어요.

그러나 그 무렵에도 나는 여전히 오빠가 살아있다는 생각에는 변함이 없었어요.

우라본이 지나고 하급관리부터 차례로, 그리고 9월에 들어서는 가로 이하 조선방과 사이반 관리 외 모든 분들도 막부가 내린 처벌기간이 끝났어요. 사유리 언니네도 〈금족령〉이 풀렸고 압류당해 몰수되었던 짐도 돌려받았어요. 나와 어머니가 와니우라에 있는 어머니 친정에 얹혀서 수개월을 더 보내고 있었을 때, 사유리 언니로부터 편지가 왔어요.

오빠에게 편지가 왔다는 거예요! 요동치는 가슴을 부여잡고 급히 읽어보니 편지는 오빠가 처형되기 직전에, 그러니깐 아직 그런 일이 일어날 거라고는 꿈에도 생각하지 못했던 오빠가 보낸, 사랑이 듬뿍 담긴 편지였어요.

사유리 언니는 이렇게 쓰고 있었어요.

'도네, 나는 누가 뭐라고 해도 카슨도가 살아있다고 믿고 싶어. 이런 편지를 쓴 사람이 다른 사람을 죽였다고는 믿을 수 없어. 틀림없이 어떤 사연이 있었을 거라고……'

오빠의 편지는 사유리 언니에게 오빠가 살아 있다는 바램과 신념을 한층 더 견고하게 해주는 역할을 했던 것 같아요.

한편 사유리 언니와는 반대로, 나는 날이 가면 갈수록 오빠가 더이상 이 세상 사람이 아니라는 생각이 굳어져 갔어요. 오빠가 우리에게 일본과 조선 사이에 놓인 여러 곤란한 문제에 관하여 이야기해 주었을 때가 떠올라요. 오빠가 왜관으로 부임하고 나서 아비루 문자로 주고받았던 편지 내용이……, 잘은 모르지만 그것이 문제가 된 게 분명해요. 오빠의 죽음은 조선과 일본 사이에 복잡하게 얽힌 곤란한 문제를 해결하려고 활동했던 결과가 아니었을까요?

사유리 언니에게 보낸 오빠의 편지가 이렇게 늦게 도착한 것은 사유리 언니네 일가에 〈금족령〉이 풀렸기 때문이에요. 오빠의 유류품은 번의 메츠케目付*가 모두 보관하고 있었어요. 편지는 두 사람의 약혼식 날 중개인이 되어 주었던 카라가네야님이 직접 받아 놓은 것이라고 해요. 어떤 경위로 그 편지를 받은 것인지 카네가네야님에게 여쭤보고 싶었지만, 카라가네야님은 오빠와 사유리 언니의 약혼식에 오셨다가 오사카로 가신 뒤로 한 번도 쓰시마에 오시지 않은 것 같아요.

그 해도 섣달이 임박한 25일, —— 이 날은 오빠가 처형된 지 딱 1년이 되던 날이에요. 나는 사유리 언니가 보낸 편지를 정원에서 받았어요. 집에 가지고 들어가는 것도 애달파 그대로 정원 울타리 옆을 걸으며 읽어 보았어요. 사유리 언니 어머니가 열심히 간병한 보람도 없이 돌아가셨다는 슬픈 내용이에요.

외가집은 전에도 말씀드렸지만, 와니우라에서 어선의 선주로 일하셨어요. 할아버지는 은퇴하시고 조용히 집안에만 계시는 분으로 할머니와 함께 건강하고, 마을에서도 존경받는 분이에요. 나와 어머니는 할아버지 할머니와 함께 살고 있지만 본채와 떨어진 별채에서 지내고 있었어요. 이 별채 건물은 후츄에 있는 아비루 집보다 커요.

할아버지 집은 사철나무 울타리가 정원을 푸르게 둘러싸고 있고, 울타리 너머 저쪽은 바다예요. 나는 사유리 언니 어머님의 명복을 빌어 드리려고 바다를 향하여 두 손을 모았어요. 그 때, 조금 떨어진 정원 옆 사립문에 두 개의 그림자가 서 있는 느낌이 들었어요. 그러나 나는 뒤돌아 볼 용기가 나지 않았어요. 만약 예감이 빗나간다면 어떡하지! 그런 생각을 하니 몸이 위축되어 도저히 움직일 수가 없었어요.

'도네……'

틀림없이 아메노모리 선생님의 목소리예요. 또 한 사람은? 너무 반가워 뒤를 돌아보니 아메노모리 선생님 옆에는 역시 예상대로 시이나님이 서 있었어요.

'뭐야, 그 표정은? 우리들을 마치 유령보듯이 보고 있구나!'

'도네……'

시이나님이 그리운 목소리로 나를 부르는 순간, 내 마음을 짓누르고 있던 모든 것이 눈 녹듯 녹아내려 갔어요.

'도네야, 힘들었지?'

아메노모리 선생님이 말을 건네 주었어요.

'이렇게 늦게 찾아오게 된 것은 공식적인 처분과는 별도로, 나와 시이나는 또 다른 일로 수사를 받게 되어 움직일 수 없었단다. 모든 걸 다 이야기를 해줄 수는 없지만 일단 그 문제도 해결되었단다. 그리고……'

아메노모리 선생님은 미소를 지어보이며 시이나님을 돌아보고,

'도네야, 좋은 소식이 있구나. 자네가 직접 이야기 하는 게 좋겠군.'

'네.'

시이나님이 대답하더니 나를 보고,

'도네, 어젯밤에 우리의 결혼을 허락 받았어.'

나는 믿을 수 없어 머리를 흔들었어요. 발 언저리부터 힘이 빠져나가는 것 같았어요. 그럴 수밖에 없는 것이, 나는 대역 죄인을 오빠로 둔 사람이기 때문이에요. 좋아하는 분과 결혼은 도저히 허락되지 않을 거라고 생각하고 있었어요. 시이나님의 마음은 통신 비둘기가 확실하게 전해주었어요. 맨 처음에 도착한 4번 비둘기와 두 번째 도착한 1번 비둘기가 정식으로 청혼을 전해 주었어요. 그 때의 기쁨은 이루 말할 수 없어요. 그러나 통신 비둘기는 그걸로 마지막이었고 남은 비둘기는 어떻게 된 걸까요?

나와 시이나님의 결혼에 대해서는 에도가로 히라타님께서 애써주셨다고 아메노모리 선생님이 말씀해주셨어요. 히라타님이 받은 처분도 이미 풀려 그 전보다 더욱 바빠지셨대요. 특히 쓰시마에서 에도가로의 역할은 번의 정치에 있어서도 중요한 자리예요. 시이나님의 어머님 쪽의 숙부이기도 하지만, 히라타님의 편지를 아비루 문자로 바꾸어서 왜관에 있는 오빠에게 보내는 것이 나의 역할이었어요. 나의 도움도 잊지 않고 계셨던 거예요. 그러나 아비루 문자에 관한 비밀은 아메노모리 선생님도 시이나님도 전혀 모르는 일이에요.

나는 두 분을 만나 뵐 수 있어서 너무 기쁜 나머지 손에 들고 있던 사유리 언니의 편지를 깜박 잊고 있었어요.

그것은? 시이나님이 손가락으로 가리켰어요. 나는 내 손에 들고 있었던 부음訃音을 알리는 편지를 생각해내고 무심결에 시이나님에게 한발짝 떨어져서 마치 꿈에서 깨어난 사람처럼 한동안 넋이 나간 채 서 있었어요.

오빠의 죽음과 사유리 언니 어머니의 죽음, 두 가지 슬픔이 무섭게 엄습해왔어요.

나는 오사카에서의 오빠의 최후에 대하여 아메노모리 선생님과 시이나님에게 여쭤보았지만, 두 분은 그저 괴로운 표정을 지어보일 뿐 자세한 설명을 해주지 않았어요.

　곧이어 헤어질 시간이 되었어요. 나는 가슴에 묻어두었던 생각을 감추지 않고 이렇게 여쭈어 보았어요.

　'오빠는 정말로 이 세상 사람이 아닌가요? 저는 믿을 수 없어요. 사유리 언니는 오빠가 아직도 살아 있다고 믿고 있어요. 선생님, 시이나님은 어떠세요? 정말로 아비루 카슨도는 이 세상에서 없어져 흙이 되어버렸나요? 처형장에는 입회하셨나요?'

　그 때, 나는 시이나님의 눈에서 이상한 광채를 느낄 수 있었어요. 무언가 말하고 싶어 하는 것 같은 표정을……

　'도네……'

　선생님이 나를 부르시고 이렇게 말씀하셨어요.

　'일신이생이라는 말이 있다.'

　나는 무슨 말씀인지 어리둥절한 표정으로,

　'일신이생?'

　이렇게 되묻자 선생님은 조금 당황한 듯이,

　'아니, ……그냥 잊어버려라.'

　나는 선생님이 조금 전의 말을 잊어버리라고 하시는 건지, 오빠의 일을 말씀하시는 건지 잘 알아듣지 못했어요. 그러나 〈일신이생〉이라는 단어는 머리에 새겨두었어요.

　두 분을 배웅한 후, 외출하고 돌아오신 어머니에게 낮에 아메노모리 선생님과 시이나님이 오셨던 일을 말씀드리고,

　'일신이생이 뭐예요?'

이렇게 여쭈어 보았지만 어머니는 고개를 갸웃거릴뿐 아무 말씀도 없으셨어요. 옆에서 맷돌을 돌리고 계시던 할머니가.

'뭔가 염불 같은 느낌인걸…… 도네, 그것을 한자로 써 보거라.'

나는 이것저것 여러 한자를 떠올리면서 〈一身二生〉이 아닐까 생각했어요.

'한 몸으로 두 가지 인생을 산다는 의미일까요? 하나의 몸으로 두 장소에서 산다. 한 번 죽고 나서 다시 살아 돌아와서……'

그 때, 시이나님의 눈에서 반짝이던 광채를 떠올렸습니다. 지금까지 본 적이 없는……, 나는 기뻐서 소리를 질렀어요.

아메노모리 선생님은 이렇게 말씀하고 싶었던 건 아닐까요? 카슨도는 살아 있다. 그러나 쓰시마도 일본도 아닌 다른 어떤 곳에…….

오빠는 살아 있다! 어이 없는 생각일지도 몰라요. 그러나 그리움이 깊으면 망상이 진실로 변하는 날이 올지도 모르죠. 맞아요. 오빠는 누구도 모르는 장소에서 다른 인생을 시작했을 거예요. 나는 이 확신을 누구에게도 말하지 않고 가슴 속에 넣어두기로 했어요. 입밖으로 내면 금방이라도 안개처럼 흔적도 없이 사라져 산산이 흩어져 버릴 것 같기 때문이에요. 사유리 언니에게도 비밀이예요.

나는 시이나님과의 결혼허락 소식을 어머니에게 전하지 않았어요. 잊은 것이 아니예요. 그 일은 오래전부터 계속 생각해온 일이었어요. 며칠 후에 나는 시이나님에게 거절의 편지를 보냈어요.

지금도 시이나님을 연모하는 마음은 변함이 없어요. 그때의 결심이 어떻게 생겨난 것인지 잘 기억나지 않지만, 오빠가 살아 있다는 확신이 아주 강하게 제 마음을 차지해버렸기 때문이라고 말씀드리고 싶어요.

밤새 편지를 쓰고 난 아침, 울어서 퉁퉁 부은 내 얼굴을 할머니가 보시고, '슬픈 일이 있으면 이팝나무 곳에 가서 바다를 향해 크게 소리를 질러보아라. 바람이 슬픈 기분을 날려 보내줄 거란다.'

다음 해에 시이나님은 에도근무를 명령받고 쓰시마를 떠났어요. 스스로 에도근무를 간절히 원하여 신청했다고 해요. 게다가 아메노모리 호슈 선생님도 에도로 가셨어요.

드디어 아라이 하쿠세키는 쓰시마번이 조선에 지불하던, 교역에 사용하는 〈은〉을 대폭적으로 제한하려는 시책을 실행하려고 한대요. 그에 대한 대책마련을 위해 에도가로 히라타는 아메노모리 선생님에게 에도로 올 것을 여러 번 요청했다고 해요.

수년에 걸쳐 끈질긴 교섭이 계속됐어요. 아라이는 다음과 같은 논법으로 아메노모리 선생님을 압박했대요.

'다섯 가지 쇠(금, 은, 동, 철, 주석) 종류를 인체로 예를 들어보면 골수에 해당한다. 한번 잃으면 두 번 다시 생겨나지 않는 법. 모발과 같이, 잘라도 다시 자라나는 오곡(쌀, 보리, 조, 수수, 콩)이나 인삼과 실 종류로 교환하는 것은 어리석다. 우리나라에서 생산되는 유용有用의 재물을 외국의 무용의 재물로 바꾸는 것은 좋은 방책이라고 할 수 없다.'

매우 이해하기 쉬운 정론이라고 생각해요. 하지만 외국의 재물수입에 의존하면서 간신히 버티고 있는 쓰시마에게는 너무나도 가혹한 말씀……

쓰시마 섬의 북쪽 끝에 위치한 와니우라에도 여러 소문이 떠돌고 있어요. 시이나님이 에도에서 결혼했다는 것도 그 하나예요.

소문은 그저 소문일 뿐, 그냥 흘려버리면 되지만 그것이 사실을 전해주고 있다 해도 냉정하게 받아들이고 잊어버리려고 애를 쓰지 않으면 안돼요. 시이나님이 에도에서 멋지게 활약하시길 기도할 뿐이에요.

그러나 소문 중에는 마음을 몹시 요동치게 하고 냉정을 잃게 하는 소문도 있어요. 세월이 흘러감에 따라 오빠의 사건에 대해서 사람들은 여러가지를 입에 담게 되었어요. 오빠와 조선인이 결투하게 된 것은 아름다운 조선인 여성을 서로 빼앗으려다가 벌어진 일이라는 식의 소문들이에요. 그 밖에도 날조되었다고 생각되는 것도 있고, 입에 담기에도 추잡한 것이 몇 개 더 있었어요. 아무쪼록 사유리 언니의 귀에는 들어가지 않기를 바랄 뿐이에요.

그러나 내가 충격을 받은 것은, 오빠는 오사카 부교쇼 안의 교도소에서 처형되었을 때 조선통신사에서 누군가 단 한 사람, 그리고 쓰시마번에서 아메노모리 선생님이 입회했다는 거예요.

만약 그것이 사실이라면……, 선생님은 오빠의 머리가 땅에 떨어지는 것을 눈으로 확인하셨을 터인데 그 소문이 정말이라면 아메노모리 선생님은 그 후에 내 앞에서 그만큼 냉정한 태도를 보일 수 있는 분이 아니에요. 처형된 사람은 정말로 오빠였을까요? 막부나 쓰시마번은 어디까지나 아비루를 처형했다는 걸 보여주지 않으면 안되는 어떤 다른 사정이 있었을지도…….

누군가가 꾸며놓았는지는 모르지만, 부교쇼에서 실시된 전의詮議에는 막부의 로쥬메쓰케가 일부러 에도에서 내려와서 참가했대요. 그렇다면 이는 쇼군의 뜻이므로 어떤 일이 있어도 막부에 반하는 일은 입에 담을 수 없어요. 오빠가 살아 있다고 해도 그 누구도 발설할 수 없어요. 아메노모리 선생님만이 갖고 계신 고충은 헤아리고도 남아요.

……처형에는 조선통신사의 상관 중에 단 한 명이 처형장에 입회했다던데 당연히 부산에서부터 오빠와 함께 여행을 했던 분이 수급首級 검사에도 참가했을 터이고, 오빠의 얼굴을 잘못 봤을 리가 없어요. 그

러면 처형된 사람은 분명 오빠였을까요?

쓰시마 섬은 조용해졌어요. 아메노모리 선생님은 에도로 가셨고, 경비대에서 오빠의 상사였던 기마무사 가네코 대장님은 밤늦은 시간에 퇴청하시다가 누군가에게 살해당했어요. 금전문제가 복잡하게 얽힌 사건이래요. 범인은 도망쳤고 부인과 12살 난 어린 아들이 번주님의 허락을 얻어 원수를 갚으러 떠났어요. 무사히 숙원을 이루고 돌아오길 기도할 뿐이에요.

〈은 교역 제한〉으로 후츄 항구에 드나드는 배의 수가 눈에 띄게 줄어들었고, 번의 무역을 담당하던 〈60인조〉의 상인들 중에는 상점 문을 닫고 섬을 떠나는 분들도 많이 생겼어요.

오빠의 사건이 있고 나서 그 다음 해인 1712년 10월에 6대 쇼군 이에노부가 서거하고 뒤를 계승하신 분은 그 아들인 이에쓰구家継. 그러나 이에쓰구는 5세. 어린 쇼군을 받들어 모시는 아라이의 업무는 밤에도 수면을 취할 수 없을 정도라고 들었어요. 아마 그 업무 중에는 아메노모리 선생님과의 격렬한 논쟁도 포함되어 있었겠지요.

그러나 이에쓰구도 얼마 지나지 않아 이승을 하직했어요. 1716년, 향년 8세, 겨우 3년의 짧은 재임기간이었어요. 아라이 하쿠세키를 발탁한 이에노부도 단명한 쇼군이었기 때문에 아라이가 정열을 다해 설계한 막부의 개혁은 실현되지 못한 채, 다음 쇼군을 기다리게 되었어요.

8대 쇼군에는 기이紀伊에서 요시무네吉宗가 취임했어요. 아라이를 멀리하시고 저택마저 몰수했다고 들었어요. 도대체 어떤 일이 있었던 것일까요? 아라이가 세운 개혁의 중심이었던 〈금・은・동의 수출제한 조치〉는 새로운 쇼군이 등장하면서 대부분 해제되거나 또는 완화되어 종래대로 교역에 〈은〉을 사용한다는 소식이 막부로부터 쓰시마에 전달되었고 후츄의 이즈하라성에서는 환호성이 터졌어요.

아메노모리 선생님이 에도에 계속 체류하셨던 것은 히라타 에도가 로가 쓰시마로 가는 것을 만류했기 때문이라고 들었어요.

이팝나무 꽃도 지고 와니우라 전체가 엷은 녹색으로 바뀔 무렵의 어느 날이었어요. 툇마루에서 문득 정원을 보자, 평소에는 보기 드문 산고양이 어미와 어린 새끼가 있는 거예요. 나무 울타리 위에서 느긋하게 천천히 걸으면서 집안을 들여다보고 있었어요.

아이 귀여워! 회갈색 몸에 엷은 갈색얼룩이 있는 고양이예요. 쓰시마에서는 호랑이얼룩산 고양이라고 부르고 있어요. 집고양이보다 몸집이 좀 더 큰 야생고양이로 쓰시마에서만 산대요. 좀처럼 마을로 내려오지 않기 때문에 내가 본 것도 도대체 몇 년 만인지 몰라요.

나는 툇마루에 앉아서 객실 쪽을 돌아보았어요. 할아버지께 산고양이 어미와 새끼가 왔다고 말씀드리려고 했지만, 할아버지 모습은 보이지 않았어요. 조금 전까지 불단 앞에 앉아 계셨는데…….

다시 정원쪽을 보니 산고양이도 모습을 감추어 버렸어요. 그러나 그보다 더 놀랄 일이 기다리고 있지 뭐예요. 어머! 사유리 언니가 서 있는 거예요.

가죽으로 만든 팔 토시, 무릎 아래를 감싼 행전, 오른손에는 지팡이, 왼손에는 삿갓을 들고 있는 차림새였어요. 숨을 헐떡이며 이마와 목줄기에는 구슬 같은 땀을 흘리고 있었고 짚신 끈은 당장이라도 끊어질 것 같았어요. 60리 길을 혼자서 걸어온 거예요.

나는 정신없이 툇마루에서 내려와 서둘러 나막신을 신고 사유리 언니에게 달려가서 꼭 껴안았어요.

사유리 언니는 몹시 야위어 있었어요. 이별을 알리려고 왔대요.

어머니가 돌아가시고 난 뒤로 아버지의 상심이 좀처럼 나아지지 않아 결국 아버지의 고향인 나가사키로 이주를 결심했대요.

'잘 있어, 도네. 다시는 돌아오지 않을 것 같아. 잊지 않을게. 도네와 이팝나무 꽃, 크낙새 소리, 그리고 카슨도의 시······'

그 뒤는 눈물 때문에 더 이상 말을 이어갈 수 없었어요.

그리고 1719년 11월, 어머니와 나는 후츄에 있는 우리집으로 돌아가도 된다는 허락을 받았어요. 아메노모리 선생님이 5년 만에 에도에서 돌아오신 것은 그 해 4월 초순, 어느 날 내가 정원에서 빨래를 널고 있을 때, 어느때처럼 훌쩍 들어오셔서 말씀하셨어요.

'도네야, 또 통신사가 온단다.'

8대 쇼군 요시무네 취임을 축하하는 통신사가 온대요. 이미 4월 11일에 한양을 출발했다는 거예요.

오빠가 부산에서 수행하여 귀국했던 때가 1711년 4월이었으니 그때부터 정확하게 8년 만이에요.

오빠가 살아 있다고 믿고 있는 나는, 어쩌면 이번 일행 중에 동행하여 같이 오는 것은 아닌지······. 이렇게 말씀드리는 것은 과거 통신사 중에는 옛날 조선으로 망명한 일본인이 조선인 통역관이 되어 귀국했던 사례가 있었다고 들었기 때문이에요.

이번에는 맨 처음 입항지가 와니우라 항이 아니라 조금 남쪽으로 내려간 사스나佐須奈 항구예요. 통신사 선단은 6월 27일, 후츄 항구에 들어왔어요. 곧 상륙이 시작됐어요. 나는 그 중에 혹시나 오빠가 있지 않을까하여 온 종일 부두에 서 있었지만, 오빠의 모습은 끝내 보이지 않았어요.

4장

회령

김차동과 강강수월래

경사진 언덕에 검은 연기가 뭉게뭉게 피어오르며 석양과 함께 어우러져 골짜기와 하늘을 물들인다. 커다란 둥근 가마와 노보리가마에 차례로 불을 지핀다. 저 멀리 산 능선은 바람도 없는데 요란하게 흔들거린다.

여기저기 흩어져 있는 가마에서 도공들이 일을 마치고 삼삼오오 무리지어 집으로 향한다. 오늘 당번은 남아서 가마입구에 장작을 던져 넣는다. 무수히 많은 작은 구멍에서 불꽃이 혓바닥처럼 튀어나오며 춤을 추고 있다. 화염의 끝을 향하여 마치 먹이를 주듯이 장작을 쑤셔 넣고 있다. 오늘 밤, 소성방燒成房 온도는 1000℃ 가까이 올라갈 것이다.

마을에 길은 2개밖에 없다. 남북과 동서의 길이 마을 중심부에서 정확하게 +자로 교차한다. 외부와 왕래할 수 있는 곳은 서쪽 길이고 그 끝은 터널이다.

정성스레 엮은 억새 지붕의 작은 집들이 질서정연하게 길 양쪽에 줄지어 늘어서 있다. 마을사람은 도공과 허드렛일을 하며 배우는 견습들과 그 가족들이다.

14~15명의 도공과 견습생들은 十자 길에 흩어져 살고 있다. 그들 모두의 얼굴과 팔뚝은 송진 섞인 뜨거운 열을 계속 받은 탓인지 적동색으로 그을려 있다.

'그러면 김 사기장님, 저희들은 이쯤해서……. 내일 뵙겠습니다.'

한 사람이 인사하며 김차동(카슨도)에게 머리를 숙이자 다른 사람들도 모두 인사를 한다.

'수고했네. 주씨, 백씨, 양씨. 가마를 돌봐야 할 시간은 잊지 않도록 하게. 오늘밤은 여자들만의 강강수월래 놀이잖은가. 우리는 도자기가 잘 구워지면 그때가서 실컷 한잔 하세.'

카슨도는 도공들과 이야기를 마치고 오른손을 들어 작별인사를 한다. 빙그르르 반 바퀴 돌더니 경쾌한 걸음걸이로 북쪽을 향해 길을 나선다. 100m 정도 곧장 가서 우측계단으로 천천히 올라간다. 오늘 아침 해가 뜨기 전부터 시작한 노보리가마 8개의 소성방에 3000개 정도의 도자기 넣는 작업을 방금 전에 마쳤다. 도자기 굽기가 끝나려면 모레 한 밤중이 될 것 같다.

돌계단을 오르면 넓은 마당이 보인다.

'양지야!'

카슨도는 누군가의 이름을 부른다.

'아버지!'

반가워하며 달려 나오다가 어린 소녀가 넘어져 큰 소리로 울음을 터트렸다. 카슨도는 얼른 일으켜 세워 볼에 묻은 진흙을 털어주지만, 닭똥같이 흐르는 눈물은 그치지 않아 진흙범벅이가 됐다.

'어서 오세요. 오늘도 고생 많았죠? 양지야, 그만 뚝!'

작은 사립문에서 카슨도의 아내가 나온다.

'오신 걸 몰랐어요. 미안해요. 비둘기에게 모이를 주고 있었어요. 2호가 많이 건강해졌네요.'

'그래? 잘됐군, 이번에 출항할 때 데리고 가서 날려볼까 해.'

초저녁 바람에 혜숙이의 검고 부드러운 머리카락이 나풀거린다.

'네. 그게 좋겠어요. 우리에게 보내는 편지도 매달아 보내주세요.'

'오데가미, 쓰케테네お手出、つけてね(편지 꼭 보내주세요).'

'알았어, 양지에게도 편지 보내줄께.'

혜숙은 딸을 받아 안으며,

'여보, 얼른 식사 하세요. 오늘밤은 강강수월래예요.'

'알고 있어. 빨리 저녁 먹고 양지와 함께 나가도록 해. 그런데 어쩌나 가마에서 나오는 연기가 둥근 달을 가려버렸어. 미안.'

'괜찮아요. 가마에서 나는 연기는 우리 마을의 생명인걸요.'

'조금 쉬었다가 다시 가마로 나가봐야 해. 도중에 장인어른을 잠깐 뵙고 오려고. 전할 말 있어?'

'아니요. 없어요.'

중추中秋(8월), 밤하늘 높이 떠오른 보름달 아래 여자들이 곱게 몸치장을 하고 밤늦게까지 춤을 추면서 노래를 부른다.

마을 광장에 모인 여자들은 아낙네는 아낙네들끼리, 처자는 처자들끼리 서로 손에 손을 잡고 따로따로 원을 만들면서 천천히 돈다. 아리랑 노래의 독창이 시작됐다. 곡이 빨라짐에 따라 노래를 부르면서 팔을 벌려 큰 원을 만든다. 여자들은 동동걸음으로 돌면서 선율이 끊어질 때마다 〈강강수월래~〉라고 함께 목소리를 높여 합창을 한다.

이순지와 아비루 카슨도阿比留克人가 처음 이 계곡에 들어와 작은 가마을 만든 것은 지금부터 10년 전쯤의 일이다. 서민들 전용 그릇을 빚어내는 민요民窯로 그 실력이 우수하여 이름이 알려지자, 떠돌이 도공과 도공지원자들이 하나둘씩 모여들어 지금과 같은 작은 마을을 형성하게 되었다. 강강수월래가 시작된 것은 8년 전으로, 그때부터 아리랑의 제1독창자는 혜숙이다. 그녀의 노랫소리는 마치 하늘사다리에 올라타는 것처럼 모두가 황홀경에 빠져든다.

그러나 남자들은 강강수월래에 참가하는 것은 물론, 엿보는 것도 금지되어 있다. 만약에 금기를 깨면 번개에 맞는다는 전설이 있다. 그러므로 강강수월래의 관객은 〈달님 혼자〉인 것이다.

저녁식사는 갈비와 토란국을 비롯하여 다섯 종류의 반찬이 차려져 있다. 밥상에는 큰 접시에 수북히 햅쌀로 만든 송편이 담겨있다.

카슨도는 막걸리 한 잔을 맛나게 들이켰다.

혜숙은 연지색 치마저고리를 곱게 차려 입었다. 저고리 고름에 달린 노리개 중에는 은장도도 있었다. 양지는 귀여운 녹색 치마저고리를 입고 있다.

아내와 딸이 외출하자 카슨도는 가마로 가기 전에 사랑방에서 잠시 시간을 보내기로 했다. 아무래도 잠이 올 것 같지 않다.

사랑방에는 차양이 달린 큰 창이 하나 있고, 나머지 벽에는 천장까지 닿는 책장이 놓여 있다. 계곡 전체가 내다보이는 창가에서는 건너편 산중턱에 살고 있는 이순지의 초가집이 보인다. 때때로 이순지가 창밖을 내다보며 팔을 흔들어 서로 인사를 나누곤 한다.

　책장에는 손수 만든 청아한 백자, 채색 접시와 항아리, 이순지가 만든 청자 작품이 진열되어 있다. 카슨도는 이순지의 작품을 볼 때마다 도저히 따라갈 수 없는 멋진 솜씨에 맥이 풀려버릴 때가 있다. 이 작품들은 팔려고 만든 것이 아니라, 때때로 밀려오는 표현충동을 억제할 수 없어 정신없이 흙을 개고 물레를 돌린 후 붓을 들고 유약을 바른 것이다. 가끔 비밀결사대인 가로회 장로나 한양에서 미술상을 하는 윤시원이 터널을 지나 일부러 계곡까지 찾아온다. 그들이 책장에 진열된 작품을 보고서 갖고 싶어 하면 주곤 한다. 댓가는 필요 없다.

　문득 카슨도의 시선이 색을 입힌 호리병과 백자 사이에 쌓아놓은 책에 머문다. 그는 오랫동안 책을 들추어 보지 않았다는 것을 깨달았다. 양초를 들고 가까이 가서 비춰본다. 맨 위에 놓여 있는 책은 일본에서 가지고 온 장대의《도암몽회》다. 일본을 떠나올 때 어렵게 가져온 것은 이 책과 〈아스트롤라베〉 두 개뿐이다.

　《도암몽회》를 들춰본다.

　'개원은 물에 의해 정원 전체가 잘 정비되어 있다. 게다가 물을 충분히 활용하고 있으면서도 교묘하게 배치하고 있어 언뜻 보면 물은 없는 것처럼 보인다. ……조부가 살아계실 때 정원은 아주 화려했다……'

　카슨도는 원문 그대로, 중국어 발음으로 소리 내어 읽어보았다.

　단양의 통신사 객관에서, 홍순명 종사관의 책받침대 위에 이 책이 놓여 있었다. 그리고 오사카에서 홍순명에게 선물로 받았다.

　그는 오랜만에《도암몽회》를 펼쳐 중국어로 소리내어 읽으며 잠시 귀를 기울인 후, 생각에 잠긴다. 그로부터 15년이 흘렀다.

아래 광장에서 혜숙이가 부르는 노랫소리가 들려온다. 카슨도는 밀려오는 추억 속으로 빠져 들어간다.

철이 들고 자신의 반생을, 다만 곁에서 바라본다면 15년이라는 세월은 그에게는 아주 작은 일순간에 불과하다고 생각해본다.

그것은 한 채의 집을 멀찌감치 떨어져서 보면 3cm라는 아주 작은 인간의 눈 속에 모두 다 들어오지만, 집 가까이 와서 집안으로 들어오면 이번에는 인간이 집안에 쏙 들어와버리는 것과 같다.

카슨도는 추억이라는 시간의 건물로 들어간다. 순간 과거는 미로가 되어 정처 없이 어찌할 바를 모르고 헤매고 서 있던 경험을 반복해 왔다. 때로는 울기도 하고 절망하여 목에 단도를 댄 적도 있다.

아무리 털어내려고 해도 떨어지지 않는 칼에 갈라진 류성일의 얼굴──사람을 죽였다는 것이 얼마나 괴로운 일인지……, 사유리의 모습 그리고 사유리에게 쓴 그 편지의 행방은? 배달되지 않았으면 좋으련만…….

7, 8년 전의 어느 날, 그는 경주 어느 시장 광장에서 줄타기 가면극 패거리와 우연히 마주쳤다.

어쩌면…… 이라는 생각이 들어서 가까이 가보자 줄 위에 태운이가 있었다. 태운이도 이쪽을 보고,

'어이. 너!'

이렇게 소리치자마자 중심을 잃고 줄에서 떨어졌다. 관객들은 입을 크게 벌리고 웃었다.

'카슨도 아냐! 너, 카슨도 맞지? 이 짐승만도 못한 놈. 용한이를 죽게 한 놈!'

동료가 가지고 있던 휴대용 작은 검을 빼내어 덤벼들었다. 카슨도는 간단히 태운이가 쥐고 있던 검을 빼앗았다.

 용한이가 죽었다! 카슨도가 받은 충격은 너무 컸다. …… 왜 마지막까지 군관들과 대결해보지 않았던가. 과연 류성일을 죽이고 행방을 감춘 것만이 최선이었을까?

 이런 괴로운 질문과 답을 다람쥐 쳇바퀴 돌리듯이 되뇌일때면 그저 괴로울 뿐이다. 그러나 언제나 괴로움에서 꺼내주는 혜숙이가 부르는 소리,

 '김차동 아저씨! 안녕하세요.'

 ──사건이 있고 난 3일 후, 카라가네야가 준비한 밀수선을 타고 일본을 탈출하여 포항에 도착한 카슨도는 잠시 비밀무역 조직인 가로회의 장로댁에 숨어 있었다. 그리고 왜관 가마에서 일하는 이순지와 연락을 취하는 데 성공했다. 이순지는 곧 혜숙이를 데리고 카슨도가 있는 곳으로 달려왔다. 그는 모든 내용을 듣고 오위부 암행부에 사직원을 제출했다. 도공으로 새 출발할 결심이었다.

 이순지가 아내의 원수를 갚으려고 강구영을 쫓아 한양에 왔을 때, 상점에 진열된 청자 상감자기를 빚은 작가라는 것을 알고 조력을 아끼지 않았던 미술상 윤시원이 이번에도 도공 복귀를 환영하면서 전면적인 지원을 약속했다.

 '관요인 광주요에 뒤지지 않을 멋진 가마를 만들어 봅시다. 어디가 좋을까? 스스로 찾아보는 것이 어떠하신가?'

 윤시원이 말했다.

 '카슨도 어떤가? 함께 하지 않겠는가?'

이순지는 말했다.

카슨도는 카라가네야의 말이 생각났다.

'……저쪽에서 잠시, 가령 조선인 김모씨로 살고 계십시오. 머지 않아 세상의 관심이 잠잠해질 무렵, 귀국할 수 있도록 조처하겠습 니다.'

그러나 2~3년이 지나도 카라가네야는 아무런 연락이 없다. 결국 카슨도는 귀국의 꿈을 버렸다. 다시는 쓰시마의 아비루 카슨도로 살 아갈 수 없을 지도 모른다. 설령 귀국이 가능하다 하더라도 아비루 로서의 삶을 살아갈 수 없다면, 귀국이 허락된들 무슨 소용이 있겠 는가?

카슨도는 김차동金次東이라는 조선이름으로 살아가고 있다. 귀국을 단념한 시점에서 이미 김차동으로 살아가기로 마음을 정했다. 〈차次〉 는 별자리를 뜻한다. 동東은 〈봄〉.

이순지와 카슨도는 조선 남부에 있는 산들을 돌아다니던 끝에 마침 내 이 계곡에서 양질의 토양을 발견했다. 규사珪砂도 많이 혼합되어 있 다. 마을건설이 시작됐다.

귀국의 꿈을 안고 살 때 추억은 마음의 안식처였지만, 마을을 만들 고 살기로 결심하고나서 과거는 회한과 비애의 소굴이었다.

땀을 쏟아내며 큰 흙덩어리를 개기도 하고 치대기도 한다. 길고 단 조로운 작업이지만 카슨도는 마치 흙 속에 그 회한과 비애를 녹여버 리려고 하는 것 같았다.

'김차동 아저씨! 안녕하세요.'

창 밖에 낯선 아가씨가 서 있다. 처음에 그 여인이 혜숙이라는 것 을 카슨도는 깨닫지 못했다. 이상한 설렘이 카슨도를 꼼짝 못하게 만들었다.

옛날, 부산 동래부에서 귀갓길에 유괴범에게 납치되어가던 어린 혜숙이를 구해줬을 때 혜숙은 고작 3살 정도였다. 조선에 와서 이순지와 행동을 함께 하게 된 이래, 카슨도는 언제나 혜숙이 옆에서 그녀의 성장을 지켜봤다. 어느새 아리따운 아가씨가 되어 창밖에 서 있는 모습을 보고 마음이 설레인다. 그것은 발견이라고 할 만한 대사건이다.

두 사람은 결혼했다. 이순지는 딸에게 아내의 유품인 은장도를 선물했다. 아내 양지가 자결했던 은장도다. 아기가 태어나자 외할머니의 이름을 붙여줬다.

《도암몽회》를 보며 지난 날의 추억 속을 방황하는 사이에 카슨도는 이상한 느낌이 들어 얼굴을 들었다. 아래 광장에서 울려 퍼지며 들려오는 강강수월래 노랫가락 사이에 현관문을 두드리는 소리가 섞여있는 것을 알았다. 누가 왔을까? 이순지, 아니면 태운일까……, 혹은 카슨도의 가마에서 일하는 도공일까? 그러나 그들이라면 현관문을 두드리지 않고 사랑방 창에 와서 그냥 불렀을 것이다.

카슨도는 천천히 일어나서 다시 한 번 귀를 기울여본다. 분명히 누군가가 문을 두드리고 있다. 이런 야밤에 만약 외부에서 올 사람이 있다면……, 민요감독인 도호부都護府의 감찰어사일까? 도호부는 이순지의 요업촌에서 금지제품인 고급백자를 만들어 내고 있는 건 아닌지, 그 백자를 해외로 밀수출하고 있는 건 아닌지 의심을 품고 예고 없이 들이닥쳤다. 밀정을 보낼 때도 있었다. 이순지와 김차동은 언제나 경계를 늦추지 않았다.

조선에서는 백자에 등급을 매겨 상등품은 관요에서 만들게 했고 민요에서 만들거나 소유하는 것을 엄하게 금지하고 있었다.

국왕은 은제품을 사용해왔지만 7대 세조 때부터 사치로 여겨 백자로 바꿨다. 그 때 측근으로 있던 신하가 왕의 덕을 칭송하여 서민이 상등품 백자를 사용하는 것을 금하는 법률을 제정했다. 한 번 제정된 법은 그것이 악법이라도 더욱 세분화되면서 치밀한 포장으로 살아남게 된다. 최상급 백자에서 하급 백자까지 등급을 매겨 이것을 즉 국왕—중전—태자—왕실종가—사대부—일반으로 계층을 나누어 사용토록 했다. 이 금지령은 세조 이후에 260년 이상 계속 이어져 내려와 지금까지도 건재하다.

가로회와 김차동

'건.'

카슨도는 살며시 문 가까이 다가간다.

'곤.'

중국어로 말을 걸어온다. 카슨도가,

'감.'

중국어로 대답한다. 아직 카슨도는 계속 긴장한다.

'태.'

카슨도가 조용히 문을 열자 가로회 소속의 남자가 서 있다. 그 뒤에 누군가 다른 한 사람이 더 있는 것 같다. 카슨도는 다시 긴장하며 최대한 목소리를 낮추고,

'신씨 오랜만입니다. 무슨 일입니까?'

신이라는 남자는 경상북도 가로회 간부 중의 한 사람으로, 15년 전에 카슨도가 밀무역 화물 속에 숨어 포항에 상륙했을 때부터 안전한

장소에서 돌봐주었다.

두 사람이 문 안쪽과 바깥에서 대화를 나누는 것은 가로회의 약속이며 주역의 팔괘인 건乾, 곤坤, 진震, 손巽, 감坎, 리離, 간艮, 태兌를 조합한 것이다.

가로회哥老會는 중국 남송시대에 나타난 조직이다. 종말사상에 물든 정토신앙의 한 파인 백련교를 모체로 하여 청나라 초기에 쓰촨四川을 중심으로 퍼진 〈반청복명反淸復明〉――만주족의 정복왕조인 청조淸朝를 멸해서 한민족 왕조인 명조明朝를 부흥시키는 것――을 목적으로 하는 비밀결사에서 유래한다. 가哥는 중국어로 형을, 로老는 쓰촨 방언으로 동생을 의미했다.

가로회의 맹약은 형제애, 평등, 상호부조가 핵심이다.

청조 강희제康熙帝가 있는 텐진天津에 본거지를 두고 있던 가로회 중의 한 단체가 탄압을 피해 발해만을 건너 조선반도에 상륙한 후에 조선 남부를 횡단하여 경주와 포항 부근에서 정착했다.

그들은 이미 무의미한 〈반청복명〉의 뜻을 접고, 동시에 종교색을 탈피한 상호부조 조직으로서 역할을 보다 강고히 했다.

그러나 조선의 유교원리에 기초한 엄격한 계층사회 속에서 도망 온 한족漢族이 조선에서 살아가는 것은 쉽지 않았다. 오로지 살기 위해서 그들이 손을 댄 것은 〈밀수입과 밀매〉다. 이것이 이전의 〈정토신앙〉, 〈반청복명〉을 대신하는 새로운 묵계가 되어 상호부조 결사로서 결속력과 규율성을 높여갔다.

그들은 소금, 은, 생사, 인삼, 옻 등 정부 전매품을 지하유통망을 통해 청, 러시아, 일본으로 보냈다.

이때 신씨 뒤에서 두 번째 남자가 불쑥 나타났다.

'카라가네야입니다. 죄송합니다. 많이 늦었습니다.'

이마에 깊은 주름살이 패어 있었지만, 15년 전에 오사카 히라노平野의 상점 안채에서 마주한 카라가네야 젠베에다. 그러나 카라가네야 본인이 틀림없다고 해도 이제 카슨도에게는 먼 과거에서 갑자기 나타난 망령처럼 보였다.

카라가네야도 카슨도에 대하여 예상하지 못한 인상을 받았다. 카라가네야는 단순히 나이를 먹어 노인이 된 것에 지나지 않지만, 눈앞에 있는 아비루 카슨도는 이미 예전의 쓰시마번의 무사가 아니다. 조선 반도의 맹렬한 풍토에 단련된 혈기왕성한 조선인 김차동이다.

문 입구에서 들고 있던 흐릿한 초 한 개에 의지하여 카라가네야가 오랫만에 만난 카슨도의 첫인상은 그러했다.

카슨도는 두 사람을 사랑방으로 맞이했다. 등잔 세 개에 불을 붙였다.

'앉으세요. 마침 아내는 외출하고 없습니다.'

카슨도는 먼저 일본어로, 그리고 조선어로 반복해서 말했다.

'오늘밤은 강강수월래라는 여자들만의 축제입니다.'

'그렇군요. 그래서 광장 앞을 가로막고 더 이상 못 가게 막았군요.'

신씨가 말했다.

카슨도는 차를 대접했다. 카라가네야가 한 모금 음미하더니,

'오호, 아니 이건 녹차가 아닙니까?'

'이곳 여자들이 차를 재배하고 있습니다. 조선에서는 드물다고 생각합니다만 일본식으로 덖어서 만든 녹차입니다. 풍미는 어떻습니까? 카라가네야님은 다인茶人이시죠?'

'이 정도라면 우지차宇治茶에 뒤지지 않습니다.'

카라가네야가 맛을 인정해주니 카슨도는 기쁜 듯이 입꼬리가 올라 간다. 카라가네야는 예전 카슨도의 모습을 발견했다. 그것이 실마리 가 되어 꽤 친한 어조로,

　'저는 김차동씨가 옛날에 왔던 길 그대로, 같은 방법으로 왔습니다. 쓰루가敦賀에서 오키隱岐를 경유하여 포항으로……'

　'저는 당신의 연락만을 학수고대 했었지만 지금은 모두 잊었습니 다. 그런데 왜 갑자기 오셨습니까?'

　'죄송합니다. 제가 직접 찾아 온 이유를 말씀드리기 전에 먼저 두세 가지 전해드릴 사항이……. 아비루 도노, 당신의 귀국조치가 늦어지 게 된 이유 중의 하나는 아라이 하쿠세키가 새로 쇼군에 오른 요시무 네로부터 버려졌기 때문입니다.'

　카라가네야는 계속 이어갔다.

　'……로쥬老中께서는 원래 아라이 하쿠세키를 거북하게 여겼습니다 만……, 버렸다기보다 아라이가 스스로 충신은 두 임금을 모실 수 없 다는 신조를 실천하셨다고 할 수 있습니다. 또 얼마 전에 요시무네의 쇼군 취임을 축하하는 통신사가 일본에 왔었습니다. 그런데 다시 국 서의 칭호를 대군으로 돌려놓았기 때문에 아라이도 화를 참을 수 없 었을지도 모릅니다. 아비루 도노, 이 국왕호칭 건으로 당신이 많은 공 헌을 하셨는데 그것이……'

　카슨도는 입을 꾹 다문채 아무 말도 하지 않았다. 그는 국왕호칭 부 활을 위해 〈은길〉을 달렸다. 거기서 류성일을 우연히 만난 것이 모든 일의 시작이었다.

　카슨도는 카라가네야에게 계속 말하도록 눈으로 독촉했다.

　'……아라이님은 당신 사건을 듣고, 당신의 구제 방도를 신중히 강

구하셨습니다. 히라타에게 이렇게 말씀하셨다고 합니다. ──〈아비루는 정말로 아까운 인재다. 잃고 싶지 않다. 도망가게 하여 가능한 한 빨리 귀국시켜라〉 명령하였습니다. 아라이님이 직접 미나미 마치 부교쇼의 재판서류를 보시고 죄질이 나쁜 사형수를 확인하여 오사카로 호송하여 당신 대신 사형시켰습니다. 게다가 아라이는 또 이런 말도…….──나는 그 눈 오던 날 밤에 쓰시마번 에도공관에서 히라타와 아비루를 만나고 돌아오던 길에 조선통신사 군관사령 류성일과 얼굴을 마주쳤다. 순찰담당 관리와 옥신각신하던 것을 우연히 보았다. 류성일은 좋은 인상을 가지고 있었지만, 그렇지! 그 남자. 다른 한 사람, 사팔뜨기 남자도 있었다.'

카라가네야는 카슨도에게 박수실의 역할에 대해서도 이야기했다.

'박수실 그놈이!'

'그렇습니다. 정말 안성마춤이었습니다. 그 자가 나를 찾아와줘서 아주 쓸모가 있었습니다. 지금 어떻게 지내고 있는지 모르지만. 하여간 20관 이상이나 되는 은을 가지고 귀국했지요. ……그렇지! 더 중요한 기쁜 일을 알려드려야 했는데 깜박했습니다. 도네가 결혼했습니다.'

'그래요! 잘됐어요. 시이나라면 도네를 행복하게 해줄 거예요.'

카라가네야는 일순간, 입을 다물었다.

'상대는 시이나가 아닙니다.'

'시이나가 아니라면?'

'시이나는 에도에서 히라타님 부인의 먼 친척이 되는 아가씨와…… 도네는 어머니와 살다가 3년 전에 와니우라에서 어업경영자인 아미모토網元의 장남과 혼례를 올렸다고 들었습니다.'

'어머니는?'

'작년에 돌아가셨습니다. 이젠 고인이 되셨습니다.'

카슨도는 눈을 감았다.

'그리고 맡겨두신 편지는 사유리가 받아보았을 겁니다. 사유리는 아버님과 나가사키로……. 그러나 그 후의 소식은 잘 모릅니다.'

'카라가네야님, 저는 이제 돌아갈 곳이 없습니다. 그러므로……'

'네. 조금 전에 당신을 처음 본 순간 그렇게 직감했습니다. 아비루 도노, 나는 당신을 데리러 온 것이 아닙니다.'

카라가네야는 카슨도를 바라본다. 신씨는 식은 녹차를 마시면서 두 사람이 주고받는 대화에 귀를 기울이고 있었다.

'아비루 도노, 아니 김차동씨, 당신에게 쓰시마와 이 카라가네야를 구해 달라는 간청을 드리러 왔습니다.'

카라가네야는 머리를 떨구고 한참동안 움직이지 않았다. 그리고 다시 입을 연다.

'지금, 쓰시마는 존망存亡의 위기에 봉착해 있습니다. 아마 90년 전의 국서개찬 문제. 소위 야나가와 사건 이후, 아니 그 이상의 위기에 직면해 있습니다.

조선과의 무역으로 지탱해 온 쓰시마에게 조선통신사 접대는 무엇보다 중요한 사업입니다. 그러나 이 행사에는 막대한 비용이 들기 때문에 쓰시마번이 혼자 부담할 수 있는 것이 아닙니다. 지금까지 통신사 초빙 때마다 막부에 배차금(대출금)으로 막대한 돈을 끌어다 사용했습니다. 그 총액은 20만 냥이 넘습니다. 해마다 조금씩 갚아왔습니다만, 그것으로는 어림없었습니다. 게다가 우리나라의 은 산출은 감소일로에 처해 있어 지금은 아라이의 우려가 현실이 되었습니다. 요시무네가 쇼군에 오르셨을 때만 해도 교역〈은〉의 사용제한을 해제하거나 완화시켰습니다만, 요즘 와서 실시된 강력한 긴축정책으로 쓰시마의 무역거래는 감소할 수밖에 없습니다.

또 막부가 취한 세금징수계획은 흉년이 겹쳐서 전에 없던 농민반란과 가옥을 파괴하는 소동이 빈발하고 있습니다. 막부 자체 경영도 생각만큼 좋지 않습니다. 그리하여 여러 번에게 이미 대출해준 대금의 엄격한 징수가 시작되었습니다. 과거에 각 번의 재정파탄으로 막부가 다이묘의 영지를 몰수했던 사례도 있었습니다. 게다가……, 사실은 제가 받을 미수금과 대출금도 모두 합치면 5만 냥 정도 됩니다. 만약 쓰시마번이 파산한다면 저는……'

카슨도가 초조한 마음으로 말을 했다.

'저보고 어쩌란 말입니까?'

'〈타타르말〉을 무슨 수를 써서라도 손에 넣어야겠습니다. 그것도 최상급인 종마(번식용 숫말)와 빈마(암말), 몇 마리씩……. 타타르말이라고 해도 평범한 말이 아닙니다.'

카라가네야가 대답했다. 그는 쇼군 요시무네가 쓰시마번에 〈타타르말〉 조달을 요청한 배경과 경위에 대하여 설명했다.

조선통신사 초빙 때마다 조선정부는 최상급의 조선말, 혹은 청나라말을 몇 마리씩 쇼군에게 진상하고 있었지만 모두 고환을 제거한 말이다.

천하가 태평을 누리고 도시생활의 번영 속에서, 무예를 숭상하는 무사의 정신이 쇠퇴해가는 것에 위기감을 느낀 요시무네는 5대 쇼군 쓰나요시의 악법이었던 〈쇼루이아와레미노레이〉 이후에 중지되었던 매사냥을 30여 년 만에 부활시켰다. 또 무예훈련과 군정비의 증강을 최우선 과제로 삼아 정책을 세우겠다고 결의했다. 그 중심에 〈말馬〉이 있다.

요시무네는 중국 역사를 배웠다.

──진을 멸망시킨 항우와의 패권 다툼에서 이긴 유방이 한 왕조를 창건하고 나서 1년 후인 기원전 201년, 북방 이민족 흉노(타타르)가 대거 남하해왔다. 자신만만한 유방은 스스로 보병과 전차 30만 대를 이끌고 흉노를 정복하러 갔지만…….

유방이 인솔한 주력군은 평성平城인 백등산전투白登山戰鬪에서 흉노의 정예 기마군단에게 포위되었다. 흉노의 기마대는 공격진형에 따라 말의 색깔로 구별되어 있는 체계적인 편성으로 가차 없는 공격을 감행했다. 유방은 진퇴양난에 빠지며 백기를 들었다. 이 사건을 〈평성의 치욕平城之恥〉이라고 부르며 노래로 만들어져 후세에 이야기 거리가 되었다.

60년 후, 16세로 7대 황제에 오른 무제는 흉노와의 관계를 청산하고 한족의 영광을 되찾는 것을 통치의 주요목표로 삼아 전쟁을 준비했다.

말에는 말로 대적할 수밖에 없다.

흉노를 협공하려고 서역 대월지국大月氏國으로 파견된 특사 장건張騫은 교섭에는 실패했지만 유익한 정보를 얻어왔다. 하루에 1000리를 달리며 피땀을 흘린다는 페르가나大宛 천마天馬의 존재다.

무제는 어떻게 해서든 이 말을 손에 넣으려고 했다. 기원전 104년에 장군 이광리李廣利에게 한혈마를 획득하라는 명령을 내리고 수만 리 떨어진 페르가나로 대원정대를 파견했다. 이광리는 6만의 병사를 데리고 10만 마리의 소와 3만 마리의 말로 페르가나성을 포위했다.

4년 동안 공략한 후, 이광리는 최상급 명마 수십 마리와 3000여 마리의 말을 얻어 개선한다. 이에 무제는 흔희작약欣喜雀躍(기뻐서 펄쩍펄쩍 뜀)이라는 노래를 만들었다.

천마 왔다.
서쪽 끝에서 모래 늪을 건너서
사방의 오랑캐를 정복할 수 있다.

천마 왔다.
오아시스에서 나와서
호랑이 등처럼 두 가지 색깔의 줄무늬가 있다.

무제는 한나라의 수도 시안長安에 있는 목장에서 수만 마리의 말을 사육하고 또 북쪽의 변경지대에 36개소의 군마목장을 만들었다. 말의 수는 30만 마리에 이른다. 특히 보라색풀만 먹는다는 한혈마의 육성에는 막대한 자금을 투입하였고, 그 목장의 존재는 나라의 최고기밀이 되었다.

기원전 129년, 한과 흉노의 전쟁이 시작됐다.

기원전 99년, 명장 이능李陵*은 흉노에게 항복했다. 이듬 해, 이능을 변론한 사마천司馬遷**은 무제의 화를 사서 거세의 형(궁형)에 처해졌다. 기원전 90년, 페르가나에서 천마를 데리고 왔던 이광리도 흉노에게

---

* 중국 전한대의 군인(?~기원전 74). 이광리를 도와 흉노를 상대로 싸우다가 흉노군에 포위되어 항복한 비운의 장군. 사마천이 궁형에 처하게 된 원인을 제공한 인물.

** 중국 전한의 역사학자(기원전 145/135?~기원전 87/86?). 친구 이능이 흉노에 항복한 것을 변호하다 궁형에 처해지지만 부친의 뜻을 이어 《사기(史記)》의 저술을 마쳤다.

패하여 투항했다. 사마천이 《사기史記》를 완성시킨 것은 그 전인 기원 전 91년의 일이다.

──쇼군 요시무네가 쓰시마번에게 말에 관한 최초의 하문을 내린 것은 1723년 5월. 막부의 메쓰케인 이나바 마사후사稲葉政房가 쓰시마 번 에도공관을 방문하여 지난번에 통신사가 진상했던 말의 모양이 좋지 않았다며 더 좋은 조선말을 요청했다.

그 해 말, 쓰시마번은 왜관을 통해서 조선의 율모와 점박이 말을 조달하여 이듬해 3월, 두 마리를 요시무네에게 진상했다.

1725년, 소 요시노부宗義誠는 조선으로 말 담당자를 파견하여 왜관에 수십 마리를 모아 놓고 그 중에 4마리를 골라 5월에 진상했다.

동년 8월, 로쥬老中* 미즈노 타다유키水野忠之로부터 분부말씀이 있 었다.

'타타르의 튼튼한 말. 한 마리나 두 마리라도 좋으니 조달해올 수 있 겠는가? 어떠한 방법을 써서라도 조달해오도록 하라!'

쓰시마번은 왜관을 움직여 분주히 애를 썼다. 이듬해 9월, 조선을 통하여 구해보려고 했지만 실현하기 어렵다는 회신을 보내왔다. 소 요시노부는 구상서를 써서 로쥬인 마쓰다이라 노리사토松平乗邑에게 제출했다.

마쓰다는 지체 없이 답장을 보내왔다.

'쇼군께서는 꼭 타타르말을 소망하신다.'

매우 강력한 요청으로 바꿨다.

'타타르말은 평범한 말이 아니다. 군마로서 뛰어난 말이다. 쇼군께

---

* 에도 막부에서 전국의 통치 관련 업무를 총괄하는 최고직. 2만 5천 석 이상의 후다이 다이묘 중에서 임명되며, 정원은 3~5명이다.

서는 무제의 고사를 인용하셨다. 고환을 제거한 말은 필요 없다.'

요시무네는 1800년 전, 한 무제가 손에 넣은 페르가나의 천마를 떠올리고 있었다. 하루에 천리를 달리며 피땀을 흘린다는 한혈마의 이미지를, 즉 〈타타르말〉을 강조하고 있다.

소 요시노부는 그 날로 다시, 의견을 첨가하여 〈어렵습니다〉라는 내용의 구상서를 제출했다.

설령, 한무제의 군마목장에서 사육한 한혈마의 혈통이 남아 있다 해도 청나라는 군마용 말을 국외로 내보내는 것을 엄격히 금지하고 있기 때문에 쓰시마번이 입수할 방도를 찾기 어렵다. 군용마 목장의 존재는 국가의 최고기밀이며 군용마 자체가 비장의 병기이기 때문이다.

카슨도는 차 대접을 위해 잠시 일어섰다.

'훌륭한 찻잔입니다.'

카라가네야가 양손으로 잔을 들어 올려 꼼꼼히 들여다보면서 말한다.

'정말 사람을 그리워하는 모습입니다. 먼 옛날의 변함없는 소박한 아름다움이……, 입술에 닿았다 떨어질 때 느껴지는 좋은 감촉. 이런 찻잔을 저의 차모임에서 사용해보고 싶습니다. 아마 모두 놀라겠지요.'

'장인어른의 작품입니다. 함경도 회령에서 살고 있을 때에 밥그릇으로 만든 것 중 하나입니다.

'회령……, 그 말시장이 열린다는 회령입니까?'

카라가네야의 눈에 날카로운 빛이 머문다.

'네, 잘 알고 계시는군요. 청나라와 국경을 접하고 있는 최북단 마을

입니다. 그곳에는 회령요會寧窯가 있습니다. 장인어른은 조부 때부터 회령요의 도공입니다.'

카슨도는 카라가네야와 신씨의 찻잔에 물을 부었다. 강강수월래의 노랫가락도 멈춘 것 같다. 차 마시는 미세한 소리만 들릴 뿐 깊은 침묵만 흐른다.

카라가네야는 천연덕스럽게 찻잔에 대한 화제를 계속 이어가며 온화한 목소리와 표정으로,

'타타르말의 조달요청과 동시에 재정출납 담당자로부터 배차금을 빨리 갚으라는 독촉도 심해졌습니다. ──에도가로 히라타 사네카타 님은 우리들이 강하게 사임을 만류했지만 6년 전에 은퇴를 하였습니다. 6대 번주로 소 요시노부宗義誠님이 후계를 이은 지 얼마 안 된 시기였습니다. 그리고 4년 전 가을에 병을 얻어 요양하시다가 이듬해 8월에 돌아가셨습니다. 신임 스기무라 사부로杉村三郞님도 요시노부님과 같이 히라타님을 의지하셨는데…….

요시노부님과 스기무라님, 그리고 다른 중신들은 막부의 채무 독촉에 너무나도 힘겨워하시어 아메노모리님을 급히 에도로 불러들여서 막부측과의 교섭을 분부하셨습니다. 그러나 좋은 해결책을 강구하지 못한 채, 반 년 만에 쓰시마로 귀국하셨습니다. 그 때, 오사카에 잠깐 들러 저와 함께 극비리에 의논을 나누었습니다.'

아메노모리 호슈는 반 년간에 걸친 막부와의 교섭에 몹시 지쳐있었다. 예전에 아라이 하쿠세키와 국왕호칭 문제 및 〈은〉교역 삭감에 대해 논쟁하던 때는 그래도 어느 정도 소득이 있었다. 그러나 지금은 공허할 뿐이다. 하쿠세키의 모습이 에도성에 없는 쓸쓸함을 삼키면서 아메노모리는 오사카에 도착했다.

카라가네야는 싱싱고래고기 냄비요리집에서 고래고기를 대접했지만, 예전 같으면 2인분은 거뜬히 해치웠는데, 이번에는 1인분도 제대로 먹지 못했다. 술도 두세 잔 하고는 잔을 엎어놓았다.

'생각이 많으신 건 잘 압니다. 그러나 앞에 있는 저, 카라가네야도 마찬가지입니다. 만약 쓰시마가 파탄난다면 저 또한 함께⋯⋯'

카라가네야는 단련된 상인정신과 강한 끈기로 아메노모리에게 의견을 제시했다.

요시무네가 소망하는 〈타타르말〉과 금전출납 담당자가 독촉하는 20만 냥이나 되는 대출금. 〈양쪽 모두 해결하기 어렵다〉는 것이 번주 소 요시노부가 막부에게 올린 구상서의 내용이다.

그러나 이러한 쓰시마번의 대응방법은 카라가네야 입장에서는 그저 답답할 뿐이다. 말과 배차금을 별개의 것으로 생각하고 교섭에 임하고 있기 때문이다. 이것을 하나로 묶어서 대처한다면 어떨까?

쇼군은 천마天馬(타타르말)를 갖고 싶어 하신다. 또한 로쥬와 금전출납 담당자도 어떻게 해서라도 대부금을 받아내려고 한다.

어느 쪽을 더 원할까? 말 쪽이다. 카라가네야는 낮은 소리로 자문자답했다.

그 이유는, 쇼군이 60년 만에 〈닛코참배日光參拜〉* 부활을 계획하고 있기 때문이다. 〈닛코참배〉야말로 후다이 다이묘譜代大名**와 하타모토旗本(쇼군직속 무사)를 중심으로 예전 도쿠가와 군단의 위세를 보여주는

---

* 쇼군가의 닛코 도쇼궁으로 가는 참배. 에도시대에 총 19회 실시됐다. 16회가 4대 이에쓰나(家綱)까지 집중되며 특히 3대 이에미쓰(家光)는 10회 실시됐다.
** 도쿠가와 이에야스가 천하를 장악하기 이전부터 대대로 도쿠가와씨 집안을 섬겨 온 다이묘로 막부에서 요직을 차지했다.

최대 행사로써 장대한 군사 퍼레이드이기도 하다. 만약 에도에서 닛코 도쇼궁日光東照宮까지 이 천마가 함께 한다면 쇼군의 위용은 더욱 높아져 얼마나 득의양양해질 것인가.

그리하여 말과 배차금을 서로 맞바꾸어 변제금을 없애달라고 요청하면 어떨까. 다시 말해서 쓰시마는 〈타타르말〉을 쇼군에게 파는 것이다. 4대 쇼군 이에쓰나 때 했던 〈닛코참배〉에 든 비용은 약 22만 냥이라고 한다.

그러면 천마를 어떤 방법으로 손에 넣을 것인가? 조선정부를 경유하지 않고 손에 넣는 방법을 생각한다면……, 카라가네야는 이미 가로회에 협력을 요청한 사실을 털어놓았다.

가로회는 조선반도와 중국대륙에 튼튼한 지하유통망을 형성하고 있다. 그들이 가지고 있는 정보량은 대단하다. 비합법적으로 말을 입수하는 데에는 그들의 협력을 받지 않을 수 없다. 그러나 핵심 인물은 반드시 일본인이여야만 한다. 쓰시마에는 그런 임무를 수행할 수 있는 인재가 없다.

'아비루 카슨도!'

무의식중에 아메노모리가 소리쳤다. 조선어와 중국어가 가능하고 사쓰난시겐류 검도에도 출중한, 그리고…… 아메노모리가 예전에 나무때리기 연습에 몰두한 카슨도에게,

'도대체 너는 누구와 싸우고 있는 것이냐?'

이 말을 다시 떠올렸다.

지금 카슨도의 손과 팔은 오로지 흙을 개고 빚으며 회전하는 물레 위에서 그릇을 만들어내고 있다. 담팔수나무를 향해 내리치던 거친 무사의 모습에서 멀어진지 십수 년, 아마 그 세월은 얼굴모습 보다도

손과 팔에 더 큰 변화를 가져왔을 것이다.

그 손을 무릎 위에 놓고, 카슨도는 카라가네야가 하는 말에 묵묵히 듣고 있을 뿐이다. 카라가네야가 호소한다.

'당신만이 쓰시마를 구할 수 있습니다.'

카슨도는 자기도 모르게 쓴웃음을 흘렸다.

'카라가네야님, 타타르말을 입수해서 쇼군에게 진상하면 대부금 변제가 가능하다고 말씀하십니다만, 그것으로 번이나 당신이 정말로 다시 일어설 수 있다고 생각하십니까? 그것은 영寨의 지점으로 돌아갈 뿐, 미래는 변함없이 또 재정상 곤란이 기다리고 있는 것은 아닐까요?'

'그렇습니다. 나는 방책을 가지고 있습니다. 오사카 도지마 쌀거래소 담당자인 효도 쥬자쿠를 기억하고 계십니까?'

카슨도는 15년 전의 그날을 기억하며 그리운 듯이 미소를 띠었다.

'저 선물거래 계산의 신……, 우리들의 에도 도착 일시를 거의 정확하게 맞추었지요. 신기神技에 가까운 기억력과 산술. 그리고 홍겨운 술자리에서 미꾸라지를 소쿠리로 건져 올리는 춤을 잘 추는 명인.'

'그렇습니다. 효도 쥬자쿠는 거래소를 은퇴하고 카라가네야 상점의 고문으로 함께 일하기로 했습니다. 아직 상세하게는 말씀드릴 수 없습니다만 틀림없이 쓰시마 재정을 일으킬 방책이 있습니다. 그러나 당장 목을 조여오는 대부금이라는 가시를 빼내지 않으면 안 됩니다.'

'그러나 저는 이제 쓰시마의 가신家臣이 아닙니다. 조선인 김차동으로 살아갈 결심을 한 사람입니다. 게다가 말에 관해서도 자세히 아는 바도 없고.'

'말에 관해서는 가로회에서 협력을 얻을 수 있습니다. 신씨……'

카라가네야가 독촉하자, 신인천辛人天은 헛기침을 한번 하고나서,

'회령의 평상시에 열리는 〈말시장〉에서는 타타르말을 입수할 수 없습니다. 왜냐하면 회령에 모인 말은 청나라말뿐이기 때문입니다. 그러나 몇 년에 한 번, 청나라말과는 골격이 다른 형체가 큰 말이 보일 때가 있습니다. 지린성吉林省에서 온 청나라 말장수들은 장백산맥, 더나아가 다싱안링산맥大興安嶺山脈*보다 수천리 더 먼 곳에 펼쳐진 대초원에 비밀목장이 있고 거기에 우리들이 알고 있는 청나라말과는 비교도 안되는, 고속으로 달릴 수 있고 지구력이 우수한 말이 사육되고 있다고 합니다.'

그 때, 혜숙이의 목소리가 들렸다.

'아내와 딸이 돌아온 모양입니다. 잠깐만 실례하겠습니다.'

카슨도는 잠시 나갔다가 돌아왔다.

'오늘밤은 여기서 묵으시지요. 아내는 내일 아침에 인사드리겠습니다.'

'김차동님, 저는 호의적인 확답을 듣기 전까지 돌아가지 않을 생각입니다. 오늘밤은 잠들 수 없을 것 같습니다.'

카라가네야는 말했다.

'음, 그러면 저와 같이 이 마을에서 함께 지내시면 어떠십니까.'

카슨도가 비꼬는 웃음을 지으면서 말한다. 카라가네야는 진지한 표정으로,

'그것도 좋을 것 같습니다. 허락해주실 때까지 돌아갈 수 없습니다.

---

* 중국 동부지구와 네이멍구(內蒙古) 자치구의 경계를 이루는 산맥.

기한도 이미 정해져있으니.'

안방에서는 좀처럼 잠들기 힘든가보다. 칭얼대는 양지를 혜숙이가
달랜다.

'따님이군요? 부인 목소리가 은방울소리 같습니다.'

'기한은?'

'네, 대부금 변제기한은 내년 4월이라고 통고해왔으니깐 말을 진상
하는 것도 그때까지……, 3월말까지 에도로 보내야겠지요.'

'3월말이라고요! 그렇다면 늦어도 1월 말경에는 말을 쓰시마로 데
려 가지 않으면 안되는군요. 4개월 밖에 시간이 없는 것이로군요! 참
으로 가당치도 않은……'

'네, 번의 명령이라고 생각해주십시오.'

깜짝 놀라 카슨도는 일어섰다.

'카라가네야님, 다시 말하지만 쓰시마의 가신 아비루 카슨도는 15년
전에 오사카에서 죽었습니다. 죽은 사람에게 번의 명령을 내릴 수는
없습니다.'

'죄송합니다. 자리에 앉으시지요. 번의 명령이라는 말은 취소하겠
습니다. 그 어느 누구도, 설사 번주님이라 할지라도 당신에게 그러한
명령을 내릴 수는 없습니다. 그러나 저는 신명을 바쳐 부탁드리러 왔
습니다. 쓰시마는 전대미문의 위기에 직면해있습니다.'

두 사람이 꼼짝도 하지 않고 서로 노려보고 있다. 신인천이 분위기
를 달래며,

'어떻습니까? 오늘밤은 여기까지 말씀을 나누시고 내일 다시 한 번
더 만나시는 건 어떠하신지요. ……김차동님, 마을에 분명히 여관이
한 채 있지요?'

'있습니다. 그렇지만 옆방에 이브자리를 준비해두었으니 저의 집에서 묵으시지요.'

'아닙니다. 함께한 동지 5명을 동굴 입구에 대기시켜 두었습니다. 그들에게 식사와 휴식을 할 수 있도록 해주어야 합니다.'

'그럼 안내해 드리겠습니다.'

카슨도가 먼저 일어났다.

현관에 혜숙이가 나와서 두 사람에게 인사를 했다. 신인천과는 이미 안면이 있는 사이다. 그러나 남편과 카라가네야의 굳은 표정을 보는 순간 얼굴이 어두워졌다.

'요우코소ようこそ(어서오세요)……'

이 말만 하고 멈췄다.

밖으로 나갔다. 가마에서 피어오르는 검은 연기도 어느 정도 잠잠해지고 때때로 구름 사이로 둥근 보름달이 얼굴을 내밀고 있었다.

〈왕여관〉은 마을 광장쪽 큰 골목에 위치해있다. 마을에 한 채 뿐인 기와지붕이다.

카라가네야가 주인 왕용의 얼굴을 보고 놀란 표정을 지었다. 그것은 당연하다.

〈왕여관〉은 마을에서 더욱 깊숙한 고지대의 계곡에 위치하고 있었다. 손님은 점토와 규사 등을 싣고오는 인부와 마을에 있는 요窯에 도자기, 특히 제조 금지물품인 청자와 백자를 사러 오는 가로회 사람들이 주로 이용한다.

왕용은 카슨도가 〈은길〉에서 어깨에 중상을 입고 단양에서 치료할 때, 은빛 목이버섯이 들어 간 죽으로 카슨도의 원기회복에 애써 준 전 조선통신사 홍순명 종사관의 요리사다. 지금 어째서 이 마을에 있는 것일까?

1711년 8차 통신사의 하급수행원으로 참가한 자 중에는 마음이 맞는 사람끼리 귀국해서도 계속 교류를 이어왔다. 광대 고태운, 요리사 왕용, 의사 최백형, 마상재 기수 강진명은 서로 헤어져 있어도 2, 3년에 한 번씩 모여서 용한이를 추모하고 있었다. 경주에서 태운이와 우연히 만난 것은 앞에서 설명했지만, 그 후에 태운이는 깡패들이 끊어낸 줄에서 떨어져 크게 다쳐 줄타기를 영영 할 수 없게 되었다. 카슨도가 그를 마을로 불렀다. 태운은 요양하는 동안 이 마을에 완전히 매료되어 마침내 이순지의 요에서 일하게 됐다. '태운은 힘이 좋아'라고 이순지는 말했다. 태운을 위문차 방문한 왕용과 최백형, 강진명 모두가 결국 처자를 데리고 마을로 옮겨와 정주하게 되었다. 그들은 용한이와의 추억을 중심으로 동지의 우정으로 맺어졌다. 복잡한 입장이지만 카슨도 또한 그 일원이다.

카라가네야가 왕용을 기억하는 것은 홍순명이 도지마 쌀거래소 견학과 싱싱고래고기 냄비요리를 대접받은 답례로 어느 날 저녁에 카라가네야를 기타미도 객관으로 초대하여 왕용의 요리솜씨를 선뵌 적이 있다. 왕용도 카라가네야를 보고 쌍방이 오사카에서의 기억을 더듬었다.

손님 7명을 〈왕여관〉에 안내한 후에 카슨도는 집으로 향하지 않고 광장을 가로질러 반대 쪽 산등성으로 올라갔다.

좁고 가파른 언덕길 양쪽에 펼쳐져 있는 풀숲에서 몇 종류인지 모를 몇천, 몇만의 벌레소리가 울려퍼지고 있었다. 풀벌레 소리는 카슨도의 머릿속을 상쾌한 음악처럼 가득 채워주어 생각을 촉진시켜주는 작용을 해주었다.

……조선으로 도망와서 15년, 지금은 이순지를 중심으로 마을 전체가 도자기 제작에 종사하며 충실한 생활을 보내고 있다. 인간관계에 조금도 어려움 없이 속세를 떠난 사람처럼 평온한 나날이다. 그 행복을 갑자기 어지럽히는 인물이 나타났다. 카슨도에게 도망갈 것을 부추기고 실제로 실행에 옮길 수 있게 해준 사람, 그 자의 입에서 조금 전에 〈번의 명령〉이라는 말이 튀어나왔다. 카슨도의 반발로 카라가네야는 당황하여 바로 취소했지만 카슨도의 마음은 격하게 요동쳤다.

카라가네야의 요청은 젊은 시절의 카슨도라면 번의 명령이었고, 번의 명령을 따라야 하는 것이 무사로서 삶의 보람이고 윤리 그 자체이다.

……타타르족이 사는 곳으로 말을 구하러 간다면 살아서 돌아올 수 없을지도 모른다. 그러나 지금 쓰시마는 존망 위기에 처해 있다.

산에서 흐르는 물이 이순지의 집옆 개천을 힘차게 흘러 내려간다. 돌담 모퉁이를 돌자 갑자기 벌레소리는 멈추고 물소리만 남는다. 이순지의 공방에서 불빛이 새어 나온다. 안개처럼 희미하게 번지듯이 퍼지는 노란 불빛이 정다운 것들을 모아 놓은 그리움으로 다가온다. 그 때, 카슨도는 마음 저변에 형용할 수 없는 감정이 복잡하게 뒤얽혀 있는 것을 알았다. 쓰시마를 아끼는 마음이 억누를 수 없을 만큼 요동치고 있었다.

이순지의 공방 문을 두드리자 태운이가 나왔다. 등 뒤에서 퍼덕이는 날개 소리에 돌아보니 녹색 날개를 가진 큰 나방이 날아 들어오려고 한다. 태운은 부상 후유증으로 왼손과 오른발이 조금 불편하지만, 민첩함은 잃지 않았다. 살짝 몸을 비틀어 오른손을 공중으로 한번 휙

하고 휘두르자 나방은 벌써 그의 손바닥 안에 있었다. 태운은 나방을 문 밖으로 내던지고,

'어서 오시게, 김차동(카슨도)'

하면서 문을 닫았다.

'저것은 독나방이라네. 목덜미라도 물리면 큰일이야.'

이순지가 손에 엉겨 붙은 흙을 털어내며 나타났다.

태운이가 자리를 뜨자 카슨도와 이순지 두 사람은 토방 나무의자에 걸터앉아 서로 마주보았다.

'손님이 왔더군. 두 사람, 게다가 동굴 쪽에 5명……'

카슨도는 고개를 끄덕이면서 신인천과 카라가네야가 방문해온 목적에 대하여 모두 숨김없이 말했다. 팔짱을 끼고 귀를 기울이고 있던 이순지가 입을 열었다.

'음, 그렇군……. 그러나 내가 말할 수 있는 건 오직 한 가지. 타타르에 천마 따위는 없다는 것이네. 무제의 한혈마에 대한 고사는 나도 읽은 적이 있지. 그러나 그것은 어디까지나 공상의 세계에서 일어난 일이라네. 1800년이나 지난 이야기인데, 현재의 우리들에게는 전설과 같은 일이라네. 환상 속에 있는 말을 찾으러 간다니 제정신을 가진 사람이 할 일은 아니지.'

'신인천의 말에 의하면 청나라말과는 다른 커다란 말이 수년에 한 번, 회령 말시장에 나온다고 하던데……'

이순지가 앙상하고 긴 손가락을 뺨에 대고,

'김차동(카슨도), 나는 회령에서 태어나고 자란 사람이네. 고향을 떠나 온지도 벌써 20년 이상이 됐지만 말시장에 대해서는 누구보다도 잘 알고 있다네. 이렇게 얘기할 수 있는 것은 나는 말을 좋아해서

4살 때부터 벌써 자유자재로 말을 타고 돌아다녔지. 타타르의 아들이라고 할 정도였다니깐. 커서 뭐가 될래? 누군가 물으면 언제나 친기위親騎衛라고 대답했는걸. 친기위란 함경도 국경을 경비하는 정부의 기마대 병사라네. 다시 말하지만 타타르에 천마는 없어. 신씨가 말하는 수년에 한 번 나타난다는 큰 말도 본 적이 없다네. 대초원에는 조선말과 같은 작은 말이 있을 뿐이라네. 혹은 좀 더 서쪽의 텐산산맥天山山脈을 넘으면 한혈마를 볼 수 있을 지도 모르지만 삼장법사도 아니고. ……혹시 자네는 이미 가기로 결정한 건가? 자네는 이제 쓰시마의 무사도 아니지 않는가. 혜숙이와 가정을 꾸리면서부터 일본을 버리지 않았던가?'

이순지의 말투는 날카롭다.

'설령, 타타르에 천마가 있다손 치더라도 타타르가 어디에 있는지 알고서 하는 말인가? 지도에서 찾을 수 있는가?'

카슨도는 아는 것이 없다. 이순지가 근처에 있던 종이를 끌어다가 붓으로 재빨리 조선반도와 대륙의 개략도를 그렸다.

'엄청나게 큰걸!' 카슨도는 중얼거렸다.

'여기가 지린吉林. 회령에서 약 1000리라네. 또한 조선과 청나라의 국경감시는 엄중하지. 은길을 가는 것과는 비교할 수도 없어.'

카슨도는 문득, 〈은길〉을 달렸던 율모와 위모를 떠올렸다. 율모는 죽었다. 위모는 그 후 어떻게 됐을까? 류성일이 탔던 흑율모도 멋진 말이었지.

이순지는 저음의 묵직한 목소리로 대륙의 지도를 설명한다.

'……설령 국경을 넘을 수 있어도 눈앞에는 2400m나 되는 장백산맥이 솟아 있네. 게다가 겨울이지 않은가. 혹독한 것은 자연만이 아

닐세. 그 이상으로 무서운 것이 사람이라네. 여진족(청나라인) 비적
에게 잡히면 몸에 지니고 있는 전부를 빼앗기거나 심지어는 살갗까
지 벗겨 간다더군. 타타르 사람은 더 지독하다고 들었네. 뜨거운 숯
덩이에 말가죽을 깔고 사람을 엎어놓고 자근자근 칼집을 넣어……'

이순지는 쓴웃음을 지으며,

'카라가네야의 요청은 혜숙이의 아버지, 또 양지의 할아버지로, 또
자네 장인으로 허락할 수 없네.

타타르말

다음날 아침, 카슨도는 〈왕여관〉으로 갔다. 카라가네야와 수행원
들은 아침식사를 하려고 식탁에 둘러앉아 있었다.

이순지가 큰 키를 구부리며 안으로 들어왔다.

신인천이 일어나서 조선식으로 인사를 했다. 카라가네야도 이 분이
마을 촌장인 이순지로구나 생각하고 깊숙이 머리를 조아렸다.

'카라가네야 젠베에라고 합니다. 만나 뵙게 되어 대단히 영광입
니다.'

'이순지입니다. 선생님에 대해서는 김차동에게 오래 전에 말씀을
많이 들었습니다. 그건 그렇고 어려운 문제를 가지고 오셨군요. 자,
앉으시죠.'

여기까지는 유창한 일본어로 말했다. 이어서 한국어로,

'신씨 오랜만입니다. 식사 도중에 죄송합니다. 여러분, 계속 식사
하십시오.'

커다란 원탁에는 요리사 왕용이 직접 만든 다채로운 요리가 차려져
있었다. 하지만 카라가네야와 신인천은 거의 손을 대지 않았다. 그러

나 수행원들은 처음 맛보는 원조 중국요리의 정수들이다.

'자, 드십시다.'

신인천이 말하자 모두들 입맛을 다시며 정신없이 먹기 시작했다.

카라가네야는 카슨도와 이순지의 표정을 보고 어젯밤 두 사람이 늦은 시간까지 이야기를 나누었다는 것을 눈치채고 왕용에게 급히 별실을 부탁해 놓았다. 오늘 아침은 카라가네야와 신인천을 포함한 4명이 결말을 낼 작정이다. 큰 온돌방이지만 아직 불을 넣지는 않았다.

왕용이 큰 질주전자를 좌석 한 가운데에 두고 나갔다. 이순지가 모두의 찻잔에 차를 따라준다.

'자스민 차군요.'

신인천이 말한다.

'오호, 저는 처음입니다.'

카라가네야가 양손으로 찻잔을 들고 모락모락 피어 올라오는 뜨거운 증기에 얼굴을 갖다 대며 고개를 살짝 흔들었다.

'하하, 카라가네야님, 향기가 좋지요?'

'네, 이 향취와 풍미는 저도 꼭 취급해보고 싶은 물품입니다. 오사카 인들이 좋아할 것 같습니다.'

'이것은 청나라의 차입니다. 통상부通商部 사람에게 일러두도록 하겠습니다.'

겉으로는 느긋한 것처럼 보이지만, 두 사람 표정은 딱딱하게 굳어 있고 관자놀이가 미세하게 떨리고 있다. 카슨도와 이순지가 어떻게 나올 것인가, 그것이 최대의 관심사다. 카슨도와 이순지가 이미 카라가네야의 요청에 대하여 의논한 게 틀림없다.

어젯밤 늦게 카슨도가 이순지를 방문했던 것은 사실이지만, 카슨도는 아직 이순지가 어떤 생각을 가지고 이렇게 아침 일찍 내려왔는지 짐작할 수 없어 불안하다. 카슨도도 이순지의 생각을 숨 죽여 지켜보고 있다.

'카라가네야님, 단도직입적으로 여쭤보겠습니다.'

이순지가 목소리를 낮추며 일본어로 말을 꺼냈다.

'일본의 쇼군이 타타르말을 조달하라는 분부를 내렸다고 하는데, 타타르말은 군마로는 우수하지만, 조선말이나 일본말과 그다지 다르지 않습니다. 좀 더 구체적으로 말씀해 주시겠습니까.'

카라가네야는 이순지의 눈에서 매우 날카로운 호기심으로 가득 차 있는 것을 느꼈다. 카라가네야가 대답한다.

'쇼군은 타타르말, 혹은 몽고말이 일본말과 같은 계통의 말이라는 것을 잘 알고 계십니다.

사실은 쇼군께서 작년에 나가사키長崎에 있는 네덜란드 상관*을 통해서 서양 말 5마리를 구입하여 네덜란드 조련사를 초빙해 타보게 했습니다. 네덜란드 말이라고는 하나, 사실은 동인도회사가 조달해 온 페르시아 말입니다. 모두 방목하여 기르는 말입니다만, 머지않아 암말 두 마리도 도착할 예정이라는 등, 물론 저는 본 적이 없기 때문에 경솔하게 말씀드릴 수 없지만 키는 1m 50cm 정도이고 고속으로 달린다든가……'

'정말입니까!'

이순지가 놀라는 목소리로 눈을 크게 뜨고, 카라가네야 쪽으로 몸을 쑥 내밀었다.

---

* 네덜란드 동인도회사가 설치한 무역의 거점으로, 에도시대 쇄국정책의 일환으로 나가사키 항구에 축조된 데지마(出島) 인공섬을 외국인 거류지로 삼았다.

'제가 정부의 암행부에 있을 때 청나라말은 큰 편이었는데, 키가 1m 50cm는 아닙니다. 김차동, 자네가 탔던 율모도 그랬을 걸?'

카슨도는 고개를 끄덕인다. 이순지가 팔짱을 끼고 자문하듯이 계속 말을 이어갔다.

'도대체 일본의 쇼군은 무엇을 생각하고 있는 겁니까. 쇼군의 진의 는 과연 어디에 있을까요?'

'정확히 말씀드리자면 요시무네님이 원하는 것은 고대의 한혈마입니다. 쇼군께서는 한무제의 고사를 인용하시며 말씀하고 계시는 겁니다.'

이순지는 크게 고개를 흔들었다.

'천마를 끝까지 찾으라는 말씀이네요.'

'그렇습니다. 세계에서 가장 강하고 빠른 말을 요구하고 계십니다. 이미 입수한 페르시아 말의 성능을 능가하는……'

이순지는 빈정거리는 표정을 지으면서,

'옛날에 조선에도 말에 미친 왕이 있었는데, 전망 좋은 한강에 목장까지 만들며 주민을 강제로 퇴거시킬 정도였지요.'

'폭군 연산군이군요.'

신인천이 맞장구를 치자 카라가네야가 손을 내저으며,

'요시무네님은 폭군이 아닙니다. 뛰어난 통찰에 근거하여 다른 사람의 의견에도 귀를 기울이는 총명한 왕입니다. 연산군과 같다고 말씀하시면……'

'분명히 연산군은 10대 조선국왕이었습니다만, 너무나도 포악하여 신하들에게 모반당해 왕위를 삭탈당하고 강화도로 유배간 후 두달 만에 죽었습니다. 그 때가 30살이었지요. 폐주가 되어 역대 왕으로도 기록되지 못했습니다. 쇼군을 연산군과 비교해서는 안되겠지만, 한 혈마를 소망한다는 것은 아무리 생각해도 터무니없이 어려운 문제를 떠맡겨 신하들을 곤란하게 만들려는 의도라고 밖에 생각할 수 없습니다.'

'아니요, 반드시 그렇지는 않습니다. 신씨의 말을 들어보세요.'

카라가네야에게 떠밀린 신인천은 늘 그렇듯이 약간 말이 빠르지만 담담한 어조로 이야기를 시작한다.

'……네, 저는 한혈마는 결코 환상의 말이 아니라고 생각합니다. 그 이유를 지금부터 말씀드리겠습니다. ……저는 지금은 완전히 늙어버렸습니다만 젊은 시절에 조선 가로회 본부산하 서원대학書院大學을 졸업한 후, 도서실에서 가로회의 역사자료 정리와 편집 일을 맡아보고 있었습니다. 그곳에는 100명 남짓한 선비가 모여 있었는데……, 저와 할아버지들이 탄압을 피해 텐진에서 이 땅으로 온 것은 지금으로부터 약 70년 전입니다. 신앙을 버렸다고까지는 말할 수 없지만, 오직 상호부조의 정신만을 묵묵히 실천하기 위해 뜻을 함께하며 정신없이 살아왔습니다.

비합법적이지만 이렇게 기나긴 시간 동안 존속해오면서 큰 조직을 이루고 보니 역사라는 것도 필요하게 되었습니다. 저는 그 작업에 손을 대고 있었습니다. 어쨌든 백련교, 가로회뿐만이 아니라 송, 원, 명, 청나라에 걸친 정치, 전쟁, 농민반란, 문화, 풍속, 풍물, 범죄 등에 관한 방대한 자료가 정리가 안 된 채로 도서창고에 처박혀 있었기 때문입니다. 우선 모든 항목을 적어 그것을 분야별, 시대별로 정리하고 분석하여 기록해두었습니다.

지금부터 그 방대한 자료 중에서 발견한 두 자루의 서류 뭉치에 대해 말씀드리겠습니다.

'그 산더미 같이 쌓아 놓은 종이묶음을 풀어 한 장 한 장 넘겨가자……. 지금은 돌아가시고 안계신 어떤 장로가 한양의 고서점가를 걷고 있는데 마침 그 길을 지나는 어린 점원과 서로 한눈을 팔다가 요란스럽게 부딪혔습니다. 종이묶음이 길바닥에 사방으로 흩어졌습니다. 어린 점원이 허겁지겁 줍고 있자, 이 장로라고 하는 사람은 한 조각이라도 문자가 쓰여 있으면 주워 읽으려고 하는 습관을 가지고 있었는데 문득 손에 든 것이 작은 손글씨로 쓴, 문자가 빽빽하게 적힌 가제본한 두꺼운 책이었습니다. 문자는 몽골어인 것 같은데 내용을 통 알 수가 없었습니다. 깊은 호기심이 생겨 장로가 말했습니다.

이것을 나에게 주시게나. 사과하는 의미로 내가 사지, 그러자 어린 점원은 터무니없이 싼 가격을 불렀습니다. 이 종이묶음은 이전에 베이징으로 갔던 사신단의 한 사람이 베이징의 고서점과 골동품 거리에서 구입한 것입니다. 사신은 이미 죽고 쓸모 없게 된 것을 유족이 아주 싸게 팔아치운 것입니다. 대범한 장로는 어린 점원이 말하는 대로 돈을 지불하고 경주까지 가지고 돌아왔지만, 종이에 적힌 글자를 해독하지 못한 채 보관만 하였습니다. 읽는다기보다는 바라보고 있다가 세월이 지난 어느 날, 갑자기 가제본한 책에 깊이 머리를 숙여 인사를 하고 그대로 여행길에 올랐습니다. 제가 말씀드리고자 하는 것은 이 가제본 책에 적혀 있던 내용입니다.'

'신씨, 몽골어를 할 줄 아십니까?'

카슨도의 질문에 신인천은 고개를 끄덕였다.

──13세기 초, 칭기스 칸에 의해 중앙아시아 초원에 사는 모든 유목민과 둘러싸고 있는 외곽에 있던 중국, 이란, 러시아 등 정착농경지

대까지도 그의 지배하에 들어가 광활한 몽골제국이 탄생했다.

청기스 칸의 손자인 쿠빌라이 칸에 이르러, 1271년 수도를 대도大都 (후에 베이징)로 정하고, 중화의 남북을 통합하여 초원지대에 있는 기마병의 유목군사력과 중화본토의 경제력을 합병한 대제국인 원元왕조를 세운다.

그러나 원나라는 1351년 백련교도들이 일으킨 홍건적의 난을 계기로 붕괴의 길로 접어든다. 이 반란군 중에서 한족인 주원장朱元璋*에 의해 1368년에 베이징은 함락당한다. 원나라 황제 혜종과 몇 십만 명의 몽골인은 만리장성을 넘어 그들의 고향인 몽골고원으로 돌아갔다.

주원장이 원황제(홍무제洪武帝)에 즉위하고 명나라를 세운다. 이 때, 명왕조는 스스로가 원왕조의 정통적인 계승자인 것을 확실히 하기 위해서 몽골고원에서 유목생활을 하고 있는 사람들과 대몽골제국(원)의 후예들이 살고 있던 지역을 몽골蒙古이 아니라 타타르韃靼라고 부르게 되었다. 타타르는 몽골 여러 부족 중에 유력 부족명이다. 명나라의 지배는 약 270년간 지속되었다. 하지만 17세기 초에 중국 동북부 다싱안링산맥 동쪽에 세력을 가지고 있던 쥬센이라는 수렵민족 중에서 누르하치努爾哈赤**라는 강력한 지도가가 나와 만주국을 건설한다. 나중

---

* 중국 명(明)나라의 초대 황제(재위 1368~1398). 홍건적에서 두각을 나타내어 각지 군웅들을 굴복시키고 명나라를 세웠다. 동시에 원나라를 몽골로 몰아내고 중국의 통일을 완성한다. 한족(漢族) 왕조를 회복시킴과 아울러 중앙집권적 독재체제의 확립을 꾀하였다.

** 중국 청(淸)나라의 태조(1559~1626). 오랜 세월 하나로 단결되지 못하고 하등민족으로 취급받던 여진족이 16세기말 중국 본토에서 가장 강력한 통치국가로서 300년간 존재했던 청나라를 세우는 데 기틀을 닦은 사람이다.

에 한자를 보면 쥬센은 여직女直, 혹은 여진女眞, 만주滿洲가 된다. 그 아들 홍타이지皇太極가 대청국大清國을 세우고 그의 외아들 풀린(순치제順治帝)이 계승하여 만주국은 만리장성을 넘어 베이징으로 일시에 공격해 들어갔다. 명나라는 멸망하고 몽골군이 만리장성을 넘어 북으로 패주하고 나서 2세기 반이 지난 후에 중화의 땅은 다시 수렵민족의 통치가 시작된 것이다. 청제국 4대 강희제康熙帝 때, 청나라는 동유라시아의 거의 대부분의 지역을 지배하는 대제국으로 발전한다.

몽골은 어떻게 되었을까?

17세기 말, 강희제 치하, 텐산산맥 북쪽에서 준갈準噶爾(서부몽골)*이라는 부족이 혜성처럼 나타나 유라시아 중앙고원에 유목제국을 건설하고 청을 위협했다. 지도자는 갈당 칸噶爾丹汗. 칭기스 칸의 먼 후손이다. 그러나 세 번에 걸친 강희제의 친위대와 사투를 벌이는 도중에 패하여 자멸했다.

신인천이 가로회 본부 도서실에서 우연히 읽은 책은 갈당 칸의 부대장이었던 당지라가 남긴 비망록이다. 비망록에는 다음과 같이 적혀 있다.

'우리들 5만 군사, 주력은 기마병으로, 병사들은 3~4마리의 말을 수시로 갈아타는 방법으로 행군한다. 낙타에 실은 대포 15문, 철포 1000정으로 전투력을 갖추고 동진한다. 적은 청나라군이다. 이기는 기세를 보이면 진격하고 질 형세라면 퇴각하여 즉각 대처함을 부끄러워마라.'

이렇게 적혀 있다. 또한 대략 다음과 같은 내용이 기록되어 있었다.

---

* 텐산산맥과 알타이산맥으로 에워싸인 오아시스·사막지대로서 유목민들의 활동지였다.

대장인 갈당 칸은 항상 30마리의 말을 동행한다. 이 말들은 다른 병사의 말과는 비교도 안 될 만큼 체형이 크고 자태가 아름다우며 빨리 달린다. 어디서 구했는지는 비밀 중에 비밀이다.

1696년 6월 20일 준갈군과 청나라의 서로군西路軍이 격돌한 차오모드 전투昭莫多戰鬪*에서 갈당의 아내인 아누 하통은 전사하고, 주력부대는 괴멸하게 된다. 갈당 칸은 당지라와 소수의 부하들과 함께 도주했다. 이때 목숨을 걸고 도와 준 안내자는 타타르인 목동들이었다. 갈당과 같이 동행하던 말은 아직 16필 남아 있었지만, 갈당은 이미 운명이 다한 것을 알고 남아 있던 16마리의 말을 목동들에게 맡기고, 알타이 산 속에 있는 본거지인 준갈리아, 즉 텐산 쪽으로 피신했다.

이듬해 1697년 4월에 갈당은 알타이 산 속을 떠돌다가 실의에 빠져 죽는다. 부대장 당지라는 강희제에게 투항하고 비망록을 남겼다.

그의 비망록 종장에 갈당의 천마에 대해서 기록했다.

—— 천마 즉 한혈마다. 모든 말의 장점을 한 몸에 겸비하고 있다. 아마 텐산산록의 험준한 산비탈에서 살아남아 뛰어난 명마가 되었겠지. 차오모드 전투에서 말을 담당한 목동들의 소식에 따르면 청군의 추격을 피해서 다싱안링산맥을 넘어 동쪽으로 이동했다고 한다. 이동하다가 보라색풀이 풍부하게 뻗어 있는 초원을 찾아내어 아직까지 갈당의 천마를 소중히 키우고 있다. 유감스럽지만 목장의 장소는 밝힐 수 없다.

신인천의 보고는 끝났다.

---

* 외몽골의 지명. 수도 울란바토르 동남쪽에 있는 교통의 요충지. 1696년 청나라 강희제의 10만 군과 갈당의 3만 군간의 결전지로 유명하다.

열심히 듣고 있던 카슨도와 이순지, 그리고 카라가네야는 신인천이 차근차근 이야기한 세계사의 여운에서 아직 완전히 헤어나오지 못한 표정으로 팔짱을 낀 채 침묵을 지키고 있다.

이순지가 얼굴을 들었다.

'도대체 언제쯤의 일입니까?'

'차오모드 전투는 조선 숙종 22년, 강희 35년이므로 정확히 30년 전입니다.'

'30년 전!'

이순지의 묵직한 목소리가 울려 퍼졌다.

'상당히 먼 과거 이야기라고 생각했는데 아주 가까운 이야기로군요. 당지라는 언제 죽었나요?'

'비망록에 날짜 기록은 없었습니다.'

'그 비망록이 가짜가 아니라는 증명이 있습니까?'

카슨도가 의심스러운듯 말을 꺼낸다.

'틀림없다고 생각합니다. 당지라는 강희제의 넓은 도량에 감격하여 충성을 맹세했습니다. 강희제는 당지라에게 산질대신散秩大臣으로 봉하고, 장자커우張家口*교외에 있는 차하르정황기察哈爾正黃旗의 영주로 임명했습니다. 비망록에는 차하르정황기의 도장이 있었습니다. 게다가 요즘 몽골어로 그 만큼의 비망록을 위조하는 자가 있을까요?'

이순지가 품에서 지도를 꺼내어 모여 앉아 있는 좌석 중앙에 펼쳤다. 어젯밤, 카슨도에게 타타르와 톈산산맥의 위치를 설명하며 그려 놓은 지도다.

---

* 중국 허베이성(河北省) 타이항산맥(太行山脈)이 끝나는 북쪽에 있는 도시. 만리장성의 안쪽의 도시로 몽골 지방과 연결되는 교통상의 요지이다.

신인천이 휴대용 붓통에서 붓을 꺼내 붓끝을 침으로 적신다. 붓털에 특수한 검정색을 입혀 만든 붓으로 지도 위에 다싱안링산맥을 북에서 남으로 크게 그려 넣고 살짝 붓끝을 서쪽으로 옮긴다.

'여기가 고륜庫倫(울란바토르)입니다. 차오모드는 고륜 동남쪽 약 100리로 이 근처입니다.'

카슨도의 눈에서 점점 빛이 반짝인다. 지명이 지도 위에 특정 지워지는 것만으로도 현실로 다가온다.

그 때, 아침 해가 산허리에서 빼꼼히 얼굴을 내밀며 장지문에 햇살이 눈부시게 넘쳐났다. 참새 그림자들이 어지럽게 움직이고 있다.

'목동들은 갈당의 말을 차오모드에서 다싱안링산맥을 넘어 동쪽으로 이동시켰습니다.'

신인천의 붓끝은 다싱안링산맥을 넘어간다.

'보라색풀이 서식하고 있다는 곳은 어느 부근일까?'

혼자서 중얼거리면서 다시 붓을 움직이며,

'여기가 지린, ……장백산맥, 그리고 회령.'

카슨도는 숨을 죽이며 신인천이 그리고 있는 붓의 움직임을 따라가다가 문득 얼굴을 들어 이순지를 보았다. 놀란 것은 이순지가 눈을 감고 있었다. 마치 졸고 있는 것처럼 보인다. 지나친 몽상이라고 말할 것 같았다.

신인천도 눈을 감고 있는 이순지의 모습에 기세가 꺾이며 ……그리고 회령, 여기까지 말한 뒤에 붓을 멈추고 입을 다물었다.

'신씨, 계속 말씀해 주시죠.'

카슨도가 재촉한다.

'네. ……그런데 우리들 가로회 함경도 지부에서 온 보고에 의하면

금년 회령 마시馬市에 모처럼 체형이 큰 말이 나타날 것이라는 소문이 나돌고 있습니다. 또한 이와는 별개로 회령개시에는 타타르인도 말 가죽과 양피로 만든 의복을 낙타에 싣고 팔러옵니다. 큰 말의 생산지 는 수수께끼이고, 물론 갈당의 천마라고 생각할 수도 있지만…… 회 령에서 타타르인과 만나 볼 필요가 있습니다. 반드시 뭔가 알 수 있 을 것입니다.'

카슨도는 이미 이순지의 동의가 없더라도 출발할 결심을 굳히고 있 었다. ……여하튼 회령까지라도 갈 작정이다. 옆에서 카라가네야의 도와달라는 눈빛이 느껴졌다.

'배다! 우선 배가 필요합니다.'

갑자기 이순지가 큰소리로 말했다.

배? 의아한 듯이 카슨도가 물었다. 신인천과 카라가네야도 고개를 갸웃거리며 여전히 눈을 감고 있는 이순지를 바라보았다.

이순지가 갑자기 눈을 크게 뜨고 손가락으로 가볍게 귀볼을 만지작 거리며 장난스러운 시선을 카슨도에게 보냈다.

'배로 말을 가지러 가는 겁니다! 배로!'

우리들? 카슨도는 의아한 표정으로 중얼거렸지만 갑자기 양손을 모 아 손뼉을 쳤다.

'장인어른도 같이 가실 거군요!'

이순지는 고개를 끄덕이며 신인천에게,

'가로회는 동해와 대륙의 상세한 지도를 가지고 있겠지요?'

'네, 지도는 우리 장사에서 없어서는 안 될 중요한 것이지요. 세밀 함과 정확도는 천하에 따라올 자가 없는 지도라고 자부합니다.'

'그 지도를 꼭 제공해주십시오.'

'물론입니다. ……배라고 말씀하신다면?'

이순지는 질문에는 대답하지 않고 지도를 보고 웅크리고 앉아서 신인천이 가지고 있던 붓을 들더니 남쪽에 〈쓰시마〉를 그리고 일본 열도를 거침없이 척척 그려 넣었다. 그리고 다시 포항으로 돌려 동해에서 북쪽으로 직선을 그어간다. 러시아에 가까운 조선의 북쪽 끝에 〈청진〉이라고 써 넣었다. 청진부터는 육로를 통해 북쪽으로 곧장 가면, 바로 〈회령〉, 회령까지 선을 긋고 붓을 멈췄다.

모두 마른 침을 삼키며 지도를 뚫어지게 보면서 이순지가 그어 놓은 길을 따라간다.

붓은 다시 〈포항〉으로 돌아온다. 계속하여 조금 전에 그린 북상선과 직각으로 포항에서 동쪽으로 향하여 수평선을 그려 넣는다. 한참 긋더니 붓이 멈춘다. 이순지는 그 지점에 〈오키隱岐〉라고 써넣었다. 다시 똑바로 동쪽으로 그어 깊숙이 파진 곳으로 들어가서 〈쓰루가敦賀〉라는 지명을 써 넣었다.

카슨도는 지그시 〈쓰루가〉라는 문자를 뚫어지게 응시하면서 말했다.

'그렇군요. 장인어른, 우리는 최단거리로 움직여야 합니다. 이 지도상의 직선을 보면 확연하게 들어옵니다. 이것이 해상길이라는 거지요?'

'그렇지!' 이순지가 대답했다.

'우리들은 포항에서 배로 북상하여 청진에 상륙합니다. 포항~청진은 대략 1700리(667.6km), 순풍이라면 포항에서 출발하여 4일째에 상륙할 수 있습니다. ……청진에 배를 숨기고 회령까지 육로로 가면 200리(78.5km) 정도. 빨리 걸으면 이틀이 채 걸리지 않습니다. 아니,

다들 미심쩍은 표정을 짓고 있군요.'

이순지는 얼굴에 웃음을 띠었다.

'옛날 오위부 학교에 다닐 때, 이러한 기술을 철저히 배웠습니다. 적이 있는 곳을 특정짓고 최단거리로 목적지에 도달하고 잠입하는 방법……, 말하자면 도상훈련……'

이순지가 급히 입을 다물었다. 문득 아내 양지의 슬픈 죽음이 떠올랐기 때문이다. ……회령. 회령이라는 곳과 양지의 존재는 떼려야 뗄 수 없다. 회령에 가면 옛날 그대로의 양지가 있는 건 아닐까. 애뜻한 기억이 밀려오자 이순지는 이전보다 더 냉정하게 계속 말을 이어갔다.

'만약 천마를 입수할 수 있다면……, 지금은 꿈만 같은 이야기에 지나지 않지만 청진에 숨겨놓은 배에 실어 오키 섬으로 향합니다. 오키에서는 편서풍을 타고 동으로 곧장 갑니다. 그리고 쓰루가에 상륙하면 곧장 에도를 향합니다.'

카슨도는 다시 지도에서 쓰루가의 위치를 확인하고, 〈쓰루가〉라고 작은 소리로 되새겨 본다.

쓰루가는 카슨도가 밀수화물에 몸을 감추고 일본을 떠나 온 항구지만, 세월이 흘러 그의 기억에서 지워져 갔다. 이번 임무의 최종 항구가 〈쓰루가〉이다.

카라가네야는 그의 계획이 어떻게든 실현될 것 같은 형세에 마음을 놓은 표정을 지으며,

'착수금으로 우선 은 200관을 준비해두었습니다. 신씨에게 맡겨놓았습니다.'

아무리 어려운 교섭이라도 비용이야기가 나오면 이야기는 거의 끝난 것이다.

그 이후 여정협의에 몇 시간을 더 보내고 4명은 자리에서 일어나 식당을 통하여 광장으로 나갔다. 신인천과 함께 온 5명이 말에게 재갈을 물리고 대기하고 있었다. 간단한 이별인사를 마치고 카라가네야와 신인천은 동굴 속으로 사라졌다. 카라가네야는 곧바로 포항에서 밀수선에 동승하여 귀국하여〈타타르말〉을 받아들일 태세를 갖추기로 했다.

카슨도는 광장에서 한참 있다가 황새걸음으로 언덕길을 천천히 오르는 이순지의 뒷모습을 멍하니 지켜보았다.

산사면 여기저기에 흩어져 있는 노보리가마에서는 고열의 도자기 굽기가 끝마무리임을 알려주는 회청색의 가느다란 연기가 피어오르고 있었다. 아낙네들이 강에 내려가 빨래를 하고 있다. 빨래터에서 물방망이질을 하는 소리가 카슨도의 귀에 유쾌한 리듬으로 들렸다. 혜숙이도 양지를 데리고 저기에 있겠지.

물방망이질을 한 옷가지와 천은 모두 새하얗다. 여자들은 깨끗하게 빤 젖은 옷에 풀을 먹인 후, 집으로 가져와 말린다. 저녁에는 홍두깨로 다듬이질을 하거나 입에 물을 넣고 푸푸 뿜으면서 인두질을 한다. 혜숙이가 구김이 없는 새하얀 옷으로 갈아입게 해주는 기쁨은 뭐라고 표현하기 어려울 만큼 행복하다.

카슨도는 흰 것은 그냥 하나의 색 밖에 없다고 생각했었다. 하지만 조선 사람들 특히 혜숙이는, 흰색은 한 가지가 아니라 몇 십 종류나 되는 미묘한 차이를 식별할 수 있는 눈을 가지고 있다. 혜숙이가 풀을 먹여 다듬이질을 하고, 또 인두질을 해 둔 무명천에서 엷게 푸른 빛이 나는 백색을 보고, 카슨도는 자기가 구워낸 백자의 색을 재현한 것이라고 생각해왔다. 그러나 그런 꿈도 당분간은 미래에 맡겨 두어야 한다.

강 쪽에서 불어오는 시원한 바람을 타고 양지의 노랫소리가 들려온다.

'사케사오 사케사오 오람바에토리 사케사오.'

먼 옛날, 혜숙이가 왜관 가마터에서 그네를 타며 부르던 노래다. 어떤 의미인지 물어보았더니, 시라나이知らない(몰라요)라고 대답했다. 성장한 혜숙이에게 다시 한 번 물어 보았더니,

'그냥 그네 노래예요. 해주지방의 방언인 것 같은데 의미는 없어요. 다만, 이 노래를 부르면 그네가 높이 올라갔어요.'

다음날, 15개의 노보리가마에서 도자기 꺼내기가 일제히 시작됐다. 검품과 선별방법은 이렇다. 흙 안에 들어 있던 돌이 연소할 때 표면으로 나와서 튀긴 것처럼 되는 것, 유약이 벗겨진 것, 얼룩, 주저앉은 것, 요변*, 설 구워진 것 등을 따로 빼놓지만 곧바로 깨버리지는 않는다. 이러한 결함이 있는 작품이 의외로 멋스러움이 넘칠 경우가 있다. 특히 한양의 유명한 미술상 윤시원과 지금은 좌의정에 오른 안홍철은 결함있는 작품을 독특한 미를 간직하고 있다면서 더 좋아했다.

가로회와는 별개로, 윤시원과 안홍철은 숨은 지원자다.

도자기를 꺼내고 난 며칠 후, 윤시원의 미술상 점원과 가로회에서 도자기 매입을 위하여 많은 사람들이 터널을 통해 마을로 들어왔다.

---

* 불길의 성질이나 유약에 함유된 물질로 인해 유약이 예기치 않은 색깔이나 무늬로 변하는 일.

광장에는 경매 후 포장이 시작되었다. 마을의 포장방법은 〈꿀포장〉으로 파손이 적게 나기로 정평이 나 있다.

출하는 순조롭게 끝났다. 그리고 드디어 회령으로 출발할 본격적인 준비에 착수했다. 그러나 이 계획은 마을에서도 극히 일부 사람만 아는 비밀이다. 마을을 대표하는 두 사람이 몇개월이나 마을을 비우는 것은 처음 있는 일이다. 또한 민요를 감시하는 도호부 감찰어사와는 끊임없는 긴장관계다. 마을의 평화와 존립은 이를테면 한 가닥 줄 위를 걷고 있는 것 같은 위험한 균형 위에 체결된 것이다. 어느 한 순간의 부주의로 치명상을 입기 쉬운 관계다.

출발은 회령개시 개막에 맞춘 11월 중순으로 결정했다. 카슨도와 이순지는 뒷걱정 없이 출발하고 싶다. 그래서 마을을 비우는 동안 촌장역할을 한양의 윤시원에게 맡기기로 했다. 윤시원에게 보내는 마을사람의 신뢰는 절대적이다. 윤시원은 10월 중순에 마을에 도착했다.

카슨도와 이순지는 간혹 경주 가로회 본부로 출석하기도 하고, 어떤 때에는 신인천이 마을로 올 때도 있었다. 가로회가 제공한 지도는 신인천이 자부한대로 정밀하고 정확했다.

원정대를 편성하고 요원도 결정했다.

대장은 김차동(카슨도), 부대장은 이순지, 말 관리는 마상재기수였던 강진명姜珍明, 정찰과 전령담당은 고태운高泰雲, 의료원 최백형, 만주어와 몽고어 통역은 가로회 통사부 차지량車志良.

회령원정 이야기를 들은 왕용이 정색하며 달려왔다. 태운, 최백형, 강진명, 모두 함께 한 동지인데 어째서 나만 제외하는 거냐. 또한 긴 여행길에 요리사를 빼놓으면 어떻게 하느냐, 카슨도에게 항의

한다.

'왕씨, 들어보세요. 이번 원정은 사절단이 아닙니다. 왕씨의 요리를 즐길 여유가 없습니다. 먹지도 마시지도 않는 강행군이 될 거예요. 게다가 마을에 오직 한 개 뿐인 식당과 여관을 닫는다는 것은 마을사람 모두가 허락하지 않을 거예요.'

카슨도는 진심으로 그렇게 생각하고 있었다. 만약에 〈왕여관〉의 개점휴업 상태가 길어지면 마을 사람들이 정말 이상하게 생각할 것이다.

왕용은 더 이상 아무 말도 못하고 돌아갔다.

카슨도는 출발에 얽힌 곤란한 문제들을 착실히 해결하고 있었지만, 전혀 생각지도 않은 곳에서 문제가 발생했다. 혜숙이가 화가 많이 났다. 그녀의 반대를 예측하지 못한 건 아니지만 이러한 계획이 있다는 얘기를 차일피일 미루고 있던 중에 혜숙은 일이 되어가는 모든 상황을 아버지에게 듣고 노발대발하는 상황에 이르렀다.

……상당히 위험한 여행이라고 아버지가 말씀하셨는데 가족을 소홀히 생각해도 괜찮은 건가요?

혜숙이는 남편의 사명감도 아버지의 호기심도 전혀 이해할 수 없었다. ……카슨도는 〈번의 명령〉이라고 할 수도 있겠지만, 아버지는 〈천마〉라는 것에 정신이 팔려 있다. 참으로 어리석다고 밖에 생각할 수 없다.

그 뒤로는 아예 입을 닫아버렸다. 카슨도가 한숨을 섞으며 이순지에게 고민을 털어놓자, 이순지도 똑같은 한숨과 쓴웃음으로 응할 뿐이다.

그러던 어느 날, 가로회에서 급히 사람을 보내왔다. 회령개시 개막이 반 달 앞당겨진다는 정보다. 일정조정이 불가피하게 되었다. 타타르말 상인들이 참가하는 시점과 관계가 있는 것 같은데 자세한 내용은 모른다.

카슨도의 원정대도 그에 맞추어 출발을 앞당기기로 결정했다. 타타르인들이 회령에 어느 정도 체류할지 모르기 때문에 구태여 서두를 필요는 없지만, 준비에 박차를 가했다.

김차동과 혜숙

역시 카슨도에게 골치 아픈 문제는 뭐니뭐니해도 혜숙이를 설득하는 일이다. 시간을 두고 설득하려고 생각하고 있었는데, 이제는 그럴 여유도 없다. 혜숙은 이렇게 말한다.

——마을을 건설하여 이제 10년. 여자들은 죽을 힘을 다해 남자들을 받들어 다듬이질하기, 베짜기, 농사짓기, 아이키우기를 해왔다. 지금 이 마을은 행복한 마을이다. 마구 으시대며 행세하는 관리도 없고 부자도 없다. 모두 평등하게 서로 나누며 살아가고 있다. 그러나 우리들 마을은 항상 외부의 위협에 노출되어 있다는 것을 잘 알고 있다.

무릎에 얹어 놓은 카슨도의 손등에 손을 포개며 호소하는 혜숙이의 눈에서는 당장이라도 눈물이 쏟아져 내릴 것만 같다.

'……2년 전, 어떤 사람이 동굴을 파괴하려고 했었죠? 모르는 남자가 무궁화 숲에 숨어들어오기도 했지요? 이런데도 당신은 아버지와 함께 몇 개월씩이나 마을을 비워두려고 하고 있어요. 게다가 이번 여행은 목숨을 거는 일이잖아요! 나를 생각해서 아니, 양지를 생각해주세요.'

그러던 어느 날, 카슨도가 이순지의 공방을 찾아왔다. 태운이와 다른 인부들이 웃통을 벗고 흙과 씨름을 벌이고 있었다. 카슨도는 이순지를 모퉁이로 끌고가 고뇌에 찬 표정을 지으며 죽어들어 가는 목소리로,

'혜숙이가 반대하는 한 저는 도저히 떠날 수가 없습니다.'

이순지는 고개를 끄덕이면서 카슨도의 팔을 잡아당기며 귓속말을 했다. 얼굴은 웃고 있다.

'혜숙이가 재미있는 면이 있다네. 어렸을 적에 칭얼거리며 보챌 때에는 어딘가 멀리 데리고 가면 말을 잘 듣는 아이가 되었지.'

카슨도가 그 조언을 따르기로 했다. 그에게는 비밀을 간직한 장소가 있었다. 혜숙이를 데리고 갈 곳으로 그만큼 좋은 장소는 아마 없을 것이다.

2년 전 가을의 일이다. 카슨도는 혼자 양질의 고령토를 찾아 수십 리 떨어진 토함산까지 올라가 헤매다가 그만 길을 잃었다. 어느새 어둠이 내려앉고 있었다. 들판에서 야숙할 수밖에 없게 되었다. 설마 이 근처에 호랑이는 나오지 않겠지만 늑대는 확실히 있는 것 같았다. 멀리서 맹수들의 울음소리가 들려왔다. 한참을 걷다가 커다란 적송赤松을 발견하고 두 갈래로 갈라진 가지까지 올라갔다. 거기에서 잠을 설쳐 비몽사몽한 상태에서 아침을 맞이하고 눈을 비비며 숲 깊숙한 곳을 내려다보니, 건너편 숲 저쪽에 거대한 암석이 서 있는 것이다. 그 아래에 크고 흰 석굴 입구가 열려있는 것이 아닌가.

카슨도는 나무에서 내려와 숲을 지나 석굴 입구로 다가 갔다. 등나무덩굴과 담쟁이덩굴이 여러 겹으로 겹쳐져 있는 것이 몇십 년 아니, 몇백 년 동안 사람이 방문한 흔적이 없는 것 같았다. 무성하게 자란

잡초들을 어렵사리 걷어내고 안으로 들어가자 사람 키 정도 되는 회랑이 11m 정도 이어지더니 넓은 원형 불당으로 인도되었다.

석굴 입구에서 미세한 빛이 들어와 불당 안을 밝혀주고 있었고 중앙에는 커다란 불상이 안치되어 있었다. 아직 잠이 덜깨어 꿈을 꾸고 있을지도 모른다는 생각에 뺨을 꼬집어보기도 하고 소리를 내어보기도 했지만, 뺨에는 통증이 있고 목소리는 원형천장에서 메아리쳤다.

카슨도는 합장을 하고 석굴을 나왔다. 언젠가 다시 찾아와 꿈인지 생시인지 확인해볼 생각이었다.

돌아오는 길은 헤매지 않았지만 만약을 위해 적송과 참나무에 칼집을 넣어 표시를 해두었다.

그 후 바쁜 나날이 계속되어 어느새 석굴에 대한 기억도 가물가물해지고 희미한 꿈과 같이 깊은 의식 속으로 가라앉았다.

혜숙이를 어디로 데려갈까? 생각을 거듭하다가 마침내 떠오른 곳은 석굴이다.

카슨도와 혜숙이는 태양이 떠오를 무렵, 일찍 마을을 출발했다. 앞마당에는 이순지에게 안긴 양지가 배웅해주었다.

'오데가미 가이테네お手紙書いてね(편지 보내주세요).'

양지가 잘 다녀오라고 손을 흔든다. 외할아버지를 좋아해서 부모와 떨어져도 울지 않는다.

카슨도와 혜숙이는 튼튼하게 짠 짚신을 신고 종아리에 행전을 두룬 여행자 차림이다. 찐 쌀로 말린 비상식량을 죽순껍질로 싼 밥과 물통, 짚신을 허리에 매달고 토함산으로 향했다.

'나에게 보여주고 싶은 것은 뭐예요?'

'가보면 알아.'

카슨도가 대답한다.

2년 전, 적송과 참나무 줄기에 표시해둔 자국은 남아 있었다. 기분이 좋다. 카슨도는 가는 길에 중국에서 전해 내려오는 오래된 이야기를 혜숙에게 들려주었다.

'……옛날 전쟁으로 몹시 황폐해졌을 때의 일이야. 강에서 물고기를 잡는 어부가 있었는데, 어느 날 물고기를 좇아 강을 역류해 올라가는 사이에 자기도 모르게 미궁 속에 들어가버렸지. 정신을 차리자 주위에는 활짝 핀 복숭아꽃이 있었어. 황홀경에 빠져 더욱 더 상류로 올라가보니 강은 끝이 나있고 암산에 부딪혔어……'

'어, 그 이야기 나도 알고 있어요.'

아버지가 들려준 이야기는…… 혜숙이가 이야기를 계속 이어갔다.

'그 암산에는 작은 동굴이 있었고 어렴풋하게 빛이 새어 나왔어요. 가까이 가보니 그 곳은 폭이 좁은 동굴이었어요. 어부가 동굴을 빠져 나가자 눈앞에 아름다운 마을이 나타났어……, 우리 마을처럼.'

'그럼 그렇고말고! 그러나 내가 이야기하고 싶은 것은 그 이야기의 결말부분이야. 알고 있어?

'아니요, 말해주세요.'

카슨도는 혜숙이의 손을 잡고, 키가 큰 덤불숲을 헤치고 적송과 참나무 줄기에 표시해둔 자국을 찾아냈다.

'그 이야기의 결말은 이래. ……마을 전체의 환대를 받았던 어부가 돌아갈 때가 되어 약속을 하나 했어. 이 마을의 일은 입 밖에 내지 말라고. 그러나 어부는 돌아가는 길에 요소요소마다 표시를 해두고서 마을에 도착하자마자 태수에게 고하여 ……'

'어떻게 되었어요?'

'태수는 탐색대를 파견해서 그 마을을 찾으려고 했지만 표시는 완전히 사라져 버리고 없었지. 그 이후 마을에 간 사람은 한 명도 없대.'

카슨도는 혜숙을 돌아보고,

'그렇지만 이것 봐, 내가 표시한 자국은 이렇게 남아 있잖아.'

혜숙이의 눈이 반짝이며 그 자리에 멈춰 섰다.

'알았어요. 이 앞에 그 마을이 있다는 거죠?'

카슨도는 머리를 옆으로 흔들고,

'마을이 아니야.'

두 사람은 풀이 나 있는 산사면에 앉았다. 흘러가는 구름을 보면서 찐 밥을 먹으며 허기진 배를 채웠다. 다시 일어나 걷기 시작했다. 해가 중천에서 조금 서쪽으로 기울어졌을 때, 마침내 그 적송 거목 아래까지 왔다.

카슨도는 적송나무를 올려다보다가, 마침내 두 갈래로 갈라진 가지까지 기어 올라갔다.

'있다!'

기억하고 있던 장소에 이전과 같은 모습으로 큰 암석을 뒤로 둔 하얀 석굴이 슬쩍 보였다.

석굴은 아마도 아주 오랜 옛날에 불교가 성행했던 시대에 만들어졌을 것이다. 불교의 쇠퇴와 함께 잊혀진 채 긴 세월이 지나는 동안에 무성한 수목과 덩굴에 파묻혀버렸던 것이다. 석굴은 누군가가 의도한 것도 아닌데 우연히 겹쳐서 적송의 두 갈래로 나뉜 가지에서만 보이게 된 것이다.

카슨도는 나무에서 내려오자마자 혜숙이의 손을 잡아끌고 부리나케 나무숲 사이를 빠져나가 석굴입구로 들어갔다. 두 사람은 암석 벽에 뚫려있는 그윽한 회랑으로 들어선다.

사선으로 기운 햇살이 두 사람 뒤에 붙어 따라 들어온다. 곧 원형의 넓은 불당에 이르렀다. 중앙에 안치된 커다란 불상을 올려다본 순간 혜숙이는 아! 하고 감탄하며 카슨도의 손을 꼭 잡았다.

두 사람 뒤에 따라 오는 작은 빛이 불상까지 도달하여 불상의 옆얼굴을 은은하게 비추고 있다.

불당 높이는 아치형 천장 꼭대기까지 약 8m, 직경은 7.9m이다. 중앙 한가운데 높이 4.8m의 석가여래가 안치되어 있었다. 그것을 본존불(석가모니불)로 하고 둘레의 석벽에 조각된 보살과 불법을 지키는 제석천帝釋天 상 26체가 둘러져 있다.

'당신이 발견했어요?'

뒤돌아보려고 하는 혜숙이를 향하여 카슨도가 말한다.

'잠깐만! 그대로, 움직이지 말고 그대로 있어봐.'

카슨도는 믿을 수 없었다. 불상과 혜숙이의 얼굴이 닮아 있었다. 눈초리에서 뺨을 지나 입술로 흐르는 우아한 선이 마치 같은 조각가의 손에 의해 만들어진 듯이 보였다.

'⋯⋯어느 시기의 불상인지는 모르지만 이 정도의 불상을 조각할 수 있는 시대라면 신라밖에는 없어.'

'신라? 아주 오래 됐네요.'

'그래, 천 년 가까이 된 옛날. 도읍지가 경주였으니 도시의 유력자 중에 어떤 사람이 이러한 명소를 택하여 부처에게 귀의하는 마음을 표현한 것이겠지.'

혜숙이는 여래상을 향하여 눈을 감고, 두 손을 모았다. 입술이 조금

움직이고 있다.'

무슨 소원을 빌었어?'

'당신이 무사히 회령에서 돌아올 수 있도록……'

카슨도가 혜숙이를 꼬옥 안아주었다.

'이 곳의 일은 언제까지나 우리 두 사람만의 비밀로 해두자. 우리들을 지켜주는 부처님이야.'

'아버지에게도 비밀로 해야 돼요?'

'응, 그래.'

'혜숙이가 어렸을 적에 칭얼댈 때는 멀리 데리고 가면 말을 잘 듣는다고 아버지께서 귀뜸해주셨어.'

'그래요. 옛날에 나를 회령으로 데리고 가면 좀 더 말을 잘 듣게 되었어요. 회령은 엄마의 고향인걸요. 그러나 이제는 양지가 있어서 회령에는 갈 수 없지만……'

카슨도와 혜숙은 다음에 두 사람이 꼭 석굴에 다시 오기로 약속하고 걸음을 옮겼다.

회령원정대

마을로 돌아온 직후, 신인천이 보낸 사자가 선박준비를 마쳤다는 소식을 가지고 왔다. 동시에 가로회 경비대 20명이 마을로 파견되어 동굴과 무궁화 숲에 10명씩 배치되었다. 그들은 검과 단총으로 무장하고 있었다.

출발하기 며칠 전, 카슨도는 잠시 사랑방 앞에서 턱을 괴고 앉아 있었다. 큼직한 창에는 석양이 한가득 들어와 방 안을 물들이고 있다. 카슨도는 붉은 노을 속에서 가마터 장부를 확인하고 도공들에게 지시할 작업지시서를 정리하고 나서 〈아스트롤라베〉를 손에 들었다.

15년 전, 부산 중심가 골동품 상점의 점주가 그리스에서 건너 온 〈천공관측의〉라고 했다. 언젠가 반드시 도움이 될 거라며 권하기에 사둔 것이었는데 드디어 때가 온 것 같다. 이것으로 별자리와 방향을 알 수 있다. 처음에는 어떻게 사용하는지 전혀 몰랐지만 수차례 시행착오 끝에 드디어 사용하는 방법을 터득하게 됐다.

'……자, 그럼.'

의자에서 일어나 잊어버린 물건은 없는지 방 안을 둘러보는데 입구에 양지가 앙증맞게 서 있다.

창을 통해 들어온 노을빛이 정면으로 어린 여자아이를 비추고 있다. 양지가 마치 요정 같다. 카슨도가 재빨리 달려가 안고서 뺨을 비빈다.

'어머니가 오테가미 맛테르테お手紙,待ってるって(편지 기다리신대요).'

양지가 귓속말로 속삭였다. 카슨도가 끄덕이면서 꼬옥 안아주었다.

카슨도는 기르고 있던 20마리의 통신 비둘기 중에 건강한 5마리. 1, 2, 3, 4, 5호를 선별하여 이번 여행에 데리고 가기로 했다. 양지는 그 일을 말하고 있는 것이다.

새벽녘, 강에서 올라오는 안개가 금새 산골짜기 전체를 덮었다. 내리쬐는 햇살이 아침 안개를 비추고 있다. 카슨도가 인솔하는 원정대가 출발했다. 일렬종대로 카슨도, 강진명, 고태운, 최백형, 이순지 순으로 말을 타고 나아간다. 원정대 일행의 그림자가 또렷히 안개 스크린에 비추어졌다. 원정용 짐은 먼저 경주로 보내 놓았기 때문에 일행의 옷차림새는 짧은 여행을 떠나는 사람들처럼 가벼운 복장이다. 배웅할 때에도 임시촌장을 맡은 윤시원 한 사람만 나와 있었다. 각 대원은 이미 자택 앞마당에서 가족과 이별을 하고 나왔다. 아무렇지도 않게 외출했다가 태연하게 돌아오자는 카슨도의 제안이 있었기 때문이다.

동굴을 빠져 나올 때, 카슨도와 이순지의 마음속에는 한결 감정이 북받쳐 올라온다.

동굴의 길이는 43m, 폭 4.5m, 높이 3.9m. 개통까지 3년의 세월이 걸렸고 동료 5명이 붕괴사고로 희생됐다. 입구와 출구 양쪽의 천장에는 철제로 된 방어벽이 내장되어 있다. 위기가 닥칠 때 철문을 내려서 외부의 침입을 막을 수 있다.

이순지와 카슨도는 동굴을 빠져나갈 때마다 두 손 모아 먼저 간 동료 5명의 명복을 빌었다.

저녁 시각, 원정대는 경주에 도착했다. 오래간만에 보는 큰 건물과 군중을 보고 강진명과 고태운은 어린아이처럼 좋아했다. 가로회 숙사에서 만주어와 몽골어 통역을 맡은 차지량車志良이 합류했다.

만찬 자리에서 신인천이 신경 쓰이는 말을 전했다.

'묘한 소문이 들려옵니다. ……아무래도 여러분처럼 회령 마시를 향해 신참 매수단이 북으로 가고 있는 모양입니다.'

신인천이 말했다.

'그 매수단은 전라도 전주 근처에 있는 목장주가 이끌고 있습니다. 남쪽은 원래 목장이 적고 좋은 말도 없습니다. 목장주는 박朴이라는 자로, 요 근래 수년간 두각을 보여온 상당한 수완가라는 말이 있습니다. 말 보는 눈도 높다. 여자에 대한 눈도 높다, 아니 여자보는 눈은 아예 없다는 평판도 있습니다. 자금도 풍족하고 수하를 많이 거느리고 있다고 하니 아무래도 본격적으로 군마軍馬시장에 끼어들려는 계획을 갖고 있는 듯합니다. 이번 말시장에서 금지물인 청나라말을 매입하여 개체수를 늘려 큰 돈벌이를 하려는 심산인가 봅니다. 정부에서는 최북단 회령까지 수백 명이 넘는 관원을 파견하여 청나라말을 조달하고 있는 상황이고 보면, 지금 그 자가 노리고 있는 것이 그리 나쁘지는 않습니다. 정부의 고관을 매수하여 한 몫 잡으려는 계획일 것입니다.'

카슨도가 식후에 나온 말린 살구를 베어 먹으면서 물었다.

'그 박이라는 자가 매수단을 파견하는 것은 처음일까요?'

'처음이라고 들었습니다.'

'청나라말만 매수하려는 게 아니라 어쩌면 타타르말이 온다는 소문을 듣고 회령을 향하고 있을지도 모릅니다.'

이순지가 고개를 끄덕이며,

'뒤질 수야 없지요. 그들보다 먼저 회령에 도착하여 타타르인과 접촉해야겠습니다.'

'안심해도 됩니다. 우리의 배는 반드시 그들보다 빨리 회령에 모셔다 드릴 겁니다.'

자신이 넘친 신인천의 목소리가 울려 퍼진다.

'박의 매수단이 어제 출발했다니깐 육로라면 적어도 10일 이상 걸릴 겁니다. 계산대로라면 우리는 청진까지 4일, 청진에서 회령까지 육로로 2일, 모두 다 합하면 6일이면 회령에 당도합니다.'

'아니, 그건 어디까지나 수치상일 뿐입니다. 폭풍이라도 온다고 생각해 보세요. 4~5일이 더 걸릴지도 모르고, 악조건이면 10일, 최악의 경우라면 배가 풍랑을 맞아 러시아 해안으로 표류할 수도 있

습니다.'

'그런 비관적인 말씀은 그만 하시죠.'

카슨도가 말하면서 가볍게 웃었다. 박이라는 남자가 이끄는 매수단에 관한 이야기는 그 이상의 대화거리는 되지 않았다. 카슨도의 뇌리에 그리 강하게 남지 않았다.

청화호

일행은 다음 날 정오에 포항에 도착했다.

저 배가 〈여러분이 타고 갈 배〉라고 신인천이 말한다. 영일만에서 조금 떨어진 깊은 바다를 가리킬 때, 카슨도와 일행은 눈을 비비며 감탄했다.

암벽에서 200m 정도 앞에 출항준비를 마친 정크선이 정박하고 있었다. 선체는 검은색이고, 흘수에는 산뜻한 붉은색이 칠해 있었다. 중앙에 3개의 돛대가 솟아 있고 뱃머리와 후미에 각각 1개씩 보조 돛대가 있다.

'청화호清和號입니다.'

신인천이 자신 있는 표정을 지으며 가슴을 편다.

'우리들은 청화, 금강, 백두라는 3척의 대형선을 소유하고 있습니다. 같은 크기의 배수량으로 동해는 물론 발해, 남해, 인도양, 아라비아해까지 고속으로 항해하고 있습니다.'

그 때, 거룻배 한 척이 도착했다. 남자 세 명이 민첩한 동작으로 부두에 내려섰다. 신인천이 그들을 향하여 손을 흔들자, 상대방은 머리를 숙여 인사를 하고 빠른 걸음으로 부두의 나무상판 위를 상쾌한 소리를 내면서 다가왔다. 이들은 선장 오광길吳光吉과 조타장 구종문具宗

文, 갑판장 황명수黃明秀이다. 모두 중국 가로회 선박부에서 파견된 중국인들이다.

신인천이 재촉하여 오 선장에게 청화호에 대한 설명을 부탁했다.

오 선장의 날카로운 인상은 언뜻 보면 고집불통 같지만 말을 시작하는 순간 외견과는 사뭇 달랐다. 따뜻함이 몸에 베인 것 같다. 때때로 옆에 있는 구종문이나 황명수를 돌아본다. 그러자 두 사람은 기쁜 듯이 함께 맞장구를 쳤다.

'보세요, 저 늠름한 모습을!'

오 선장은 공손하게 양팔을 벌려서 멀리 있는 배를 소중하게 껴안는 것처럼 행동을 취했다.

'청화호 건조는 숙종 42년, 즉 강희康熙 55년(1716년), 올해로 정확히 10살이 됩니다.'

오 선장은 마치 사람과 같이 나이를 세었다.

중국의 아모이*조선소에서 건조된 배로 길이 36m, 폭 12.7m이며 초대형급 정크선이다. 3개의 돛대는 모두 세로 돛으로 청화호의 특징은 순풍, 역풍, 횡풍에도 대응 가능한 강력한 돛이다. 돛천은 가로방향 수평으로 중간 중간 대나무를 대어 지지하고 있으며 돛대 꼭대기에 돛을 매달아 놓았다. 돌풍이 불어오면 매달아 놓은 장치를 풀어 한꺼번에 돛을 내릴 수가 있다.

배에는 조타장, 갑판장 외에도 용총줄** 담당, 닻 담당, 목수 각 2명, 하급선원 10명──그들은 주방조리와 식사도우미, 때에 따라 노 젓기

---

* 중국 푸젠성(福建省)에 있는 도시. 타이완 해협을 사이에 두고 타이완과 마주보고 있는 도시이다.
** 돛대에 매어 놓은 줄로 돛을 올리거나 내리는 데 쓴다.

도 겸한다──, 향공촙工──배와 바다의 신에게 제사지내는 역할──
그리고 하역할 때 해적이나 비적에게 습격당할 것을 대비하여 포수
10명도 승선했다. 설명을 마친 후, 오 선장은 카슨도 일행에게,

'그럼, 여러분들께서 배에 오르는 것은 내일 새벽입니다. 곧바로 출
항할 예정입니다. 유감스럽지만 청화호의 흘수가 깊어 부두에 가까이
댈 수가 없으니 거룻배를 이용하여 옮겨 타겠습니다.'

'청화호는 말을 실은 적이 있습니까?'

카슨도가 묻자 오 선장은 미소를 지으면서,

'물론 있습니다. 쇼군에게 파는 페르시아 말 5, 6마리를 네덜란드 동
인도회사에서 의뢰받았었지요. 그밖에 청나라 황제에게 진상할 사자
나 코끼리, 치타, 기린들도 무사히 실어 날랐습니다. 그러니 저희를
믿어 주십시오. ……그러면 준비할 것도 많아 저희들은 이만 실례하
겠습니다.'

오 선장과 선원들은 작별 인사를 하고는 부두의 창고 쪽으로 사라
졌다.

다음 날, 부슬부슬 내리는 비를 맞으며 카슨도 일행은 승선했다.
선수船首 갑판에서 선장, 조타장, 갑판장들의 마중을 받았다. 오 선장
은 바다에서는 모두 조선식이나 중국식, 일본식의 인사를 버리고
〈악수〉하나로 동료가 된다고 말하면서 한 사람 한 사람에게 손을
내밀었다.

'악수라고 합니다.'

갑판과 화물칸 여기저기에서 중국어, 조선어가 뒤섞여 시끌벅적하
다. 호루라기가 울렸다. 출항 전의 짜릿짜릿한 긴장이 카슨도 일행에
게도 전해졌다. 종소리를 신호로 하급선원 전원이 중앙갑판에 집결하

여 용총줄 담당자의 호령에 맞추어 3개의 돛대에 빨간 돛을 걸기 시작했다.

돛을 다 걸자 종이 세차게 울렸고 선원 5명이 이물갑판의 권양기에 모여들었다. 닻을 올려라! 고함을 친다. 닻이 올라온다. 4개의 커다란 갈고리가 있는 철제 닻이 수중에서 모습을 드러내더니 뱃머리 근처에 놓였다.

이윽고 돛이 바람을 품으며 미끄러지듯이 청화호는 영일만을 빠져나간다.

비가 진눈깨비로, 진눈깨비가 눈으로 바뀌었다. 그렇지만 바람은 소원대로 남남동에서 불어오는 순풍이다. 돛은 희희낙락하게 펄럭거린다. 배는 날아갈듯 달렸다. 좌현으로 전개되는 해안은 차츰 뒤로 사라져 마침내 보이지 않게 되었다.

카슨도 일행은 추위에 떨면서 갑판 위에 서 있었지만 갑판장으로부터 들어가라는 충고를 듣고 선실로 들어가기로 했다. 계단을 내려갈 때 안쪽 깊숙한 주방 쪽에서 큰 소리가 났다. 선원 몇 명과 포수가 카슨도 일행 곁을 달려 나갔다.

카슨도 일행 6명은 최상급 선실에 배당되었다. 어느 뱃사람의 어린 손자가 식사도우미가 되어 큰 질주전자와 따끈따끈한 만두를 가득 담아 식탁에 내려 놓았다.

'자, 많이 드십시요. 몸이 곧 따뜻해질 거예요. 그런데 여러분, 잠자리는 선반침대로 하실까요? 해먹으로 하실까요?'

카슨도 일행은 바로 대답할 수 없었다. 해먹을 사용해본 경험이 없기 때문이다. 의원인 최백형이 천천히 2~3번 헛기침을 하고나서,

'병자를 눕힐 때는 해먹이 좋다고들 합니다. 의학 책에는 치루환자

를 정원 나무그늘의 해먹에 반 년 간, 계속 눕혀놓으면 완전히 회복된다는 내용이 실려 있습니다. 그 환자에 의하면 해먹에 진종일 누워있으면 자신이 물고기가 된 것 같은 기분이 든다는군요. 해먹에 누워 언제까지나 꾸벅꾸벅 졸고 있으면 물고기가 되어 헤엄쳐 다니는 꿈을 꾼답니다. 꿈이 너무나 또렷하여 눈을 뜨면 이번에는 물고기가 된 자신이 지금 인간이 된 꿈을 꾸고 있는 것은 아닌지, 생각할 정도라고 합니다.

해먹 어떻습니까? 우리들도 지금 바다 위에 있으니 물고기가 되어보는 것도 좋겠지요. 물고기는 하늘을 나는 새보다 자유로운 존재인 것 같습니다. 그 치루환자처럼 해먹에서 흔들거리는 것도 좋지 않을런지요?'

최백형의 말에는 묘한 설득력이 있어 금새 전원이 해먹으로 결정했다.

잠자리 문제는 해결됐고 이제 카슨도 일행의 관심은 자연스레 주방 쪽으로 향했다. 소란은 가라앉기는커녕 점점 더 커질 뿐이다.

'만두도 차도 따뜻할 때 어서 드세요.'

이렇게 말하며 먹거리를 두고 나가려는 뱃사람의 손자를 향하여 태운이가 묻는다.

'왜 소란인가?'

'저것 말인가요?……. 어떤 괘씸한 놈이 자기 맘대로 이 배에 몰래 숨어 들어왔어요.'

'그렇다면 밀항자?'

태운이의 흥미는 점점 깊어진다.

'놈은 뒤쪽 갑판 우현에 있는 구명정 안에 숨어 있었어요. 구명정에는 돛포가 채워져 있었기 때문에 출항까지 전혀 몰랐거든요. 그 놈이 배가 고파서 주방에 잠입해들어온 걸 발견했어요.'

'어떤 사람인가?'

'젊은이예요. 스무 살 전후로 보였어요.'

'그럼 이제 어떻게 되는건가?'

'선장님이 결정하실 건데, 우리들 규정에 밀항자는 대체로 바다에 던져버립니다.'

일동은 숨을 몰아쉬며 무거운 시선을 나누었다.

그 때, 많은 선원과 포수에게 둘러싸여 키가 큰 젊은 남자가 끌려가는 모습이 창문 너머 보였다. 손이 뒤로 묶여 있다. 아직 소년처럼 앳된 얼굴이 가시지 않은 야윈 체격을 가진 청년이다.

'어디로 데리고 가는 건가?'

카슨도가 어두운 표정을 지으며 물었다.

'선장실이에요. 선장실에서 즉석재판을 받으면 바로 심판이 내려지거든요.'

'바다로……?'

'바로 상어 밥이 될 거예요.'

카슨도가 일어나서 선실에서 나간다.

'어디에 가는 겐가?'

이순지가 묻는다.

'선장실에 가려고요.'

'나도 가지.'

동시에 자리에서 일어났다.

'그럼 나도.'

태운도 같이 일어섰다. 나머지 세 명도 모두 일어선다.

밀항자 서청

상갑판에 있는 선장실은 선장실치고는 바람막이도 없는 노천에 사방 3.6m 공간을 허리높이 정도의 선반으로 칸을 막아 놓은 것이 전부다. 긴 항해를 떠나는 처음부터 밀항자의 즉석재판이라니 승조원들이 몰려들었다.

갑판장인 황명수가 고함소리를 지른다.

'모두 제 위치로 돌아가라!'

갑판장 명령으로 상갑판에 모인 뱃사람들은 자기 자리로 돌아간다. 카슨도 일행은 남아서 밀항자의 즉석재판에 입회했다.

선장실에 눈이 날아 들었다. 카슨도는 오 선장 앞에 양손을 묶인 채로 꿇어 앉아 추위에 떨고 있는 젊은이의 옆얼굴을 바라보았다. 눈 밑에 멍 자국이 선명하다.

'일어나시오. 갑판장, 오랏줄을 풀어 주시오.'

오 선장 목소리는 사람이 바뀐 것 같은 착각을 일으킬 정도로 엄하게 들렸다.

'하필이면, 내 배에 잠입하다니. 어리석은 짓을 했구나. 목적은 무엇이냐?'

젊은이는 얼굴을 들고, 입을 열려다가 다시 닫았다.

'목적은 무엇이냐?'

밀항자 즉석재판에서 오 선장이 가장 중시하는 것은 관청에서 보낸 밀정인지 아닌지의 진위를 파악하는 것이다. 이 점에 관해 오 선장은 엄격하고 인정사정이 없었다. 그 자신이 과거에 밀정 3명을 선상에서 처형한 적이 있다.

'……일본이다.'

젊은이가 중얼거리듯이 대답했다.

'들리지 않는다. 더 큰소리로!'

'일본으로 간다.'

'일본이라고!'

조타장 구종문과 갑판장 황명수가 동시에 소리를 질렀다. 그리고 황명수가 웃으면서,

'너, 이 배가 어디로 가는지 모르는가?'

'이 배는 일본으로 간다고 분명히 들었다.'

'아이쿠, 미안하군. 이 배는 너의 바람과는 정반대로 향하고 있다.'

오 선장이 갑판장을 손으로 저지하고 규정대로 질문을 계속한다.

'이름은?'

'서청徐青.'

'생년월일은?'

'1706년(숙종 32년) 10월 3일.'

'막 스무 살이 되었군. 주소는?'

'일정하지 않다. 굳이 말하자면……'

'일정하지 않다……, 그렇겠지. 그러면 태생은?'

반항적인 태도를 보이며 어금니를 꽉 깨물며 돛대 꼭대기 쪽으로 시선을 보낸다.

'한양에서 왔나?'

젊은이는 고개를 흔든다.

'그러면 어디서 왔나?'

'울릉도.'

내뱉듯이 말했다.

'울릉도라고?'

믿을 수 없는 표정으로 오 선장이 다시 물었다.

'그런 암석투성이 절해 고도에 살아 있는 생물이 있을 리가 없다.'

밀항자는 처음으로 미소를 보였다.

'울릉도에 동물은 없다. 그렇지만 사람은 있다. 그밖에 살아 있는 생물이 있다면 철새다. 게을러서 그대로 둥지를 튼 새도 있다.'

'하필이면 왜 울릉도냐?'

'울릉도는 아버지가 태어난 섬이다.'

'아버지는?'

'죽었다. 쓸데 없는 말이지만 어머니도 죽었다.'

'일본에 가려는 목적은 무엇이냐?'

열렸던 입이 잠시 닫혔다가 다시 머뭇거리며 입을 열었다.

'이 나라에서 나 같은 인간은 제아무리 발버둥 쳐도 출세하지 못한다. ……아아, 이 나라에서는 아무 희망이 없다! 이제 제발 그만해!'

젊은이는 절규했다.

'그렇게는 안 되지. 서청. 이 배가 일본으로 간다고 들었다고? 그밖에 다른 얘기를 들은 것은 없나?'

'이 세상에서 가장 느린 배라는 것.'

'그뿐인가? 다른 것은 없나?'

'그뿐이다. 나는 일본으로 밀항할 작정으로 이 배를 탔다. 어디를 가는지 모르지만 일본에 가지 않는다면 어디라도 좋으니 내려줬으면 한다.'

'걱정마라, 지금 바로 내려줄 것이다.'

오 선장은 냉정하게 대답하고 구종문과 황명수에게 눈짓을 한다. 두 사람은 젊은이의 팔을 묶어 바닥에 엎어놓고 양쪽 발도 묶었다.

카슨도가 뛰어나와 구종문과 황명수 앞에 막아섰다.

'이 젊은이를 어떻게 할 작정입니까?'

날카로운 목소리로 질문을 던진다.

'규정대로입니다.'

황명수가 대답했다.

'말 같지 않은 소리는 그만하십시오.'

카슨도는 갑자기 안색이 굳어져서 오 선장을 돌아다보았다. 선장은 날카로운 시선으로 카슨도를 노려보았다.

'잘 들어주십시오. 나는 배의 안전과 승선하고 있는 개개인의 생명과 적하물 하나하나에 모든 책임이 있습니다. 밀항자는 안전에 위험한 인물입니다. 규정이란 지키라고 있는 것입니다.'

오 선장은 계속 말을 이어갔다.

'……저 젊은이에게는 내일은 없으니깐 들어도 상관없습니다. 나도 정부공인선의 선장이라면 이런 엄한 규정을 실행하지는 않습니다. 그러나 생각해봐 주십시오. 이 배는 가로회 선박입니다. 다시 말하면 밀수선을 의미합니다. 옛날 왜구와 같은 해적선이 아닙니다. 밀수선에 밀항자가 있으면 안됩니다. 만약 도망가든지 하면 큰 재앙을 불러올 수도 있습니다.'

'저도 15년 전, 가로회 배로 밀항해 온 사람입니다.'

카슨도는 냉정함을 되찾고 말했다.

'들었습니다. 그러나 당신은 우리들에게는 밀항자가 아니라 손님이

었습니다.'

오 선장 역시도 여느 때와 같은 인자한 목소리로 말한다.

이순지가 앞으로 나가서 발언을 했다.

'오 선장님, 당신이 지고 있는 책임이 크다는 것은 잘 알고 있습니다. 우리는 당신에게 목숨을 맡기고 있습니다. 그러나 이번 항해는 지금까지 해 오신 일과 다른 의미의 항해가 아닙니까? 당신은 보통 항해의 경우라면 밀수품을 실은 청화호의 선장이고 고용주는 가로회입니다. 그러나 현재 이 배에 밀수품은 없습니다. 왜냐하면 쓰시마가 카라가네야를 통해서 가로회의 선박을 운항해주길 부탁드렸기 때문입니다. 회령에서 조달한 말을 일본에 옮기기 위해서 말입니다.'

묶인 채 옆으로 누워 있는 젊은이가 고개를 쳐들고 투덜댔다.

'거봐, 역시 이 배는 일본으로 가잖아!'

'자, 계속 말씀해 보십시오. 하실 말씀을 끝까지 들어야······'

오 선장이 이순지에게 말했다.

'좋습니다. ······따라서 이번 항해에 한해서 청화호의 짐주인, 고용주는 가로회가 아니라 쓰시마번이므로 청화호의 규정은 적용하시지 마시고, 아니 적어도 권한의 일부는 우리들 쓰시마번의 대표에게 있습니다.'

이순지는 엄한 어조였지만 말이 끝나자마자 활짝 웃는 밝은 얼굴로 선장을 보았다.

'황송합니다. 밀수품 대신에 밀항자를 태워버렸군요. ······그러나 여러분은 이 젊은이를 어떻게 하실 생각이십니까? 설마 아는 사이도 아니실 테고······'

카슨도는 앞으로 나서서 말을 했다.

'우선 오랏줄을 풀어주시지요.'

조타장 구종문이 선장에게 무슨 말인지 귀엣말을 했다. 오 선장은 납득할 수 없다는 듯이 도리질을 쳤지만 나중에는 크게 끄덕이고,

'그러면 이렇게 합시다. 선원으로 일하는 걸로. 예를 들면 힘쓰는 일이라든가……, 무리일 것 같군. 그 여윈 체격으로는……. 돛대에 올라가거나 밧줄을 던지기라도 좋다. 뭔가 잘하는 기술이라도 있나?'

젊은이는 입술을 깨물고 잠시 생각하더니 천천히,

'단총短銃이라면……'

태연자약하게 대답한다.

다시 구종문이 선장에게 귀엣말을 하자,

'알았다.'

선장이 말했다.

'서청, 너는 이 배의 포수와 사격 솜씨를 겨룬다. 그리고 네가 이기면 신병을……'

카슨도를 돌아다보며,

'당신에게 맡기겠습니다. 진다면 규정에 따르겠습니다. 이것이라면 모두가 인정하겠지요.'

'저는 동의할 수 없습니다. 포수가 이길 게 뻔하지 않습니까?'

카슨도는 강한 어조로 오 선장에게 항의 했다.

'하는 수 없지. 운명에 맡겨보자.'

이순지가 카슨도 어깨에 손을 올려놓고 힘을 주었다. 이순지가 이런 행동을 하는 것은 동지에게 단호한 결의를 다짐할 때이다. 카슨도는 이순지의 이런 행동에는 좀처럼 거역할 수 없었다.

한편, 밀항자인 서청은 의외로 냉정한 태도를 보이며 오히려 카슨도의 흥분된 모습을 흥미있게 구경하고 있는 듯 했다.

하필이면 단총이라니……, 태운과 최백형은 한숨을 내쉬며 씁쓸해했다. 이 배에는 포수가 10명이나 승선해 있다. 내기에 이기는 건 당연하다. 그건 그렇다 치더라도 대장은 도대체 어쩔 작정인지. 이런 사소한 일에 정색하고 목숨을 걸고 있으니…….

'이것은 선무당이 장구 탓 한다던가 혹은 선목수가 연장을 탓하는 것이다.'

차지량은 득의양양하게 말했다. 태운과 최백형은 어처구니없는 표정을 지었다. 차지량은 아직 자신만만한 만주어와 몽골어를 사용할 기회가 없던 터라, 사안마다 조선의 고사나 격언을 인용하지만 그 의미는 알 수 없다.

조타수와 용총줄 담당을 제외한 승조원 전원이 갑판으로 집결했다. 오 선장이 밀항자에게 내린 즉석재판 과정을 알리자 일제히 큰 함성이 터져 나왔다.

선원들이 제각기 말을 주고받았다.

'저 새파란 애송이가 청화호의 포수와 단총 솜씨를 겨눈다니 분수를 모르는 것도 유분수네. 그러나 바로 상어먹이가 되는 것보다 훨씬 재미있는 건 분명해.'

선장이 큰소리로 말한다.

'누가 이 젊은이와 승부를 겨루겠나?'

포수 중에 앞쪽에서 손을 든 사람은 양단楊丹이라는 중년 남자였다. 선원들이 환호를 보낸다.

'양씨인가. 양씨의 솜씨는 포수 10명 중 7, 8번째 정도 되는데 괜찮

겠지, 저런 애송이를 상대로는 눈 감고도 할 수 있을 거야.'

향공 안<ruby>安</ruby>이 불려나가 해신과 배신에게 축사를 올렸다.

선장이 서청에게 다가가 패자를 위로하듯이,

'단총은 네가 선택한 것이다. 결과가 어떻든지 원망하지마라.'

표적은 뱃전에 놓은 6개의 찻잔이다. 두 사람은 단총을 가지고 일직
선상에 섰다.

이순지가 카슨도에게 귀엣말로 속삭인다.

'저 젊은이는 아무래도 질 것 같은데……, 그 때는 규정을 따를 수밖
에 없네. 자네 임무는 천마를 손에 넣어 쇼군에게 진상하고 쓰시마를
구하는 것이네. 저 젊은이 때문에 오 선장과 승조원 모두의 신뢰와 협
력을 잃는다면 본말전도네.'

카슨도는 무엇인가 골똘히 생각하면서 끄덕였다.

황명수가 서청에게, 구명환이 양단에게 화승<ruby>火繩</ruby> 단총을 건넨다.

양단이 먼저 쏘았다. 찻잔은 산산조각이 났다. 박수가 쏟아졌다.

서청이 팔을 수평으로 뻗어 목표를 겨눈 후, 화문뚜껑을 열고 방아
쇠를 당긴다. 한순간에 찻잔이 없어졌다.

주위는 정적이 감돈다. 들리는 건 돛대 위를 날아다니는 기러기 울
음소리뿐이다. 전원이 설마 하는 생각에 잠겨 있다.

2발째도 양쪽 모두 명중했다. 3발째, 양단이 쏜 탄알은 빗나갔다.
어느새 파도가 거칠어져 배가 흔들거리고 있었다. 양단 자신도 실패
는 파도 탓이라고 생각했다. 그러나 서청이 사격자세를 잡을 때는 흔
들림이 더욱 거세졌다. 방아쇠를 당겼다. 찻잔이 부서져 흩어졌다. 서
청은 다시 화약을 채우고 어느새 손에 넣은 것인지, 다른 화승총을 사
용하여 간발의 차이로 발사하여 양단이 맞추지 못한 찻잔까지 보기

좋게 조각내어 버렸다.

패한 양단이 풀이 죽어 도열한 포수들 곁으로 돌아가자 장정열張正烈이 앞으로 나왔다. 승조원들이 웅성거렸다.

'이야, 장씨다. 전라도와 경상도에서 장씨보다 단총을 잘 다룰 줄 아는 사람은 찾아볼 수 없지.'

승부를 결정하고자 장정열은 표적을 바꾸자고 제안했다. 내리던 눈이 멈추고 엷은 햇살이 비쳤다.

'오늘은 유난히 기러기가 많네. 200마리를 세어가며 누가 더 많이 맞추어 떨어뜨릴 수 있나로 하는 건 어때?'

서청이 뺨에 생긴 멍 자국을 만지면서 당돌한 미소를 지어보였다.

200을 세는 역할은 오 선장이 자청했다. 선원 중에 휘파람으로 기러기나 소리개를 자유자재로 불러모을 수 있는 사람이 있었다. 그가 휘파람을 불자 눈 깜짝할 사이에 40~50마리의 기러기가 청화호 위를 선회하기 시작했다.

서청은 두 개의 화승을 한꺼번에 왼손가락에 끼우고 화구에서 불을 붙여서 한 발 쏘고는 지체 없이 곧바로 화명(화약접시)에 화약을 채우고, 화문을 닫고 사격자세를 취한 채 방아쇠를 당긴다. 서청은 순식간에 장정열보다 2배 빠른 속도로 신속하게 움직였다. 오 선장이 200을 다 세었을 때, 점검역할을 한 황명수와 구종문은 서청이 7마리, 장정열이 3마리라고 발표했다. 적중률은 차이가 없었으나 속도가 승패를 좌우했다.

박수 소리는 없었다. 구경꾼들은 밀항자에게 칭찬과 감탄하고 싶은 마음을 꾹 참고 각자 자기자리로 돌아갔다.

카슨도는 결과에 만족하며 뱃머리의 보조 돛대에 기대듯이 서 있었다. 이 때, 아무도 모르게 서청이 기묘한 행동을 취했다. 그는 일단 단총을 선장에게 되돌려주려고 내밀다가,

'더럽혀졌습니다.'

서청은 다시 단총을 자기 쪽으로 가져와 젖은 헝겊조각으로 화명을 훔치고 꽂을대에 천을 감아 총구에 밀어 넣어 남아 있는 검정화약을 제거한다. 그러나 이런 서청의 행동은 다른 사람이 알아차리지 못하도록 위장한 것이다. 사실은 다시 화명에 화약을 넣고 화문을 닫았다.

총구는 정확히 보조 돛대에 기대어 서 있는 카슨도를 향하고 있었다.

서청이 화문을 열고 방아쇠를 당기려는 순간, 옆에서 갑자기 나타난 이순지가 카슨도 앞을 가로 막고 섯다. 서청은 그 순간 머뭇거리다가 혀를 차며 총구를 내려놓았다.

카슨도와 이순지는 어깨를 나란히 하고 싱글벙글거리며 서청에게 다가왔다.

박수실과 서청

카슨도 일행을 태운 청화호가 포항을 출발하고 얼마 되지 않아 박씨가 이끄는 매수단은 이미 원산에 들어가 있었다. 전라도 전주에 있는 목장을 출발해서 원산까지는 비교적 순조로운 여정이었다. 이 정도라면 동해안을 따라 북상하여 함경도를, 개마고원과 백두산을 좌측으로 바라보면서 함흥, 북청, 길주, 청진으로 나아간다. 앞으로 10일 정도면 회령에 도착할 것 같다. 〈마시〉에는 충분히 도착할 수 있다.

그러나 원산을 출발하여 100리 정도 지점에서 생각지도 않은 난관을 만나 오도가도 못하는 신세가 되었다. 산골짜기 마을로 내려가는 도중에 해가 저물었다. 마을로 들어서자 오고가는 사람들의 모습이 이상하다. 모두 평정심을 잃고 무언가에 쫓기며 떨고 있다. 간신히 한 채 밖에 없는 여관을 찾아 여장을 풀고, 말에게 물과 여물을 주려고 뜰에 매어두려고 하자, 여관 주인은 말도 집안으로 들여놓으라고 한다. 곧 현관문을 닫을 거라고 했다. 창문도 꼭 닫아놓고 절대로 열면 안 된다고 한다.

　'호랑이가 출몰했지비. 3일 전에 젊은 처자가 호랑이에게 당했꾸마. 어젯밤에는 소와 돼지도 죽었지비. 당신네들도 조심하지 않으면 큰일 납니둥. 밤에도 창문을 열지 마심둥.'

　박씨 매수단은 10명 편성으로, 말도 10마리 동행하고 있다. 모두 햇볕에 말린 벽돌*로 지은 좁은 여관에 갇히는 꼴이 되었다. 말은 조선말이어서 몸집은 작지만 성질이 괴팍하다. 토방 마구간에 10마리나 집어넣으면 몹시 사나워져서 서로 물어뜯을 것이 뻔하다. 이를 방지하기 위해 머리를 들 수 없도록 짧은 쇠사슬 줄로 여물통에 연결하고 몸은 대들보에 매달아 묶어두었다.

　박씨 일행도 말처럼 괴롭고 불편한 밤을 보내게 되었다. 좁은 온돌방에 10명이 뒤섞여 잠을 자야 하는데다가 창문도 열지 말라니, 밖은 얼어붙을 만큼 추워도 실내는 땀이 뿜어 나오는 더위와 정체된 공기로 인해 질식할 지경이다. 게다가 말이 밤새도록 울어대고 난폭해지는 바람에 제대로 잠을 잔 사람은 한 명도 없었다.

---

* 흙과 모래와 물에 볏짚을 섞어 햇볕과 바람의 힘으로 1개월 정도 말리면 벽돌이 된다.

다음날 아침, 매달아 두었던 말을 풀어 주려다가 정씨라는 수하 한 사람이 말 뒷발에 차여서 이마가 찢어졌다. 정씨는 목장에서 말감별과 조련(사육사)을 겸하고 있는 가장 중요한 사람으로 그가 없으면 말을 구할 수 없다. 원산에서 의사를 불러 치료했더니 정씨는 4일 후에야 겨우 말을 탈 수 있을 정도로 회복됐다. 드디어 출발한다.

박씨 일행이 정씨의 회복을 기다리며 체류 중일 때, 호랑이 잡으러 나간 마을 남자 2명이 죽었다는 소식을 들었다. 그들은 소총을 가지고 있었지만, 호랑이를 목격한 순간에 단 한 발로 쏘아 죽이지 못해 역습당했다고 한다.

서청이라면 호랑이 10마리라도 거뜬했을 텐데, 그 놈 솜씨라면…… 박수실은 중얼거린다. 그건 그렇고 놈은 도대체 어디에……, 설마!

1년 전, 박씨 목장에서 호위꾼을 모집할 때, 찾아 온 20명 중에 서청이 있었다.

박수실은 15년 전, 카라가네야로부터 받은 은 20관을 밑천으로 전주 근교에 광대한 토지를 매입하여 목장경영을 하게 되었다. 소백산맥 서쪽 기슭에 펼쳐진 17만 평으로, 동쪽은 표고 1600m의 덕유산 자락의 넓은 들판까지. 남과 서쪽은 완만한 구릉지, 그리고 몇 군데에서 나오는 용수와 맑은 시내가 흐르는 기름진 분지다. 말 1000마리와 소 300마리, 산양 500마리가 한가로이 풀을 뜯고 있다. 앞으로 말은 농경과 승용마 구별 없이 수요가 늘어날 것이라는 박씨의 예상은 딱 들어맞았다. 경영은 순조로웠지만 걱정거리는 말도둑이다. 도둑들은 수개월에 한 번꼴로 말과 소를 낚아채간다. 산양은 거들떠보지도 않는다. 자경단을 조직하여 대항하려고 했지만 맞서서 수비하

기에는 너무 힘이 미약하다. 그래서 솜씨 좋은 호위꾼을 고용하기로
했다.

서청의 단총 솜씨는 박수실이 감탄하고도 남았다. 그러나 서청은
말을 탄 적이 없다. 울릉도에는 사람과 새 이외의 동물은 살지 않기
때문이다.

'태생이 울릉도인가?'

박수실은 순간적으로 깜짝 놀랐다. 젊은이의 얼굴을 가만히 바라
본다. ……닮아 있다. 그 당시의 류성일을 10살 어리게 보면 매우 닮
아 있다. 그러나 성씨가 다르다. 꼬치꼬치 캐물어 보았다.

──태생은 한양. 5살 때 부친 사망.

'아버지의 이름은?'

'류성일입니다.'

부친이 죽고 나서 3년 후에 모친도 죽었다. 성이 다른 것은 외가에
맡겨져 외조부에 의해 모친의 성으로 바꼈기 때문이다. 10살 때에 외
조부도 죽어서 고아가 되었다.

'어째서 울릉도인가?'

'아버지가 태어난 섬이라고 들었기 때문에.'

'어떤 방법으로 울릉도에 갔나?'

'강릉까지 걸었습니다. 강릉에서 울릉도까지는 오징어잡이 배에 태
워달라고 했습니다.'

'단총은 어떻게 배웠나?'

'울릉도에 명인이 있었습니다. 단총으로 새를 잡아서 먹거리를 마
련했습니다. 그 분이 읽기와 쓰기도 가르쳐주셨습니다.'

'아버지가 죽은 건 병 때문인가? 아니면?'

'일본 땅에서 일본인에게 살해당했다고 어머니께 들었습니다.'

박수실은 기묘한 그리움에 사로잡혀 사팔뜨기 눈동자를 빙그르 돌려본다.

'오호, 일본인에게?'

'범인은 쓰시마번의 무사였고 바로 참형되었다고 들었습니다.'

'그래……, 정말로 뜻밖의 이야기이군.'

박수실은 다시금 그리운 듯이 젊은이를 바라보았다.

서청의 승마 솜씨는 눈 깜짝할 사이에 숙달되었다.

박수실은 사실을 털어놓고 싶어서 견딜 수가 없었다. ……너의 아버지를 죽인 자는 죽지 않았다. 죽기는커녕 이 조선으로 도망와서 조선여자와 결혼하여 아이까지 낳고 행복하게 잘 살고 있다고.

〈류성일 살해사건〉의 진상에 대하여 입 밖에 내지 않겠다는 카라가네야와의 약속을 지켜온 것은 은 20관의 입막음 돈도, 박수실이 믿음직한 인간이어서도 아니다. 15년 전의 카라가네야의 협박이 무서웠기 때문이다. 박수실은 귀국 직후부터 자신 주변에 가로회에서 사주 받은 밀정의 그림자를 느꼈다.

그러나 박수실은 가로회의 위협에도 손을 놓고 살아갈 남자가 아니다. 목장을 시작할 때부터 도호부와 중앙정부의 관원에게 뇌물공세를 게을리 하지 않았을 뿐더러, 특히 비변사국 감찰어사와의 관계를 긴밀히 하려고 애써왔다. 그 덕분에 이제 박수실은 가로회를 감시할 수 있을 뿐만 아니라, 감찰어사의 첩보활동을 통해서 가로회의 움직임도 조금씩 알 수 있게 되었다. 그 중에는 일본을 탈출한 아비루 카슨도가 김차동이라는 이름으로 왜관요에서 일하던 도공 이순지와 함께 경주에서 남쪽으로 60리 떨어진 깊은 산골짜기에 요장을 만들어 청자와 백자를 비밀리에 제조하고 있다는 것도 알았다. 게다가 아비루는 이순지의 딸과 결혼까지 했다고 한다.

박수실은 그 때, 아비루가 무엇 때문에 류성일을 죽일 수밖에 없었는지 드디어 이해했다.

……내가 훔친 통신 비둘기 다리에 달아두었던 통신문, 거기에는 이순지라는 이름이 기록되어 있었고, 류성일은 그것을 알아냈던 것이다. 아비루는 이순지를 지키기 위해 류성일을 죽였다. 왜관과 쓰시마 번을 위해서만이 아니다. ……그럼, 내 입막음은 언제까지 계속될까? 타인의 비밀과 잘못을 아무에게나 말하고 싶어지는 그의 기묘한 버릇이 뭉게뭉게 고개를 쳐들고 있다.

박수실은 최근에 정부고관이나 군간부와 결탁하여 목장에서 군마를 육성할 수 있지 않을까 계획하고 있었다. 군마라고 하면 청나라말이다. 청나라말은 정부간 협정에 따라 회령의 마시에서만 조달한다. 급히 회령으로 가기로 결정하고 정부의 허가증도 입수했다.

……회령에서는 아라사(러시아) 여자를 안아 볼 수 있다.

출발하기 며칠 전에 박수실은 1년 반 동안 자주 다니던 전주 부용항이라는 유곽의 기생과 드디어 숙원을 이룰 수 있었다. 신명이 나서 싱글벙글거리며 밤을 지새고 난 아침, 집으로 오는 길에 수십 마리의 말이 울타리 밖으로 나오려고 발버둥치는 것을 목동들이 관리하고 있었다. 그 광경을 멀치감치 떨어져 말에 탄 채로 지키고 있는 서청의 모습을 보았다. 그를 곁으로 불렀다.

'좋은 아침이구나, 밥은 먹었느냐?'

그가 '아직'이라고 대답하자, 관사까지 데리고 가서 커다란 탁자에 서로 마주보고 앉았다. 이렇게 류성일 아들과 얼굴을 마주 대하고 나니 과거사를 말하고 싶은 유혹을 견딜 수가 없었다.

'……사실을 말하자면 나는 15년 전 너의 아버지인 류성일의 오른팔이었다. 한양에서 일본까지 함께 행동했다. 군관사령의 신변에 일어난 일은 처음부터 끝까지 오직 나만 알고 있다. 진상은 이렇다……'

──그렇게 해서 나 혼자서 사절단을 대표로 아비루 카슨도의 처형에 입회했는데 당치도 않은 음모가 기다리고 있었다.

처형장에 끌려 나온 자는 카슨도가 아니라는 것을 금방 알 수 있었다. 그러나 나는 조선을 대표하는 사람으로서 거짓 증언을 하지 않으면 안되었다. 그렇지 않으면 통신사 일행이 귀국을 할 수가 없었다. 그래서 귀국 후에 만약 내가 이 사건의 진실을 한마디라도 누설하게 된다면 정사, 부사, 종사관 등 삼사는 즉각 국욕죄로 죽음을 면치 못할 것이다. 나는 어떻게 해서든지 무덤까지 가지고 갈 작정이었다.

그러나 이렇게 류성일의 외아들과 대면하게 되다니……. 너의 아버지는 참으로 훌륭한 조선인 이상으로 조선인다운 남자였다.

'조선인 이상으로?'

서청이 처음으로 놀란 반응을 보였다.

'뭐야, 모르고 있었느냐? 너의 아버지는 일본인 피가 흐르고 있었다. 그러니까 너는 4분의 1이 일본인이다. ……너의 아버지를 죽인 자는 이 조선에 살아 있다. 그 남자의 이름은 아비루 카슨도, 조선에서는 김차동이라는 이름으로 경주 근처 산골짜기 마을에서 숨어 살고 있다고 들었다.'

서청은 일어나 묵묵히 식당을 나가버렸다.

다음날, 하인 백□이 서청이 사라진 것을 알렸다. 이번의 매수단에 동행시킬 작정이었던 박수실은 사라진 서청이 마음에 걸렸지만, 일단 회령을 향하여 출발했다.

박수실은 감찰어사를 통해 김차동, 즉 아비루 카슨도에 관한 어느 정도의 정보는 입수하고 있었다. 카슨도의 존재가 그의 이해관계와 직접 연결되어 있는 것이 아니기 때문에 동정을 세심히 살피지는 않았다. 따라서 카라가네야가 마을을 방문한 것도, 카슨도와 이순지 일행이 포항에서 청진을 향하여 청화호를 탄 것도 알지 못했다.

박수실이 원산 가까운 마을에서 호랑이 소동에 휩싸여 발이 묶여 있던 사이에 청화호는 날씨의 도움으로 순조롭게 청진 근처에 도달했다.

후미 갑판에서 카슨도가 비둘기 먹이를 주고 있다. 옆에서 이순지가 잠시 먹이를 주는 카슨도의 모습을 바라보고 있다가 문득 생각난 것이 있었다.

'도대체 무슨 바람이 분건가?'

'처음에 저 젊은이를 봤을 때……'

카슨도는 생각하고 있었던 것을 말하려다가 그만 두었다.

'처음에 봤을 때?'

이순지가 앵무새처럼 따라 말하고 그 뒷말을 기다리는데 카슨도는 잠자코 있다.

'저 젊은이의 얼굴을 봤을 때, 자네는 마치 죽은 자의 영혼이라도 만난 것 같은 표정을 짓고 있었네.'

이순지의 정확한 예측에 카슨도는 가슴에 안고 있던 4호를 엉겁결에 놓쳐버렸다. 순식간에 4호는 힘차게 하늘로 올라가 남쪽하늘로 사라져갔다.

집으로 돌아온 4호를 보고 혜숙과 양지가 기뻐하겠지만 편지가 없는 것을 알고 금방 실망했을 것이다.

'어이. 왜 그러는가?'

이순지의 목소리가 들려온다.

……서청이 묶인 채로 지나갈 때, 카슨도는 순간 류성일인가? 생각했다. 아니면 류성일의 망령인가? 15년 동안 류성일의 망령을 본 적은 없었는데……, 바다로 나온 탓인가? 조선에서는 망령이 사는 곳이 바다라고 들어왔다.

심각한 일은 아닐 거라고 중얼거린다. 세상에는 쪽 닮은 인간이 적어도 3명은 있다고 하지 않은가.

여러 가지 생각으로 선장실에 달려간 카슨도를 몹시 놀라게 한 것은 그 후에 일어난 일이다. 카슨도가 연행되어 가는 밀항자를 따라 선장실에 들어가 젊은이와 가까운 거리에 선 순간, 그 옛날 결투장면에서 류성일을 마주보고 내리쳤을 때의 피비린내가 되살아났다. 한걸음 가까이 다가갈수록 더욱 냄새는 강해졌다. 물론 젊은이에게서 정말로 그런 냄새가 나는 건 아니다. 가둬두었던 카슨도의 기억이 분출되었던 것이다.

그러나 이 일을 누구에게 털어놓을 것인가. 4호가 가버린 남쪽을 올려다보니 빨려 들어갈 것 같은 푸른 하늘이 펼쳐 있다.

갑자기 바람의 방향이 바뀌어 역풍인 북동풍이 거세게 불어온다. 용총줄 담당이 종을 울린다. 선원들이 돛대로 달려온다. 갑판 아래에 있는 짐칸과 뱃전으로 달려가는 발소리로 요란하다. 파도가 너울거리기 시작했다. 선수가 급격히 높이 올라가더니 물보라가 세차게 갑판에 떨어졌다.

'서청은 어쩌고 있나요?'

카슨도가 난간을 붙잡고 이순지를 돌아보았다.

'아무 것도 하지 않고 하루 종일 해먹에 누워 흔들거리고 있다네. 해먹에서 내려오는 건 오직 밥 먹을 때뿐이라고 하더군. 태운은 그 놈이 굉장한 골칫거리라고 하면서 밥벌레라고 신경을 곤두세우고 있다네.'

'서청과는 청진에서 헤어질 겁니다. 조선이 싫으면 일본이나 아라사(러시아)로 가면 되지요. 청진이라면 숨어들어 갈 수 있는 배가 얼마든지 있을 겁니다.'

'그래? 그래도 그의 단총기술은 버리기 아까워. 암행부에도 단총잡이는 있었지만 서청만한 자는 한 사람도 없었네. 성품은 알 수 없지만 솜씨도 그렇고 배짱도 있어 보여. 틀림없이 도움이 될 날이 올거네. 이미 그도 동행하겠다고 했다네.'

'뭐라고요! 원정대에 포함시키겠다고요?'

카슨도는 바람에 질세라 큰소리를 질렀다. 이순지도,

'뭐야, 선박규정을 어겨가면서까지 구해내더니 이번에는 상륙하면 바로 쫓아내려고 하는군. 우리들은 어쩌면 회령에서 타타르인과 만날 수는 있지만 천마를 얻지 못할 수도 있네. 국경을 넘어서 멀리까지 천마를 찾아서 원정하게 될지도 모르고, 도중에 호랑이를 만날지도 모르지. 또한 그 곳은 비적과 산적이 날뛰는 곳이라네. 서청은 우리를 도와줄 강력한 기술을 가지고 있어. 활동 여하에 따라 그가 소망하는 일본에 데려다 줄 수도 있지 않은가?'

날이 저물었다. 그러나 북동풍은 멈추지 않아 용총줄 담당과 선원들의 고투는 밤새도록 계속되었다. 카슨도 일행은 오 선장으로부터 선실 밖으로 나가지 말라는 주의를 받았기 때문에 그저 해먹에 누워 흔들거림에 몸을 맡기고, 오직 잠을 자려고 애쓰고 있었다. 서청이 젊은이답게 제일 먼저 잠들어 경쾌하게 코를 골기 시작했다. 태운과 강진명은 혀를 차며 몸을 뒤척였다.

다음 날 아침, 제일 먼저 눈을 뜬 카슨도는 혼자서 갑판에 올라가 본다. 바다는 조용하고 배 뒤쪽 하늘은 당장이라도 솟아 오르려는 태양이 활기에 넘쳐 있다. 좌측 배전에 회색으로 보이는 높은 산들이 보였다. 배가 꽤 달려온 모양이다. 선원들이 하품 섞인 아침인사를 나눈다.

'곧 도착합니다요.'

잡일을 도맡아 하는 어린 손자가 고함을 치면서 돌아다녔다.

배 가장자리에 어느새 서청이 나타나 바다를 바라다보는 척 하면서 때때로 카슨도 쪽으로 시선을 보내고 있다. 카슨도는 가까이 가서 말을 건넨다.

'안녕?'

'안녕히 주무셨어요?'

'서라는 성씨는 희귀 성씨군.'

'그다지 희귀하지 않아요. 꽤 많이 있답니다. 그러나 저의 경우, 어머니 성이에요.'

'그거야 말로 드문 일이군. 어머니쪽 성을 따르다니.'

'아버지는 류예요. 아버지가 일찍 죽어서 외가에서 자랐기 때문에 류라는 성은 버려도 됩니다. 대장의 김씨처럼.'

그 때. 아침식사 신호종이 울렸다.

카슨도의 추측은 거의 확신으로 변했다. ……저 청년이 류성일 아들이라면 정말 불청객이 아닐 수 없다. 하늘이 내려준 인과의 운명은 참으로 오묘하다고 생각할 수밖에 없다. ……잠깐, 만약 그가 내 정체를 알고 이 배에 잠입해 들어온 것이라면! 설마, 그럴 일은 상상할 수 없다.

박수실에게 죽은 아버지에 관한 이야기를 들었을 때, 서청은 허무했던 인생에 아버지 원수를 갚아야 한다는 목표가 생겼다. 1차 암살에 실패한 이후에 그는 작전을 장기전으로 바꾸었다. 강한 상대라는 것을 잘 안다. 느긋하게 좋은 기회를 기다려 한 발로 보내 버리자. ……저 놈은 일부러 〈서〉라는 성씨 질문으로 말을 걸어왔다. 나도 무심결에 아버지 성을 입에 담긴 했지만 저 놈이 무엇인가 눈치 챈 것 같은 느낌은 바로 알 수 있었다. 그건 그렇고 이상한 무리들이다. 저 놈의 목적은 도대체 무엇일까? 어디를 가든 달라붙어서 밝혀낼 수밖에 없다.

청화호는 큰 태풍을 만나지도 않고, 러시아 해안으로 떠내려가지도 않고 포항을 출발하여 4일째 정오를 조금 지나, 조용한 바다 위를 미끄러지듯 해안으로 가까이 갔다. 지붕이 낮은 어부의 집들과 흰색 옷을 입고 돌아다니는 남녀 모습이 보인다. 배는 남동을 향하여 열려 있는 커다란 만입구로 들어간다.

원정대 모두 뱃전에 기대어 정박 중인 몇 척의 정크선과 조선선박, 러시아선박의 돛대 사이로 보이는 청진의 길거리를 잡아먹을 듯이 바라보고 있었다.

청진 상륙

카슨도 일행은 마침내 청진에 상륙했다. 청진의 가로회 함경도지부는 일행이 회령으로 갈 수 있도록 이미 채비를 갖추고 있었다. 오 선장은 청화호를 가로회 전용 선박부두에 넣어두고 카슨도 일행이 돌아오기를 기다릴 것이다.

회령 개시에 참가하는 데는 엄격한 규제가 있었다. 카슨도 일행은 모두 친기위親騎衛 제복으로 갈아입고 말 위에 몸을 실었다. 친기위란 1684년(숙종 10)에 함경도에 창설된 국경수비 기마대다.

카라가네야가 신인천에게 맡긴 은 200관은 순도가 높은 게이쵸긴丁銀으로, 그 중에 100관은 카슨도 원정대를 최종 목적지인 쓰루가까지 무사히 안내하는 청부료로 가로회에 지불되었다. 남은 100관은 천마 구입용이다.

천마 구입용 은 100관은 회령으로 옮기는 데 세심한 주의가 필요했다. 청진까지는 가로회 전용선이었으므로 문제는 없었지만, 청진에서 회령까지는 육로. 여정은 약 200리이지만 함경산맥 북단부의 1000m급 산의 계곡을 빠져나와 고개를 넘어가야 한다. 도중에 산적과 만날 위험성도 있었다.

은 100관은 25관씩 4개로 나누어서 튼튼한 나무상자에 잘 보관하여 군수품을 실어 나르는 두 대의 치중마차로 운반한다. 마차의 좌우에는 1명씩 검으로 무장한 가로회 경비대가 수행하고, 두 대의 마차에 적정거리를 유지하면서 서청이 단총을 허리에 차고 이중으로 경비하며 간다.

서청을 원정대에 포함시킨 문제에 대해서는 카슨도가 대장으로서 마지못해 인정했지만, 서청에 관한 일체의 관리는 이순지에게 위임했다. 책임은 모두 이순지 몫이다.

가로회의 성상영成尙永이 길 안내자로 선두에 섰다. 친기위는 북방을 지키는 북병사北兵使* 중에서도 엄선한 정예병사로 용맹한 기마대이다. 파란색 모직물로 만든 군복을 착용하고 검을 소지한 카슨도 일행은 연도의 사람들에게 주목을 받았다. 지금까지 검을 허리에 차 본 적이 없는 고태운, 최백형, 강진명, 차지량은 말 위에서 신바람이 나서 가슴을 젖히고 전방의 하늘을 올려다본다.

길은 청진천을 따라 북쪽으로 이어져 있다. 마침내 함경산맥의 어느 협곡으로 들어갔다. 일행은 강물소리와 새 소리를 들으면서 솔송나무와 소나무 터널을 빠져 나와 경사가 급한 오르막길을 지나고, 또 3시간 정도 더 가자 긴 능선으로 연결된 정상에 도달할 수 있었다. 내뱉은 호흡도 얼어붙을 정도의 매서운 추위다. 이곳은 청진천과 두만강 지류의 분수령이다. 조금 내려가자 민가가 14, 15채 있는 작은 마을에 도착했다. 청진으로부터 120리 지점이다. 가로회는 이곳에 미리 예약하여 일행의 숙사로 집 2채를 빌려 두었다.

마구간은 6개의 기둥으로 지탱한 지붕만 있는 정자 같은 곳으로 바람에 노출되어 있었지만 둘러싼 나무가 방풍역할을 해주고 있었다. 말을 기둥에 매어두고 도망가지 못하도록 발도 헐겁게 매두었다. 밤이 깊어짐에 따라 기온이 뚝 떨어져 추위가 몸 속까지 스며든다. 온돌방의 고마움을 절실히 느꼈다.

다음날 아침, 황홀하게 빛나는 오색찬란한 해돋이 노을을 등지고 마을을 출발했다. 정오가 지나 회령마을이 내려다보이는 고개에 도

---

* 조선시대 함경도의 북병영(北兵營)에 둔 병마절도사(兵馬節度使).

착했다. 순간 날씨가 급변하여 눈 깜짝할 사이에 눈보라가 흩날리기 시작했다.

'서두릅시다!'

성상영이 말했다. 그러나 고개를 내려가기 시작할 때 눈과 바람은 더욱 강해졌다. 회령성의 문이 어디인지 구별할 수 없을 정도로 시야가 좋지 않다. 어두운 구름 속을 전진하고 있는데,

'멈춰라!'

문지기의 고함소리가 들렸다. 카슨도가 고개를 들어 올려다보자 벽돌로 쌓아올린 높고 거무스름한 성벽이 눈앞에 있다.

문지기는 친기위 복장을 하고 있는 원정대에게,

'수고가 많습니다. 어서 지나가십시오.'

꼿꼿이 서서 역시 큰 소리로 말했다. 성상영은 한마디도 하지 않고 말 위에서 살짝 뒤쪽을 향하여 채찍을 흔들며 전진했다. 카슨도 일행도 가슴을 크게 젖히고 뒤를 잇는다. 마을로 들어서자 눈보라가 한층 더 세차게 소용돌이쳤다. 왕래하는 사람이나 마차는 모두 수묵화 속 그림으로 들어가 버린 것 같았다.

회령마을은 사방으로 10리, 높이 12척의 성벽으로 둘러싸여 있다. 문은 사방 두 개씩 8군데, 중심에는 회령 최대의 건축물인 종루鐘樓가 있다. 시간을 알려주기 때문에 시루時樓라고 한다. 5만 명의 인구가 살고 있는 마을에는 일자형으로 지은 벽돌집, 3층이나 4층짜리 관청, 그리고 상점이 바둑판 모양의 도로를 따라 늘어서 있지만 일단 골목길로 들어가면 복잡하게 얽히고 설켜 있다.

성상영은 카슨도 일행을 안내하여 종루광장의 어느 골목으로 들어갔다. 골목은 갑자기 좁아지고 꼬불꼬불 구부러져 있으며 샛길이 많

이 나 있었다. 흙과 벽돌로 빚은 일자형으로 된 어두운 격자창이 달린 볼품없는 집들, 외양간과 마구간, 돼지우리 등이 복잡하게 혼재되어 있다. 거대한 미로 속으로 전진해가는 것 같다. 치중마차의 차바퀴가 몇 번이나 토벽을 스치며 전진하지만 모퉁이 각을 꺾지 못하고 쩔쩔 맨다.

갑자기 눈앞에 기와지붕의 거대한 목조건물이 나타났다. 건물은 적갈색의 두껍고 튼튼한 나무 울타리로 에워싸여 있다.

성상영이 말에서 내려 울타리 안으로 들어가더니 이내 뒤돌아 보며 채찍으로 입구의 문을 가리킨다. 이쪽입니다. 카슌도는 믿을 수 없다는 생각에 건물을 올려다보았다. 문기둥에 〈미륵사彌勒舍〉라고 쓴 간판이 걸려 있다. 뒤를 돌아보니, 좀처럼 가라앉을 기미가 보이지 않는 눈보라 속에서 애써 찾아들어온 골목길과 집들도 전혀 보이지 않는다. 모두 사라져버렸다. 오직 미륵사 하나만 존재하는 것 같은 착각에 빠졌다.

뜰이 넓다. 좌측에 20~30마리의 말을 수용할 수 있는 마구간이 늘어서 있다.

일행은 방한모를 벗고 외투에 쌓인 눈을 털어내며, 무거운 구두에서 해방되어 본당에 올라섰다. 바닥은 따뜻한 온돌이다. 모두 휴~ 하고 한숨을 쉰다.

정면에 있는 제단에 미륵보살상이 안치되어 있다. 〈반가사유목상〉이지만 카슌도는 어랏! 하고 깜짝 놀랐다. 토함산 굴에서 본 석가여래상 얼굴과 어딘지 모르게 닮아 있다……. 합장하고 자리에 앉는다. 성상영의 목소리가 울려 퍼졌다.

'여러분, 당분간 이 미륵사에서 체류합니다. 아무쪼록 편안하게 지내시기 바랍니다. 단, 한 가지 부탁드릴 말씀이 있습니다. 개시開市가 열릴 때까지 가급적이면 울타리 밖으로 나가지 마십시오. 여러분들은 친기위 병사로 군마를 구입하기 위해 온 것입니다. 진짜 친기위도 속속 들어오고 있어 어디서 어떻게 만나게 될지 모릅니다. 옥신각신하는 일이 생기지 않으리라는 법이 없습니다. 부디 단독행동은 금물입니다. 부득이 외출할 경우는 미륵사의 사람이 안내하겠습니다. 게다가 혼자서 종루까지 가더라도 여기로 다시 돌아올 수 있을런지도 의문입니다.'

카슨도 일행은 머리속으로 왔던 길을 되새겨 보지만, 도저히 그 길을 다시 찾아들어올 엄두가 나지 않는다. 모두가 성상영의 말에 수긍했다.

'잘 알겠습니다. 개시에 대해 조금 상세하게 여쭙고 싶습니다만.'

카슨도가 말했다.

'네, 말씀해보시지요. 이곳의 학감學監 임남수林南秀가 답변해 드리겠습니다. 임남수는 미륵사의 책임자입니다. 따뜻한 차라도 드시면서……'

성상영은 보통 몸집에 중간 정도 키로 매부리코를 가진 예리하고 사나우면서 고약한 얼굴이고, 임남수는 약간 도톰한 주먹코 얼굴인데 끊임없이 코를 벌름거리고 있었다. 당장이라도 재채기가 터져 나올 것 같아 듣고 있는 쪽은 몹시 마음이 불안하기 짝이 없다. 그러나 카슨도와 이순지의 질문에 임남수의 대답은 명확하여 요점 파악이 쉽다.

──회령 개시는 1638년(인조 16)에 청의 요청에 의해 시작되었다. 이미 90년 가까운 역사를 가지고 있고 조선과 청나라 사이에서는 최

대의 국경교역의 장이다.

청나라가 회령 개시를 요청한 배경에는 중국 동북지방의 유민문제가 있었다. 청나라는 유민을 이용하여 만주 개척정책을 추진하며 필요한 물자를 조선에서 조달해야 한다.

개시는 년 1회, 12월에서 1월 사이의 엄동설한에 〈공시公市〉, 〈사시私市〉, 〈마시馬市〉 순으로 개최된다.

공시는 조선과 청나라 사이의 교역으로 거래물품과 수량은 협정에 따라 관원들에 의해 실시된다. 청나라측은 동북지방 주방팔기*의 토관** 300여 명, 중앙 베이징 정부에서 150명 전후의 인원이 파견된다. 주요한 교역품으로는 조선측은 소금, 쟁기, 소이며, 청나라측은 양피로 만든 옷, 무명 등이다. 〈공시〉 기간은 7일 간이고 끝나면 다음 날부터 바로 〈사시〉가 시작된다. 기간은 3일 간이지만 회령성 시내 전역이 시장이다. 허가증을 가진 1000명 가까운 조선인과 청나라 민간상인이 말과 소, 돼지, 산양, 곡물, 해산물, 약, 종이 등 다종 대량의 상품을 거래한다.

다만, 조선정부는 산삼과 홍삼이라는 고려인삼과 금, 은, 동, 소가죽, 해삼 등은 수출금지조치를 취하고 있다. 교역을 금지하면 자연적으로 밀무역이 성행하게 된다. 가로회가 회령 중심부에 미륵사를 두고 표면상은 불교와 유교를 융합한 종교 활동이라지만 사실은 밀무역을 위장하기 위해서다. 밀무역의 보배는 산삼, 홍삼, 해삼 세 가지

---

* 1601년 누르하치가 만든 군사 조직. 1615년에는 정황, 양황, 정백, 양백, 정홍, 양홍, 정람, 양람의 8기로 개편되었다. 경비를 위해 특정 장소에 집단으로 이주한 팔기를 주방팔기(駐防八旗)라고 한다.
** 변방 토착민에게 주었던 특수한 관직.

다. 그 중에서도 가장 높은 가치로 매매되는 것은 해삼이며 회령개시에서 거래되는 70%를 가로회에서 독점하고 있다.

해삼은 건해삼을 말하며 중화요리에 빼놓을 수 없는 식재. 또한 함께 건조시킨 내장과 알은 맛 뿐만 아니라 자양강장에도 뛰어나 중국에서는 고가로 판매되고 있었다. 그 효과가 고려인삼에 필적하고 말린 해삼의 형상이 인삼과 닮아 해삼이라고 이름 붙였다.

사시가 끝나면 마시가 이어진다. 〈마시〉도 사시와 같이 회령성 전역을 시장으로 한다. 조선 군마는 모두 여기에서 조달되었다. 친기위를 포함한 1000명에 가까운 변방의 병사가 청나라말을 구하러 마시에 온다. 그밖에 관청에 납품할 승마용 말, 가마용 말, 번식용 목마(암말)를 구입하러 온다. 거래방법은 조선 소와 교환하는 것을 원칙으로 한다. 평균적으로 청나라말 한 필에 대해 소 6~7마리로 교환하지만, 최근 청나라말의 가격이 올라서 소 8마리가 필요하게 되었다.

작년에는 약 500~600필의 청나라말과 3000마리 이상의 조선 소가 마시에서 교환됐다. 구입에는 회령부의 허가가 필요하고 당연히 뇌물을 써야하는 일도 발생한다.

'곧 변방 각지에서 청나라말을 구하러 병사들이 모여들 것입니다. 여러분도 그 병사들과 똑같은 옷을 입은 동료라는 것입니다.'

미륵사 학감 임남수는 미소를 띠며 말했다.

'그러나 중요한 것은 청나라의 교역단이 아직 도착하지 않았습니다. 그들은 매년, 지린에서 집결하여 두만강을 따라 내려오면서 14~15일 걸려 회령에 옵니다.

타타르인 말장수도 온다는 소문이 꽤 정확한 소식통에 의해서 흘러 나왔습니다만, 현재까지 자세한 소식을 파악하지 못했습니다. 지금까지의 주기로 봐서는 올해 그들이 나타날 해라고 생각됩니다 만……'

카슨도 일행은 숙사로 안내되어 각자 온돌방 하나씩 배정받았다.

다음날도 또 그 다음날도 눈보라가 멈추지 않고 계속 이어지자 개시 개최가 어렵다는 소문이 여기저기서 나돌기 시작했다. 카슨도의 모습에 약간 초조한 기색이 보이기 시작했다.

금족령이 내려진 가운데에서도 이순지만은 예외다. 20년 만에 온 그리운 고향, 회령이다. 가만히 있을 수 없다. 눈보라가 잠시 뜸해진 틈을 타 미륵사를 빠져나가 말을 달려 교외로 나갔다. 목표는 예전에 조부가 만들고 부친이 일궈낸 이요李窯가 융성했던 노보리가마터다.

그러나 아무것도 남아 있지 않았다. 언덕 사면을 세로로 봉긋하게 쌓여 있는 눈만 보일 뿐이다. 예전에 집과 가마터가 있었을 법한 그런 느낌만 들 뿐이다. 낙담하여 마을로 돌아와 양지와의 추억이 있던 옆 골목과 교각을 둘러본다. 바람은 멈추고 눈은 적게 내리고 있었다.

이순지는 어느새 아내인 양지와 손을 잡고 어깨를 나란히 하며 함께 길을 걷고 있는 느낌이 들었다. 그때는 양지가 혜숙이를 임신하고 있을 때였다.

굽어있는 길 건너편에서 눈싸움에 신이 난 아이들의 맑은 목소리가 들려온다. 그 때 양지에게 미소를 짓기 위해 왼쪽을 돌아본 순간 이순지는 놀라서 소리를 지를 뻔했다.

그곳에 양지가 있었다.

그러나 눈을 깜박이는 순간 사라졌다.

이순지는 분명히 깨달았다. 지금, 회령은 예전에 양지와 함께 지냈던 회령과는 완전히 다른 마을이라는 것을. 이제부터는 옛 자취를 돌이켜 생각하는 것은 그만 두어야 한다. 주어진 일에 전심전력을 기울여야 한다. 먼저 카슨도가 임무를 다 할 수 있도록 돕고 무사귀환 한다면 마을사람이 더 행복하게 살아갈 수 있도록 열심히 일해야지…….

멀리서 마차가 달려오는 땅울림이 전해온다.

한 떼의 거대한 덩어리가 가까이 온다. 이순지는 말을 멈춘 채, 그 정체를 살펴본다. 그들은 굉음을 내면서 노도와 같이 밀려왔다.

가가호호에서 사람들이 뛰쳐나온다.

'왔다! 드디어 왔다!'

황, 백, 홍, 청색 깃발을 안장에 꽂고 약 80기의 무리가 나타났다. 빠르게 달려온다.

기수는 모두 동북 주방팔기를 나타내는 화려한 색채로 물들인 깃발과 변발을 바람에 날리고 있다. 깃발 테두리에는 각각 같은 색으로 통일되어 있다. 그들 뒤에 역시 변발을 길게 늘어뜨린 청나라 관원과 상인들이 탄 100량 남짓한 마차와 짐을 실은 말, 소, 낙타, 라마 등 모두 합쳐서 600마리 정도가 계속 이어진다.

죽은 듯이 고요하던 눈 덮인 회령 마을은 일순간 떠들썩함에 갇혀버렸다.

중국어와 만주어가 난무하는 가운데 이순지는 호기심에 이끌려 대열이 다 지나갈 때까지 움직이지 않고 관찰하고 있었다.

대로는 말발굽과 마차바퀴에 짓밟혀 질척거리는 진흙밭이 되었다.

구경꾼이 흩어지기 시작할 때 쯤, 다른 방향에서 말과 마차의 울림이 가까이 들려왔다. 구경꾼들이 멈추고 무슨 일인가 하며 기다리자, 온몸이 눈과 진흙투성이가 된 10명 정도의 대열이 나타났다.

구경꾼들 속에서 일제히 웃음소리가 났다. 긴 여행의 고투를 말해주고 있어 아련한 동변상련의 기분이 든다. 초라한 10명의 풍채 때문에 웃는 것이 결코 아니다. 과하마果下馬*라고 무시하고 있는 조선말을 타고 있는 모습과 방금 전에 지나간 청나라말의 대열과의 격차를 생각하니 웃지 않을 수 없었다.

이순지도 똑같은 감상이었지만, 문득 떠오른 생각에 선두에서 오는 등이 조금 굽은 초로의 남자에게 다가가 큰 소리로,

'여쭙겠습니다만, 혹시 여러분은 유명한 박목장에서 오신 분들이 아닙니까?'

그러자 상대는 속도를 늦추며 힘껏 가슴을 뒤로 제쳤다.

'그렇다. 우리들은 중앙정부를 대표해서 말을 매수하러 왔다.'

'과연, 어쩐지 복장도 멋지십니다. 그런데 이와 같이 중요한 임무로 회령까지 오신 이 단체의 대표는 어느 분이신가요?'

'내가 그 박목장의 주인이다.'

'그렇습니까. 이처럼 훌륭한 단체를 인솔하시고 온 목장주이시면 존함은 어떻게 되십니까?'

이순지는 물었다.

목장주는 거드름을 피우며 대답했다.

'박수실이다. 잘 기억해둬라.'

---

* 우리나라의 토종말. 키가 3척 정도밖에 되지 않아 말을 타고서도 능히 과실나무 밑을 지나갈 수 있다는 데서 유래된 이름.

'저는 이름을 밝힐만한 자가 아닙니다만, 회령 마시운영에 관여하고 있어서 여쭙겠습니다. 여러분들은 청나라말을 보러 오셨습니까? 아니면……'

'우문이다. 그렇지 않으면 당신은 청나라말보다 더 좋은 말이라도 가지고 있는 건가?'

'당치도 않습니다. 청나라말보다 좋은 말은 없습지요.'

'그렇겠지. 그러나 미안하지만 이 정도로 해두지 않으시려나. 너무 바빠서.'

이순지는 공손하게 뒤로 물러났다.

미륵사로 돌아오자 이미 청나라 거상이 도착했다는 정보가 퍼져 있었다. 임남수가 개시의 개막이 3일 후인 12월 15일로 결정됐다고 알렸다. 내일은 회령부와 함경북도 절도사가 주최하는 환영연회인 하마연下馬宴이 밤새도록 개최될 예정이다. 이순지가 입을 열었다.

'좀 전에 큰 길에서 그들이 도착하는 것을 구경하고 오는 길입니다. 우연한 만남도 있었습니다. 전주 목장의 매수단, 그들도 도착했습니다.

'그래요! 그들도 도착했습니까?'

카슨도는 끄덕였다.

'목장주가 직접 인솔하고 있었습니다. 아주 심한 사팔뜨기던데, 박수실이라고 했습니다.'

그 말을 듣고 카슨도의 안색이 변했다. 서청도 카슨도를 가만히 관찰하고 있었다.

저녁식사까지 각자의 방에 있기로 하고 모두 방으로 돌아갔다. 카슨도가 비둘기들에게 먹이와 물을 주고 나서 〈아스트롤라베〉를 만지작거리고 있을 때 이순지가 방으로 들어왔다.

'역시 물어봐야 할 것 같아서 왔네. 서청은 도대체 누구인가? 자네와 어떤 관계인가? 그리고 박수실은 누구인가? 내가 박의 이름을 말했을 때, 자네 안색이 변했네. 그리고 자네를 바라보는 서청의 눈초리도 범상치 않았다네. 무슨 일이 일어나기 전에 나에게 말해주면 좋겠네.'

카슨도는 자세를 바르게 고쳐 앉고 이순지의 눈을 정면으로 바라보면서 모든 이야기를 했다. 류성일 사건에 관련된 박수실과의 인연, 서청이 류성일의 외아들일 가능성이 높다는 것 등등……

이순지는 모든 것을 듣고,

'그런가. 알았네. 좋아. 이 건에 대해서는 나에게 맡기시게.'

이순지는 카슨도의 방을 나오자 일단 자기방으로 돌아갔다가 잠시 후에 바로 나오더니 안뜰 건너편에 있는 방으로 향했다.

문 앞에 와서,

'이순지라네. 들어가도 좋은가?'

'네.' 서청이 대답했다.

'서청은 작은 책상 앞에 앉아서 단총을 손질하고 있었다. 이순지 쪽으로 돌아보며 무슨? 이라는 표정을 지었다.

이순지는 선 채로 물었다.

'밀항계획은 연극이었군. 너의 아버지 이름은 류성일. 너는 박수실과도 아는 사이지? 아버지를 죽여 참형됐어야 할 일본인이 여기 조선에 있다는 것을 알아낸 것이 아니냐? 그 장소가 나의 마을이라는 것도. 그리고 경주에서 우리 일행을 찾아내 뒤를 밟아 청화호에 잠입했던 거지? 목적은 아버지 원수를 갚으려고. 그렇다면 우리 목적도 밝혀

두겠다. 우리는 전설의 천마를 입수하는 것이다. 쓰시마를 구하기 위해서. 자, 너는 여기서 나가는 것이 좋겠다. 배은망덕한 놈이란 바로 너 같은 놈이다.'

이순지의 목소리는 냉정하여 마치 훈계하는 어조였다. 그리고 시선은 날카롭게 젊은이의 얼굴을 노려보고 있다. 한편 서청의 눈빛은 어찌할 바를 모르고 이순지의 몸 주변을 헤매고 있다.

'김차동과 너의 아버지는 오사카에서 무엇 때문에 서로 결투하게 되었는지 알고 있는가? 각자의 사명을 완수하기 위한 결투였다. 사적인 원한이 있어서가 아니다. 그러나 이러한 일을 알게 되었다해도 너는 복수를 그만두지 않겠지. 김차동 스스로는 잘못이 없어도 아버지를 살해한 자의 상처는 낫지 않는 법. ……혹시, 지금부터 앞으로도 여정을 같이 하고 싶다면……, 마을의 일원이 되어 형제의 정을 맺는 것은 어떠냐?'

이순지는 한쪽 무릎을 꿇고 오른쪽 소매 자락에서 장도粧刀와 잔을, 왼쪽 소매 자락에서 작은 병과 종이조각을 꺼냈다.

'들어본 적은 있겠지? 피를 나누는 맹세다. 서로의 손가락을 베어 피를 잔에 떨어트린다. 이 종이에는 마을의 맹약인 〈형제애·평등·상조〉의 세 단어가 기록되어 있다. 이것을 태워 재로 만들어 막걸리와 섞어서 마시는 것이다. 이것으로 우리들은 형제가 된다. 마을은 또 가로회 지부 중의 하나이기도 하다. 맹약을 지키지 않은 자, 가로회를 배반하는 자, 혹은 가로회와의 약속을 어긴 자는 어떻게 될까……, 예를 들면, 박수실이 너에게 15년 전의 사건을 떠들어댄 것은……'

이순지는 여기에서 말을 멈추고 일어섰다.

'어떻게 할 것인지 네가 결정해라.'

이순지를 보내고 난 후에 서청은 총을 만지작거리면서 혀를 차며 중얼거렸다. 마을의 형제가 되어야 하나? 이제 이 일행의 운명을 끝까지 확인하고 싶어서 견딜 수 없다.

회령의 마시

구름 한 점 없는 맑은 하늘 아래, 개시의 막이 화려하게 열렸다. 〈공시〉 거래 자체는 관공서 건물 안에서 실시되어 일반인은 구경할 수 없지만, 〈개시〉는 회령과 근교 사람들에게는 1년 중 가장 큰 축제이다.

사람들은 일제히 중심가로 몰려나갔다. 회령 근교에서도 사람들이 좋은 옷으로 갈아입고 8개의 문을 통과하여 모여든다. 넓은 대로 뿐 아니라 좁은 거리에도 노점과 포장마차가 줄지어 서 있다. 노면은 질척거리는 진흙밭이 된 채로 얼어붙어 여기저기에서 낙상환자가 속출했다.

서청을 제외한 카슨도 일행도 미륵사 직원의 안내로 개시를 구경하러 외출했다.

양과 산양고기를 양념한 꼬치구이, 죽, 양갱, 떡, 빈대떡, 엿 등의 먹을거리를 파는 포장마차가 이어지는가 싶더니, 여름철용 정교한 곤충채집통이나 소가죽, 말가죽으로 만든 지갑만 진열되어 있는 노점상, 정체를 알 수 없는 질 나쁜 물건, 가자미식해를 파는 노점이 비좁게 늘어서 있다. 그 중에서 눈을 부릅뜨게 할 만큼 놀라운 것은 오래되고 진귀한 작은 청자항아리를 대수롭지 않게 마구 다루고 있는 골동품점이다.

그런 와중에 양쪽다리를 옭아 맨 닭 한 마리를 들고 서 있는 농부 같은 남자가 있다. 여자들이 모여들어 손으로 닭의 상태를 확인하고서 혀를 차며 사라진다. 오래된 장도를 든 남자가 나타나 담판을 시작했다. 교환이 성사되어 장도를 가져온 남자가 닭을 안고 빠른 걸음으로 사라진다. 농부 같은 남자는 이번에는 장도를 가지고 서 있다. 상품은 닭에서 장도로 바뀌었을 뿐이다. 카슨도는 시장풍경을 신기한 듯이 보고 돌아다니면서 오사카의 기억으로 달려간다. 같은 장사라도 대단히 차이가 난다. 도지마 쌀거래소……, 그건 마치 꿈과 같은 세계였다.

살아서 움직이는 상품도 있다. 상품이 스스로 접근해 와서 손님 손을 꼭 잡고,

'나를 사주세요. 싸게 해드려요'라고 속삭인다.

태운이는 여인에게 붙잡혀서 쩔쩔매고 있었다. 그때 성상영의 심부름꾼이 달려와서 카슨도 일행은 급히 미륵사로 돌아왔다.

'타타르인들이 옵니다. 방금 전에 쌴허三合에서 두만강을 건너 국경을 넘었다는 연락이 들어왔습니다. 일행은 15명, 군마는 70필이라고 확인……'

'많이 몰고 오는군……'

카슨도가 중얼거린다.

'아니요. 그들은 장거리 이동시에는 각자 2~3필의 말을 여유 있게 데리고 오기 때문에 판매용 말은 20필 내외일 것입니다. 목장용 빈마(암말)의 구별은 확인되지 않습니다.'

'언제 회령에 들어올까요?'

카슨도와 이순지가 거의 동시에 입을 열었다. 그러나 성상영은 질

문에는 답을 하지 않고,

'마시는 커녕 아직 사시조차 시작하지 않았는데 신참내기 매수단이 뒤에서 손을 뻗어 청나라말을 선점하려고 한다는 소문이 돌고 있습니다.'

'그런 일이 가능합니까! 박수실은 역시.'

카슨도가 한마디 하자 이순지가 맞장구를 친다.

'그렇습니다. 그 박씨는 그런 인간입니다. 타타르말에 손을 뻗칠지도 모릅니다. 경매에 붙이면 낙찰받기 어렵습니다. 경매관리는 회령부의 관원이 주관하기 때문에 뒤에서 농간을 부리면 박수실에게 유리하게 돌아갈 수 있습니다.'

카슨도가 성상영 쪽으로 상체를 쭉 내밀고,

'회령에 들어오기 전에 먼저 만나서 이야기를 해봅시다. 그 자리에서 계약금을 걸어도 좋습니다.'

'쇠뿔도 단김에 빼라!'

이순지가 일어섰지만 문득 생각나는 사람이 있다.

'서청은 어떻게 됐나?'

'아침에는 방에 있었던 것 같은데, 방금 전에 가보니 없습니다.'

태운이 응했다.

카슨도의 표정이 어두워지는 것을 보고 이순지는 그의 어깨를 두드린다.

'그는 내버려 두자, 하여튼 출발이다.'

'태운이는 남아주시게. 최의원도.'

카슨도가 일어섰다.

말은 이미 마당에서 대기 중이다.

회령을 나가 국경 쪽 길로 가면 도중에 틀림없이 타타르인과 만날 수 있을 것이다.

　임남수가 길 안내에 나섰다. 그를 선두로 카슨도, 이순지, 강진명, 차지량은 성벽 문을 향하여 출발했다. 종루 광장의 혼잡을 피해 우회로를 선택했기 때문에 길이 얼어붙어 있는 곳이 많았다. 말발굽은 얼음을 깨트리는 소리를 내면서 달려간다. 시장에서 들려오는 떠들썩함이 바로 가까이에서 들려온다.

　갑자기 '불이다!' 절규소리가 났다. 큰소리로 부르짖는 소리가 이어졌다. 그러나 카슨도 원정대는 뒤돌아보려고도 하지 않았다.

　검은 연기가 피어오르고 그 속에서 붉은 화염이 난무한다.

　장도를 가진 남자가 꼬치구이를 팔고 있던 포장마차의 숯불을 옆집 튀김냄비에 던져 넣었기 때문이다. 기름이 타올라 인근 상품에 차례로 옮겨 붙어서 더 이상 손을 쓸 수 없게 됐다. 자기와는 상관없는 일에 덩달아 떠들어대는 무리들 중에, 야크 모피의 짧은 반외투를 어깨에 걸치고 있는 젊은이가 있었다. 젊은이는 큰 화염을 지그시 바라보고 있었다. 그의 눈동자에도 이글이글 화염이 타오르고 있었다.

　'아들아.'

　부드럽게 속삭이는 정다운 말이 젊은이의 귓가에 들려온다.

　'후후, 여기에 있었군, 아들아, 류성일의 아들아.'

　서청이 뒤돌아보자, 등 뒤에서 박수실이 커다란 얼굴을 가까이 대고 서 있다.

　주변은 소화작업이 시작되었다.

　박수실은 서청의 어깨에 걸친 반외투 아래로 손을 넣어 팔을 잡고 인적이 드문 골목입구 쪽으로 끌고 갔다.

'너의 모습을 발견했을 때 매우 놀랐구나. 어떻게 회령까지 네가? 그렇지만 나는 바로 알아차렸지. 아버지 원수를 쫓아 온거지? 김차동이 여기 회령에 와 있지 않은가? 어떤가. 잘 맞추지? 어떤 방법으로 여기까지 온 것이냐?'

'그 놈이 탄 배에 잠입했습니다.'

'그래! 상당히 재치가 있구나. 그 놈은 너의 아버지를 죽였을 뿐만 아니라, 나의 목숨까지 노렸다는 것도 알아야 해. 이순지라고 하는 매국노의 이름을 너의 아버지가 밝혀냈다. 그 일을 죽기 직전에 나에게 전했다. 그 일을 저 놈이 알았기 때문이다.'

'이순지?'

'마을촌장 이순지! 그 놈도 함께 왔는가?'

서청이 고개를 끄덕인다. 박수실은 위압적인 태도로 묻는다.

'김차동과 이순지가 회령에 온 목적은 무엇이냐?'

서청의 입술은 한순간 움직이려다가 그만 두었다. 그리고는 입을 다물었다. 그러나 마음속에서는 이렇게 중얼거리고 있었다.

……그들은 전설의 천마를 찾으러 왔다고.

'아들아, 빨리 아버지 원수를 갚고 내 목장으로 돌아오너라. 급료를 배로 올려주마.'

화재소동도 마침내 가라앉았다.

'나는 이미 좋은 청나라말을 상당수 확보했단다. 그보다 좋은 종마가 더 있을까 해서 기다리고 있단다. 번식목마 6필도 구매했다.'

'번식목마?'

'몰랐나? 암말을 말하는 것이다.'

박수실은 소리를 낮추어,

'말 뿐만이 아니야. 글쎄 암시장에는 도박과 술에 빠진 친기위 무리가 아라사俄罗斯 여자 3명을 데리고 와서 내다 팔고 있단다. 그놈들은 그 돈으로 군마를 사려고 하는 것이지. 말이 없으면 목이 잘리니 어쩔 도리가 없지 않은가. 바로 조금 전에 그 교섭이 있어서 갔다 온 참이다. 잔꾀가 각양각색……, 아라사 여인의 피부는 정말 희다더군.'

박수실은 은근히 흡족해하면서 계속 떠들어댔다. 서청은 박수실에게서 살짝 떨어져 등을 보이며 빠른 걸음으로 멀어져 간다.

'아라사의 하얀 번식목마를 안아볼 수 있는데.'

서청은 뒤돌아보지 않는다.

'주인님!' 허리 쪽에서 흐릿한 목소리가 들려왔다. 왼쪽 눈을 감고 있는 노파가 작은 의자에 앉아서 박수실을 올려다보고 있다. 아까부터 쭉 옆에 있었지만 박수실은 전혀 몰랐다.

'멀리서 온 모양이구려. 주인님, 좋은 관상이시군요. 사업이 아주 크게 번창하겠어요. 앞날에 대해 들어보지 않겠수?'

박수실은 기분이 좋아서,

'나는 점 따위는 믿지 않네만 어디 한 번 볼까?'

노파는 박수실의 오른손을 잡고, 감고 있던 왼쪽 눈을 떠서 들여다본다. 박수실은 놀라서,

'눈이 불편한 게 아니었어?'

'이 쪽 눈은 장사용이지요. ……그런데 여자를 아주 조심해야 합니다. 위험하기 짝이 없어 보이는데……'

'하하, 여자관계로 인한 근심상인가? 그만 두게.'

이야기를 다 듣지도 않고, 박수실은 노파에게 동전을 던져주고 잔

걸음으로 가버렸다.

—서청은 미륵사로 돌아와 마을의 맹세를 올리기 위해 이순지를 찾았다. ……김차동을 죽이려면 이 방법 밖에는 없다.

그러나 이순지와 김차동, 아무도 없다. 마당에 나가 눈을 쓸고 있는 하인들에게 물어본다. 갈피를 잡을 수 없는 말만 한다. 아무래도 국경을 향해 출발한 것 같다. ……아깝다, 따돌림을 당했나? 서청은 입술을 깨물고 서 있었다.

타타르인 차하르 칸

남쪽 성문을 나온 카슨도 일행은 타타르 일행과 한 시각이라도 빨리 만나야 한다. 국경 검문소로 향하여 하나 뿐인 눈길을 달리고 있다. 도중에 말이 끄는 썰매를 타고 개시를 구경하러 가는 농민 일가도 차례차례로 스쳐 지나간다. 그들은 이 날의 즐거움을 위해서 힘든 노동을 견뎌왔다. 검게 그을렸지만 얼굴마다 기대와 기쁨이 넘쳐 있다. 반대방향에서 긴장한 표정으로 급히 말을 몰고 가는 5명을 모두가 이상한 표정을 지으며 뒤돌아보았다.

카슨도 일행은 언덕길을 오르기도 하고 내려가기도 하면서 솔송나무와 낙엽송이 우거진 숲을 빠져나왔다. 그러자 정면에 햇살을 받아 반짝이는 눈보라를 일으키며 다가오는 무리가 있다. 뒤쪽에는 검게 보이는 작은 산과 같은 것이 따라오고 있다. 군마다.

'타타르 일행입니다.'

임남수가 말했다. 강진명도 응수한다.

'과연, 말발굽 소리가 청나라말과는 매우 다릅니다.'

회령부가 파견한 관원이 선두에 서고, 갈기가 하얗고 날렵하게 보이는 율모가 따라온다. 율모를 타고 있는 초로의 남자는 길게 늘어뜨린 짙은 감색 옷에 빨간 띠를 두르고 둥근 모피 모자를 깊게 눌러쓰고 있었다.

카슨도는 이 사람이 두목이라고 간파하고 차지량과 함께 말을 몰아 가까이 갔다. 그러자 그 남자가 큰 소리를 질렀다. 차지량이 통역한다.

'멍청한 녀석들 내 앞에 있는 말을 치워라!'

'차씨, 이렇게 전해주세요. 이 정도의 씩씩하고 빛나는 말들의 행진은 본 적이 없습니다. 예의 없이 가까이 갔습니다. 부디 용서해주세요, 라고.'

선도역을 맡고 있는 회령부 관원이 엄한 어조로 말했다.

'친기위가 타타르말을 남보다 먼저 입수하려고 할 작정인가! 용서치 않겠다.'

카슨도는 무시하고 함께 나란히 달리면서 유심히 율모를 탄 남자 옆얼굴에 시선을 보내고 있다.

말을 보는 혜안을 가진 이순지와 강진명은 이미 말 떼의 후미로 돌아가 말들을 관찰하고 품평하고 있다.

관원이 위압적인 태도로 끼어든다.

'귀공들, 함경도 10개의 읍 중에 어느 읍에 속하는 친기위인가?'

'우리들은 어느 읍에도 속하지 않는다. 회령에 들어오기 위해서 친기위의 제복을 착용하고 있지만 무엇을 숨기겠는가, 타타르의 귀한 손님에게 경의를 표하기 위하여 공식적으로 한양에서 달려온 근위들이다.'

관원은 침묵했다. 차지량과 임남수는 카슨도의 임기응변에 몰래 웃음을 참느라 힘겨워했다.

두목이 무엇인가 말을 한다.

'그냥 경의만 표하는 것은 아닌 것 같다. 목적이 무엇이냐?'

'맞는 말씀입니다. 나는 근위대 대장 김차동이라고 합니다. 높으신 분의 명령으로 평판 높은 당신들 말을 한 필이라도 구할 수 있을까하여 먼 길을 달려왔습니다.'

'우리들은 원래 오르도스Ordos* 7기의 하나이며, 준갈의 후예로 만하기에서 왔다. 만하란 사구라는 의미이지만 우리마을은 언제나 푸르른 초원과 자작나무 숲으로 둘러싸여 있다. 나의 이름은 차하르 칸이다.'

〈칸〉이라는 이름을 듣고 카슨도는 말 위에서 예의를 다하여 인사를 했다.

차하르 칸은 몸을 앞으로 내밀고 말 어깨에 손을 올리며 말에게 대화하는 것처럼 하더니,

'말을 볼 줄 아시는가?'

'……아니요.'

카슨도가 정직하게 대답하자, 힐끗 쏘아보고 깔보는 미소를 지어보였다. 카슨도에게 처음부터 교섭이 만만치 않다는 것을 예고하는 것이다. 그러나 도대체 이런 당당함은 어디서 오는 것일까 생각해보니 〈칸〉이라는 이름뿐만 아니라, 그가 타고 있던 율모의 높이가 청나라 말보다 높은 것을 깨달은 놀라움에서 오는 것이었다. 카슨도의 마음은 칸에게 친근한 미소를 보낼 수 있을 정도로 편안해졌다.

---

* 네이멍구 자치구의 남서쪽 오르도스고원 지역 대부분을 차지하고 있다. 유목이 적합한 곳으로 몽골 고원으로 통하는 교통의 요충지이다.

칸은 전방을 똑바로 응시하고 있다. 위엄이 있어 보이는 옆얼굴에서는 아무 감정도 읽어낼 수 없다. 그러나 율모의 걸음걸이가 미묘하게 바뀌어 있었다. 그것은 가볍게 덩실거리는 것 같은 보행으로 마치 카슨도의 미소에 주인 대신 반응해주는 것 같았다.

카슨도는 더 이상 아무 말도 하지 않았다.

가족끼리 개시를 구경하러 온 농민들이 즐거워하는 행렬 속에서, 칸이 몰고 온 군마는 활기찬 말발굽 울림을 눈길 위에 전해주면서 차례로 전진해갔다.

전방에 있는 농민들은 말발굽의 굉음에 놀라서 뒤돌아보고는 서둘러 숲 안쪽으로 피신한다. 그리고 쏟아지는 햇빛을 받으며 피부가 황금색으로 빛나고 어두운 숲 그늘에 들어가면 보라색으로 변하는 거대한 군마를 난생 처음 보고 있었다.

'어이, 어떡등? 엄청나게 큰 말이지비. 상당히 날렵해 보이꾸마, 아마 저런 말들을 타면 한양까지 한 번에 날아갈 것 같지 않나비?'

'아니지비, 아라사(러시아)까지꾸마……'

'하늘까지 데려다줄 것 같은 기분을 들게 해주는 말들이꾸마. 보시지비, 남자들은 모두 몸을 뒤로 젖히고 뽐내고 있지 않은가비, 무서운 인상을 짓고 말이지비.'

회령 서쪽 성문이 보였다. 농민들은 계속 성문 안으로 사라진다.

그러나 타타르 대열은 성문에서 저지당해 긴 시간을 기다려야만 했다. 한참 후에 앞에 선 관원의 지시에 따라 우측으로 꺾어 성벽 바깥쪽을 따라 남쪽으로 이동한다. 남문 가까운 광장에 도착하자,

'여기가 당신들의 야영지다.'

서투른 몽골어로 소리 높여 알렸다.

'성내에 게르Ger*를 설치하는 것은 허락되지 않는다. 여기에 설치해라.'

차하르 칸은 고개를 끄덕이고 말에서 내리자 다른 사람들도 일제히 따라서 내렸다.

야영지로 지정된 광장은 많은 눈으로 덮여 있었으나 타타르인들은 잠깐 사이에 눈을 치우고 사방에 널빤지를 깔았다. 그들은 치중마차에 싣고 온 부재료를 내리자마자 곧바로 3조로 나뉘어 게르를 설치하기 시작했다.

게르설치의 시작은 출입문을 남쪽으로 향하도록 방향을 정하는 것이다. 그 문에 버드나무를 가늘게 잘라서 격자상으로 엮은 하나khana(외벽)를 둥글게 원이 되도록 세운다. 원중심에 천장을 뚫어 만든 채광창인 투노toono(굴뚝)를 지지하고 있는 두 개의 바가나bagana(기둥)를 세우고, 외벽 위에 몇 십 개의 오니uni(석가래)를 투노에 끼워 반대측 막대기 끝을 외벽 위에 고정시킨다. 이것으로 게르의 나무 골조뼈대 부분이 완성이다.

계속해서 외벽에 하얀 천막인 펠트(양털)커버를 둘러친다. 석가래를 얹은 지붕에도 펠트를 씌우고 끈으로 이것들을 3단으로 나누어 묶어서 고정시킨다.

이렇게 해서 3개의 게르 설치가 끝나자 내부에도 펠트를 깔고 화로를 넣는다. 그리고 북측 벽에 라마교**의 불단을 장식한다.

---

* 몽골인들의 이동식 천막집. 중국어로 파오(包). 보통 지름 4~5미터, 높이 2.5미터 정도이나 수백 명을 수용할 정도로 큰 것도 있다.
** 티베트에 불교가 들어와 변형된 종교.

중앙 게르에 차하르 칸이 들어갔다. 그는 화로 안 아르가리(석탄과 가축의 똥)에 불을 지피고 연기가 천장 채광창에서 파란 하늘로 올라가는 것을 확인하자 게르 밖으로 뛰어나와 가슴에 양 손을 대고,

'솔~제~로(평안함이 있기를)!

소리 높여 외쳤다.

카슨도와 이순지 일동은 타타르인들의 게르 설치과정을 흥미롭게 구경하면서 동시에 수십 개의 말뚝에 헐렁하게 족쇄가 채워져 있는 말들을 관찰하고 있었다.

카슨도가 흥분한 목소리로 말한다.

'몸집도 크고 형체도 좋습니다. 대단히 빠를 것 같아요.'

'음, 그래. 보기에도 우아하고 고속으로 달릴 수 있을 것 같지만, 그러나……'

'그러나?'

'음……, 뭔가 부족하네. 가령 제압하는 우람함이라든가, ……기백, 혹은 위엄이라고 할까……'

'기백?'

이순지는 질문에 대답은 하지 않고 다시 말 쪽으로 시선을 돌렸다.

'이들 말은 과연 일본 쇼군이 이미 입수했다는 페르시아 말을 능가하는 품격과 능력을 갖추고 있을까? 만약 동급이라면 진상해도 의미가 없을 텐데…… 오히려 화를 돋구지 않을까?'

카슨도는 어깨에 힘이 쭉 빠져서 더 이상 아무 말도 할 수가 없었다. 그 때, 통역을 맡은 차지량이 빠른 걸음으로 돌아왔다.

'저기 말뚝에 기대어 서서 말을 보고 있는 젊은 남자 보이지요? 제가 말을 보고 입에 침이 마르도록 칭찬을 했더니 그가 말하기를 만하

기에는 엄청난 말들을 비장의 보물로 가지고 있답니다. 그러나 비밀 목장에서 사육되고 있기 때문에 어느 누구도 접근할 수 없다고 했습니다.'

카슨도와 이순지는 차지량과 함께 좀 더 자세한 이야기를 들으려고 급히 젊은이가 있는 곳으로 가려고 했지만 때마침 게르에서 나온 칸이,

'오리, 넌 뭘 하고 있냐? 당장 말들에게 여물을 줘라.'

오리는 도망치듯이 다른 게르 뒤쪽으로 모습을 감추었다.

칸은 단도에 가볍게 손을 얹고 역시 깔보는 듯한 눈초리로 카슨도를 노려보더니,

'어떤가? 좋은 말이지! 경매를 붙일 작정이지만 가격에 따라서는 먼저 팔 수도 있다.'

카슨도는 차지량의 통역을 마지막까지 듣고 나서 이순지와 시선을 교환하자마자,

'경매 전에 팔 거라면 가격은 얼마나 되나요?'

'농담이다. 농담. 경매로 팔기로 조선 관원과 약속했다.'

칸의 마음은 흔들리고 있었다. 만하기를 출발하기 전에 언제나 샤 먼(무당)에게 점을 쳐본다. 샤먼은 폭설을 예언했다. 그것도 몇 십 년 만에 한번 오는 대설이라고. 가능한 한 서둘러 만하기로 돌아가 야 한다.

차하르 칸이 천천히 말을 이었다.

'하지만 10마리 묶어서 산다면……'

흔들리는 칸의 마음을 간파한 카슨도는,

'돈은 얼마든지 드릴 수 있습니다. ……듣자하니 만하기에는 여기

데려온 말들보다 몇 배나 가치 있는 말이 있다고 들었습니다만.'

'누구에게 들었나? 아들 오리군. 사실이다. 하지만 만하기는 멀다.'

'꼭, 그 말들을 보고 싶습니다. 같이 가보고 싶습니다.'

'농담하지 마라. 지금은 이 말들을 파는 일이 먼저다.'

이순지가 옆에서 카슨도의 팔을 가볍게 잡았다.

'잠깐, 오늘은 여기서 물러나자. 일단 돌아갔다가 내일 다시 오는 게 좋겠어.'

카슨도 일행이 미륵사로 돌아오니 본당에는 마침 미륵사 보살 앞에서 오후의 근행勤行이 시작되고 있었다. 범어로 기도를 마치자, 기다리고 있었던 듯 서청이 이순지에게 가까이 와서 작은 소리로 말을 건다.

'마을의 일원이 되기로 결심했습니다.'

이렇게 하여 이순지와 서청은 서로 피를 섞어 마시고 형제의 연을 맺었다.

'이것으로 자네는 마을의 일원이 되었네. 의형제를 맺을 때 아무 말도 하지 않았지만 나는 자네가 아버지의 원수갚기를 포기했다고는 생각하지 않는다. 눈을 보면 알 수 있지. 그러나 기억해두어라. 만약 김차동을 죽일 생각이라면 우선 나를 쏘고 나서 하거라. 왜냐하면 나는 언제나 자네와 김차동을 동시에 지켜보는 입장이기 때문이다.'

서청은 잠자코 물러났다.

이순지는 카슨도에게 서청이 마을의 일원이 된 것을 알렸다. 카슨도는 무표정한 얼굴로 끄덕일 뿐이다. 두 사람은 이마를 맞대고 앞으로 차하르 칸과의 교섭 방향에 대하여 상의했다.

카슨도와 이순지는 당장이라도 만하기로 향하고 싶었지만, 칸이 몰고 온 말을 경매에서 팔아치우지 않으면 출발할 수 없다. 그래서 이순지는 카슨도가 칸의 말을 좋은 값으로 전부 구매하는 모양새를 하고 나서 일행이 만하기로 출발한 후에, 미륵사의 임남수가 경매에 붙여 대금을 회수하는 방법을 제안했다.

갈당 칸을 말하다

다음 날, 차지량이 복통을 호소하는 바람에 출발이 늦어졌다. 타타르인들이 머물고 있는 야영지에 도착한 것은 정오가 지나서였다.

칸이 머물고 있던 게르 안에는 아르가리를 태운 연기와 강한 냄새가 진동하여 견디기 힘들었다. 카슨도 일행은 자기도 모르게 얼굴을 찡그릴 뻔했지만 간신히 참았다. 마상재 기수 강진명만이 더 이상 참지 못하고 '이런 악취를 맡으면 코가 썩는다'고 하면서 교섭 도중에 밖으로 나가버렸다. 냄새 이외에도 유목민 특유의 시큼한 치즈냄새와 가죽냄새가 게르 안에 가득 차 있었다.

차하르 칸을 중심으로 아들인 오리와 부두목 다얀이 좌우에 대기하고 있었다. 칸은 굉장히 기분이 좋은 모양이다. 오리에게 명령하여 보라색풀을 넣어 달달한 향기가 나는 마유차馬乳茶를 카슨도와 이순지 그리고 차지량의 찻잔에 넘치도록 따랐다.

'오늘 아침, 10필이 팔렸다. 그 부자나리는 계약금을 이미 치렀고 오후에 잔금을 주러 온다고 했다.'

카슨도와 이순지는 얼굴을 마주 보았다.

'그 부자나리는 혹시 이런 사람……?'

이순지가 익살스럽게 박수실의 사팔뜨기 흉내를 내보이자 칸은 크게 웃었다.

갑자기 이순지는 예의를 갖추고 심각한 얼굴로,

'차하르 칸 대장, 꼭 들어주셨으면 하는 일이 있습니다.'

'무엇이냐? 갑자기 정색을 하고. 이제 남은 10필이라도 은 30관에 구매할 의향이 있는가?'

이순지는 우선 늠름한 태도와 어조로 말하기 시작했다.

'지금부터 30년 전, 1696년(강희 35) 6월 12일 갈당 칸이 이끄는 준 갈군과 청나라가 존모드에서 격돌했습니다.'

차하르 칸의 눈매가 변했다.

'……준갈군은 5만 군사로 11만 청나라 군대와의 전투에 도전했습니다. 대장 갈당 칸은 언제나 30필의 말을 동행하고 있었습니다. 이들 말은 다른 장병들의 말과는 달라서 몸집도 크고, 자태는 아름다우며 고속으로 달립니다. 그러나 존모드 전투에서 갈당의 비妃인 아누 하통은 전사하고 갈당군의 주력부대는 괴멸되었습니다. 갈당 자신은 부대장 당지라와 소수의 부하들과 함께 도주했는데 이때 목숨을 걸고 도주로의 길 안내에 앞장서 준 타타르인 목동에게 갈당은 남아 있던 그의 16필의 말을 맡겼습니다…….'

차지량이 몽골어로 통역하는 말에 귀를 기울이고 있는 사이에 차하르 칸의 새까만 눈동자에는 지금까지 이순지와 카슨도가 본 적이 없는 빛을 머금기 시작했다. 차하르 칸은 중요하다고 생각되면 결코 다른 사람의 말을 끊지 않고 오히려 상대가 끝까지 이야기를 다할 수 있도록 마음을 써주며 기다려주는 버릇을 가지고 있었다.

'……사람들은 모두 갈당 칸의 말을 천마라고 불러왔습니다. 천마, 즉 모든 말의 장점을 한 몸에 겸비하고 있다는 한혈마의 다른 이름입니다. 존모드에서 16필의 말을 맡게 된 목동들은 청나라 군대의 추격을 피해 다싱안링산맥을 넘어 동쪽 땅으로 이동하여 보라색풀이 무성한······'

'당신! 어떻게 그것을 알고 있나?'

차하르 칸은 고함을 치면서 자리에서 일어났다.

'뭐 하는 자들인가? 너희들은?'

목소리를 낮추고 놀란 눈을 크게 뜨며 물었다. 이순지는 꼼짝도 하지 않고 계속 이어서 말했다.

'나는 갈당 칸의 심복, 당지라 부대장이 남긴 비망록을 읽었습니다. 내 기억이 틀림없다면 당지라는 나중에 강희제에게 항복하고 장자커우 교외 차하르정황기의 영주로 부임했습니다.'

칸은 의외로 차분한 목소리로 말했다.

'차하르정황기······, 나는 그 땅에 관련된 나의 이름을 알려주었다. 당지라의 비망록은 모르지만, 사실은 지금 말한 그대로다. 존모드에서 갈당 칸에게 16마리의 말을 맡게 된 타타르인 목동 우두머리가 나의 아버지다. 당지라가 차하르정황기의 영주가 되었다는 이야기를 전해 듣고, 아버지께서 당지라 앞으로 천마를 소중히 사육하고 있다는 소식을 보낸 것을 기억하고 있다. 말은 지금도 분명히 보존되어 있다.'

'만하기의 비밀목장에서?'

'그렇다. 회령에 몰고 온 말은 갈당의 천마와 청나라말을 교배시켜서 생산한 말들이다.'

'그렇습니까? 분명히 키도 크고 자태가 아름다우며 고속으로 달릴 것 같지만, 무릎 굴곡의 탄력이 부족해보이고 눈에 생기가 없는 것으

로 보아 어느 정도 짐작했습니다.'

'말 보는 눈이 나쁘지 않군.'

그 때, 부하 한 사람이 들어와서 박수실이 방문해온 것을 알렸다.

'밖에서 기다리게 하라.'

칸은 말했다.

카슨도 얼굴에 초조한 안색이 감돌았다.

'천마가 있다는 말을 박 부자나리에게 말했습니까?'

'말하지 않았다. 말 할 이유가 없다.'

차하르 칸은 바로 대답했다. 카슨도는 가슴을 쓸어내리며 서둘러 말했다.

'돈은 얼마든지 드리겠습니다. 갈당의 순혈마를 한 마리라도 좋으니 우리에게 주실 수 없겠습니까?'

차하르 칸은 회색 콧수염을 비틀어 꼬면서 세 번째로 깔보는 웃음을 지었다.

'전혀 모르는군. 순혈마를 한 마리라도 밖으로 내보내면 조선에서 교배하게 되고 그러면 우리들의 말 가격이 내려가지 않겠는가. ……근위라고 했지? 지체 높으신 분……, 조선국왕의 명령인가?'

뭔가 대답하려던 카슨도를 저지하며 이순지가 말했다.

'우리들은 조선인이 아닙니다. 사실은 일본에서 온 특사입니다.'

'일본에서 왔다고?'

차하르 칸은 다시 큰 소리를 냈다. 그 소리는 게르 밖에도 새어나가 회령에서 고용된 몽골어 통역에 의해 박수실에게도 전해졌다.

'손님은 저놈들인가?'

박수실이 중얼거렸다.

밖에 박수실이 있다는 것을 알고 있는 이순지는 급히 소리를 낮추고는,

'지금부터 400년 전에 당신들의 위대한 나라 원제국의 초대 황제 쿠빌라이 칸이 두 번에 걸쳐 공격한 나라 일본, 그 일본에서 극비리에 사신을 보내 저희가 이곳에 온 것입니다.'

이순지의 임기응변을 듣고 카슨도는 '역시'라고 생각하며, 오위부의 대일본공작의 밀정을 지냈던 적이 있는 이순지를 바라본다. 일본의 역사도 머릿속에 넣어두고 있다. 역시 감탄할 만했다.

'……이 건은 물론 조선정부도 모르는 일입니다. 노출되면 우리들은 처형될 것입니다. 우리들의 목적은 갈당의 천마, 즉 한혈마를 일본으로 데려가는 것입니다. 만일 일본에 있는 청나라말과 교배해도 조선시장에 나오는 일은 절대 없을 것입니다. 걱정은 하지 않으셔도 됩니다.'

'천마를 원하고 있는 쪽은 일본황제인가?'

이순지는 고개를 끄덕인다.

……이 남자의 말, 어디까지 믿을 수 있을까? 차하르 칸은 중얼거린다.

'취지는 알겠다. 오늘은 여기까지로 해두고 후일 다시 상담하자. 밖에 손님이 기다리고 있으니…… 오리, 배웅해드려라.'

카슨도는 일어섰다.

출입구에서 카슨도와 박수실은 잠시 스쳐 지나갔다.

박수실은 어제 저녁, 회령부 관원에게 타타르인을 국경 근처에서 마중한 근위병이 있다는 이야기를 들었다. 어째서 한양에서 근위가 시골 변두리, 여기 회령까지 왔을까? 라고 고개를 갸우뚱거렸다. 대

장 이름이 김차동이라고 들었을 때 의문은 풀렸다. 목표는 〈말〉인가? ……그러나 박수실은 김차동의 마을에서 타타르말이 왜 필요한 것인가? 새로운 의문을 품게 되었다. 일찌감치 새벽부터 서둘러 차하르 야영지로 달려와서 10필을 구입하기로 결정하고 계약금을 지불했다. 하여튼 이렇게 선수를 쳐서 아비루 카슨도의 코를 납작하게 해줘야지. 15년 전에 나를 죽이려고 했던 놈이다. 조선까지 도망쳐 왔지만, 이제는 스스로가 자기무덤을 파는 꼴이다. 가는 곳마다 서청의 소총이 기다리고 있다. 이것으로 저 놈의 운명도 끝이다.

입구에서 스쳐 지날 때, 박수실의 사팔뜨기 눈이 흘끗 카슨도의 모습을 바라보았다. 카슨도는 박수실을 거들떠보지도 않고 멀어져 갔다.

다음 날, 해가 뜨자마자 카슨도 일행이 야영지를 방문했을 때, 타타르인들이 게르를 철거하고 있었다. 말뚝에 묶여 있던 20마리 말들은 이제 어디에도 없다. 그들이 탈 말과 동행 말, 그리고 한가하게 풀을 뜯고 있는 5마리의 낙타가 무료한 듯 서성일 뿐이다.

오리와 타타르인들은 부두목인 다얀의 지휘로 철거한 게르의 부재료를 치중마차에 싣고 있다. 식량과 그 외의 다른 여행필수품은 가죽주머니에 넣어 낙타의 등에 좌우로 나누어 실었다.

차하르 칸의 모습은 보이지 않는다. 오리를 붙들고 도대체 어찌된 일인지 물었다.

'사팔뜨기 남자가 나머지 10마리도 사주었다. 대설이 오기 전에 일찌감치 되돌아 가려는 것이다. 아버지는 관원이 있는 곳으로 귀국인사를 하러 갔다.'

──어제 오후, 박수실은 계약금을 치른 10마리의 잔금을 지참해 왔

다. 밖에서 오래 기다린 끝에 게르 출입구에서 카슨도와 스쳐 지나갔지만, 카슨도는 박수실을 완전히 무시했다. 그 때, 박수실의 마음속에 예전에 용한이와 얽힌 굴욕, 류성일을 둘러싼 숙원이 부글부글 끓어 올라 되살아났다.

……저 놈이 말을 한 필도 가지지 못하게 해야겠다.

차하르 칸은 잔금을 받아 품에 넣고 박수실을 향하여 남은 10마리는 다른 곳에서 좋은 가격으로 거래하고 싶다는 의뢰가 들어왔다고 아무렇지도 않게 말을 던졌다.

……다른 곳이라고 하면 아비루가 명백하다. 그걸 알게 된 이상 이렇게 물러날 수는 없다. 결국 칸이 말하는 가격은 어제 거래한 금액의 1.5배이지만, 그 가격으로 나머지도 손에 넣었다.

……그러나 박수실은 무릎을 세우고 상체를 내밀었다.

'김차동이라는 저 일본인, 나는 저 놈을 잘 알고 있습니다. 그렇지만 회령에 타타르말을 사러 온 이유는 잘 모릅니다. 저놈은 당신에게 어떤 이야기를 하면서 접근해 왔습니까? 다른 목적은 없었습니까?'

칸은 시치미를 떼고 아무것도 모르는 얼굴로 대답한다.

'그 자는 일본에서 목축을 할 작정이라고 한다.'

'역시, 그런가, 일본으로 돌아가려는 것인가……. 20마리, 내가 다 사버려서 낙담하겠는 걸,'

칸은 천마의 일은 조금도 입 밖에 내지 않았다.

──카슨도와 이순지는 남은 10마리를 사들여 그것을 실마리로 어떻게 해서든 만하기로 동행하려고 마음먹었는데, 박수실이 다 사버렸다는 이야기를 듣고 갑자기 다른 사람에게 빼앗긴 기분이 들어 무척이나 낙심했다.

'철수합시다.'

갑자기 카슨도가 고삐를 잡고 훌쩍 말에 올라 탔다.

'뭐라고? 칸을 만나지도 않고서……, 포기할건가?'

이순지가 달려오면서 묻는다.

'설명하고 있을 시간이 없습니다. 서두릅시다.'

만하기

만하기를 향해

차하르 칸은 재빨리 한쪽 발을 등자에 걸고 몸을 날려 안장에 올라 앉았다.

'가자! 우리들이 무사히 만하기에 돌아갈 수 있도록, 솔~제~로(평안함이 있기를)!'

대열이 움직이기 시작했다. 출발은 하늘에 흘러가는 구름처럼 천천히 달렸지만 회령 성벽이 뒤쪽으로 멀어짐에 따라 조금씩 속도를 높여갔다.

타타르인은 생각보다 빨리 만하기로 돌아갈 수 있게 된 기쁨과 풍족한 선물까지 가지고 돌아간다는 만족감에 모두들 큰 소리로 기분 좋게 농담을 주고받으며 달리고 있다.

그러나 만하기까지는 꼬박 15일을 달려야 하는 거리다. 넘어 가야 할 깊은 계곡과 습지평원, 급경사, 좁은 벼랑길과 산등성이 길, 어두운 숲이 가로막고 있었다. 이미 백두산을 넘다가 동료 하나를 잃었다. 눈 쌓인 벼랑길에서 발을 헛디뎌 말과 함께 계곡 아래로 굴러 떨어진 것이다.

'하늘상태는 어떠한가? 이 정도면 백두산을 넘어도 눈은 내리지 않을 것 같은데……'

칸이 옆에 나란히 달리고 있는 다얀에게 말한다. 다얀은 눈을 가늘게 뜨고 서쪽 하늘을 보면서,

'오늘과 내일, 폭설은 없을 것 같습니다. 어두워지기 전에 국경을 넘어서 바이진白森 숲까지 가야 합니다.'

'……그런데 녀석들은 어떻게 된 걸까?'

다얀이 멀리 바라보던 시선을 접고 칸을 바라본다.

'일본인들 말이다. 일본왕의 특사라고 했는데…… 의외로 순순히 물러갔군. 수상한 놈들이었어……'

칸은 마치 그들을 그리워하고 있는 것처럼 말했다.

경쾌한 말발굽 소리와 들뜬 목소리, 타타르인들은 나뭇가지에 스치는 소리를 들으면서 강변을 따라 앞으로 전진한다. 드디어 이틀전에 카슨도 일행에게 예기치 않은 영접을 받았던 언덕 위에 도착했다. 이제부터 두 갈래 길이다.

'어느 쪽이냐?'

칸이 뒤따라 오는 아들 오리를 돌아보았다. 오리는 말없이 왼쪽을 가리킨다. 눈쌓인 낙엽송 숲길은 올 때 어지럽게 남긴 말발굽 자국이 그대로 얼어붙어 아직까지 남아 있다.

그 때, 다얀이 갑자기 말을 세웠다.

'누군가가 쫓아옵니다. 그것도 한둘이 아닙니다.'

뒤쪽의 언덕 산록에서 말발굽 울림이 들려오는 것을 알아차린 다얀이 대열에서 벗어나 말을 세웠다.

'몇 마리인가?'

칸이 걸음을 늦추면서 뒤돌아보며 다얀에게 묻는다.

'20마리, 아니 15마리, 16마리일까?'

오리가 왼쪽으로 되돌아와 다얀과 나란히 걷는다.

다얀은 귀가 밝고 오리는 멀리 볼 수 있는 눈을 가졌다.

오리가 외쳤다.

'보입니다. 청나라말들입니다. 모두 14마리입니다. 말에 탄 사람은 7명으로 각각 한 마리씩 말과 동행하고 있습니다.

칸이 되물었다.

'무기는 소유하고 있나?'

'몇 명인지 등에 칼을 동여매고 있습니다. ……저놈들, 노상강도? 아니, 일본인들입니다!'

칸은 모두에게 정지명령을 내리고 말 머리를 돌렸다. 무릎으로 말의 배를 힘차게 조이는 타타르인만의 독특한 방식으로 말을 달려 언덕길을 내려갔다.

서로의 얼굴을 알아볼 수 있는 거리까지 접근했을 때 아래에서 달려온 선두에서,

'더 사인 바이(안녕하세요)!'

명랑한 목소리다.

차하르 칸은 말을 멈추고,

'어디 가는 건가?'

카슨도는 통역사 차지량과 함께 앞으로 나서며,

'만하기, 당신의 나라로!'

'끈질긴 놈들이구나, 어서 회령으로 돌아가라!'

두 사람은 함께 제자리걸음을 한다. 서로 작은 원을 그리며 반대방

향에서 노려보고 있다. 칸은 미간을 찌푸리고 있고, 카슨도는 어떻게 든지 꼭 함께 동행하겠다는 표정이다.

〈더 사인 바이(안녕하세요)〉라는 몽골 인사말을 차지량에게 배운 카슨도는 먼저 칸에게 말을 걸어보았다.

카슨도와 차지량의 뒤쪽에는 이순지, 고태운, 강진명, 최백형, 서청이 일렬종대로 서 있다. 카슨도와 이순지는 칸이 본 적이 없는 일본검을 언제든지 빼낼 수 있도록 우측어깨에서 좌측허리로 비스듬히 꽉 동여맸다.

검을 확인한 칸은 자신이 타고 있던 말의 귀를 노려보면서 침묵했다.

'부탁드립니다. 우리도 가게 해주십시오.'

'안된다!'

'우리는 포기할 수 없습니다.'

패기 넘치는 카슨도의 목소리는 숲의 잔가지도 흔들 정도였다. 이순지는 물러설 수 없다는 확고한 의지를 보이듯 날카로운 시선을 칸에게 보냈다. 일순간 칸의 고삐가 느슨해지더니 말이 울음소리를 내면서 앞다리를 올려 반 회전한다.

'아무리 값을 많이 쳐준다해도 갈당의 말은 절대 팔지 않는다.'

칸은 큰 소리를 쳤다.

'보는 것만이라도 안됩니까?'

해는 이미 하늘 높이 떠올라 뒤숭숭하게 조각난 광선이 눈 쌓인 나뭇가지를 비추고 있다. 카슨도는 눈이 부신 듯 계속 깜박거린다.

칸은 다시 대열로 돌아갈 자세를 취하며 카슨도와 이순지를 어깨 너머로 노려보고 있다.

'보기만 한다고? 봐서 어쩌려고? 살아생전에는 손에 넣을 수 없는 천마의 꿈을 계속 꾸리고?'

카슨도와 이순지는 입을 다문다. 칸은 다시 두 사람 쪽으로 말을 선회하며,

'흥, 그 차림과 장비로 어디까지 갈 수 있다고 생각하나? 마치 옆 마을로 여자라도 사러 갈 것 같은 모습이 아니냐? ……알고 있는가? 만하기까지는 우리들도 15일은 걸린다. 우선 3일간 쉬지 않고 달린다.'

카슨도는 갑자기 얼굴색이 환해지더니 이순지와 시선을 주고받는다.

'우리들도 3일간 쉬지 않고 달릴 수 있습니다. 이것 보시죠.'

카슨도는 허리춤에 튼튼하게 묶어 둔 가죽주머니를 보이면서,

'이 안에 치즈와 말린 밥, 육포와 물통을 넣어 두었습니다. 말에 탄 채로 먹고 마시고 계속 달릴 작정입니다. 모두 말 위에서 잘 수도 있습니다.'

다얀이 언덕을 달려 내려왔다.

'서두릅시다. 칸'

'알았다. 그러나 이 녀석들을 쫓아버리지 않으면.'

칸은 말 머리를 언덕 위로 향하면서,

'호랑이나 이리가 나타나 뒤에서 덤벼들지도 모른다. 더 골치 아픈 건 비적과 오로촌족Orochon族이다. 호랑이나 이리떼보다 상대하기가 더 무서운 놈들이다. 개죽음 당할 너희들 모습이 벌써 눈앞에 어른거린다.'

카슨도는 재빨리 칸의 말과 나란히 보조를 맞추었다. 카슨도가 타

고 있는 청나라말의 낮은 키가 확연하다. 카슨도는 등자에 양 발을 짚고 서서 칸의 높이까지 일어서 보았다.

'어떠한 일이 있어도 대장을 따라 가겠습니다.'

'마음대로 해라!'

칸은 박차를 가했다.

혜숙과 양지

아직 지상의 어느 누구도 그 모습을 볼 수 없는, 아주 먼 하늘에서 그 위치도 알 수 없는 한 점. 하얀 비둘기 2호가 내려왔다. 그 기척을 재빨리 알아차린 사람은 낮잠을 자고 있던 어린 양지다. 잠에서 깨어 뒤척이다가 엄마 품에서 살짝 빠져나왔다. 맨발로 차가운 토방을 걸어 작은 문틈 사이로 나가더니 재빨리 비둘기장으로 달려간다.

비둘기장 안에서는 다른 15마리와 함께 요전번에 돌아온 4호가 구구구구 울고 있다. 4호 발목에 편지가 없어서 얼마나 실망했는지 모른다.

양지는 눈부신 하늘을 올려다본다. 마침내 저 멀리 높은 곳에서 은색으로 빛나는 물체가 나타나더니 조금씩 커지면서 내려온다.

'슈룽, 슈룽, 슈룽……'

양지가 침을 튀기며 소리를 지른다. 새하얀 2호의 모습이 또렷이 파란 하늘을 가르며 다가온다. 작은 그림자가 양지의 얼굴을 스쳐 지나가나 싶더니 날갯짓하며 새장앞의 횟대에 내려앉았다.

'어머니!'

몇 번이나 부르면서 양지가 뜰로 달려나온다.

혜숙이가 뛰어와 환호를 지르며 2호 발목에 매달린 편지통을 애타는 심정으로 떼어냈다.

'이것 봐!, 아버지에게서 온 편지예요. 읽어줄게.

……혜숙, 양지. 4호는 무사히 돌아왔소? 4호는 실수로 날려 보낸 것이오. 2호에는 사랑의 편지를 달았소. 마을은 별일 없나요? 우리들은 이제부터 타타르의 〈만하〉라는 곳을 향하여 출발한다오.'

여기까지 읽고 문득 양지를 보니, 목덜미에 큰 녹색 나방이 앉아 있다. 순간적으로 쫓아버리려고 손을 뻗었지만 헛수고다. 어째서 이런 추운 겨울에 나방이……, 혜숙은 중얼거리며 딸을 껴안았다.

혜숙은 환영을 본 것이었다. 물리면 치명적인 독나방의 환상을.

불길한 생각이 혜숙이의 마음에 스쳐 지나갔다. 카슨도와 이순지의 신변에……

혜숙에게 녹색 나방의 환상이 보인 것은 마을을 위협하는 외부 사람들의 움직임이 있었기 때문이다. 동굴을 통해 들어온 의심스러운 패거리들이 있다. 경비대가 마을 안을 수색했지만 아직까지 그들을 발견하지 못했다. 혜숙도 며칠 전 저녁 어느날, 집 돌계단에서 낯선 사람을 본 것 같다.

카라가네야와 아메노모리

카라가네야는 가로회 간부 신인천의 안내로, 마을에 찾아와 김차동이면서도 아비루 카슨도인 조선인을 방문하여 쓰시마번이 존망 위기에 직면해 있는 상황과 그 위기를 벗어나기 위해서는 쇼군 요시무네에게 천마를 진상하는 길 밖에는 없다고 호소했다. 그날 밤 〈왕여관〉에서 1박을 하고 다음 날, 이순지와 함께 협의를 마친 카라가네야는 경주로 돌아가자마자 육로로 부산에 도착하여 왜관으로 들어갔다. 히라타 관수와 잠깐 회의를 한 뒤, 비선飛船(소형으로 속도가 빠른 배 - 역주)을 타고 쓰시마를 향했다. 쓰시마에 상륙하자마자 곧장 아메노모리를 방문했다.

'아비루 카슨도가 우리들의 요청을 승낙해주었습니다. 지금쯤 장인인 이순지와 함께 회령으로 가고 있을 겁니다.'

아메노모리는 이미 5년 전에 조선방 좌역을 사임하여 예전보다 자유로운 입장에서 번 재정을 갉아먹는 밀무역 단속을 강화하는 것과 문란해진 기강을 바로잡을 것을 여러 번 건의했지만 번의 중신들은 듣지 않았다. 막부로부터는 날이 갈수록 배차금을 변제하라는 독촉이 심해지고, 재정은 혼미를 거듭할 뿐이었다.

'그렇습니까? 카슨도가 해주기로 했습니까!'

카라가네야는 아메노모리의 눈가가 촉촉해지는 것을 보았다.

'그러나 목숨을 건 위험한 임무입니다. 성공할 확률은 어떻습니까?'

'실낱 같은 희망……'

아메노모리는 하늘을 우러러보았다.

배차금과 천마를 서로 바꾼다는 계획은 아메노모리와 카라가네야 둘 만의 생각으로 번주와 중신들에게는 말하지 않았다. 이러한 기발한 계책은 최후의 수단으로 은밀하게 진행시키는 것이 중요하다.

'만약 천마를 구해오면 쓰시마는 살아날 수 있을까요? 가령 쇼군 눈에 들어 배차금과 교환할 수 있다면 그것으로 쓰시마는 다시 일어설 수 있을까요?'

아메노모리는 힘들게 말을 이어갔다.

'그렇습니다. 저는 상인입니다. 쓰시마의 재정을 다시 일으키는 데에는 큰 도움이 될 것입니다. 그러나 지금부터는 위기에 처한 쓰시마

를 일으켜 세울 수 있는 유능한 인재가 필요합니다.'

'카슨도 같은!'

'그렇습니다. 그가 천마와 함께 귀환한다면……'

카라가네야는 1개월 만에 오사카로 돌아갔다.

급히 다녀 온 여행이었지만 오래간만에 〈히고바시타이치 냄비요리점〉에서 효고 쥬자쿠와 싱싱고래고기 냄비요리를 앞에 놓고 안도의 한숨을 내뱉었다.

'그 청년이 김차동이라는 도공으로! 다시 한 번 만나고 싶습니다.'

효고가 손가락으로 대머리를 쓰다듬으면서 말했다.

차하르 칸 일행은 달빛 아래 국경 검문소를 통과했다. 두만강은 올 때보다도 수위가 내려가 말 무릎 정도의 깊이여서 어렵지 않게 건널 수 있었다. 지금부터는 장백산맥 북단의 비교적 완만한 눈길을 통과하여 오로지 북동 방향으로 달렸다. 새벽이 오기 전에 만기로 귀향하는 길에 맨 처음 만나는 험난한 난강링南崗嶺의 주능선을 타고 갈 예정이다.

V자 계곡을 깊이 들어가면 막다른 곳에서부터 급경사가 시작된다. 곧장 정상을 목표로 달리다가 가파른 경사를 만나면 모두 말에서 내려 고삐를 팔에 감고 걸어서 올라간다. 쉬지않고 달려온 말들은 보잘 것 없는 나무뿌리나 돌부리에도 발이 걸려 넘어질 듯 비틀거리며 몸을 가누지 못하고 거센 콧김을 불어댔다.

5시간 사투 끝에 타타르인 일행은 산 정상까지 올라갔다. 하얀 눈과 파란 하늘 속에 현기증이 날 것 같았다.

'놈들이 드디어 포기한 것 같군.'

칸은 말 재갈을 누르면서 후방 사면을 내려다보며 말했다. 두만강을 건너 해안림을 따라 달릴 때만해도 카슨도 일행의 말발굽 소리가 들려왔는데, 새벽녘에 V자 계곡에 들어갔을 때에는 아주 멀리 개미처럼 작게 보였다가 지금은 아예 그림자도 보이지 않는다.

'돌아간 모양입니다.'

다얀이 말했다.

다 올라왔다고 생각할 때 또 다시 내려가지 않으면 안된다. 내려막 길은 오를 때보다 더욱 심한 급경사에다 돌멩이들이 가득 찬 좁은 도로다. 몇 마리의 말이 한 덩어리가 되어 우루루 10m 정도 미끄러져 내려갔지만 다행히도 모두 무사하다. 드디어 새로운 V자 계곡 사이에 선상지가 펼쳐 있는 평평한 길에 들어섰다. 하지만, 일행이 가야 할 길은 눈이 쌓여있거나 우거진 낙엽송과 자작나무에 묻혀있다. 모두 말에서 내려 단검과 손도끼를 휘두르며 길을 나서야 했다.

다시 V자 계곡으로 들어가는 길이다. 얼마 전에 동료와 말을 잃어야 했던 낭떠러지를 피해 다른 길로 돌아서 내려가야 하는데, 숲 속에는 길도 나있지 않다. 그런 험준한 길을 질주하여 3일 후 저녁시각에 마침내 바이진 숲의 야영지에 도착했다.

말안장을 떼어내고 짐을 내린다. 낙타는 지쳤는지 두 개의 혹이 축 쳐져 있었다. 멀리까지 가지 않도록 앞발을 느슨하게 묶어 자유롭게 해주고 나서 모두들 옷을 몽땅 벗어던지고 알몸으로 야크털을 넣어 만든 따뜻한 가죽침낭 속으로 파고들었다.

타타르인들은 깊은 잠에 빠져도 반드시 3시간마다 깬다. 유목민의 습성이다. 회령에 갈 때 이용했던 동굴에서 눈을 치워가며 밖으로 나왔다. 마른 가지를 모아 휴대하고 다니는 아르가리를 쏟아 부었다. 부싯돌로 불을 지피고 물을 끓인다. 장작불은 3개다. 하나에 4~5명씩 둘러앉아 굳은 치즈를 갉아먹으면서 챠이乳茶(낙타우유에 소금을 넣은 차 - 역주)를 마신다. 활을 잘 쏘는 오야치가 노루 한 마리를 잡아 왔다.

아직 살아있다. 네 발을 묶고 단검으로 목을 찔러 피를 완전히 빼낸다. 노루의 눈에서는 빛이 서서히 사그라진다. 마치 출혈량을 나타내는 눈금처럼.

오리가 갑자기 고함친다.

'엇, 저기에 불빛이 보입니다! 일본인일까요?'

……설마, 칸은 중얼거린다.

'모두 소리 내지 말고 전투태세를 갖추어라!

오로촌족일까? 비적일까?'

전원이 단검을 입에 물고 2m 간격으로 반원을 그리며 방어태세를 취했다.

오리의 눈은 멀리서 흔들리고 있는 불꽃에서 작은 불씨가 흩어지며 떨어져 나가는 것을 확인했다. 그 움직임이 빨라지더니 빙글빙글 작은 원을 그린다. 다가오는 것처럼 보이기도 하고 멀어져가는 것 같기도 하다.

마침내 눈과 낙엽 밟는 발자국 소리가 들리기 시작했다.

오리는 '누구냐?' 소리를 질렀다.

'사엔 바에노(안녕하십니까? 좋은 밤입니다)!'

카슨도의 목소리가 들렸다. 오리는 왠지 모르게 반가웠다.

마치 광야 한 복판에서 옛 친구를 만난 것 같았다.

'사엔 바에노(잘 있었어)?'

오리가 대답한다.

'자(네)'

카슨도는 손에 들고 있는 불붙은 잔가지를 계속 흔든다.

오리가 빨갛게 피어오른 숯불의 빛을 모아 그의 얼굴을 비춘다.

칸이 뛰어나왔다.

'너희들……, 정말로 3일간 계속 달려온 것이냐!'

'팀(그렇습니다).'

카슨도는 대답했다. 칸은 숯불에 비춰진 카슨도의 얼굴을 본다.

털보에다 땀과 진흙으로 뒤범벅이 된 그의 모습은 이미 타타르인과 별반 다름이 없다.

이놈들……. 차하르 칸은 혼자 중얼거린다. 여러 쿠사旗 중에서도 용맹하기로 이름난 〈만하기〉인 우리들이 3일간 달려온 거리를 한 명의 낙오자 없이 따라오다니……, 지독한 놈들이다!

'피토운바엔(춤군요).'

'함토우 야우지 우구치 만하(함께 만하에 따를 수 있게 해주세요).'

카슨도가 어눌한 몽골어로 계속 말을 걸어오자 오리가 작은 웃음소리를 내었다. '함께 데려가 주세요'라고 해야 할 말을 잘못 이야기했기 때문이다.

'하무토우 야운지 보로호 만하(함께 데려가 주세요).'

오리가 바르게 고쳐서 말해주며 '재미있는 녀석이군. ……이 일본인은 더듬거리면서도 언제 몽골어를 할 줄 알게 되었지? 회령에서는 통역을 끼지 않고서는 대화를 할 수 없었는데.'

카슨도는 불이 꺼지지 않게 작은 가지를 계속 돌리면서,

'나는 밤 인사를 하러 왔을 뿐, 잔가지가 다 타버리기 전에 돌아가야

합니다. 우리들은 차하르 칸의 고향, 만하기 방문이 가능할 수 있다면
영광…… 실례했습니다.'

몽골어로 말하는 모습에 타타르인들은 놀랐다.

그 중에는 입에 물고 있던 단검을 떨어트린 자도 있었다.

카슨도는 잔가지를 돌리며 타타르인들에게서 멀어져 간다.

칸이 오리에게 말했다.

'노루고기를 가져다 주거라. 그리고 아르가리도.'

건조시켜 딱딱해진 가축의 똥은 한번 불이 붙으면 언제까지나 계속
타기 때문에 겨울나기에는 빼놓을 수 없는 소중한 것이다.

카슨도는 하늘을 올려다보았다. 많은 별들이 떠 있었다. 별들이 낙엽
송의 나뭇가지 끝에 앉아있는가 하면, 수직으로 카슨도를 향하여 쏟아
지는 것처럼 보였다. 이 찬란하게 빛나는 별 무리가 혜숙이와 양지가
있는 마을에도, 그리운 쓰시마의 하늘에도 떠있을 것이다. 별들은 앞길
이 불안한 그의 마음에 위로가 되었다.

돌아와보니 이순지와 일행은 침낭에 들어가 모닥불 주위에 옹기
종기 모여 앉아 작은 소리로 조선민요를 부르고 있었다. 서청은 조
금 떨어진 곳에 홀로 묵묵히 무릎을 껴안고 화염을 지그시 바라보고
있다.

이순지가 카슨도에게 묻는다.

'칸과 대화는 하고 왔는가?'

카슨도는 고개를 끄덕인다.

'잘 쫓아 온 것에 놀란 눈치였습니다.'

차지량이 장작을 불에 지피면서 묻는다.

'몽골어는 통한 것 같습니까?'

카슨도는 자신 없는듯이 미소를 지어보였다.

그는 회령을 출발하여 3일간 말을 타고 오면서 차지량에게 몽골어 특별교육을 받았다. 차지량은 매우 엄하게 가르쳐주었다. 잘하지 못하면,

'보로후타이(틀렸습니다)! 자, 다시 한 번 더.'

오늘 밤, 타타르인에게 몽골어로 말을 건 이유는 그 성과를 알아보기 위한 시험이었다.

차지량이 말했다.

'대장은 정말 빨리 배웁니다.'

'쉿! 누군가 온다!'

태운이 숨죽이며 억누르며 말했다.

장작불빛 가장자리에 오리가 우두커니 서 있다.

'사엔 바에노(안녕하십니까? 좋은 밤입니다)!'

노루의 뼈가 그대로 붙어있는 큰 허벅지 고기가 오른손에 들려 있다. 왼쪽 옆구리에 아르가리 뭉치를 들고 있다.

'아르가리다.'

오리는 덩어리째 장작불 중심에 확 쏟아 붓는다.

불이 아르가리에 옮겨붙어 타오르기 시작한다.

'와우, 도저히 견디기 힘들다. 코가 썩어 떨어져 나갈 것 같다!'

강진명이 비명을 질렀다.

'참아라. 이것이 없으면 얼어 죽는다.'

오리가 강진명을 쏘아본다.

'노루고기다. 구워서 소금을 뿌려 놨다.

'바이롯라(고맙습니다).'

카슨도가 말했다.

오리는 콧수염을 물고 고지식한 표정을 지으며 차지량에게 통역하도록 했다.

'여러분들의 침낭은 최고급품이다. 그것이라면 물웅덩이 속에서도 잘 수 있을 것이다. 그러나 밤하늘의 많은 별과 별빛의 상태를 보면……'

이렇게 말하며 밤하늘을 올려다본다.

'내일은 살을 에듯이 추워진다. 너희들이 아직 경험해보지 못한 추위가 온다. 아침에 잠이 깨면 곧바로 침낭에서 나오지 마라. 온 세계가 꽁꽁 얼어붙어 있을 것이다. 속눈썹까지 얼어 있을 테니 천천히 눈을 떠라. 그리고 아주 조금씩 호흡해야 한다. 그러지 않으면 폐가 상한다. 쇠로 된 물건에 손이 닿지 않도록 해라. 잘못하면 피부가 달라붙어 벗겨진다. 또 다른 한 가지는 배설이다. 죽음을 각오해야 한다. 소변도 대변도 나오는 즉시 얼어버리기 때문에 국부는 찌를 듯 한 아픔이 몰려온다.'

웃으면서 카슨도가 손에 들고 있는 이상한 형체의 물건을 내보였다.

'그것은 무엇인가?'

카슨도는 방금 전 타타르인의 야영지에서 돌아오는 도중, 북극성을 발견하고 잠들기 전에 회령에서 이곳까지의 거리와 정확한 방위를 계산하려고 잡낭주머니에서 〈아스트롤라베〉를 꺼내려던 참이었다.

카슨도가 〈아스트롤라베〉에 대하여 간단하게 설명하자 오리는 상당히 흥미를 보였다.

'그래? 이 겹쳐 있는 7장의 원반에 천체가 모두 표현된다는 말이지?'

그 때, 멀리서 칸이 부르는 소리가 들려왔다.

오리는 서둘러 자리를 떳다.

'저 자는 좀 독특하군.'

의원 최백형이 오리가 사라진 어둠 속을 보면서 말했다.

'어떻게 등불도 없이 나무에 부딪히지도, 돌에 걸리지도 않고, 저렇게 빠르게 달릴 수가 있지? 와~~, 마치 땅을 밟지 않고 날아가고 있는 것 같다.'

과연 그렇게 보니 정말 그렇다. 누군가 같은 의문을 가졌다.

'오리……,

그렇군. 그는 밤눈이 좋아. 왜냐하면 오리란 몽골어로 부엉이라는 뜻이거든.'

차지량이 하는 말은 왠지 모르게 설득력이 있었다.

애처로우면서도 기분 나쁘게 짖어대는 날짐승 소리가 들려온다.

'저것은 이리다.'

이순지가 말했다. 말들이 놀라 어둠 속에서 모닥불 쪽으로 모이더니 카슨도 일행을 가만히 지켜보고 있다.

오리의 예상대로 다음날 아침은 엄청난 추위가 몰려왔다. 그의 말대로 따르지 않을 수 없었다. 꺼지지 않는 아르가리의 따스함이 얼마나 고마운지.

'아니! 서청이 없다.'

태운이 소리 쳤다.

'태운, 서청을 찾아라, 출발이다. 뒤처져선 안 된다.

이순지가 엄한 어조로 명령했다.

그 때, 좌측 사면에서 총소리가 울려 퍼졌다. 거리가 꽤 멀게 느껴진다.

'성가신 녀석이네. 뭘 쏜 거야?'

태운이가 총소리가 난 쪽으로 가려고 하자,

'내버려둬. 자, 불을 끄고 말에 안장을 얹어라.'

카슨도가 출발을 재촉했다.

타타르인의 야영지에서도 말 울음소리가 났다.

출발을 준비하는 웅성거림이 들려온다.

'어이, 돌아왔다. ……서청, 출발이다.'

태운이 말한다.

서청은 아무 말없이 말에 안장을 얹고 잡낭을 나누어 싣는다.

그의 몸에는 화약 냄새가 그대로 남아 있었다.

'무엇을 쏘았는가?'

이순지가 서청을 힐문했다.

'사격 솜씨가 녹쓸까봐 새를 겨냥해보았습니다. 놓쳐버렸습니다
만……'

'한 번으로 족하다. 두 번은 용서하지 않겠다.'

서청은 뽀로통한 얼굴로 말에 탔다.

백호랑이

──서청이 연습삼아 사격하러 간 것도, 그리고 놓쳐버린 것도 사실
이다. 그러나 의도와 목표에 관해서는 모두 거짓이다.

그는 청화호 선상에서 총을 쏘아 본 이래, 총구에 탄약을 채워 본적
은 없었지만 단총 손질을 게을리 하지 않았다. 이순지와 혈맹의 잔을
나누고 마을의 일원이 된 것은 카슨도와 함께 여행을 하며 다시 그에

게 총구를 겨눌 기회를 얻기 위한 속셈이었다. 그러나 이순지와 나눈 따뜻한 정은 그의 마음을 무겁게 짓누르고 있다.

새벽에 서청은 카슨도가 자신에게 총구를 겨누고 있는 꿈을 꾸었다. 카슨도가 들던 단총은 서청의 것이다. 잠에서 깨어나 순간적으로 잠낭 속에 손을 넣어 단총이 있는지 확인하려는 순간, 자기도 모르게 비명을 질렀다. 오리의 충고를 생각해낼 겨를도 없었다.

손가락이 총에 달라붙었다. 무리하게 떼어내려고 한다면 피부가 그냥 벗겨져 버릴 것 같았다. 서청은 아픔을 참으며 단총을 잡은 채로 침낭에서 빠져나와 아르가리가 타고 있는 모닥불에 손을 쬐었다.

어둠이 서서히 사라지고 어렴풋하게 아침이 밝아온다. 총이 따뜻하게 달구어지고 나서야 겨우 손가락을 자유롭게 움직일 수 있게 되었다. 그러자 표적을 정하여 단총을 쏘고 싶은 마음이 솟구쳤다. 잠낭에서 화승과 부싯돌, 탄약을 넣은 작은 봉지를 꺼내어 발자국 소리를 낮추면서 숲 안으로 들어갔다.

완만한 경사면을 내려가자 저습지가 있는지 물흐르는 소리가 들려왔다. 물이 있으면 반드시 표적이 될 만한 살아 있는 짐승이 근처에 있을 것이다.

숲이 끝나고 저습지가 보인다. 물의 흐름은 좌측의 거대한 암석을 돌아서, 갑자기 나타나 우측 낭떠러지 쪽으로 굽어 들어갔다가 사라진다. 강폭은 약 36m 정도. 강 건너편의 덤불은 아직 눈이 엷게 덮여 있어 새나 짐승이 나타날 것 같은 분위기다.

서청은 울퉁불퉁한 낙엽송 기둥에 어깨를 기대고 서 있다. 한 쪽 발을 지탱하고 안정을 취한 자세로 사격준비를 마친 후에 건너편의 눈 사면을 향하여 단총을 겨눈다.

우측 사면에서 무엇인가 검은 생명체가 나타났다. 서청은 자세를 고쳐 잡고 건너편 강변을 향하던 총구를 우측 강변으로 바꾸고 그 움직임에 맞추어 조준했다.

움직이는 물체는 타타르의 부두목인 다얀이다. 물가로 내려와서 허리를 굽히고 큰 가죽주머니에 물을 담기 시작한다. 그는 좌측 앞 나무 그늘에 있는 서청을 알아차리지 못했다.

총구는 다얀에 맞추어져 있다. 서청은 단총을 조준하여 표적을 겨냥했을 때에만 세상과의 호흡을 느낄 수 있었다.

그런데 갑자기 서청의 눈에 조준 바깥에서 미묘한 움직임이 포착됐다. 총을 내리고 시선을 다얀의 후방으로 돌리자, 가문비나무와 자작나무 사이에서 물가 쪽으로 내려오는 동물의 존재를 확인할 수 있었다.

사면은 북쪽에 면해있기 때문에 한쪽 면에는 눈이 남아있다. 처음에는 해가 떠오르면서 눈덩이가 녹아내린 것이라고 생각했지만, 마침내 사면에서 뛰쳐나온 것은 한 마리의 호랑이다. 송아지 정도 크기인데 호랑이를 생전 처음 보는 서청은 환각이 아닐까 몇 번이나 눈을 깜박였다. 호랑이는 발소리를 죽이고 물을 긷고 있던 다얀 쪽으로 접근해간다.

서청은 눈대중으로 자기와 다얀의 거리를 약 20m, 다얀과 호랑이와의 거리를 36m라고 어림잡아 계산했다.

호랑이는 물을 마시러 저습지로 내려오려고 했던 것이지만, 물가에서 사람의 모습을 확인하는 순간 동작을 멈추고 오른쪽 앞다리를 올려 가볍게 허공을 긁는 행동을 한 후에 다얀을 공격하려는 자세를 취했다. 하얀 콧수염이 바람에 살짝 나부낀다. 솟아오른 어깨와 등 골격근, 하얀 바탕에 연한 검정 줄무늬, 그리고 우아한 앞다리와 뒷다리의 걸음걸이…….

서청은 총을 위쪽으로 올려 백호랑이의 가슴을 조준했다. 서청의 가슴은 방망이질 쳤다. 호랑이는 한발 한발 다얀과의 거리를 좁혀 간다. 그러나 단 한 발로 숨통을 끊어 놓아야 하기 때문에 단총의 위력을 고려하면 더욱 거리가 좁혀지기를 기다릴 필요가 있다. 다얀은 아직 등 뒤에서 닥쳐오는 위험을 감지하지 못했다.

숨이 멎을 것 같은 순간, 서청의 마음에 미묘한 변화가 생겼다. 백호랑이의 모습이 이승의 것이라고는 생각할 수 없을 정도로 멋지다. 마치 하늘에서 강림한 신처럼 보였다.

쏘지 말까, 그는 생각했지만 이제는 머뭇거릴수 없다. 불뚜껑을 열고 방아쇠를 당긴다. 총성이 계곡에 울려 퍼진다. 뛰어들 자세를 취했던 백호랑이의 발밑에서 눈보라가 일어났다.

놀란 다얀은 왼쪽 전방에 서 있는 서청의 모습을 확인했다. 서청은 호랑이의 움직임을 눈으로 쫓으면서 재빨리 두 번째 총알을 장전했다.

마침내 다얀의 뒤쪽에 더 큰 눈보라가 일어났다. 다얀이 서청의 시선 끝으로 고개를 돌려보니 숲속으로 달아나는 백호랑이의 모습이 보였다.

다얀은 서청이 있는 쪽을 바라보며 가슴에 양손을 올리고 정중히 타타르식으로 인사를 하고 나서 물을 채운 가죽주머니를 어깨에 지고 야영지 쪽으로 돌아갔다.

칸 일행은 출발했다. 이어서 카슨도 일행도 그 뒤를 따른다.

8일째, 다행히 큰 눈이 내리지 않아 칸의 귀향은 예정보다 빨라질 예정이다. 타타르인에게 샤먼의 예언을 조롱하는 여유가 생겼다.

아침 햇살이 광야를 비추기 시작해서 톱날 같이 뾰족한 산능성으로 석양이 내려앉을 때까지 하늘에는 구름 한 점 없는 날도 있었고, 태양이 온 종일 두터운 구름 속에 숨어서 어디에 있는지 조차 모르는 채로 밤이 되는 날도 있었다.

쨍쨍 내리쬐는 햇살 아래 기분 좋게 전진하다가도 난데없이 하늘에 먹구름이 끼면서 세찬 바람이 불어 낙타의 발을 휘청거리게 한다. 겨울산에서는 진귀한 천둥이 울려 퍼진다. 그러나 저녁이 되면 다시 짙은 쪽빛하늘로 돌아오고 또 얼마 지나지 않아 짙은 붉은 색 저녁노을 속에서 마치 기적처럼 커다란 별이 반짝이는 밤도 있었다.

카슨도 일행은 도중에 풍장風葬*이 되어 있는 시체 몇 구를 보고 충격을 받았다. 높이 150cm의 나무구조물 위에 시체가 알몸으로 올려져 있다. 어제 죽은 노인, 수개월 전에 아이를 낳다가 죽은 젊은 여인의 시체를 새가 쪼아 먹고 있다. 이곳의 바람은 깊은 슬픔도 날려 보낸다.

오리가 샛길로 들어가 오로촌 마을에서 양 한마리를 사왔다. 동료 몇명이 재빨리 풍성한 식탁을 차렸다. 처음으로 카슨도 일행은 칸에게 식사초대를 받았다.

'내일은 드디어 엔가猿河강을 건넌다. 당신들, 잘 따라왔다.'

---

* 시체를 지상에 노출시켜 자연히 소멸시키는 장례법.

엔가강을 건너다

엔가강 건너편에는 타타르의 땅이 펼쳐진다.

엔가강은 라오허遼河강 지류의 또 다른 지류이지만 만만치 않은 강이다. 북쪽 룽강산맥龍崗山脈의 지맥 중의 하나가 발원지다. 계곡 최상류에서 남남서로 곧장 100km 정도 내려온 지점에서 일단 사행巳行하여 강폭을 넓힌 뒤에 다시 부채꼴 모양의 퇴적물을 만들지 못하고 깊은 협곡 속으로 흘러간다.

현재, 엔가강에는 말을 타고 건널 수 있는 다리가 하나 뿐이다. 10년 전, 칸의 지휘하에 물쌀이 비교적 완만한 곳에 회령으로 가는 무역로 확보를 위해 다리를 놓았다. 부유물을 이용해서 가설된 부교다.

강폭은 약 50m, 가장 깊은 곳은 수심이 3m가 넘는다. 강 양쪽은 황철나무가 무성하다. 칸은 이 황철나무를 이용하기로 했다. 탄력성이 있는 부드러운 잔가지를 여러 겹으로 꼬아 엮어서 강한 줄을 만들고 길게 늘어뜨렸다. 두 가닥의 긴 줄이 완성되면 2m 간격으로 평행하게 가로질러 줄을 걸쳤다. 완성된 줄은 강변 양쪽에 두껍고 단단히 뿌리를 박고 있는 두꺼운 황철나무에 동여맸다.

평행하는 두 가닥의 긴 줄에 밀폐된 빈 나무통 50~60개를 연결하여 띄우고 그 위에 널빤지를 얹어 다리바닥으로 삼았다. 이렇게 해서 말이나 마차도 건널 수 있게 되었다.

먼저 출발한 칸 일행의 모습이 숲 속으로 사라졌다.

'저 숲을 빠져나가면 엔가강인 것 같다. 서두르자.'

카슨도가 채찍을 가했다.

숲은 나무덤불로 덮여 있지만 칸 일행이 앞서 지나간 뒤여서 비교적 전진하기 쉬웠다. 잠시 완만한 오름길이 계속되다가 고개마루에 도착하자, 저 아래에 태양광선을 새하얗게 반사하며 흐르는 눈부신 엔가강이 보였다. 이미 칸 일행은 강변 가까이에 도달해 있었다.

'이상하다.'

이순지가 갑자기 소리쳤다.

'보아라, 다리가 중간부터 사라지고 없다.'

카슨도가 말을 몰아 언덕길을 달려 내려간다.

칸 일행의 동요는 더욱 컸다. 한 사람도 말에서 내리려고 하지 않는다. 고삐를 힘껏 당기고 애타하며 말 머리를 우측으로 또 좌측으로 제자리걸음만 하고 있다.

강이 범람한 것 같지는 않은데 다리 저쪽 편이 반 정도 유실되어 있다. 건너편 강변 황철나무에 둘러매어 놓은 줄을 뚫어지게 보고 있던 오리가 큰 소리를 질렀다.

'줄이 끊겨 있습니다. ……나무통을 연결한 부분도 날카로운 도구로 싹둑 잘려나가 있습니다.'

갑자기 칸이 말 엉덩이에 채찍을 가해 강물 속으로 들어간다.

칸은 말의 배 부분 깊이까지 가서 멈추더니 건너편 강가를 향해 이글이글 불타는 시선을 보냈다.

'우리들의 귀향길을 늦추기 위해 다리를 파괴한 것이 틀림없다.'

……만하기에 무슨 큰 일이 일어났다고 생각하면서도 어느 누구도 입에 담지는 않았다.

한시라도 빨리 만하기로 돌아가야만 한다.

칸과 다얀은 어떻게 할 것인지 심각하게 의논했다.

'범인을 잡는 것은 미루자. 지금부터 다리를 다시 놓는 것은 도저히 불가능하다. 이 추위에 말이 무사히 건너기는 힘들다.'

태양은 황철나무의 반 정도 높이까지 올라와 있다.

칸은 가는 눈을 뜨고 햇살을 응시한다.

다얀을 부른다.

'하류에 줄로 된 다리가 있었지?'

'있습니다. 그러나 그 다리는 오로촌족이 만든 것으로 이 곳에서 100리 이상이나 하류에 있습니다. 사람은 그렇다 치더라도 말은 건널 수 없습니다. 말은 위험합니다.'

'그러나 지금은 줄다리를 건널 수밖에 없다.'

칸이 말했다. 그리고 명령을 내렸다.

회령에서 구입한 물자는 이곳의 가문비나무 숲 속에 두고 간다. 보초병을 5명만 남겨두기로 한다. 말은 한 사람당 한 필로 하고 나머지 말과 낙타는 남겨둔다.

'오리, 저놈들에게 전하라. 회령으로 돌아가라, 그리고 귀국하라.'

그러나 카슨도는 그럴 수 없다고 강하게 말했다.

오리가 줄다리의 위험성을 아무리 강조해도 완고하다.

'마음대로 해라!'

오리는 설득하는 걸 포기하고 가버렸다.

이순지가 카슨도에게 다가가서,

'역시 만하기에 무슨 일이 생겼군.'

'왜요?'

'강이 범람한 흔적도 없잖은가. 다리를 누군가가 파괴했네. 칸 일행을 만하기에 되돌아가지 못하게 하려고.'

'그렇군요! 오리는 하류로 이동해서 줄다리를 건넌다고 했습니다. 여러모로 상황이 위험하니 우리보고 여기서 포기하라는 겁니다.'

'어이, 칸 일행이 달리기 시작했다. 어서 가자.'

이순지도 달리기 시작했다.

칸은 카슨도 일행이 이제는 따라 오든지 말든지 전혀 관심이 없다. 뒤돌아보지도 않는다. 그들은 불길한 예감에 가슴을 졸이며 달렸다.

과거 비적에게 두 번 습격당한 적이 있었지만, 철벽같은 방어로 격퇴했다. 이번에는 칸이 마을을 비운 때를 노렸다. 그들의 목적은 천마다.

회령에 가기 위해 칸은 처남인 우루스를 부두목으로 지명하여 마을을 지키는 부대를 편성하고 방비를 위임하고 왔건만……

칸의 뇌리에는 나쁜 생각만 떠오른다. 남자들은 살해되고 여자들은 능욕당한 마을, 그리고 화염에 쌓인 촌락, 약탈한 한혈마를 끌고 부교를 건너는 비적 패거리들……

칸 일행은 엔가강 좌측 강변을 따라 하류로 내려갔다. 바위가 가로막아 도중에 길이 끊겨 있다. 우회로를 찾아 숲으로 들어갔다. 흐르는 물 소리도 점점 멀어진다. 낫처럼 생긴 큰 칼과 손도끼로 덤불을 쳐내면서 가던 중에 말조련사인 오야치가 왼손을 깊이 베었다. 카슨도의 지시로 최백형이 달려와서 운남백약을 바르고 붕대를 감아주었다. 금새 지혈이 되고 통증도 약해졌다.

해가 저물고 비가 내리기 시작했다. 거대한 솔송나무가 큰 가림막이가 되어 뚜껑을 만들어 주었고 곧 비를 피할 장소를 발견했다. 여기에서 야영하기로 했다. 카슨도 일행이 흠뻑 젖은 채 침낭으로 들어가려고 하자. 칸의 호통소리가 날아들었다.

'우선 옷을 말려라! 아침에 일어나면 얼음 옷을 입고 있게 될 것이다.'

오야치의 상처를 치료해준 일을 계기로 타타르인과 카슨도 일행 사이에 서먹했던 관계는 사라지고 모두 모닥불 주위에서 서로 몸을 바싹 갖다 대고 날이 새기를 기다렸다.

용한이의 환상

해 뜨기 전에 전원이 일어나 말에 재갈을 물리고 서둘러 숲속 길을 찾아 나섰다.

정오 전에 엔가강을 따라 먼저 앞장섰던 다얀의 목소리가 들려왔다.

'줄다리를 발견했다!'

전원이 소리가 나는 쪽을 향해 달려갔다. 하류 쪽에서 요동치며 거친 물소리가 들려온다. 다얀이 가리키는 쪽을 보니 분명히 두 가닥의 두꺼운 줄이 허공에 평행으로 연결되어 있었다. 강 폭은 약 36m, 약 60m 높이의 수직에 가까운 낭떠러지다.

오로촌족이 이곳에 줄다리를 놓을 수 있었던 것은 줄을 매어두기 용이한 바위 기둥이 양쪽에 있었기 때문이다.

줄다리의 두꺼운 줄은 등나무와 닮은 콩과식물 낙엽수에서 채취한 덩굴로 만들고, 그보다 약간 가는 줄은 야크와 양모의 혼방실로 새끼를 꼬아 만든 것이다.

왼쪽의 가는 줄에는 도르레를 장착하여 나무의자를 움직이도록 설치했다. 건너는 사람은 의자에 몸을 묶고서 오른쪽의 두꺼운 줄을 오른쪽 겨드랑이에 끼우고 손으로 조작하면서 전진한다. 의자 앞과 뒤에는 되돌아가는 줄이 달려있기 때문에 다음번에 건너는 사람은 그 줄을 자기 쪽으로 잡아당기면 된다.

칸과 다얀이 두 줄의 견고함과, 도르레와 의자의 상태를 점검했다.

최근까지 오로촌족이 사용한 것 같다. 도르레에 짐승기름이 듬뿍 칠해져 있었다.

말을 건너게 할 방법이 최대의 관건이다. 이 회의에는 차지량과 함께 몽골어 실력이 눈에 띄게 향상된 카슨도가 함께했다.

줄이 말의 체중을 견뎌낼 수 있을까?

'무리다.'

칸은 수염을 깨물고 이를 갈았다.

'할 수 없다. 에셍, 바토우, 죠치는 말을 데리고 부교까지 돌아가 대기 중인 부하들과 합류해라. 우리는 마을로 돌아가 곧바로 부교를 고치러 오겠다.'

그러나 강을 건너도 말이 없으면 만하기까지는 많은 시간이 걸린다.

'다얀, 강 건너에서 제일 가까운 쿠사旗는?'

'죠우기……? 4, 5시간 안에 갈 수 있습니다.'

'좋다, 그럼 죠우기에서 말을 조달하자.'

아까부터 줄다리를 뚫어지게 응시하고 있던 오리가 갑자기 소리를 질렀다.

'맞은편 왼쪽 줄의 매듭이 풀려 있습니다. 무게가 가중되면 위험할 것 같습니다.'

역시 먼 곳을 잘 보는 오리다. 칸은 한숨을 쉬었다.

모두가 하던 일을 멈추고 아무 말도 못하고 서 있다.

'오른쪽 두꺼운 줄 쪽은 튼튼한가?'

줄다리를 바라보던 태운이 혼잣말을 한다.

차지량은 이 말을 흘러 보내고 통역하지 않았다.

'오른쪽의 두꺼운 줄은 튼튼한지 오리에게 물어봐주게.'

태운이 큰소리로 차지량을 향하여 말했다.

차지량의 통역을 듣자 오리는 크게 끄덕이며,

'저 줄이라면 말이라도 매달 수 있을 것 같다.'

태운은 유심히 공중을 바라보았다. 그 때, 카슨도는 초조하게 바라보다가 태운이의 생각을 간파하고 이내 말리려고 한 발 내딛는 순간, 태운은 이미 오른쪽의 두꺼운 줄 위에 서 있다. 함성이 터져 나왔다.

'태운, 그만둬!'

카슨도는 소리쳤다. 태운은 이제 줄타기로 이름을 날리던 광대가 아니다. 어느 못된 건달이 줄을 잘라 큰 부상을 당하고 어쩔 수 없이 은퇴한 몸이 됐다.

태운은 양팔을 벌리고 엄지발가락과 발바닥 사이에 줄을 끼우고 공중을 걸어간다.

바람은 잔잔하다. 그러나 줄타기에는 오히려 적당한 바람이 필요하다. 바람을 타고 나는 것은 아니지만 줄타기 예능인은 발로 잡은 줄의 감각이 사라지기를 바라는 것이다. 양손을 새의 날개와 같이 교묘하게 바람을 아군으로 삼는다.

그러나 바람은 불지 않는다.

태운은 앞으로 걸어간다. 이미 격류 위의 공중에 서 있다.

……아무 탈 없이 잘 건너 갈 것이다.

낙천적인 예측이 태운이의 머리에 가득 차 있다.

그러나 한순간의 착각일 뿐. 가령 시험삼아 연습하는 초보자도 70~80cm 높이의 줄 위를 멋지게 걸을 수 있지만, 자기가 지금 어디에 있는가를 의식하는 순간 금세 공포가 엄습해와 가위에 눌린다. 그 뒤로는 떨어질 수밖에 없다.

공포를 극복하는 방법은 기술을 충분히 연마한 광대뿐이다. 그것은 숙달된 기능에 의해 공포를 이겨낸 것에 지나지 않는다. 공포는 언제 어디서든 느닷없이 몰려온다.

갑자기 왼쪽 방향에서 순간적으로 바람이 불어 온다. 왼쪽어깨가 살짝 욱신거린다. 그러자 태운은 마치 꿈에서 깨어난 것처럼 자신이 수면에서 60m의 줄 위에 있다는 사실을 깨달았다. 발아래에서 울려 퍼지는 물소리가 귀를 먹먹하게 만들고, 구름 사이로 쓸쓸히 한 줄기 빛이 내리쬔다.

강변에 서 있는 일행은 마른 침을 삼키며 지켜보고 있다. 줄 위에서 멈춰있는 태운이를 보고 카슨도의 마음은 찢어지게 아팠다.

……나는 용한이를 죽게하고 지금 또 다시 태운이를 잃게 되는 것인가?

카슨도는 눈을 감았다.

선 채로 오도 가도 못하고 쩔쩔매는 태운이에게 어느 순간 강물소리가 징과 꽹과리, 소고와 나팔의 와자지껄한 연주소리로 바뀌어 울려퍼져 들려온다.

'태운은요~

그리운 목소리가 들려온다.

'당신의 줄타기 솜씨는 인정해줄께요. 그렇지만 나 같은 예쁜 여자를 줄 위에서도 즐겁게 해 줄 수 있나요? 어떡하지요. 떨어지면 부끄러운데.'

목소리뿐만이 아니다. 용한이가 정말 줄 위에 서 있다. 하얀 탈을 쓰고 교태를 부리며 왼손에 부채를 들고 있다. 가슴에 맨 장구를 오른손에 쥔 장구채로 신명나게 박자를 맞추면서 태운에게 다가온다.

'좋다. 간다!'

태운은 뛰어올라 일회전 공중제비를 했다.

용한이는 부채를 흔들며 어서와 봐! 이리와 봐! 하면서 뒷걸음질 친다. 태운은 용한이에게 이끌려 탈춤을 추면서 한 걸음 한 걸음 내딛는다.

카슨도도 역시 용한이의 모습을 보았다.

태운이가 용한이에게 이끌려 맞은 편 강변으로 접근해간다.

다른 사람들 눈에는 용한이의 모습은 보이지 않는다.

모두 태운이의 모습에 흠뻑 빠져 넋을 잃고 바라보고 있다.

어째서 떨어지지 않는 거지? 라며 놀라고 있다.

마침내 태운이가 다 건너간 순간 카슨도의 눈은 촉촉이 젖어 있었다.

시야에서 용한이의 모습이 사르르 녹아내리면서 허무하게 사라진다. 타타르인들은 박수와 함성을 질렀다.

태운은 풀려 있던 좌측 줄을 바위기둥에 다시 매고, 있는 힘껏 잡아당겼다. 칸의 지시로 맨 처음에 오리가 건넌다. 눈이 좋은 오리라면 도르레와 의자 상태가 어떤지 놓치지 않을 것이다. 오리는 무사히 건너, 태운이와 서로 껴안고 기뻐한다. 다음은 연령순으로 건너기로 했다. 제일 젊은 서청이 맨 나중에 건너기로 했다. 그 앞은 카슨도다.

이순지는 이미 건넜다. 카슨도가 의자에 걸터앉아 건널 채비를 하는데 서청이 도왔다.

'고맙네.'

카슨도는 공중으로 미끄러져 간다.

서청이 바위 뒤쪽으로 일보 물러섰다.

맞은편에 있는 이순지의 시야에서 서청이 사라진다.

서청은 품에서 단총을 꺼내어 탄약을 장착한다. 불쟁반에 화약을 담고나서 불덮개를 닫고 손가락을 낀 화승총에 불을 붙여 사격자세를 취한다.

서청의 동작은 물 흐르듯이 신속 정확했다.

지금 카슨도는 줄다리의 정중앙에 있다. 서청은 오른손가락 끝으로 단총의 불덮개를 열어 카슨도의 심장을 조준했다. 이제 방아쇠를 당기는 일만 남았다.

그러나 서청은 쏘지 않았다. 카슨도가 맞은편 낭떠러지에 도착하고 이쪽을 돌아본다. 서청은 단총을 품 속에 넣고 바위 뒤에서 나와 자신의 몸을 줄에 직접 묶으며 쏘지 않은 이유를 자문자답했다. 지금 자신은 원수를 갚을 마음이 하나도 없음을 알았다.

회령 마시

회령에서는 드디어 마시가 시작됐지만, 특매품이 될 타타르말은 박수실이 매점해버렸고 이미 타타르인들도 돌아가 버린 탓에 경매는 흐지부지 되었다.

청나라말을 조달할 목적으로 회령에 온 박수실은 얼떨결에 타타르말까지 입수할 수 있어 대단히 만족해하며 기뻐했다. 게다가 숙적인 김차동이면서 아비루 카슨도의 코를 납작하게 해줬으니 말할 나위도 없다. ……벌써 서청은 그 놈을 저 세상으로 보냈을까?

매수한 관원을 사주해 미륵사 주변을 경계하고 카슨도의 소식을 들으려고 애를 썼지만, 박수실은 말보다 더 중요할지도 모르는 러시아 여자에 관한 소문에 정신이 나가 카슨도는 완전히 관심 밖이다.

러시아(아라사) 국경을 접하는 항구마을인 나진羅津에 주재하고 있던 친기위 5명이 블라디보스톡에 잠입하여 지역 호족의 딸 셋을 유괴하여 회령으로 데리고 왔다. 딸들을 팔아치우려는 계획이다. 이미 박수실과 절친한 회령부의 관원도 연결되어 있다. 박수실은 재빨리 관원을 통해서 조건을 문의하자, 3명을 한꺼번에 팔고 싶다고 한다. 가격은 은 20관. 박수실이 오사카에서 위중하여 나라를 팔아 얻어낸 금액에 상당한다.

가당치도 않군. 박수실은 생각했다. 품평해보고 결정하자. 친기위의 회답은 안된다고 했다. 보지 않고 무조건 사라고 한다. 그러나 친기위들도 내심 초조하다.

도박으로 큰 돈을 탕진한 그들은 친기위의 생명인 청나라말까지 잃고 있었다. 말은 자기부담이다. 말을 조달하지 못하면, 친기위에 있을 수 없게 된다. 사정을 알게 된 박수실은 애를 태우며 값을 낮추는 교섭을 시작했다.

마침 그 때, 모처럼 말 시장에 보기 드문 무리가 도착했다. 여진족 무리 중에서 가장 용감하다는 〈야인여진野人女眞〉이라는 부족이다.

여진은 원래, 중국 동북부에서 가장 큰 세력을 가진 수렵민족이었다. 명나라는 그들을 복속시키고 베이징에 가까운 지역에서부터 건주여진建洲女眞(지린성), 해서여진海西女眞(헤이룽장성), 야인여진野人女眞(만주 최북방에 거주 - 역주)이라는 이름을 붙여 통치했다. 이 건주여진에서 누르하치가 〈만주국滿洲國〉을 건설했다. 나중에 〈후금後金〉이라고 칭했다. 누르하치는 교로라는 성씨로 〈금金〉을 의미하는 아이신을 붙여 아이신교로, 한자표기로 〈애신각라愛新覺羅〉. 청나라의 태조다. 마침내 누르하치의 손자 후린이 명나라를 멸망시키고 청나라를 세웠다.

야인여진은 북쪽 숭가리강松花江 연안 침엽수림 일대에서 수렵을 생업으로 하던 민족으로 이번 개시에 20년 만에 검은담비 모피와 진귀한 말 3필을 팔러 왔다. 검은담비는 모피 중에 최고급품이다.

야인여진이 갖고 온 검은담비 모피 100장은 이전보다 더 높은 가격으로 금방 품절되었다. 검은담비 모피 못지 않게 주목을 끈 것이 그들이 데리고 온 세 마리의 말이다. 그다지 크지 않은 암말이지만, 뛰어난 감정사 모두가 안성맞춤의 허리모양과 배의 야무진 정도가 씨받이 말로는 틀림없다고 보증했다.

박수실은 타타르말 20필을 몽땅 손에 넣었지만 암말에도 욕심이 생겨 어떻게 해서든 여진의 말을 사기로 결심했다. 타타르말과 세 명의 러시아 여인과 여진의 암말을 입수하여 목장으로 돌아갈 수만 있다면 그야말로 개선장군이 아닐 수 없다. 〈마시〉 담당관원을 내세워 경매 전에 상담을 타진해 보았지만 여진족은 좀처럼 나서지 않는다.

며칠이 지나 여진족의 암말은 결국 경매에 붙혀졌다. 그러나 여진족이 제시한 가격이 너무 높아 좀처럼 구매자가 나서지 않는다.

낮은 코와 작은 턱수염을 기른 여진족 두목은 쫌스럽게 적은 금액씩 가격을 내린다. 박수실은 가만히 참고 기다렸다. 마침내 두목이 잔뜩 찌푸린 눈으로 경매인에게 귀엣말을 한다. 경매인이 최초의 가격에서 20% 가깝게 내린 숫자를 알리자 마자 박수실이 손을 들었다.

이렇게 암말 3마리를 획득했지만 러시아 여인의 경매는 당초 예상을 빗나가 순조롭게 진행되지 않았다. 은 20관이던 것이 25관까지 올라가고 있다.

강력한 경쟁상대가 나타난 것이다. 검은담비 모피 100장으로 은 50관, 암말 세 마리를 박수실에게 15관, 모두 합쳐서 65관이라는 대금을 손에 쥔 여진족이다.

이쯤 되고 보니 박수실의 주머니 사정도 상당히 어려워졌다. 처음에 사두었던 청나라말 모두와 타타르말 10마리를 팔아서라도 어떻게든 러시아 여인을 손에 넣으려고 획책했다. 그러나 여진 외에도 더욱 쎈 강적이 나타났다. 미륵사의 임남수다.

블라디보스톡의 러시아 호족은 거래 관계인 가로회에 딸들을 구출해달라고 의뢰해왔다. 원래는 카슨도 일행이 차하르 칸을 뒤따라갈 때 동행할 예정이었던 임남수가 긴급사태를 이유로 회령에 남기로 한 것은 러시아 여인 구출작전의 진두지휘를 해야 하기 때문이었다.

임남수는 무력을 최후의 수단으로 생각하고 우선 돈으로 여자들을 사려는 작전을 개시했다. 이렇게 해서 러시아 여인을 둘러싼 박수실, 여진족, 미륵사 간의 삼파전이 시작됐다.

친기위는 경매 실시를 삼자에게 통고했다.

경매 장소는 예전에 회령에서 큰 상인이었던 사람의 저택 지하실로 결정됐다. 수백 개의 양초가 점등되어 낮처럼 밝게 비추고 있다. 3명의 러시아 여인은 실오라기 하나 걸치지 않은 모습으로 끌려 나와 탁자 위에 올려졌다.

박수실은 처음 보는 젖빛 피부에 침을 삼켰다.

세 명 모두의 머리카락은 갈색이지만 눈동자는 미묘하게 다르다.

친기위는 처음 세 명을 한꺼번에 팔아버릴 작정이었으나 한 명씩 파는 것이 돈이 될 거라 생각하여 계획을 바꿨다.

여진족 두목이 여자들에게 가까이 가서 기름에 찌들고 뼈가 앙상한 손으로 여자의 턱을 잡고 왼손으로 억지로 입을 벌려 음흉한 눈으로 입안을 들여다본다.

박수실은 그것을 보고

……저 야만인들은 나에게 암말을 비싸게 팔더니 그 돈으로 러시아 여인을 사려고 한다. 저 더러운 손으로 아름다운 여인의 하얀 살결을 …….

에잇, 불쾌하기 짝이 없다. 박수실은 분한 마음으로 중얼거린다.

'저 여진족, 도대체 무엇을 하고 있는 것인가?'

박수실이 불쾌한 표정으로 옆에 있던 관원에게 질문한다.

'치아 상태를 보고 있네요. 건강상태를 알 수 있습죠. 말을 살 때에도 그러지 않습니까요.'

'아니, 말의 경우는 건강상태를 보기보다 재갈을 물리려고 앞니와 어금니의 상태를 확인하려는 것이잖은가. ……그러나 여진족이 하고 있는 방법도 일리가 있군. 나도 치아 상태를 봐야겠다.'

미륵사 임남수는 의자에 앉아 얼굴을 숙이고 꼼짝도 하지 않는다.

여진족과 박수실의 품평이 끝나자 여인들은 일단 탁자 위에서 사라졌다. 잠시 후 이번에는 두꺼운 야크 모피외투를 어깨에 두르고 한사람씩 끌려 나와 드디어 경매가 시작되었다.

임남수는 가로회에서 훈련받은 닳고 닳은 밀매상인의 얼굴을 하고 있다. 신호로 북소리가 나자마자 임남수는 숨도 쉬지 않고 맹렬히 가격을 끌어올린다. 여진 두목과 박수실은 어안이 벙벙한 채로 정신이 혼미한 상태에서 두 명의 여인이 임남수 수중에 떨어졌다.

한 명이 남았을 때 임남수는 두 명의 낙찰금보다 배의 가격을 붙였다. 여진 두목은 기권했지만 박수실은 끝까지 가격을 매겨간다. 러시아 여인을 한 명이라도 얻을 수 없다면 이번 여행의 고생은 보답 받지 못한다.

가격은 은 1관씩으로 올랐다. 6회째에 박수실이 제시한 가격에 임남수가 입을 여는 순간, 여인이 큰소리로 울기 시작했다. 그러자 바로, 입회한 관원이 북을 두드리며 박수실의 낙찰가로 결정했다. 임남수는 항의했지만 받아들여지지 않았다. 박수실이 관원에게 감사의 눈짓을 보낸다.

비적에게 유괴되다

무사히 줄다리를 건너 쥬우기에서 말을 조달한 칸과 카슨도 일행은 만하기로 가는 최단거리 샛길로 들어갔다.

'오리.'

칸이 아들을 불러세웠다.

'먼저 가라, 부서진 부교를 당장 다시 만들도록 우르스에게 전하라. 그리고 바로 돌아와 무슨 일이 일어났는지 보고하라. 서둘러라!'

오리가 박차를 가한다. 칸은 아들의 뒷모습을 배웅하면서,

'샤먼이 말한 그대로다. 이름은 몸을 나타낸다. 아들 놈은 어두운 밤길도 빨리 달릴 수 있기 때문에 내일 아침이면 만하기에 도착할 것이다.'

이렇게 말하며 한쪽 손을 올린다. 그것을 신호로 전원은 녹초가 된 말에 채찍을 가하며 움직이기 시작했다. 이미 칸과 다얀의 초조함이 일행 모두에게도 퍼져 불안해지기 시작했다.

서청 혼자만이 그 불안의 외각에 있다. 단총을 안장 앞쪽에 옆으로 눕혀놓고 말 위에서 등을 구부려 억지로 잡아 뽑은 풀을 입에 물고서 가끔 차가운 공기를 들이마시고 있다. 나뭇가지 사이로 불어오는 아침햇살을 보면서 기분 좋게 눈을 깜박인다.

그 이유는 명확하다. ──카슨도와 이순지는 서청이 마을의 맹세를 통해 형제가 되기로 결심한 경위를 잘 알고 있다. 공손함으로 가려진 본심에는 언제든지 카슨도를 저격할 가능성이 충분하다. 그럼에도 불구하고 두 사람은 서청을 경계하고 있는 것처럼 보이지 않는다. 오히려 서청에게 신뢰를 보내주었다. 그것도 마음 깊은 곳에서부터 믿음이 자리하고 있다고 생각해도 이상하지 않은 상황이 몇 번 있었다. 서청 자신도 잘 알고 있었다. 거기까지 생각이 미치자 몸 안에서 행복이 충만해져 거북이 등딱지처럼 뒤집어쓰고 있던 고아의 고독한 감정이 녹아내리기 시작하더니 마침내 어디론가 사라져버렸다. 서청의 마음에는 무어라 말할 수 없는 기쁨이 용솟음치고 있었다. ──김차동과 이순지는 천마를 찾는 일에 정신이 팔려 어떠한 곤경도 대수롭지 않게 여기며 매진하고 있다. 마땅한 방법이 떠오르지 않지만 그들에게 도움을 줄 수만 있다면……, 서청은 생각했다.

'누군가 온다!'

귀가 밝은 다얀이 멀리서 들려오는 말발굽소리를 포착했다.

멈춰 있는 칸 일행 앞에 나타난 사람은 오리였다.

'어떻게 된 일이냐! 아무리 너라지만 이렇게 빨리 왕복할 수 있는 거리는 아니지 않은가?'

오리는 만하기까지 가는 샛길을 절반도 못가서 달려오는 숙부 우르스와 만났다.

'란달이 비적에게 당했습니다!'

오리가 소리쳤다.

칸의 얼굴이 순식간에 새파랗게 질렸다.

'리디르도! 저는 먼저 출발하여 40리 정도에 있는 토로이 계곡에서 우르스 숙부와 만났습니다. 숙부는 우리들이 아직 회령에 있다고 생각하고 급히 알리기 위해 줄다리를 향하여 달려오고 있었습니다. 토로이 계곡에서 저를 본 숙부는 틀림없이 제가 죽은 유령이 되어 나타난줄 알았답니다. 숙부는 비적이 화살에 묶어 보낸 편지를 저에게 주었습니다. 이것입니다.'

오리가 손에 쥐고 있던 종이조각을 칸에게 건네준다. 칸은 말 위에서 초조하게 펼쳐 보지만 이미 주위는 어둠이 내려앉아 읽을 수가 없다.

'오리, 읽어보아라.'

오리의 부엉이 눈이라면 읽을 수 있다.

엔가강이 시작되는 계곡의 최상부 어딘가에 본거지로 삼고 있는 비적 패거리는 지금까지 두 번이나 만하기를 습격해 왔다. 그들의 목적은 천마다. 칸의 천마를 베이징에 데려가기만 하면 대단한 가치가 있을 거라고 생각했을 것이다. 그러나 매번 실패로 끝났다.

요즘 만리장성을 넘어 만주와 몽골로 도망오는 한인이 끊임없이 이어지고 있다. 그 중에는 경작지를 발견하여 농업을 영위하고 정착한 사람도 있다. 타타르 유목민과 여진의 수렵민에게 정주농민이라는 존재는 마치 다른 차원의 세계에서 살아가고 있는 사람들로 생각되어 서로 충돌하거나 다투는 일은 거의 없다. 그러나 만리장성을 넘어 오는 한인 중에는 도망 중인 죄인이나 범죄자도 많이 포함되어 있다. 그들은 비적이 되어 농민과 타타르인 목장을 습격, 약탈, 살육하고 집이나 게르를 불태웠다.

엔가강 상류에 있는 비적은 집요하게 만하기를 겨냥하고 있었다. 천마를 사육하고 있는 칸의 비밀목장을 어떻게 하면 찾을 수 있을 것인가?

만하기 내부에도 천마 목장이 어디에 있는지 알고 있는 사람은 몇 명 안된다. 차하르 칸이 회령 개시로 떠나 만하기에 없다는 소문을 들은 비적은 천재일우의 호기를 놓치지 않고 딸들을 유괴하는 인질 작전을 실행했던 것이다.

만하기는 엔가강에서 수로를 끌어와 마을 중앙을 흐르게 했다. 수로의 제일 상류에 흐르는 물은 식수로 이용하고, 중류에서는 먹거리와 짐승뼈를 씻는다. 게르 군락에서 가장 멀리 떨어진 하류에서는 빨래를 한다. 빨래는 딸들의 몫이다. 바로 그곳을 노리고 있던 비적에게 공격당한 것이다.

딸들은 살얼음을 깨고 물을 길어 장작불 옆에 놓아두었다가 따뜻해지면 빨래를 한다. 빨래를 하면서 목소리를 모아 즐거이 노래를 부른다.

갑자기 비명소리가 났다.

예전에 실패한 적도 있어서 이번에는 수차례 은밀한 답사를 통해 칸의 어여쁜 두 딸인 란달과 리디르를 눈여겨보고 있었다. 척후병 슈周의 지휘하에 요楊와 진陳이 다가가 수건으로 재갈을 물리고 양손 양발을 재빨리 묶어 어깨에 들쳐매고 숲 속에 매어둔 말까지 부리나케 달렸다.

남은 딸들은 울면서 이러한 상황을 알리러 게르 군락으로 달려갔다. 당장 우르스의 수비대가 추적했지만 이미 부교를 끊어버리고 난 뒤여서 강을 건널 수 없어 포기할 수밖에 없었다.

비적이 부교를 파괴한 것은 회령으로 간 칸 일행을 저지하기 위한 이유도 있다. 그들은 칸이 없는 사이에 거래를 마치고 싶어 했다. 인질을 비적의 산채 안에 가둬 놓자마자, 곧바로 척후병 슈는 다시 만하기로 되돌아왔다.

말을 자유자재로 다루는 슈는 최대한 빠른 속도로 달려 만하기 마을에 있는 칸의 게르에 화살을 쏘아 편지를 보냈다. 화살은 하르가(문)에 꽂혔다.

우르스가 곧바로 말을 타고 뒤를 쫓았다.

슈가 아무리 말을 잘 탄다고 해도 우르스와 같은 타타르인의 말타기에는 대적할 수 없다. 우르스는 허리춤에서 칼을 빼내 거리를 겨냥하고 던졌다. 칼은 슈의 오른쪽 어깨에 명중했고 슈는 결국 굴러 떨어졌다.

칸은 편지를 읽는 오리의 목소리에 귀를 기울였다.

'⋯⋯4일 후, 부교까지 천마 10마리를 몰고 오너라. 그리고 부교를 다시 설치하고 말을 이쪽으로 보내라. 그러면 두 딸을 풀어주겠다. ⋯⋯타타르인은 말을 손에 넣기 위해서라면 자신의 딸도 팔아 치운다는 것을 잘 안다. 과연 차하르 칸은 어떠한지?'

칸의 이가는 소리는 3m 정도 떨어져 있던 카슨도에게도 들려왔다.

'그 척후병은 아직 살아있는가?'

오리가 고개를 끄덕였다.

트로이 계곡에서 우르스와 만난 오리는 만하기에서 일어난 일을 알게 되자마자,

'아바가(숙부), 우리들은 오로촌족의 줄다리를 건너왔습니다. 나는 곧장 아버지가 계신 곳으로 돌아가 비적을 쫓을 겁니다. 한시라도 빨리 여동생들을 구해내지 않으면 안됩니다. 아바가는 만하기로 돌아

가서 다리를 다시 고칠 수 있도록 준비해주세요. 내일 건널 수 있도록 서둘러주세요. 그리고 비적의 척후병을 다리까지 데리고 오도록.'

우르스는 말머리를 돌려 바로 만하기를 향하여 달려갔다.

오리가 우르스에게 내린 지시를 듣고 차하르 칸은 만족스러운 듯 끄덕였다.

오리는 이번 여행에서 어느새 판단력이 붙고 지혜가 있는 사나이가 되어 있었다. 젊은이에게 여행이란 그 자체가 성인으로 가는 통과의 례지만 오리의 경우는 회령 이후부터 행동을 함께해 온 카슨도의 언행에서 크게 영향을 받았다고 할 수 있다.

칸은 부교를 향하여 출발명령을 내린다.

엔가강으로 돌아와 우측 강변에 있는 황철나무와 자작나무 숲속의 상류로 향하여 밤을 지새며 전진해 간다. 밝은 달빛 덕분에 날이 밝기 전에 부교에 도착하여 야영지를 설치할 수 있었다. 맞은편 숲 속에서 대기하고 있던 8명도 무사한 것을 확인했다.

저녁에는 우르스가 인솔해 온 만하의 사람들이 무수히 많은 화톳불 아래 다리 보수 작업이 진행되었다.

비적의 본거지는 어디에 있는 것인가?

척후병 슈에 대한 신문을 시작했다. 우르스가 던진 칼에 어깨상처가 깊다. 슈는 손이 뒤로 묶인 채 이마에 비지땀을 흘리며 계속 신음하고 있었다. 최백형이 옥수수 술로 상처를 씻어내고 운남백약을 발라주자, 금방 통증이 완화되었는지 신음소리를 내지 않게 되었다.

'부교에서 본거지까지의 길을 말하라.'

칸은 마치 훈계하는 어조로 신문했다.

슈는 만하기에서 잡혀있을 때 우르스의 모진 조사도 견디며 입을 열지 않았다.

다시 칸이,

'타타르에는 이런 속담이 있다.'

'……타타르인은 할 일이 없으면 칼을 간다. 한인漢人은 할 일이 없으면…… 무엇을 하는가?'

'모른다!'

슈는 외면하면서 침을 뱉었다.

'모른다면 알려주지.'

칸은 슈가 침뱉은 곳을 응시하면서 미소를 지으며 말했다.

'타타르인은 할 일이 없으면 칼을 갈고 한인은 할 일이 없으면 이를 잡는다. 지금부터 너는 이다. 타타르에서는 이를 어떻게 취급하는지 보여주겠다. 어이……'

칸은 다얀을 부른다.

'이 자를 망그스로 환대한다.'

망그스란 인간을 협박하는 눈에 보이지 않는 마왕 샬모 칸의 부하로, 인육을 먹는 자의 눈에만 보이는 식인 악마귀신이다. 망그스라고 일컫는 고문은 타타르의 고문 중에도 두 번째로 가혹한 것이다. 그 방법을 알고 있는 자라면 듣는 것만으로도 벌벌 떤다.

칸의 부하들이 망그스 준비를 시작했다. 야영지에는 5개의 큰 모닥불이 타고 있었다. 그 중에서 맹렬히 타올라 빨갛게 된 숯만 골라서 한 곳에 모아놓고 그 위에 말가죽을 깔았다.

슈는 알몸이 되어 손과 발이 묶인 채 말가죽 위에 강제로 끌려 나왔다. 뜨거움을 견딜 수 없어 몸을 꼬며 비명을 지른다. 몸부림치며 밖으로 나오려고 필사적이다. 그런 모습을 보면서 타타르인은 긴 막대기로 꾹꾹 찌르면서 비웃는다.

'너는 이제 날개도 눈도 없는 한 마리의 〈이〉다. 오로지 너는 입만 있을 뿐이다. 말해라! 본거지는 어디냐?'

슈의 몸은 빨갛게 되더니 드디어 거무스름해져갔다. 원래 슈는 심신이 강한 남자다. 칼과 채찍에 의한 상처와 통증은 견딜 수 있지만, 몸이 불에 타들어가는 고통은 참을 수 없는 것으로 잠시도 버티기 어렵다.

타타르인은 축 늘어져 움직이지 않게 된 슈를 준비해 둔 물통 안에 집어넣었다.

물에서 올라온 슈에게 야크 모피를 걸쳐주고 칸 앞으로 끌어냈다.

큰 종이가 펼쳐져 있다. 거기에는 다얀이 직접 그린 부교 지점에서 상류로 향하는 엔가강이 그려져 있다. 이 강 끝 어딘가에 비적의 산채가 있을 것이다.

슈는 떨리는 손으로 상류로 올라감에 따라 엔가강이 몇 개의 협곡으로 나뉘는 곳에 선을 그어간다. 산채를 찾아 가는 샛길은 강을 따라가나 싶더니 앞길을 가로막고 서 있는 낭떠러지를 우회해서 쭉 들어간다.

산채로 가는 길이 완성되자 칸은 말했다.

'산채 안의 평면도를 그려라.'

슈는 말하는 대로 그려 넣는다.

'딸들을 감금한 곳은 어느 방이냐? 수령은 어디에 있나?'

비적의 산채

날이 밝자. 부교 수리작업이 완료됐다.

칸 일행은 다리를 건너 새로운 진지를 구축하고 구출작전에 돌입했다.

카슨도가 이순지를 따라 칸 일행의 모닥불 쪽으로 가까이 가서 물었다.

'비적은 몇 명이나 됩니까?'

'40명 정도일 것이다. 비적의 소굴은 견고하다.'

'돕고 싶습니다.'

'아니다. 여기는 너희들이 나설 곳이 아니다. 우리들만으로 딸들을 구한다.'

'잘 모르시겠지만, 일본인은 이러한 전투에 뛰어납니다.'

'이러한 전투란?'

칸이 의아해 하면서 카슨도를 바라보았다.

'기습에 의한 인질구출입니다. 따님들이 죽으면 죽도 밥도 안되니……'

조금 떨어진 곳에서 서청이 자작나무의 잔가지를 모닥불에 쑤셔 넣고 불을 붙인 후에 불꽃놀이를 하듯이 돌리고 있다. 카슨도는 칸에게,

'적은 화기를 가지고 있습니까?'

'지금까지의 습격에서는 한 번도 본 적이 없다.'

'화기 하나만으로도 인질구출이 쉬워집니다.'

'단총을 말하는건가? 그까짓 것! 뭐 그다지 신통해 보이지도 않는다. 차라리 허리칼 쪽이 더 나을 것 같다.'

칸이 내뱉듯이 단언하면서 말했다.

'그렇죠'.

카슨도가 말했다.

'그러나 만약 단총을 잘 다루는 사람이 있다면? 55m 전방에 있는 적의 심장이나 이마를 쏠 수 있다면?'

'그런 사람이 있다는 건가? ……설마, 저 젊은이가 그렇다는 건가?'

칸은 서청을 턱으로 가리키며 말했다.

'저 청년은 제가 보증합니다.'

갑자기 옆에서 다얀이 끼어들었다. 칸이 놀라면서 돌아본다.

다얀은 전날 물을 길러 물가에 내려갔을 때 백호랑이가 나타나서 한때 위험한 일을 당할 뻔 했던 이야기를 전했다.

'백호랑이를 봤다고! 왜 그때 아무 말도 하지 않았나?'

'옛날에 샤먼이 나에게 알려준 이야기가 있습니다. 백호랑이를 보면 발설하지 말고 가슴에 넣어두어라. 그것이 생애의 보물이 될 것이라고. 백호랑이를 살려주고 목숨을 구해주었습니다. 뛰어난 솜씨였습니다!'

칸의 동의를 얻어 카슨도는 구출작전회의에 서청도 참여시켰다.

'물론, 저도 함께 가겠습니다. 도와드릴 수만 있다면……'

서청은 눈을 반짝이며 말했다.

구출대 멤버가 결정되었다. 이 작전은 비적과의 승부를 결정하는 전투가 아니라 어디까지나 인질구출이 목적이기 때문에 소수정예로 편성했다. 타타르측은 칸, 다얀, 오리, 그 외 검과 활에 뛰어난 에생, 죠치 등 5명, 그리고 카슨도와 이순지, 서청이 구출요원으로 참가한다. 대략 하루 반나절이면 산채에 도착할 예정이다.

남은 사람은 칸 일행이 돌아올 때까지 부교를 경비하는 조와 곧장 만하기로 돌아가서 마을을 지키는 조로 나눴다. 만하기에 돌아가는 조는 주로 다리 수리작업에 종사한 노인들과 고태운, 최백형, 강진명,

차지량으로 결정됐다.

이윽고 구출대의 출발이다. 칸이 하얀 갈기를 가진 율모를 탔다. 다른 사람들도 차례로 등자에 발을 얹었다.

말 위에서 칸은 밝아오는 동쪽 하늘을 향하여 눈을 감고 손바닥을 위로하여 양팔을 벌렸다.

'솔~제~로!'

큰 소리로 외치며 세차게 박차를 가했다.

오리가 선두에 섰다. 그가 탄 위모 옆에 포로가 된 슈를 태운 다갈색 말이 같이 달린다. 고문으로 중상을 입은 슈는 축 늘어진채 말안장에 엎드려 있다.

12마리의 말은 간격을 가능한 한 좁혀가며 일렬종대로 엔가강 좌측 강변 숲을 달려갔다.

갑자기 강변 숲길이 끊기고 전방에 습지 들판이 나타났다. 북반구 냉대지대의 습지에서 자라는 그늘사초와 황새풀 군락이 펼쳐 있어 말들이 풀뿌리에 걸려 빠져나가는 데 어려움을 겪고 있다.

슈의 지도에는 습지 들판을 우회하는 길이 그려져 있지 않다. 오리가 큰 소리로 슈를 부르자 천천히 얼굴을 들고 오른팔을 뻗으며 눈 쌓인 낙엽송나무 쪽을 가리켰다. 나무가 듬성듬성 있는 숲으로 향했다. 하늘은 잔뜩 찌푸린 흐린 날씨로 눈 쌓인 지면이 눈을 아프게 할 정도는 아니다. 눈 위에 남겨져 있는 말발굽 자국은 비적이 란달과 리디르를 데려갈 때 생긴 것이다. 오리는 선명한 발자국을 보니 여동생들이 생각나 가슴이 미어지도록 아팠다.

슈가 말에서 굴러 떨어졌다. 오리가 가까이 달려가보니 이미 목숨이 끊어져 있었다.

'땅에 묻어주면 좋겠지만 지금은 내버려두고 가자, 돌아오는 길에 장례를 치러주자.'

칸은 말했다.

어느덧 밤이 됐다. 횃불을 손에 들고 발자국을 따라가던 오리가,

'길을 잃었다!'

소리친다.

쌓인 눈과 흙 위에 생긴 작은 발자국들과 말발굽 자국을 더듬거리며 여기까지 찾아 올 수 있었던 것은 밤눈이 밝은 오리의 역할이 컸다. 오리가 말을 멈추고 당황해한다.

길이 사라지고 없다. 조금 전부터 이미 오리는 불안한 마음으로 전진해 왔다. 엔가강 상류지역의 지리를 잘 알고 있는 슈가 죽지만 않았어도. 고문을 좀 약하게 했더라면 죽지 않았을 터이지만 만약 그랬다면 슈는 결코 자백하지 않았을 것이다. 혹시, 그 놈이 설마 엉터리로……

'네가 길을 잃었다는 건 난생 처음이다.'

칸이 초조한 심정으로 말했다. 말들이 제자리걸음을 하면서 소리 높여 울기도 하고 콧바람을 뿜어내기 시작했다. 길을 잃은 말들은 어둠 속에서 떨고 있었다. 달빛은 엷은 구름 사이에서 희미하기만 하다.

후방에서 카슨도가 부르는 소리가 났다.

'구름이 없어집니다. 오리, 밤하늘이 잘 보이는 장소를 찾아주세요.'

오리는 곧 무슨 의미인지 알아차리고 좌측 뒤쪽으로 말머리를 돌려 약 50m 정도 이동했다.

'여기는 어때?'

머리 위를 가리킨다. 마치 맞춰놓은 것 같은 원형 천장과 같이 밤하늘이 펼쳐져 깨알처럼 빛나는 무수한 별들이 아름답게 수놓고 있었다.

카슨도는 말에서 내려 횃불 3~4개를 모아오도록 오리에게 부탁했다. 그리고 나서 슈가 일러준 지도를 펼쳤다.

'아스트롤라베를 사용하려는가?'

오리의 목소리는 신바람이 나 있다.

카슨도는 말안장 주머니에서 꺼낸 〈아스트롤라베〉를 지도 위에 놓고 하늘을 올려다보았다. 국자모양을 한 북두칠성을 발견하고 그 방향에 〈아스트롤라베〉의 맨 위 원반에 달린 돌기를 맞춘다.

'오리, 저것이 북극성입니다.'

카슨도는 지도 중심에 남은 6장의 원반을 차례로 돌려놓기 시작했다.

'바람이 불기 시작했으니 날라가지 않도록 지도를 단단히 눌러주십시오. ……됐습니다. 우리들이 지금 있는 곳은 이 근처입니다. 비적의 산채가 여기라면……'

카슨도는 일어서서 한 그루의 커다란 가문비나무를 가리켰다.

오리가 그 방향으로 달려간다.

'길은 없지만 빠져 나갈 수 있다.'

생기를 다시 찾은 오리가 말했다.

'솔~제~로!'

칸의 기도가 출발 신호다.

달도 어느새 중천에서 지도에 그려지지 않은 길을 환하게 비춰주고 있었다. 칸 일행은 드디어 날이 밝기 전에 계곡 건너 사면에 있는 비적의 산채를 확인할 수 있었다.

골짜기를 가고 있는데 아침안개 속으로 태양이 보였다. 날카롭게 피부를 찌르던 바람도 뒤에서 불어오는 순풍으로 바뀌어 있었다. 안개는 건너 사면에 비스듬이 하늘로 올라가 산채가 아주 또렷하게 보인다.

3m 높이의 석벽으로 둘러싸인 울타리 안에는 통나무를 옆으로 엮어 만든 벽에 진흙을 바르고 낙엽송 껍질과 널빤지로 지붕을 이은 움막 7동이 있었다.

오리는 손에 들고 있는 지도와 대조해보니 슈의 자백 그대로인 것을 확인했다. 산채 한 가운데 다른 오두막보다 크고 지붕이 삼각형인 집이 수령의 오두막이다. 그 옆에 작은 마구간이 있다.

산채의 배후 사면은 낮은 관목과 울퉁불퉁한 바위표면이 어우러져 산의 표면을 알록달록하게 만들고 있었고 능선보다 높은 곳에 검게 보이는 산들이 끝없이 이어져있다. 저 멀리 장밋빛으로 빛나는 아침 해가 산마루에 아름답게 연결되어 있었다. 1년에 몇 번 보일까 말까 하는 룽강산맥의 주봉인 바이산白山이다.

과거에 비적에게 2번이나 습격받은 적도 있었고, 다른 쿠사와의 충돌이 있을 때마다 칸 대신 지휘를 맡았던 부두목 다얀은 어두워진 후에 기습하자고 제안했다. 한편 오리는 여동생들이 감금되어 있는 움막을 눈앞에 두고 안절부절 못하고 있다. 한시라도 빨리 공격하자고 주장한다.

산채를 뚫어지게 바라보면서 작은 소리로 무엇인가 대화를 나누고 있던 카슨도와 이순지 두 사람이 갑자기 칸에게 다가가서,

'곧장 출격해야 합니다.'

서로 입을 모아 말했다.

'그 이유는……'

카슨도가 설명한다.

'방금 연기가 올라가는 것을 보았습니다. 아침식사를 준비하기에는 아무래도 너무 늦은 시각입니다. 저들은 아마도 어젯밤에 늦게까지 술을 마시고 놀았을 겁니다. 비적 본대의 무리들은 고주망태가 되어 아직 자고 있을지 모릅니다. 게다가 밤에는 단총을 사용하기 어렵습니다.'

칸은 끄덕였다. 남자 11명은 나무꾼이 쓰는 낫처럼 생긴 큰 칼을 비롯해 허리춤에 차고 있던 장검과 단검을 부딪쳐가면서 각자 가지고 있는 무기를 점검했다. 카슨도와 이순지는 일본도이다.

카슨도는 공격방법을 결정할 때에도 적극적인 발언을 했다. ──산채를 급습해서 란달과 리디르를 구출하는 데 전력을 쏟는 것은 당연하고 적에게 치명적인 타격을 주어야 한다. 만약 어정쩡한 채로 끝난다면 구출이 성공한다 하더라도 그들은 반드시 만하기를 다시 공격해 올 것이다. 그렇기 때문에 수령의 목을 칠 필요가 있다. ──

'그렇다!'

오리가 큰 칼을 머리 위로 치켜 올리며 당장 산채로 쳐들어가고 싶어서 견딜 수 없는 사람처럼 행동한다.

공격방법과 임무분담은 냉정함을 잃지 않는 다얀과 이순지에 의해 결정되었다. 칸도 그 계획에 찬성했다.

딸들의 구출에는 다얀과 오리, 에생이 담당한다. 에생은 다얀과 오리가 란달과 리디르를 안전한 장소로 피신시킨 후에 다시 산채로 돌아가 불을 지르는 것이다.

칸과 이순지 그리고 죠치는 수령 움막을 덮친다. 그 외 타타르인 3명과 말사육사인 오야치는 카슨도를 중심으로 대항한다. 서청도 허리칼과 단총을 가지고 카슨도와 행동을 같이 한다.

여자도 있을까? 칸이 갑자기 떠오른 생각을 말했다.

'저 산채 안에 남자만 살고 있다고는 생각할 수 없지……'

'만약 여자가 있으면 어떻게 할까요?'

다얀이 심각한 표정으로 묻는다.

'남자와 같이 취급하라.'

칸은 말 고삐를 잡아당기고 하얀 갈기를 쓰다듬으면서 일행을 둘러보았다.

'그럼 가자. 솔~제~로!'

카슨도 일행도 작은 소리로 〈솔~제~로!〉를 외치며 박차를 가했다.

일행은 숲속 골짜기를 달려 산채 아래에 도착했다.

석벽을 올려다보면서 나무 가지에 말을 매어두었다.

세 갈래로 나뉘어 행동을 개시한다.

우선 다얀과 오리가 석벽을 기어 올라가 산채 안으로 잠입했다.

카슨도의 예상대로 연기가 올라오는 오두막에서만 사람의 움직임이 있을 뿐 다른 움막에서는 코고는 소리가 진동하고 있다.

오리와 다얀은 여동생들이 감금되어 있는 오른쪽에서 두 번째 움막으로 살며시 다가갔다. 망보는 사람 한 명이 출입문 벽에 기대어 노루모피를 두르고 잠들어 있다. 오리는 단검을 뽑아 허리를 구부리고 낮은 자세로 접근해간다. 좌측으로 팔을 뻗어 남자의 목을 잡고 눈 깜짝할 사이에 오른손에 쥔 단검으로 경동맥을 베었다. 남자의 눈은 금세 빛이 사라지고 초점을 잃어갔다. 아마 그는 자신의 몸에 무슨 일이 일어났는지도 모르는 채, 혹은 꾸고 있던 꿈의 결과를 음미하며 승천했음에 틀림없다. 남자는 벽에 기대어 천천히 옆으로 쓰러졌다. 바닥이 피로 물들어간다.

다얀이 문을 쳐부수고 움막 안으로 뛰어들었다. 단검과 손에 묻은 피를 옷자락으로 닦아냈다. 오리도 곧 뒤좇아왔다. 묶여 있던 란달과 리디르는 처음에는 비명을 질렀지만 오빠가 구출하러 온 것을 알아차린 순간 안도하며 기뻐했다.

카슨도와 서청 등 5명은 석벽을 넘자마자 완만한 언덕을 달려가 산채 뒤쪽으로 돌아갔다. 카슨도는 마구간 옆을 지나가려다가 갑자기,

'몇 마리 정도 있습니까?

오야치(말사육사)에게 물었다.

오야치는 잠시 마구간 안의 말에 귀를 기울인 후,

'50마리 정도.'

'말을 놀라게 할 수 있겠습니까?'

오야치는 고개를 끄덕이며,

'손가락 피리 하나로 안정시킬 수도, 난폭하게 할 수도……, 미치게도 할 수 있다.'

카슨도는 끄덕이며 마구간 안으로 들어간다.

5명은 가로로 된 긴 봉에 말을 매어둔 줄을 차례로 풀고 다리를 묶고 있던 끈도 재빨리 잘랐다.

'오야치, 시작해주세요. 사나워지도록! 우리들은 5명이고 적은 그 7~8배이지만 50마리의 말을 아군으로 삼는다면 이 싸움은 이기는 싸움입니다.'

오야치는 손가락 피리를 날카롭게 불어댔다.

그러자 말들은 세차게 채찍을 맞은 것처럼 충격을 받았다. 일제히 소리 높여 울어대더니 갑자기 앞 발을 높이 들어 올렸다.

계속해서 귀에 거슬리는 소리를 길게 불어대자 말들은 울타리를 무너트리고 밖으로 달려나와 요란스럽게 흙먼지를 내면서 산채 안을 이리저리 달리기 시작했다.

비적들은 이불을 뒤집어 쓰고 잠에 취한 상태에서 움막을 뛰쳐나왔다.

'타타르인들이 습격해왔다!'

카슨도가 비적 행세를 하며 만주어와 중국어로 큰소리를 쳤다.

'100기는 된다. 빨리 도망쳐라!'

오야치의 손가락 피리가 계속해서 다양한 소리를 울려댄다. 그 중에는 예전에 만하기에서 약탈해온 말도 있었다. 오래된 야생시대의 기억을 되살려낸 말들은 거대한 덩어리가 되어 바로 어제까지 태우던 비적들을 향하여 습격하기 시작했다.

움막에서는 남자들과 지난밤을 보냈던 여자들이 놀라서 옷자락을 풀어 헤친 채로 뛰어나온다. 반나체인 여자도 있었다. 비명을 지르며 산채 밖으로 도망치기 위해 줄지어 석벽에서 뛰어내렸다.

그러나 어쩔 줄 몰라서 갈팡질팡하는 자들만 있는 것은 아니다. 다시 움막으로 들어가 반월도를 가지고 나와 어디에 있는지 모습도 보이지 않는 타타르인을 찾아서 이리저리 돌아다니는 사람도 있었다. 그 앞을 기다렸다는 듯이 카슨도가 떡 버티고 가로막고 서 있다.

수염이 덥수룩한 남자가 거칠게 포효하며 반월도를 머리 위로 높이 쳐들었다. 검 끝이 번쩍하며 내리치려는 순간, 카슨도는 서 있는 자세로 미동도 없이 상체만으로 활처럼 젖혀 얇은 비단을 가르듯 예리한 기세로 남자의 한쪽 어깨를 비스듬히 내리쳤다. 겨드랑이 아래까지 칼을 맞은 남자는 물고기처럼 헐떡이며 죽어갔다.

쓰러진 남자에 대해 카슨도는 일말의 연민의 정이나 죄의식은 없었다.

'으악, 당했다!'

그의 등 뒤에서 오야치가 소리를 질렀다. 달려가 보니 오야치의 우측 팔에 화살이 꽂혀 있다.

'엎드렷!'

어느 사이에 지붕 꼭대기에 올라갔는지, 서청이 큰소리로 고함을 쳤다. 슝~슝~, 화살이 3~4개 카슨도의 머리 위를 스쳐지나가고 곧이어 단총 발사음이 들려왔다. 앞쪽 비스듬하게 있는 오두막 근처에서 활을 쏘아대고 있던 남자가 가슴에 총을 맞고 만세 자세를 하고 뒤로 자빠졌다.

지붕 위에서 다시 한 발. 카슨도가 볼 수 없는 다른 장소에서 비적 남자의 신음소리가 들려온다.

카슨도는 급히 오야치의 팔에서 화살을 뽑아내고 최백형에게 받아온 운남백약을 발랐다.

'오야치, 손가락 피리를 계속 불어주세요. 보세요. 말들이 얌전해집니다. 다시 난폭하게 만들어야……'

오야치는 힘겹게 오른팔을 올려 구부린 검지를 입으로 가져간다. 날카로운 소리가 울려 퍼지고 말은 다시 떼지어 무서운 기세로 달리기 시작했다.

비적 중 몇 명이 어떻게든 말을 진정시켜보려고 애를 쓰며 고삐를 잡고 말에 올라 타보려고 했지만, 그 때마다 흔들거려 떨어지고 또 말발에 차여 벌렁 자빠졌다.

'두 번째 움막에서 연기가 솟아 올라오고 있다. 오리가 동생들을 구출했다!'

지붕 위에서 신바람이 난 서청이 소리쳤다.

카슨도도 에생이 방화한 불길을 목격했다. 이제 남은 것은 수령의 목을 치는 것이다. 칸과 이순지는 지금 어떻게 하고 있을까?

카슨도는 수령의 오두막을 향하여 달려가기 시작했다.

적도 이제야 사태를 파악한 것 같다.

'100기가 아니다. 타타르 놈들은 몇 명에 불과하다. 놈들이 말을 풀어놓았다!'

소리를 지르면서 카슨도를 향하여 전후좌우에서 반월도와 창을 들고 모여든다. 예전에 나무때리기로 단련한 실력이 살아나고 있었다. 한 명, 두 명, 세 명을 차례차례 쓰러트린다. 어떤 전투라도 검에 합리적인 무술이 갖춰지지 않으면 적을 쓰러뜨릴 수 없다. 비적들은 그런 기술을 몸에 익히지 않았다. 사쓰난시겐류는 검술에 있어서 합리의 극치다.

이미 몇 명을 살상했는지 카슨도는 기억하지 못한다. ……이것은 전쟁이다. 그는 힘이 쎈 적들을 혼자서 물리치면서 중얼거렸다. ……나는 무엇을 위해 싸우고 있는 것인가? 이 전쟁의 대의명분은 무엇일까? ……쓰시마번을 위해서인가, 그렇지 않으면 마을을 위해서인가, 혹은 칸의 딸들과 쿠사(族)를 위해서? 그렇다면 이순지는 지금 어떤 생각으로 전투에 임하고 있을까?

등 뒤에서 오야치가 산발적으로 손가락 피리를 불고 있다. 그러나 이제 말의 모습은 어디에도 보이지 않는다. 서청의 단총소리가 산발적으로 들려온다. 두 번째 불길이 올랐다. 카슨도의 시선 한쪽에 횃불을 들고 있는 에생의 모습이 살짝 보인다. 카슨도 앞을 가로막으며 달려오는 적의 모습도 점점 줄어들었다. 다만 그들은 카슨도를 멀리서 둘러싸고 있을 뿐이다.

카슨도는 방심하지 않고 칼을 옆으로 비스듬하게 들고 수령의 오두막 앞에 섰다. 칸, 이순지, 죠치가 오두막에 들어간 것 같은데 이상스럽게 조용하다.

갑자기 문이 열렸다. 전신에 피를 흠뻑 묻힌 채 죠치가 나왔다. 연달아 이순지가 낫처럼 생긴 큰 칼을 칼집에 넣으면서 문밖으로 나온다. 그는 태양이 눈부신지 손으로 이마를 가리고 카슨도를 향해 머리를 크게 끄덕여보였다.

비적 수령의 머리를 들고 차하르 칸이 나온 것은 바로 그 직후다.

칸이 머리카락을 잡아 들고 있는 것은, 턱수염과 콧수염이 그다지 많지 않으며 큰 코에 코 끝이 풍성한 마흔 정도 돼보이는 남자다. 처절한 칼싸움을 보여주듯 이마와 뺨에는 무수히 많은 칼자국이 있었다. 왠지 모르지만 왼쪽 눈만은 크게 부라리고 있다.

소동은 가라앉고 비적들은 수령의 참담한 최후 모습에 놀라서 숨죽이고 있었다.

이미 두 개의 움막이 불에 휩싸였다.

수령 나립생羅立生의 오두막에는 심복 부하 5명이 함께 있었다. 그들은 전날 쑤이화綏化*의 한족마을을 습격하여 많은 촌민을 살육하고 대

---

* 둥베이(東北) 헤이룽장(黑龍江)성 하얼빈(哈爾濱) 북쪽의 도시.

량의 약탈품을 가지고 돌아왔다. 그러나 칸이 뛰어들었을 때 피로와 과음으로 칠흙 같은 잠 속에 빠져 있었다.

칸은 수령의 오두막을 발로 차 문을 부수고 들어가,

'차하르 칸이다. 내 딸을 데리러 왔다.'

도끼 같은 큰 칼을 쥐고 있던 남자가 벌떡 일어났지만, 이순지가 칼을 휘둘러 쓰러뜨렸다. 죠치는 적이 밖으로 나가지 못하도록 출입구를 막았다.

사방 18m의 토방 안 널빤지 마루 위에서 칸과 이순지는 비적과 사투를 벌였다.

짐승은 아무리 깊은 잠 속에 빠져 있더라도 천적의 접근을 감지할 수 있으며, 순식간에 일어나 전속력으로 내달릴 수 있다. 그러나 인간은 순간적으로 온몸을 각성시키는 기능을 가지고 있지 않다. 나립생과 부하들은 싸움을 하던 도중에 슬슬 잠에서 깨어났지만 이미 때는 늦었다. 칸과 이순지의 퍼붓는 공격이 틈을 주지 않았다.

칸이 들고 있는 나립생의 수급首級에 강한 햇살이 내리쬔다. 졸개들은 완전히 전의를 상실하여 그 자리에서 옴짝달짝 못하고 얼어버렸다.

그때 아직 불길이 오르지 않은 마지막 움막에서 한 여인이 머리카락을 휘날리며 뛰어나왔다. 등 뒤에서 그런 기척을 느끼고 칸은 뒤돌아 본다. 4m 정도 거리에서 서로 마주보게 된 여인은 서른이 넘어 보이는 아름다운 여자였다.

나립생의 수급을 가만히 바라보던 여자의 눈에서 눈물이 흘렀다. 울음소리는 내지 않았다. 눈을 한 번 감더니 이내 다시 뜨고서 칸의 얼굴을 올려다본다. 두 사람의 시선이 마주치는 순간, 쌍방은 놀라움을 금치 못했다.

여자가 떨면서 한 발, 두 발 칸에게 다가섰다.

'제발 나에게 자비를……, 나도 죽여주세요.'

있는 힘을 다하여 가슴이 미어지는 고통을 참으며 끓어오르는 목소리로 말했다. 카슨도는 그 소리가 타타르어라는 것을 알아차렸다.

칸의 칼이 한번 번쩍인다. 칼은 정확히 여자의 심장을 관통하여 칼끝이 그녀의 등뒤로 빠져 나와 있다.

왼쪽 팔로 나립생의 수급을 든 채로 칸은 뒤로 쓰러지는 여자를 꽉 안고 있다. 여자의 입술이 미세하게 움직이면서 무언가 중얼거리는 것 같다. 칸이 고개를 약간 끄덕인다.

여자는 칸의 팔 안에서 숨을 거두었다.

'죠치!'

소리치며 뒤돌아보는 칸의 눈은 촉촉이 젖어 있었다.

'이 여인을 움막으로 옮겨라. 서둘러라, 다얀이 오기 전에.'

죠치는 재빨리 여자를 양팔로 안고 움막 속으로 사라졌다.

주위는 소리하나 없이 조용해졌다.

돌아온 죠치는 아무 말 없이 칸에게 칼을 돌려주었다.

카슨도와 이순지를 비롯하여 에워싸고 있던 많은 비적들도 모두 눈 앞에서 펼쳐진 상황에 경악한 나머지 꼼짝도 하지 않고 서 있었다.

이순지가 귓속말로 카슨도에게 속삭인다.

'칸은 분명히 다얀이라고 한 것 같은데……, 그리고 여자가 하는 말은 타타르어인 것 같지 않던가?'

이순지의 질문에 카슨도는 목소리를 낮추어 말한다.

'저 여자는 누구일까요?'

칸이 서 있는 지점에서 3m 정도 떨어진 곳에 반월도를 쥔 남자 시체가 엎어져 있다.

그러나 누구도 시체가 조금씩 포복전진하면서 칸에게 접근하고 있다는 것을 알아차리지 못했다.

산채 밖에서 오리의 목소리가 들렸다. 그가 란달과 리디르를 안전한 곳에서 보호하고 있다는 것을 알리기 위한 것이다.

칸이 그에 응해 오른손을 올려 뒤돌아 볼 때, 갑자기 죽은 척 하고 있던 남자가 일어서더니 반월도를 휘두르며 뒤에서 달려들었다.

동시에 총성이 울렸다. 남자는 반월도를 휘두르던 채로 갑자기 발부리에 뭔가 걸린 것처럼 휘청하면서 2, 3발짝 옆걸음질치더니 왼쪽 무릎을 꿇고 맥없이 땅바닥에 엎어졌다.

죠치가 시체에 접근하여 얼굴을 확인한다. 서청의 총알은 남자의 이마를 관통했다.

칸이 인왕仁王*처럼 우뚝 서서 큰 소리로 말한다.

'비적들아, 모두 밖으로 나와라! 더 이상 살생은 하지 않겠다.'

숨어 있던 남자와 여자들이 두려움에 떨면서 오두막 앞 광장에 모여들었다.

'너희들은 당장 불을 꺼라. 우리들은 이제 돌아가겠다. 시체는 묻어주고 부상당한 자들은 치료해주어라. ……수령의 여자는 정성껏 장례를 치러 주거라. 여기에 은화를 조금 놓고 가겠다. 방금 전에 죽은 여자의 장례비다. 이 정도 돈이면 너희들도 얼마간 견뎌낼 수 있을 것이다. 산채에 남든지 어딘가 다른 곳으로 가든지 마음대로 해라. 두 번

---

* 사찰이나 불전의 문 또는 불상을 지키는 불교의 수호신.

다시 만하기에는 나타나지 마라. 우리들에게 칼을 들이대는 자의 말로는 이것이다!'

칸은 나립생의 목을 높이 쳐들어 보이고 나서, 걸치고 있던 양피외투로 나립생의 수급을 감싸 들었다.

다얀과 오리가 임무를 마치고 돌아왔다. 칸은 우선, 서청에게 감사의 말을 전했다.

'훌륭한 솜씨였소. 덕분에 살아남아 귀여운 딸들의 얼굴을 볼 수 있게 되었소.'

서청은 그 순간 부끄러운 듯이 미소를 지을 뿐, 아무 일도 없었다는 듯 손에 들고 있던 철쭉 꽃잎을 입에 물었다.

칸 일행은 비적 산채를 뒤로 했다. 란달과 리디르는 아버지 품에 안겼다. 칸은 두 딸을 교대로 타타르식의 애무로 — 코를 딸들의 이마에 대고 무뚝뚝하게 숨을 들이마시는 행위— 기쁨을 표현했다.

아누 바얀

차하르 칸이 죽인 여자는 아누 바얀이다.

만하기 사람들은 7년 전의 봄. 〈바람의 언덕〉에서 거행한 연중행사의 〈말쫓기〉를 잊지 않고 있다.

그 해, 모든 마을사람의 관심은 다얀이 아누 바얀의 마음을 얻을 수 있을지에 쏠렸다.

말을 타고 있던 십수 명의 젊은 남녀가 어깨를 나란히 하고 〈바람의 언덕〉을 향해 출발했다. 남자는 마음에 드는 여자에게 온갖 지혜를 짜내어 사랑하는 마음을 담아 잘 보이려고 노력한다. 다얀은 아누 바얀에게.

드디어 〈바람의 언덕〉에 자생하는 산사나무의 출발 지점까지 오자, 남자들은 말에 채찍을 가해 일제히 달린다. 다얀의 말이 선두를 차지했다. 늦었지만 아가씨들의 말에도 채찍소리가 난다.

다얀에게 관심을 보이며 뒤쫓는 아누 바얀이 탄 말은 제법 속도가 빠르다. 좋아하는 남자를 따라잡아 그가 쓴 모자를 채찍으로 떨어뜨리면 구애를 받아들인 것이 된다. 그러나 아가씨에게 쉽게 따라잡혀 모자가 떨어지게 해서는 남자의 체면이 서지 않기 때문에 필사적으로 도망다닌다. 상대가 마음에 들지 않는 아가씨는 도중에 뒤쫓는 것을 그만두고 출발지점으로 되돌아온다.

마지막까지 〈바람의 언덕〉을 계속 달린 사람은 다얀과 아누 바얀뿐이다.

다얀은 일부러 속도를 늦추고 지금이라도 아누 바얀의 채찍이 자기의 모자에 닿을 수 있는 거리까지 그녀를 끌어들이는가 싶더니 핫! 하고 소리를 내며 말의 배를 있는 힘껏 조여 순식간에 아누 바얀을 떼어놓았다.

아누 바얀은 일부러 추적을 멈추고 말 머리를 돌리는 시늉을 한다. 그것을 본 다얀이 다시 속도를 늦추고 천천히 유혹한다. 이 때 다시 하잇! 하고 아누는 말을 몬다. 마치 원수를 쫓는 사람처럼 달려간다.

결국 아누 바얀은 다얀과의 거리를 좁혀 보기 좋게 다얀의 모자를 떨어뜨렸다.

다얀은 말을 멈춘다.

아누 바얀이 곁으로 오자 오른손을 가슴에 대고 미소를 지었다.

아누 바얀은 정면에서 그의 얼굴을 바라보았다. 말들은 거품 땀을 방울방울 흘리고 있었다. 그 한 방울 한 방울의 땀에는 봄의 따사로운 햇빛을 담고 있었다.

두 사람은 약혼식을 치르고, 2년 동안 행복한 시절을 보냈다. 그러나 결혼식을 석달 앞둔 초가을의 어느 날, 아누 바얀은 혼자 〈안개의 숲〉으로 버섯을 캐러 나갔다가 그 이후 돌아오지 않았다. 만하기 전역을 샅샅이 수색했지만 행방을 알 수 없었다. 습격당했는지 혹은 살해당했는지……. 다얀은 물론 아누 바얀의 가족뿐 아니라 만하기 전체가 비탄에 빠져 지냈다. 그리고 반 년이 지났다.

만하기는 아누 바얀의 실종으로 슬픔에 잠겨있을 때도 비적에게 습격을 받았다. 5명이 피살되고 방화로 10채의 게르가 소실되는 아픔을 겪었다. 아누 바얀 사건은 망각의 늪에 빠져 6여 년의 세월이 흘렀다.

다얀은 아누 바얀이 비적 산채에 있었다는 것도, 칸의 손에 죽은 것도 모른다. 칸은 이 비밀을 죽을 때까지 가져갈 작정이다.

'……가엾은 녀석.'

말 위에서 칸은 몇 번씩 중얼거린다.

숲속의 샛길에서 다얀이 사람들에게 지시를 내리고 있었다. 그에게는 이미 새 가족이 생겼다. 부지런한 아내와 3살과 2살짜리 아들. 그는 아마도 뛰어난 지도자가 되어 오리과 함께 만하기를 이끌어 갈 것이다. 오리도 슬슬 아내를 얻어야지……. 그렇게 생각하자 칸의 마음도 맑아지고 기대와 기쁨으로 가슴이 부풀어 올랐다.

오리가 앞에서 말을 타고 왔다.

'슈의 유해가 보이지 않습니다. 그가 말에서 굴러 떨어진 곳은 저 근처였는데……'

슈가 떨어진 쪽을 가리켰다.

그러자 오리가 가리키는 곳보다도 더 멀리 있는 숲에서 다얀의 모습이 나타났다. 채찍을 든 오른손을 높이 들고,

'여기 있습니다. 하지만 완전히 다 먹혀버렸습니다.'

오리가 급히 다얀이 있는 곳으로 간다. 칸이 불렀다.

'슈는 승천하도록 그냥 내버려 두어라.'

그리고 나서 칸은 뒤에 있던 카슨도 일행을 뒤돌아보고,

'풍장이라는 것을 알고 있겠지? 타타르에서는 늑대와 독수리에게 먹히는 것을 기뻐한다. 먹혀서 하얀 뼈가 되면 부처가 된다하여 2~3일 안에 다 먹히기를 바란다. 생전에 덕행을 쌓으면 짐승이 빨리 와서 먹는다고 한다. 슈는 한족이지만 ······.

칸은 애마의 하얀 갈기를 쓰다듬는다.

'좋아, 휴식이다. ······죠치, 에생, 만하기에 먼저 가서 우리들의 귀환을 전해라.'

죠치와 에생이 전방에 보이는 나무 사이로 멀어져갔다.

모두 말에서 내려 자작나무에 기대어 허기를 달랬다. 일행은 얼린 수수떡과 치즈를 먹고 다얀이 가져다 준 챠이乳茶를 마셨다.

바람은 북쪽에서 불어오고 하늘은 구름으로 완전히 덮여 있다. 솜 같은 눈이 흩날리기 시작한다. 눈 하나하나가 선명하게 카슨도의 눈에 들어왔다. 눈이 떨어지는 모습을 쫓아가니 땅에는 보라와 흰색, 황색의 작은 꽃들이 예쁘게 피어 있다. 카슨도는 혹독한 추운 겨울에도 꽃이 핀다는 사실에 놀랐다. 눈은 꽃 위에 떨어지기 바로 직전에 녹아 사라진다. 마치 꽃이 열을 품고 있는 것처럼.

구출된 칸의 두 딸은 조금 떨어진 곳에서 어깨를 마주 대고 챠이가

담긴 찻잔에서 피어오르는 따뜻한 김을 보면서 밝은 표정을 짓고 있다. 옆에는 두 마리 말이 얌전하게 풀을 뜯고 있었다.

칸은 딸들에게 오리와 오야치가 탔던 말을 주었다. 오리와 오야치는 계곡 숲으로 도망친 비적의 말들 중에서, 만하기의 낙인이 찍힌 두 마리를 붙잡아 탔다.

칸이 카슨도 일행이 있는 곳으로 와서,

'우리 딸들이 감사 인사를 드리고 싶다고 하네.'

산채에서 두려움에 떨고 있던 란달과 리디르는 생전 처음 보는 의복과 들어본 적이 없는 조선어로 대화를 나누는 외국인들을 무서움 때문인지 부끄러움 때문인지 그들을 멀리 하는 것처럼 보였다.

두 딸은 한마디도 하지 않았지만 오른쪽 무릎을 구부리면서 왼쪽 다리를 뒤로 끓어 허리를 깊숙이 굽히는 타타르의 가장 아름다운 인사를 했다.

'생명의 은인이시다. 평생 동안 이 일을 잊지 않도록 해라!'

칸이 타이르자, 란달과 리디르는 다시 타타르 인사로 감사의 마음을 표하고 자신들이 타고 온 말 쪽으로 달려갔다.

'예쁜 아가씨들입니다.'

이순지가 타타르어로 말하자, 칸은 흡족해하며 고개를 끄덕였다.

애마에게 돌아간 칸에게 카슨도는 뒤쫓아 가서 아무도 모르게 품고 있던 의문을 물어보았다.

'산채의 여자는 누구입니까?'

칸은 콧수염을 만지며 당황스런 표정을 지었다.

카슨도는 타타르어가 통하지 않았나 싶어 같은 질문을 반복했다.

그러자 칸은 침을 뱉고나서 아무 말도 하지 않고 가던 길을 간다.

'여자는 누구……'

다시 질문을 던진다. 칸은 휙 돌아보고,

'알아서 뭣하게? 더 이상 아무 것도 물어보지 않았으면 좋겠네.'

칸의 눈은 깊은 슬픔으로 가득했지만, 찡그린 얼굴은 화가 난 것처럼 보였다.

카슨도와 칸의 모습을 자작나무에 기대어 서서 지긋이 보고 있던 서청이 가까이 왔다. 타타르어를 모르는 서청이 칸과 주고받은 이야기에 대하여 물어 보려나 했더니 서청은,

'일본에 가고 싶습니다. 본래 4분의 1은 일본인이니깐.'

'그렇다면 일본어를 빨리 배워야지. 지금부터 시작하자. 먼저 あいうえお(아이우에오)부터……'

'어, 서청이 일본어 공부를 시작했군.'

이순지가 고삐를 잡고 가볍게 말을 걸었다.

'김차동, 칸과 말이야기를 했는가?

아주 기분 상한 얼굴을 하고 가버리던데……'

'비적 수령의 여자에 대하여 물어봤는데 말하고 싶지 않은 모양이었습니다.'

'그래! ……칸은 우리를 천마의 목장으로 안내해줄까?'

'아, 네. 칸이 이야기를 꺼낼 때까지 말을 먼저 꺼내지 않는 편이 좋을 것 같습니다……'

칸이 출발명령을 내렸다. 어느새 눈이 그치고 태양이 때때로 겁쟁이처럼 얼굴을 내밀고 있었다.

저녁에 부교 의 경비반과 합류했다. 전원이 엔가강을 건넌 후에 야영을 하고 다음날 정오가 지나서 만하기를 한 눈에 내려다 볼 수 있는

달맞이고개에 도착했다.

일행은 모두 큰 일을 해냈다는 안도감에 마음이 가벼워졌다.

일제히 말을 몰아 언덕을 달려 내려갔다.

먼저 출발한 죠치와 에생에게서 칸 일행이 무사히 귀환하고 있는 중이라는 소식을 들은 마을사람들은 기뻐했다. 달맞이고개에서 처음으로 말 그림자를 확인한 보초병이 이를 알리는 종을 울리자마자 중앙광장으로 마을사람들이 몰려나왔다. 칸의 모습이 보이자 환호성이 울려 퍼지면서 만하기의 계곡을 뒤흔들었다.

만하기에서는 티벳풍 사각형 목조불당을 중심으로 150여 채의 원형 게르가 둥글게 배치되어 있었다. 〈후레이〉라고 부르는 전통적인 형태다. 유목민이 이동할 때에도 오래 전의 유목지에서와 같은 작은 규모의 〈후레이〉를 형성한다. 이것은 적의 급습을 격퇴하고 방어하기에 적합한 포진이다.

게르를 덮고 있는 하얀 펠트에는 석탄과 뼛가루가 칠해있다. 이것들이 햇빛을 받아 1개의 거대한 수정과 같이 반짝거리고 있었다.

'오! 굉장하다. 너무 부셔서 눈을 뜨고 있을 수 없어요.'

서청이 소리 친다.

칸 일행이 마을에 도착하자, 아이들이 서로 앞다투어 달려와 말재갈을 잡고 영웅들을 올려다보았다. 또 아이들은 카슨도 일행이 입고 있는 친기위 감청색 제복을 보고는 별로 놀라는 기색이 없다. 왜냐하면 태운이 일행이 먼저 만하기에 도착해서 친해졌기 때문이다.

오리는 두 여동생을 눈에 띄지 않도록 칸의 게르로 데리고 가 애타게 기다리고 있던 어머니 품에 안겨드렸다.

칸 일행이 중앙광장에 도착하자, 마을사람이 정렬하고 서서 그의 연설을 기다리고 있다.

칸은 불당 계단 아래에서 무릎을 꿇고 눈을 감았다. 그리고 양손을 높이 들어 손바닥을 위로 향하고 짧게 기도했다.

'고아 에헤오론 만하(아름다운 나라 만하) ……'

기도를 마치자 칸은 다얀에게 명령하여 야크 모피외투에 싼 꾸러미를 말 안장에서 가지고 오게 했다.

꾸러미를 풀고 나립생의 수급을 꺼내어 오른손으로 높이 올렸을 때 마을사람들은 조용해졌다.

'비적의 수령머리다. 보아라. 하늘에 있는 헤르, 쵤, 우브스, 골, 아가르여!'

5년 전에 습격을 당해 살해되었던 만하기의 용사들이다.

'원수를 갚았다.'

군중 속에서 흐느끼는 소리가 들려온다.

'딸들은 무사하다. 안심해라, 놈들은 이제 두 번 다시 만하기에 나타나지 않을 것이다!'

흐느끼는 울음은 환호성으로 바뀌었다.

만하기에서

개선식이 끝나자 나립생의 수급은 만하기의 북문에 있는 풍장용 받침대에 올려졌다. 피 냄새를 맡은 까마귀와 들개가 재빨리 모여들어 나립생의 머리는 눈 깜짝 할 사이에 하얀 두개골만 남았다.

마을사람들에게 회령에서 가지고 온 선물이 분배되었다. 가끔 배분을 둘러싸고 옥신각신 작은 실랑이가 벌어지기는 했지만, 무사히 마치고 사람들은 기분 좋게 흩어졌다.

밤에는 칸의 손님용 게르에서 말 시장에 다녀온 성과 및 인질구출 축하, 그리고 카슨도 일행의 환영식을 겸해 연회가 열렸다. 밖에서는 마을사람들이 장구를 두드리고 마두금馬頭琴*을 연주하면서 노래하며 춤을 추고 있다.

칸이 일어나서 참석자 전원 앞에 놓인 야광 술잔에 마유주를 따라 주었다. 다시 자리로 돌아온 칸은 잔을 높이 들고,

'그럼 간단하게 건배 인사를 하겠다. 던진 줄은 긴 것이 좋다지만 연설은 짧게 하라고 했다.'

그러나 카슨도와 이순지, 서청에게 전하는 감사의 마음을 표명하며 시작한 칸의 인사는 길고도 길었다. 비적 산채를 습격한 일과 두 딸 구출작전의 전말, 그리고 회령개시와 거래 양상 등, 그러는 사이에 게르의 동쪽 창에서 보이던 달이 기다림에 지쳐 어느덧 서쪽 창으로 옮겨갔다.

드디어 칸의 입에서 건배라는 소리가 나오고 일제히 잔을 비운다. 양 세 마리를 먹음직스럽게 통째로 구운 통구이가 긴 식탁 위에 놓인다.

칸이 서청에게 시선을 쏟고 있다.

서청은 술이 약해서 건배 때에도 잔을 가볍게 입에 대었을 뿐이다.

칸은 일어나 마유주 항아리를 들고 서청에게 다가가,

'자, 사나이라면 쭉 들이켜야지.'

'아닙니다. 괜찮습니다.'

서청은 매정하게 대답하고 큰 접시에 담겨있는 치즈를 집어들고

---

* 몽골의 전통 현악기로 위쪽이 말의 머리 모양을 하고 있다. 말총을 묶은 두 줄과 말총을 맨 현으로 소리를 낸다.

꿀을 듬뿍 찍어 볼이 미어지도록 입에 넣었다.

자리로 돌아온 칸은 문득 무슨 좋은 수라도 생각해냈는지 눈을 반짝이며 통역해줄 차지량을 손짓으로 불렀다. 그리고 나란히 앉아 있는 카슨도와 이순지 사이에 끼어 앉더니,

'긴히 부탁드릴 일이 있는데 저 젊은이를……'

서청 쪽으로 턱을 약간 치켜 올리며,

'란달의 신랑으로 주지 않으시려나?'

차지량의 통역을 듣던 카슨도는 잠시 침묵에 잠겼다. 그리고 말했다.

'허허, 저 아이는 내 외아들입니다. 이미 본국에 약혼자가 있습니다.'

칸의 마음속을 읽을 수 없다. 천마목장에 대해서는 아무 말도 없이 침묵하면서, 갑자기 서청을 란달의 신랑감으로 달라는 것이다.

카슨도와 이순지가 잠시 말을 잃었다.

예기치 않은 이야기를 들어서라기보다도 두 사람의 뇌리에 다음과 같은 생각이 동시에 스쳐지나갔기 때문이다.

……천마목장의 이야기를 학수고대하고 있는데 갑자기 서청을 데릴사위로 달라는 것이 아닌가. 결국 서청과 한혈마를 교환하려는 제안……, 사안의 본질과 너무나도 동떨어진 이야기다.

가령 이 추측이 맞다면 서청을 만하기에 두고 돌아가야 할 상황이다. 카슨도와 이순지의 마음은 정해져 있었지만 카슨도의 거절방법이 기발했다. 나중에 이순지는 재치 있는 임기응변이라고 평했지만 카슨도 자신은 복잡한 생각으로 괴롭기만 하다. 왜냐하면 아차 하는 순간에 자신이 살해한 사람의 아버지 역할을 해버린 것이 아닌가…….

칸은 카슨도의 대답을 듣고 두 사람의 얼굴을 번갈아 쳐다 본 후, 다

른 생각이라도 있는지 고개를 끄덕이더니 자리로 돌아가 천천히 좌석을 둘러보았다.

'부가의 모습이 보이지 않는다.'

부가는 만하기의 샤먼이다.

'연회가 되면 제일 잘 먹고 많이 마시는 주제에 오늘밤은 도대체 어찌된 일이냐? 대설 예언이 맞지 않아 부끄러워 얼굴을 보이지 않는 것이냐? 우르스……'

우르스는 잠시 고개를 숙이고 있었다.

'부가는 만하기를 떠났습니다.'

'뭐라고! 왜?'

우르스는 곤혹스런 표정을 지으며, 타타르인에게 둘러싸여 통역하는 차지랑을 사이에 끼고 유쾌한 화제거리로 이야기를 나누고 있는 최백형 쪽을 바라보았다.

샤먼은 유목을 위해 이동할 때를 점치기도 하고 주술로 병을 퇴치하는 특별한 임무가 있었다.

쿠사나 차하르 칸이 전쟁 같은 중대한 결단을 필요로 할 때, 샤먼의 역할이란 반대하는가 찬성하는가를 읽어내는 것이다.

'왜 떠났나? 우르스, 설명해보라.'

칸이 다그쳤다.

——샤먼인 부가가 만하기를 떠난 것은, 최백형이 의술은 인술이라고 하면서 병자를 치료해주었기 때문이다. 최백형이 병을 진단하여 처방해 준 약은 단번에 효력을 보였다. 게다가 그가 마을사람을 데리고 숲에 들어가 여러 가지 풀과 나무뿌리를 채취하여 건조시키고, 달여서 마시게 했더니 여자들의 두통과 부인병이 좋아졌다. 약초 분류

법에서 조제법까지 자세하게 알려주었다. 점점 마을사람들은 샤먼을
찾아가지 않게 되었다. ──

'바보!'

칸은 샤먼을 욕했다.

'의술을 시샘하다니, 신을 모시는 몸으로 속이 너무 좁다!'

화를 크게 내면서도 내심으로는 부가가 알리는 신의 계시를 높이
평가하고 있었다.

'어느 쿠사로 들어갔느냐?'

'아마도 바린쭤이치巴林左翼旗일 것 같습니다.'

만하기와 바린쭤이치는 수 년 전에 한 번 춘하春夏의 유목지를 서로
빼앗다가 작은 다툼이 일어난 적이 있다.

칸은 못마땅하여 오만상을 찌푸린 얼굴로,

'우르스. 내일 아침 일찍, 내 도장을 휴대하고 부하들을 데리고 출
발하라. 바린쭤이치 촌장에게 나의 도장을 보이고 부가를 인도받아
오너라. 부가가 이러쿵저러쿵 둘러대면 밧줄로 묶어서라도 끌고 오
너라.'

'보른(알겠습니다).'

30년 전에 영웅, 갈당 칸이 존모드 전투에서 청나라에 패했을 때 페
르가나 천마, 즉 한혈마 16필을 떠맡은 타타르인 목동의 우두머리가
청나라군의 소탕작전을 피해서 가족과 부하들을 데리고 다싱안링산
맥을 넘어 동으로 이동하여 룽강산맥의 초원에 살면서 만하기를 세웠
다. 그 목동 우두머리가 차하르 칸의 아버지다.

갈당에게 위탁받은 천마는 어느 누구의 눈에도 띄지 않는 고원의
목초지에서 소중하게 사육되어 우량종의 수컷을 암컷에 교배하는 것

에 성공했다. 그리하여 10년간 5배인 80마리로 불렸다. 천마는 만하기에서는 비장의 보물이며, 그 목장은 만하기 안에서도 믿을 만한 사람만 접근이 가능하다.

15년 전에 부친이 죽음을 앞두고 있었을 때, 갈당의 말은 페르가나 땅의 정령의 화신이고, 이보다 더한 보물은 없으므로 말 목장을 다른 쿠사 사람들이 알게 해서는 안 된다는 엄명을 남기고 죽었다. 이후 아들인 차하르가 만하기를 대표하는 두목이 되었고 천마목장을 계승했다.

천마를 노린 비적은 두 번씩이나 만하기를 습격했지만 실패했다.

그 대신 그들은 칸이 사랑하는 두 딸을 유괴하는 방식을 선택한 것이다. 딸과 천마 중에 어느 쪽을 선택할 것인가? 시련이 닥쳤지만 칸에게는 양쪽 모두 자신의 목숨과도 바꿀 수 없는 존재이다. 어느 쪽도 버릴 수 없었다. 이렇게 하여 비적의 산채습격이 감행되었다. 그러나 카슨도의 도움이 없었다면 과연 딸들을 무사히 구출해 낼 수 있었을까?

카슨도 일행 역시 목숨을 걸고 싸웠다.

떠들썩한 축하연회가 한창 무르익어 가는 순간에도 차하르 칸은 남몰래 번민을 계속했다.

……아무래도 큰 딸 란달이 단총을 잘 다루는 젊은이에게 마음을 빼앗긴 것 같은데 만약 함께 있을 수 있게 해준다면 약혼 예물로 천마를 한 마리 주어도 좋다고 생각했다. 그러나 단번에 거절당했다. 그래! 대를 이을 아들인가……, 포기할 수밖에 없다.

그러나 빈손으로 돌아가게 할 수도 없고……, 공로에 보답하는 길은 그들이 원하는 것, 목숨을 걸고 타타르까지 온 저들에게 만하기의 보물인 천마를 줄 수밖에 없는 것인가? 저들의 활약은 천마를 줄 만한 대단한 것이었다. 그러나 부친의 유언을 배신하는 것이 된다.

칸의 마음은 착잡했다. 이렇게 종잡을 수 없을 때는 샤먼이 필요하다. 하늘은 찬성할 것인가 반대할 것인가. 양의 견갑골을 구워서 갈라진 균열 상태를 보고 의미를 해독하는 방법밖에는 없다. 읽어낼 수 있는 사람은 오직 샤먼뿐이다.

막중하고 어려운 선택의 기로에 서 있는 상황에 샤먼이 없다니! 계집애처럼 삐져서 모습을 감춘 부가의 얼굴을 생각하니 깊은 한숨이 나온다.

언제나 그는 새벽 시간을 소중히 여겨왔다. 옛날에 결혼을 결정할 때 3명의 신부감 중에서 지금의 아내, 쟈단을 선택한 때도 한숨도 안 자며 새벽에 결심한 것이었다.

연회도 막바지, 각자 자기 게르로 돌아간 후에도 혼자 남은 칸은 잠을 이룰 수 없었다. 필사적으로 졸음과 싸우며 오직 기발한 생각이 떠오르기를 고대했다.

마침내 동쪽 하늘이 어렴풋이 붉게 물들 무렵, 칸의 귀에 마을 가까이 다가오는 몇 마리의 말발굽 소리가 들려왔다. 우르스가 돌아온 것이다.

어젯밤, 우르스는 칸이 부가에게 향한 노여움을 자기의 과실로 받아들였다. 날이 밝으면 바린쭤이치에 가서 부가를 데려오라는 명령을 받았지만 우르스는 책임을 통감하며 그대로 있을 수 없었다. 그는 연회석을 몰래 빠져나와 바린쭤이치로 달려갔다. 도착하자마자 부가를 침대에서 끌어내어 말에 태웠다.

우르스 일행이 들어오자 칸은 지금 막 잠에서 깨어난 척하며 부스스 일어나 우르스 뒤에서 웅크리며 떨고 있는 부가의 얼굴에 불빛을 비추었다.

'잘 돌아왔다. 자 어서 신에게 기도를 올릴 준비를 하라. 그리고 말의 혼을 불러 모아라, 만하기가 갈 길을 하늘에게 물어보아라.'

칸의 요청을 받은 순간, 부가는 샤먼으로서의 긍지를 되찾고 기이한 소리를 내며 게르를 뛰어나갔다.

우르스가 몰래 만하기의 중신들을 부가의 게르인 자작나무 껍질로 된 제사장으로 모이도록 했다. 샤머니즘 세계에서는 이 게르를 〈유르트yurt〉*라고 한다.

〈유르트〉에서 만하기의 수뇌들이 지켜보는 가운데, 부가가 축사를 외우고 양의 견갑골을 태웠다. 부가는 말에 올라타 하늘을 날고 있는 것처럼 수족을 민첩하게 움직이더니 긴 머릿결을 말갈기처럼 휘날리며 말이 소리 높여 우는 시늉을 했다.

견갑골에 복잡한 문양으로 균열이 생긴다. 부가는 눈을 감고 손가락 끝으로 균열을 몇 번씩이나 문질러대다가 드디어 신의 계시를 알렸다.

'말 세 마리를 증여한다. 그 대가로 받는 돈은 만하기 번영의 기초를 다진다.'

부가는 입에서 거품을 뿜으며 땅바닥에 엎드려 그대로 죽은 듯이 움직이지 않았다.

카슨도는 아직 자고 있다. 갑자기 칸이 들어와서,

---

* 중앙아시아 키르키스 지방의 유목민이 사용하는 천막. 형태는 몽골의 게르와 같고 원뿔 모양의 지붕과 원기둥 모양의 벽으로 되어 있다.

'목장으로 출발한다!'

자세한 설명은 없다.

'빨리 준비하라, 우리들은 세 명이 간다. 너희는 몇 명이 갈 것인지 정해라.'

이렇게 말하고 나가버렸다.

단맛 향이 나는 챠이와 볶은 밤을 얇게 져밀어 양고기에 싼 고기말이 음식이 아침식사다. 카슨도와 이순지, 강진명, 그리고 차지량이 말을 탔다. 칸 쪽은 아들 오리와 사육사 오야치다.

칸이 채찍을 높이 들어올렸다. 7명이 일제히 남쪽을 향하여 달리기 시작한다.

눈앞에는 잔물결이 일어나는 것처럼 눈 쌓인 들판이 펼쳐져 있다. 눈은 막 떠오른 햇빛을 받아 은회색으로 빛나고 있었다. 오리가 앞장서서 달렸다. 다른 사람은 오리의 속도에 맞추어 달린다. 오리는 길의 기복에 따라 속보와 구보를 자유자재로 바꿔가며 전진했다.

다른 쿠사의 방목지를 가로 질러야 할 때는 칸의 지시로 오리가 먼저 달려가 쿠사의 촌장이 머물고 있는 게르로 향한다. 그는 왼손으로 고삐를 잡고 오른손에 우호적인 관계를 나타내는 하타크를 높이 쳐들고 흔들면서 달렸다.

하타크는 손수건보다 큰 실크로 만든 천으로 빨강, 노랑, 분홍, 청, 녹색 등이 있다. 인사할 때는 맨 처음에 하타크를 양손에 들고 상대에게 내밀어 경의를 표현하는 것이 관습이다. 상대도 하타크를 내밀고 서로 교환한다. 정중한 인사나 최상급 선물이라도 하타크를 함께 내밀지 않으면 예의가 아니다. 흔히 구할 수 있는 물건이라도 하타크를 함께 보이면 정성 가득한 선물이 된다.

오리가 말에서 내려, 게르 출입문 앞에서 쿠사의 촌장에게 녹색 하타크를 내밀면서 방목지 통과를 허가해주기를 간청하자 상대도 고개를 끄덕이며 가슴 앞에 하얀 하타크를 내밀었다. 승낙의 표시다.

'바이릇라(감사합니다).'

오리가 말한다. 몸집이 작고 등이 굽은 늙은 쿠사 촌장이,

'즈게르즈게르(괜찮습니다).'

오리가 빠르게 돌아온다. 이렇게 해서 그는 목적지까지 가는 도중에 하타크를 3번 교환하고 일행은 살얼음판의 여울 4곳을 건넜다.

숲속에는 눈으로 가려진 도랑이 있는데 밟으면 말의 다리가 60cm 정도 빠진다. 그러나 이상한 일은 이 도랑에서는 바닥에 두꺼운 얼음이 얼어 있어서 사람과 말의 중량을 단단하게 지탱해주고 있었다.

전방에는 아침 해가 끝없이 펼쳐져 있다. 산들이 물결을 이루고 다가왔다. 가까이 가보니 산은 모두 바위산이라는 것을 알 수 있었다.

그리고 오리가 협곡으로 천천히 빨려 들어간다. 카슨도 일행도 고삐를 단단히 잡고 뒤를 따랐다.

협곡 입구 폭은 50m 정도이지만 앞으로 갈수록 좁아진다. 그에 비례해서 양쪽 암벽은 점점 높이 치솟아 올라간다. 계곡 밖에는 1.5m 이상 쌓여 있다. 길은 오르막길이고 점점 고도가 높아짐에도 불구하고 이곳에는 눈이 사라지고 없다. 깊고 좁은 골짜기라서 눈이 내리지 않는 것일까?

카슨도는 점점 황홀경에 빠져든다. 오르막길 안쪽으로 들어갈수록 고도가 높아짐에 따라 당연히 추워져야 하는데도, 오히려 겨드랑이 아래는 땀이 찰만큼 따뜻하다. 해가 떠있기 때문이라고 설명하기에는 뭔가 부족하다.

오리가 말을 멈추었다. 눈앞에는 양쪽 바위벽과 같은 높이의 절벽이 솟아 있다. 길은 끝이 나 있었다. 일순간 갇혀버린 느낌이 들어 카슨도는 뒤를 돌아보았다.

그가 다시 앞쪽으로 시선을 돌렸을 때, 선두에 있어야 할 오리의 모습이 사라지고 없다. 마치 정면의 암벽 안으로 말과 함께 사라져버린 것처럼.

거의 수직으로 깎아낸 듯이 서 있는 암벽이지만 무수히 많은 주름이 땅에서부터 2m 정도의 높이까지 세로로 조각되어 있다. 그 주름벽 중의 한 곳으로 오리가 홀연히…… 벽 안에서 말을 탄 채로 다시 나타났다.

'좋다. 나를 따르라.'

칸이 말했다.

바위의 갈라진 틈 안쪽에도 가느다란 오르막길이 있었다. 그러나 몇 백 개나 되는 암벽의 주름 중에서 길로 안내하는 입구는 오직 하나뿐이다. 아무리 세심한 사람이라도 우연이라면 모를까 찾아들어가기 어려울 것 같다.

그 길은 터널이 아니라 산이 절단되어 만들어진 길인데, 위로 올라갈수록 양측 벽이 좁아지고 하늘은 아주 작은 틈새로 보일 뿐이다.

이 길은 120년 전에 룽강산맥 남부에서 대지진이 일어났을 때, 바위로 이루어진 봉우리들로 생긴 여러 단층 중의 하나다. 거대한 바위덩어리에 생긴 갈라진 틈 사이에, 아무도 모르는 산 위의 대지로 인도해줄 천연의 길이 되었다.

7명은 번개모양으로 이리저리 꺾인 길을 말을 탄 채로 천천히 등반해 간다. 길 폭은 말 한 마리가 겨우 지나갈 수 있을 정도다.

햇빛이 암석 벽면을 아름답게 수놓고 있다. 길은 서서히 밝아지더니 마침내 머리 위에서 작은 새의 재잘거림이 들려온다.

'자, 이제 얼마 안 남았다.'

칸의 목소리가 울려 퍼진다. 카슨도의 마음은 고동친다. 일순간 여기까지 올 수 있었던 긴 여정이 머릿속에 스쳐지나갔다.

목장

풀 숲에서 내뿜는 풋풋한 열기와 꽃향기가 어우러진 따뜻한 바람이 뺨을 어루만져 주는 느낌이다. 순간, 카슨도 일행은 갑자기 푸르른 초원 속으로 들어가 있었다. 풀숲에는 하얀, 노랑, 빨강, 분홍색의 작은 꽃들이 피어 있다.

이곳은 대략 100리 정도 타원형 모양의 대지에 호두나무와 소나무, 너도밤나무, 진달래꽃 등의 나무가 무성하게 녹색으로 둘러싸여 있으며, 그 뒤에는 약 300m 남짓한 높이의 낭떠러지가 있었다.

카슨도, 이순지, 강진명, 차지량은 지금 자신들이 서 있는 장소가 현실의 장소인지 도저히 믿을 수 없었다. 그리고 계절감에 있어서도. ……만하기를 떠나 협곡에 들어 올 때까지 굉장히 추운 설원을 달려 언 강을 몇 개 건너 왔다. 남쪽으로 내려왔다고는 하나 기껏해야 반나절 달려온 길에 지나지 않는다. 그러나 여기는 몇만 리나 떨어져 있는 언제나 봄이 지속되는 땅처럼, 벚꽃과 진달래꽃이 만발하고 작은 새가 재잘거리고 있는 것이다.

어느새 낙타를 타고 있는 소년 목동 두 명이 칸을 올려다보고 있었다.

'어서 오세요! 칸'

두 명의 목동이 동시에 밝은 목소리로 인사했지만, 칸 뒤에 외국인 4명이 함께 있는 것을 보고 당황하여 입을 닫고 서로의 얼굴만 쳐다보고 있었다.

'걱정하지 마라. 나의 나에즈(친구)다.'

칸은 목동에게 말하고 카슨도 일행을 뒤돌아보았다.

'어떤가? 둘이 닮았지? 쌍둥이다. 당신들을 보고 많이 놀라는군. 이곳에 만하기 이외의 사람은 처음이기 때문이다. 우측이 츄쿨, 좌측이 앵케, 좌우가 바뀌면 아마도 당신들은 구별할 수 없을 것이다. 츄쿨, 앵케, 별 일은 없었나?'

츄쿨과 앵케는 햇볕에 그을린 얼굴을 찌푸리며 서로 팔꿈치로 찌르고 있다.

'왜 그러느냐?'

'하라후라가 방귀를 연발로 뀌는 내기에서 20번까지 했어요.'

'그래? 대단한 걸! 어, 저기 하라후라가 게르 앞에 나와 있구나.'

나무 그늘 아래에 하얗고 큰 게르가 3개 있고, 한 가운데의 출입구에 키가 큰 노인이 서서 이쪽을 보고 손을 흔들고 있다. 오른쪽 게르에는 키 작은 노인이 나와서 둥근 모자를 벗으며 인사를 했다.

'오, 쿠도카다.'

오리가 말했다.

나무는 푸르고, 풀은 파랗게, 꽃은 서로 질세라 울긋불긋하게 피어 있다. 완만하게 솟아있는 초원 저편에 말 무리가 아주 작게 보이는 듯 안 보이는 듯하다. 천마일까? ……왜 이곳만 마치 봄의 따스한 기운이 감도는 걸까?

칸이 장난스럽게 미소지으면서,

'우선 귀를 맑게 해보라. 무엇인가 들려오지 않는가?'

카슨도가 호흡을 진정시키고 잠시 조용히 귀를 기울여본다. 작은 새의 재잘거림과 멀리 있는 말의 울음소리를 구분해보려고 한다. 그런데 시냇물소리인지 폭포소리와 같은 물소리가 계속 들려온다.

'강이 어딘가에……'

그 때, 카슨도가 탄 말이 발 밑의 풀이 난 지면을 가볍게 긁는 동작을 계속했다. 이상하게 여겨 아래쪽을 보았다. 말 다리 바로 옆에 사방 1m의 돌 울타리가 있다. 울타리 안쪽에는 무언가를 덮고 있을 것 같은 몇 장의 널빤지가 깔려있다. 널빤지 틈 사이로 희미하게 따뜻한 기운이 새어나오고 있었다. 옆에 작은 물통 하나가 뒹굴고 있고 튼튼하게 꼰 가는 줄이 물통 손잡이에 묶여 있다.

물소리는 돌 울타리 아래에서 들려오는 것 같다.

이순지와 강진명도 말을 탄 채로 가까이 와서 귀를 기울였다.

어느새 오야치의 모습이 사라지고 없다.

'츄쿨, 앵케. 물을 길어라.'

칸의 지시로 두 목동이 무거워 보이는 널빤지를 한 장 벗겨내자, 뜨거운 김이 몽글몽글 피어올라 어린 목동들의 모습이 보이지 않게 되었다.

츄쿨이 작은 물통을 들고 앵케가 줄 끝을 잡는다. 츄쿨이 뜨거운 김 속으로 물통을 던져 넣자 줄이 술술 풀어지는 소리가 나더니 드디어 깊은 곳에서 물통이 수면에 닿는 소리가 작게 울려 퍼진다.

지하에서 끓는 물을 퍼 올렸다.

'온천이다. 이곳 지하에는 지진으로 생긴 큰 동굴이 있다. 바위산 일대는 옛날, 불을 뿜고 있던 화산지대로 지하 어디에나 온천 맥이 지나가고 있다. 그것이 동굴로 흘러들어가 커다란 지하의 동굴 호수를 만들었다. 회령에서 봤지만 조선에는 온돌이라는 난방설비가 있지 않은가? 목장은 흡사 그것과 같다. 구름 저 멀리 남쪽 저편에는 일 년 내내 꽃이 피고 열매가 열리고 꾀꼬리가 우는 봄만 있는 나라가 있다고 들었다. 그러나 우리들은 그렇게 멀리까지 여행을 갈 수 없다. 선대의 칸이 이 장소를 발견했을 때의 놀라움과 기쁨은, 저기서 우리들을 기다리고 있는 꺼구리와 장다리 두 노인이 들려줄 것이다.'

초원 저 편에서는 카슨도 일행이 지금까지 들어본 적이 없는 율동적인 말발굽 울림이 가까이 들려온다. 마치 타악기 연주를 듣고 있는 것 같은 경쾌함이다. 카슨도 일행은 가만히 숨을 죽이고 기다렸지만 그 모습은 드러내지 않은 채, 다시 멀어져 갔다.

'오야치가 천마의 조련을 시작했다.'

오리가 이마에 손을 대고 햇빛을 가리면서 말했다.

일행은 두 노인 목동의 마중을 받고 중앙 게르로 들어갔다. 짙은 보라색 챠이를 내왔다. 한 입 마신 이순지가 맛을 음미하며 감탄한다. 카슨도와 강진명도 마주보며 감탄한다.

칸이 자랑스럽게 말했다.

'맛있을 게다. 조금 전에 츄쿨과 앵케가 길어 올린 뜨거운 물로 준비한 것이다.'

두 어린 목동이 출입구에 서서 기쁜 마음으로 웃고 있다. 그들은 정말로 한 사람처럼 보였다. 카슨도가 순간, 눈이 피곤한 탓으로 이중으로 보이는 것은 아닐까 하고 자신의 눈을 의심했다.

'어떤 방법으로 구별합니까?'

오리가 대답한다.

'사실은 우리들도 특별한 기준은 없다. 굳이 하나 말하라고 한다면 목소리? 그러나 목소리도 서로 속이려고 하면 알아낼 수가 없다.'

칸이 일어났다.

'자, 말을 보여주겠다.'

카슨도 일행은 다시 게르 밖으로 나왔다.

한혈마를 만나다

눈앞에 귀여운 망아지가 지나간다. 전방에 어미처럼 보이는 말이 풀을 뜯고 있다. 카슨도는 그 모습에 숨을 삼켰다.

'천마다! 키가 1m 60cm가 넘는다.'

이순지가 소리쳤다. 강진명은 뚫어지게 말 등에 시선을 멈추고 있다.

다시 멀리서 율동적인 말발굽 소리가 울려오기 시작한다.

'오야치가 온다!'

오리가 소리쳤다.

40~50마리 정도나 되는 한 떼의 말무리가 언덕 위에 나타났다. 선두에 오야치가 있다. 그러나 다시금 움푹 들어간 지형 속으로 사라지더니 오야치가 쓰고 있는 하얀 둥근모자만 두둥실 물결 속을 떠다니는 것처럼 보였다.

다시 말이 모습을 나타냈을 때에는 조금 전의 두 배 정도 크기로 커져 있었다.

카슨도 일행은 멍하니 눈앞까지 다가오는 천마의 무리를 계속 응시했다.

마상재 기수였던 강진명은 단박에 얼마나 빼어난 능력을 지닌 말인지 간파했다. 한 번도 본 적은 없지만 그가 꿈 속에서 소중하게 조련해 온 아름다운 천마의 모습, 지금 현실이 되어 지금 눈앞을 질주하고 있는 것이다.

오야치가 인솔한 말들은 멀리서 한 번 더 반대쪽 움푹 들어간 지형 속으로 사라졌다가 마침내 가까운 숲에 다시 나타났다. 천마는 나무 그늘에 들어가 있을 때에는 말의 몸이 보라색으로 물들어 있었다. 다시 우측으로 꺾여서 이쪽으로 접근해 온다.

칸이 천연덕스럽게 말했다.

'……저 말 중에서 세 마리를 선택하라.'

카슨도는 한순간 귀를 의심했다. 그리고 칸을 돌아보았다.

'세 마리. 일본으로 데려가도 좋다.'

'정말?'

막 배우기 시작한 카슨도의 타타르어는 무례하기 짝이 없었다.

칸은 개의치 않는다.

'물론이다. 돈을 안 받는 것은 아니다……'

오야치가 돌아와 말에서 뛰어내렸다. 말들은 삼삼오오 흩어져 한가로이 풀을 뜯기 시작했다. 그 중에는 장난치며 서로 문다든지 상대의 등에 타려고 하는 것도 있다.

해는 서쪽 하늘로 기울어 톱날 같이 연결된 바위 봉우리 능선으로 가까이 가고 있었다.

강진명은 옆에 서서 말들을 자세히 관찰한다. 좀 전에 질주해 올 때, 특히 유난히 기민하고 가벼운 보법을 보이던 목마에게 천천히 접근해 갔다.

짧고 폭이 넓은 두골은 앞 끝에서 좁아지고, 둥글고 큰 눈 아래에 미세하게 움푹 들어간 곳이 귀여운 표정을 만들어주고 있다.

털에는 비단을 연상시키는 광택이 돈다. 앞머리와 갈기 그리고 꼬리는 길고 부드러우며 살짝 곱슬거리기는 하지만 말려있지는 않다.

가슴은 넓고 어깨에서 허리로 내려오는 선이 곱다. 엉덩이가 수평이고 꼬리는 높은 위치에 달려 있다.

'어떻습니까? 조련을 마친 말에 타 보시지 않으렵니까?'

오야치가 카슨도에게 말을 건넨다. 주저하고 있자 칸이,

'그냥 서서 눈으로 봐서는 안 된다. 말을 타고 품평해도 좋다. 자, 타보아라.'

오야치가 츄쿨과 앵케에게 명령한다.

'토르이와 후레구와 몽케를 데리고 오너라.'

어린 목동들은 노새를 타고 배에 과감하게 박차를 가해 호두나무 그늘을 향하여 달리기 시작했다.

츄쿨과 앵케가 '지르게르디, 메르게르디' 맑고 높은 목소리로 위로하며 달래는 노래를 부르면서 토르이와 후레구와 몽케를 끌고 왔다. 모두 두 살배기 말이다. 오야치가 재빨리 재갈에 고삐를, 등에는 안장과 등자를 얹었다.

눈앞으로 말의 코가 다가왔을 때 말의 높이를 보고 카슨도는 새삼 놀랐다. 뜨겁고 세찬 숨결이 얼굴에 닿았다.

강진명이 수십 초 간, 애정을 담아 말 어깨에 자기의 이마를 바싹 대고 있다가 크게 돋음을 하며 안장에 올라 앉았다. 마상재 기수조차 가뿐히 올라가기에는 버거운 높이였다.

카슨도와 이순지도 말에 올라탔다.

세 명은 처음으로 경험하는 말의 높이에 눈이 휘둥그레졌다.

인류가 처음 말을 탔을 때, 사람과 말의 새로운 역사가 시작되었다. 카슨도가 이렇게 한혈마에 올라탔을 때, 그의 개인사에도 새로운 역사가 더해지는 것이다. 이 순간 카슨도는 들뜬 마음과 도취감으로 뭐라고 형언할 수 없는 감정에 취해 있다.

말은 처음부터 고분고분하지 않았다. 고삐를 조이기도 하고 풀어주기도 하고 배를 양 무릎으로 조이기도 하면서 앞으로 나아가기를 주문했다. 하지만 말은 입을 꾹 다문 채 곰곰이 무언가를 생각하는 것처럼 도대체 움직이지 않았다.

모두 말 위에서 곤혹스러워 하고 있자. 오야치가,

'반둔사이(이랴)!' 라고 소리쳤다.

말은 머리를 상하로 흔들며 움직이기 시작했다.

'고삐는 너무 강하게도 너무 약하게도 하지 말고⋯⋯.

그렇지, 그대로, 조금 허리를 펴고⋯⋯'

오야치의 목소리가 채찍을 대신해주어 카슨도 일행은 말을 달릴 수 있었다. 천천히 걷다가 빠르게 달렸다가, 다시 천천히⋯⋯, 꿈결 같은 기분으로 몸도 마음도 말에게 맡겼다.

호두나무를 중심으로 큰 원을 그리며 게르 앞으로 돌아와 말에서 내리려고 하는데 3명 모두 발이 땅에 잘 닿지 않았다. 마치 공중부양을 경험한 후에 지상에 내려앉은 것처럼.

카슨도는 숨을 몰아쉬고 이마에는 흠뻑 땀을 흘리고 있었다. 그러나 한혈마는 땀 한 방울도 흘리지 않았다. 본래 말 피부는 땀샘이 많아서 다른 동물보다 많이 흘리는데.

'피 땀을 흘리지 않나요?'

오야치에게 물었다.

'피 땀을 흘리는 것을 본 적은 없습니다.'

오야치는 작은 소리로 웃으며 말한다.

'아무리 힘차게 질주해도 이 곳의 말은 모두 수정같이 반짝이는 땀을 살짝 보일 뿐이다. 그러나 하라후라와 쿠도카는 존모드에서 분명히 피 땀을 흘린 것을 봤다고 했다. 전장이었기 때문이겠지.'

칸이 우람한 어깨를 움츠리며,

'말을 보는 데에는 저녁의 빛과 아침의 빛, 두 가지 모두 필요하다. 내일 아침에 다시 한 번 더 타보고 결정해도 좋다.

자, 저녁식사나 하자.'

그들은 따뜻한 온천물로 손을 씻고 몸을 닦았다.

그 사이에 태양은 산 너머로 가라앉았다.

게르 안에 식사가 차려졌다. 챠이, 버터를 바른 얇은 떡, 치즈, 뼈가 붙은 햄, 목장에서 채취한 꿀이 가득 놓여 있었다. 밤에는 조금 쌀쌀해졌다. 난로에서는 마른 소나무와 아르가리가 타고 있었다. 게르 안은 촛불도 필요 없을 만큼 밝았다. 때때로 치솟는 커다란 불꽃이 둥근 펠트 천장에 소용돌이 치는 그림자를 만들었다. 송진 타는 냄새가 카슨도의 코를 강하게 자극했다.

식사를 마치자, 적당한 장소에 책상다리를 하고 앉는다. 커다란 잔에 따뜻한 온천물을 사용한 마유주가 돌려졌다. 한 모금씩 마시고 옆으로 건넨다.

칸의 지시를 받아 쿠도카가 존모드 전투의 추억을 이야기했다. 하라후라가 구구절절 맞장구를 친다. 맞장구 덕분에 쿠도카의 이야기는 더욱 실감나는 전투 이야기가 되었다.

쿠도카는 같은 이야기를 몇십 번이고 칸에게 반복해왔겠지만, 칸은 싫증내지 않는다. 특히 갈당과 그의 아내인 아누 하통이 비와 싸라기눈이 내리는 전쟁터에서 적군이 쏘아대는 탄알도 아랑곳하지 않고, 말을 버리고 싸우던 중에 총알이 아누의 가슴을 관통하였고, 쓰러진 아내를 껴안고 울부짖는 장면은 언제나 넋을 잃고 들었다.

쿠도카가 존모드 전투에 대한 이야기를 마치자 칸이 카슨도에게 천천히 알기 쉬운 타타르어로 말을 걸었다.

'쿠도카는 이렇게 말하고 있다. 말을 타고 전쟁하는 사람들만이 말을 잘 알고 있다. ……그럴지도 모른다. 그래서 전날 비적의 산채를 습격했던 일을 말해주었더니 쿠도카가 그 정도는 전쟁에 끼지도 않는다고 하더라.'

난로 옆에서 쌍둥이 목동이 서로 껴안고 자고 있다.

어른들은 어린 목동들이 자는 모습을 보고 미소를 지었다.

모두 잠자리에 들기로 했다.

하라후라가 모포를 한 장씩 돌아가며 나누어 준다.

다음날, 조식자리에서 카슨도와 칸이 통역을 두고 서로 이야기한다. 번식용 숫말 두 마리와 암말 한 마리로 결정했다.

회색빛으로 물든 이른 아침에 오야치와 강진명이 말 무리 안으로 들어갔다. 해가 떠오르자 말은 각각 타고난 털색을 선명하게 나타내기 시작한다. 율모, 갈색모, 흑갈색모, 청갈색모……

오야치와 강진명이 말 세 마리를 데리고 왔다. 오야치는 강진명의 감정방법을 한껏 칭찬했다. 모두 두 살배기로 숫말은 율모와 청갈색모이고 암말은 위모다. 어느 것이나 목장에 남겨두고 싶은 준마다.

말들이 떠날 채비로 분주해지기 시작했다. 말머리 장착 도구와 재갈을 정식으로 바꾸어 주었다.

재갈을 물릴 때, 율모는 사나워졌다. 오야치가 어깨 위에 올라타 뒤에서 말 머리를 껴안고 오른팔을 감아 손으로 콧등을 가볍게 누르면서 율모의 귀에 대고 뜻모를 주문을 속삭였다. 율모의 슬픈 듯이 보이는 눈에는 푸른 하늘을 담고 있었다.

오야치는 말에게 속삭이며 작업을 계속 했다. 가죽 끈으로 만든 머리도구를 말의 뺨에 끼우고 그 좌측의 가죽 끈을 세게 잡아당기면서 오른손을 움직여 엄지손을 말 입아귀에 살짝 끼워 넣었다. 그리고 나서 검지와 중지를 사용해서 입을 벌리자, 아래에서 대기하고 있던 키가 큰 하라후라가 양쪽에 고리가 달린 철로 된 재갈을 물렸다. 율모가 한 번 더 사나워졌기 때문에 혀와 잇몸에 상처가 나서 율모의 입에서는 피로 물든 거품이 뿜어 나왔다. 츄쿨과 앵케가 좌우에서 재갈 고리에 고삐를 재빨리 연결했다.

청갈색모와 위모에게도 머리도구와 재갈을 물리는 작업을 반복하였다.

암말인 위모는 차가운 철 재갈을 앞니와 어금니 사이에 끼워 넣을 때 옆 눈으로 가만히 하늘의 한쪽 구석을 노려보고 있었다.

모든 것이 끝났을 때, 태양은 중천에 떠있었다.

이제 어떻게 청진까지 데리고 갈 것인가?

조련되어 있다고는 하나 목장 밖으로 나가는 것은 처음이다.

칸이 말했다.

'당신들은 세 명, 말도 세 마리다. 타고 가는 것이 제일 좋지 않은가!'

이치에 맞다. 가는 도중에 천마는 사람 눈에 띌 것이 분명하다. 비적과 말 도둑이 노릴 가능성도 충분하다. 습격당할 경우에도 뒤에 따르게 하는 것 보다 말을 탄 쪽이 지키기 쉽다.

그들은 오야치와 오리, 그리고 두 사람의 노인 목동에게 말 타기 훈련을 반복해서 받았다.

'염두 해두어라. 훈련한 말은 3일 만에 야생으로 돌아간다. 정성을 다하여 노력하라.'

칸은 목장 안의 언덕 중앙 위에 서서 명심하라고 일렀다.

날이 저물어 어스름해졌을 때, 마침내 말은 인간을 친구로 인정했다.

출발 전날 밤, 마지막 저녁식사는 호두나무 아래에서 먹기로 했다. 쿠도카와 하라후라가 바쁘게 준비하기 시작했다. 카슨도, 이순지, 강진명 세 사람은 저녁식사 전까지 다시 한 번 목장과 이별을 알리기 위해 각자의 말을 타고 제 각각 언덕에 올라가 숲 가장자리를 따라 말과 함께 걸었다. 카슨도는 율모, 이순지는 위모, 강진명은 청갈색모다.

태양은 저 멀리 산으로 가라 앉았지만 남아 있는 빛이 아직 하늘의 3분의 2를 차지하고 있었다. 목장의 3분의 1은 서쪽의 암석그림자 때문에 밤과 같이 어둡다.

카슨도의 말은 언덕 기슭에서 머리를 아래로 늘어뜨리고 풀에 내린 이슬을 핥고 있다. 하얀 피부에 짙은 갈색 털이 섞여 있는 이순지의 위모는 언덕 위에서 목장 전체를 내려다보고 있다.

카슨도가 숲 가장자리를 따라 걸어가고 있는데, 오리가 츄쿨과 앵케와 함께 바구니에 진달래꽃을 따고 있었다.

'장식하려는 것입니까?'

카슨도가 질문하자 흰색과 담홍색 꽃으로 한 가득 채운 바구니를 들어올리며,

'아니. 여동생들이 화장수로 사용하겠다고 가져 오라네요. ……카슨도, 드디어 이별이군.'

그 밤, 카슨도는 오리의 게르를 방문하여 〈아스트롤라베〉를 선물했다. 오리는 눈을 초롱초롱 빛내며 감사의 뜻을 전했다.

6장

고향

박수실의 최후

친기위가 납치하여 경매에 넘긴 세 명의 러시아 여자 중에 가로회가 구출해낸 두 명은 이미 청진으로 보냈다. 가로회의 보호로 안전하게 지내며 러시아에서 마중오기를 기다리고 있다. 박수실에게 낙찰된 남은 한 명에 대해서는 미륵사 즉, 가로회 회령지구 책임자 임남수가 교섭을 진행하고 있다.

박수실은 간절히 염원하던 러시아 여자를 손에 넣을 수 있게 된 것이 너무 좋아 신바람이 나 있다. 돈은 얼마든지 지불할 수 있다는 임남수의 제안도 들으려하지 않는다. ……여자까지 넘겨주면 나는 도대체 무엇을 위해 이곳 회령구석까지 온 것이란 말인가? 혼잣말을 한다. 이제는 그의 이번 원정의 주목적이 말이 아니라 러시아 여자인 것처럼 착각할 정도다.

임남수가 폭력적인 수단으로 해결하면 쉬울 것이다. 그러나 박수실이 회령부의 상층부를 뒷배경으로 청나라말과 타타르말을 조달했다고 들었기 때문에 경술하게 손을 댈 수가 없다. 시간은 시시각각 지나

간다. 이미 아가씨는 박수실의 먹이가 되어 있을지도 모른다.

경매한 날로부터 3일이 지났다.

저녁시간에 임남수는 결단을 내렸다. 내일 날이 밝기 전에 박수실을 급습하여 아가씨를 구할 작정이다. 친기위 세 명과 입회했던 관원 그리고 지하실을 제공했던 거상은 미륵사의 임남수가 경매에 가담한 것과 남은 한 명도 수중에 넣고 싶어 한다는 사실을 알고 있다. 여진족 우두머리가 경매에서 셋 중에 한 사람이라도 손에 넣으려고 했지만 이루지 못한 것을 얼마나 애통해 했는지, 그가 이를 갈며 얼굴을 할퀴고 머리카락을 뜯으며 분해하는 모습을 보았다.

임남수는 5명의 부하에게 여진족 옷을 입히고 여진족이 사용하는 만주어 단어 몇 개를 암기시켰다.

'내색하지 말고 박수실과 그 주변 사람에게 들려주어 기억하게 하라.'

종루 근처에 있는 회령의 고급 숙박업소인 〈목단루牧丹樓〉의 구석진 방에서 박수실은 러시아 여인을 앞에 두고 있었다. 아가씨의 이름은 쿠로드카야. 박수실은 그녀에게서 이름만 겨우 알아냈다. 그녀는 무엇을 물어봐도 외면한 채 아무 말도 하지 않았다.

하늘색 휘장 안, 새 하얀 침대 위에 양 손발이 느슨하게 묶인 채 옆으로 누워 있는 쿠로드카야의 나체에도 하늘색 얇은 명주로 만든 옷이 살짝 덮여 있다. 온돌이 따뜻하게 실내온도를 유지시켜 주고 있다.

특별히 준비된 큰 촛대 3개가 쿠로드카야의 전신을 비추고 있다.

박수실은 휘장을 올리고 접근해간다.

부드러운 우유 빛 살결, 눈꺼풀 안쪽으로 들여다보이는 파랗고 큰 눈동자, 엷은 분홍색을 띤 젖꼭지.……박수실의 사팔뜨기 눈은 이 아름다운 자태에 빠져 애무할 기회를 오랫동안 애타게 기다렸다.

박수실은 여자를 포박하고 있던 손과 발의 끈을 풀었다. 여자는 여린 신음소리를 내며 손발을 펴려고 한다.

박수실이 얇은 명주옷을 손가락 끝으로 들어 올리고 그녀의 피부를 만지려고 했지만, 의외로 여자는 저항할 기색도 없다. 공포에 떨며 절망하는 표정을 읽어내려고 사팔뜨기 눈을 이리저리 치켜뜨고 훔쳐보는데 너무도 아쉽다.

그녀는 박수실의 시선을 피해서 눈을 내리뜨고 자신의 육체가 타인의 것인 양, 감정의 움직임도 없이 자신의 허리에서 장단지로 흘러내리는 우아한 곡선을 바라보고 있을 뿐이다.

박수실은 여자의 새하얀 피부를 만지려는 손을 잠깐 멈추고 머리를 갸우뚱했다.

박수실은 지금 눈앞에 있는 여자가 하는 말과 생활습관, 배경 등, 다른 문화에 대하여 자신이 알고 있는 지식이 하나도 없다는 사실을 문득 깨달았다. 이런 생각들은 유식한 자신을 질리게 만들고 멈칫하게 했다.

어떻게 하면 이 여자를 기쁘게 해주고 만족시켜줄 수 있을까?

박수실은 옆으로 누워있는 이방인 여자와 관계를 맺는 것이 무서워졌다. 동시에 바로 직전까지 머리를 가득 채우고 있던 욕망이 급속하게 시들해졌다.

아마도 여진족 놈들은 자신처럼 망설이지 않고, 척척 러시아 여자를 능욕해버렸을 것이다. 젠장, 쓸모없이 지식만 있고 인정도 많은 탓에 손해만 보는 것이 진정 나의 운명이란 말인가.

박수실은 등을 돌리며 의자에 털썩 앉아 머리를 감쌌다. 얼마나 오랜 시간을 온돌바닥만 바라보고 멍청히 있었는지 알 수 없다. 그녀는 새근새근 잠들어 있다.

　부디 여자를 조심하라고 충고해준 사람이 누구였던가? ……그 점쟁이 노파인가.

　박수실은 자신이 어떤 목적으로 회령 변두리까지 온 것인지 생각하자 지금 당장 무엇을 해야 할지 깨달았다.

　러시아 여자를 품으려면 차라리 식모를 고용하는 편이 낫겠다. 임남수에게 넘겨서 그 돈으로 팔아넘긴 말을 시급히 다시 사 들이는 게 중요하다.

　……나는 이제 눈을 떴다. 박수실은 러시아 여자 쪽을 돌아보면서 작은 소리로 중얼거렸다.

　……그건 그렇다 치더라도 경매에 밀려나 분해하던 여진족 남자가 어쩌면 나를 노리고 있는 것은 아닐까? 놈은 내가 청나라말과 러시아 여자를 모두 손에 넣은 것을 알고 있다. 게다가 부자라고 생각하고 있다. 나를 습격하면 말과 여자를 한꺼번에…….

　박수실은 갑자기 몸부림치면서 의자에서 일어나더니 다시 힘없이 주저앉는다. 최선책이 무엇인지 필사적으로 생각하기 시작했다. 하여간 일각이라도 빨리 말을 다시 사들이고 하루 속히 회령을 벗어나야 한다.

　박수실은 쿠로드카야를 흔들어 깨우고 급히 몸치장을 시켰다. 그리고 그녀를 가마에 태워서 미륵사로 향했다. 눈이 간간이 내리기 시작했다.

　미륵사에 도착하니 야간 근행이 막 끝난 시간이었다. 박수실은 곧

바로 학감실로 안내받고, 쿠로드카야는 몸종에 이끌려 별실로 들어
갔다.

'잘 결심하셨습니다. 조건을 들어보죠.'

'나는 낙찰금으로 은 10관에 구매했습니다. 20관으로 하고 싶습니다.'

'그런 가당찮은!'

'돈은 얼마라도 준다고 하지 않으셨는지……'

임남수는 팔짱을 낀 채 왼손으로 턱수염을 꼬면서,

'좋습니다. 지금 준비하죠. 잠시 기다려주십시오.'

'내가 왜 당신의 제안을 받아들였는지 궁금하지 않습니까?'

'그야 돈이겠지요.'

임남수는 매정하게 대답했다.

……돈이 아니다. 박수실은 이렇게 말하고 싶었지만 여자에게 기가
눌려 시들해져버린 일, 여진족 놈에게 습격당할 공포에 사로잡힌 일
들을 누누이 설명하자니 꼴이 말이 아니라서 그만 두었다.

임남수는 웃으면서,

'그건 그렇고 위험할뻔 했습니다. 나는 비상수단을 동원해서 내일
새벽에 사람을 풀어 여진족 복장을 하게 한 후 당신을 습격하여 아
가씨를 구출하려는 계획을 세워두었거든요. 물론 당신을 죽이지는
않습니다. 나중에 관원에게 여진족에게 당했다는 증언을 받기 위해
서죠.'

박수실은 쿠로드카야를 태우고 왔던 가마 안에 은 20관을 싣고 바
삐 미륵사를 떠났다.

눈오는 밤. 눈길을 걸으며 박수실은 이제야 마음이 후련해졌다. 이
렇게 흡족한 마음은 예전에 아비루 카슨도의 목숨과 바꾸고 카라가네

야에게서 받은 돈을 대형 짐수레에 싣고서 오사카에서 기타미도로 향하던 그때 이후 처음이다. 그 때도 지금과 같이 은 20관이었지. 박수실은 흐뭇했다.

날이 밝기 전, 복면을 한 남자 7~8명이 그의 침실로 들이닥쳤다. 사람들을 부르려고 했지만 강력한 힘이 입을 틀어 막았다. 여자는 어디에 있나? 비적 중에 한 사람이 짧은 조선어로 말을 했다. 그들이 여진족어로 대화를 하고 있는 것을 들은 박수실은 임남수가 했던 말을 떠올렸다.

'기다려. 착각이다. 어젯밤에 러시아 여자는 임남수에게 넘겼다. 이미 너희들의 두목과 이야기가 끝났다. 임남수에게 물어보아라. 기다려, 서투른 짓 하지마라.'

남자들은 박수실을 아무 말 없이 벽으로 밀어붙이고 일제히 허리에서 칼을 뽑았다.

회령으로, 청진으로

카슌도 일행은 만하기로 돌아와 고태운, 서청, 최백형 등 남아 있던 사람들과 합류하여 곧바로 귀국 준비에 착수했다. 마을사람들과 이별의 아쉬움을 나누었다. 최백형과 샤먼인 부가가 손짓발짓으로 이야기를 나누는 광경이 사람들 눈길을 끌었다. 때로는 팔짱을 끼고 숲속으로 들어가 약초와 나무뿌리를 채취해와서는 차지량에게 통역을 부탁하며 진지하게 의견을 교환하고 있다.

카슌도와 이순지, 서청은 차지량과 함께 칸의 게르로 불려갔다. 그 이유는 이별을 앞두고 〈안다의 맹세〉를 교환하고 의형제를 맺자고 한다.

'우리들이 살아서 다시 만 날 일은 없을 것이다. 섭섭할 뿐이다, 그러나 우리들 여행의 추억은 영원히 기억으로 남는다. 안다의 맹세는 그 추억을 보다 강고하게 해줄 것이다. 고난이 있을 때마다 필시 힘이 되어 줄 것이다.

'우리들에게도 〈마을의 맹세〉라는 의식이 있습니다.'

카슨도는 말했다.

'어떠한 맹세인가?'

'우정의 맹세입니다. 여기에 있는 이순지, 강진명, 고태운과의……'

'어, 저를 잊어서는 곤란합니다.'

서청이 뾰루퉁하게 끼어들었다. 카슨도가 쓴웃음을 지으면서,

'그렇지, 서청도 마을의 동지입니다.'

'그 방법은?'

칸이 물었다.

'서로의 피를 술에 섞어서 마십니다.'

'뭐야! 안다와 같지 않은가! 좋다, 그러면 안다와 마을을 하나로 하자.'

회령으로 가는 귀로에 대해 신중히 검토했다. 비적 잔당이 복수하러 습격해올 우려가 있고 또 말 도둑도 경계가 필요했다. 오던 길은 위험하다. 하마스호수 쪽으로 돌아가는 우회로를 이용하기로 정하고, 회령의 말 시장에 참가했던 타타르인 세 명이 길안내를 한다.

칸은 〈사르(달) 고개〉까지 카슨도 일행을 배웅했다.

'솔~제~로!'

배웅하는 사람들의 목소리가 들린다. 진달래 꽃향기를 품은 란달과

라디르의 목소리는 유달리 카슨도 일행의 귓가에 오랫동안 계속 울려 퍼졌다.

이틀 후, 예정대로 엔가강 부교를 건넜다. 자작나무 강변 숲을 헤치며 빠르게 남하하여 반나절 만에 하마스호수 근처에 도달했다.

하마스호수에 이르기까지 도중에 5번 잠깐 쉬고 2번의 선잠을 자면서 계속 달렸다. 천마도 피곤해보인다.

하마스호수는 북쪽의 3개의 강이 모여 깊은 계곡을 만들면서 흐르며, 세로로 길게 생긴 큰 호수이다. 남서부의 하류로 흘러내려가는 강 근처에 손바닥만한 좁은 둔치가 있었다.

카슨도 일행은 이곳에서 야영하기로 하고 천마를 물가에 풀어주었다.

말들은 얕은 여울에 들어가 즐겁게 물을 마시고 있었다. 기울어가는 따스한 저녁노을에 호수의 출렁거리는 잔물결은 서로 엉키면서 율모와 위모 그리고 청갈색모의 주위를 희롱하고 있다. 카슨도 일행은 모래 위에 앉아 양손을 뒤로 받히고 다리를 뻗었다. 눈을 가늘게 뜨고 힘겹게 손에 넣은 천마를 뿌듯한 마음으로 바라본다.

갑자기 생각지도 않게 율모가 큰 울음소리를 내면서 자지러지더니 꼼짝달싹 못하고 서 있다. 이상하게 여긴 카슨도는 일어서서 물속을 들여다보았다. 알 수 없는 검고 큰 그림자가 물을 가르며 가까이 온다.

'저것 봐! 저건 도대체 뭐지?'

이순지와 다른 사람들을 보며 외쳤다. 전원이 일어났다.

율모와 위모, 청갈색모는 허벅지 중간까지 물에 잠긴 채, 모두 돌부처처럼 굳어있다.

'반둔사이(이랴)!'

카슨도는 큰 소리로 외쳤다. 타타르인 세 사람도 소리친다.

말들은 겨우 정신을 차린 듯이 물가 쪽을 따라 오른쪽 강둑을 달리기 시작했다.

검은 그림자도 말이 달리는 쪽으로 방향을 바꾸어 미끄러지듯이 이동하면서 조금씩 떠오른다. 밀려오는 파도도 커졌다.

'저것은 등지느러미가 아닌가!'

이순지가 손으로 가리키며,

'9m 이상은 되겠는 걸.'

종려나무 잎처럼 퍼진 날카로운 등지느러미의 거대한 물체가 마치 세 마리 말을 노리고 있는 것처럼 접근해온다. 머리와 꼬리는 물 속에 숨긴 채.

카슨도 일행은 말을 향해서 달려가기 시작했다. 타타르인들은 두려워 오금을 펴지도 못하고 망연자실한 채로 서 있을 뿐이다.

그 때, 한 발의 총성이 울려 퍼졌다.

서청이 검은 등지느러미 물체를 향해 단총을 발사했다. 그러자 물체는 갑자기 깊은 호수 쪽으로 물결 띠를 그리면서 멀어져간다. 마침내 큰 소용돌이와 함께 물 속으로 사라져 갔다.

어두워지기 전에 카슨도 일행은 호수 남쪽의 강으로 들어가는 둔치에 적합한 야영지를 발견했다. 타타르인이 작고 간단한 게르를 재빨리 설치해주었다.

날카롭게 삐져나온 높은 산의 바위에 태양이 관통하는 해질녘, 근처에 유목하는 타타르인 일가가 찾아왔다. 야영준비를 시작했다. 노인부터 젖먹이 아기까지 11명으로 이루어진 대가족이다.

노인이 카슨도 일행이 있는 곳으로 다가와 모처럼 이웃이 되었으니 함께 식사하자고 권했다.

'괜찮으시다면 우리들 게르로.'

일행은 오늘밤의 먹거리를 가지고 합류했다.

식사를 마치고 난 후 챠이를 마시면서 카슨도가 호수에서 목격한 경이로운 광경을 이야기하자 노인은 느긋한 어조로 말하기 시작했다. 차지량이 통역한다.

'그래? 당신들도 그것을 보았구려. 근래 수년간 모습을 드러내지 않아 죽었나 했더니……'

그가 젊었을 때, 산양이 낭떠러지에서 떨어졌는데 그놈이 한입에 삼켜버리는 것을 보았다고 한다. 그의 할아버지도 물을 마시던 당나귀가 그놈에게 물려 물 속으로 빨려 들어가는 것을 보았다고 한다. 그놈의 온전한 모습을 다 본 사람은 없지만 머리에서 꼬리까지 12m나 된다고 한다. 하마스호수 중간쯤에 깊은 곳이 있다던데 그곳에 서식하고 있는게 아닌가 생각한다고 했다.

카슨도는 그날 밤, 침낭속에서 꿈을 꾸었다. 형체는 메기나 장어와 닮았고 크기는 노인이 말한 대로 12m 정도였다. 카슨도는 율모에 탄채로 말이 함께 그 괴물에게 먹히려고 할 찰나에 잠에서 깼다.

다음날 아침, 타타르인 가족과 작별인사를 하고 국경을 향했다.

만하기를 출발하여 5일째 정오, 산 정상이 구름에 가려 있는 눈 덮인 장백산맥의 봉우리를 향했다. 저녁에는 아주 밝은 반달이 장백의 우아한 능선에 걸려있다. 눈앞에는 거무칙칙한 숲이 기다리고 있다.

내일은 저 숲을 넘어서 능선을 타야 한다.

카슨도가 멀거니 눈앞에 펼쳐 있는 검은 숲을 바라보고 있자니 숲 바로 위 낭떠러지에 새빨간 빛이 나타나더니 좌우로 움직이면서 깜박인다. 그러다가 그 빛은 홀연히 사라졌다.

이순지와 서청은 그 빛을 본 것 같지 않다. 꿈이었을까? 불길한 생각이 스쳐 지나간다. 누군가 죽은 것은 아닐까? 그것도 아주 가까운 사람이······. 이런 생각을 하니 도저히 잠이 오지 않는다.

카슨도는 당번은 아니지만 망보기 역할을 자처하고 밖으로 나왔다. 그러나 불빛은 두 번 다시 나타나지 않았고 아무 일 없이 날이 밝았다.

정오전에 얕게 쌓인 눈을 밟으면서 장백 능선 하나를 넘었다. 산 속에서 길을 잃지 않도록 나무줄기에 표시해둔 잡목림이 나타났다. 그것은 바로 만하기로 되돌아가는 칸을 뒤따르며 표시해둔 것 중의 하나다.

만하기를 출발하여 7일 째, 여행은 순조롭다. 예정보다 하루 늦게 청나라 국경인 싼허에 도착했다.

두만강 다리를 건너 검문을 통과하려고 할 때, 변방경비를 위해 30기 편성으로 순찰 중인 친기위의 1소대와 만났다. 이전에 타타르인들을 마중하러 왔을 때 만났던 깨소금 같은 주근깨 얼굴에 큰 턱수염을 기른 중년 친기위 병사가 가까이 다가오며,

'당신들은 어느 친기위 소속인가? 굉장히 좋은 말을 타고 있군.'

깐깐한 말투로 아랫사람 대하듯 물어온다.

'우리들은 함경도 도호부 북청北靑 관내에 속한 사람들이다.'

이순지가 막힘없이 분명하게 대답했다. 청진에서 친기위로 변장한

이후, 북청 관내를 통해 왔다. 그러나 진짜 친기위와 우연히 마주친 건 처음이다.

'오, 북청인가? 굉장히 멀리서 오셨군.'

이 남자는 자기가 타고 있는 말보다 60cm 정도나 높은 멋진 세 마리 말을 두루 훑어 본다.

'헌데 청나라쪽에서 오는 것이 수상하지 않은가? 정인량鄭仁亮.'

옆에 있던 동료를 돌아보며 의미 심장한 눈짓을 보냈다. 정인량이라는 남자는 얼마 전에 러시아 여자를 유괴하여 큰 돈을 번 5인조 중의 한 사람이다.

'오원근吳元根은 반 년 전까지 북청 관내에 있었다. 어이, 오원근.'

정인량이 뒤에 있던 오원근을 불러 앞으로 나오게 했다. 그도 이순지를 수상쩍은 눈으로 쳐다 보았다. 이 남자도 그 5인조 중 한 사람이다.

'그런데 어디서 본 듯한 얼굴이군.'

카슨도 일행은 긴장한 기색이 역력하다.

정인량과 오원근은 내심, 같은 것을 생각하고 있었다. ……한 번도 본 적이 없는 멋진 말이다. 이 말들은 러시아 여자에 비할 바가 아니다. 더 큰 돈을 벌 수 있는 돈줄일 지도 모른다.

'잠깐 친위소까지 갑시다.'

주근깨투성이 얼굴에 큰 턱수염 남자가 말했다.

어떻게 해야 이 곤경에서 빠져 나올 수 있을 것인가. 이순지는 순간 여러가지 방법을 모색했다. 힘으로 돌파해야 하나……, 그러나 상대는 30기. 이쪽은 7기, 게다가 칼을 쓸 수 있는 자는 카슨도와 이순지 두 사람 뿐이다.

카순도는 칼 손잡이에 가만히 손을 얹고 서청은 품 안에 넣어 둔 단총을 잡았다. 이순지가 두 사람을 눈으로 저지시키고 친기위를 돌아보았다.

'우리들은 어떤 지체 높은 분으로부터 밀명을 받아 행동하고 있다. 북쪽 변경을 통과하지 않으면 안 되기 때문에 친기위 제복을 빌렸다. 양해해주기 바란다.'

'제복을 빌렸다고? 그러면 그 말은 어디서 얻은 것이냐?'

그 때, 친기위 대열 뒷쪽에서,

'이게 누구야!'

힘찬 목소리가 들렸다.

'어느 친기위라고? ……어이. 이순지 형님이 아닙니까! 맞지요?'

이순지도 바로 상대를 알아보았다.

'정명박丁明博……'

상대의 이름을 불렀다. 두 사람은 서로 두 팔을 꼭 잡았다. 오위부 특무공작학교의 학생끼리 하는 인사법이다. 이순지는 우등생이었고, 정명박은 성적은 하위였지만 왠지 모르게 서로 마음이 잘 맞았다. 이순지가 학원에 들어 간 것은 아내의 원수를 갚기 위해서였기 때문에 연령은 정명박보다 8살이나 위였다. 정명박은 이순지를 형처럼 대했다. 졸업 후, 정명박은 오위부 헌병대에 잠깐 근무한 후 고향인 나남羅南으로 돌아갔다.

'20년만이지요?'

정명박이 매우 반가워한다.

'비변사국 차장 강구영을 죽였다고 들었을 때는 쾌재를 불렀지요. 그 후, 형님이 암행부에서 출세했다고 들었습니다만……. 나는 북방

의 보잘 것 없는 수비대장……'

'잘 지냈나? 그 보잘 것 없는 수비대장님에게 부탁이 있네.'

'우리들이 타고 있는 말은 좀 색다르다네.'

'조금 정도가 아닌데요.'

정명박은 감탄하며 율모를 뚫어지게 쳐다본다.

'이 말들은 타타르인이 사는 만하기에서 힘들게 구한 것이네. 어떤 지체 높은 분에게 극비리에 진상할 말이네. 청나라에 알려지면 귀찮아지네. 잘 알고 있겠지만 이러한 임무는 절대로 입밖으로 발설해서는 안되네.'

정명박은 고개를 끄덕인 후, 오른손 검지로 흐린 하늘을 가리키며 치켜세운다. 특무공작학교에서는 이 행위는 국왕칙령을 의미한다.

'전원, 차렷!'

정명박이 소리 높여 구령을 붙였다.

'모두 경례!'

카슨도 일행은 회령에 도착했다. 개시도 끝나고 고요한 마을에 새하얀 눈이 쌓여 있었다.

'지지난 달, 우리들이 청진에서 처음으로 이 도시에 도착하던 날도 이렇게 눈이 내렸지.'

카슨도와 이순지가 서로 대화를 나눴다.

가로회 함경도 지부장 성상영과 미륵사 학감 임남수의 마중을 받고 큰 성과를 올리고 돌아온 것과 무사귀환을 미륵보살에게 감사의 기도를 올렸다.

기도를 마친 후 별관 연회장에서 축하연이 벌어졌다. 커다란 식탁에 가득 차려진 요리를 보고 그 향기를 맡으며 먹어본 순간, 카슨도 일행은 모두가 깜짝 놀랐다. 이것은 틀림없이 왕용이 만든 요리가 아닌가!

그 때 음식이 나오는 출입구앞에 향기로운 향을 피우면서 오리 통구이를 담은 큰 쟁반을 한 손으로 받치고 들어오는 왕용이 얼굴 가득히 미소를 머금고 등장했다.

왕용은 3일 전에 회령에 도착했다.

그러나 그는 요리솜씨를 발휘하기 위해 온 것이 아니라 마을의 위기를 알리러 왔다. 마을에 잠입한 감찰어사에게 매수된 것인지 위협을 당한 것인지 모르지만 내통자 몇명이 이순지와 김차동 지도체제를 뒤집을 음모가 있다는 것이다.

이 같은 정보는 가로회에서 파견된 경비대로부터도 소식이 들어와 있었다. 그러나 임남수의 배려로 연회가 끝난 후에 카슨도와 이순지에게 전달되었다.

연회가 한창 무르익어 갈 무렵, 카슨도는 맛있는 요리에 입맛을 다실 때마다 선취도에서 왕용의 만한전석을 바로 얼마 전의 일처럼 떠올렸다. 광대들이 살풀이춤을 춘다. 빨간 원숭이탈을 쓴 무용수가 치마 단을 끌며 흰색 치마저고리를 입고 손에 길게 늘어트린 흰 천을 교묘하게 흔들며 추는 춤사위는 넋을 잃을 정도로 우아하다. 흰 천이 갑자기 크고 빠르게 물결치기 시작할 즈음 카슨도의 바로 뒤에 와서 속삭였다.

'카슨도, 저예요.'

지금도 용한이의 목소리가 들려오는 것 같다. 카슨도는 무심결에 뒤를 돌아보았다.

태운이도 용한이와의 추억으로 가슴이 미어졌다.

위험한 사태를 접하자마자 이순지는 곧바로 마을로 돌아가기로 했다.

'나 혼자여도 괜찮네. 김차동 자네는 임무를 마치고 오게나. 그러나 반드시 돌아와야 하네.'

여행을 서둘러야 할 이유가 하나 더 생겼다. 청진의 가로회 전용선 착장에 정박 중인 청화호에 관한 일이다.

오선장은 해상으로 말을 운송하는 어려움을 알고 있었다. 일본까지 운반하게 될 타타르말은 여태껏 보지 못한 대형 말이라는 이야기를 듣고 청화호의 개조에 착수했다. 몸집이 큰 말이라면 중량도 늘어난다. 상륙할 때를 대비하지 않으면 안된다. 갑판장과 배에서 일하는 목수들과 거듭 협의한 끝에 배 가장자리 일부를 평평한 철판으로 바꾸고 여기에 두꺼운 사슬을 몇 개 장착하여 햇빛 가리개처럼 올렸다 내렸다할 수 있도록 만들었다. 목적지에 도착할 때 백사장과 부두에 걸쳐 놓으면 하역용 복도로 변하여 말이 승선이나 하선할 때에 용이하다.

이 큰 철판은 청진에 있는 대장간 세 곳에 발주했다. 철야에 철야를 거듭하여 야간작업을 하다보니 시끄러운 소리가 났다. 이것이 감찰부의 의혹을 부르게 됐다.

가로회는 많은 정부고관들의 약점을 쥐고 있어 현장검사를 늦출 수 있지만, 당국이 움직이기 전에 출항하는 것보다 최상의 방법은 없다.

회령 출발은 내일로 결정됐다.

왕용을 포함한 카슨도 일행의 회의는 심야까지 이어졌다. 왕용은 그저 요리사가 아니라 마을에서 일어나고 있는 사태를 정확하게 파악하여 조리있는 보고를 보고했다.

임남수가 방문해왔다.

'다른 한 가지, 보고해야 할 일이 있습니다. 박수실이 죽었습니다.'

카슨도 일행은 아무 말 없이 서로의 얼굴을 마주 볼 뿐이다.

'……이틀 전 새벽, 비적의 습격으로 살해되었습니다. 그들은 돈과 말을 빼앗아 도망갔습니다. 단순한 강도사건이 아니라 분명히 박수실을 겨냥한 습격입니다. 그들이 만주어를 사용하고 있는 것을 숙소사람과 박수실의 수하가 들었다고 합니다. 누구의 짓인지 감찰어사도 추측은 하고 있습니다만 그들은 이미 국경밖으로 도망가 버렸습니다.'

이틀 전 새벽……, 카슨도의 뇌리에 풀리지 않던 수수께끼 같은, 새빨갛게 빛나던 빛의 영상이 되살아났다.

임남수는 러시아 여자 경매부터 시작하여 박수실이 죽음에 이르기까지의 실상을 자세하게 이야기 한 후, 어이없는 표정으로 양쪽 어깨를 떨어트리며 한숨을 내쉬었다.

'그 남자는 나에게 살해당했다고 오해하고 죽었을 지도 모릅니다.'

그러나 그 이유에 대해서는 결국 말하지 않았다.

박수실은 비참한 죽음을 맞이했다. 어찌되었든 예전에 긴 여행을 함께 한 사람이다. 카슨도는 박수실의 명복을 빌었다.

카슨도 이외에도 박수실의 죽음을 애도하는 자가 한 명 더 있었다.

서청은 카슨도에게서 박수실의 죽음을 듣자, 자신도 의외의 감정에 사로잡혀서 당황했다. ……그가 돌봐주지 않았으면 굶어 죽었을 뻔했고 친아버지에 대해서도 몰랐을 것이다. ……그리고 이 사람도. 아비루 카슨도의 근엄한 옆얼굴을 바라보면서, ……아버지의 원수와도 만날 일은 없었을 것이다. 회령 길거리에서 재회했을 때, 그 사람은 나에게 아들이라고 불러주었다……. 그렇기 때문에 박수실의 죽음을 애도하기에 충분한 이유가 있다.

다음날 출발준비가 한창일 때, 카슨도가 비둘기에게 먹이를 주고 있자 이순지가 와서 말했다.

'비둘기는 언제 날려 보낼 참인가?'

'청진을 출발할 때 보내려고 합니다.'

이순지는 끄덕였다.

카슨도의 새장에 남아 있는 비둘기는 1, 3, 5호 3마리다. 간혹 매나 독수리의 습격으로 돌아오지 않을 경우가 있다. 만일을 대비하여 1호와 3호 두 마리에 같은 편지글을 매달아서 날리기로 했다. 통신문은 아내 혜숙이가 받아 경주에 있는 신인천에게, 신인천이 오사카에 있는 카라가네야에게 갈 것이다.

카슨도 일행은 미륵사에서 보내는 마지막 날 아침에 부처님 앞에서 독경을 읽는 근행에 참석한 후, 회령을 출발했다. 일행에는 성상영과 러시아 여자 한 명을 인솔하고 있는 임남수도 있었다. 그녀는 눈에 띄지 않도록 면사포로 가렸지만 천마와 함께 도로변의 사람들 눈에 띄지 않을 리 없었다.

쿠로드카야는 아무 일도 없었던 사람처럼 여유 있게 말을 타고 간다. 일행 중에 유일한 젊은이인 서청과 이따금 눈을 마주치며 미소 짓는다. 이제는 무서운 악몽에서 해방된 기쁨을 온몸으로 보여주고 있다.

'어이, 서청. 러시아 여자가 자네에게 꼬리치고 있네. 기분 좋지?'

뒤에서 청갈색모를 타고 달려온 강진명이 카슨도를 쫓아와서 말한다. 그리고 카슨도에게,

'친기위 두 사람이 뒤를 따라옵니다. 아무래도 국경검문소에서 만난 사람인 것 같습니다. 우리 말을 노리고 있는 것은 아닌지.'

두 사람은 약 50m 정도의 거리를 두고 카슨도 일행의 뒤를 밟아오고 있었다.

그들은 강진명의 말대로 국경 검문소에서 만났던 정명박 부대의 정인량과 오원근이다. 경례까지 하면서 보내주었는데 카슨도 일행이 탄 말의 진가를 알아차리고 두 사람은 중대를 빠져나와 쫓아오고 있는 것이다. 어떤 지체 높은 분에게 드릴 것이라고 한 들, 그것이 그들에게 대수인가. 청나라말 상인에게 엄청난 가격으로 거래될 게 뻔하다. 틈을 봐서 한 마리라도 좋으니 약탈하려는 심산이다.

'우리들이 납치한 러시아 여자 한 명과 또 만나다니. 다른 두 명은 어떻게 된 걸까?'

'러시아 여자 따위는 아무래도 좋아. 봐라 저 율모의 요염한 허리, 나는 홀딱 반해버렸어.'

한편 카슨도는 임남수쪽으로 말을 몰아,

'친기위 두 사람이 따라오고 있는데 무슨 목적일까요?'

임남수가 일단 열외로 나와 뒤를 보면서,

'저 놈들입니다. 말씀드렸던 러시아 여자를 납치해서 큰 돈을 가로챈 놈들이. 천마를 노리고 있는 것이 틀림없습니다. 박수실이 죽게 된 것도 저들의 소행입니다.'

마침 좁고 험한 길로 접어들었다. 몇 십 미터 앞에서 급히 우측으로 꺾이고 있다. 카슨도가 서청에게 일본말로 말을 걸었다.

'박수실의 명복을 비는 의미로 전투를 해보지 않으려나? 저 두 사람을 혼내주자.'

'하이, 와카리마시타 はい、分かりました(알았습니다).'

서청은 얼굴이 환해지더니 일본어로 대답한 후,

'박수실의 원한을 갚아주겠어.'

카슨도는 길이 꺾인 곳에서 모두에게 먼저 가라 일러두고, 서청과 둘이서 멈추어 섰다. 친기위와의 사이에 길 모퉁이에 바위가 가로 막고 있어 서로의 모습은 보이지 않는다. 카슨도와 서청은 말머리를 돌려 모퉁이를 돌아서 그들이 나타날 때를 기다렸다. 카슨도는 안장 뒤쪽에 옆으로 뉘여 놓았던 칼을 왼손에 들고, 서청은 안장주머니에서 단총을 꺼내어 사격준비를 했다.

정인량과 오원근이 모퉁이를 도는 순간 깜짝 놀라 엉겁결에 고삐를 잡아당겼다. 그러는 바람에 두 마리 모두 앞다리를 높이 쳐들었다. 그 기회를 놓치지 않고 지체 없이 서청이 이들의 머리 위를 겨냥하여 단총을 발사했다. 말은 소리 높이 울면서 난폭해지며 더 이상 제어할 수 없게 되었다.

카슨도는 핫! 하는 기합 소리를 내며 두 말 사이를 가로질러 달려 나갔다. 깜짝할 사이에 빠른 동작으로 칼을 좌우로 휘둘러 삐딱하게 쓰고 있던 군청색 군모를 떨어뜨렸다.

정인량은 앞으로 기우뚱하더니 땅에 고꾸라지며 한번 구르고는 모퉁이 바위에 등짝을 세차게 부딪쳤다. 그는 작은 신음소리를 내면서 진흙투성이 땅 위에 길게 뻗었다. 오원근은 놀라서 이리저리 뛰는 말의 갈기에 필사적으로 매달려 있다.

카슨도는,

'허둥대지 마라, 워~ 워~'

큰소리로 말을 걸면서 오원근이 타고 있는 말의 재갈을 잡았다.

'동료를 말에 태워라, 순순히 부대로 복귀하라. 그렇지 않으면 코와 귀를 잘라버리겠다.'

오원근은 부들부들 떨었다. 마음을 가다듬고, 정신을 잃은 정인량을 태우고 급히 줄행랑을 쳤다.

뒤쪽에서 길게 뻗어 오는 함경산맥의 그림자에 눌리듯이 카슨도 일행은 저녁시각에 청진에 도착했다. 가로회 관사에는 먼저 보낸 러시아 여자 둘과 마중 온 아버지, 동행자들이 대기하고 있었다. 쿠로드카야는 그들의 품 안으로 달려갔다.

그날 밤, 관사 안의 대연회장에서는 카슨도 일행의 귀환축하와 송별을 겸한 연회가 열렸다. 러시아인들도 합류했다. 왕용도 솜씨를 발휘하여 식탁은 한층 화려해졌다. 러시아측이 가져온 샴페인과 와인, 보드카가 돌려지고 건배가 반복되었다. 기분 좋게 취기가 오르고 요리도 어느 정도 먹고 난 후 러시아인과 성상영과 임남수는 즐겁게 대화를 나눈다.

성상영이 현재 캬흐타Kyakhta* 강변에서 이루어지고 있는 청나라와 러시아의 국경확정교섭에 대하여 묻고 있다. 세 딸의 아버지라는 남자는 뚱뚱한 체격으로 이름은 보르콘스키라고 한다. 이 사람은 남성용 예복인 긴 더블코트를 입고 있으며 좌우 손가락에는 터키석, 호박, 비취 반지를 손가락마다 끼고 있고, 구레나룻의 얼굴을 하고 있었다.

---

* 1727년 청국과 러시아가 통상문제와 몽골 방면의 국경확정에 관하여 체결한 장소.

'교섭은 길어지고 있습니다. 38년전, 네르친스크 조약Treaty of Nerchinsk*은 갈당 칸이 이끄는 위협적인 준갈군 때문에 비교적 단시간에 결말이 났지만······'

'그런데 보르콘스키님, 표트르 대제가 시베리아에서 남쪽으로 향하여 해안선을 확보하라는 지령을 내렸습니까?'

성상영이 묻는다.

'얼마 전에 시베리아 지사를 하고 있는 가가린과 도요새를 잡으러 나갔을 때 물어보았지요. 나와 가가린은 상트페테르부르크 포병학교의 동기생이거든요.'

보르콘스키는 우쭐대듯이 입술을 조그맣게 오므려보였다.

'그에 대한 답은 이렇습니다. 극동에 부동항을 확보하는 것은 우리 러시아의 오랜 꿈이지요. 표트르 대제의 머리에는 한반도 진출 계획이 이미 그려져 있습니다.'

'그렇습니까······'

성상영은 계속 고개를 끄떡이면서 복잡한 표정을 지었다. 과연 러시아는 한반도에 언제 손을 뻗어올 것인가······.

임남수가 화제를 바꿨다.

'러시아와 청나라가 조약을 맺을 때, 조약문은 어느 나라의 언어로 하게 됩니까?'

'요전의 네르친스크 조약은 러시아어와 만주어, 그리고 라틴어를 사용했습니다. 아마 이번의 캬흐타도 그렇게 되겠지요.'

'라틴어입니까?'

---

* 1689년에 청과 러시아 제국 사이에 체결된 조약이다. 중국 역사상 처음으로 국가 간의 평등한 위치에서 맺은 조약으로서 유럽식 조약이었다.

'청나라는 러시아와의 교섭에는 반드시 예수회 사람을 대동할 것입니다. 라틴어는 신의 언어이기 때문이지요. 거짓은 용서할 수 없습니다.'

'천주교 성서는 라틴어로 적혀 있기 때문이겠지요. 그런데 중국어 조약문은 작성되지 않습니까?'

'가가린에게 듣기로는 없는 것 같습니다. 다만 라틴어와 만주어의 중개 언어로 중국어는 통역에만 사용하는 일은 있습니다. 그러나 조약문으로는 사용되지 않습니다.'

이렇게 러시아어와 조선어 통역을 끼고 대화가 계속되었다. 열심히 귀를 기울이고 있던 카슨도가 용기를 내어 질문을 던졌다.

'보르콘스키님에게 여쭙겠습니다. 통역하시는 분께 부탁드립니다. 표트르 대제의 일본 영토 진출계획은 없습니까?'

보르콘스키는 조선인 김차동쪽을 바라보면서 '좋은 질문이군요.'라며 고개를 끄덕이고 입술을 오므리며,

'그야 당연하지요, 어느 시대이건 대국은 대륙의 영토 야심을 이룬 다음 반드시 바다를 취하러 갑니다. 스페인도 영국도 그랬지요. 표트르 대제는 청나라의 옹정제와도 같지요. 일본을 점령하면 그 너머에 있는 광활한 대양을 손에 넣는 것입니다. 러시아와 청나라에게 작은 일본 따위는 언제든지 마음만 먹으면 아주 간단하지요. 다만 대제는 지금, 병환 중이어서……'

카슨도는 잠자코 있었다.

태운이는 식탁에서 떨어져 있던 서청과 크로드카야의 모습이 어느 사이에 보이지 않게 된 것을 알아차렸다. 두 사람은 밤새도록 돌아오지 않았다.

다음날 아침, 관사의 넓은 뜰에는 러시아조, 이순지조, 카슨도조. 이렇게 3개조의 출발준비로 뒤죽박죽이 되었다.

태운이 서청을 붙잡고,

'여자에게 인기 있는 미남! 부럽군.'

태운은 차분하게 가라앉은 말투였다. 오늘은 마을 깃발 아래 일치단결하여 행동해온 7명이 헤어지는 날이다. 이순지는 고태운, 최백형, 왕용과 함께 서둘러 육로를 통하여 마을로 돌아간다. 카슨도와 서청, 강진명은 청화호에 천마를 싣고 일본으로 간다.

'이제 만날 수 없을 지도 몰라.'

'왜요?'

'자네는 애초 일본에 밀항하려고 잠입해온 거잖아? 게다가 절반은 일본인이고.'

'절반이 아니라 4분의 1입니다. 잠입해온 목적도 다르고……'

아버지 원수를 갚으려고…… 목까지 나왔지만 그런 생각을 품었던 자신이 마치 다른 사람이었나 싶다.

그 때, 새의 날갯짓 소리가 들려오는가 싶더니 서청과 태운이의 시야에 두 마리의 비둘기가 힘차게 창공을 향하여 날아가고 있다. 배 위에 세워놓은 풍향을 알아보는 깃발이 번쩍하고 빛나더니 마침내 두 마리는 작은 점이 되어 사라졌다.

'대장의 비둘기다. 우리들보다 먼저 마을에 도착할거야.'

'어느 정도 걸릴까요?'

'오늘 저녁에는 자신의 비둘기집 지붕에서 구구구구 하고 놀고 있을 걸, 깜찍한 양지가 얼마나 기뻐할까.'

'양지?'

'대장의 딸이지.'

'저도 마을에서 받아줄까요?'

'당연하지! 마을의 맹세도 하지 않았는가. 꼭 돌아오게.'

태운은 서청에게 작별 인사를 했다.

출발하는 이순지 일행을 카슨도가 배웅했다.

저녁시각, 승선이 시작되었다. 율모와 위모와 청갈색모는 각각 카슨도와 서청 그리고 강진명이 이끌고 내려진 철다리를 지나 배의 창고로 들어갔다.

바로 그 즈음, 마을 비둘기장에 1호가 내려앉았다. 양지가 기뻐 환호하면서 달려갔다. 그러나 3호는 집으로 돌아오지 않았다. 청진에서 남으로 약 1200리(471km)의 해상 울릉도에서 매에게 습격당해 먹이가 되었다.

비둘기 통신문에는 '천마 3필, 쓰루가 도착예정 2월 말, 김金은 쓰루가에, 이李는 마을로'라고 적혀 있었다.

'아버지의 오데가미 미세테쵸다이お手紙,見せてちょうだい(편지 보여주세요).'

어린 양지가 통통한 손을 내민다.

'이것은 중요한 것이니깐 더럽히면 안돼요. 읽어줄게. ……양지, 귀여운 양지, 잘 있지? 조금만 있으면 만날 수 있어……'

쓰여 있지 않은 글자를 읽는 혜숙은 눈물이 앞을 가렸다.

혜숙은 통신문을 곧바로 가로회 경주지부의 신인천에게 보냈다. 신인천은 보고서를 작성하여 카라가네야 앞으로 상세한 편지를 보냈다. 카라가네야는 아메노모리 호슈와 에도가로 스기무라 사부로杉村三郎에게도 다시 편지를 썼다. 보고서는 임시 파발편으로 에도와 쓰시마로 출발했다.

번주 소 요시노부宗義誠는 쓰시마에 있었다. 카라가네야로부터 서신을 받은 아메노모리는 급히 등성했다.

아메노모리는 1년 전에 소바요닌을 맡아 번주 측근으로서 재정재건에 착수하였다. 유학자 스야마 도쓰안陶山訥庵과 협력하여 쓰시마의 농업 진흥을 위해 힘썼으나 좋은 성과를 내지 못한 채 그럭저럭 시간을 보내고 있었다. 에도에서 쓰시마번주 소 요시자네를 모신지 이미 37년 째, 벌써 나이가 60이 되었다. 배차금 20만 냥의 변제문제를 둘러싼 교섭에 모든 힘을 쏟고 허탈하게 쓰시마로 돌아오는 도중에 오사카에서 카라가네야를 만났다. 카라가네야가 제안한 타개책은 당초 말도 안되는 공상처럼 보였지만, 그것이 지금 실현되려고 한다.

요시노부는 36세. 26세에 자리를 이어받아 10년의 세월이 흘렀다. 10년이라는 세월에 통통한 볼도 완전히 없어지고 중년이 되어 버렸다. 아메노모리를 앞에 두고 요시노부는 찬찬히 자신의 얼굴을 보면서 말을 이어갔다.

'또 이마에 주름살이 하나 더 늘어났군요.'

아메노모리는 손가락을 이마에 올려 마치 요시노부가 말하는 주름살을 확인하려는 듯이 옆으로 쓰다듬는다. 그러나 바라는 기쁜 소식을 접하고 좀처럼 볼 수 없었던 광채가 넘쳐 났다.

'음, 뭔가 좋은 소식이라도 있습니까?'

'타타르에서 천마가 옵니다.'

'그래요! 아비루가……'

'아비루 카슨도는 이미 죽었습니다. 이제 그는 조선인 김차동입니다.'

'아비루라고 부르면 안 되는 것입니까?'

'네.'

아메노모리는 또 주름살 하나를 더 새긴다.

'저는 앞으로도 그의 이름을 입에 담지 않을 생각입니다. 도노께서 도 아무쪼록 잊어주시길……'

주위에 아무도 없는데도 아메노모리는 목소리를 낮추었다.

'어딘가에 쓰시마의 다른 귀가 있을지 알 수 없습니다. 이테이안以酊 菴의 학승과 후츄의 상인 중에서도……'

'쇼군께서 보낸 첩보원 그 오니와방御庭番*이지요! 그러나 그 사건은 이제 16년 전의 오래된 일입니다.'

'그게 그렇지 않습니다. 어찌되었든지 그는 조선통신사의 상석 군 관을 살해하여 도망간 사형수이며 참수당한 자입니다.'

'그렇긴 하지요. 나는 그가 형님이신 요시미치에게 보낸 구상서를 읽은 적이 있습니다. 쓰시마인의 긍지를 가진 훌륭한 사나이입니다. 그리고 이번에는 쓰시마를 구해주고 있군요.'

'그렇게 말씀하시기는 좀 이릅니다만.'

'……아메노모리 도노.'

소 요시노부는 다다미를 삐걱거리며 무릎걸음으로 다가와서,

'생사존망이 걸린 매우 위급한 지금, 우리 번에도 김차동 같은 인재 가 필요하지 않습니까?'

준엄하게 따지는 어조로 말했다.

'저도 같은 생각입니다.'

---

* 에도시대의 8대 쇼군 도쿠가와 요시무네가 설치한 막부의 직책. 쇼군이 직접 명령을 내려 비밀리에 활동 한 첩자이다.

'그러나 막부가 용서해줄까요?'

'그 사건은 아라이 하쿠세키의 지휘로 집행처리 되었습니다. 아라이는 사건에 대해 이렇게 말했다고 합니다. 그 자는 이 세상에서 얻기 힘든 인재이다. 잃고 싶지 않다. 국외로 도망가게 하여 가능한 한 빨리 귀국시키라고 했습니다. 그리고 이제 16년이란 세월이 지나 그가 돌아옵니다. 그러나 옛날의 그가 아닙니다. 아라이 도노도 막부에서 멀어진지 오래입니다. 이 사실을 알고 있는 사람은 번주님과 저, 기마무사 대장겸 조선방 좌역인 시이나 히사오, 카라가네야 뿐입니다.'

'아메노모리 도노, 어떻게든 그를 데려올 방법은 없습니까?'

'조선인 김차동으로 고용하시면 가능할지 모르겠습니다. 외국인의 고용은 번의 판단에 따른 것으로 조선인이라고 해서 비난받을 일은 아니라고 사료됩니다. 더구나 우리번은 조선무역을 혼자 도맡아 하는 입장이니깐……'

'김차동은 쓰시마에 돌아오려고 할까요?'

요시노부가 물었다.

'김차동은 쓰루가에서 천마를 넘기고 그대로 조선에 귀국한다고 합니다.'

'이 쓰시마에 잠깐 오게 하면 좋겠는데, 그에게 약혼녀가 있지 않았나요?'

'이미 나가사키로 시집을 갔습니다. 쓰시마에는 도네라는 여동생이 있습니다.'

청화호의 출항

카슨도는 잠들 수 없었다.

청화호는 어제 아침에 청진을 출항한 이후, 순풍을 타고 매우 빠른 속도로 달리고 있다. 이런 상황이면 예정보다 빨리 일본에 도착할 지도 모르겠다.

그러나 시간이 갈수록 카슨도의 마음은 불안과 공포로 떨리기 시작했다. 긴 세월 고국을 떠나 있던 사람이 귀국할 때 느끼는 불안과 외국인으로서 이국 땅에 발을 처음 내딛을 때의 공포감에 마음이 시리고 아프다. 아비루 카슨도와 김차동이라는 두 인격이.

카슨도는 해먹에서 내려와 갑판으로 나갔다. 살을 에는 추위이지만 3개의 붉은 돛이 바람에 펄럭이는 소리가 상쾌하게 울려 퍼진다. 선두 쪽에 세 사람의 그림자가 보인다. 가까이 가니 오 선장과 조타실의 구종문, 향공響工인 안安이 하늘을 올려다보고 있다.

'오늘 밤은 별이 달처럼 밝게 보이는 성월야星月夜입니다.'

카슨도가 말을 걸자 조타장이 뒤돌아보고,

'저기 좀 보세요.'

한쪽 하늘을 손가락으로 가리켰다.

남서방향에서 한줄기 검은 띠가 펴져 있다.

'구름이 있군요.'

'아니요, 구름이 아닙니다. 새 떼입니다. 바다까마귀, 가마우지, 갈매기, 괭이갈매기입니다. 평소라면 지금쯤 곶의 끝이나 해안가에 있는 보금자리에서 꿈을 꾸고 있을 시각입니다만 저렇게 일제히 북쪽을 향하여 도망가고 있습니다.'

'도대체 무엇 때문에 도망가는 것입니까?'

'폭풍입니다.'

거대한 새떼들이 하늘 끝을 휘감듯이 길게 뻗어간다. 조금 지나자 귀에 익숙하지 않은 잔물결 같은 소리가 울려 퍼진다. 수천 마리나 되는 새들의 날갯짓 소리였다.

'……예전에 저렇게 새들이 도망가는 것을 본 적이 있습니다. 그때, 향공이 가장 가까운 항구로 급히 피신해야 한다고 알려주었지만, 나는 그것을 무시하고 항해를 계속했습니다. 남쪽을 향해 파도가 잔잔한 성월야에 부는 바람을 받으며 전진해 가고 있었습니다. 폭풍은 생각지도 못했습니다. 그러나 향공의 예언대로 폭풍이 불어왔습니다. 처음으로 마주한 맹렬한 것이었습니다. 그때 나는 배와 20여 명의 선원을 잃었습니다. 남은 자는 향공과 저 뿐. 그 때의 향공이 지금 여기에 있는 안安입니다. 나는 문책을 받아 가로회에서 5년간 징역살이를……'

거대한 새의 무리가 청화호에서 5리 정도의 해상 하늘을 북상해오고 있다. 마치 검은 은하수가 흐르고 있는 것처럼, 갑판에 서있는 카슨도 일행에게 어두운 그림자를 던졌다.

오 선장이 말아놓은 해도를 펼치면서 암울한 목소리로 말했다.

'내일 저녁까지 피신하지 않으면 우리들은 폭풍을 정통으로 맞는다. ……그나저나 근방에 비바람을 피할 항구는 없을까?'

잔물결 소리와도 닮은 거대한 새 무리의 날갯짓은 마침내 천마와 승조원들에게 불안한 기분과 불쾌한 두근거림을 불러일으켰다. 율모와 위모와 청갈색모는 여물통에 얼굴을 집어넣고 발을 쿵쿵 구른다. 황 갑판장이 뱃머리 갑판에 올라왔다. 아직 잠에 취한 채 서청이 카슨도에게 물었다.

'무슨 일이 생겼나요?'

'거센 폭풍이 올 우려가 있다고 하는구나. 말은 어떠냐?'

'강진명 아저씨가 보고 있어서 괜찮아요.'

오 선장이 다시 해도를 펴놓고 황명수와 함께 머리를 맞대었다.

'한반도 끝자락까지는 너무 멀고 이 근처 해역은 섬의 그림자도 찾아볼 수가 없습니다.'

서청이 옆에서 해도를 들여다보더니,

'지금, 우리가 어디쯤에 있나요?'

오 선장이 검지 끝으로 가리킨 곳은 망망대해. 해안선에서도 멀리 떨어진 바다 한가운데였다.

'이 표시는 내가 자란 섬, 울릉도가 아닌가요?'

서청이 얼룩 같은 작은 점을 가리켰다.

'맞아요. 울릉도……'

'울릉도? 오 선장은 조금 전에 섬은 하나도 없다고 말씀하셨는데……'

카슨도는 오 선장을 돌아보았다.

'울릉도는 섬이라기보다 큰 바위덩어리입니다. 주위는 모두 깎아지른 암석으로 된 절벽입니다. 폭풍우 때에는 결코 근처에도 갈 수가 없습니다. 세찬 바람과 큰 파도는 배를 산산조각으로 만들 뿐입니다.'

갑자기 서청의 얼굴에 미소가 번졌다.

'분명히 선장님께서 말씀하신 그대로예요. 울릉도에는 배를 정박할 수 있는 해안이나 모래사장은 없어요. 누구나 그렇게 생각하고 있지요. 오징어 떼도 바다가 평온할 때에만 섬 근처에 오죠. 그러나 단 한

곳, 어떤 사나운 날씨라도 거센 파도가 들어오지 않는 장소가 있어요. 커다란 바위가 비스듬하게 갈라진 안쪽에 작은 만이 숨어 있어요. 밖에서는 절대 보이지 않죠.'

'폭은 얼마나 되는가? 만의 깊이는?'

'……갈라진 틈은 약 14m, 길이는 18m, 만의 수심은 9m……'

'재어보았나?'

구종문이 서청을 보고 다그치며 물었다.

'저는 어려서부터 그곳에서 잠수하며 물고기를 잡고 조개를 캤어요. 저의 선생님은 섬사람과 함께 3년 걸려서 낭떠러지에 길을 만들었어요. 지금은 어떻게 되었는지 모릅니다만……, 그리고 선생님께서 살아계실지……'

서청의 목소리가 점점 흐려진다. 오 선장이 앙상한 손을 휘두르듯 위로 치켜올리고 조타장과 갑판장에게 지시한다.

'지금부터 진로를 서쪽으로 변경하고 전속력으로 울릉도로 향한다!'

조타장 구종문이 한마디 한다.

'선장님, 이 일은 아주 위험한 모험입니다. 어느 쪽이 먼저 울릉도에 도착할지……, 만약 태풍보다 우리 배가 늦어지게 되면, 혹은 동시에 도착해도 우리들은 배와 함께 절벽에 부딪쳐 산산조각이 날 것입니다.'

'그러나 선택은 울릉도 밖에 없다.'

오 선장는 갑판장에게 〈총원, 모두 기상하라!〉라고 명령했다. 비상벨이 울리고 닻 담당은 물론, 비번으로 해먹에서 자고 있던 뱃사람과 포수를 포함한 전원이 〈이런! 해적의 습격인가〉 소리치며 중앙갑판에 집결했다.

울릉도까지 3개의 큰 돛대로 바람을 잡고 좌우 뱃전에서 5개씩 나온 노를 10인 교대로 쉼 없이 젓는다.

향공이 선수갑판에 제단을 설치하고 배신과 해신에게 기도를 시작했다. 전원 각자의 위치로! 카슨도 일행은 걸리적거리지 않도록 선실로 철수했다. 말들은 다시 얌전해졌다.

날이 밝기 시작한다. 카슨도 일행도 뜬 눈으로 밤을 지새우고 다시 갑판으로 나갔다. 배는 날아갈 듯이 질주하고 있다. 태양이 솟았다. 남쪽 하늘의 구름 봉우리는 아침 해를 받아 반짝거리며 눈부시도록 아름답다. 그지 없는 아름다운 빛은 곧 폭풍우가 올 것이라는 예감이 들게 한다.

정오가 지나자, 우측 뱃전에 울릉도 섬이 포착됐다. 하늘은 두꺼운 구름으로 완전히 덮여 있고 바람은 남서에서 부는 역풍으로 바뀌었다. 가끔 드높아진 파도가 선미 쪽에 떨어진다. 물보라가 갑판에 쏟아져 흩어진다. 그 물보라를 맞으면서 카슨도는 혜숙이와 양지가 있는 마을과 쓰시마의 봄비를 추억하고 있었다.

폭풍우의 습격은 예상보다 훨씬 빨랐다. 청화호는 울릉도 북쪽, 대략 2km 해상에서 처음으로 큰 너울을 만났다. 이제 한 시간이면 날이 저물고, 울릉도는 어둠에 휩싸이고 말 것이다.

'만 입구는 어디인가?'

오 선장이 물었다.

'조금 우측으로 돌아 들어가면……, 저기다! 거북이를 닮은 바위가 있지요? 그 앞입니다.'

서청이 크게 소리를 질렀다.

'전력질주!'

구종문이 선수의 키를 잡고 소리친다. 닻 담당들은 돛 면을 좌우로 번갈아 움직여 가능한 한 바람을 많이 받아 어떻게든지 역풍을 가르며 필사적으로 전진한다.

'돛을 내려라! 선미 쪽은 노를 저어라.'

'저기다!'

서청이 소리쳤다. 가리키는 방향으로 구종문은 배의 키를 조정했다. 배의 폭은 약 12.7m, 서청의 말대로라면 수로의 폭은 약 1.2배 밖에 안 된다. 조련되지 않은 말을 다루듯 구종문은 세심한 주의를 기울이면서 키를 잡는다.

청화호는 스르륵 암석과 암석 사이를 미끄러지듯 들어갔다.

그러자 귀청 떨어지게 불어대던 바람과 파도소리가 거짓말처럼 사라졌다. 배는 수로를 따라간다.

울릉도

'도착했습니다!'

서청이 말했다.

'살았다!'

오 선장은 서청의 손을 움켜잡았다. 전원이 선수 갑판에 모여 어깨를 부딪치며 환호했다. 그 직후 폭풍우는 맹렬한 비를 동반하고 덮쳤지만 만 안쪽은 비가 거의 내리지 않았다. 잔잔한 해수면은 거울과 같이 배 그림자를 비추고 있었다.

서청은 하선하여 절벽 길을 찾아 나선다. 덤불로 덮여져서 언뜻 보기에는 전혀 길이 없는 절벽처럼 보인다. 그러나 어딘가에 길이 숨어 있다.

그날 밤, 서청은 배로 돌아오지 않았다. 태풍은 하룻밤 내내, 마지막 운명을 다 할 것처럼 세차게 불어대더니 새벽녘에야 세력이 약해지며 동해상 북동쪽으로 올라가다 소멸했다.

자리에서 일어난 카슨도가 뱃머리에 서서 아침노을을 올려다보고 있다. 마침 서청이 절벽을 뛰어 내려왔다.

'단총 선생님은?'

카슨도가 묻자. 서청은 눈을 반짝거리면서,

'선생님은 살아 계세요. 그런데……'

갑자기 침울한 목소리가 되었다.

'너무 여위셨고, 기침을 계속 하고 계세요.'

'폐결핵이군. 서청, 내가 병문안을 가도 되겠는가? 기운이 나는 것을 가지고.'

두 사람이 대화하는 쪽으로 강진명이 어두운 얼굴을 하고 왔다.

'천마를 이대로 가두어놓으면 안 될 것 같습니다. 청나라말이나 조선말과 같이 취급해서는 안 됩니다. 말은 달리지 않으면 병이 발생할 수도……'

'……김 대장님, 대장님을 선생님과 만나게 해주고 싶어요. 기운이 나는 것도 좋지만 약이 있으면 더 좋겠어요.'

서청은 말했다. 그리고 강진명에게,

'아저씨도 함께 가시죠? 보여드리고 싶은 것이 있어요.'

세 사람은 하선 허락을 받고 절벽을 파내어 만든 꾸불꾸불한 길을 더듬거리며 올라갔다. 서청이 안내하는 길은 덤불이 가로 막고 있어 길이 있다고는 도저히 상상할 수 없었다. 하지만 서청의 뒤에는 분명히 길 같은 것이 나타났다. 꾸불꾸불하고 미끄러지기 쉬운 곳에는 크고 둥근 계단이 묻혀 있었다. 가파른 고갯길을 헐떡이며 올라서자 눈앞에 펼쳐진 풍경에 카슨도와 강진명은 놀라지 않을 수 없었다.

거기에는 평지가 있었다. 전방에 보이는 삼면은 깊은 대나무 숲에 둘러싸여 있다. 태풍으로 뿌리째 뽑혀진 대나무가 느슨한 바람에 흔들거리며 윙윙 소리를 내고 있다.

'어때요? 아마 2000평은 될 거예요. 말을 달리기에 충분하죠!'

우쭐거리는 서청에게 강진명은 아주 만족해하며, 땅 표면이 얼마나 견고한지 확인하며 앞으로 걸어가기 시작했다.

'마른 풀 밑은 바위와 자갈돌 투성이라서 달리기에는 무리가 있겠지만 걷기, 빨리 걷기 정도라면 괜찮아. 말들이 좋아할 것 같구나.'

눈앞에 있는 대나무 숲안에 오두막이 있었다. 출입구에 노인이 나타났다.

'선생님을 소개할게요.'

서청은 말했다.

'이제는 눈이 보이지 않으세요.'

오두막은 지면에서 30cm 정도 파내어 지은 집이다. 출입구에 서 있는 노인은 허리 윗부분 밖에 보이지 않았다. 누추한 저고리를 몇 겹을 겹쳐 입고 있었다. 노인은 발걸음 소리가 들려오는 쪽으로 얼굴을 돌렸다.

서청이 달려가 가져온 커다란 꾸러미를 바닥에 내려놓고,

'선생님, 어제 말씀드린 김차동 대장님을 모시고 왔어요.'

어젯밤에 서청은 선생님에게 김차동과 타타르까지 다녀온 일을 말씀드렸다. 그렇지만 김차동이 아버지를 살해한 남자라는 것은 말하

지 않았다.

노인은 주름투성이의 가느다란 목에 맥없이 얹어 있는 머리를 몇 번이나 흔들었다. 카슨도는 이런! 하고 놀랐다. 노인의 작고 말라비틀어진 외모에서 어린 시절 사쓰난시겐류의 검도비법을 전수해준 승려의 모습이 어렴풋이 보였다. 이윽고 옛 기억과 현실이 겹치면서 하나가 되었다. 카슨도는 순간 그리움에 빠져 꼼짝 없이 한동안 서 있었다.

추억 속에 잠겨 있는 카슨도에게 서청이 말했다.

'저는 이 작고 지저분한 오두막에서 8년간 선생님과 함께 지냈어요. 단총으로 새를 쏘는 연습을 하고, 이곳의 바위와 자갈돌 투성이 마당에서……, 아주 자그마한 땅을 일궈 피와 콩을 심었어요. 그러나 지금 선생님의 단총은 녹슬어 벽에 걸려 있을 뿐이에요. ……선생님 제발 저하고 같이 가요. 김차동 대장님이 선생님을 마을로 모셔 줄 거예요.'

노인은 뿌옇고 탁한 눈으로 가만히 카슨도를 보며 이가 모두 빠진 입을 크게 벌리며 웃어보였다.

'나는 이제 생이 얼마 남지 않은 몸이라우. 이제 와서 섬을 떠날 수는 없구려. 짐승은 아무도 모르게 조용히 죽어간다우. 나도 그러한 죽음을 맞이하고 싶구려. 걱정하지 않아도 돼요. 먹을거리는 산 너머에 있는 마을 사람들이 때마다 가지고 온다우.'

마을에는 30가구, 86명이 거주하고 있었다.

'……그러나 인생이 짧은 것은 참으로 애석하구려. 내 자신의 생애를 뒤돌아봐도 정말로 한 순간에 지나갔다우. 이 출입구에서 저 낭떠러지까지 갈 시간도 없을 지경이라우. 처음으로 총을 잡은 기억도 2,

3일 전의 엊그제 일 같구려.'

카슨도는 노인에게 총과의 인연에 대하여 묻고 싶어졌다.

그 때, 갑자기 노인이 화를 내면서 소리를 질렀다.

'이봐요! 지금 내 앞마당에서 뭘 하려는 게요!'

강진명은 진지한 표정으로 앞마당을 서성거린다. 말을 달리게 해주고 싶어서 사전 점검을 하고 있었다.

노인은 마치 강진명의 행동을 보고 있는 것처럼 목소리를 높였다.

서청은 노인에게 사정을 설명하고 말달리기를 허락받았다.

'천마인가……. 나는 말을 타본게 20년이 넘었구려.'

기어들어가는 목소리로 말했다.

세 사람은 서둘러 배로 돌아갔다. 오 선장은 카슨도 일행을 기다리며 출발할 준비를 하고 있었다. 말을 위해 출항을 하루 연기하고 싶다는 카슨도의 요청이 받아들여졌다.

말을 끌어내리기 위해 배 중간에 철로 만든 다리를 펼쳐 좁은 백사장에 하선시킨다. 말들은 모처럼 부드러운 땅에 발이 닿자, 목을 길게 빼고 제자리걸음을 하면서 콧바람을 불며 기쁨의 몸짓을 한다.

평지를 본 순간 말들은 그리운 차하르 칸의 목장을 떠올리는 것 같았다.

일행은 안장과 모포를 왼쪽 겨드랑이에 끼고 오른손으로 고삐를 잡고 신중하게 절벽을 오른다. 강진명이 선두에 섰다.

말들은 몸이 뒤로 젖혀질 정도의 가파른 길을 오르자 불만이 있는 듯 고개를 연신 흔들어댄다.

'이크, 내려갈 때가 더 걱정이네요.'

맨 뒤에서 서청이 한탄했다.

말들은 평지를 보자 순간, 그리운 차하르 칸의 목장을 기억해냈다. 설레이며 맑은 공기와 지면 상태를 확인하려고 앞발로 긁고, 울음소리를 내면서 달리려고 한다.

앞에 선 강진명이 미리 설정해둔 장소를 향한다. 노인은 정원 한 가운데에 서서 머리를 두리번 두리번하며 말의 움직임을 귀로 들으려고 한다.

강진명은 모포를 말등에 올리고 복대를 장착한 후에 안장을 얹었다. 말들은 드디어 달릴 수 있다고 생각했는지 기분 좋은 듯 소리를 내고, 햇살을 향해 몇 번이나 눈을 깜박였다.

세 사람은 말에 일제히 올라타서 갈기를 쓰다듬고 양 허벅지를 힘껏 조였다. 카슨도는 허벅지 안쪽에서 고동치는 말의 맥박을 느낄 수 있었다. 그러자 카슨도의 몸에도 말을 달리게 해주는 기쁨이 솟아났다.

'좋아, 좋아!'

눈이 보이지 않는 노인의 입에서 탄복하는 외침이 들려왔다.

'선생님, 타 보시겠어요?'

서청이 말을 멈추고 뛰어 내려와 노인을 가볍게 들어 올려 말에 태웠다. 선생님을 앞에 태우고 하잇! 하고 위모를 몰았다.

'좋구나, 좋아!'

선생님의 기쁜 목소리가 바람을 가르며 울려 퍼진다.

곳곳에서 작은 새들이 커다란 동물 냄새를 맡고 모여들었다. 말 주위를 맴돌며 마당에 있는 모이를 쪼아 먹는다. 마른 나뭇가지 꼭대기에는 검은 그림자 같은 커다란 매 한 마리가 앉아 있다. 매는 며칠 전에 울릉도 앞바다의 하늘에서 낚아 챈 비둘기 맛을 떠올리며 작은 새가 앞을 지나가기를 기다리고 있다.

다음날 오후, 카슨도는 서청의 안내로 오두막 뒤편에 있는 성인봉에 올라가 중턱에 자리하고 있는 나리분지를 내려다보았다. 4~5명의 여인이 밭에서 괭이질을 하고 있었다.

'남자들은 향나무를 벌목하러 곶의 절벽으로 나갔어요.'

서청이 말했다.

두 사람이 헤치고 나가는 덤불 저쪽에서 납작한 모양의 점판암으로 만들어진 졸탑파卒塔婆(사리를 안치한 탑 - 역주)가 보인다. 어두컴컴한 깊은 곳에 몇 개가 더 있는 것 같다.

'옛날 묘지예요. 모두 산에 매장했지요. 지금은 밭 언저리에 묻고 있어요. 산 중턱까지 운반하는 것이 힘들어서이지요.'

묘 한쪽에 작은 석불도 있었다. 카슨도가 가까이 가서 풀을 제쳐보니 마모의 정도를 봐서는 상당히 오래 된 것을 알 수 있었다. 간신히 더듬거리며 찾아보니 희미한 선이 보인다. 그런데 뺨에서 턱 근처의 선이 왠지 모르게 신라시대 부처의 영향을 받은 것 같다. 만약 이순지라면 세워진 시대를 알 수 있을 텐데…….

'나리분지 사람들은 언제부터 여기에 살았을까?'

'선생님께서 도망쳐 왔을 때도 그들이 살고 있었대요.'

'이 묘지와 석불을 만든 것은 그들보다 아주 먼 옛날 사람일지도 모르네.'

서청은 끄덕였다.

'서두르자, 모두 기다리고 있겠다.'

산 중턱에 나무꾼이 다니는 좁고 험한 길을 우측으로 돌아 발걸음을 재촉했다. 서청이 먼 해상에 보이는 작은 섬 그림자를 가리키며,

'오늘은 잘 보여요. 저 섬은 독도라는 암석 투성이의 섬이에요. 저 너머로 더 가면 일본이라고 선생님이 가르쳐 주셨어요.'

'……선생님은 어째서 울릉도에?'

'선생님은 원래 일본정부에서 파견된 관원이셨대요. 청나라와 여진, 일본과의 무역을 감독하는 감독관으로 제주도에 부임하셨대요. 그 때 일본으로 가는 네덜란드 배가 조난당해 표류했왔던 적이 있었는데, 네덜란드인의 총을 압수했대요. 조선에서는 일본에서 들어온 구식 화승총이 있었지만, 선생님이 단총을 본 것은 처음이었어요. 네덜란드인에게 사용법을 배우고 압수한 소총 2정과 단총 3정을 은밀히 가지고 비밀리에 그 재료와 구조를 연구했어요. 그러나 네덜란드인들을 한양에 보낸 뒤, 해변에서 몰래 시험발사를 하고 있다가 그만 어부들에게 발각되어 밀고 당했대요. 잡히면 사형당할지도 몰라 급히 어부들의 배를 타고 조선 관원의 눈을 피해 이곳 울릉도로……'

두 사람이 산기슭으로 내려왔을 때, 선생님의 오두막 쪽에서 걸어오는 나리분지에 사는 처자의 모습을 발견했다. 바구니를 등에 지고 있었다. 선생님에게 채소를 드리고 돌아가는 길이다.

두 사람을 스쳐지나간 처자가 뒤돌아보면서 서청의 뒷모습에 뜨거운 시선을 쏟고 있는 것을 카슨도는 놓치지 않았다.

생기를 찾은 천마를 태우고 청화호는 저녁시각에 닻을 감아 올리고 울릉도와 이별을 고했다. 다음날 아침에 엷은 분홍색으로 빛나는 오키隱岐 섬이 우측에 보였다. 청화호는 북서풍을 타고 순조롭게 항해를 계속했다. 청진을 떠나 11일째 정오, 쓰루가敦賀의 깊은 만안으로 미끄러지듯이 들어갔다.

쓰루가는 연간 2000척 이상의 기타마에부네北前船가 출입하는 일본 해운 연안의 중요한 항구다. 비와코 호수와 요도가와 강의 수운으로 교토와 오사카를 연결하고 있었다.

이 날, 정박 중인 100여 척의 배 사이에 3개의 새빨간 대형 돛을 단 청화호가 부두에 접근해 들어오는 모습이 이채로웠던지 해상과 육상을 불문하고 그 자리에 있던 모든 사람들의 함성이 터져 나왔다.

후쿠이번福井藩의 마쓰다이라松平씨 가문에서 300명, 쓰시마번의 교토공관에서 파견된 100명이 환영해주었다. 그들은 이후 에도까지의 경비를 담당한다.

암벽에서 쑥 나온 부두에는 에도 막부에서 달려온 감찰관 이나바 마사후사稻葉正房, 말담당 스와 분쿠로諏訪文九郎, 쓰시마번 에도가로 스기무라 사부로杉村三郎 등이 있다. 그들의 뒤에 눈에 띄지 않는 곳에서 감개무량한 표정으로 우두커니 서 있는 카라가네야 젠베에의 모습도 있었다.

카슨도는 율모의 얼굴에 뺨을 가까이 갖다 대고 턱밑을 어루만지면서,

'헤어질 때가 왔다. 솔~제~로!'

서청도 같은 방식으로 위모와의 이별을 아쉬워했다.

배를 매어두는 밧줄이 묶여지고 배 중앙의 출구가 열리더니 천마가 철로 된 다리 위로 가벼운 말발굽 소리를 내면서 모습을 나타냈다. 마중 나온 모든 사람들은 지금의 광경이 현실인지 믿을 수 없다는 표정이다.

강진명은 청갈색모 위에 올라타고서 율모와 위모를 데리고 부두로 내려섰다. 카슨도와 서청은 하선하지 않았다. 카라가네야가 몰

래 승선하여 카슨도의 손을 잡고 머리 위로 받들어 존경의 인사를
건넸다.

쓰루가

청화호의 쓰루가 입항은 1727년 3월 초순이다.

해가 바뀌어 1728년 4월, 쇼군 요시무네는 여러 다이묘와 무사
13만 3000명을 수행하고 닛코日光로 향했다. 4대 이에쓰나 이후에
5, 6, 7대까지 닛코 행차는 없었다. 65년만에 쇼군의 〈닛코참배〉가
부활한 것이다.

이 행진을 위해 배를 이용해 건널 수밖에 없었던 도네가와利根川 강에
는 부교가 설치되었다. 강폭은 대략 342m이고 50척 남짓의 배를 옆으
로 나열시켜 연결했다. 행차에 관여한 노역에는 간토 8주關東八州* 의 마
을에서 23만 명과 말 30만 마리가 동원됐다. 비용은 2만 냥을 훨씬 넘
는다.

요시무네가 〈닛코참배〉를 결단한 이유는 세 마리의 천마가 왔기
때문이다.

요시무네의 위세는 〈닛코참배〉로 점점 높아졌다. 쓰시마번의 대차
금과 천마 세 마리를 바꾸어도 충분한 가치가 있었다.

강진명은 천마 담당으로 황실에 고용되어 에도에 머물렀다.

그러나 다시 이 이야기의 시계 바늘을 쇼군의 〈닛코참배〉 1년 전으

---

* 에도시대 간토 8개 지방의 총칭. 사가미(相模) · 무사기(武蔵) · 아와(安房) · 가즈사
(上総) · 시모우사(下総) · 하타치(常陸) · 고우즈케(上野) · 시모쓰케(下野).

로 돌아가지 않으면 안 된다.

장소는 쓰시마의 후츄.

후츄 항구에서 남쪽으로 히사다우라_{久田浦}에 있는 쓰시마번의 선박 계류장에 청화호가 정박해 있다. 쓰루가에서 천마를 인도하고 나서 곧바로 포항으로 되돌아가려던 애초 계획을 변경하여 쓰시마로 향했다.

번주와 소바요닌인 아메노모리의 간절한 소망으로 잠깐이라도 쓰시마에 들려주기를 바란다는 카라가네야의 간청을 김차동은 거절하지 못했다.

'저를 어디까지나 조선인 김차동으로서 대해주셔야 합니다. 대규모 환영행사는 하지 말아주십시오.'

카라가네야는 그 뜻을 받아들이겠다고 대답했다.

이즈하라성에서

이즈하라성 내, 소 요시노부의 서재다. 주위 사람을 모두 물러가게 하고 다다미 10장 남짓 한 좁은 방에 요시노부, 아메노모리 호슈, 아비루 카슨도, 시이나 히사오 등 4명이 있었다. 간단한 술상이 차려져 있다.

'김차동 도노, 수고하셨습니다. 감사드립니다.'

요시노부가 다소 긴장된 목소리로 말한다. 김차동은 조선식으로 3번 절을 한다.

'그럼, 우선 한 잔.'

소 요시노부가 김차동에게 무릎걸음으로 다가와 술잔에 술병을 기울인다. 김차동은 얼굴을 들고 잔을 받으면서 이 술잔이 자신의 가마에서 구워낸 것임을 알았다. 철분을 많이 함유한 유약을 사용한 황갈색 잔이다. …… 내가 만든 도자기들이 쓰시마 섬까지 오고 있었군.

'감사합니다.'

김차동은 조선어만 사용했다. 그것을 시이나가 번주에게 통역한다. 4명 중에 조선어를 이해하지 못하는 사람은 번주 요시노부 혼자 뿐이다. 시이나는 에도에서 쓰시마로 돌아온 후에 조선어 학습에 힘써 이제는 자유롭게 구사할 수 있다. 그러나 16년 만에 만난 카슨도와 얼마나 일본어로, 아니 쓰시마의 언어로 대화를 나누고 싶었을까!

그럼에도 불구하고 카슨도는 계속 조선인 김차동인양 행동했다. 왜일까? 어째서 그 정도로 고집스럽게 조선인이 되려고 하는 것일까? 여기는 우리들의 고향인 쓰시마가 아닌가? 시이나는 마음속으로 외치며 화가 났다.

아메노모리는 카슨도와 재회했을 때, 조선의 마을에서 카라가네야가 카슨도를 처음 봤을 때와 같은 느낌을 받았다. 16년이라는 세월이 그의 외모에 많은 변화를 가져와 알아볼 수 없는 모습이었다. 눈앞에 있는 이 남자는 이제 과거 쓰시마번의 가신 아비루 카슨도가 아니다. ……다른 사람처럼 성장했다.

소 요시노부가 질문한다.

'타타르 여행 중에 가장 기억에 남은 일을 말해줄 수 있습니까?'

김차동은 잠시 생각한 후, 차하르 칸에 대해 천천히 담담하게 말하기 시작한다. 그것도 칸의 이런저런 행동이나 김차동 원정대와의 교류, 칸의 목장에 대한 이야기가 아니라 납치된 두 딸을 구출하기 위해 비적의 산채를 습격했던 단 하나의 사건만을 말했다.

······차하르 칸이 비적의 수령인 나립생을 죽이고 그의 수급을 비적들이 보는 앞에서 효수했다. 그러자 아름다운 여인 한 명이 머리카락을 흩날리며 뛰어 나왔다. 눈물범벅이 된 여자의 눈과 칸의 시선이 부딪힌다. 서로의 얼굴에 놀라움이 가득하다.

'아누 바얀!'

칸은 그녀의 이름을 부른다.

'부디 자비를 베풀어 주소서. 저도 죽여주세요!'

분명히 김차동의 귀에는 타타르어로 그렇게 들렸다. 칸은 허리춤에 차고 있던 칼로 그녀를 향해 번쩍였다.

번주의 서재에 침묵이 흐른다.

'그 여자는 차하르 칸 부족에서 납치당한 여자였습니다.'

카슨도는 타타르 부족 촌장이 보여준 비극의 전말에 대해서만 이야기했다.

아메노모리는 카슨도가 스스로의 공을 뽐내고 싶지 않다는 것을 알았다. 그리고 카슨도가 다시 쓰시마번의 가신이 될 가망성이 없다고 예측했다.

'대단히 흥미로운 이야기입니다. 그런데 김차동 도노, 쓰시마는 당신이 필요합니다. 조선인 김차동으로, 이 쓰시마에 머물며 쓰시마를 위해서 일해 줄 수 있습니까?'

소 요시노부가 호소했다.

'설령 20만 냥의 배차금을 면제받더라도 이 쓰시마의 미래는 그다지 밝지 않습니다. 여기에 있는 시이나와 손을 잡고 쓰시마의 부흥에 협력해 줄 수 없겠습니까?'

'큰 영광입니다만, 그럴 수는 없습니다.'

카슨도는 단호하게 거절했다. ……조선에 처와 자식을 남겨두고 왔다고 말할 수는 없다.

번주에게 통역을 마친 아메노모리가 뒤돌아보다가,

'조선에서 죽을 작정이냐?'

조선어로 물었다.

카슨도는 선생님의 얼굴을 마음 깊숙한 곳에서부터 솟아오르는 그리움에 그저 가만히 바라보았다. ……카슨도, 도대체 너는 무엇과 싸우고 있는 것이냐? 옛날 나무때리기에 빠져 있던 그에게 던진 그 목소리가 다시 되살아났다.

카슨도의 마음속에는 쓰시마의 추억이 넘쳐 주체할 수 없다. 머릿속에서 떠도는 단어들도 조선어에서 일본어로 바뀌어 있었다.

갑자기 어린 시절에 지은 시 한 구절이 떠올랐다.

윤4월 수양버들은 한들한들…….

그러나 그 뒤가 전혀 생각나지 않는다.

……인간은 혼자서 살아가지 못한다. 물론 울릉도에 계신 선생님 같은 인물도 있을 것이다. 그러나 선생님은 새와 짐승과 바람도 친구라고 생각하고 계신다. 카슨도는 어디까지나 이름 없는 촌락공동체의 성원으로 살다가 죽고 싶다. 자신이 최종적으로 돌아가야 할 곳은 막부 체제하에 있는 쓰시마도 일본도 아니다.

사랑하는 사람과 친구가 있는 곳, 조선의 마을이다.

'죄송합니다.'

조선어로 말하고 김차동은 조용히 자리에서 일어섰다.

현관 앞까지 배웅 나온 시이나가 주위에 아무도 없자 허물 없이 일

본어로,

'카라가네야에게 들었는데 통신 비둘기를 키운다며?'

카슨도는 시이나를 보며 장난기 있는 미소를 지어보이며 끄덕였다.

에필로그

누이여
올해도 뻐꾸기가 울고 있네요.

수줍은 너는 대답이 없고
박꽃 같은 미소만 지으며
우물가 두레박에 넘치도록 푸른 창공을 길어 올리고 있어요.

지름길은 보리밭 길을 가로지르고
정원 앞에 살구꽃도 피어 있어요.
저기는 우리 집
깜박 졸면서 소가 구름을 반추하고 있어요.

여기를 보세요.
누이여 물독에도
푸른 하늘이 넘실거려요.

오빠 시의 한 구절이에요. 결코 잊은 적이 없어요
어제, 집 뒷산에서 올해 처음으로 크낙새의 울음소리가 들려왔
어요.

두 달 정도 전의 일이예요. 몰래 조선에서 바다를 건너 큰 말이 반입되었대요. 그것도 예전처럼 부산 왜관이 아니라 직접 대륙에서 온 거래요. 대륙에 살고 있는 남자 몇 명이 말들을 데려온다는 소문을 듣고 왠지 나는 그 중에 틀림없이 오빠가 있을 거라고 생각했어요.

〈일신이생─身二生〉이라는 말이 갑자기 떠올랐어요. 벌써 16년이나 지난 일이 되었지만, 〈가문몰수〉처분으로 나와 어머니가 와니우라에 있는 어머니 친정에서 얹혀 살았을 때, 갑자기 찾아온 아메노모리 선생님이 저에게 하셨던 말씀이에요. 하나의 몸으로 두 개의 인생을 산다!

그 때, 시이나님의 눈빛도 잊을 수가 없어요. 오빠가 살아 있는 것이 아닐까! 그때의 생각이 지금 실현되려고 해요…….

얼마 전에 시이나님께서 아랫사람을 시켜 쪽지를 보내왔어요.

──번의 빈약한 재정문제를 타개하기 위해 타타르에서 천마가 옵니다. 이 큰 임무는 김차동金次東이라는 조선인이 맡고 있습니다. 대륙에서 오는, 천마를 실은 배는 후쿠이福井의 쓰루가敦賀 항구를 향하고 있습니다. 천마를 내려놓고 쓰시마에 올지도 모릅니다. ──는 내용이예요.

나는 김차동이라는 사람이 오빠라고 직감했어요. 그렇지 않다면 시이나님이 일부러 조선인 이름을 써넣었을까요?

편지 말미에 적힌 작은 글씨.

'읽고 나면 곧바로 태워버리도록.'

나는 나가사키에 있는 사유리 언니에게 천마가 온다는 소식을 알리지 않을 수 없었어요.

사유리 언니는 어머니를 여의고 난 후, 아버지와 함께 나가사키로

옮겼고, 그 곳에서 중매로 결혼을 했는데 5년 전에 남편을 여의고, 어린 딸을 데리고 친정으로 들어갔대요. 지금은 아버지에게 의학을 배우며 집안일을 도맡아 열심히 살고 있대요. 아참, 말씀드리는 것이 늦었죠. 나는 씩씩한 세 아들의 엄마예요.

다시 사유리 언니로부터 답장이 왔어요. 편지글은 아주 짧게,

'되도록 빨리 쓰시마에 갈 생각이예요. 날아서 가고 싶어요.'

그 이후로 시이나님에게서 아무런 기별이 오지 않았어요. 한 달이 지났어요. 그동안 와니우라에 낯선 스님이 나타나 서당에서 돌아오는 우리 아이들을 붙잡고 나에 대하여 끈질기게 묻거나 외출하러 나가면 내 뒤를 누군가가 미행하거나 하는 의심스러운 일이 몇 번 있었어요.

소식은 생각지도 않던 곳에서 들려왔어요. 남편이에요.

남편은 쓰시마 26포구의 어선 선주로 구성된 선주계契의 부장을 맡고 있어요. 선주계는 해난사고와 불법어업에 대비하는 상호부조 조직이에요. 계가 있는 후츄까지는 와니우라에서 걸어서 반나절 이상 걸리기 때문에 회의가 있을 때에는 하루 묵을 수 밖에 없어요.

선주계에서는 쓰시마 전역과 해상에 관한 최신 소식이 모이는데, 소식의 양과 정확도는 쓰시마의 행정사무를 보는 부교쇼奉行所를 넘볼 정도래요. 후츄에서 돌아온 남편이 말하기를 최근 계류장에 조선에서 큰 배가 들어온 것 같다고 했어요. 선박계류장에는 관계자외 출입금지이기 때문에 자세한 것은 모르지만 이국선이 계류장에 들어오는 건 매우 드문 일이기 때문에 특별한 배임에 틀림이 없을 거래요. 또 승조원은 배 구석구석에 달라붙어 있는 부착물을 닦아내고 찢어진 돛을 꿰매는 등 수리작업에 여념이 없대요.

이 배에서 조선인 두 명이 내리더니 이즈하라성으로 들어갔대요.

두 사람? 한 사람은 과연 오빠일까……?

계류장 주변에서 무엇인가 냄새를 맡고 돌아다니는 스님이 몇 명 있는데 이 사람들은 막부에서 파견된 쓰시마 관원이고, 후츄의 거리를 어부도 상인도 아닌 수상한 사람들이 서성거리고 있대요.

남편의 말이에요. 불안한 마음이 가라앉지 않아요.

날아서 가고 싶다고 쓴 사유리 언니가 정말로 쓰시마에 왔어요.

'이 와니우라에서 조선통신사의 배를 마중하러 왔던 것이 마치 어제 일 같아.'

사유리 언니는 정원으로 나가 해변을 바라보면서,

'이제 곧 이팝나무의 꽃도 만개하겠지!'

그래요. 며칠만 더 있으면 와니우라 전체가 하얀 꽃으로 가득 할 거예요.

그리고 나서 3일 후에 시이나님에게 연락이 왔어요.

── 모레 저녁에 이즈하라성으로 와주세요, 가마를 보내겠습니다. ── 라는 내용이에요. 도대체 성에서 무슨 일이 기다리고 있는 걸까요? 기대와 불안으로 생긴 마음의 동요를 가라앉히고 사유리 언니와 서로 손을 맞잡았어요.

나는 답장을 적어 보냈어요. ──죄송합니다만 가마는 두 대 부탁드립니다.──

그 날 새벽녘, 정원에 인기척이 나는 것 같아 나가보니 멋진 가마가 도착해 있었어요. 사유리 언니와 저는 남편과 아이들의 배웅을 받으며 출발했어요. 가마꾼이 말하길 그 가마는 번주님의 부인께서 타시는 거래요.

커다란 은행나무 아래에서 잠시 쉬고 있었을 때, 미행하는 스님의 모습을 발견했어요.

후츄 거리로 들어서자 우리가 타고 있는 가마는 성으로 직행하지 않고 아메노모리 선생님 댁에 들렀어요. 성에 들어가기 전에 부인의 도움으로 옷매무새를 다듬기 위해서예요. 곧 시이나님이 도착하셨어요. 15년만예요. 아메노모리 선생님과 와니우라에 오신 이후 처음이예요.

시이나님은 세월의 간격이 느껴지지 않게 솔직하고 따뜻한 태도로 맞이해 주셨어요.

시이나님은 이번 초청에 대해 다음과 같이 설명해주셨어요. 번주님께서 김차동과 서청이라는 천마를 운반해 준 조선인 두 분을 초대해서 위로연회를 열어주시게 되었다. 쓰시마측에서는 번주 소 요시노부님을 비롯하여 번의 가로, 그리고 조선방 등의 높은 분들과 그 외에 우리들과 기마무사조 사람 몇 명만이 참석한다.

'그런 자리에 왜 우리를?'

조선인 한 사람은 이젠 오빠임에 틀림이 없다고 확신하는 나는 일부러 질문했어요.

시이나님은 그 질문에는 대답해주지 않고 연회에 앞서 약간의 주의사항을 말씀해주셨어요. 그 내용은 우리들을 몹시 실망시키는 것이었어요.

——재작년 5월, 아라이 하쿠세키가 죽었다. 아라이의 시책은 모두 재검토되었고 관여한 재판에 대해서도 이와 같다. 1711년에 오사카에서 일어난 조선통신사 군관살해사건의 재심사가 이루어졌으며 범인으로 처형된 사람은 다른 사람인 것으로 밝혀졌다.

천마는 쇼군의 마음에 들었다. 그러나 천마를 입수하고 옮겨다 준 사람이 행방불명된 아비루 카슨도인 것이 당국에 알려지면 번의 모자라는 재정상태를 구하려고 한 카슨도의 노력은 수포로 돌아갈 것이다. 막부의 로쥬는 반 아라이파이고, 또 조선과의 외교통상을 독점하는 쓰시마번을 좋지 않게 생각하는 사람들도 있다.

쓰시마 관원의 움직임도 걱정된다. 이테이안의 스님들과 후츄 상인뿐만 아니라 번 내에도 잠입해 있다고 생각해도 이상할 게 없다. ……이상이 시이나님이 말씀하신 줄거리예요.

이즈하라성 내에서의 행사는 정말 특별한 연회였어요.

연회장에 들어선 나의 모습을 확인한 오빠는 아무도 몰래 아는 척을 해주었어요. 내 뒤에 있던 사유리 언니를 보고 오빠 얼굴에 어떤 감정의 움직임이 있었는지는 읽을 수 없었어요.

김차동은 조선어로만 이야기했어요. 그것을 시이나님과 아메노모리 선생님이 교대로 통역했어요. 사유리 언니는 시종 고개를 숙인 채, 한마디도 하지 않았어요.

다른 한 사람의 젊은 조선인은 상큼할 만큼 눈이 빛나고 있었어요. 마치 16년 전의 오빠를 떠올리게 하는 분으로, 이 분은 쓰시마에 남아 나중에 번에 고용되었어요. 이름도 야나가와 시게유키柳川調行로 개명하고, 시이나님의 부하가 되었대요.

오빠를 태운 배는 다음날 아침에 후츄를 출발하여 정오가 지나 와니우라에 기항했다가 조선으로 돌아갔어요.

곳은 마침 이팝나무 꽃이 만개하여 눈毒 화장을 한 것처럼 온 세상을 새하얗게 물들이고 있었어요. 김차동이 탄 배는 새빨간 돛을 올리고 이팝나무 꽃이 반사하여 하얗게 물든 바다 위를 힘차게 전진해 갔

어요.

나와 사유리 언니는 곶의 끝자락에 나란히 서서 오빠를 태운 배를 배웅하기로 했어요. 더운 날이었어요. 오빠를 태운 배가 멀어져 가요. 아득히 멀리 조선반도의 그림자가 희미하게 보이고 배는 점차 그 안으로 녹아 들어가 이윽고 보이지 않게 되었어요.

- 끝 -

韃靼の馬Dattan no uma
Copyright ⓒ 2014 by Noboru Tsujihara
Originally published in Japanese by Shueisha Press, TOKYO, JAPAN, 2014
This korean language edition published in 2017 through Chung Gu Jong by
Nonhyung Publishing Company, SEOUL, KOREA.

이 책의 한국어판 저작권은 저작권자와 독점 계약한 논형출판사에 있습니다.
저작권법에 의해 한국 내에서 보호를 받는 저작물이므로 무단 전재와 복제를 금합니다.

타타르말

초판 1쇄 인쇄 2017년 10월 10일
초판 1쇄 발행 2017년 10월 20일

지은이 쓰지하라 노보루
옮긴이 이용화
펴낸곳 논형
펴낸이 소재두
등록번호 제2003-000019호
등록일자 2003년 3월 5일
주소 서울시 영등포구 양산로 19길 15 원일빌딩 204호
전화 02-887-3561
팩스 02-887-6690
ISBN 978-89-6357-181-2 03830
값 17,800원

이 도서의 국립중앙도서관 출판예정도서목록(CIP)은 서지정보유통지원시스템 홈페이지
(http://seoji.nl.go.kr)와 국가자료공동목록시스템(http://www.nl.go.kr/kolisnet)에서 이용하
실 수 있습니다.(CIP제어번호: CIP2017022120)